國家古籍整理出版專項經費資助項目

國家社會科學基金重大項目《漢魏六朝集部文獻集成》
（項目編號：13&ZD109）成果之一

《文選》文獻叢編

劉躍進 主編

《文選》音注輯考

上　馬燕鑫 編著

鳳凰出版社

圖書在版編目（ＣＩＰ）數據

《文選》音注輯考 / 馬燕鑫編著. -- 南京 ： 鳳凰
出版社，2022.10
（《文選》文獻叢編 / 劉躍進主編）
ISBN 978-7-5506-3658-3

Ⅰ．①文… Ⅱ．①馬… Ⅲ．①《文選》－古典文學研
究 Ⅳ．①I206.2

中國版本圖書館CIP數據核字(2022)第154454號

書　　　　名	《文選》音注輯考
編　　　著	馬燕鑫
責 任 編 輯	張永堃
特 約 編 輯	黃如嘉
裝 幀 設 計	陳貴子
出 版 發 行	鳳凰出版社(原江蘇古籍出版社)
	發行部電話025-83223462
出版社地址	江蘇省南京市中央路165號,郵編:210009
照　　　排	南京凱建文化發展有限公司
印　　　刷	南京凱德印刷有限公司
	江蘇省南京市江寧濱江開發區寶象路16號, 郵編:210001
開　　　本	880毫米×1230毫米　1/32
印　　　張	52.25
字　　　數	1212千字
版　　　次	2022年10月第1版
印　　　次	2022年10月第1次印刷
標 準 書 號	ISBN 978-7-5506-3658-3
定　　　價	520.00圓(全二冊)
	(本書凡印裝錯誤可向承印廠調換,電話:025-52603752)

總　序

　　漢魏六朝，是文學觀念不斷進步、文學體裁競相發展、文學理論初步成熟、文學作品大量涌現的重要時期，漢魏六朝文學是唐宋文學繁榮的重要基礎，也是唐代以後文學在創新性發展、創造性轉化時尋找理論依據的重要源頭。這個時期，圖書類目按照四部分類的觀念和方法逐漸明晰起來。其中的集部，與近代以來的文學觀念相近，在魏晉以後得到長足發展。一些閥閱世家，甚至人人有集。《隋書·經籍志》中的著録，可謂洋洋大觀。

　　輯録、彙編漢魏六朝時期的集部文獻，明清以來成果卓著。張燮《七十二家集》、張溥《漢魏六朝百三家集》爲綜合性文獻整理成果。清代嚴可均以一己之力，取廣義之文，傾其半生心血，彙纂而成《全上古三代秦漢三國六朝文》。現代學者逯欽立編《先秦漢魏晋南北朝詩》，收録重點在詩。這幾部大書，至今依然是研究漢魏六朝文學不可或缺的重要文獻資料。然而，限於當時見聞和學術觀念，這些著作在整體性、系統性等方面還存在一些不盡如人意的地方。近百年來，敦煌遺書等出土文獻的面世以及域外漢籍的傳入，爲我們從全域視野出發，重新認識并系統整理漢魏六朝集部文獻提供了新的歷史契機。

　　在文獻資料積累不斷豐富和現代學科觀念日益發展的背景下，如何運用現代科學的研究方法與學術理論，重新整理與研究漢魏六朝集部文獻，確實是一個值得深入思考的問題。爲此，我們應當跳出狹隘的純文學研究路徑，更廣泛地關注政治文化背景；跳出中國原有的學術疆域，更密切地追踪國外學術界的新資料、新方法、新成果；跳出理論與文獻孰重孰輕的無謂紛争，在文獻與理論并重的基礎上，强調文本細讀的重要性。在此基礎上，回歸傳統的經典著作，回歸主流的思想方法。

二〇一三年度國家社科基金重大項目《漢魏六朝集部文獻集成》努力踐行這一理念，從五個方面開展研究：

第一是《文選》研究，由華僑大學徐華負責。核心成果是劉躍進編纂的《文選舊註輯存》。此外，還有徐華的《歷代選學文獻綜録》，宋展雲的《〈文選〉詩類題解輯考》，黄燕平的《〈文選〉應用文體叙説》，趙建成的《李善〈文選注〉引書考録》，崔潔的《〈文選〉目録標注》，馬燕鑫的《〈文選〉音注輯考》，王瑋的《現當代〈文選〉研究論著分類目録索引》等，充分體現出《文選》作爲文學經典所藴含的豐富内容。第二是《玉臺新咏》研究，由北京大學傅剛負責，主體成果是《〈玉臺新咏〉校箋》。第三是先唐集部文獻叙録研究，由廈門大學胡旭負責。主要成果是《先唐總集叙録》《先唐别集叙録》和《先唐詩文評叙録》三部著作。第四是漢魏六朝文集研究綜録，由陝西師範大學楊曉斌負責。成果有楊曉斌主編的《漢魏六朝集部文獻研究著作提要》，蔡丹君的《陶淵明集文獻研究》等。第五是漢魏六朝文學批評文獻研究，由中國社會科學院文學研究所孫少華負責。主要成果有孫少華的《漢魏六朝文學紀事》，梁臨川的《〈詩品〉疏證》等著作。

爲完整體現“集成”特色，課題組已獲得國家社科基金滚動經費的支持，正在組織學術團隊編纂這個項目的二期工程《漢魏六朝集部文獻叢刊》。這項工作具體由孫少華和劉明負責。

漢魏六朝集部文獻，浩如煙海。我們盡可能以不同形式、不同層次向學界呈其整體面貌，相信能對漢魏六朝文學史研究有所裨益。

重大課題研究，是一個系統工程，需要全體參與人員通力合作，共同推進。通過這次重大課題的集體攻關，我們試圖探索出一條既有鮮明學術個性，又能呈現整體風貌的有效途徑。更重要的是，通過這種合作，各位同仁取長補短，精誠合作，開闊視野，增進友情，大家都受益匪淺。希望這套叢書的出版，能有力地推進漢魏六朝文學研究的深入。對此，我們充滿期待。

劉躍進

二〇一六年三月二十日

目　録

前　言

“文選學”肇始於音義之學，蕭該爲今知最早注《文選》者，其所撰書即稱《文選音義》。隨後曹憲以講授《文選》蜚聲江淮間，曹氏及其弟子如許淹、李善、公孫羅等各有著述，無不與音義相關。開元中，五臣注《文選》“并具字音”①。陸善經注雖殘佚大半，今仍有音注數條存世。可知音注爲隋唐“文選學”之核心，且在整個“文選學”中居重要地位。惜宋代以來，《文選》音注大量佚失，蕭、曹、許、公孫諸家《文選》音義之作竟至整本亡佚，《宋史·藝文志》已均無著録。幸而今傳《文選》版本尚多，日本、歐美所存寫本保留音注數量亦頗爲可觀，將其彙爲一編，對於音注文獻之保存，及早期“文選學”之研究，固有裨益。今略述其價值如下。

一、文獻資料價值

早期“選學”名家蕭該、曹憲等人音義之作意義重大，雖已散佚，然殘圭斷璧，自足寶貴。《文選集注》有所徵引，而他本中仍有佚文，可資補益。今檢衆本，得蕭該音 33 條、曹憲音 18 條、王氏音 8 條、許淹音 3 條、《文選鈔》音 5 條、陸善經音 4 條。此外，與《文選》作品相關音注，今可知者尚有陳武音 5 條、諸詮音 25 條。道騫《楚辭音》，現有敦煌殘卷存世，其爲《離騷》及王逸注文注音者共 289 條，他本引道

---

① 　五臣注《文選》卷首《進集注文選表》，南宋紹興三十一年陳八郎宅刻本。

騫音另有 4 條①。

《文選音決》今所存佚文較多，集中見於《文選集注》所引，然此尚非其全部佚文。今檢京都大學文學部藏景照本九條家本、猿頭神社藏弘安本與正安本、上野精一氏藏本、宮内廳藏本、冷泉家時雨亭文庫藏本、静嘉堂文庫藏本、日本東寺觀智院舊藏本等八種《文選》鈔本殘卷，其中明確引及《音決》者尚有二百餘條，數量不菲。此外，猶有多例雖未標明引自《音決》，而核其音注方式，實出於《音決》，如鮑照《升天行》"風餐委松宿"，九條本旁記"宿，思六反，或爲柏，非"，與集注本相較，知其亦《音決》文字。

九條本旁記音注雖來源不一，情形複雜，但其數量達一萬餘條，尤爲巨觀。且其中所記部分音注，不見於他本，彌顯珍貴。如卷二九（此處卷次據六十卷本，下同），音注字共 340 條，其中 306 條僅見於九條本。再如卷三八，音注字共 162 條，僅見於九條本者 142 條。九條本音注無疑在較大程度上可豐富《文選》音注資料。

敦煌本《文選音》殘卷，王重民認爲即蕭該之作，周祖謨則謂許淹之書，儘管其説可議，并非定論，但殘卷尚存音注 1040 餘條，雖未必出自名家之手，仍有重要資料價值，且可爲早期"文選學"研究提供可貴的新視角。同時，敦煌本成公綏《嘯賦》旁記音注 42 條，其中 27 字他本無注。

《文選》詩文多有出自史籍之篇，史書注家亦有音注，如《史記》三家注、《漢書》顔師古等注、《後漢書》李賢注、《三國志》裴松之注、《晋書》何超音義。今將其收入此編，既有助《文選》研讀，亦可互參，藉以

① 詳筆者《日藏〈文選〉古鈔本中所見音注舊家遺説輯考》，《域外漢籍研究集刊》第十六輯，中華書局 2018 年。

比較各家音韻學同異。

二、音韻學價值

中古音之代表，厥推《切韻》。然《切韻》一書綜合南北之音，未能完全反映六朝音讀之複雜情形。《文選》音注中尚存各類古音現象，由於音注家方言之習、審音之術互有差異，故可由此見當時音讀之真貌。今《文選》音注中所存古音現象，有聲紐之通轉、未分化、互轉、陰陽對轉諸種。此類音讀特徵多不見於《切韻》《廣韻》，因而可爲探究中古音韻之古讀現象提供較多實例。如：

卷四七《三國名臣序贊》"宇宙暫隔"。《文選音》：隔，乎革。案：隔爲牙音見母，乎爲喉音匣母。此爲牙喉通轉之例。

卷四《蜀都賦》"猩猩夜啼"。集注本《音決》：啼，協韻，逐移反。案：啼爲定母，逐爲澄母。此爲舌音未分化之例。

卷一八《長笛賦》"酆琅磊落"。酆，尤袤本李善音：普耕切。陳八郎本五臣音：普萌。案：酆爲敷母，普爲滂母。此爲唇音未分化之例。

卷二二左太冲《招隱詩》"峭蒨青葱間"。蒨，九條本音：士見反。案：蒨爲清母，士爲崇母。此爲齒音未分化之例。

卷四九《晉紀總論》"邪僻銷於胸懷"。集注本《音決》：邪，在嗟反。案：邪爲邪母，在爲從母。此爲互轉之例。

卷三三《招魂》"蘘菅是食些"。集注本《音決》：蘘，曹音鄒。案：蘘屬陽聲韻東部，鄒屬陰聲韻侯部，東、侯對轉。此爲對轉之例。

韻部方面，亦可通過比較各家音注，探尋韻部分合之演變，如：

卷一四《赭白馬賦》"隘通都之圈束"。圈，陳八郎本音：其兔。九條本旁記："蕭：其遠反。"案：圈字作"獸欄"義，有阮韻與獮韻兩讀。蕭音"其遠"讀阮韻，陳八郎本音"求免"則讀獮韻。"圈"字讀阮韻爲舊音,讀獼韻爲新音。《漢書·張釋之傳》"上登虎圈",顏師古注"求遠反",與蕭該音相合。《文選》卷三七《求自試表》"此徒圈牢之養物",《音決》"其遠反,又其勉反",亦有阮、獼兩韻之音。而卷二《西京賦》"圈巨狿"、卷三九《上書重諫吳王》"圈守禽獸",李善及五臣音則皆讀獼韻,不讀阮韻。由此可見"圈"字兩音在隋唐時更替之迹。

聲調方面,古今遷變,南北參差,若執一而論,必生膠滯。《文選》各家音注中,多存異讀,可資考鏡。如:

卷一三《秋興賦》"以太尉掾兼虎賁中郎將"。賁,九條本旁記:"《決》布問反。"虎賁之賁音"布問反",與通常讀平聲者不同,而《經典釋文·周禮音義下》"虎賁氏"條引劉昌宗讀爲"方問反"①,與《音決》讀音相同(布、方二字在唇音未分化時聲紐皆爲幫母)。這說明《音決》在音讀上保存了珍貴資料,可與劉昌宗讀相印證。《古音匯纂》"虎賁"讀去聲惟録劉音一例,此條《音決》佚文可補其未備。

三、校勘價值

《文選》各本音注既多,傳鈔刊印,易生訛誤。此類訛誤,單閱某本之時,或不易察覺,或知其有誤,而難以定其正確之字。若將衆本彙集一處,即可立見其誤,并能隨之訂正。其例如:

卷一《西都賦》"增盤崔嵬"。嵬,尤袤本李善音"才回切"。案:嵬屬疑母,才屬從母,聲紐不同,尤袤本"才回切"誤,奎章閣本亦誤。據陳八郎本、九條本,"才"當作"五"。

卷四《南都賦》"楓柙櫨櫪"。柙,尤袤本李善音"智甲切"。案:智屬知母,柙屬匣母,聲紐不同。陳八郎本、九條本、冷泉本、宮内廳本、

---

① 陸德明《經典釋文》,中華書局 1983 年,第 128 頁。

奎章閣本李善注均音"甲"，可證尤袤本"智"字爲衍文。

卷四《蜀都賦》"躡五岠之蹇滻"。蹇，集注本《音決》"居優反"。案：蹇屬獮韻，優屬尤韻，韻部不同。九條本旁記音"居偃反"，偃屬阮韻，阮、獮二韻可通，故"優"爲"偃"字之訛。

卷一三《鵩鳥賦》"細故蔕芥"。蔕，黃善夫本《史記正義》"刃邁反"。中華書局點校本《正義》"刃"作"忍"。案：刃、忍爲日母，蔕爲端母，聲紐不同。字本作"丑"，或訛作"刃"，又誤作"忍"，顏師古音"丑芥反"、陳八郎本音"丑介"可證，故刃、忍皆非。

卷四二《爲曹公作書與孫權》"貴欲觀湖滦之形"。滦，正德本音"十交反"。案：滦爲莊組崇母，十爲章組禪母，二者聲異。據陳八郎本、奎章閣本，正德本"十"爲"士"字之訛。

以上音注訛字，在比觀他本音注時，極易得其正確之字。若僅據音理考求，則不易收此捷效。如《西都賦》"金石崢嶸"，尤袤本音"崢，力耕切"。蔣禮鴻先生據《集韻》"鋤耕切"，謂"力字疑鋤字左畔殘缺之誤"①。自音理而言，"鋤"字固是，然從文本而言，則非其原字。據陳八郎本、九條本音"仕耕"，可知尤袤本"力"爲"仕"字之訛。

此外，通過音注亦可校訂正文之誤。如卷二九《園葵詩》"夕穎西南晞"，各本無異文，而九條本"穎"音"古迥反"，顯然不合。考《吳都賦》"精曜潛潁"，集注本引《音決》"潁，古迥反"；《藉田賦》"蟬冕潁以灼灼兮"，潁，陳八郎本音"古迥"；《江賦》"或潁彩輕漣"，潁，尤袤本、朝鮮正德本、奎章閣本皆音"古迥"。可證《園葵詩》"穎"實當作"潁"，諸本均誤。

---

①　蔣禮鴻《讀〈文選〉筆記》，見《蔣禮鴻語言文字學論叢》，浙江古籍出版社 1994年，第 385 頁。

因此,將各本音注集於一處,可爲校勘提供極大便捷,對恢復文本原貌多所裨益。

四、文學史價值

古人於典籍重誦讀,如馬融從班昭受讀《漢書》[①],杜甫有"續兒誦《文選》"之句[②]。誦讀的前提爲明確字音,音注産生即與誦讀有關,故可通過音注了解《文選》早期傳播過程中的誦讀情況。以敦煌本《文選音》與《文選音決》爲例,其均有音注存世的作品凡七篇,分別爲《聖主得賢臣頌》《趙充國頌》《出師頌》《酒德頌》《漢高祖功臣頌》《東方朔畫贊》《三國名臣序贊》。其中《文選音》注音共 525 條,《音決》499 條,數量俱極多。其注音特點爲均注重多音字之音注。上列七篇注音中,"操""乘"兩書各 3 次、"長"各 4 次、"處"《文選音》3 次、《音決》5次,"冠"《文選音》3 次、《音決》2 次,"過"《文選音》2 次、《音決》5 次,"荷"《文選音》2 次、《音決》3 次、"令"各 3 次,"難"《文選音》6 次、《音決》3 次,"撓"各 3 次,"任"各 2 次、"喪"各 3 次、"舍"各 3 次、"勝"各 3次,"蛻"《文選音》2 次、《音決》3 次,"相"各 4 次,"易"《文選音》2 次、《音決》4 次,"應"《文選音》2 次、《音決》3 次,"樂"各 5 次。注重區別多音字爲唐初音義之書的共同特徵,如在《經典釋文》中,乘、長、朝、處、冠、過、令、難、喪、勝、相、易、應、樂等,其出現次數多得驚人[③]。之所以對此常見字不厭其煩地一一注音,顯然與誦讀有密切關係。

通過音注還可對作品文義有明確理解。如《古詩十九首·迢迢

---

① 范曄《後漢書》卷八四《列女·曹世叔妻》,中華書局 1965 年,第 2785 頁。

② 杜甫著,仇兆鰲注《杜詩詳注》卷一四《水閣朝霽奉簡雲安嚴明府》,中華書局 1979 年,第 1248 頁。

③ 詳黃焯、鄭仁甲《經典釋文索引》各字條目,中華書局 1997 年。

牽牛星》"盈盈一水間","間"字有平、去兩讀,讀音不同,其義亦殊。
劉良曰:"喻端麗之女,在一水之間,而自矜持不得交語。"①五臣既注
爲"在一水之間",則讀"間"爲平聲。而《文選音决》注"間,居莧反"②,
讀爲去聲,其義當訓"隔"。岑參《夜過磐石隔河望永樂寄閨中效齊梁
體》"盈盈一水隔"③,語襲《古詩》"盈盈一水間"之句,而對詩義的理解
則據《音决》。又白居易《除官赴闕留贈微之》"一水盈盈路不通"④,
"路不通",正去聲"間"字注脚,其所據亦當爲《音决》。

　　唐人詩文頗得益於《文選》,若結合其音注,對唐代文學與《文選》
之關係當有更爲深入的認識。

　　《文選》音注資料豐富,具有多方面價值,將其彙爲一編,既便於
檢覽,亦利於比較,庶可爲讀《文選》者之一助。

---

　　①　蕭統選編,李善等注《日本東京大學東洋文化研究所藏朝鮮活字本六臣注文
選》卷二九、鳳凰出版社 2018 年,第 713 頁。

　　②　九條本此條旁記音"居莧反",未注明出自《音决》。然據謝靈運《齋中讀書》
"翰墨時間作"、顏延年《三月三日曲水詩序》"俊民間出"、王融《三月三日曲水詩序》"層
樓間起"、王儉《褚淵碑文》"人無間言",四處"間"字,集注本引《音决》均音"居莧反",可
知九條本此處所引即《音决》音。上引謝靈運詩等四條音注分別見周勛初《唐鈔文選集
注彙存》,上海古籍出版社 2000 年,第 1 册,第 540 頁;第 2 册,第 750、843 頁;第 3 册,
第 815 頁。

　　③　《全唐詩》卷二〇〇,上海古籍出版社 1986 年影印清康熙揚州詩局本,第 474
頁。

　　④　《全唐詩》卷四四六,第 1118 頁。

凡　例

一、本書爲《文選》各本音注之彙輯。

二、本書音注，輯自《文選》者，有蕭該、曹憲、許淹、公孫羅、陸善經注，有李善注、五臣注。輯自史書舊注者，有《史記》三家注、《漢書》顔師古等注、《後漢書》李賢注、《三國志》裴松之注、《晉書》何超音義。六朝陳武、諸詮之等賦音及道騫《楚辭音》，雖非專爲《文選》而作，然其關係頗密，亦加輯録。

三、本書所據《文選》版本，寫本有敦煌吐魯番本、集注本，刻印本有北宋本、尤袤本、陳八郎本、朝鮮正德本、奎章閣本、建州本、贛州本、明州本，日本古鈔本有九條本、宮内廳本、冷泉本、上野本、正安本、弘安本、静嘉堂本、觀智院本、三條本。所據史書版本，《史記》《漢書》《後漢書》爲南宋黄善夫本，《三國志》爲百衲本，《晉書》爲中華書局本。

四、本書音注，《文選》寫本、日鈔本、北宋本、尤袤本、陳八郎本所載者具録。史書音注亦具收録。敦煌本《文選音》《楚辭音》雖爲殘本，并皆收録。凡尤袤本、陳八郎本音注有失載、異文或訛誤者，則録正德本、奎章閣本等音注以資考校。史書音注則據中華書局本勘校。

五、本書正文音注字以尤袤本爲據，正文無音注之字若有訛字則據他本徑改。

六、各本音注，逐條羅列。若諸本音同，則各本音注出處之間以頓號相隔。

七、各本音注，或爲古讀，或有訛字，流傳之際，最易惑人，故援據韻書,略事考辨。

八、諸家多有爲注文中字注音者,兹亦采録,附於正文音注之下,并標"【附】"字,以相區别。

九、音注字編爲索引,附於書後。

《文選》序

（梁）昭明太子撰

式觀元始，眇覿玄風。冬穴夏巢之時，茹毛飲血之世，世質民淳，斯文未作。逮乎伏羲氏之王天下也，始畫八卦，造書契，以代結繩之政，由是文籍生焉。

> 眇，上野本：弥沼反。　覿，上野本：大歷反。　王，尤袤本、陳八郎本：去聲。　畫，上野本引《音決》：獲。　契，上野本作"羿"：苦計反。

《易》曰：觀乎天文，以察時變，觀乎人文，以化成天下。文之時義遠矣哉。若夫椎輪爲大輅之始，大輅寧有椎輪之質。增冰爲積水所成，積水曾微增冰之凛。何哉。蓋踵其事而增華，變其本而加厲。物既有之，文亦宜然。隨時變改，難可詳悉。

> 椎，尤袤本、陳八郎本：直追。九條本：直追反。上野本：直追反，又：直侈反。　輅，尤袤本、陳八郎本、九條本：路。上野本引《音決》：路。　曾，尤袤本：作能。陳八郎本：作能。　凛，尤袤本、陳八郎本：力錦。上野本：力錦反。　蓋，九條本：古較反。○案：九條本"較"疑"較"字之訛，《廣韻》：較，蒲蓋切。　踵，尤袤本、陳八郎本、九條本：腫。上野本：之勇反。

嘗試論之曰:《詩序》云:詩有六義焉,一曰風,二曰賦,三曰比,四曰興,五曰雅,六曰頌。

　　　興,尤袤本、九條本、朝鮮正德本、奎章閣本:去聲。

至於今之作者,異乎古昔,古詩之體,今則全取賦名。荀、宋表之於前,賈、馬繼之於末。自兹以降,源流寔繁。述邑居,則有憑虛、亡是之作,戒畋游,則有《長楊》《羽獵》之制。若其紀一事,詠一物,風雲草木之興,魚蟲禽獸之流,推而廣之,不可勝載矣。

　　　憑,九條本:氷。上野本作"馮":扶冰反。○案:憑爲并母,氷爲幫母,聲母不同。九條本"氷"上疑脱"皮"字。《西京賦》"憑虛公子",憑,九條本音"皮冰",是其證。　亡,尤袤本、陳八郎本、九條本:無。　興,尤袤本、陳八郎本:去聲。

又楚人屈原,含忠履潔,君匪從流,臣進逆耳,深思遠慮,遂放湘南。耿介之意既傷,壹鬱之懷靡愬。臨淵有懷沙之志,吟澤有憔悴之容。騷人之文,自兹而作。

　　　愬,陳八郎本、九條本:素。　悴,上野本:疾醉反。

詩者,蓋志之所之也,情動於中而形於言。《關雎》《麟趾》,正始之道著,桑間、濮上,亡國之音表。故風雅之道,粲然可觀。

　　　雎,尤袤本、陳八郎本、九條本:七余。上野本引五臣音:七余反。　趾,尤袤本、陳八郎本、上野本:止。　濮,尤袤本、陳八郎本:卜。上野本:卜,又:布谷反。　粲,上野本:散。

自炎漢中葉,厥塗漸異。退傅有在鄒之作,降將著河梁之篇。四言五言，區以別矣。又少則三字，多則九言，各體互興，分鑣并驅。

　　降，尤袤本、陳八郎本、九條本：下江。　別，尤袤本、陳八郎本：入聲。上野本：彼列反。　鑣，尤袤本、九條本：彼嬌。陳八郎本訛作"鏕"，音：彼嬌。上野本：彼嬌反。　驅，尤袤本、九條本：丘遇。陳八郎本：丘遇反，取聲也。

頌者，所以游揚德業，襃讚成功。吉甫有穆若之談，季子有至矣之嘆。舒布爲詩，既言如彼。總成爲頌，又亦若此。

　　襃，上野本、弘安本：布毛反。　甫，上野本：方矩反。　穆，尤袤本、陳八郎本、九條本、正安本：目。　矣，上野本：以。

次則箴興於補闕，戒出於弼匡。論則析理精微，銘則序事清潤。美終則誄發，圖像則讚興。又詔誥教令之流，表奏牋記之列，書誓符檄之品，吊祭悲哀之作，答客指事之制，三言八字之文。篇辭引序，碑碣誌狀。

　　箴，尤袤本、陳八郎本、弘安本：針。上野本：心。　論，尤袤本、陳八郎本、九條本：去聲。弘安本：力頓反。　析，尤袤本：洗激反。陳八郎本：先激。朝鮮正德本、奎章閣本：洗激。　牋，弘安本：仙。　檄，尤袤本、陳八郎本、九條本：胡激。　吊，上野本：趙。○案：吊爲端母，趙爲澄母，舌音未分化。　引，尤袤本：以進反。陳八郎本、九條本：以進。　碣，上野本：其列反。　誌，上野本：志。

衆制鋒起，源流間出。譬陶匏異器，并爲入耳之娛，黼黻不同，俱爲悅目之玩。作者之致，蓋云備矣。

　　間，尤袤本、九條本：去聲。陳八郎本作"閒"，音：去聲。

匏，尤袤本、陳八郎本、九條本：蒲包。上野本：蒲包反。　黼，陳
八郎本、九條本、上野本、正安本：甫。　黻，陳八郎本、九條本：
甫勿。上野本、正安本：弗。

余監撫餘閑，居多暇日。歷觀文囿，泛覽辭林，未嘗不心游目想，移晷
忘倦。自姬漢以來，眇焉悠邈，時更七代，數逾千祀。詞人才子，則名
溢於縹囊，飛文染翰，則卷盈乎緗帙。自非略其蕪穢，集其清英，蓋欲
兼功太半，難矣。

　　　監，尤袤本、陳八郎本、九條本：緘。上野本：咸。　撫，上野
本：不。　泛，正安本：芳劍反。　晷，尤袤本、陳八郎本、九條
本：軌。　更，尤袤本、陳八郎本、九條本：平聲。　數，尤袤本、
陳八郎本、九條本：去聲。　縹，尤袤本、陳八郎本、九條本：匹
沼。上野本：必眇反，又：匹沼反。正安本：表。　緗，尤袤本、陳
八郎本、九條本：相。　穢，正安本：於廢反。

若夫姬公之籍，孔父之書，與日月俱懸，鬼神争奧。孝敬之准式，人倫
之師友。豈可重以芟夷，加之剪截。老莊之作，管孟之流，蓋以立意
爲宗，不以能文爲本。今之所撰，又以略諸。

　　　奧，弘安本引《音決》：烏□。○案：弘安本下字殘。　重，尤
袤本、陳八郎本、九條本：去聲。　芟，尤袤本、陳八郎本、九條
本：衫。弘安本引《音決》：所衘切。

若賢人之美辭，忠臣之抗直，謀夫之話，辨士之端，冰釋泉涌，金相玉
振。所謂坐狙丘，議稷下，仲連之却秦軍，食其之下齊國，留侯之發八
難，曲逆之吐六奇。蓋乃事美一時，語流千載。概見墳籍，旁出子史。

抗，上野本：可浪反。正安本引《音决》：可浪反。弘安本：可浪切。　話，尤袤本：下快反。陳八郎本、九條本：下快。正安本：胡適反。弘安本：故邁反。〇案：正安本“適”爲“邁”字之訛。又弘安本“故”爲“胡”字之訛。　涌，弘安本引《音决》：以童切。〇案：弘安本“童”疑爲“重”字之訛。　狙，尤袤本、陳八郎本、九條本：七余。上野本作“徂”：七余反。　食，尤袤本、陳八郎本、九條本、上野本、弘安本：異。正安本：音異反。　其，尤袤本、陳八郎本：饑。上野本：基。弘安本：萁。　難，陳八郎本、九條本：去聲。　概，尤袤本、陳八郎本、九條本：古害。正安本：古害反。

若斯之流，又亦繁愽。雖傳之簡牘，而事異篇章。今之所集，亦所不取。至於記事之史，繫年之書，所以襃貶是非，紀別異同。方之篇翰，亦已不同。

牘，上野本：讀。　貶，上野本：弁艷反。　別，尤袤本、陳八郎本、九條本：入聲。

若其讚論之綜緝辭采，序述之錯比文華。事出於沈思，義歸乎翰藻，故與夫篇什，雜而集之。遠自周室，迄于聖代。都爲三十卷，名曰《文選》云耳。凡次文之體，各以彙聚。詩賦體既不一，又以類分。類分之中，各以時代相次。

論，尤袤本、陳八郎本、九條本：去聲。　綜，尤袤本、陳八郎本、九條本：作宋。　緝，尤袤本、陳八郎本、九條本：此立。比，尤袤本、九條本：避。陳八郎本：避逸。〇案：陳八郎本“逸”字衍，逸讀入聲，避讀去聲，聲調不同。　沈，上野本作“沉”：竹今反。　彙，尤袤本、陳八郎本、九條本：于貴。上野本：謂。

《文選》音注輯考卷一

賦甲

京都上

班孟堅《兩都賦》二首

賦　甲

京都上

兩都賦序
班孟堅

或曰:賦者,古詩之流也。昔成康没而頌聲寢,王澤竭而詩不作。大漢初定,日不暇給。至於武、宣之世,乃崇禮官,考文章,内設金馬石渠之署,外興樂府協律之事。以興廢繼絶,潤色鴻業。是以衆庶悦豫,福應尤盛,白麟、赤雁、芝房、寶鼎之歌,薦於郊廟。神雀、五鳳、甘露、黄龍之瑞,以爲年紀。

　　寢,弘安本引《音决》:七稔切。　署,弘安本引《音决》:時庶切。　庶,正安本引《音决》:之仔反。　麟,弘安本引《音决》:力仁切。

故言語侍從之臣,若司馬相如、虞丘壽王、東方朔、枚皋、王襃、劉向之屬,朝夕論思,日月獻納。而公卿大臣,御史大夫倪寬、太常孔臧、太中大夫董仲舒、宗正劉德、太子太傅蕭望之等,時時間作。或以杼下情而通諷諭,或以宣上德而盡忠孝,雍容揄揚,著於後嗣,抑亦雅頌之亞也。故孝成之世,論而録之。蓋奏御者千有餘篇,而後大漢之文章,炳焉與三代同風。

從,正安本引《音決》:才用反。　枚,正安本:亡回反。

襃,正安本:布毛反。弘安本引《音決》:布毛切。　向,上野本:許亮反,又式亮反。　倪,九條本作“兒”:五兮反。　寬,正安本:官。　杼,尤袤本李善注:食與切。陳八郎本、九條本:臣與。上野本作“抒”:常与反。　諷,尤袤本李善注:方鳳切。　揄,九條本:以珠。　著,陳八郎本:張慮。　炳,尤袤本:彼皿切。陳八郎本:彼永。九條本:彼永,又引李善音:彼皿。正安本:兵永反。

且夫道有夷隆,學有麤密。因時而建德者,不以遠近易則。故皋陶歌虞,奚斯頌魯,同見采於孔氏,列于《詩》《書》,其義一也。稽之上古則如彼,考之漢室又如此。斯事雖細,然先臣之舊式,國家之遺美,不可闕也。

麤,上野本:踈。○案:麤爲清母,踈爲生母,齒音未分化。

稽,正安本引《音決》:古兮反。

臣竊見海内清平,朝廷無事,京師脩宮室,浚城隍,起苑囿,以備制度。西土耆老,咸懷怨思,冀上之睠顧。而盛稱長安舊制,有陋雒邑之議。故臣作《兩都賦》,以極衆人之所眩曜,折以今之法度。其詞曰:

朝,正安本引《音決》:直遥反。　廷,正安本:直丁反。上野

本作"庭"：直丁反。　浚，上野本：思俊反，又音：峻。陳八郎本、
九條本：峻。　隍，上野本：皇。　圉，正安本：又。　思，正安本
引《音決》：先自反。　冀，正安本：子力。　上，正安本：時掌反。

眩，陳八郎本、九條本：縣。　折，正安本引《音決》、上野本：之
舌反。

西都賦

有西都賓問於東都主人曰：蓋聞皇漢之初經營也，嘗有意乎都河洛
矣。輟而弗康，寔用西遷，作我上都。主人聞其故而睹其制乎。主人
曰：未也。願賓攄懷舊之蓄念，發思古之幽情。博我以皇道，弘我以
漢京。賓曰：唯唯。

　　輟，尤袤本李善注：張衞切。　攄，上野本：勅金反。○案：
上野本"金"疑爲"余"字之訛。　唯，陳八郎本、九條本：上聲。

漢之西都，在於雍州，寔曰長安。左據函谷、二崤之阻，表以太華、終
南之山。右界褒斜、隴首之險，帶以洪河、涇、渭之川。衆流之隈，汧
涌其西。華實之毛，則九州之上腴焉，防禦之阻，則天地之隩區焉。

　　函，正安本：寒。　崤，上野本作"肴"：下交反。　斜，九條
本、上野本：以遮反。　防，正安本：房。　禦，正安本：魚呂反。
弘安本：魚呂切。○案：正安本音注左下標一"許"字，或即許淹。
　　隩，尤袤本李善注：於報切。九條本引李善音：於報。陳八郎
本、九條本：烏號。上野本：烏封反。弘安本：焉報也。○案：上
野本"封"爲"報"字之訛。又弘安本"焉"爲"烏"字之訛。

是故橫被六合，三成帝畿。周以龍興，秦以虎視。及至大漢受命而都
之也，仰悟東井之精，俯協《河圖》之靈。奉春建策，留侯演成。天人
合應，以發皇明。乃眷西顧，寔惟作京。於是睎秦嶺，眽北阜。挾灃
灞，據龍首。

　　睎，尤袤本李善注：呼衣切。李賢、陳八郎本、九條本、上野
本、正安本：希。　　眽，尤袤本李善注：五哥切。李賢：蛾。陳八
郎本：我。九條本、朝鮮正德本、奎章閣本：俄。正安本：儀。
○案：眽讀平聲，陳八郎本"我"爲"俄"字之訛。　　挾，陳八郎本：
胡蝶。正安本：胡路反。○案：正安本"路"字誤。　　灃，弘安本：
豐。　　灞，弘安本：伯化切。

圖皇基於億載，度宏規而大起。肇自高而終平，世增飾以崇麗。歷十
二之延祚，故窮泰而極侈。建金城而萬雉，呀周池而成淵。

　　億，上野本：歆。○案：歆，即"嗌"。　　麗，上野本：協力氏
反。　　呀，尤袤本李善注：火家切。李賢：火加反。陳八郎本：呼
退。正安本：火家反。

披三條之廣路，立十二之通門。內則街衢洞達，閭閻且千。九市開
場，貨別隧分。人不得顧，車不得旋。闠城溢郭，旁流百廛。紅塵四
合，煙雲相連。

　　街，北宋本及尤袤本李善注、九條本：佳。　　閻，上野本：以
廉反。　　且，上野本：七也反。　　隧，北宋本及尤袤本李善注：
遂。弘安本引《音决》：遂。　　車，上野本：居。　　闠，北宋本及尤
袤本李善注：徒堅切。陳八郎本、九條本：田。九條本又引李善
音：徒堅反。　　廛，北宋本及尤袤本李善注：除連切。九條本：除

連。上野本：直連反，又音：田。

於是既庶且富，娛樂無疆。都人士女，殊異乎五方。游士擬於公侯，
列肆侈於姬姜。鄉曲豪舉，游俠之雄。節慕原、嘗，名亞春、陵。連交
合衆，騁鶩乎其中。

　　　　樂，上野本、正安本：洛。　肆，上野本：四。　舉，弘安本作
　　"傑"：寄哲反。　鶩，北宋本及尤袤本李善注、九條本：務。

若乃觀其四郊，浮游近縣，則南望杜、霸，北眺五陵。名都對郭，邑居
相承。英俊之域，紱冕所興。冠蓋如雲，七相五公。與乎州郡之豪
傑，五都之貨殖。三選七遷，充奉陵邑。蓋以强幹弱枝，隆上都而觀
萬國也。封畿之内，厥土千里。逴躒諸夏，兼其所有。

　　　　紱，上野本：弗。弘安本作"黻"，音：弗。　冕，上野本：免。
　　弘安本：勉。　殖，上野本、正安本：食。　逴，上野本：丁角反。
　　北宋本、尤袤本、李賢：卓。　躒，北宋本及尤袤本李善注：吕角
　　切。九條本、上野本：力角反。《後漢書》作"举"，李賢：吕角反。
　　陳八郎本亦作"举"，音：力角。

其陽則崇山隱天，幽林穹谷。陸海珍藏，藍田美玉。商洛緣其隈，鄠
杜濱其足。源泉灌注，陂池交屬。

　　　　隈，北宋本及尤袤本李善注：於回切。九條本：於回。　鄠，
　　陳八郎本、九條本、上野本：户。　陂，上野本：碑。

竹林果園，芳草甘木。郊野之富，號爲近蜀。其陰則冠以九嵕，陪以甘
泉，乃有靈宫起乎其中。秦、漢之所極觀，淵、雲之所頌嘆，於是乎

存焉。

　　　冠，尤袤本、陳八郎本、九條本：古亂。正安本、上野本：古乱
反。　　峻，尤袤本、陳八郎本、九條本：子紅。上野本：子紅反，又
音：曾。　　陪，正安本：步圓反。○案：正安本"圓"爲"回"字之
訛。　　觀，尤袤本、陳八郎本、九條本：古亂。正安本：古乱反。

下有鄭、白之沃，衣食之源。提封五萬，疆場綺分。溝塍刻鏤，原隰龍
鱗。決渠降雨，荷插成雲。五穀垂穎，桑麻鋪棻。

　　　食，上野本：試。　　提，《後漢書》作"隄"，李賢引《漢書音
義》：丁奚反。　　疆，上野本：居良反，又音：卿。正安本：强。
場，李賢、陳八郎本、九條本：亦。　　塍，尤袤本李善注、上野本、
李賢：繩。陳八郎本、九條本：乘。　　插，陳八郎本：楚甲。　　鋪，
尤袤本李善注：普胡切。九條本：普胡。　　棻，李賢：芬。

東郊則有通溝大漕，潰渭洞河。泛舟山東，控引淮湖，與海通波。西
郊則有上囿禁苑，林麓藪澤，陂池連乎蜀漢。繚以周墙，四百餘里。
離宫別館，三十六所。神池靈沼，往往而在。其中乃有九真之麟，大
宛之馬，黃支之犀，條支之鳥。踰昆崙，越巨海。殊方異類，至于三
萬里。

　　　漕，陳八郎本：在到。九條本、正安本：在到反。上野本：左
到反。　　潰，尤袤本李善注：胡對切。九條本：胡對。　　麓，上野
本：力各反。正安本：力谷反。○案：上野本"各"爲"谷"字之訛。
　　繚，尤袤本李善注：力鳥切。九條本：力鳥。李賢：了。　　宛，
陳八郎本：於袁。九條本、上野本：於袁反。正安本：於元反。弘
安本：於元切。　　犀，上野本、弘安本：西。

其宮室也，體象乎天地，經緯乎陰陽。據坤靈之正位，做太紫之圓方。樹中天之華闕，豐冠山之朱堂。因瓌材而究奇，抗應龍之虹梁。列棼橑以布翼，荷棟桴而高驤。雕玉瑱以居楹，裁金璧以飾璫。發五色之渥彩，光爛朗以景彰。

位，正安本：肩圍反。○案：正安本音疑誤。　做，陳八郎本作“放”，音：膚罔。弘安本亦作“放”，音：徃切。○案：弘安本“徃”上有脱字。　虹，尤袤本李善注：紅。　棼，尤袤本李善注：扶云切。陳八郎本：汾。九條本：扶云，又音：汾。上野本：扶分反。　橑，尤袤本李善注：梁道切。陳八郎本：老。九條本、正安本：老，又：梁道。上野本：力道反，又音：老。　棟，九條本：董。　桴，尤袤本李善注、李賢：浮。陳八郎本：敷。九條本：敷，又：浮。　驤，陳八郎本、九條本、上野本：相。　【附】李善注：《爾雅》曰蝀蝃，虹也。蝃，音帝。蝀，音董。　瑱，尤袤本李善注：徒年切。九條本引李善：徒年反。李賢：田。陳八郎本：土見。　璫，陳八郎本、九條本、弘安本：當。　渥，尤袤本李善注：烏學切。九條本：烏學。弘安本：一角也。　爛，李賢、尤袤本、陳八郎本、九條本：艷。

於是左城右平，重軒三階。閨房周通，門闥洞開。列鍾虡於中庭，立金人於端闈。仍增崖而衡閾，臨峻路而啓扉。徇以離宮別寢，承以崇臺閒館。焕若列宿，紫宮是環。

城，尤袤本李善注：七則切。陳八郎本：倉則。九條本：倉則，又：七則。弘安本：七勒切。　闥，尤袤本李善注：他曷切。九條本：他曷。上野本：他曷反。　虡，尤袤本李善注引徐廣：鐻音巨。陳八郎本、九條本：巨。上野本：其吕反。　闈，弘安本：

韡。　增，弘安本：魚及反。○案：弘安本此條音有誤。　闡，尤袤本李善注：胡沺切。九條本：胡沺。弘安本：于逼切。　間，陳八郎本、九條本作"閒"，音：閑。　環，李賢：協韻音宦。

清涼宣溫，神仙長年。金華玉堂，白虎麒麟。區宇若兹，不可殫論。增盤崔嵬，登降炤爛。殊形詭制，每各異觀。乘茵步輦，惟所息宴。

殫，陳八郎本、九條本：丹。　崔，尤袤本李善注：兹瑰切。陳八郎本：族回。九條本：於回、才回，又：慈瑰反。○案：九條本"於"疑爲"族"字之訛。　嵬，尤袤本李善注：才迴切。陳八郎本、九條本：五回。○案：尤袤本"才迴切"誤，當作"崔"字音注。崔屬清母，嵬屬疑母，才屬從母，清、從俱爲齒音，而疑爲喉音。才與崔聲母相近，而與嵬聲母相遠，故"才迴切"應是"崔"字音，上引九條本"崔"旁記音"才回"亦可證。　崔嵬，《後漢書》作"業峨"。業，李賢：五臘反。峨，李賢：我。　炤，尤袤本、九條本：照。　爛，尤袤本李善注：力旦切。九條本：力旦。　詭，陳八郎本、九條本：軌。　茵，尤袤本李善注：於申切。九條本引李善音：於申反。陳八郎本、九條本：因。

後宮則有掖庭椒房，后妃之室。合歡增城，安處常寧。茝若椒風，披香發越。蘭林蕙草，鴛鸞飛翔之列。昭陽特盛，隆乎孝成。屋不呈材，牆不露形。裹以藻繡，絡以綸連。隨侯明月，錯落其間。金釭銜璧，是爲列錢。翡翠火齊，流耀含英。懸黎垂棘，夜光在焉。

掖，正安本：以赤反。弘安本：以赤切。　椒，正安本：子遥反。弘安本：子遥切。　處，正安本：昌呂反。　茝，九條本：齒改反。　鴛，正安本：於元。　鸞，正安本：力丸反。弘安本：力九切。○案：弘安本"九"爲"丸"字之訛。　襄，尤袤本李善注：
於劫切。李賢、陳八郎本：於業反。九條本：於業。弘安本：邑。

　釭，尤袤本李善注：古雙切。九條本：古双反。李賢：江，又音
工。　齊，陳八郎本、九條本：慈計。

於是玄墀釦砌，玉階彤庭。硩碔綵緻，琳珉青熒。珊瑚碧樹，周阿而
生。紅羅颯纚，綺組繽紛。精曜華燭，俯仰如神。後宮之號，十有四
位。窈窕繁華，更盛迭貴。處乎斯列者，蓋以百數。

　釦，尤袤本李善注：枯後切。陳八郎本、九條本：叩。　砌，
尤袤本李善注：且計切。正安本：七計反。　硩，尤袤本李善注：
如兗切。李賢：而兗反。九條本：而兗。陳八郎本作"煥"，音：而
兗。正安本：而鋪反。　碔，尤袤本李善注、李賢、陳八郎本、九
條本：戚。　緻，陳八郎本、九條本：直利。正安本：音利反。
○案：正安本"音"當作"直"。　珉，陳八郎本、九條本、正安本：
旻。　熒，正安本：刑。　颯，尤袤本李善注：思合切。陳八郎
本：蘇合。九條本作"颷"，音：思合，又：蘇合。《後漢書》作"颷"，
李賢：素合反。　纚，尤袤本李善注：山綺切。李賢：山綺反。陳
八郎本：所綺。九條本：所綺，又：山綺反。　繽，尤袤本李善注：
匹人切。　迭，尤袤本李善注：徒結切。九條本：徒結。　【附】
李善注：《漢書》曰：婬娥視中二千石。婬，音刑。

左右庭中，朝堂百寮之位。蕭曹魏邴，謀謨乎其上。佐命則垂統，輔
翼則成化。流大漢之愷悌，盪亡秦之毒螫。故令斯人揚樂和之聲，作
畫一之歌。功德著乎祖宗，膏澤洽乎黎庶。又有天祿石渠，典籍之
府。命夫惇誨故老，名儒師傅。講論乎六藝，稽合乎同異。

　　螫，尤衮本李善注、陳八郎本：舒亦切。九條本：舒亦反，又音：舍。弘安本：舍。　　樂，九條本：岳。　　惇，陳八郎本、九條本：敦。

又有承明金馬，著作之庭。大雅宏達，於茲爲羣。元元本本，殫見洽聞。啓發篇章，校理秘文。周以鉤陳之位，衛以嚴更之署。總禮官之甲科，羣百郡之廉孝。虎賁贅衣，閽尹閣寺。陛戟百重，各有典司。周盧千列，徼道綺錯。輦路經營，脩除飛閣。

　　更，陳八郎本、九條本：平聲。　　賁，陳八郎本、九條本：奔。
　　贅，尤衮本李善注：之銳切。李賢：之銳反。陳八郎本：章衛。九條本：章衛，又引李善音：之銳反。　　閣，陳八郎本、九條本：淹。　　司，九條本：協音嗣。　　徼，陳八郎本、九條本：叫。　　輦，弘安本：力剪切。

自未央而連桂宮，北彌明光而亘長樂。凌隥道而超西墉，掍建章而連外屬。設璧門之鳳闕，上觚稜而栖金爵。

　　樂，九條本、正安本、弘安本：洛。　　隥，尤衮本李善注：丁鄧切。李賢：丁鄧反。九條本：丁鄧。陳八郎本作“橙”，音：都鄧。
　　墉，正安本：容。　　掍，尤衮本李善注引《音義》：與混同，胡本切。弘安本作“混”：胡本切。　　觚，尤衮本李善注、陳八郎本、九條本：孤。《後漢書》作“柧”，李賢：孤。　　稜，尤衮本李善注：落登切。九條本：落登。李賢：力登反。

内則別風之嶕嶢，眇麗巧而聳擢。張千門而立萬户，順陰陽以開闔。爾乃正殿崔嵬，層構厥高，臨乎未央。經駘盪而出馺娑，洞枌橑以與天梁。上反宇以盖戴，激日景而納光。

　　　　嶕，尤袤本李善注：兹堯切。李賢：焦。陳八郎本：慈遥。九
條本：慈堯，又：慈遥。　嶢，李賢：堯。陳八郎本、九條本：牛條。
　　　崔，正安本：在迴反。　駘，尤袤本李善注、九條本、李賢：殆。
弘安本：大。　盪，李賢：蕩。　馺，尤袤本李善注：素合切。李
賢：素合反。陳八郎本：蘇合。九條本：素合。　娑，尤袤本李善
注：蘇可切。李賢：素可反。陳八郎本、九條本：蘇可。　枌，尤
袤本李善注：烏詣切。李賢：烏計反。陳八郎本、九條本：烏詣。
正安本：五計反。

神明鬱其特起，遂偃蹇而上躋。軼雲雨於太半，虹霓迴帶於枌楣。雖
輕迅與儦狡，猶愕眙而不能階。攀井幹而未半，目眴轉而意迷。舍櫺
檻而却倚，若顛墜而復稽。魂怳怳以失度，巡迴塗而下低。

　　　　軼，尤袤本李善注：餘質切。陳八郎本、九條本：逸。　枌，
陳八郎本：汾。九條本：紛。正安本：扶分反。　楣，尤袤本李善
注：靡飢切。陳八郎本、九條本、正安本：眉。　儦，尤袤本李善
注：芳妙切。李賢：匹妙反。陳八郎本：匹照。九條本：匹照，又：
芳妙。　狡，尤袤本李善注：古飽切。九條本：古飽。　愕，尤袤
本李善注：五各切。李賢：五各反。陳八郎本、九條本：五各。
眙，尤袤本李善注：勑吏切。李賢：丑吏反。陳八郎本、九條本：
勑吏。　幹，尤袤本李善注、九條本、陳八郎本、正安本、弘安本：
寒。　眴，尤袤本李善注：侯遍切。李賢：眩。陳八郎本：胡遍。
九條本：胡遍，又：侯遍反。　櫺，尤袤本李善注、弘安本：力丁
切。李賢：零。陳八郎本、九條本：靈。　檻，尤袤本李善注：胡
黤切。九條本：胡監。　怳，尤袤本李善注：況往切。陳八郎本、

九條本：況往。

既懲懼於登望，降周流以彷徨。步甬道以縈紆，又杳窱而不見陽。排飛闥而上出，若游目於天表，似無依而洋洋。前唐中而後太液，覽滄海之湯湯。揚波濤於碣石，激神岳之蔣蔣。濫瀛洲與方壺，蓬萊起乎中央。

　　杳，尤袤本李善注：烏鳥切。陳八郎本、九條本：烏鳥。窱，尤袤本李善注：他吊切。李賢：它鳥反。陳八郎本、九條本：他鳥。　　湯，陳八郎本、九條本：傷。正安本：昌。○案：湯、傷爲書母，昌爲昌母，書、昌俱屬照三章組。　　蔣，陳八郎本、九條本：七羊。正安本：七羊反，又：七良反。　　濫，尤袤本李善注：力暫切。九條本：力暫反。

於是靈草冬榮，神木叢生。巖峻崷崒，金石崢嶸。抗仙掌以承露，擢雙立之金莖。軼埃堨之混濁，鮮顥氣之清英。驅文成之丕誕，馳五利之所刑。庶松喬之輩類，時游從乎斯庭。實列仙之攸館，非吾人之所寧。

　　峻，尤袤本李善注：思俊切。九條本：思俊。　　崷，尤袤本李善注：慈由切。陳八郎本：自由。　　崒，尤袤本李善注：慈恤切。陳八郎本作“崪”，音：慈律。九條本：慈律。　　崷崒，《後漢書》作“崔崒”。崔，李賢：徂回反。崒，李賢：才律反。　　崢，尤袤本李善注：力耕切。李賢：仕耕反。陳八郎本、九條本：仕耕。○案：尤袤本“力”當作“仕”。　　嶸，尤袤本李善注：胡萌切。李賢、陳八郎本、九條本、正安本：宏。　　擢，尤袤本李善注：達卓切。堨，尤袤本李善注：於害切。陳八郎本、九條本作“墲”，音：於害。

顥，尤袤本李善注：胡暠切。李賢：皓。陳八郎本、九條本：胡
暠。　誕，陳八郎本、九條本：徒旱。

爾乃盛娛游之壯觀，奮泰武乎上囿。因茲以威戎夸狄，耀威靈而講武
事。命荊州使起鳥，詔梁野而驅獸。毛羣內闐，飛羽上覆。接翼側
足，集禁林而屯聚。水衡虞人，修其營表。種別羣分，部曲有署。罘
網連紘，籠山絡野。列卒周匝，星羅雲布。

夸，陳八郎本、九條本：苦華。　闐，李賢、九條本：田。
聚，李賢：才諭反。　罘，尤袤本李善注：扶流切。李賢、陳八郎
本：浮。九條本：孚。　紘，尤袤本李善注、弘安本：胡萌切。
絡，尤袤本李善注：來各切。九條本：來各。

於是乘鑾輿，備法駕，帥羣臣。披飛廉，入苑門。遂繞酆鄗，歷上蘭。
六師發逐，百獸駭殫。震震爚爚，雷奔電激。草木塗地，山淵反覆。
蹂躪其十二三，乃拗怒而少息。

帥，正安本：率。　酆，尤袤本李善注：孚官切。陳八郎本、
九條本、正安本：豐。　鄗，尤袤本李善注：胡道切。陳八郎本：
浩。九條本：浩，又：胡道。正安本：皓。　殫，正安本：丹，又：
彈。　震，尤袤本李善注：之人切。九條本：之人。弘安本：之振
切。　爚，尤袤本李善注：弋灼切。李賢：躍。陳八郎本：藥。九
條本：藥，又：弋灼。正安本：舒灼反。　蹂，尤袤本李善注：汝九
切。李賢：汝九反。陳八郎本、九條本：汝九。　躪，尤袤本李善
注：力振切。陳八郎本、九條本：力振。正安本：力振反。《後漢
書》作"躙"，李賢：力刃反。　拗，尤袤本李善注：於六切。李賢、
正安本：於六反。陳八郎本、九條本：於六。

爾乃期門佽飛，列刃鑽鍭，要跌追踪。鳥驚觸絲，獸駭值鋒。機不虛
掎，弦不再控。矢不單殺，中必疊雙。

　　佽，尤袤本李善注：次。陳八郎本、九條本：且利。　鑽，尤
袤本李善注：作官切。九條本作“攢”，旁記：與鑽同，音：作官反。

　鍭，尤袤本李善注：胡溝切。李賢、陳八郎本、九條本：侯。上
野本：古溝反。　要，陳八郎本、九條本：腰。　跌，尤袤本李善
注：古穴切。李賢、陳八郎本、九條本：決。　掎，尤袤本李善注：
居蟻切。李賢：居綺反。陳八郎本：几。九條本：己，又：居蟻反。

　控，陳八郎本、九條本：空。上野本：協音空。

颱颱紛紛，矰繳相纏。風毛雨血，灑野蔽天。平原赤，勇士厲，猨狖失
木，豺狼懾竄。

　　颱，尤袤本李善注：俾姚切。陳八郎本：樸。九條本：樸，又
引李善音：婢姚反。上野本頁眉記：颱，五臣注音樸，普角反。
《韻詮》：符角反。善曰：《說文》云：古飆字，俾姚反。弘安本：普
角切。　矰，陳八郎本、九條本：曾。上野本：增。　繳，尤袤本
李善注：之若切。陳八郎本：酌。九條本：酌，又：之若反。上野
本：爵。正安本：灼。　灑，尤袤本李善注：所買切。九條本：所
買。　勇，上野本：用。　狖，尤袤本李善注：與救切。九條本：
與救。李賢：以救反。陳八郎本：夷秀。上野本：以留反。　懾，
尤袤本李善注：章涉切。李賢：之葉反。陳八郎本、九條本：章
獵。　竄，李賢：協韻音七外反。上野本：叶七外反。

爾乃移師趨險，并蹈潛穢。窮虎奔突，狂兕觸歷。許少施巧，秦成力
折。掎僄狡，扼猛噬。脫角挫脰，徒搏獨殺。

兒，陳八郎本、上野本：似。　歷，尤袤本李善注：居衞切。
李賢：居衞反。陳八郎本、九條本作"蹶"：居衞反。上野本：協九
衞反。正安本引《音决》：九術反。○案：正安本"術"與"衞"形近
而訛。　【附】李善注：《廣雅》：蹶、踶、跳也。踶，徒帝切。跳，達
彫切。　折，陳八郎本、九條本：制。　掎，陳八郎本、九條本：
几。　儦，陳八郎本、九條本：匹妙。　扼，尤袤本李善注：於責
切。九條本：於責反。李賢：戹。　噬，尤袤本李善注：誓。上野
本：市制反。　挫，尤袤本李善注：祖過切。弘安本：祖作切。
脰，尤袤本李善注：徒鏤切。陳八郎本：豆。九條本：徒鏤反，又：
豆。弘安本：徒候切。　搏，尤袤本李善注：補洛切。陳八郎本：
博。九條本：補洛，又：博。　殺，李賢：所界反。九條本：所界。

挾師豹，拖熊螭。曳犀犛，頓象羆。超洞壑，越峻崖。蹙嶄巖，鉅石
隤。松柏仆，叢林摧。草木無餘，禽獸珍夷。

　　【附】尤袤本李善注：《爾雅》曰：猰㺄，如虦貓，食虎豹。猰，
先九切。㺄，五奚切。虦，音棧。貓，音苗。　拖，尤袤本李善
注：徒可切。李賢：徒可反。陳八郎本、九條本：徒可。　螭，尤
袤本李善注：敕離切。陳八郎本、九條本：敕离。上野本：丑知
反，又：敕离反。　犛，尤袤本李善注：力之切。李賢：力之反。
陳八郎本：狸。九條本：狸。上野本：驪。　羆，上野本：布皮反。

　　壑，九條本：呼各反。上野本：許各反。　崖，陳八郎本、九條
本：宜。上野本：協音宜。弘安本作"崕"，音：宜。　蹙，正安本
作"蹙"：居日反。　嶄，尤袤本李善注：士咸切。陳八郎本作
"礹"，音：乍監。九條本：作監。上野本：乍監反。

於是天子乃登屬玉之館，歷長楊之榭。覽山川之體勢，觀三軍之殺
獲。原野蕭條，目極四裔。禽相鎮壓，獸相枕藉。

　　　榭，尤袤本李善注：辭夜切。九條本：辭夜。上野本：舍。

獲，陳八郎本：于怪。九條本、朝鮮正德本、奎章閣本：于卦。

鎮，正安本：珍。　　壓，九條本、上野本：烏甲反。正安本：烏中

反。○案：正安本“中”與“甲”形近而訛。　枕，正安本：之禁反。

　藉，陳八郎本、九條本：慈夜反。

然後收禽會衆，論功賜胙。陳輕騎以行炰，騰酒車以斟酌。割鮮野
食，舉烽命釂。饗賜畢，勞逸齊。大路鳴鑾，容與徘徊。集乎豫章之
宇，臨乎昆明之池。左牽牛而右織女，似雲漢之無涯。茂樹蔭蔚，芳
草被隄。蘭茝發色，曄曄猗猗。若摘錦布綉，爛燿乎其陂。

　　　胙，陳八郎本：祚。九條本、上野本：協音昨。正安本：協音

昨，又：工角反，江。○案：正安本“工角反”不知江誰之音。

炰，尤袤本李善注：薄交切。李賢：步交反。陳八郎本：白茅。九

條本：白茅反，又：薄交。上野本：白交反。　烽，正安本：抱封

反。　釂，尤袤本李善注：子曜切。　勞，上野本：老。　鑾，上

野本：力丸反。　涯，陳八郎本、九條本：宜。弘安本作“崖”，音：

宜。　隄，尤袤本李善注：都奚切。　茝，尤袤本李善注：齒改

切。九條本：齒改。李賢：昌改反。　曄，陳八郎本、九條本：于

獵。上野本：于獵反。　摘，尤袤本李善注：勑離切。陳八郎本：

勑离。弘安本：丑知切。

鳥則玄鶴白鷺，黃鵠鵁鸛。鶬鴰鴇鶂，鳧鷖鴻雁。朝發河海，夕宿江
漢。沈浮往來，雲集霧散。

鵠，陳八郎本、九條本：胡縠。上野本：胡縠反。　　鴞，尤袤本李善注：呼交切。李賢、上野本：火交反。陳八郎本、九條本、正安本：交。　　鸛，陳八郎本、九條本、上野本、正安本、弘安本：貫。　　鶴，陳八郎本、九條本、上野本、正安本：倉。　　鴰，尤袤本李善注、李賢、陳八郎本、九條本、正安本：括。上野本：栝。鴇，尤袤本李善注、李賢、陳八郎本、九條本、上野本、弘安本：保。

鶃，尤袤本李善注：五激切。陳八郎本、九條本：五激。上野本：五激反。弘安本：魚□切。○案：弘安本□處字殘。　　鷖，陳八郎本、九條本：烏兮。正安本：一兮反。　　【附】尤袤本李善注：《爾雅》曰：鵅，頭鴟。鵅，烏絞切。

於是後宮乘輚輅，登龍舟，張鳳蓋，建華旗。袪黼帷，鏡清流。靡微風，澹淡浮。

輚，尤袤本李善注、弘安本：士眼切。李賢：仕板反。陳八郎本、九條本：士眼。上野本、正安本：散。○案：弘安本此條音注誤標於上文"漢"字旁，今移正。　　輅，正安本：路。　　黼，上野本：不。正安本：斧。弘安本作"㠏"，音：斧。　　帷，正安本：于悲反。　　澹，尤袤本李善注：達濫切。李賢：徒濫反。陳八郎本、九條本：達濫。　　淡，尤袤本李善注：徒敢切。李賢：徒敢反。陳八郎本、九條本：徒敢。

櫂女謳，鼓吹震。聲激越，謍厲天。鳥羣翔，魚窺淵。招白鷳，下雙鵠。揄文竿，出比目。撫鴻罿，御繒繳。方舟并鶩，俛仰極樂。

櫂，尤袤本李善注：直教切。陳八郎本、九條本：直教。

謳，尤袤本李善注：於侯切。九條本：於侯。　　震，李賢：協韻音真。九條本:真。　譻,尤袤本李善注:呼宏切。李賢:火宏反。
陳八郎本、九條本:呼宏。　窺,尤袤本李善注:缺規切。奎章閣
本李善注:五規切。　鵰,陳八郎本、九條本、上野本:閑。　揄,
尤袤本李善注:頭。李賢:投。　【附】尤袤本李善注:《爾雅》曰:
東方有比目魚焉,不比不行,其名謂之鰈。他合切。　置,陳八
郎本、九條本、正安本:衡。上野本:昌容反,又五臣音:衡。
繒,陳八郎本、九條本、上野本、正安本作"矰",并音:曾。　繳,
陳八郎本、九條本、正安本:酌。上野本:雀,又音:的。　鷔,陳
八郎本、九條本、正安本:務。　俛,尤袤本李善注、九條本:免。
　【附】尤袤本李善注:《爾雅》曰:縶謂之置。置,罿也。竹劣切。
郭璞曰:縶,音壁。

遂乃風舉雲搖,浮游溥覽。前乘秦嶺,後越九嶵。東薄河華,西涉岐
雍。宮館所歷,百有餘區,行所朝夕,儲不改供。

　　溥,陳八郎本:普。　嶵,李賢:協韻音綜。正安本:子公反。
上野本:宗。　華,正安本:戶化反。　岐,正安本:巨支反。上
野本:奇。　供,李賢:協韻音九用反。正安本:居用反。

禮上下而接山川,究休祐之所用。采游童之讙謠,第從臣之嘉頌。于
斯之時,都都相望,邑邑相屬。國藉十世之基,家承百年之業。士食
舊德之名氏,農服先疇之畎畝,商循族世之所鬻,工用高曾之規矩。
粲乎隱隱,各得其所。若臣者,徒觀迹於舊墟,聞之乎故老。十分而
未得其一端,故不能遍舉也。

　　祐,上野本:戶。○案:據音注,上野本正文當作"祐"。
　讙,正安本、上野本:火丸反,又音:官。　望,陳八郎本:亡。

食，正安本引《音決》：如字，爲眷字，非也。　　畎，尤袤本李善注、弘安本：古犬切。九條本：古犬。正安本、上野本：古犬反。陳八郎本：眩。　　畒，上野本：母。　　鬻，陳八郎本、九條本：以六。上野本：以六反。正安本：育。　　粱，正安本：散。　　乎，上野本：胡。　　墟，上野本：去魚反。　　分，上野本：扶問反。正安本：扶分反，又如字。○案：正安本"分"疑當作"問"，涉正文而誤。

東都賦

東都主人喟然而嘆曰：痛乎風俗之移人也。子實秦人，矜夸館室，保界河山，信識昭襄而知始皇矣，烏睹大漢之云爲乎。

喟，上野本：丘位反。弘安本：丘位切。　　襄，上野本：章。　　烏，《後漢書》、上野本并作"惡"，音：烏。

夫大漢之開元也，奮布衣以登皇位，由數朞而創萬代，蓋六籍所不能談，前聖靡得言焉。當此之時，功有横而當天，討有逆而順民。故婁敬度勢而獻其説，蕭公權宜而拓其制。時豈泰而安之哉，計不得以已也。吾子曾不是睹，顧曜後嗣之末造，不亦暗乎。

由，正安本作"繇"：以留反。　　數，弘安本：史宇切。　　婁，正安本：力侯反。　　度，陳八郎本：入聲。　　説，上野本：税。　　拓，陳八郎本作"托"，上野本作"祏"，并音：託。　　睹，上野本旁記"觀"：古丸反。

今將語子以建武之治，永平之事。監于太清，以變子之惑志。往者王莽作逆，漢祚中缺。天人致誅，六合相滅。于時之亂，生人幾亡，鬼神泯絕。壑無完柩,郛岡遺室。原野厭人之肉,川谷流人之血。秦、項之灾猶不克半,書契以來未之或紀。故下人號而上訴,上帝懷而降監。乃致命乎聖皇。

幾,尤袤本李善注:渠機切。九條本:渠機。　完,陳八郎本、九條本、上野本:桓。　柩,上野本:舊。　郛,尤袤本李善注:芳俱切。陳八郎本、上野本:孚。九條本:孚,又:芳俱。號,上野本:户高反。　監,陳八郎本:平聲。

於是聖皇乃握乾符,闡坤珍,披皇圖,稽帝文。赫然發憤,應若興雲。霆擊昆陽,憑怒雷震。遂超大河,跨北嶽。立號高邑,建都河洛。紹百王之荒屯,因造化之盪滌。體元立制,繼天而作。系唐統,接漢緒。茂育羣生,恢復疆宇。勳兼乎在昔,事勤乎三五。豈特方軌并迹,紛綸后辟,治近古之所務,蹈一聖之險易云爾哉。

霆,上野本:直丁反。　憑,弘安本:皮膺切。　震,李賢:協韻音真。陳八郎本作“振”,音:振。九條本、上野本:真。○案:陳八郎本正文作“振”誤,朝鮮正德本作“震”。　屯,上野本:丁倫反。　盪,正安本:直朗反。上野本作“湯”:直朗反。　滌,陳八郎本:狄。上野本:直歷反。　系,九條本:奚計。上野本:奚計反。　恢,上野本:苦回反。　【附】尤袤本李善注:《漢書》曰:羣生噡噡。音湛。　疆,正安本:居良反。弘安本:居□□。○案:弘安本□處字殘,反切下字似作“良”。　辟,上野本:必亦反。　易,上野本:協音亦。

且夫建武之元,天地革命。四海之内,更造夫婦,肇有父子。君臣初建,人倫寔始。斯乃伏犧氏之所以基皇德也。分州土,立市朝,作舟興，造器械，斯乃軒轅氏之所以開帝功也。龔行天罰，應天順人，斯乃湯武之所以昭王業也。遷都改邑，有殷宗中興之則焉。即土之中，有周成隆平之制焉。不階尺土，一人之柄，同符乎高祖。克己復禮，以奉終始，允恭乎孝文。憲章稽古，封岱勒成，儀炳乎世宗。案六經而校德，眇古昔而論功，仁聖之事既該，而帝王之道備矣。至乎永平之際，重熙而累洽。盛三雍之上儀，脩袞龍之法服。鋪鴻藻，信景鑠。揚世廟，正雅樂。人神之和允洽，羣臣之序既肅。乃動大輅，遵皇衢。省方巡狩，躬覽萬國之有無。考聲教之所被，散皇明以燭幽。

　　械，上野本：何戒反。　軒，上野本：許言反。　轅，上野本：袁。　龔，上野本：恭。　復，上野本：伏。　眇，弘安本：弥小反。　該，上野本：古來反。　雍，九條本、朝鮮正德本、奎章閣本：平聲。　袞，弘安本：古本切。　鋪，陳八郎本、九條本：平聲。弘安本：敷。　藻，上野本：早。　信，李賢：讀曰申。弘安本：申。　鑠，陳八郎本、九條本：傷酌。上野本：舒灼反。弘安本：舒灼切。

然後增周舊，脩洛邑。扇巍巍，顯翼翼。光漢京于諸夏，總八方而爲之極。於是皇城之內，宮室光明，闕庭神麗，奢不可踰，儉不能侈。外則因原野以作苑，填流泉而爲沼。發蘋藻以潛魚，豐圃草以毓獸。制同乎梁鄒，誼合乎靈囿。若乃順時節而蒐狩，簡車徒以講武。則必臨之以《王制》，考之以《風》《雅》。歷《騶虞》，覽《駟鐵》，嘉《車攻》，采《吉日》。禮官整儀，乘輿乃出。

　　囿，弘安本：補。　毓，尤袤本李善注、九條本：與育音義同。　鄒，正安本：蒭，又引《音決》：側尤反。　蒐，陳八郎本、九條本：搜。　狩，上野本：所尤反。弘安本：獸。　騶，弘安本：鄒。

鐵，陳八郎本：姪。九條本、朝鮮正德本、奎章閣本作"䥫"，亦音：姪。上野本作"䥫"：大結反，又音：鐵。　　車，上野本：居。

於是發鯨魚，鏗華鐘。登玉輅，乘時龍。鳳蓋棽麗，鯀蠻玲瓏。天官景從，寢威盛容。

鯨，正安本：巨京反。　　鏗，李賢：苦耕反。陳八郎本、九條本：坑。　　棽，尤袤本李善注、陳八郎本、九條本、弘安本：林。麗，尤袤本李善注、陳八郎本、九條本、上野本、弘安本：離。鯀，尤袤本李善注：與和音義通。　　玲，尤袤本李善注、九條本：力經切。弘安本：力丁切。　　瓏，尤袤本李善注、九條本：力東切。弘安本：力公切。　　寢，陳八郎本、九條本作"祲"，音：浸。

山靈護野，屬御方神。雨師泛灑，風伯清塵。千乘雷起，萬騎紛紜。元戎竟野，戈鋋彗雲。羽旄掃霓，旌旗拂天。焱焱炎炎，揚光飛文。吐熖生風，欱野歕山。日月爲之奪明，丘陵爲之搖震。

泛，九條本：孚劍反。上野本：芳劍反。　　灑，上野本：子。○案：灑爲生母紙韻，子爲精母止韻，聲母照二歸精，韻母紙、止相通。　　乘，弘安本：剩。　　戈，上野本、正安本：花。○案：正安本音注誤標於"戎"字旁，今移正。　　鋋，李賢：市延反。陳八郎本：蟬。九條本：蟬，又：澶。上野本：市然反。弘安本：市然切。

彗，尤袤本李善注：蘇類切。李賢：似銳反。九條本、奎章閣本：桑莘。陳八郎本、朝鮮正德本：桑卒。　　旄，上野本：毛。焱，尤袤本李善注：弋劍切。李賢：以贍反。陳八郎本：翊念。九條本：翊念，又：弋劍。上野本：艷。　　炎，尤袤本李善注：于拑切。　　欱，尤袤本李善注：火合切。上野本：火合反。陳八郎本、九條本：荒合。　　歙，尤袤本李善注：敷悶切。陳八郎本、九條本：普悶。　　震，尤袤本李善注：協韻音真。李賢：震讀曰真。

遂集乎中圃，陳師按屯。駢部曲，列校隊。勒三軍，誓將帥。然後舉烽伐鼓，申令三驅。輶車霆激，驍騎電騖。由基發射，范氏施御。弦不睼禽，轡不詭遇。飛者未及翔，走者未及去。指顧倏忽，獲車已實。樂不極盤，殺不盡物。馬踠餘足，士怒未渫。先驅復路，屬車案節。

駢，尤袤本李善注：步田切。九條本：步田。弘安本：步田反。　　校，上野本：戶孝反。弘安本：戶孝切。　　隊，尤袤本李善注：徒對切。九條本：徒對。上野本：徒對反。　　帥，上野本：所位反。　　驅，上野本：協丘具反。　　睼，尤袤本李善注：遞。九條本：遞，又：弟。陳八郎本：弟。上野本：他弟反，又：直帝反。詭，上野本：古毀反。　　倏，正安本：叔。　　樂，九條本、弘安本：洛。　　踠，尤袤本李善注：於遠切。上野本：於遠反。陳八郎本、九條本：苑。　　渫，陳八郎本：薛。九條本作“泄”，音：薛。弘安本亦作“泄”：思列切。

於是薦三犧，效五牲。禮神祇，懷百靈。覲明堂，臨辟雍，揚緝熙，宣皇風，登靈臺，考休徵。俯仰乎乾坤，參象乎聖躬。目中夏而布德，眇四裔而抗稜。西盪河源，東澹海漘。北動幽崖，南燿朱垠。殊方別區，界絕而不鄰。自孝武之所不征，孝宣之所未臣。莫不陸讋水慄，奔走而來賓。遂綏哀牢，開永昌。春王三朝，會同漢京。是日也，天子受四海之圖籍，膺萬國之貢珍。內撫諸夏，外綏百蠻。

牲，正安本：生。　　緝，九條本：七入反。　　徵，上野本：重。　　參，上野本：七男反。弘安本：七男切。　　眇，北宋本及尤袤本李善注:苦暫切。　稜,上野本、弘安本:力增反。　澹,陳八郎本、九條本:徒敢。　漘,李賢、上野本:脣。陳八郎本、九條本:純。正安本:食倫反。　崖,陳八郎本、九條本、上野本:宜。正安本、弘安本:儀。　燿,《後漢書》作"趯",李賢:它歷反。　垠,李賢、陳八郎本、九條本、正安本:銀。上野本:魚斤反,又:銀。

　宣,上野本:千。　讋,北宋本及尤袤本李善注:章涉切。李賢:之涉反。陳八郎本、九條本:章涉。上野本:詮牒反。○案:上野本"詮"疑爲"諸"字之誤,諸、讋皆章母。　牢,上野本、正安本、弘安本:勞。　朝,陳八郎本:陟昭。朝鮮正德本:陟矯。九條本、奎章閣本:陟嬌。

爾乃盛禮興樂,供帳置乎雲龍之庭。陳百寮而贊羣后,究皇儀而展帝容。於是庭實千品,旨酒萬鐘。列金罍,班玉觴,嘉珍御,太牢饗。爾乃食舉雍徹,太師奏樂。陳金石,布絲竹。鐘鼓鏗鍧,管絃燁煜。

　樂,上野本:岳。　供,正安本:九共反。弘安本:九共切。○案:弘安本此條音誤標於下文"帳"字旁,今移正。　寮,弘安本:力彫切。　罍,上野本:力回反。正安本:來。弘安本引《音決》:力回。　饗,李賢:協韻音香。九條本:協音香。陳八郎本:香。上野本:叶音卿。○案:卿爲溪母庚韻,香爲曉母陽韻,溪、曉牙喉通轉,庚、陽鄰韻相通。　雍,弘安本作"廱":於容切。徹,上野本、正安本作"撤",音:直列反。弘安本亦作"撤":直列切。　樂,上野本、正安本:岳。　鏗,北宋本及尤袤本李善注:苦耕切。李賢:苦耕反。陳八郎本、九條本:苦耕。上野本:苦莖反。正安本:庚。弘安本:康,又:苦莖切。　鍧,北宋本及尤袤本李善注:呼萌切。陳八郎本、九條本:呼萌。上野本:火宏反。

《後漢書》作"鎗",李賢:楚庚反。 燁,陳八郎本、九條本作
"曄",音:于獵。 煜,北宋本及尤袤本李善注:由鞫切。李賢、
陳八郎本、九條本:育。上野本:以六反。

抗五聲,極六律。歌九功,舞八佾。韶武備,泰古畢。四夷間奏,德廣
所及。僸休兜離,罔不具集。萬樂備,百禮暨。皇歡浹,群臣醉。降
烟熅,調元氣。然後撞鐘告罷,百寮遂退。

　　佾,上野本:以日反。弘安本:以日切。 韶,正安本:市遥
反。弘安本:本遥切。○案:弘安本"本"爲"市"字之訛。 間,
尤袤本李善注:古莧切。《後漢書》、北宋本作"聞",李賢:古莧
反。北宋本李善注:古莧切。 僸,北宋本及尤袤本李善注、陳
八郎本、九條本:禁。上野本:居蔭反,又:禁。正安本作"襟",
音:禁。《後漢書》作"份":渠禁反。 休,尤袤本李善注:莫芥
切。李賢:摩葛反。陳八郎本、九條本:賣。上野本:昧。正安
本:妹。北宋本作"末",李善注:莫芥切。弘安本:莫界切。
兜,北宋本及尤袤本李善注:丁侯切。陳八郎本、九條本:丁侯。
上野本:都侯反。 樂,上野本、正安本:岳。 烟,陳八郎本、九
條本、上野本:因。 熅,陳八郎本、九條本:於羣。上野本:於云
反。 撞,李賢:直江反。

於是聖上睹萬方之歡娛,又沐浴於膏澤,懼其侈心之將萌,而怠於東
作也。乃申舊章,下明詔。命有司,班憲度。昭節儉,示太素。去後
宮之麗飾,損乘輿之服御。抑工商之淫業,興農桑之盛務。遂令海内
棄末而反本,背偽而歸真。女脩織紝,男務耕耘。器用陶匏,服尚素
玄。恥纖靡而不服,賤奇麗而弗珍。捐金於山,沈珠於淵。

娛，上野本：魚俱反。　沐，上野本：木。　浴，上野本、正安本：欲。　詔，上野本：之笑反。　憲，上野本：古建反。　紝，陳八郎本：任。上野本：女林反，又：任。弘安本：女林切。　陶，弘安本：徒勞切。　匏，上野本、正安本：步交反。弘安本：步交切。　靡，上野本、正安本：美。

於是百姓滌瑕盪穢，而鏡至清。形神寂漠，耳目弗營。嗜欲之源滅，廉恥之心生。莫不優游而自得，玉潤而金聲。是以四海之内，學校如林，庠序盈門。獻酬交錯，俎豆莘莘。下舞上歌，蹈德詠仁。登降飫宴之禮既畢，因相與嗟嘆玄德，讜言弘說。咸含和而吐氣，誦曰：盛哉乎斯代。

嗜，陳八郎本、九條本：常利。上野本：市至反。正安本：至。○案：嗜爲常母，至爲昌母，聲紐不同，正安本“至”上疑有脫字。　庠，上野本、正安本：祥。　酬，上野本：時囚反。弘安本：市留切。　莘，北宋本及尤袤本李善注：所巾切。李賢：所巾反。陳八郎本：詵。九條本：洗，又：所巾。上野本、正安本：新。○案：九條本“洗”爲“詵”字之訛。　飫，上野本：於據反。弘安本：於據切。　讜，北宋本及尤袤本李善注、李賢：黨。

今論者但知誦虞夏之《書》，詠殷周之《詩》。講義文之《易》，論孔氏之《春秋》，罕能精古今之清濁，究漢德之所由。唯子頗識舊典，又徒馳騁乎末流。温故知新已難，而知德者鮮矣。且夫僻界西戎，險阻四塞，脩其防禦，孰與處乎土中，平夷洞達，萬方輻湊。秦嶺九嵏，涇渭之川，曷若四瀆五嶽，帶河泝洛，圖書之泉。建章甘泉，館御列仙，孰與靈臺明堂，統和天人。

論，正安本：力魂反。　易，上野本、正安本：亦。　僻，《後
漢書》作"辟"，李賢：匹亦反。　塞，弘安本：思代切。　禦，上野
本、正安本：語。　輻，正安本：福。　湊，正安本：奏。　嵕，尤
袤本：則工切。陳八郎本、九條本：則工。上野本：則工反，又：子
孔反。弘安本：子孔切。〇案：上野本"子孔反"原作"子紅反"，
後改"紅"作"孔"。《西都賦》亦音"子紅反"，平聲。　館，上野
本：觀。

太液昆明，鳥獸之囿，曷若辟雍海流，道德之富。游俠踰侈，犯義侵
禮。孰與同履法度，翼翼濟濟也。子徒習秦阿房之造天，而不知京洛
之有制也。識函谷之可關，而不知王者之無外也。主人之辭未終，西
都賓矍然失容，逡巡降階，慄然意下，捧手欲辭。主人曰：復位，今將
授子以五篇之詩。賓既卒業，乃稱曰：美哉乎斯詩。義正乎楊雄，事
實乎相如。匪唯主人之好學，蓋乃遭遇乎斯時也。小子狂簡，不知所
裁。既聞正道，請終身而誦之。其詩曰：

液，弘安本：以赤切。　函，正安本：咸。　矍，尤袤本李善
注：許縛切。李賢：許縛反。陳八郎本：許縛。九條本：計博。上
野本：居縛反。〇案：九條本"計博"疑爲"許縛"之訛。　逡，正
安本：七旬反。　慄，尤袤本李善注：徒頰切。李賢：徒頰反。陳
八郎本作"摞"，音：徒頰。

明堂詩

於昭明堂，明堂孔陽。聖皇宗祀，穆穆煌煌。上帝宴饗，五位時序。
誰其配之，世祖光武。普天率土，各以其職。猗歟緝熙，允懷多福。

於，陳八郎本、九條本：烏。　率，上野本：出。　猗，弘安

本:於宜切。　熙,弘安本:許疑切。

辟雍詩

乃流辟雍,辟雍湯湯。聖皇莅止,造舟爲梁。皤皤國老,乃父乃兄。
抑抑威儀,孝友光明。於赫太上,示我漢行。洪化惟神,永觀厥成。

　　　　湯,陳八郎本、九條本、上野本:商。弘安本:章,又:舒羊切。

　　皤,尤袤本李善注:蒲河切。李賢:步何反。陳八郎本、上野
本、正安本:婆。九條本:婆,又:蒲河反。　於,九條本:烏。

　　赫,正安本:客。

靈臺詩

乃經靈臺,靈臺既崇。帝勤時登,爰考休徵。三光宣精,五行布序。
習習祥風,祁祁甘雨。百穀蓁蓁,庶草蕃廡。屢惟豐年,於皇樂胥。

　　　　蓁,上野本:側巾反。正安本、弘安本:新。　蕃,尤袤本、陳
八郎本、九條本:繁。上野本、正安本、弘安本:煩。　廡,尤袤
本、陳八郎本、九條本:武。上野本、正安本、弘安本作“蕪”,音:
武。　胥,陳八郎本:悉與反。九條本:慈與。上野本:諸,叶思
与反。朝鮮正德本、奎章閣本:志與反。○案:正德本、奎章閣本
“志”爲“悉”字之訛。

寶鼎詩

嶽脩貢兮川效珍,吐金景兮歊浮雲。寶鼎見兮色紛緼,焕其炳兮被龍
文。登祖廟兮享聖神,昭靈德兮彌億年。

　　　　歊,尤袤本李善注:呼朝切。李賢:火驕反。陳八郎本、九條
本:許妖。弘安本:許喬反。　焕,上野本:呼皖反。　享,上野

本：許兩反。

白雉詩

啓靈篇兮披瑞圖，獲白雉兮效素烏，嘉祥阜兮集皇都。發皓羽兮奮翹
英，容絜朗兮於純精。彰皇德兮侔周成，永延長兮膺天慶。

　　雉，弘安本：直理切。　純，上野本：常綸反。　膺，弘安本：
於證切。　慶，李賢：讀曰卿。上野本：叶音卿。

《文選》音注輯考卷二

京都上

　張平子《西京賦》一首

西京賦

張平子

有憑虛公子者，心奓體忲，雅好博古，學乎舊史氏。是以多識前代之
載。言於安處先生，曰：夫人在陽時則舒，在陰時則慘，此牽乎天者
也。處沃土則逸，處瘠土則勞，此繫乎地者也。慘則尠於驩，勞則褊
於惠，能違之者寡矣。小必有之，大亦宜然。故帝者因天地以致化，
兆人承上教以成俗。化俗之本，有與推移。何以覈諸。秦據雍而彊，
周即豫而弱。高祖都西而泰，光武處東而約。政之興衰，恒由此作。
先生獨不見西京之事歟。請爲吾子陳之。

　　憑，九條本：皮冰。上野本、正安本：皮氷反。弘安本：皮氷
切。奎章閣本：彼兵。　奓，尤袤本李善注：昌氏切。九條本作
“侈”，音：昌氏。弘安本：車。　忲，陳八郎本、正安本：太。
處，上野本：昌与反。　【附】尤袤本李善注：《春秋繁露》曰：春之
言猶偆也，偆者，喜樂之貌也。秋之言猶湫也，湫者，憂悲之狀
也。偆，充尹切。湫，子由切。　沃，弘安本：五□□。○案：弘
安本□處字殘，反切下字似作“浴”。　尠，弘安本作“鮮”：思輦
切。　驩，弘安本作“懽”：火丸切。　褊，尤袤本李善注：卑緬

切。九條本：卑緬反。上野本：必輦反。弘安本：必輦切。　　覈，
尤袤本李善注：胡草切。陳八郎本：乎革。九條本：乎革反。
雍，弘安本：許共切。○案：弘安本"許"爲"紆"字之訛。　　彊，上
野本作"强"：其良反。弘安本亦作"强"：其良切。　　由，正安本
作"繇"，音：曲。○案：正安本"曲"爲"由"字之訛。　　爲，弘安
本：于僞切。○案：弘安本此條音誤標於下文"秦里"旁，今
移正。

漢氏初都，在渭之涘。秦里其朔，寔爲咸陽。左有崤函重險，桃林之
塞。綴以二華，巨靈贔屓，高掌遠蹠，以流河曲，厥迹猶存。
　　　　涘，上野本、正安本、弘安本：仕。　　崤，陳八郎本、九條本：
戶交。　　函，正安本：咸。　　險，上野本：虛檢反。　　塞，上野本：
先代反。弘安本：光代反。○案：弘安本"光"爲"先"字之訛。
綴，弘安本：丁歲切。　　華，上野本：胡化反。　　贔，尤袤本李善
注：扶祕切。陳八郎本、九條本、正安本、弘安本：備。　　屓，尤袤
本李善注、弘安本：許偹切。陳八郎本作"屭"，音：許備。九條
本：許備。　　蹠，尤袤本李善注：之石切。陳八郎本：章適。弘安
本：之赤切。　　【附】尤袤本李善注：楊雄《河東賦》曰：河靈矍踢，
掌華蹈裏。矍，居縛切。踢，丑略切。

右有隴坻之隘，隔閡華戎。岐梁汧雍，陳寶鳴雞在焉。於前則終南太
一，隆崛崔崒，隱轔鬱律。
　　　　坻，尤袤本李善注：丁禮切。陳八郎本：丁礼。九條本：丁
禮。上野本：丁礼反。　　隘，陳八郎本、九條本：烏介。　　閡，尤
袤本李善注：五代切。陳八郎本：礙。九條本：五代反，又：礙。

上野本：魚代反。　汧，北宋本及尤袤本李善注、陳八郎本：牽。
上野本：去妍反。正安本：去妍反。弘安本：去妍切。○案：妍、
妍不同韻，正安本"妍"爲"妍"字之訛，疑爲摹寫者所誤。　崛，
北宋本及尤袤本李善注：魚勿切。上野本、正安本：魚勿反。陳
八郎本作"窟"，音：魚屈。九條本作"崫"，音：魚屈。　崔，北宋
本及尤袤本李善注：徂回切。陳八郎本、九條本：摧。上野本：在
回反。正安本：在迥。　崪，北宋本及尤袤本李善注：情律切。
陳八郎本：情韋。上野本、正安本：術。○案：陳八郎本"韋"爲
"聿"字之訛。崪、聿俱爲仄聲質韻，而韋爲平聲微韻，韻調皆異。

　轔，北宋本及尤袤本李善注：憐軫切。陳八郎本：吕軫。九條
本作"鱗"，音：吕軫。弘安本：力忍切。

連岡乎嶓冢，抱杜含鄠，欱灃吐鎬，爰有藍田珍玉，是之自出。於後則
高陵平原，據渭踞涇。澶漫靡迤，作鎮於近。其遠則九嵕甘泉，涸陰
沍寒。日北至而含凍，此焉清暑。

　　嶓，北宋本及尤袤本李善注、陳八郎本、九條本、上野本、正
安本、弘安本：波。　鄠，北宋本、尤袤本、陳八郎本：户。　欱，
北宋本及尤袤本李善注：呼合切。陳八郎本：呼合。　【附】北宋
本及尤袤本李善注：《說文》曰：欱，歠也。歠，昌悦切。九條本：
昌悦。　灃，陳八郎本、正安本：豐。九條本：豐，又浮宫。　鎬，
九條本：胡道。上野本：皓。正安本：告。　踞，北宋本及尤袤本
李善注、陳八郎本、九條本：據。　澶，北宋本及尤袤本李善注：
徒旦切。陳八郎本、九條本：憚。上野本：大旦反。　漫，北宋本
及尤袤本李善注：莫半切。九條本：莫半。上野本：無半反。
靡，上野本：美。　嵕，上野本、弘安本：宗。　涸，陳八郎本、九

條本：固。上野本、正安本：故。　　迺，北宋本及尤袤本李善注：
胡故切。陳八郎本、九條本：乎故。

爾乃廣衍沃野，厥田上上。寔惟地之奧區神皋。昔者大帝説秦繆公
而觀之，饗以鈞天廣樂。帝有醉焉，乃爲金策。錫用此土，而翦諸鶉
首。是時也，并爲彊國者有六。然而四海同宅，西秦豈不詭哉。自我
高祖之始入也，五緯相汁，以旅于東井。婁敬委輅，幹非其議。天啓
其心，人慕之謀，及帝圖時，意亦有慮乎神祇，宜其可定以爲天邑。豈
伊不虔思于天衢，豈伊不懷歸于邠楡，天命不滔，疇敢以渝。

　　沃，弘安本：屋。　　奧，上野本：烏誥反。正安本：烏浩反。
○案：正安本摹寫者頁脚注記作“烏誥反”。　　説，正安本：悦。
　　繆，陳八郎本：目。九條本作“穆”，音：目。　　觀，正安本、弘安
本：近。　　鈞，正安本：歸憐反。弘安本：歸潾切。　　樂，正安本：
岳。　　鶉，上野本、正安本：純。　　彊，上野本：其良反。弘安本、
正安本作“强”：其良反。　　緯，上野本、正安本、弘安本：謂。
汁，北宋本及尤袤本李善注：之十切。九條本、正安本作“叶”，九
條本：之叶反。正安本：之十反。　　輅，北宋本及尤袤本李善注、
弘安本：胡格切。陳八郎本：胡格。九條本、上野本：胡格反。
幹，北宋本及尤袤本李善注、陳八郎本、九條本：干。　　慕，北宋
本及尤袤本李善注、陳八郎本、九條本：忌。　　邠，陳八郎本、九
條本：汾。上野本：扶分反。　　楡，上野本、正安本：以朱反。弘
安本：以朱切。　　滔，北宋本及尤袤本李善注：與韜音義同。陳
八郎本、九條本并作“韜”，音：土刀。　　渝，上野本：以朱反。弘
安本：以朱切。

於是量徑輪，考廣袤。經城洫，營郭鄹。取殊裁於八都，豈啓度於往舊。

　　袤，北宋本及尤袤本李善注：莫又切。陳八郎本、九條本、正安本、弘安本頁眉記：茂。　　洫，北宋本及尤袤本李善注：呼域切。九條本：呼域反。上野本：火域反。弘安本：火域切。　　鄹，北宋本及尤袤本李善注：芳俱切。九條本：芳俱。上野本：夫。

　　裁，陳八郎本：去聲。　　度，上野本：大路反。

乃覽秦制，跨周法。狹百堵之側陋，增九筵之迫脅。正紫宮於未央，表嶢闕於閶闔。疏龍首以抗殿，狀巍峨以岌嶪。

　　堵，上野本：當古反，又：者。弘安本：當古切。　　闔，上野本、正安本：昌。　　闔，上野本：合，又引《音決》：盍。正安本：合。

　　巍，上野本：牛非反。九條本作“嵬”，音：巍。　　峨，上野本：牛何反。　　岌，陳八郎本、九條本：魚立。　　嶪，陳八郎本：五合。九條本：五合，又：魚劫反。上野本：魚劫反。

亘雄虹之長梁，結棼橑以相接。蒂倒茄於藻井，披紅葩之狎獵。飾華榱與璧璫，流景曜之韡曄。

　　亘，北宋本及尤袤本李善注：古鄧切。九條本、奎章閣本：古鄧。正安本作“絙”，音：亘。　　棼，陳八郎本：汾。九條本：紛。上野本：扶分反。正安本：夫云反。　　橑，上野本、正安本：老。

　　蒂，北宋本及尤袤本李善注、陳八郎本、九條本：帝。　　茄，陳八郎本、九條本：加。　　藻，正安本：早。　　葩，北宋本及尤袤本李善注：普華切。九條本：普華。　　狎，九條本：胡甲。上野本：胡甲反。　　獵，九條本：宅甲。上野本：直甲反。○案：九條本、上野本俱讀"獵"爲"蜡祭"之"蜡"。　榱，陳八郎本、九條本：衰。

璫，陳八郎本、九條本：當。　韡，陳八郎本、九條本、上野本作
"暐"，陳八郎本、九條本：偉。上野本：于鬼反。　暐，陳八郎本、
九條本：于劫反。上野本、正安本：于輒反。

雕楹玉磶，繡栭雲楣。三階重軒，鏤檻文㮰。右平左城，青瑣丹墀。
刊層平堂，設切厓陳。

磶，陳八郎本、九條本：昔。　栭，陳八郎本、九條本：而。
㮰，北宋本及尤袤本李善注：婢祇切。九條本：婢低反。陳八郎
本：毗。○案：㮰爲脂韻，低爲齊韻，九條本"低"疑爲"祇"字之
訛。　城，陳八郎本、九條本：倉則。上野本：七得反，又倉則反。

瑣，上野本作"璅"：素果反。　墀，正安本：直尼反。弘安本：
直尼切。　陳，北宋本及尤袤本李善注：和檢切。陳八郎本：宜
檢反。九條本：宜檢。上野本：魚險反。

坁崿鱗眴，棧齴巉嶮。

坁，陳八郎本、九條本：墀。上野本：直厓反。　崿，上野本
作"鰐"：魚各反。　眴，北宋本及尤袤本李善注引《埤蒼》：荀。
陳八郎本、九條本：詢。上野本：旬。弘安本：春。　棧，北宋本
及尤袤本李善注：士眼切。陳八郎本：仕眼。九條本：士眼。上
野本：士展反，又引《音决》：士輦反。弘安本：七展切。　齴，北
宋本及尤袤本李善注、陳八郎本、九條本：眼。上野本：魚輦反。

巉，北宋本及尤袤本李善注：助奄切。陳八郎本：助奄。九條
本：助菴。　嶮，北宋本及尤袤本李善注：魚檢切。陳八郎本：宜
檢反。九條本：宜檢。上野本：犬。

襄岸夷塗,脩路陵險。重門襲固,姦宄是防。仰福帝居,陽曜陰藏。
洪鐘萬鈞,猛虡趪趪。負筍業而餘怒,乃奮翅而騰驤。朝堂承東,温
調延北。西有玉臺,聯以昆德。崟峉嶻嶪,罔識所則。

　　宄,上野本:軌。　　虞,北宋本及尤袤本李善注、陳八郎本、
九條本、上野本、正安本:巨。　　趪,北宋本及尤袤本李善注、陳
八郎本、九條本、正安本:黃。　　筍,上野本:笋,又:思尹反。正
安本:笋。　　崟,正安本作"嵯",音:在何。　　峉,正安本作"峨":
五何反。　　嶻嶪,正安本引《音决》:據業。

若夫長年神儦,宣室玉堂。麒麟朱鳥,龍興含章。譬衆星之環極,叛
赫戲以煇煌。正殿路寢,用朝羣辟。大夏耽耽,九户開闢。嘉木樹
庭,芳草如積。高門有閌,列坐金狄。内有常侍謁者,奉命當御。蘭
臺金馬,遞宿迭居。

　　儦,弘安本:仙。　　叛,北宋本及尤袤本李善注、陳八郎本、
九條本:判。　　戲,北宋本及尤袤本李善注、陳八郎本、九條本:
羲。弘安本:許宜切。　　煇,北宋本及尤袤本李善注、九條本、正
安本:輝。陳八郎本:渾。上野本:胡本反。　　煌,北宋本及尤袤
本李善注:皇。九條本作"炾",音:皇。　　寢,弘安本:七稔切。
　　辟,正安本:必亦反。　　耽,北宋本及尤袤本李善注作"眈":都
南切。陳八郎本:都藍。九條本:都藍,又:都南。　【附】北宋本
及尤袤本李善注:《韓詩》曰:緑薵如簀。薵,音竹。　　閌,陳八郎
本、九條本:抗。上野本:可浪反。弘安本:可浪切。　　迭,北宋
本及尤袤本李善注:徒結切。九條本:徒結反。　　居,陳八郎本:
據,叶韻。九條本:協音據。

次有天禄石渠,校文之處。重以虎威章溝,嚴更之署。徼道外周,千
廬內附。衛尉八屯,警夜巡畫。植鎩懸猒,用戒不虞。

重,九條本、朝鮮正德本、奎章閣本:直龍。　更,弘安本:古
衡切。　徼,北宋本及尤袤本薛綜注、陳八郎本、九條本:叫。
鎩,北宋本及尤袤本李善注:山例切。陳八郎本:所拜。九條本:
所拜,又引李善音:山列反。　【附】北宋本及尤袤本李善注:《説
文》曰:鎩,鈹有鐔也。鈹,芳皮切。　猒,北宋本及尤袤本李善
注、陳八郎本、九條本、弘安本:伐。○案:弘安本正文字殘,然左
旁作"衤",與"猒"字異。

後宮則昭陽飛翔,增成合驩。蘭林披香,鳳皇鴛鸞。羣窈窕之華麗,
嗟內顧之所觀。故其館室次舍,采飾纖縟。裛以藻繡,文以朱緑。翡
翠火齊,絡以美玉。流懸黎之夜光,綴隨珠以爲燭。金釭玉階,彤庭
煇煇。珊瑚琳碧,瓀珉璘彬。珍物羅生,煥若昆崙。雖厥裁之不廣,
侈靡踰乎至尊。

驩,正安本:火丸反。上野本作"歡":火元反。弘安本:火丸
切,又:官。○案:上野本"元"爲"丸"字之訛。　鴛,正安本作
"鵷",音:於袁反。　縟,北宋本及尤袤本李善注、陳八郎本、九
條本:辱。　齊,北宋本及尤袤本李善注:才計切。陳八郎本、九
條本:才計。正安本:在計反。　絡,正安本:洛。　綴,正安本:
丁歲反。　釭,北宋本及尤袤本李善注、陳八郎本、九條本:侯。
煇,尤袤本、陳八郎本、九條本:渾。上野本:古門反。　珊,九
條本:蘇干。陳八郎本:蘇丹。　瑚,陳八郎本、九條本、上野本、
正安本:胡。　琳,上野本、正安本:林。　瓀,陳八郎本、九條
本:而兗。　珉,陳八郎本、九條本:旻。上野本:亡巾反。　璘,

北宋本及尤袤本李善注：力神切。陳八郎本、九條本：鄰。正安本：鱗。弘安本：力仁切。　彬，北宋本及尤袤本李善注：方珉切。陳八郎本：悲旻。九條本：悲旻，又：方珉。上野本、正安本、弘安本：賓。　煥，上野本、正安本：呼翫反。　裁，北宋本及尤袤本李善注：才再切。陳八郎本、九條本：去聲。正安本：昨載反。

於是鉤陳之外，閣道穹隆。屬長樂與明光，徑北通乎桂宮。命般爾之巧匠，盡變態乎其中。後宮不移，樂不徙懸。門衛供帳，官以物辨。恣意所幸，下輦成燕。窮年忘歸，猶弗能遍。瑰異日新，殫所未見。惟帝王之神麗，懼尊卑之不殊。雖斯宇之既坦，心猶憑而未攄。思比象於紫微，恨阿房之不可廬。覛往昔之遺館，獲林光於秦餘。處甘泉之爽塏，乃隆崇而弘敷。既新作於迎風，增露寒與儲胥。託喬基於山岡，直墆霓以高居。

　　般，北宋本及尤袤本李善注、陳八郎本、九條本、正安本：班。　爾，上野本、正安本、弘安本：耳。　匠，上野本：象。　樂，正安本：岳。　懸，九條本：戶見，叶。上野本：叶戶見反。　供，正安本：居共反。　瑰，上野本：古迴反。正安本：古回反。　坦，上野本：他但反。　廬，上野本：力於反。　覛，北宋本及尤袤本李善注：亡狄切。陳八郎本：脉。九條本：脈。　塏，陳八郎本、九條本：愷。　迎，正安本：語京反。　儲，上野本：除。　胥，上野本、正安本、弘安本：書。　墆，北宋本及尤袤本李善注：徒結切。陳八郎本：徒治。九條本、朝鮮正德本、奎章閣本：徒結。上野本：大結反。○案：陳八郎本“治”爲“結”字之訛。　霓，北宋本及尤袤本李善注：五結切。九條本、奎章閣本：五結。陳八郎

本、朝鮮正德本：玉結。上野本引《音決》：魚結反。弘安本：五信
反。○案：陳八郎本、正德本“玉結”，其所切音與“五結”同。然
“玉”疑爲“五”字之形訛。蓋“霓”字音注，素以“五”爲反切聲字。
《梁書》卷三三《王筠傳》：沈約製《郊居賦》，其中“雌霓連蜷”，霓
讀“五激反”。是早以“五”爲反切上字矣。陳八郎本、正德本歧
途得歸，殊偶然也，不足爲訓。又弘安本“信”疑爲“結”字之訛。

通天訬以竦峙，徑百常而莖擢。上辯華以交紛，下刻陗其若削。翔鶤
仰而不逮，況青鳥與黃雀。伏檽檻而頻聽，聞雷霆之相激。

　　　訬，北宋本及尤袤本李善注、九條本、正安本：眇。　　辯，北
宋本及尤袤本李善注：斑，又：范。陳八郎本作“瓣”，音：范。九
條本：范，又引李善音：班。　　刻，正安本、弘安本：國。　　陗，北
宋本及尤袤本李善注、弘安本：七笑切。陳八郎本：七笑。正安
本：照。○案：正安本“照”上有脱字。　　削，弘安本：思□切。○
案：弘安本□處字殘，似作“洛”。　　鶤，北宋本及尤袤本李善注、
陳八郎本、九條本：昆。上野本：古門反。弘安本：古門切。
檽，陳八郎本、正安本：零。　　檻，正安本：艦。　　頻，北宋本及尤
袤本李善注：府。九條本引李善音：府。　　霆，正安本、弘安
本：庭。

柏梁既災，越巫陳方。建章是經，用厭火祥。營宇之制，事兼未央。
圜闕竦以造天，若雙碣之相望。鳳騫翥於甍標，咸遡風而欲翔。

　　　厭，北宋本及尤袤本李善注：於冉切。弘安本引《音決》：一
琰切。　　圜，上野本：員。正安本作“圓”，音：員。　　造，陳八郎
本、九條本：去聲。九條本引李善音：燥。○案：北宋本及尤袤本

脱此條李善音。　碣，陳八郎本、九條本：竭。　望，正安本：協
音忘。　鶱，北宋本及尤袤本李善注：許言切。陳八郎本：軒。
九條本：軒，又引李善音：許言反。上野本：許言反。　翥，北宋
本及尤袤本李善注：之庶切。陳八郎本、九條本：之預。　薨，陳
八郎本、九條本、正安本、弘安本：萌。　標，弘安本作"摽"：匹遥
切。　遡，陳八郎本、九條本：素。

閶闔之内，別風嶕嶢。何工巧之瑰瑋，交綺豁以疏寮。干雲霧而上
達，狀亭亭以苕苕。神明崛其特起，井幹疊而百增。

　　閶，正安本、弘安本：昌。　闔，正安本：盍。弘安本引《音
決》：合。○案：弘安本"合"字模糊。　嶕，陳八郎本、九條本：
譙。正安本：樵。　嶢，正安本：光。○案：正安本"光"爲"堯"字
之訛。　瑰，上野本、正安本：古迴反。弘安本：古迴切。　瑋，
陳八郎本：偉。九條本：緯。上野本：于鬼反。正安本：于鬼。弘
安本：□鬼切。○案：弘安本□處字殘。　寮，弘安本：力彫切。
　豁，正安本：火活反。　崛，陳八郎本、九條本：元屈。　幹，陳
八郎本、九條本：寒。

跱游極於浮柱，結重欒以相承。累層構而遂隮，望北辰而高興。消雰
埃於中宸，集重陽之清澂。瞰宛虹之長鬐，察雲師之所憑。

　　欒，上野本：力丸反。弘安本：力丸切。　層，正安本：增。
　構，弘安本作"搆"：古豆切。　隮，北宋本及尤袤本薛綜注：子
奚切。九條本：子奚。陳八郎本：子兮。弘安本作"躋"：子兮切。
○案：北宋本及尤袤本薛綜注"子奚切"，敦煌本無。當是後世將
李善音羼入。　雰，北宋本及尤袤本李善注：氛。陳八郎本：汾。

九條本：汾，又音：氛。上野本：芳云反。　　宸，北宋本及尤袤本李善注、上野本、正安本、弘安本：辰。敦煌本李善注：宸。○案：敦煌本音"宸"涉正文而誤。　　澂，上野本、正安本：澄。　　瞰，陳八郎本、九條本：勘。弘安本：苦□切。○案：弘安本□處字殘。

醫，敦煌本李善注：渠祇反。北宋本及尤袤本李善注：渠祇切。九條本：渠祇。陳八郎本：岐。

上飛闥而仰眺，正睹瑤光與玉繩。將乍往而未半，怵悼慄而慫兢。非都盧之輕趫，孰能超而究升。

怵，北宋本及尤袤本李善注、陳八郎本、九條本：黜。上野本：丑律反。正安本：也律反。○案：正安本"也"爲"丑"字之訛。

悼，上野本：道。　　慄，北宋本及尤袤本李善注、九條本、上野本：栗。　　慫，敦煌本李善注：先拱反。北宋本及尤袤本李善注：先拱切。九條本：先拱。　　趫，敦煌本李善注：綺驕反。北宋本及尤袤本李善注：綺驕切。九條本：綺驕。陳八郎本：去嬌。

馺娑駘盪，燾昦桔桀。枌詣承光，睒衆庨豁。

馺，陳八郎本：蘇騰。九條本：蘇臘。上野本、正安本：素合反。○案：臘與騰同。　　娑，陳八郎本、九條本：蘇可。正安本：素可反。　　駘，陳八郎本、九條本：殆。正安本：待。　　盪，正安本：蕩。　　燾，敦煌本李善注：徒到反。北宋本及尤袤本李善注：徒到切。陳八郎本、九條本：徒到。　　昦，敦煌本李善注：五到反。北宋本及尤袤本李善注：五告切。陳八郎本：五結。九條本、朝鮮正德本、奎章閣本：五告。○案：陳八郎本音"五結"誤。昦屬號韻，去聲，結屬屑韻，入聲，二音不通。"結"或是"告"字之誤。　桔,敦煌本李善注:吉桀反。北宋本及尤袤本李善注、陳八郎本、九條本、弘安本:吉。○案:桔、桀屬屑韻,吉屬質韻。敦煌本爲李善音,他本爲五臣音。　桀,陳八郎本、九條本:居列。弘安本:居列切。　枌,陳八郎本、九條本:翳。上野本:一計反。

詣,弘安本:魚計切。　暳,敦煌本李善注:呼圭反。北宋本及尤袤本李善注:呼圭切。陳八郎本、九條本:呼圭。上野本:呼珪反。　𦗖,敦煌本李善注:許孤反。北宋本及尤袤本李善注:計狐切。陳八郎本:呼。九條本:呼,又李善音:計狐反。　庨,敦煌本李善注:呼交反。北宋本及尤袤本李善注:呼交切。陳八郎本:呼交。九條本:呼孝。正安本:高。

橧桴重棼,鍔鍔列列。反宇業業,飛檐轓轓。流景内照,引曜日月。

桴,陳八郎本、九條本:孚。上野本:浮。　棼,九條本:紛。陳八郎本:汾。　鍔,上野本:岳,又:五各反。　檐,九條本:余瞻反。　轓,敦煌本李善注:魚桀反。北宋本及尤袤本李善注:魚桀切。陳八郎本、九條本:魚桀。上野本:魚列反。弘安本:魚列切。

天梁之宮,寔開高闈。旗不脱扃,結駟方蕲。轢輻輕驚,容於一扉。

闈,上野本:違。正安本、弘安本:韋。　脱,正安本:他活反,又引《音决》:吐活反。　扃,敦煌本李善注:古熒反。北宋本及尤袤本李善注:古熒切。九條本:古熒。　蕲,敦煌本李善注:巨衣反。北宋本及尤袤本李善注:巨衣切。陳八郎本、九條本、正安本:祈。　轢,陳八郎本、九條本、上野本作"櫟",音:歷。輻,陳八郎本、九條本:福。

長廊廣廡，途閣雲蔓。閒庭詭異，門千户萬。重闈幽闥，轉相踰延。
望衙窱以徑廷，眇不知其所返。

　　　　廡，敦煌本李善注：無禹反。北宋本：无宇切。尤袤本：無宇
切。九條本：无宇。上野本、正安本、弘安本：武。　　閒，敦煌本
李善注、九條本：胡旦反。北宋本及尤袤本李善注：胡旦切。尤
袤本、朝鮮正德本、奎章閣本：汗。陳八郎本：旰。上野本：河旦
反。　　延，尤袤本：移賤切。陳八郎本、九條本：移賤。　　衙，陳
八郎本作“叫”，音：徒吊。九條本：徒吊。　　窱，敦煌本李善注：
他予反。北宋本及尤袤本李善注：他吊切。○案：敦煌本“予”爲
“吊”字之訛。　　廷，敦煌本李善注：他定反。北宋本及尤袤本李
善注：他定切。陳八郎本：他頂。　　返，敦煌本李善注：方万反。
北宋本及尤袤本李善注：方萬切。

既乃珍臺蹇産以極壯，燈道邐倚以正東。似閬風之遰坂，橫西淢而絶
金塘。城尉不弛柝，而内外潛通。

　　　　蹇，正安本：犬。　　燈，北宋本及尤袤本李善注：都亘切。上
野本、正安本：棟。　　邐，敦煌本、北宋本作“麗”，李善注：力氏反
（切）。尤袤本李善注：力氏切。陳八郎本：力氏。　　倚，敦煌本
李善注、上野本：其綺反。北宋本及尤袤本李善注、弘安本：其綺
切。九條本：其綺，又：於綺反。　　閬，上野本：浪。　　淢，正安
本：火域反。　　塘，上野本、正安本：以龍反。　　弛，敦煌本李善
注、九條本：詩紙反。北宋本及尤袤本李善注：詩紙切。　　柝，敦
煌本李善注、上野本：託。北宋本及尤袤本李善注：柝與檬同音。
陳八郎本：他閣。九條本：地各。

前開唐中,彌望廣潒。顧臨太液,滄池㳿沆。漸臺立於中央,赫旷旷
以弘敞。

　　潒,敦煌本李善注:大朗反。北宋本及尤袤本李善注:大朗
切。九條本:大朗。上野本:徒望反。　　㳿,敦煌本李善注:莫朗
反。北宋本及尤袤本李善注:莫朗切。陳八郎本、九條本:莫朗。

　　沆,敦煌本李善注、陳八郎本:胡朗反。北宋本及尤袤本李善
注:胡朗切。　　旷,敦煌本、北宋本及尤袤本李善注、陳八郎本、
九條本、正安本:户。

清淵洋洋,神山峩峩。列瀛洲與方丈,夾蓬萊而騈羅。上林岑以壘
崒,下嶄巖以嵒齬。長風激於別隯,起洪濤而揚波。浸石菌於重涯,
濯靈芝以朱柯。海若游於玄渚,鯨魚失流而蹉跎。

　　洋,正安本:羊。　　山,正安本:仙。　　瀛,正安本:盈。
　　壘,北宋本及尤袤本李善注:魯罪切。陳八郎本、九條本:魯罪。
弘安本:胡罪切。○案:弘安本音誤。　　崒,北宋本及尤袤本李
善注、陳八郎本、九條本、正安本:罪。弘安本:魯罪□。○案:弘
安本音誤。　　嶄,北宋本及尤袤本李善注:士咸切。陳八郎本、
九條本作"嶃",陳八郎本:士咸。九條本:仕咸。正安本:士咸
反。　　巖,弘安本:五念切。　　嵒,陳八郎本:巖。九條本:岩。
上野本:五咸反。　　齬,敦煌本、北宋本及尤袤本李善注、陳八郎
本、九條本:吾。　　隯,北宋本及尤袤本薛綜注、上野本:島。九
條本作"嶹",音:島。正安本:多老反。弘安本:多老切。　　菌,
敦煌本李善注:求隕反。北宋本及尤袤本李善注:求隕切。陳八
郎本、九條本:渠殞。上野本:其敏反。　　濯,上野本:直角反。
　　若,弘安本:人著切。　　蹉,正安本:七何。　　跎,正安本作

"跢",音:大何。

於是采少君之端信,庶樂大之貞固。立脩莖之仙掌,承雲表之清露。屑瓊蕊以朝殂,必性命之可度。美往昔之松喬,要羨門乎天路。想升龍於鼎湖,豈時俗之足慕。若歷世而長存,何遽營乎陵墓。

　　樂,正安本:力丸反。弘安本:力丸切。　脩,正安本:息流反。上野本作"偩":息流反。弘安本作"修",音:周。　屑,弘安本:光結切。○案:弘安本"光"爲"先"字之訛。　蕊,上野本、正安本作"蘂":而累反。　要,陳八郎本:平聲。上野本、正安本:一招反。　羨,上野本:似面反,又:才線反。　存,上野本:族尊反。

徒觀其城郭之制,則旁開三門,參塗夷庭。方軌十二,街衢相經。廛里端直,甍宇齊平。北闕甲第,當道直啓。程巧致功,期不陁陊。木衣綈錦,土被朱紫。武庫禁兵,設在蘭錡。匪石匪董,疇能宅此。

　　參,上野本:七男反。陳八郎本作"叄",音:三。　塗,上野本:七奴反。○案:上野本"七"疑爲"大"字之訛。　廛,正安本作"厘",音:田。　甍,陳八郎本、九條本:萌。　陁,敦煌本李善注:式氏反。北宋本及尤袤本李善注:式氏切。陳八郎本:豕。九條本:式氏,又:豕。　陊,敦煌本李善注:直氏反。北宋本及尤袤本李善注:直氏切。陳八郎本:豸。九條本:直氏,又:豸。○案:此條"陊"字敦煌本、北宋本及尤袤本李善注注文俱誤作"陁",今據《說文》改。　衣,陳八郎本、九條本:意。上野本:於既反。　綈,陳八郎本:弟。九條本、朝鮮正德本、奎章閣本:啼。上野本:直兮反。　錡,敦煌本、北宋本及尤袤本李善注:蟻。陳八郎本：魚几反。九條本：魚几，又：蟻。上野本：魚綺反。

爾乃廓開九市，通闤帶闠。旗亭五重，俯察百隧。周制大胥，今也惟尉。瓌貨方至，鳥集鱗萃。鬻者兼贏，求者不匱。爾乃商賈百族，裨販夫婦。鬻良雜苦，蚩眩邊鄙。何必昬於作勞，邪贏優而足恃。彼肆人之男女，麗美奢乎許史。

　　闤，敦煌本李善注：胡關反。北宋本及尤袤本李善注：胡關切。九條本：胡關。正安本：環。上野本：胡官反。　闠，九條本：胡對反。　萃，上野本：盡醉反。　鬻，陳八郎本、九條本：育。　贏，陳八郎本、九條本：盈。弘安本：以羊切。　賈，陳八郎本、九條本：古。　裨，北宋本及尤袤本薛綜注：必彌切。陳八郎本：必尔。九條本、朝鮮正德本、奎章閣本：必彌。上野本：婢支反。　販，上野本：方万反。　蚩，上野本：尺之反。　眩，陳八郎本、九條本：縣。正安本引《音決》：天元反、胡昤反。○案："天"當作"玄"，二字草書形近而訛。　贏，朝鮮正德本、奎章閣本：盈。

若夫翁伯濁質，張里之家。擊鍾鼎食，連騎相過。東京公侯，壯何能加。都邑游俠，張趙之倫。齊志無忌，擬迹田文。輕死重氣，結黨連羣。寔蕃有徒，其從如雲。茂陵之原，陽陵之朱。趫悍虓豁，如虎如貙。睅眡蠆芥，屍僵路隅。丞相欲以贖子罪，陽石汗而公孫誅。

　　俠，上野本、正安本、弘安本：協。　從，陳八郎本：去聲。正安本：才用反。　趫，陳八郎本：乞嬌。九條本：乞嬌，又：欺譙反。上野本作"趬"：古堯反。　悍，敦煌本李善注：戶旦反。北宋本及尤袤本李善注：戶旦切。陳八郎本：汗。九條本：汗，又：

户旦。上野本：胡旦反。　　號，敦煌本李善注：呼交反。北宋本及尤袤本李善注：呼交切。陳八郎本、九條本：呼交。正安本：高。　　貙，敦煌本李善注：勑珠反。北宋本及尤袤本李善注：勑珠切。陳八郎本：勑愚。九條本：勑珠反，又：勑愚。上野本：褚俱，又：誅。弘安本：誅。　　睚，敦煌本李善注：五懈反。北宋本及尤袤本李善注：五解切。陳八郎本：五介。九條本：五介，又：五懈。上野本：魚懈反。弘安本：魚懈切。　　眦，敦煌本李善注：在賣反。北宋本及尤袤本李善注：在賣切。陳八郎本、九條本：仕懈。上野本：士懈反。弘安本：士懈切。　　薑，敦煌本李善注：丑介反。北宋本及尤袤本李善注：丑介切。陳八郎本：敕介。九條本：丑介。　　芥，弘安本：居邁切。　　僵，陳八郎本、九條本、弘安本：姜。　　相，弘安本：思亮切。　　汙，陳八郎本：烏遇。正安本引《玉篇》：烏艹反。○案：正安本所引《玉篇》音疑有誤，宋本《玉篇》卷十九"汙"音"於徒切"，又"一故切"。

若其五縣游麗，辯論之士。街談巷議，彈射臧否。剖析毫釐，擘肌分理。所好生毛羽，所惡成創痏。

　　論，陳八郎本：去聲。　　彈，弘安本作"殫"：徒丹切。　　射，弘安本：時赤切。　　毫，上野本作"豪"：胡高反。　　釐，尤袤本：力之切。敦煌本、北宋本、上野本作"氂"：力之反、力之切、力而反。正安本作"氂"：力而反。陳八郎本：力之。弘安本：力而反。　　擘，敦煌本李善注：補革反。北宋本及尤袤本李善注：補革切。陳八郎本：百。九條本：百，又：補革反。　　惡，九條本、朝鮮正德本、奎章閣本：翁故。　　創，上野本：楚良反。　　痏，敦煌本李善注：胡軌反。北宋本及尤袤本李善注、弘安本：胡軌切。陳八郎本:于鬼反。九條本:于鬼,又:胡軌。上野本:于美反。

郊甸之內,鄉邑殷賑。五都貨殖,既遷既引。商旅聯槅,隱隱展展。
冠帶交錯,方轅接軫。封畿千里,統以京尹。郡國宮館,百四十五。
右極盩厔,并卷酆鄂。左暨河華,遂至虢土。

  殷,陳八郎本、九條本:隱。 賑,敦煌本李善注、上野本:之
忍反。北宋本及尤袤本李善注:之忍切。陳八郎本、九條本:軫。
  殖,正安本:食。 旅,弘安本:呂。 聯,正安本:連。 槅,
敦煌本李善注:居責反。北宋本及尤袤本李善注:居責切。陳八
郎本、九條本:格。正安本:隔。 展,尤袤本薛綜注:丁謹切。
陳八郎本、九條本:丁謹。上野本:丁謹反,又:知忍反。○案:尤
袤本此條薛綜音注疑爲後人所加。 軫,上野本:之忍反。
畿,上野本、弘安本:祈。 盩,敦煌本李善注:張流反。北宋本
及尤袤本李善注:張流切。陳八郎本:知留。九條本:知留,又:
張留。上野本:丁流反。○案:九條本"張留"疑當作"張流",
"留"字涉"知留"而誤。 厔,敦煌本李善注:張栗反。北宋本及
尤袤本李善注:張栗切。陳八郎本:知栗。九條本:知栗,又張
栗。上野本:知栗反。弘安本:知栗切。 酆,弘安本:豐。
鄂,陳八郎本、九條本、正安本:戶。 暨,陳八郎本、九條本:其
器。 華,正安本:胡化反。 虢,弘安本:堯白切。○案:弘安
本"堯"疑爲"光"字之訛。

上林禁苑,跨谷彌阜。東至鼎湖,邪界細柳。掩長楊而聯五柞,繞黃
山而欵牛首。繚垣緜聯,四百餘里。植物斯生,動物斯止。衆鳥翩
翻,羣獸駓騃。散似驚波,聚以京峙。伯益不能名,隸首不能紀。

柞，陳八郎本、九條本：作。上野本：子洛反。弘安本：子洛切。　植，上野本：直食反。正安本：食。　翻，正安本：芳袁反。○案：正安本此條音誤標於"翩"字旁，今移正。　駓，敦煌本作"否"，李善注：鄙。北宋本及尤袤本李善注：鄙。陳八郎本：否。九條本：否，又引李善音：鄙。　騃，敦煌本、北宋本及尤袤本李善注、陳八郎本、九條本：俟。　峙，北宋本及尤袤本李善注：直里切。九條本：直里。上野本、正安本作"跱"，音：智。弘安本：智，又：直□切。○案：弘安本□處字殘，與"偅""傀"形近。

林麓之饒，于何不有。木則樅栝椶柟，梓椷楩楓。

麓，上野本：鹿。正安本：庶。○案：正安本"庶"爲"鹿"之訛。　樅，敦煌本李善注：七容反。北宋本及尤袤本李善注：七容切。陳八郎本、九條本：七容。正安本：從。　栝，敦煌本李善注、上野本：古活反。北宋本及尤袤本李善注：古活切。陳八郎本：古活。九條本：七活。○案：九條本"七"疑爲"古"字之訛。

椶，敦煌本李善注：子公反。北宋本及尤袤本李善注：子公切。陳八郎本、九條本：子公。正安本：世公反。○案：正安本"世"疑誤。　柟，北宋本及尤袤本李善注、上野本、正安本：南。陳八郎本、九條本、弘安本作"楠"，音：南。○案：敦煌本脱"南"字。梓，敦煌本李善注、九條本：姊。北宋本及尤袤本李善注：姊。上野本：子。正安本：子，又：慈之上聲。　椷，北宋本及尤袤本李善注、陳八郎本、九條本、上野本、正安本：域。　楩，敦煌本李善注：鼻綿反。北宋本及尤袤本李善注：鼻縣切。陳八郎本、九條本：鼻縣。上野本：婢變反，又：鼻綿反。正安本：婢。　楓，敦煌本、北宋本及尤袤本李善注、陳八郎本、九條本、上野本、正安本：風。

嘉卉灌叢,蔚若鄧林。鬱翁蔓薱,櫹爽欉槮。吐葩颺榮,布葉垂陰。

　　　蔚,正安本:尉,又:鬱。　翁,陳八郎本、九條本:烏董。上
野本:烏紅反。弘安本:烏孔切。　蔓,陳八郎本、九條本:烏改。
正安本:愛。　薱,北宋本及尤袤本李善注:徒對切。陳八郎本、
九條本:徒對。正安本:德對反。上野本作“對”:徒對反。　櫹,
敦煌本、北宋本及尤袤本李善注、陳八郎本、九條本:肅。　欉,
敦煌本及北宋本李善注、陳八郎本、九條本:蕭。尤袤本李善注:
簫。　槮,敦煌本、北宋本及尤袤本李善注、陳八郎本、九條本:
森。正安本:心,又引《音決》:森。　颺,陳八郎本、九條本:揚。

草則蔵莎菅蒯,薇蕨荔芀。

　　　蔵,敦煌本、北宋本及尤袤本李善注、陳八郎本、九條本、上
野本、正安本、弘安本:針。　莎,陳八郎本、九條本:蘇和。上野
本:沙。　菅,北宋本及尤袤本李善注:古顏切。陳八郎本、九條
本:艱。上野本、弘安本:姦。　蒯,敦煌本李善注:苦恠反。北
宋本及尤袤本李善注:苦怪切。陳八郎本:古壞。九條本:古懷。
上野本、弘安本旁記:會。　薇,上野本:微。　蕨,上野本:厥。
弘安本:居月切。　荔,敦煌本、北宋本及尤袤本李善注、陳八郎
本、九條本:隸。上野本、正安本:例。弘安本:力帝切。　芀,敦
煌本李善注:胡郎反。北宋本及尤袤本李善注:胡郎切。陳八郎
本、九條本:胡郎。上野本、正安本:行。

王芻菵臺,戎葵懷羊。苹萍蓬茸,彌皋被岡。篠簜敷衍,編町成篁。
山谷原隰,泱漭無疆。

　　　芻,上野本作“芻”:楚于反。　菵,敦煌本李善注:武行反。

北宋本及尤袤本李善注：武行切。陳八郎本、九條本：萌。上野
本：盲。　　戎，九條本：戎。○案：九條本音蓋據李善注。　【附】
敦煌本李善注：《爾雅》曰：菺，茙葵。菺音肩。茙音戎。北宋本、
尤袤本"菺"訛作"蒥"，"肩"訛作"眉"。　　苯，敦煌本、北宋本及
尤袤本李善注、正安本：本。陳八郎本、九條本作"莽"，音：本。
○案："莽"爲"莽"之異體，陳八郎本、九條本誤。　　蓴，敦煌本李
善注：子本反。北宋本及尤袤本李善注、弘安本：子本切。陳八
郎本、正安本：子本。九條本：子奔。　　蓬，陳八郎本、九條本：蒲
夢。　　茸，陳八郎本、九條本：如腫。　　篠，陳八郎本、九條本：星
了。正安本：蘇了，又：少。　　簜，陳八郎本、九條本：徒朗。
町，敦煌本、北宋本及尤袤本李善注：挺。陳八郎本：定。九條
本：挺，又：定。　　隰，上野本：辭入反。弘安本：辭入切。　　泱，
敦煌本李善注：烏朗反。北宋本及尤袤本李善注：烏朗切。陳八
郎本：烏黨。九條本：烏黨，又：烏朗。上野本：阿朗反。　　漭，尤
袤本：馬黨切。陳八郎本、九條本：馬黨。上野本：莫朗反。○
案：敦煌本、北宋本無此條音注，尤袤本所引疑爲五臣音。

迺有昆明靈沼，黑水玄阯。周以金堤，樹以柳杞。豫章珍館，揭焉中
峙。牽牛立其左，織女處其右。日月於是乎出入，象扶桑與濛汜。

　　　　阯，陳八郎本作"沚"，音：止。　　堤，正安本：丁兮反。　　杞，
九條本、上野本、正安本：起。　　揭，敦煌本李善注：渠列反。北
宋本及尤袤本李善注：渠列切。陳八郎本：竭。九條本：竭，又：
渠列。上野本：其列反。　　濛，弘安本：蒙。　　汜，北宋本及尤袤
本李善注、陳八郎本、九條本、弘安本：似。正安本：仙。○案：正
安本"仙"爲"似"字之訛。

其中則有黿鼉巨鱉，鱣鯉鱮鮦，鮪鮛鰽魦。脩額短項，大口折鼻，詭類
殊種。

　　　　鼉，敦煌本李善注：徒多反。北宋本及尤袤本李善注：徒多
切。九條本：徒多。正安本：大何反。○案：正安本此條音注誤
標於"黿"字旁，今移正。　　鱉，上野本：必列反。弘安本：必列
切。　　鱣，敦煌本李善注：知連反。北宋本及尤袤本李善注：知
連切。陳八郎本、九條本：陟連。正安本、弘安本：天。　　鱮，北
宋本及尤袤本李善注：翔與切。陳八郎本：翔与。九條本：翔與，
又引《玉篇》：似呂反。上野本、正安本：序。　　鮦，敦煌本：童重。
北宋本及尤袤本李善注、九條本、上野本、朝鮮正德本、奎章閣
本：童。陳八郎本：重。正安本作"鯛"，音：重。○案：敦煌本"童
重"當即"音童"之訛。　　鮪，敦煌本李善注：乎軌反。北宋本及
尤袤本李善注：乎軌切。陳八郎本：于軌。九條本：于軌，又引
《玉篇》：爲鬼反。上野本：爲鬼反。　【附】李善注：毛萇《詩傳》：
鮪，似鮎。鮎，敦煌本：奴謙反。北宋本及尤袤本：奴謙切。
鮛，陳八郎本、九條本：倪。上野本：魚兮反。　　鰽，敦煌本、北宋
本及尤袤本李善注、陳八郎本、九條本：嘗。上野本、正安本：常。
　　魦，陳八郎本作"鯊"，音：沙。九條本、上野本、正安本、弘安本
作"魦"，音：沙。

鳥則鷫鵝鴰鴇，鴐鵞鴻鴇。
　　　　鷫，敦煌本、北宋本及尤袤本李善注：肅。陳八郎本、九條
本：宿。　　鵝，陳八郎本、九條本、上野本、正安本：霜。　　鴰，陳
八郎本、九條本、正安本：括。　　鴇，陳八郎本、九條本、正安本：
保。　　鴐，北宋本及尤袤本李善注、陳八郎本、九條本、弘安本：

加。敦煌本、上野本、正安本作“駕”，音：加。　　鶤，北宋本及尤
袤本李善注、陳八郎本、九條本、正安本：昆。

上春候來，季秋就溫。南翔衡陽，北栖雁門。奮隼歸鳧，沸卉軿訇。
眾形殊聲，不可勝論。

　　　隼，陳八郎本：司尹。　　沸，上野本、正安本、弘安本：秘。
卉，弘安本：貴。　　軿，北宋本及尤袤本李善注：芳耕切。敦煌
本、九條本、上野本、正安本、弘安本作“軯”，敦煌本李善注：芳耕
反。上野本、正安本、弘安本：方。九條本：芳耕，又：普萌反。陳
八郎本作“砯”，音：普萌。　　訇，敦煌本李善注：火宏反。北宋本
及尤袤本李善注：火宏切。陳八郎本：呼萌。九條本：呼萌，又：
火宏反。上野本、正安本：光。

於是孟冬作陰，寒風肅殺。雨雪飄飄，冰霜慘烈。百卉具零，剛蟲搏
摯。爾乃振天維，衍地絡。蕩川瀆，簸林薄。鳥畢駭，獸咸作。草伏
木栖，寓居穴託。起彼集此，霍繹紛泊。在彼靈囿之中，前後無有
垠鍔。

　　　殺，九條本：世，叶。　　搏，陳八郎本、九條本：博。　　摯，九
條本：至。陳八郎本作“鷙”，音：至。　　衍，敦煌本李善注：以善
反。北宋本及尤袤本李善注：以善切。九條本：以善。　　絡，正
安本：洛。　　簸，陳八郎本：補我。　　栖，正安本：栖。　　霍，上野
本：廓。正安本：郭。　　繹，上野本、正安本：亦。　　泊，上野本：
普各反。弘安本：普各切。○案：弘安本“泊”字從“阝”。　　垠，
陳八郎本、九條本：銀。正安本：魚巾反，又引《音決》：銀。弘安
本：銀，又：魚巾切。　　鍔，上野本：五各反。弘安本：魚各切。

虞人掌焉，爲之營域。焚萊平場，柞木翦棘。結罝百里，远杜蹊塞。麀鹿麌麌，駢田偪仄。

　　柞，敦煌本李善注：仕雅反。北宋本及尤袤本李善注：仕雅切。九條本：仕雅。陳八郎本作“槎”，音：乍。　　罝，尤袤本、陳八郎本、九條本、正安本：嗟。○案：敦煌本、北宋本無此條音注，疑尤袤本所録爲五臣音。　　远，敦煌本李善注：公郎反。北宋本及尤袤本李善注：公郎切。陳八郎本：岡。九條本：岡，又：公郎反。　　麀，敦煌本李善注、上野本：於牛反。北宋本及尤袤本李善注：於牛切。陳八郎本：憂。九條本：憂，又：於牛。弘安本：幽。　　麌，敦煌本李善注：魚矩反。北宋本及尤袤本李善注：魚矩切。九條本：魚矩。陳八郎本：危宇。正安本：魚宇反。　　偪，九條本：逼。　　仄，正安本：側。

天子乃駕彫軫，六駿駮。戴翠帽，倚金較。璿弁玉纓，遺光儵爚。建玄弋，樹招搖。栖鳴鳶，曳雲梢。弧旌枉矢，虹旂蜺旄。華蓋承辰，天畢前驅。千乘雷動，萬騎龍趨。屬車之簉，載獫獢猇。匪唯翫好，乃有祕書。小説九百，本自虞初。從容之求，寔俟寔儲。

　　駮，陳八郎本、九條本：必邈。　　帽，上野本：莫報反。弘安本：莫報切。　　較，敦煌本李善注：工卓反。北宋本及尤袤本李善注：工卓切。九條本：角，又：工卓。陳八郎本、上野本、正安本、弘安本：角。　　璿，正安本、弘安本：前。○案：璿爲邪母，前爲從母，從、邪混切。　【附】李善注：《説文》曰，較，車輢上曲鉤也。敦煌本：輢，一伎反。北宋本及尤袤本：輢，一伎切。　　儵，尤袤本、陳八郎本、九條本、上野本：叔。弘安本：舛。○案：敦煌本、北宋本無此條音注，疑尤袤本所録爲五臣音。又弘安本“舛”

與"叔"字草體形近而訛。　爍,北宋本及尤袤本李善注、陳八郎本、九條本:藥。上野本:藥,又:舒灼反,又:酌。　招,九條本:諸遥。　鳶,九條本:以專反。上野本、弘安本:緣。○案:弘安本"緣"字從"亻"。　梢,陳八郎本、九條本:所交。上野本:所交反。　弧,上野本、正安本、弘安本:胡。　枉,九條本:紆往反。上野本:行往反。○案:上野本"行"爲"紆"字之訛。　施,上野本:之延反。弘安本:之延切。　乘,弘安本:時證切。　屬,上野本:之欲反。　篸,敦煌本李善注:楚遘反。北宋本及尤袤本李善注:初遘切。陳八郎本:楚瘦。九條本:楚瘦,又:初遘反。

　獫,敦煌本李善注:吕驗反。北宋本及尤袤本李善注:吕驗切。陳八郎本、九條本:吕驗。正安本:力艷。弘安本:力艷切。獥,陳八郎本、九條本:歇。弘安本:結。　猇,敦煌本李善注、陳八郎本:許喬反。北宋本及尤袤本李善注:許喬切。九條本:許喬。正安本:許留反。弘安本:許苗切。○案:正安本"留"當作"苗",摹寫者誤。　好,正安本:耗。　從,上野本、正安本:七容反。弘安本:七容切。　儲,上野本、正安本:除。

於是蚩尤秉鉞,奮鬣被般。禁禦不若,以知神姦。螭魅魍魎,莫能逢施。陳虎旅於飛廉,正壘壁乎上蘭。結部曲,整行伍。燎京薪,駴雷鼓。縱獵徒,赴長莽。迒卒清候,武士赫怒。緹衣韎韐,睢盱拔扈。

　尤,正安本:羽求反。弘安本:月求切。　被,上野本:皮美反。　般,陳八郎本、九條本、上野本、正安本、弘安本:班。　禦,上野本、正安本、弘安本:語。　螭,上野本、正安本:丑知反。弘安本:丑知切。魅,上野本、正安本、弘安本:媚。　魍,正安本、弘安本:兩。　壘,弘安本:力葵切。　行,弘安本:何郎切。

燎,弘安本:力吕切。○案:弘安本"吕"爲"召"字之訛。　賦,弘安本作"駭":何揩切。　莽,陳八郎本:畝。九條本:母。上野本:匹古反。○案:上野本"匹"爲"亡"字之訛。　迾,敦煌本李善注:旅結反。北宋本及尤袤本李善注:旅結切。陳八郎本:列。九條本作"烈",音:列,又:旅結反。上野本作"列",音:列。○案:上野本正文"列"字誤。　卒,上野本:子忽反。弘安本:子忽切。　怒,陳八郎本:上聲。　緹,敦煌本李善注:他米反。北宋本及尤袤本李善注:他迷切。陳八郎本、九條本:啼。○案:緹讀平聲,敦煌本"米"當作"迷"。　靺,陳八郎本、九條本:賣。正安本:亡界反。弘安本:泯界切。　韐,陳八郎本、九條本:夾。弘安本:古洽切。　睢,敦煌本李善注:火佳反。北宋本及尤袤本李善注:火佳切。九條本:火佳。上野本:歸。　盱,敦煌本李善注:火于反。北宋本及尤袤本李善注:火于切。上野本、正安本:許于反。　拔,上野本作"跋":步末反。　扈,上野本:户。

光炎燭天庭,嚻聲震海浦。河渭爲之波盪,吴嶽爲之陁堵。百禽㥄遽,駥瞿奔觸。喪精亡魂,失歸忘趨。投輪關輻,不邀自遇。

炎,上野本、正安本:艷。弘安本作"㷉",音:艷。　嚻,敦煌本李善注:許朝反。北宋本及尤袤本李善注:許朝切。九條本:許朝。　浦,正安本:蒲呼反。　陁,尤袤本、陳八郎本、九條本、弘安本:雉。○案:敦煌本、北宋本無此條音注,疑尤本所録爲五臣音。　堵,上野本:丁古反。　㥄,敦煌本、北宋本及尤袤本李善注、陳八郎本、九條本:陵。　遽,敦煌本李善注:渠庶反。北宋本及尤袤本李善注:渠庶切。九條本:渠遮。正安本:詎。○案:九條本"遮"當作"庶"。　駥,敦煌本、北宋本及尤袤本李善注、正安本：逑。陳八郎本、九條本：渠迫。　瞿，敦煌本李善注：巨駒反。北宋本及尤袤本李善注：巨駒切。九條本：巨駒。上野本：劬。　觸，陳八郎本：昌句。

飛罕潚箾，流鏑攙搑。

　　罕，九條本：呼旱。上野本、弘安本：簡。　潚，敦煌本、北宋本及尤袤本李善注、九條本：肅。陳八郎本作“櫹”，音：肅。箾，北宋本及尤袤本李善注、陳八郎本、九條本：朔。敦煌本作“蓢”，音：朔。　鏑，弘安本：丁歷切。　攙，敦煌本李善注：芳麥反。北宋本李善注：音麥切。尤袤本李善注：普麥切。陳八郎本、九條本：普麥。上野本：普各反。○案：北宋本“音”爲“普”字之誤。　搑，敦煌本李善注：芳邈反。北宋本及尤袤本李善注：芳邈切。陳八郎本：朴。九條本：朴，又：芳邈反。上野本：蒲百反。

矢不虛舍，鋋不苟躍。當足見蹍，值輪被轢。僵禽斃獸，爛若磧礫。但觀置羅之所羂結，竿殳之所揘畢。

　　鋋，陳八郎本：蟬。　蹍，敦煌本李善注：女展反。尤袤本李善注、弘安本：女展切。陳八郎本、九條本：女展。　轢，尤袤本、陳八郎本、九條本、弘安本：歷。○案：敦煌本、北宋本無此條音注，疑尤袤本所錄爲五臣音。　僵，陳八郎本、九條本：薑。弘安本：九良切。　爛，正安本：力旦反。弘安本：力旦切。　磧，尤袤本：七亦切。陳八郎本、九條本：七亦。正安本作“積”：子亦反，或作磧，于歷反，非。○案：敦煌本、北宋本無此條音注，疑尤袤本所錄爲五臣音。又正安本“于”當作“子”，摹寫有誤。　礫，

陳八郎本、九條本：歷。弘安本：力狄切。○案：弘安本"力"字
殘。　羂，敦煌本李善注：古犬反。北宋本及尤袤本李善注：古
犬切。陳八郎本、九條本：古犬。　夊，上野本、正安本：殊。
揰，敦煌本、北宋本及尤袤本李善注、陳八郎本：横。　畢，敦煌
本李善注：于筆反。北宋本及尤袤本李善注：于筆切，又：筆。九
條本：于筆，又：筆。陳八郎本作"觱"，音：筆。朝鮮正德本、奎章
閣本亦作"觱"，音：于筆。

又蔟之所攙捔，徒搏之所撞柉。白日未及移其晷，已獮其什七八。

　　　蔟，敦煌本李善注、上野本：楚角反。北宋本及尤袤本李善
注：楚角切。陳八郎本、九條本：楚角。　攙，敦煌本李善注：在
銜反。北宋本及尤袤本李善注：士銜切。陳八郎本、九條本：仕
銜。○案：敦煌本"在"疑爲"仕"字之訛。在屬從母，攙屬初母，
爲照母二等字，照二組固可與精組混切，然據他本似當作"仕"。
　　捔，敦煌本李善注：助角反。北宋本及尤袤本李善注：助角切。
陳八郎本、九條本：助角。弘安本作"桷"：步結切。○案：弘安本
音疑誤。　撞，敦煌本李善注：直江反。北宋本及尤袤本李善
注：直江切。陳八郎本：直江。　柉，敦煌本李善注：房結反。北
宋本及尤袤本李善注：房結切。陳八郎本：蒲結反。　獮，尤袤
本、陳八郎本：思衍。○案：敦煌本、北宋本無此條音注，疑尤袤
本所録爲五臣音。

若夫游鷮高翬，絶阬踰斥。鼵兔聯猭，陵巒超壑。比諸東郭，莫之能
獲。乃有迅羽輕足，尋景追括。鳥不暇舉，獸不得發。青骹摯於韝
下，韓盧噬於緤末。

　　鷁，敦煌本李善注、上野本：舉喬反。北宋本及尤袤本李善注：舉喬切。陳八郎本、九條本：舉喬。正安本：居苗反。　　翬，陳八郎本、九條本、正安本：暉。弘安本：揮。　　阮，敦煌本、北宋本及尤袤本李善注：剛。陳八郎本、九條本：岡。弘安本：居郎切。　　斥，尤袤本李善注、九條本：尺。敦煌本及北宋本作“斤”，李善注：尺。正安本亦作“斤”：協音託，或作岸字，非。　　夔，敦煌本、北宋本及尤袤本李善注、陳八郎本、九條本、正安本、弘安本：讒。　　兔，上野本：他古反。弘安本：他故切。　　獜，敦煌本李善注：勑倫反。北宋本及尤袤本李善注：勑緣切。九條本：勑緣。正安本：天。陳八郎本作“邌”：勑緣。○案：獜爲徹母，天爲透母，舌音未分化。　　壑，弘安本：呼各切。　　骹，敦煌本李善注：苦交反。北宋本及尤袤本李善注：苦交切。陳八郎本、九條本：苦交。　　摯，上野本：至。　　韝，敦煌本李善注、尤袤本、陳八郎本、九條本：溝。上野本：古侯反。○案：北宋本無此條音注。

　　緤，敦煌本、北宋本及尤袤本李善注、陳八郎本、九條本：薛。正安本作“紲”，音：思列反。

及其猛毅髤髵，隅目高匡。威懾兕虎，莫之敢伉。

　　髤，敦煌本李善注、上野本：普悲反。北宋本及尤袤本李善注：普悲切。陳八郎本：丕。九條本：丕，又：普悲。　　髵，敦煌本、北宋本及尤袤本李善注、陳八郎本、九條本、上野本、正安本：而。　　隅，上野本：愚。正安本：音愚，或音遇，非。　　懾，陳八郎本、九條本：之獵。　　兕，陳八郎本、九條本、正安本、弘安本：似。

　　伉，敦煌本李善注：古郎反。北宋本及尤袤本李善注：古郎切。陳八郎本、九條本：岡。

迺使中黄之士，育獲之儔，朱鬢鬖髿，植髮如竿。袒裼戟手，奎踽
盤桓。

　　鬖，敦煌本李善注：莫亞反。北宋本李善注：亞切。尤袤本
李善注：莫亞切。陳八郎本、九條本：莫亞。〇案：北宋本“亞”上
有脱字。　鬖，敦煌本李善注：作詐計反。北宋本及尤袤本李善
注：作計切。陳八郎本、九條本：作計。〇案：敦煌本“詐”字疑
衍。　髿，敦煌本李善注：壯爪反。北宋本及尤袤本李善注：士
瓜切。九條本：責爪。陳八郎本：責瓜。〇案：敦煌本、九條本
“爪”爲“瓜”之異體字。　袒，陳八郎本：但。九條本、上野本、正
安本作“襢”，音：但。　裼，陳八郎本、九條本：先歷。上野本：先
狄反。　奎，敦煌本李善注：欺棰反。北宋本李善注：欺捶切。
尤袤本李善注：欺棰切。陳八郎本、九條本作“跬”，音：羌暌。九
條本頁眉：欺捶反。上野本：鬼。正安本：鬼，又：丘累反。　踽，
敦煌本李善注：去禹反。北宋本及尤袤本李善注：去禹切。陳八
郎本：羌禹。九條本：羌禹，又頁眉：去禹。上野本、正安本：丘
禹反。

鼻赤象，圈巨狿。攎狒猵，批窳狻。
　　圈，敦煌本李善注：其免反。北宋本李善注：其免切。尤袤
本李善注：其充切。九條本：其充。奎章閣本：其免。　狿，敦煌
本、北宋本及尤袤本李善注、陳八郎本、九條本：延。　攎，敦煌
本李善注：莊加反。北宋本及尤袤本李善注：子加切。陳八郎
本：側家。九條本：側家反，又：子加反。〇案：攎爲莊母，子爲清
母，齒音未分化。　狒，敦煌本李善注：房沸反。北宋本及尤袤
本李善注：房沸切。陳八郎本作“髴”，音：費。九條本：費，又：房

沸反。　　猬，北宋本及尤袤本李善注：謂。敦煌本、九條本作
"彙"，敦煌本李善音：謂。陳八郎本、九條本：胃。　　批，敦煌本
李善注：側倚反。北宋本及尤袤本李善注：側倚切。陳八郎本：
滓。　　𤸎，敦煌本、北宋本及尤袤本李善注：庚。陳八郎本、九條
本作"癜"，音：庚。　　狻，敦煌本、北宋本及尤袤本李善注、陳八
郎本、九條本：酸。正安本：素丸反。　【附】薛綜注：狻，狻猊也。
敦煌本李善注：猊，五分反。北宋本及尤袤本李善注：猊，五
奚切。

揩枳落，突棘藩。梗林爲之靡拉，樸叢爲之摧殘。

　　　　揩，敦煌本李善注：口階反。北宋本及尤袤本李善注：口階
切。陳八郎本：苦諧。九條本：口階反，又：苦階反。　　枳，敦煌
本李善注：居紙反。北宋本及尤袤本李善注：居紙切。陳八郎
本：止。九條本：止，又：居紙。　　梗，敦煌本李善注：古杏反。北
宋本及尤袤本李善注：古杏切。陳八郎本、九條本：古杏。上野
本：苦杏反。　　爲，正安本：于僞反。　　拉，北宋本及尤袤本薛綜
注：郎荅切。陳八郎本、九條本：郎荅。弘安本旁記：力合切。
○案：北宋本、尤袤本音疑爲五臣音。又弘安本此條音誤標於下
文"樸"字旁，今移正。　　樸，敦煌本李善注：補木反。北宋本及
尤袤本李善注：補木切。陳八郎本、九條本：補木。

輕銳儦狡趫捷之徒，赴洞穴，探封狐。陵重巘，獵昆駼。

　　　　銳，弘安本：以歲切。　　儦，陳八郎本、九條本：匹眇。正安
本：匹妙。　　捷，九條本：疾葉反。　　探，正安本：貪。　　巘，敦煌
本李善注：言免反。北宋本及尤袤本李善注：言免切。陳八郎

本、九條本：魚蹇。正安本：犬。○案：正安本音疑爲牙喉通轉。

　　駼，敦煌本、北宋本及尤袤本李善注、陳八郎本、九條本、上野本、正安本：途。

杪木末，攫獑猢。超殊榛，撠飛鼯。是時後宮嬖人昭儀之倫，常亞於乘輿，慕賈氏之如皋，樂北風之同車。盤于游畋，其樂只且。

　　杪，敦煌本、北宋本及尤袤本李善注、陳八郎本、九條本、正安本：眇。　攫，敦煌本李善注：於白反。北宋本及尤袤本李善注：於白切。陳八郎本：烏獲。九條本作“獲”，音：烏穫，又：於白反。　獑，敦煌本李善注：在銜反。北宋本及尤袤本李善注：在銜切。九條本：讒，又：在銜反。陳八郎本、上野本：讒。　猢，敦煌本、北宋本及尤袤本李善注、陳八郎本、九條本、上野本、正安本：胡。　榛，九條本、朝鮮正德本、奎章閣本：柴臻。陳八郎本：臻。上野本、正安本：側巾反。　撠，敦煌本李善注：大結反。北宋本及尤袤本李善注：大結切。九條本：庭結，又：大結反。陳八郎本：庭結。正安本：大結。○案：正安本於下文“是時”旁引《音決》“徒結反”，疑即“撠”音，姑存備考。　鼯，敦煌本、北宋本及尤袤本李善注、上野本、陳八郎本、正安本、弘安本：吾。　嬖，陳八郎本、九條本：閉。正安本：布計反。　車，上野本、弘安本：居。　畋，正安本：田。　樂，九條本、正安本：洛。　只，上野本、正安本、弘安本：紙。　且，敦煌本李善注、陳八郎本：子余反。北宋本及尤袤本李善注：子余切。九條本、正安本：子余。上野本：子舍反。○案：上野本“舍”爲“余”字之訛。

於是鳥獸殫，目觀窮。遷延邪睨，集乎長楊之宮。息行夫，展車馬。

收禽舉胾，數課眾寡。置互擺牲，頒賜獲鹵。割鮮野饗，犒勤賞功。
五軍六師，千列百重。酒車酌醴，方駕授饗。升觴舉燧，既醮鳴鐘。
膳夫馳騎，察貳廉空。

　　　　觀，正安本引《音決》：古翫反，又：古羊反。○案：正安本"古
　　羊反"有誤。　　邪，正安本頁眉記：《決》作枒，石嗟反。○案：
　　"石"爲"在"字之訛。《蜀都賦》"芳追氣邪"，邪，集注本《音決》
　　"在嗟反"。　　睨，北宋本及尤袤本李善注：魚計切。陳八郎本：
　　五計。九條本：魚計反。正安本：魚計，又：五計反。弘安本：五
　　許切。○案：弘安本"許"爲"計"字之訛。　　展，敦煌本李善注：
　　張輦反。北宋本及尤袤本李善注：張輦切。九條本：張輦。
　　胾，陳八郎本、九條本：在智。　　互，九條本：護。　　擺，敦煌本李
　　善注：芳皮反。北宋本及尤袤本李善注：芳皮切。九條本：披，又
　　引李善音：芳皮反。陳八郎本：扱。朝鮮正德本、奎章閣本：披。
　　○案：陳八郎本"扱"爲"披"字之訛。　　犒，敦煌本作"犒"，李善
　　注：苦到反。北宋本及尤袤本李善注：苦到切。陳八郎本：苦澇。
　　九條本：苦澇，又：苦到反。　　醴，弘安本：礼。　　饗，陳八郎本、
　　九條本：邕。上野本、正安本作"邕"，音：雍。正安本頁脚謂：
　　《決》作饔，奸恭反。　　醮，敦煌本李善注：焦曜反。北宋本及尤
　　袤本李善注：焦曜切。陳八郎本：將曜。九條本：將曜，又頁眉：
　　焦曜反。

炙魷黐，清酤籹。皇恩溥，洪德施。徒御悦，士忘罷。巾車命駕，迴斾
右移。相羊乎五柞之館，旋憩乎昆明之池。

　　　　炙，上野本、弘安本作"辣"，上野本：之古反。弘安本：之石
　　切。○案：上野本"古"爲"石"字之訛。　　魷，陳八郎本、九條本：

步包。上野本：白交反，又：步包反。弘安本：白交切。　夥，陳
八郎本、九條本作“緺”，音：禍。弘安本亦作“緺”：古果切。
酤，陳八郎本、九條本：户。　䝿，敦煌本、北宋本及尤袤本李善
注、陳八郎本、九條本：支。正安本：協音支。　悅，正安本作
“說”，音：悅。　罷，北宋本及尤袤本李善注：皮。正安本：疲。
　相，九條本：喪。陳八郎本作“儴”，音：襄。○案：九條本“喪”
疑爲“襄”字之訛。　柞，九條本：才落反。正安本：五切雀各反。
○案：正安本所記似即五臣音，今五臣本脱。

登豫章，簡矰紅。蒲且發，弋高鴻。挂白鵠，聯飛龍。磻不特絓，往必
加雙。

　　簡，陳八郎本、九條本：去聲。　矰，北宋本及尤袤本李善
注、陳八郎本、九條本、正安本：曾。　且，北宋本及尤袤本李善
注：子余切。陳八郎本：子余。　磻，敦煌本、北宋本及尤袤本李
善注、陳八郎本、九條本、上野本、正安本、弘安本：波。　絓，北
宋本及尤袤本李善注：卦。陳八郎本：胡卦。九條本：胡卦，
又：卦。

於是命舟牧，爲水嬉。浮鷁首，翳雲芝。垂翠葆，建羽旗。齊栧女，縱
櫂歌。發引和，校鳴葭。奏淮南，度陽阿。感河馮，懷湘娥。驚蜎蠉，
憚蛟蛇。

　　牧，上野本：木。弘安本：目。　嬉，陳八郎本：許期。　翳，
陳八郎本、九條本、上野本：狄。　葆，陳八郎本、九條本、弘安
本：保。　栧，北宋本及尤袤本李善注：楊至切。陳八郎本：揚
制。朝鮮正德本、奎章閣本：陽制。　櫂，敦煌本李善注：直教

反。北宋本及尤袤本李善注:直教切。正安本:徒孝反。　引,陳八郎本、九條本:去聲。正安本:以刃反。　和,北宋本及尤袤本薛綜注:胡卧切。陳八郎本:去聲。九條本、上野本、正安本作"龢",九條本:去声。上野本:花。正安本:户戈反。〇案:敦煌本無此條音注,北宋本及尤袤本音疑爲後人所加。　葭,正安本、弘安本:加。　馮,上野本:夫。〇案:上野本音待考。

然後釣魴鱧,纚鰋鮋。摭紫貝,搏耆龜。搤水豹,馽潛牛。澤虞是濫,何有春秋。

魴,陳八郎本、九條本、弘安本:房。　鱧,陳八郎本、上野本:礼。九條本:禮。　纚,敦煌本李善注:所買反。北宋本及尤袤本李善注:所買切。九條本:所買。　鰋,敦煌本李善注、陳八郎本:偃。九條本:匽。〇案:此條音注北宋本及尤袤本李善注俱脱。　鮋,敦煌本李善注:長由反。北宋本及尤袤本李善注:長由切。陳八郎本、九條本:紬。上野本:直由反。　摭,敦煌本李善注:之石反。北宋本及尤袤本李善注:之石切。陳八郎本:隻。九條本:侯。弘安本:直甲切。〇案:九條本"侯"爲"隻"字形近之訛。又弘安本"甲"字疑誤。　搏,正安本:博。　龜,陳八郎本、九條本:鳩。上野本:居牛反。正安本:居干反。〇案:正安本"干"當作"牛"。　搤,敦煌本、北宋本及尤袤本李善注:厄。陳八郎本、九條本:扼。　馽,敦煌本李善注:中十反。北宋本及尤袤本李善注:中立切。陳八郎本、九條本:中立。

擿漻澥,搜川瀆。布九罭,設罜麗。

擿,敦煌本、北宋本、九條本作"摘",敦煌本李善注:土狄反。

北宋本及尤袤本李善注：土狄切。陳八郎本、九條本：吐歷。

灣，敦煌本、北宋本及尤袤本李善注、陳八郎本：了。　澥，敦煌
本、北宋本及尤袤本李善注：蟹。陳八郎本：解。九條本：解，又
引李善音：蟹。　搜，弘安本：所□切。○案：弘安本□處字墨污
不可辨。　罭，敦煌本、北宋本及尤袤本李善注、陳八郎本、九條
本：域。　罜，敦煌本、北宋本及尤袤本李善注、陳八郎本、九條
本、上野本、弘安本：獨。　麗，敦煌本、北宋本及尤袤本李善注、
陳八郎本、九條本、弘安本：鹿。

擳昆鯣，殄水族。蘧藕拔，蜃蛤剥。逞欲畋敠，效獲麋麌。

　　　　擳，北宋本及尤袤本薛綜注：責交切。陳八郎本、九條本：責
交。○案：北宋本及尤袤本音疑爲五臣音。　昆，敦煌本、北宋
本及尤袤本李善注、陳八郎本、九條本、正安本作“鯤”，音：昆。

　鯣，敦煌本、北宋本及尤袤本李善注、陳八郎本、九條本、正安
本：而。　殄，正安本：大典反。弘安本作“弥”：大典切。○案：
“弥”爲“殄”之異體字，非即“彌”。　蘧，上野本、正安本、弘安
本：渠。　蜃，敦煌本、北宋本及尤袤本李善注、尤袤本：腎。正
安本：時忍反。弘安本：時忍切。○案：弘安本此條音誤標於上
文“族”字旁，今移正。　蛤，陳八郎本、九條本：岡荅。正安本：
古合反。　敠，敦煌本、北宋本及尤袤本李善注、陳八郎本：魚。
正安本：漁，又：《決》音魚，又音魚舉反。○案：敦煌本李善注脱
“敠”字。　麋，敦煌本、北宋本及尤袤本李善注、陳八郎本、九條
本、上野本：迷。　麌，敦煌本李善注：烏老反。北宋本及尤袤本
李善注：烏老切。陳八郎本、九條本：烏老。上野本：阿老反。正
安本：阿老反，又引《音決》：烏老反。弘安本：阿老切，又：烏老

切。○案:弘安本"烏老切"音誤標於下文"蓼"字旁,今移正。

摎蓼泮浪,乾池滌藪,上無逸飛,下無遺走。攫胎拾卵,蚳蝝盡取。取
樂今日,遑恤我後。既定且寧,焉知傾陁。

　　摎,敦煌本李善注、上野本:古巧反。北宋本及尤袤本李善
注:古巧切。陳八郎本、九條本:古巧。　蓼,敦煌本、北宋本及
尤袤本李善注、陳八郎本、九條本、上野本、正安本:老。　泮,敦
煌本、北宋本及尤袤本李善注、正安本、弘安本:勞。陳八郎本、
九條本:牢。　浪,敦煌本、北宋本及尤袤本李善注、陳八郎本、
九條本、正安本:郎。　攫,陳八郎本、九條本:烏獲。　蚳,敦煌
本李善注:直尸反。北宋本及尤袤本李善注、弘安本:直尸切。
陳八郎本、九條本:遲。　蝝,敦煌本、北宋本及尤袤本李善注、
陳八郎本、九條本、正安本、弘安本:緣。　取,北宋本及尤袤本
李善注:蒼苟切。九條本、朝鮮正德本、奎章閣本:蒼苟。陳八郎
本:蒼句。○案:陳八郎本"句"爲"苟"字之訛。　樂,九條本、上
野本:洛。　恤,正安本:思律反。　陁,北宋本及尤袤本李善
注、陳八郎本、九條本:雉。

大駕幸乎平樂,張甲乙而襲翠被。攢珍寶之玩好,紛瑰麗以奓靡。臨
迥望之廣場,程角觚之妙戲。烏獲扛鼎,都盧尋橦。衝狹鷰濯,胷突
銛鋒。跳丸劍之揮霍,走索上而相逢。

　　樂,九條本、正安本:洛。　襲,弘安本:習。　被,北宋本及
尤袤本李善注:披義切。九條本:披義反。正安本:《决》作"披",
普義反,或爲被字,步醉反,非。　攢,正安本:在官。　好,正安
本:耗。　程,上野本:呈,頁眉記:或爲逞,忍静反,通。○案:上

野本"忍"爲"丑"字之訛。　舥，陳八郎本：丁禮。九條本：丁禮反。弘安本：丁礼切。　戲，正安本：虛義，或音虛辭反。　扛，敦煌本李善注：古龙反。北宋本及尤袤本李善注：古龙切。九條本：古尤反。○案：九條本"尤"當作"龙"。　橦，北宋本及尤袤本李善注：直江切。陳八郎本、九條本：直江。　銛，敦煌本李善注：息廉反。北宋本及尤袤本李善注：息廉切。九條本：息廉。陳八郎本：息兼。　跳，北宋本及尤袤本薛綜注：都彫切。陳八郎本、九條本：條。

華嶽峨峨，岡巒參差。神木靈草，朱實離離。總會僊倡，戲豹舞羆。白虎鼓瑟，蒼龍吹篪。女娥坐而長歌，聲清暢而蜲蛇。洪涯立而指麾，被毛羽之襳襹。度曲未終，雲起雪飛。初若飄飄，後遂霏霏。複陸重閣，轉石成雷。礔礰激而增響，磅礚象乎天威。

巒，上野本：蘭。　參，正安本：初今反、祖今反。　僊，弘安本：仙。　倡，弘安本：昌。　篪，陳八郎本、九條本：池。　蜲，陳八郎本、九條本：於爲。　蛇，陳八郎本、九條本：移。弘安本作"迤"，音：移。　襳，敦煌本李善注：所炎反。北宋本及尤袤本李善注、弘安本：所炎切。陳八郎本：衫。九條本：衫，又：所炎。　襹，敦煌本李善注：史宜反。北宋本及尤袤本李善注：史宜切。陳八郎本：師。九條本：師，又：史宜。弘安本：所林切。○案：弘安本音有誤。　霏，正安本：非。　礔，敦煌本李善注：敷赤反。北宋本及尤袤本李善注：敷赤切。陳八郎本：浦覓。九條本：浦覓，又引李善音：敷亦反。○九條本李善音"亦"字，他本并作"赤"。然亦、赤俱屬陌韻，敷赤、敷亦所切音同，兩存可也。　礰，陳八郎本：歷。　磅，敦煌本李善注：怖萌反。北宋本及尤袤

本李善注:怖萌切。九條本:浦耕。正安本:普神反。陳八郎本
作"砰",音:浦耕。○案:正安本此條音注原在"礚"字之側,今移
於此。其中"神"字疑本作"耕",摹寫而致誤也。　礚,敦煌本李
善注:苦盖反。北宋本及尤袤本李善注:古蓋切。陳八郎本、九
條本:康艾。

巨獸百尋,是爲曼延。神山崔巍,欻從背見。熊虎升而拏攫,猨狖超
而高援。

　　　延,尤袤本、陳八郎本、九條本:去聲。○案:尤袤本此條音
疑爲五臣音。　山,弘安本:仙。　崔,上野本:在迴反。正安
本:在迴。　巍,正安本作"嵬":五迴反。　欻,北宋本及尤袤本
李善注:許律切。陳八郎本、九條本:許律。上野本:吉。弘安
本:虛勿切。　拏,敦煌本李善注:皆僞反。北宋本及尤袤本李
善注:奴加切。陳八郎本:匿加。九條本:匿加,又:奴加反。上
野本:女加反。○案:敦煌本"皆僞"二字涉薛綜注"皆僞所作也"
而誤。　攫,敦煌本李善注:居碧反。北宋本李善注:居碧切。
尤袤本李善注:居縛切。陳八郎本作"玃",音:钁。九條本:钁,
又:居碧反。弘安本:元縛切。○案:敦煌本、北宋本、九條本
"碧"字屬陌韻,攫屬藥韻,此爲二韻相通之例。又弘安本"元"疑
爲"居"字之訛。居一作尻,與元形近。　猨,上野本:袁。　狖,
陳八郎本:羊究。上野本:以溜反。

怪獸陸梁,大雀踆踆。白象行孕,垂鼻轔囷。海鱗變而成龍,狀蜿蜿
以蜒蜒。

　　　踆,陳八郎本、九條本:七倫。正安本:七旬反。弘安本:春,

又：七旬切。○案：弘安本"春"疑爲"秦"字之訛。秦、踆聲近韻
同。　轔，敦煌本、北宋本及尤袤本李善注：鄰。陳八郎本、九條
本：鱗。上野本：力仁反。　困，敦煌本李善注、上野本：巨貧反。
北宋本及尤袤本李善注：巨貧切。陳八郎本、九條本作"輑"，音：
屈筠。九條本又引李善音：巨貧反。　蜿，敦煌本、正安本：於袁
反。北宋本及尤袤本李善注：於袁切。九條本：苑，又：於袁反。
陳八郎本作"踠"，音：苑。　蝹，敦煌本李善注：於君反。北宋本
及尤袤本李善注：於君切。陳八郎本：於雲反。九條本：於雲，
又：於君。上野本：於君反，又：於貧反。弘安本：於君切，又：於
貧切。

含利颬颬，化爲仙車。驪駕四鹿，芝蓋九葩。蟾蜍與龜，水人弄蛇。
奇幻儵忽，易貌分形。吞刀吐火，雲霧杳冥。畫地成川，流渭通涇。
東海黃公，赤刀粵祝。冀厭白虎，卒不能救。挾邪作蠱，於是不售。

　　颬，敦煌本李善注：呼加反。北宋本及尤袤本李善注：呼加
切。陳八郎本：呼家。九條本：呼家，又：呼加反。上野本：火加
反。　驪，陳八郎本、九條本：離。　葩，上野本：普花反。正安
本：普化反。弘安本：普花切。○案：正安本"化"蓋爲"花"之殘
字。　蟾，敦煌本李善注、正安本：詹。北宋本及尤袤本李善注：
昌詹切。九條本：昌詹。陳八郎本：常占。　蜍，敦煌本李善注、
上野本、正安本：市余反。北宋本：申余切。尤袤本：市余切。九
條本：市余。陳八郎本：常余。○案：北宋本"申"爲"市"字之訛。
　幻，北宋本李善注：下辯切。尤袤本李善注：下辦切。陳八郎
本：胡辦。九條本：下弁。弘安本：于弁切。○案：弘安本"于"疑
爲"下"字之訛。　杳，上野本：烏皎反。　冥，上野本：武丁反，

又：莫經反。　溼，弘安本：京。　粵，九條本：有月反。上野本
訛作"奧"，音：越。　祝，尤袤本、陳八郎本、九條本：呪。上野本：
之又反。○案：尤袤本此條音疑爲五臣音。　厭，上野本：於業
反。　邪，上野本：斜。　售，陳八郎本：常呪反。上野本：示又
反。弘安本：秀。○案：弘安本此條音誤標於"祝"字旁，今移正。

爾乃建戲車，樹脩旃。侲僮程材，上下翩翻。突倒投而跟絓，譬隕絶
而復聯。百馬同轡，騁足并馳。橦末之伎，態不可彌。彎弓射乎西
羌，又顧發乎鮮卑。

　　　侲，敦煌本李善注：之刃反。北宋本及尤袤本李善注：之刃
切。陳八郎本：辰。九條本：振，又：之刃反。朝鮮正德本、奎章
閣本：振。上野本：之忍反，又：之慎反。弘安本：之忍切。　投，
敦煌本李善注：他豆反。北宋本及尤袤本李善注：他豆切。
跟，敦煌本、北宋本及尤袤本李善注、陳八郎本、九條本、正安本、
弘安本：根。　絓，陳八郎本：𦨶。九條本、正安本、朝鮮正德本、
奎章閣本：卦。○案：陳八郎本"𦨶"字爲"卦"字之誤。　隕，弘
安本：丁敏切。○案：弘安本"丁"字疑爲"于"字之訛，《廣韻》正
作"于敏切"。　伎，上野本：其綺反。　態，上野本：他代反。
羌，上野本：杏。正安本、弘安本：香。○案：上野本"杏"疑爲
"香"之訛。羌讀作香，牙喉通轉。　鮮，上野本：仙。

於是衆變盡，心醒醉。盤樂極，悵懷萃。陰戒期門，微行要屈。降尊
就卑，懷璽藏綬。便旋閭閻，周觀郊遂。若神龍之變化，章后皇之爲
貴。然後歷掖庭，適驪館。捐衰色，從嬿婉。促中堂之陿坐，羽觴行
而無筭。

醒，弘安本：呈。　盤，上野本、正安本作"般"：白丸反。弘安本亦作"般"：白丸切。　樂，九條本：洛。正安本：力各反。弘安本：力各切。　要，陳八郎本、九條本：平聲。　蹇，正安本：卷徙。弘安本：子。○案：正安本"卷"字摹寫疑誤。　紱，弘安本：弗。　披，弘安本：亦。　嬿，敦煌本李善注：於見反。北宋本及尤袤本李善注、弘安本：於見切。陳八郎本：宴。正安本：一典反。○案：弘安本此條音誤標於下文"婉"字旁，今移正。　婉，敦煌本李善注：於万反。北宋本及尤袤本李善注：於萬切。陳八郎本：於遠。九條本：於遠，又：於萬反。上野本、正安本：叶烏虺反。

祕舞更奏，妙材騁伎。妖蠱豔夫夏姬，美聲暢於虞氏。始徐進而贏形，似不任乎羅綺。嘈清商而却轉，增嬋蜎以此豸。紛縱體而迅赴，若驚鶴之羣罷。振朱屣於盤樽，奮長袖之颰纚。

　蠱，敦煌本、北宋本及尤袤本李善注：古。九條本引李善音、奎章閣本：古。正安本引《音決》：冶。朝鮮正德本：也。　暢，北宋本及尤袤本李善注：勑亮切。九條本：勑亮。敦煌本作"甿"，李善注：勑亮反。　贏，陳八郎本：力爲。　嬋，敦煌本、北宋本及尤袤本李善注：蟬。九條本：單。　蜎，北宋本及尤袤本李善注：於緣切。九條本：於緣。敦煌本李善注作"娟"：於緣反。正安本：《決》作嬋娟，音同。　此，陳八郎本、九條本作"跐"，音：此。正安本旁記"跐"，引曹音：側辭反。　豸，尤袤本、陳八郎本、九條本：雉。正安本引蕭音：直氏反。○案：尤袤本此條音注疑爲五臣音。　罷，陳八郎本作"羆"：魄美反。　盤，正安本：《決》作般音。　颰，敦煌本李善注、上野本：素合反。北宋本及

尤袤本李善注：素合切。九條本作"颯"，音：素合。　纚，敦煌本
李善注：所倚反。北宋本及尤袤本李善注：所倚切。陳八郎本：
吏。九條本、朝鮮正德本、奎章閣本：史。正安本：子。○案：陳
八郎本"吏"爲"史"字之訛，颭、纚雙聲。正安本"子"屬精組精
母，"纚"屬莊組生母，精、莊混切。

要紹修態，麗服颺菁。眇藐流眄，一顧傾城。展季桑門，誰能不營。
列爵十四，競媚取榮。盛衰無常，唯愛所丁。衛后興於鬒髮，飛燕寵
於體輕。

　　要，敦煌本李善注：於妙反。北宋本及尤袤本李善注：於妙
切。陳八郎本：杳。　菁，敦煌本、北宋本及尤袤本李善注、九條
本、上野本、正安本、弘安本：精。　眇，敦煌本李善注：亡挺反。
北宋本及尤袤本薛綜注、九條本：亡井切。　眄，上野本作"眄"，
音：面。　鬒，敦煌本李善注：之忍反。北宋本及尤袤本李善注：
之忍切。陳八郎本：修。九條本、朝鮮正德本、奎章閣本：軫。
○案：陳八郎本"修"爲"軫"字之訛。

爾乃逞志究欲，窮身極娛。鑒戒唐詩，他人是媮。自君作故，何禮之
拘。增昭儀於婕妤，賢既公而又侯。許趙氏以無上，思致董於有虞。
王閎爭於坐側，漢載安而不渝。高祖創業，繼體承基。暫勞永逸，無
爲而治。耽樂是從，何慮何思。多歷年所，二百餘朞。徒以地沃野
豐，百物殷阜。巖險周固，衿帶易守。得之者强，據之者久。流長則
難竭，柢深則難朽。故奢泰肆情，馨烈彌茂。鄙生生乎三百之外，傳
聞於未聞之者。曾舋舋其若夢，未一隅之能睹。此何與於殷人屢遷，
前八而後五。居相圮耿，不常厥土。盤庚作誥，帥人以苦。方今聖上

同天,號於帝皇。掩四海而爲家,富有之業,莫我大也。徒恨不能以
靡麗爲國華,獨儉嗇以齷齪,忘蟋蟀之謂何。豈欲之而不能,將能之
而不欲歟。蒙竊惑焉。願聞所以辯之之説也。

　　媮,陳八郎本:逾。九條本:俞。　拘,正安本:俱。　婕,正
安本:接。　閎,上野本:黄,又:宏。正安本:宏。　耽,上野本
作"躭":多男反。　樂,正安本:洛。　易,上野本:以智反。
竭,上野本:其列反。　柢,九條本:帶。陳八郎本:蒂。正安本:
丁計反。　者,敦煌本李善注:之與反。北宋本及尤袤本李善
注:之與切。　髣,上野本、正安本:芳往反。　髴,正安本:芳味
反。　圮,北宋本及尤袤本李善注:平鄙切。陳八郎本、上野本:
備。九條本:備,又:平鄙反。弘安本:備,又:步美切。　嗇,上
野本:所力反。　歟,正安本:余。

《文選》音注輯考卷三

賦乙

京都中

　張平子《東京賦》一首

賦　　乙

京都中

東京賦

張平子

安處先生於是似不能言，憮然有閒。乃莞爾而笑曰：若客所謂末學膚受，貴耳而賤目者也。苟有瞀而無心，不能節之以禮，宜其陋今而榮古矣。由余以西戎孤臣，而悝繆公於宮室。如之何其以溫故知新，研覈是非，近於此惑。

　　處，九條本引《音决》：去聲。　憮，北宋本李善注：亡禹切。尤袤本：亡禹。九條本：武，又引李善音：亡禹。　悝，北宋本李善注：祜灰切。尤袤本：苦灰。陳八郎本、九條本：苦回。　繆，北宋本李善注：武六切。尤袤本：穆。九條本作“穆”，引《音决》：亡又反，引李善：武六反。　研，九條本：魚堅反。　覈，陳八郎本、九條本：胡格。

周姬之末，不能厥政，政用多僻。始於宮鄰，卒於金虎。嬴氏搏翼，擇肉西邑。是時也，七雄并爭，競相高以奢麗。楚築章華於前，趙建叢臺於後。秦政利觜長距，終得擅場。思專其侈，以莫己若。迺構阿房，起甘泉，結雲閣，冠南山。征稅盡，人力殫。然後收以太半之賦，威以參夷之刑。其遇民也，若薙氏之芟草。既蘊崇之，又行火焉。慄慄黔首，豈徒跼高天，蹐厚地而已哉，乃救死於其頸。毆以就役，唯力是視，百姓弗能忍，是用息肩於大漢而欣戴高祖。

　　嬴，九條本引《音決》：盈。　搏，尤袤本、陳八郎本、九條本：附。○案：北宋本無此條音注，尤袤本音疑爲五臣音。　競，九條本：則病反。○案：九條本此條音原在“爭”字旁，今移正。觜，九條本：子累反。　侈，九條本：昌氏反。　房，尤袤本、陳八郎本、九條本：傍。○案：北宋本無此條音注，尤袤本音疑爲五臣音。　冠，五臣作“觀”，九條本作“館”，旁記：觀，古亂反。　稅，九條本引《音決》：詩芮反。　殫，九條本：丹。　參，九條本：三。陳八郎本作“叁”，音：三。　薙，陳八郎本：土帝。九條本：帝。　芟，尤袤本、陳八郎本、九條本：所衘。○案：北宋本無此條音注，尤袤本音疑爲五臣音。　慄，尤袤本：徒頰切。北宋本李善注：徒類切。陳八郎本、九條本：徒頰。○案：北宋本“類”爲“頰”字之訛。　黔，九條本：其炎反。　跼，尤袤本、陳八郎本、九條本：局。○案：北宋本無此條音注，尤袤本音疑爲五臣音。　蹐，尤袤本、陳八郎本：籍。九條本：藉，又引《音決》：子變反。○案：北宋本無此條音注，尤袤本音疑爲五臣音。又九條本“變”字疑爲“奕”字之誤。　頸，九條本：巨□反。○案：九條本□處似爲“莖”字。

高祖膺籙受圖，順天行誅，杖朱旗而建大號。所推必亡，所存必固。掃項軍於垓下，縕子嬰於軹塗。因秦宮室，據其府庫。作洛之制，我則未暇。是以西匠營宮，目翫阿房。規摹踰溢，不度不臧。損之又損之，然尚過於周堂。觀者狹而謂之陋，帝已議其泰而弗康。且高既受命建家，造我區夏矣。文又躬自菲薄，治致升平之德。武有大啓土宇，紀禪肅然之功。宣重威以撫和戎狄，呼韓來享。咸用紀宗存主，饗祀不輟。銘勳彝器，歷世彌光。今捨純懿而論爽德，以《春秋》所諱而爲美談，宜無嫌於往初，故蔽善而揚惡，祇吾子之不知言也。必以肆奢爲賢，則是黃帝合宮，有虞總期，固不如夏癸之瑤臺，殷辛之瓊室也。湯武誰革而用師哉，盍亦覽東京之事以自寤乎。

　　掃，九條本：先老反。　垓，九條本：古來反。　軹，北宋本李善注、尤袤本：紙。陳八郎本、九條本作“枳”，音：止。　塗，陳八郎本：度，協韻。九條本：度，叶。　作，九條本：子洛反。房，陳八郎本、九條本：傍。　摹，陳八郎本、九條本：莫胡。度，尤袤本、陳八郎本：入聲。○案：北宋本無此條音注，尤袤本音疑爲五臣音。　狹，九條本作“陜”，音：洽。　重，尤袤本、陳八郎本、九條本：直用。○案：北宋本無此條音注，尤袤本音疑爲五臣音。　享，九條本：許兩反。　饗，九條本：許兩反。　彝，九條本：夷。　祇，陳八郎本：章移。　癸，九條本：九揆反。盍，尤袤本、陳八郎本、九條本：合。○案：北宋本無此條音注，尤袤本音疑爲五臣音。

且天子有道，守在海外。守位以仁，不恃隘害。苟民志之不諒，何云巖險與襟帶。秦負阻於二關，卒開項而受沛。彼偏據而規小，豈如宅中而圖大。昔先王之經邑也，掩觀九隩，靡地不營。土圭測景，不縮不盈。總風雨之所交,然後以建王城。審曲面勢,泝洛背河,左伊右瀍。西阻九阿,東門于旋。盟津達其後,太谷通其前。迴行道乎伊闕,邪徑捷乎轘轅。大室作鎮,揭以熊耳。底柱輟流,鐔以大邳。溫液湯泉,黑丹石緇。王鮪岫居,能鼈三趾。宓妃攸館,神用挺紀。龍圖授羲,龜書畀姒。召伯相宅,卜惟洛食。周公初基,其繩則直。葨弘魏舒,是廓是極。經途九軌,城隅九雉。度堂以筵,度室以几。京邑翼翼,四方所視。漢初弗之宅,故宗緒中圮。巨猾間釁,竊弄神器。歷載三六,偷安天位。于時蒸民,罔敢或貳。其取威也重矣。

　　守,九條本:首。　隘,九條本:於賣反。　偏,九條本:匹延反。　隩,九條本:烏倒反。朝鮮正德本、奎章閣本:烏到。縮,九條本:所六反。　泝,尤袤本、陳八郎本、九條本:素。○案:北宋本無此條音注,尤袤本音疑爲五臣音。　旋,九條本:時賢反。　捷,陳八郎本:接。九條本作"捷",音:接。　揭,尤袤本:竭。陳八郎本、九條本作"楬",音:竭。○案:北宋本無此條音注,尤袤本音疑爲五臣音。　耳,九條本:而止反。　鐔,尤袤本、陳八郎本、九條本:徒南。○案:北宋本無此條音注,尤袤本音疑爲五臣音。　邳,陳八郎本:披。九條本:步鄙反,叶。緇,陳八郎本、九條本:滓。　能,尤袤本、陳八郎本:奴來。九條本:奴來,又引李善音:乃來。○案:北宋本無此條音注,據九條本可知尤袤本音爲五臣音。　鼈,九條本:卑列反,又奴來反。○案:九條本"奴來反"當爲"能"字之音而誤記於此。　宓,九條本:伏。　畀,九條本:必利。陳八郎本、朝鮮正德本作"俾",音:必利。　姒,九條本:士。　葨,尤袤本、朝鮮正德本、奎章閣本:直良。九條本:直長。○案:北宋本無此條音注,尤袤本音疑爲五臣音。　廓,九條本:苦郭反。　度,尤袤本、陳八郎本、九條本：徒洛。○案：北宋本無此條音注，尤袤本音疑爲五臣音。

圮，尤袤本：痞。陳八郎本、九條本：平彼。　　猾，九條本：胡八

反。　　間，尤袤本、九條本：去聲。陳八郎本作"閒"，音：去聲。

　　豐，尤袤本、陳八郎本、九條本：許覯。○案：北宋本無此條音

注，尤袤本音疑爲五臣音。　　蒸，九條本：之仍反。

我世祖忿之，乃龍飛白水，鳳翔參墟。授鉞四七，共工是除。欃槍旬

始，羣凶靡餘。區宇乂寧，思和求中。睿哲玄覽，都兹洛宮。曰止曰

時，昭明有融。既光厥武，仁洽道豐。登岱勒封，與黃比崇。逮至顯

宗，六合殷昌。乃新崇德，遂作德陽。啓南端之特闈，立應門之將將。

昭仁惠於崇賢，抗義聲於金商。飛雲龍於春路，屯神虎於秋方。建象

魏之兩觀，旌六典之舊章。

　　忿，九條本：芳粉反。　　參，尤袤本、九條本、朝鮮正德本、奎

章閣本：所今。陳八郎本作"叄"，音：迹今。○案：北宋本無此條

音注。又陳八郎本"迹"爲"所"字之訛。　　鉞，九條本引《音决》：

越。　　共，九條本：恭。　　欃，九條本：楚銜反。　　槍，九條本：

蒼。　　睿，九條本：以歲反。　　哲，九條本：徹。　　曰，九條本：

越。　　封，九條本：方逢反。　　將，陳八郎本：七將反。九條本作

"鏘"：七將反。　　觀，九條本：古翫反。

其内則含德章臺，天禄宣明。温飭迎春，壽安永寧。飛閣神行，莫我

能形。濯龍芳林，九谷八溪。芙蓉覆水，秋蘭被涯。渚戲躍魚，淵游

龜蠵。永安離宮，脩竹冬青。陰池幽流，玄泉迭清。鶤鷄秋栖，鶻鵃

春鳴。鶬鶊麗黃，關關嚶嚶。

　　飭，陳八郎本、九條本：勑。　　壽，九條本：市又反。　　濯，九

條本:宅。　溪,九條本:期,叶。　被,九條本:皮義反。　涯,尤袤本、陳八郎本、九條本:宜。○案:北宋本無此條音注,尤袤本音疑爲五臣音。　渚,九條本:之与反。　蠵,尤袤本、陳八郎本:惟。九條本:惟,又:以隨反。○案:北宋本無此條音注,尤袤本音蓋爲五臣音。　列,九條本作"洌",音:列。　鴱,尤袤本、陳八郎本、九條本:匹。○案:北宋本無此條音注,尤袤本音疑爲五臣音。　鵾,尤袤本、陳八郎本、九條本:居。○案:北宋本無此條音注,尤袤本音疑爲五臣音。　鶻,尤袤本、陳八郎本、九條本:骨。○案:北宋本無此條音注,尤袤本音疑爲五臣音。　鵰,尤袤本:竹交。陳八郎本、九條本作"鵰",音:竹交。○案:北宋本無此條音注,尤袤本音疑爲五臣音。　鴡,尤袤本:七余。陳八郎本、九條本作"雎",音:七余。○案:北宋本無此條音注,尤袤本音疑爲五臣音。　麗,北宋本薛綜注:離。尤袤本:离。九條本:吕知。陳八郎本作"鸝",音:吕知。　嚶,九條本:於耕反,又引蕭該音:盈。

於南則前殿靈臺,鯀驪安福。謻門曲榭,邪阻城洫。奇樹琢果,鉤盾所職。西登少華,亭候修勑。九龍之内,寔曰嘉德。西南其户,匪雕匪刻。我后好約,乃宴斯息。於東則洪池清藥,淥水澹澹。内阜川禽,外豐葭菼。獻鼈蜃與龜魚,供蝸蠯與菱芡。其西則有平樂都場,示遠之觀。龍雀蟠蜿,天馬半漢。瑰異譎詭,燦爛炳煥。

　　謻,尤袤本、陳八郎本、九條本:直移。○案:北宋本無此條音注,尤袤本音疑爲五臣音。　洫,九條本:火域反。　鉤,九條本:古侯反。　盾,尤袤本、陳八郎本、九條本:垂允。○案:北宋本無此條音注,尤袤本音疑爲五臣音。　少,九條本:失照反。

藥，尤袤本：圉。陳八郎本：語。北宋本、九條本作“籲”，北宋本李善注：圉。九條本：語，又：圉。　　澹，尤袤本、陳八郎本、九條本：徒敢。○案：北宋本無此條音注，尤袤本音疑爲五臣音。

茭，陳八郎本、九條本：土敢。　【附】北宋本及尤袤本李善注：《爾雅》曰：茭，藎也。藎，五患切。　　鼈，九條本：卑列反。　　蜃，陳八郎本、九條本：示忍。　　蝸，北宋本李善注：古華切。尤袤本、陳八郎本、九條本：古花。　　蠯，北宋本李善注：蒲佳切。尤袤本：蒲佳。陳八郎本、九條本作“蜱”，音：蒲佳。　　芡，北宋本李善注：儉。陳八郎本：巨儼反。九條本：巨儼，又：儉。　　樂，九條本：洛。　　蟠，尤袤本、陳八郎本、九條本：盤。○案：北宋本無此條音注，尤袤本音疑爲五臣音。　　蜿，尤袤本、九條本：紆元。陳八郎本：于元。○案：北宋本無此條音注，尤袤本音疑爲五臣音。　　詭，九條本：古毀反。　　爛，九條本：力旦反。　　煥，九條本：火罠反。

奢未及侈，儉而不陋。規遵王度，動中得趣。於是觀禮，禮舉儀具。經始勿亟，成之不日。猶謂爲之者勞，居之者逸。慕唐虞之茅茨，思夏后之卑室。乃營三宮，布教頒常。複廟重屋，八達九房。規天矩地，授時順鄉。造舟清池，惟水泱泱。左制辟雍，右立靈臺。因進距衰，表賢簡能。馮相觀祲，祈禳禳災。

亟，尤袤本、陳八郎本、九條本：居力。○案：北宋本無此條音注，尤袤本音疑爲五臣音。　　頒，尤袤本、陳八郎本、九條本：班。○案：北宋本無此條音注，尤袤本音疑爲五臣音。　　複，尤袤本、陳八郎本、九條本：福。○案：北宋本無此條音注，尤袤本音疑爲五臣音。　　重，九條本：逐龍反。　　鄉，九條本：香。

造，九條本：七到反。　泱，尤袤本、陳八郎本：央。九條本：央，又：於良反。○案：北宋本無此條音注，尤袤本音疑爲五臣音。

能，陳八郎本：奴來反，協韻。九條本：奴來，協。　馮，尤袤本、陳八郎本、九條本：皮冰。○案：北宋本無此條音注，尤袤本音疑爲五臣音。　相，尤袤本、陳八郎本、九條本：息亮。○案：北宋本無此條音注，尤袤本音疑爲五臣音。　祲，尤袤本、陳八郎本：浸。九條本：浸，又：子鴆反。○案：北宋本無此條音注，尤袤本音疑爲五臣音。　祈，九條本：巨依反。　禠，尤袤本、陳八郎本、九條本：絲。○案：北宋本無此條音注，尤袤本音疑爲五臣音。又“禠”字《廣韻》有“相支切”一讀，與此音同。

於是孟春元日，羣后旁戾。百僚師師，于斯胥泊。藩國奉聘，要荒來質。具惟帝臣，獻琛執贄。當覲乎殿下者，蓋數萬以二。爾乃九賓重，臚人列。崇牙張，鏞皷設。郎將司階，虎戟交鍛。龍輅充庭，雲旗拂霓。夏正三朝，庭燎晢晢。撞洪鍾，伐靈皷。旁震八鄙，軯礚隱訇。若疾霆轉雷而激迅風也。

藩，九條本：方袁反。　要，陳八郎本：伊遙。　質，尤袤本：至。陳八郎本：徵利反，協韻。九條本：徵利。　琛，九條本：丑今反。　贄，陳八郎本、九條本：至。　重，尤袤本、陳八郎本、九條本：平聲。○案：北宋本無此條音注，尤袤本音疑爲五臣音。　臚，尤袤本、陳八郎本、九條本：廬。○案：北宋本無此條音注，尤袤本音疑爲五臣音。　鏞，北宋本李善注、尤袤本、陳八郎本、九條本：庸。　鍛，尤袤本、陳八郎本、九條本：殺。○案：北宋本無此條音注，尤袤本音疑爲五臣音。　輅，九條本：路。　霓，陳八郎本、九條本：五結反。　夏，九條本：下。　正，九條本：政。

燎，九條本：力照反。　晢，陳八郎本、九條本作"晰"，陳八郎本：章列反。九條本、朝鮮正德本、奎章閣本：章烈反。九條本又引李善音：之舌反。　軯，尤袤本：普耕。陳八郎本：普萌。九條本音：普朗。○案："軯"字尤袤本誤刻作"軒"。又九條本"朗"疑爲"萌"字之訛。　礚，尤袤本、陳八郎本、九條本：苦代。　訇，尤袤本、陳八郎本、九條本：火宏。

是時稱警蹕已下雕輦於東廂，冠通天，佩玉璽。紆皇組，要干將。負斧扆，次席紛純。左右玉几，而南面以聽矣。然後百辟乃入，司儀辨等。尊卑以班，璧羔皮帛之贄既奠。天子乃以三揖之禮禮之。穆穆焉，皇皇焉，濟濟焉，將將焉，信天下之壯觀也。

廂，九條本：相。　冠，九條本：古半反。　璽，陳八郎本、九條本：徙。　要，陳八郎本、九條本：平聲。　純，陳八郎本、九條本：之尹。　辟，九條本：必亦反。　璧，九條本：或作辟，必亦反。　奠，九條本：田見反。　將，陳八郎本、九條本：七羊。　觀，九條本：古亂反。

乃羨公侯卿士，登自東除。訪萬機，詢朝政。勤恤民隱，而除其害。人或不得其所，若己納之於隍。荷天下之重任，匪怠皇以寧静。發京倉，散禁財。貲皇寮，逮輿臺。命膳夫以大饗，饔餼浹乎家陪。春醴惟醇，燔炙芬芬。君臣歡康，具醉熏熏。千品萬官，已事而竣。勤屢省，戀乾乾。清風協於玄德，淳化通於自然。憲先靈而齊軌，必三思以顧愆。招有道於側陋，開敢諫之直言。聘丘園之耿絜，旅束帛之戔戔。上下通情，式宴且盤。及將祀天郊，報地功。祈福乎上玄，思所以爲虔。蕭蕭之儀盡，穆穆之禮殫。然後以獻精誠，奉禋祀，曰：允矣,天子者也。

　　羨,九條本:次戰反。○案:九條本"次"疑爲"以"字之訛。

　　售,陳八郎本、九條本:所景。　荷,九條本:何可反。　任,九條本:而禁反。　怠,九條本:殆。　賚,九條本:力代反。　逮,九條本:代。　饗,九條本:於恭反。　餼,陳八郎本、九條本:虛穀。　浹,陳八郎本:子頰。九條本:子頰,又:子牒反。　陪,九條本:步迴反。　醴,陳八郎本:礼。九條本:禮。　燔,陳八郎本、九條本:伐元。　炙,九條本:之夜反。　熏,九條本作"薰":火云反。　畯,尤袤本、九條本:七旬。陳八郎本:七旬反。○案:北宋本無此條音注,尤袤本音疑爲五臣音。　屢,九條本:力具反。　省,尤袤本、陳八郎本:昔井。九條本:思井反。　乾,九條本:其連反。　三,陳八郎本、九條本:蘇溫。　惌,九條本:去連反。　戔,陳八郎本、九條本:殘。

乃整法服,正冕帶。珩紞紘綖,玉笄綦會。火龍黼黻,藻繂罄厲。結飛雲之袷輅,樹翠羽之高蓋。建辰旒之太常,紛猋悠以容裔。六玄虬之弈弈,齊騰驤而沛艾。

　　正,陳八郎本:上聲。　冕,宮內廳本:免。　珩,尤袤本、陳八郎本、九條本:行。○案:北宋本無此條音注,尤袤本音疑爲五臣音。　紞,尤袤本、陳八郎本、九條本:丁敢。○案:北宋本無此條音注,尤袤本音疑爲五臣音。　紘,尤袤本、陳八郎本、九條本:宏。○案:北宋本無此條音注,尤袤本音疑爲五臣音。　綖,陳八郎本、九條本:延。　笄,宮內廳本、九條本:古兮反。　綦,尤袤本、陳八郎本、宮內廳本、九條本:其。○案:北宋本無此條音注,尤袤本音疑爲五臣音。　會,宮內廳本:古外反。　黼,宮

内廳本、九條本：甫。　斂，官内廳本、九條本：方勿反。　綷，尤
袤本、陳八郎本、九條本：律。○案：北宋本無此條音注，尤袤本
音疑爲五臣音。　肇，陳八郎本、九條本：步干。官内廳本：盤。

　袷，陳八郎本、九條本：古洽。官内廳本：古洽反，又引王：洽。
○案：官内廳本所引王待考。　輅，陳八郎本、官内廳本、九條
本：路。　旒，九條本、朝鮮正德本、奎章閣本：力求。　焱，陳八
郎本、九條本作“飆”，音：必遥。官内廳本引五家音：必遥反。

悠，九條本：由。　虯，陳八郎本：渠幽。九條本作“蚪”，音：渠
幽。官内廳本：巨幽反。　驤，九條本：諸良反。○案：驤爲心
母，諸爲章母，精、章組混切。　沛，陳八郎本、九條本：普外。官
内廳本：普外反。　艾，九條本：我大反。

龍輈華轙，金鍐鏤錫。方釳左纛，鈎膺玉瓖。鑾聲噦噦，和鈴鉠鉠。
重輪貳輾，疏轂飛軨。羽蓋威蕤，葩瑵曲莖。順時服而設副，咸龍旂
而繁纓。立戈迤戛，農輿輅木。屬車九九，乘軒并轂。瑁弩重旍，朱
旄青屋。

　　輈，陳八郎本、九條本：張流。官内廳本：竹留反。　轙，尤
袤本、陳八郎本、官内廳本、九條本：蟻。○案：北宋本無此條音
注，尤袤本音疑爲五臣音。　鍐，尤袤本、九條本、朝鮮正德本、
奎章閣本：亡犯。官内廳本：亡犯反。北宋本、陳八郎本作“鋄”，
北宋本李善注：亡犯切。陳八郎本：亡檢。　鏤，九條本、官内廳
本：力豆反。　錫，陳八郎本、九條本：陽。官内廳本：羊。　方，
官内廳本、九條本：房。　釳，北宋本及尤袤本李善注引《廣雅》：
許乞切。陳八郎本：乞。九條本：乞，又：許乞。官内廳本：虛乙
反。　纛，陳八郎本、九條本：徒到。官内廳本：大到反。　鈎，

九條本作“鉤”：古頭反。　瓖，北宋本李善注、尤袤本、陳八郎本：襄。九條本：襄，又：思良反。宮內廳本：思良反。　噦，陳八郎本、九條本：呼外。宮內廳本作“鐬”：火會反。　鈴，宮內廳本、九條本：力丁反。　鉠，尤袤本、陳八郎本、宮內廳本：於良反。九條本：於良。○案：北宋本無此條音注，尤袤本音疑爲五臣音。　重，宮內廳本：逐龍反。　轄，宮內廳本：胡瞎反。九條本：胡□反。○案：九條本□處所闕字，據宮內廳本當作“瞎”。

軨，北宋本李善注、尤袤本、陳八郎本、九條本：零。　威，陳八郎本、九條本作“葳”，音：威。　葩，宮內廳本、九條本：普花反。

瑤，北宋本薛綜注：祖狡切。尤袤本、陳八郎本：爪。九條本：爪，又：與爪同，祖狡反。○案：尤袤本音疑爲五臣音。　副，宮內廳本、九條本：芳富反。　旃，九條本：祈。　繁，北宋本及尤袤本李善注：繁與鞶古字通。鄭玄曰：樊，讀如鞶。　迤，北宋本李善注：弋氏切。宮內廳本：式迤反。陳八郎本、九條本、朝鮮正德本、奎章閣本作“𪧷”，陳八郎本：戈止。九條本、朝鮮正德本、奎章閣本：弋止。○案：陳八郎本“戈”當作“弋”。　戛，宮內廳本、九條本：居八反。　屬，陳八郎本、九條本：之欲。宮內廳本：燭。　車，宮內廳本：居。九條本：奢，又：居。　斑，北宋本李善注、尤袤本、陳八郎本、宮內廳本、九條本：伏。　弩，宮內廳本、九條本：努。　重，宮內廳本、九條本：逐龍反。　旌，宮內廳本、九條本：千。○案：旌爲章母，千爲清母，精、章組混切。　旄，宮內廳本：毛。

奉引既畢，先輅乃發。鸞旗皮軒，通帛繡旆。雲罕九斿，闟戟轇輵。瞥䯰被繡，虎夫戴鶡。駙承華之蒲梢，飛流蘇之騷殺。總輕武於後陳,奏嚴鼓之嘈囐。戎士介而揚揮,戴金鉦而建黃鉞。清道案列,天行星陳。蕭蕭習習,隱隱轔轔。殿未出乎城闕,斾以迴乎郊畛。盛夏后之致美,爰敬恭於明神。

引,宮内廳本、九條本:以刃反。　綪,北宋本李善注:舊。尤袤本:蒨。陳八郎本、九條本并作"蒨",音:千見。宮内廳本亦作"蒨",音:七見反。○案:北宋本"舊"爲"蒨"字之訛。　斾,宮内廳本:協步末反。九條本:茷。　【附】北宋本李善注:韋昭曰:綪茷,大赤也。茷音斾。　罕,九條本:羽俱反。○案:九條本此條音注疑誤。　斿,宮内廳本:流,又頁眉:五音由。九條本、朝鮮正德本、奎章閣本:由。　闒,宮内廳本:許及反。九條本:許及。陳八郎本作"鈒",音:所及。　轇,北宋本李善注、尤袤本:膠。陳八郎本、九條本:交。　輵,北宋本李善注、尤袤本、宮内廳本:葛。陳八郎本、九條本作"轕",音:葛。　髻,尤袤本、陳八郎本、九條本:而利。　髦,陳八郎本、九條本:毛。　被,宮内廳本、九條本:皮義反。　鶡,陳八郎本、宮内廳本:曷。九條本:葛。　駙,陳八郎本、宮内廳本:附。　梢,宮内廳本:所交反。九條本:所交。　騷,宮内廳本、九條本:素刀反。　殺,尤袤本、九條本:桑葛。陳八郎本:桑葛反。○案:北宋本無此條音注,尤袤本音疑爲五臣音。　陳,宮内廳本、九條本:直刃反,又如字。○案:九條本"字"作代字符"〡"。　嘈,陳八郎本、九條本:曹。宮内廳本:在勞反。　囐,北宋本李善注:才達切。尤袤本、九條本:才達。陳八郎本:才達反。宮内廳本:在葛反。　揮,宮内廳本:歸。　鉦,陳八郎本、宮内廳本、九條本:征。　鉞,宮内廳本、九條本:越。　轔,宮内廳本:力人反。九條本:隣。　殿,尤袤本:坫。陳八郎本:丁見。宮内廳本:都見反。　斾,宮内廳

本、九條本：蒲外反。　　畛，北宋本作“畖”，李善注：諸鄰切。尤
袤本：諸鄰。陳八郎本：真，叶韻。官内廳本：協音真。九條本：
真，叶。

爾乃孤竹之管，雲和之瑟。雷皷㲈㲈，六變既畢。冠華秉翟，列舞八
佾。元祀惟稱，羣望咸秩。颺櫙燎之炎煬，致高煙乎太一。神歆馨而
顧德，祚靈主以元吉。然後宗上帝於明堂，推光武以作配。辯方位而
正則，五精帥而來摧。尊赤氏之朱光，四靈懋而允懷。

　　㲈，北宋本李善注：淵。陳八郎本：烏玄。九條本作“渕”，
音：烏玄，又：淵。官内廳本：在緣反。○案：官内廳本“在”字疑
誤。　　冠，官内廳本：古翫反。　　佾，九條本：以日反。　　櫙，尤
袤本：由。官内廳本：酉，又：由。陳八郎本、九條本作“楢”，音：
由。○案：北宋本無此條音注，尤袤本音疑爲五臣音。　　煬，尤
袤本、陳八郎本、九條本：樣。官内廳本：以亮反。○案：北宋本
無此條音注，尤袤本音疑爲五臣音。　　煙，九條本：或音因。官
内廳本作“㷮”，音：因。○案：官内廳本“㷮”爲“煙”字之訛。
歆，官内廳本：許今反。九條本：許金反。　　祚，九條本：在瘦。
官内廳本作“昨”：在度反。○案：九條本“瘦”爲“度”字之訛。
配，九條本：普迴反，叶。官内廳本作“妃”，頁眉記：《決》爲配字，
協普迴反。　　帥，官内廳本、九條本：率。　　摧，北宋本李善注：
祖回切。尤袤本：祖回切。陳八郎本、官内廳本：祖回反。九條
本：祖回。　　懋，陳八郎本、九條本：木候。

於是春秋改節，四時迭代。蒸蒸之心，感物曾思。躬追養於廟祧，奉
蒸嘗與禴祠。物牲辯省，設其楅衡。毛炰豚胉，亦有和羹。滌濯静

嘉,禮儀孔明。萬舞奕奕,鐘皷喤喤。靈祖皇考,來顧來饗。神具醉止,降福穰穰。

　　蒸,宮内廳本、九條本:之仍反。　　思,宮内廳本、九條本:先自反。　　養,宮内廳本、九條本:以亮反。　　桃,北宋本李善注:吐堯切。尤袤本、陳八郎本:吐堯。九條本:吐堯反。宮内廳本:吐彫反。　　蒸,宮内廳本、九條本:之仍反。　　禴,陳八郎本、九條本:藥。宮内廳本:以略反。　　祠,九條本:自,叶。宮内廳本作"祀":協音協自。　　辯,尤袤本、陳八郎本、宮内廳本、九條本:遍。○案:北宋本無此條音注,尤袤本音疑爲五臣音。　　福,宮内廳本、九條本作"福",宮内廳本音:芳富反,九條本音:芳福反。

　　炰,尤袤本、九條本:炮。陳八郎本:包。宮内廳本:白交反。

　　豚,宮内廳本:屯。　　胉,北宋本李善注:方薄切。尤袤本:博。九條本:博,又:方薄。陳八郎本、宮内廳本作"狛",陳八郎本音:博。宮内廳本:亡白反。○案:胡克家以爲尤袤本音爲五臣音。

　　滌,宮内廳本:大歷反。　　濯,宮内廳本:大角反。○案:濯爲澄母,大爲定母,舌音尚未分化。　　喤,陳八郎本:皇。九條本:橫。宮内廳本:橫,又:戶光反。　　饗,尤袤本、陳八郎本:平聲。宮内廳本:協音香。九條本:平声,協,又:香。　　穰,陳八郎本:而羊反。九條本:而羊。宮内廳本:而良反。

及至農祥晨正,土膏脉起。乘鑾輅而駕蒼龍,介馭間以剡耜。躬三推於天田,修帝籍之千畝。供禘郊之粢盛,必致思乎勤己。兆民勸於疆場,感戀力以耘籽。

　　脉,宮内廳本作"覛",音:莫。　　馭,宮内廳本:御。　　剡,北宋本李善注:以冉切。宮内廳本:以冉反。尤袤本、陳八郎本、九條本：以冉。　耜，官内廳本：似。　推，尤袤本、陳八郎本、九條本：土回。○案：北宋本無此條音注，尤袤本音疑爲五臣音。

供，官内廳本：恭。　絺，陳八郎本、九條本：亭細。官内廳本：第。　粢，官内廳本、九條本：咨。　盛，官内廳本、九條本：成。

場，尤袤本、陳八郎本、九條本：亦。○案：北宋本無此條音注，尤袤本音疑爲五臣音。　耘，官内廳本、九條本：云。　籽，尤袤本、陳八郎本、官内廳本、九條本：子。○案：北宋本無此條音注，尤袤本音疑爲五臣音。

春日載陽，合射辟雍。設業設虡，宮懸金鏞。鼖鼓路鼗，樹羽幢幢。於是備物，物有其容。伯夷起而相儀，后夔坐而爲工。張大侯，制五正。設三乏，厞司旌。并夾既設，儲乎廣庭。

射，官内廳本、九條本：時夜反。　虡，尤袤本、官内廳本、九條本：巨。陳八郎本：奇舉。　懸，官内廳本：玄。　鏞，官内廳本：容。　鼖，北宋本李善注：扶云切。官内廳本：扶云反。尤袤本、陳八郎本：汾。九條本：汾，又：扶云。○案：尤袤本音蓋爲五臣音。　鼗，北宋本李善注、尤袤本、陳八郎本、官内廳本、九條本：逃。　幢，陳八郎本、朝鮮正德本作“憧”，音：童。官内廳本、九條本：同。　相，官内廳本：息亮反。　夔，官内廳本、九條本：逵。　正，尤袤本、陳八郎本、九條本：征。官内廳本：協音征。○案：北宋本無此條音注，尤袤本音疑爲五臣音。　乏，官内廳本：扶法反，又頁眉記：扶法反，或爲貶，布檢反，非。諸、蕭并爲貶，音乏，亦非也。　厞，北宋本李善注、尤袤本、九條本：翡。官内廳本：扶味反，又：翡。　旌，官内廳本作“斿”，音：生。○案：旌、斿爲精母字，生爲照二組生母字，此是照二組與精組尚未分化之音例。　并，九條本：平。　夾，陳八郎本：古洽。宮內廳本、九條本：古洽反。　設，宮內廳本旁記"飭"：丑力反。　儲，宮內廳本：除。

於是皇輿凤駕，耋於東階。以須消啓明，掃朝霞，登天光於扶桑。天子乃撫玉輅，時乘六龍。發鯨魚，鏗華鍾。大丙弭節，風后陪乘。攝提運衡，徐至於射宮。禮事展，樂物具。《王夏》闋，《騶虞》奏。決拾既次，彤弓斯彀。達餘萌於暮春，昭誠心以遠喻。進明德而崇業，滌饕餮之貪慾。仁風衍而外流，誼方激而退驚。日月會於龍狵，恤民事之勞疚。因休力以息勤，致歡忻於春酒。執鑾刀以祖割，奉觴豆於國叟。降至尊以訓恭，送迎拜乎三壽。敬慎威儀，示民不偷。我有嘉賓，其樂愉愉。聲教布濩，盈溢天區。

耋，北宋本李善注、尤袤本：柴。宮內廳本、九條本：七而反。陳八郎本：士佳。朝鮮正德本、奎章閣本：仕佳。　【附】北宋本及尤袤本李善注：《音義》曰：攝提隨斗杓所建十二月也。杓，匹遙切。　鏗，宮內廳本：苦莖反。　陪，宮內廳本、九條本：步回反。　乘，宮內廳本：時證反。　提，宮內廳本、九條本：大兮反。　射，宮內廳本：時夜反。　闋，宮內廳本：苦穴反。　騶，尤袤本、陳八郎本、九條本：側留。宮內廳本：鄒。○案：北宋本無此條音注，尤袤本音疑爲五臣音。　彤，宮內廳本：丁彤反。○宮內廳本音注下尚有"或作彤字，非"數言，知所引校語本正文不作"彤"。　彀，尤袤本、陳八郎本、宮內廳本、九條本：古候反。饕，尤袤本、陳八郎本：叨。宮內廳本、九條本：他刀反。○案：北宋本無此條音注，尤袤本音疑爲五臣音。　餮，尤袤本、陳八郎本：他結。宮內廳本、九條本：他結反。○案：北宋本無此條音注，尤袤本音疑爲五臣音。　慫，陳八郎本：喻，叶韻。宮内廳本：協音諭。九條本：喻，叶。　誼，宮内廳本：義。　鶩，九條本引《音決》：務。　虓，北宋本李善注：丁遘切。尤袤本、陳八郎本、九條本：鬩。宮内廳本：丁角反，又：丁遘反。○案：虓，北宋本正文、尤袤本譌作“狨”。又尤袤本音疑爲五臣音。　疢，宮内廳本、九條本：居又反。　忻，宮内廳本：巾。九條本：欣。○案：宮内廳本音“巾”，牙喉通轉。　叟，宮内廳本：素斗反。九條本：小斗反。　偷，尤袤本：以朱反，協韻。陳八郎本：以朱反，叶韻。宮内廳本：協音以朱反。九條本：以朱反，叶。　樂，宮内廳本、九條本：洛。　愉，冷泉本、宮内廳本：以朱反。九條本：以朱。

　　濩，尤袤本、冷泉本：護。宮内廳本：户故反。

文德既昭，武節是宣。三農之隙，曜威中原。歲惟仲冬，大閲西園。虞人掌焉，先期戒事。悉率百禽，鳩諸靈囿。獸之所同，是謂告備。乃御小戎，撫輕軒。中畋四牡，既佶且閑。戈矛若林，牙旗繽紛。迄上林，結徒營。次和樹表，司鐸授鉦。坐作進退，節以軍聲。三令五申，示戮斬牲。陳師鞠旅，教達禁成。火列具舉，武士星敷。鵝鸛魚麗，箕張翼舒。軌塵掩远，匪疾匪徐。馭不詭遇，射不剪毛。升獻六禽，時膳四膏。馬足未極，輿徒不勞。成禮三殿，解罘放麟。不窮樂以訓儉，不殫物以昭仁。慕天乙之弛罟，因教祝以懷民。儀姬伯之渭陽，失熊羆而獲人。澤浸昆蟲，威振八寓。好樂無荒，允文允武。薄狩于敖，既瑓瑓焉。岐陽之蒐，又何足數。

　　閲，宮内廳本、九條本：悦。　鳩，宮内廳本頁眉記：勼，《決》九尤反，或爲鳩，非也。　佶，尤袤本：其栗。陳八郎本、九條本：奇栗。宮内廳本：巨一反，又：巨乙反。　繽，宮内廳本、九條本：

匹仁反。　紛,宮内廳本、九條本:《决》作幡,芳袁反。　迄,宮
内廳本、九條本:虚乙反。　鐸,宮内廳本、九條本:大洛反。
鉦,宮内廳本、九條本:征。　令,宮内廳本、九條本:力政反。
叕,九條本:六。　鸛,尤袤本、陳八郎本、宮内廳本、九條本:灌。
○案:北宋本無此條音注,尤袤本音疑爲五臣音。　麗,尤袤本、
陳八郎本、九條本:离。宮内廳本:力支反。○案:北宋本無此條
音注,尤袤本音疑爲五臣音。　远,尤袤本、陳八郎本、九條本:
岡。宮内廳本:下郎反。○案:北宋本無此條音注,尤袤本音疑
爲五臣音。　遇,九條本:奴句反。○案:遇爲以母,奴爲泥母,
九條本"奴"疑爲"以"字之訛。　射,宮内廳本、九條本:時亦反。

　毆,九條本作"驅",音:區。宮内廳本作"敺",音:區。　解,宮
内廳本、九條本:居蟹反。　罘,尤袤本、陳八郎本、九條本:伏
侯。宮内廳本:浮。○案:北宋本無此條音注,尤袤本音疑爲五
臣音。　麟,宮内廳本:力仁反。九條本:力人反。　儉,九條
本:巨儉反。　弛,陳八郎本:式氏。冷泉本、宮内廳本、九條本:
式氏反。　罟,陳八郎本、宮内廳本、九條本:古。　祝,宮内廳
本:之又反。　浸,宮内廳本:子鳥反。九條本:子沈反。○案:
宮内廳本"鳥"當是"鳩"之殘字。　昆,宮内廳本:《决》爲蜫,音
昆。　寓,宮内廳本、九條本:禹。　好,宮内廳本、九條本:耗。

　樂,宮内廳本、九條本:洛。　璞,宮内廳本、九條本:素果反。

　岐,宮内廳本、九條本:巨支反。　蒐,宮内廳本、九條本:所尤
反。　數,宮内廳本:史宇反。

爾乃卒歲大儺,毆除羣厲。方相秉鉞,巫覡操茢。侲子萬童,丹首玄
製。桃弧棘矢,所發無枲。飛礫雨散,剛癉必斃。煌火馳而星流,逐

赤疫於四裔。然後凌天池，絕飛梁。捎魑魅，斮獝狂。斬蜲蛇，腦
方良。

　　儺，尤袤本、陳八郎本：奴何。冷泉本、九條本：奴何反。官
內廳本：乃何反。○案：北宋本無此條音注，尤袤本音疑爲五臣
音。　方，官內廳本：房。　相，冷泉本：將。　巫，官內廳本、九
條本：無。　覡，尤袤本、陳八郎本、九條本：胡激。冷泉本：形的
反。官內廳本：刑的反。○案：北宋本無此條音注，尤袤本音疑
爲五臣音。　操，陳八郎本：七刀。九條本：七刀反。官內廳本：
七到反。　苅，尤袤本、陳八郎本、九條本：例。官內廳本：協音
例。○案：北宋本無此條音注，尤袤本音疑爲五臣音。　侲，尤
袤本、陳八郎本、九條本：震。官內廳本頁眉記：五音震。冷泉
本、官內廳本：之忍反。○案：北宋本無此條音注，尤袤本音蓋爲
五臣音。　製，官內廳本、九條本：制。　弧，官內廳本、九條本：
胡。○案：九條本音誤標於“棘”字旁，今移正。　臬，北宋本李
善注、尤袤本：牛列切。陳八郎本：刈，叶韻。九條本：刈，叶，又：
牛列反。官內廳本：協音魚例反。　【附】北宋本李善注：《説文》
曰：臬，射埻的也。埻，之尹切。　礫，官內廳本：歷。九條本：力
的反。　癉，尤袤本、陳八郎本、九條本：亶。官內廳本：多但反。
○案：北宋本無此條音注，尤袤本音疑爲五臣音。　嫳，冷泉本、
官內廳本、九條本：婢例反。　煌，官內廳本：皇。　疫，官內廳
本：役。　捎，尤袤本：所交切。陳八郎本、九條本：所交。冷泉
本、官內廳本：所交反。○案：北宋本無此條音注，尤袤本音疑爲
五臣音。　斮，尤袤本、陳八郎本、九條本：側角。官內廳本：助
略反，又：側略反。○案：北宋本無此條音注，尤袤本音疑爲五臣
音。　獝，尤袤本：其筆。官內廳本：其筆反。陳八郎本：葵筆。

九條本：葵筆，又：其出。冷泉本引《音决》：其□□。○案：冷泉本所引《音决》後兩字燒殘，似爲“律反”。　螮，尤袤本、陳八郎本、九條本：紆危。官内廰本：於爲反，又：威。○案：北宋本無此條音注，尤袤本音疑爲五臣音。　蛇，尤袤本：移。陳八郎本、九條本：逸斯。官内廰本：以支反，又：移。　腦，陳八郎本、九條本：奴老。官内廰本：奴老反。

囚耕父於清泠，溺女魃於神潢。殘夒魖與罔像，殪野仲而殲游光。八靈爲之震慴，況魈蜮與畢方。度朔作梗，守以鬱壘。神荼副焉，對操索葦。目察區陬，司執遺鬼。京室密清，罔有不韙。

　　泠，尤袤本、陳八郎本：零。官内廰本：力丁反。○案：北宋本無此條音注，尤袤本音疑爲五臣音。　魃，尤袤本、陳八郎本、九條本：蒲葛。官内廰本：步末反。○案：北宋本無此條音注，尤袤本音疑爲五臣音。　潢，尤袤本、陳八郎本、九條本：黄。○案：北宋本無此條音注，尤袤本音疑爲五臣音。　魖，尤袤本、陳八郎本、官内廰本、九條本：虚。○案：北宋本無此條音注，尤袤本音疑爲五臣音。　殪，尤袤本、陳八郎本、九條本：煙計。冷泉本：一計反。官内廰本：壹計反。○案：北宋本無此條音注，尤袤本音疑爲五臣音。　野，官内廰本引《音决》作“楚”，音：野。○案：楚、野古音相近，王逸《離騷經序》“放在草野”，集注本作“放在艸楚”。　殲，尤袤本、陳八郎本、官内廰本：子廉。○案：北宋本無此條音注，尤袤本音疑爲五臣音。　爲，九條本：于僞反。　慴，尤袤本、陳八郎本、九條本：之涉。冷泉本、官内廰本：之葉反。○案：北宋本無此條音注，尤袤本音疑爲五臣音。　魈，北宋本李善注：巨宜切。尤袤本：巨宜。官内廰本：巨移反。

陳八郎本、九條本：岐。　蜮，北宋本李善注、尤袤本：域。陳八
郎本、官内廳本、九條本作“蜮”，音：域。　度，官内廳本、九條
本：大洛反。　梗，尤袤本、陳八郎本、九條本：哽。官内廳本：古
杏反。○案：北宋本無此條音注，尤袤本音疑爲五臣音。　疊，
冷泉本、官内廳本：力癸反。九條本：力軌。　茶，陳八郎本、官
内廳本、九條本：徒。　操，尤袤本、陳八郎本、九條本：七刀。官
内廳本：七刀反。○案：北宋本無此條音注，尤袤本音疑爲五臣
音。　索，官内廳本、九條本：素洛反。　葦，官内廳本、九條本：
于鬼反。　陬，尤袤本：子侯。冷泉本、官内廳本：子侯反。陳八
郎本：祖婁。九條本：祖婁，又：子侯。　司，九條本作“伺”，音：
息吏反。　趨，陳八郎本：葦。九條本：葦。冷泉本、官内廳本：
于鬼反。

於是陰陽交和，庶物時育。卜征考祥，終然允淑。乘輿巡乎岱嶽，勸
稼穡於原陸。同衡律而壹軌量，齊急舒於寒燠。省幽明以黜陟，乃反
斾而迴復。望先帝之舊墟，慨長思而懷古。俟閶風而西遐，致恭祀乎
高祖。既春游以發生，啓諸蟄於潛户。度秋豫以收成，觀豐年之多
稔。嘉田畯之匪懈，行致賚于九扈。左瞰暘谷，右眄玄圃。眇天末以
遠期，規萬世而大摹。且歸來以釋勞，膺多福以安愻。

　　岱，官内廳本：大。　軌，九條本：鬼。　量，官内廳本、九條
本：諒。　燠，尤袤本：於六。陳八郎本、官内廳本、九條本：於六
反。○案：北宋本無此條音注，尤袤本音疑爲五臣音。　省，官
内廳本、九條本：思静反。　陟，九條本：知直反。　復，九條本：
伏。　蟄，冷泉本、官内廳本、九條本：直立反。　收，冷泉本：
周。　稔，北宋本李善注：他杠切。尤袤本、九條本：他杜。陳八

郎本：徒户。官内廳本：杜、土二音，又頁眉記：他杜反。○案：北
宋本"杠"爲"杜"之誤。　晙，官内廳本：俊。　懈，官内廳本作
"解"：居賣反。　扈，陳八郎本、九條本：户。　瞰，尤袤本、陳八
郎本、九條本：勘。官内廳本：苦暫反。○案：北宋本無此條音
注，尤袤本音疑爲五臣音。　暘，九條本：陽。　眤，九條本：五
計反。　圃，九條本：布呂反。　莫，尤袤本：莫補，叶韻。陳八
郎本：莫補反，叶韻。九條本：莫補，叶。官内廳本：莫古反。
○案：北宋本無此條音注，尤袤本音疑爲五臣音。　念，尤袤本：
羊主。陳八郎本：羊主反。九條本：羊主，叶。冷泉本、官内廳
本：協音庾。

總集瑞命，備致嘉祥。圍林氏之騶虞，擾澤馬與騰黃。鳴女牀之鸞
鳥，舞丹穴之鳳皇。植華平於春圃，豐朱草於中唐。惠風廣被，澤泊
幽荒。北爕丁令，南諧越裳。西包大秦，東過樂浪。重舌之人九譯，
僉稽首而來王。

　　　圍，尤袤本、陳八郎本：語。冷泉本、官内廳本、九條本：魚呂
反。○案：北宋本無此條音注，尤袤本音疑爲五臣音。　騶，尤
袤本、陳八郎本：鄒。九條本：芻。○案：北宋本無此條音注，尤
袤本音疑爲五臣音。　擾，官内廳本：繞。九條本：繞，又：柔。
被，官内廳本：皮義反。　泊，官内廳本：忌。　爕，尤袤本、陳
八郎本、九條本：素頰。冷泉本、官内廳本：四牒反。○案：北宋
本無此條音注，尤袤本音疑爲五臣音。　令，九條本作"零"：力
丁反。官内廳本亦作"零"：作令，力丁反。　樂，官内廳本、九條
本：洛。　浪，尤袤本、陳八郎本、官内廳本、九條本：郎。○案：
北宋本無此條音注，尤袤本音疑爲五臣音。　重，官内廳本：逐

龍反。　　譯，宮内廳本、九條本：驛。

是以論其遷邑易京，則同規乎殷盤。改奢即儉，則合美乎斯干。登封降禪，則齊德乎黃軒。爲無爲，事無事，永有民，以孔安。遵節儉，尚素樸。思仲尼之克己，履老氏之常足。將使心不亂其所在，目不見其可欲。賤犀象，簡珠玉。藏金於山，抵璧於谷。翡翠不裂，瑇瑁不蔟。所貴惟賢，所寶惟穀。民去末而反本，咸懷忠而抱愨。于斯之時，海内同悦，曰：吁。漢帝之德，侯其褘而。蓋蓂莢爲難蒔也，故曠世而不覿。惟我后能殖之，以至和平，方將數諸朝階。然則道胡不懷，化胡不柔。聲與風翔，澤從雲游。萬物我賴，亦又何求。德寓天覆，輝烈火燭。狹三王之趬趹，軼五帝之長驅。蹴二皇之遐武，誰謂駕遲而不能屬。東京之懿未罄，值余有犬馬之疾，不能究其精詳。故粗爲賓言，其梗槩如此。若乃流遁忘反，放心不覺，樂而無節，後離其戚。一言幾於喪國，我未之學也。

禪，宮内廳本、九條本：市戰反。　　樸，冷泉本、宮内廳本、九條本：普角反。　　抵，尤袤本、陳八郎本、宮内廳本：紙。北宋本、九條本作“抵”，北宋本李善注：征氏切。九條本：紙。○案：尤袤本音疑爲五臣音。　　瑇，宮内廳本：代。　　瑁，宮内廳本：每。蔟，尤袤本、九條本：族。陳八郎本、宮内廳本作“簇”，陳八郎本音：族。宮内廳本：楚角，協七目反。○案：北宋本無此條音注，尤袤本音疑爲五臣音。　　愨，尤袤本、九條本：苦角。冷泉本：苦角反。陳八郎本：苦谷反。宮内廳本：苦谷□。九條本頁腳記：黃谷反，叶。○案：九條本“黃”爲“苦”字之訛。　　褘，尤袤本、陳八郎本：於離。冷泉本：於其反，又善注於離反。宮内廳本：於宜反。○案：據冷泉本，陳八郎本五臣音襲用李善音。又宮内廳本

“侯”字旁記音“帷”，疑爲“褘”字之音。　　冪，宫内廳本、九條本：
亡丁反。　　荚，宫内廳本：古牒反。九條本：古牒反，又引《音
决》：下頰反。　　蒔，尤袤本、陳八郎本、九條本：神志。宫内廳
本：時至反。○案：北宋本無此條音注，尤袤本音疑爲五臣音。

　　覿，宫内廳本、九條本：狄。　　殖，宫内廳本：食。　　數，尤袤
本、朝鮮正德本、奎章閣本：所主。九條本：所主反。陳八郎本：
所五。宫内廳本：史宇反。○案：陳八郎本“五”爲“主”字之訛。

　　朝，宫内廳本：直遥反。　　覆，尤袤本、陳八郎本、九條本：赴。
宫内廳本：副。　　趑，北宋本李善注、尤袤本、陳八郎本、宫内廳
本、九條本：禄。　　趄，北宋本李善注：七木切。尤袤本、九條本、
朝鮮正德本、奎章閣本：七木。陳八郎本：之木。宫内廳本：七目
反。○案：陳八郎本“之”爲“七”字之訛。　　軼，宫内廳本：逸。

　　踵，宫内廳本：之勇反。　　屬，宫内廳本、九條本：之欲反。
粗，宫内廳本：存古反。　　梗，宫内廳本：吉杏反。九條本：古杏
反。○案：吉、古與梗俱屬見母，二音皆通。　　槩，宫内廳本：吉
代反。九條本：古代反。　　遁，宫内廳本：徒頓反。九條本：徒盾
反。　　樂，宫内廳本：洛。　　幾，尤袤本、陳八郎本：渠衣。九條
本：渠衣反。宫内廳本：祈。○案：北宋本無此條音注，尤袤本音
疑爲五臣音。

　　且夫挈缾之智，守不假器。况纂帝業，而輕天位。瞻仰二祖，厥庸孔
肆。常翹翹以危懼，若乘奔而無轡。白龍魚服，見困豫且。雖萬乘之
無懼，猶怵惕於一夫。終日不離其輜重，獨微行其焉如。夫君人者，
黈纊塞耳，車中不内顧。珮以制容，鑾以節塗。行不變玉，駕不亂步。
却走馬以糞車，何惜騕褭與飛兔。方其用財取物，常畏生類之珍也。

賦政任役，常畏人力之盡也。取之以道，用之以時。山無槎枿，畋不麛胎。草木蕃廡，鳥獸阜滋。民忘其勞，樂輸其財。百姓同於饒衍，上下共其雍熙。洪恩素蓄，民心固結。執誼顧主，夫懷貞節。忿姦憝之干命，怨皇統之見替。玄謀設而陰行，合二九而成譎。登聖皇於天階，章漢祚之有秩。若此，故王業可樂焉。

　　揳，尤袤本、陳八郎本、九條本：苦結。宮内廳本：口結反。○案：北宋本無此條音注，尤袤本音疑爲五臣音。　鉼，宮内廳本作“瓶”：步瞥反。九條本亦作“瓶”：步螢反。　纂，尤袤本、陳八郎本、九條本：祖管。宮内廳本：祖管反。○案：北宋本無此條音注，尤袤本音疑爲五臣音。　翹，九條本：渠遙反。　且，尤袤本、陳八郎本：子余。冷泉本、宮内廳本：子余反。九條本：子余反，又引《音决》：子魚反。○案：北宋本無此條音注，尤袤本音疑爲五臣音。　乘，宮内廳本：時證反。　怵，宮内廳本：丑律反。九條本：丑律。　惕，宮内廳本、九條本：他歷。　輜，宮内廳本、九條本：側疑反。　重，宮内廳本、九條本：直用反。　焉，宮内廳本：於乾反。九條本：於虔反。　夫，宮内廳本：扶。　韄，宮内廳本：吐後反。九條本：吐陵反。○案：九條本“陵”爲“後”字之訛。　纊，宮内廳本、九條本：曠。　塗，陳八郎本：度，叶韻。宮内廳本：協音度。九條本：度，叶。　走，宮内廳本：子厚反。　糞，冷泉本、宮内廳本：方問反。九條本：芳問反。　惜，九條本：四亦反。　隈，尤袤本、陳八郎本、九條本：烏皎。宮内廳本：烏了反。○案：北宋本無此條音注，尤袤本音疑爲五臣音。

　　褭，尤袤本、陳八郎本、九條本：寧小。○案：北宋本無此條音注，尤袤本音疑爲五臣音。　方，九條本：广將反。○案：九條本“广”疑爲“府”之省文。　珍，冷泉本：大曲反。宮内廳本：大典反。○案：鈔本"典"每作"曲"，如集注本《文選》潘安仁《爲賈謐作贈陸機》其四"仁風遐揚"，李善注引《典引》，鈔本作《曲引》。冷泉本"曲"實即"典"字，非誤字也。　任，官内廳本、九條本：而鳩反。　槎，尤袤本、九條本：仕假。陳八郎本：仙假。冷泉本：乍下反。○案：陳八郎本"仙"疑爲"仕"字之訛。　枿，尤袤本、陳八郎本：五葛。冷泉本、官内廳本、九條本作"蘖"：五葛反。○案：尤袤本音疑爲五臣音。　麌，尤袤本：烏夭。冷泉本、官内廳本：烏老反。陳八郎本、九條本：烏老。　胎，官内廳本、九條本：他來反。　蕃，官内廳本作"繁"：《決》作蕃，音煩。九條本亦作"繁"，音：煩。○案：官内廳本"決"字漫漶。　廡，尤袤本、陳八郎本、官内廳本、九條本：武。○案：尤袤本音疑爲五臣音。熙，官内廳本、九條本：許疑反。　蓄，九條本：他六反。官内廳本作"畜"：他六反。　忿，官内廳本、九條本：芳粉反。　慝，冷泉本、官内廳本、九條本：他得反。　替，尤袤本、陳八郎本：音鐵，叶韻。冷泉本：叶音鐵。九條本：鐵，叶。官内廳本：協他結反。　帙，陳八郎本：徒結反。官内廳本：協徒結反。九條本：徒結。

今公子苟好勦民以媮樂，忘民怨之爲仇也。好殫物以窮寵，忽下叛而生憂也。夫水所以載舟，亦所以覆舟。堅冰作於履霜，尋木起於蘗栽。昧旦丕顯，後世猶怠。況初制於甚泰，服者焉能改裁。故相如壯上林之觀，楊雄騁羽獵之辭。雖系以隤牆填塹，亂以收罝解罘。卒無補於風規，祇以昭其愆尤。臣濟奓以陵君，忘經國之長基，故函谷擊柝於東，西朝顛覆而莫持。凡人心是所學，體安所習。鮑肆不知其臰，翫其所以先入。《咸池》不齊度於嘽咬，而衆聽或疑。能不惑者，其唯子野乎。

　　勦，尤袤本、陳八郎本、九條本：子小。官内廳本：子小反。○案：尤袤本音疑爲五臣音。　媮，尤袤本、陳八郎本、九條本：逾。官内廳本：以朱。○案：尤袤本音疑爲五臣音。　樂，官内廳本、九條本：洛。　覆，官内廳本：芳福反。　薛，尤袤本、陳八郎本、九條本：魚竭。官内廳本：魚列反。○案：尤袤本音疑爲五臣音。　栽，陳八郎本、九條本：哉。官内廳本：蕭音栽，今案賦宜爲栽，音災。　息，官内廳本：協音代。　栽，尤袤本、陳八郎本、九條本：去聲，叶韻。官内廳本：協音才代反。　系，官内廳本：何計反。尤袤本、陳八郎本、九條本作“係”，音：計。○案：尤袤本音疑爲五臣音。　隤，官内廳本：大回反。　壍，尤袤本、陳八郎本、九條本：七念。官内廳本：七艷反。○案：尤袤本音疑爲五臣音。　罝，尤袤本、陳八郎本、官内廳本、九條本：嗟。○案：尤袤本音疑爲五臣音。　罘，尤袤本、陳八郎本、官内廳本、九條本：浮。○案：尤袤本音疑爲五臣音。　補，九條本：布古反。　衹，陳八郎本、官内廳本：支。　悬，官内廳本：古賢反。九條本：去乾反。　忘，九條本：亡。　柝，尤袤本、陳八郎本：託。官内廳本、九條本：他洛反，又：託。○案：尤袤本音疑爲五臣音。　朝，官内廳本、九條本：直遥反。　臮，官内廳本、九條本作“臬”：昌又反。　攏，尤袤本、陳八郎本、九條本：烏瓜。官内廳本：蛙。○案：尤袤本音疑爲五臣音。　咬，尤袤本、陳八郎本：烏交。官内廳本、九條本：烏交反。○案：尤袤本音疑爲五臣音。

客既醉於大道，飽於文義。勸德畏戒，喜懼交爭。罔然若醒，朝罷夕倦，奪氣褫魄之爲者，忘其所以爲談，失其所以爲夸。良久乃言曰：鄙

哉予乎，習非而遂迷也，幸見指南於吾子。若僕所聞，華而不實，先生
之言，信而有徵。鄙夫寡識，而今而後，乃知大漢之德馨，咸在於此。
昔常恨三墳五典既泯，仰不睹炎帝帝魁之美，得聞先生之餘論，則大
庭氏何以尚茲。走雖不敏，庶斯達矣。

　　醒，官内廳本：呈。　　罷，官内廳本：皮。　　褫，尤袤本、陳八
郎本：雉。官内廳本：直氏反。九條本：雉，又：直氏。○案：尤袤
本音疑爲五臣音。　　泯，官内廳本：亡忍反。九條本：忘忍反。
　　魁，官内廳本、九條本：苦迴反。　　論，官内廳本、九條本：力頓
反。　　走，官内廳本、九條本：子厚反。

《文選》音注輯考卷四

張平子《南都賦》一首

左太冲《三都賦序》一首

　《蜀都賦》一首

南都賦

張平子

於顯樂都，既麗且康。陪京之南，居漢之陽。割周楚之豐壤，跨荆豫而爲疆。體爽塏以閑敞，紛郁郁其難詳。

　　於，集注本引《音决》、尤袤本、陳八郎本：烏。九條本：烏，又：於孤反。　樂，集注本引《音决》、冷泉本、官内廳本：洛。跨，九條本：苦花反。　爽，官内廳本：踈兩反。　塏，集注本引《音决》：口改反。　敞，集注本引《音决》：昌養反。冷泉本：昌兩反。官内廳本：昌掌反。九條本：昌掌。　郁，集注本引《音决》：於六反。

爾其地勢，則武關關其西，桐柏揭其東。流滄浪而爲隍，廓方城而爲墉。湯谷涌其後，淯水蕩其胷。推淮引湍，三方是通。

　　揭，尤袤本：竭。陳八郎本作“楬”，音：竭。　隍，官内廳本：皇。　淯，尤袤本、陳八郎本、官内廳本、九條本：育。　蕩，胡克家本：他浪切。　湍，尤袤本李善注：鹿搏切。陳八郎本：專。官内廳本：之緣反，又：天丸反。　三，宫内廳本：仙。

其寶利珎怪，則金彩玉璞，隨珠夜光。銅錫鈆鍇，赭堊流黄。緑碧紫英，青艩丹粟。太一餘糧，中黄㲄玉。松子神陂，赤靈解角。耕父揚光於清泠之淵，游女弄珠於漢皋之曲。

　　璞，冷泉本、宫内廳本：普角反。九條本引《音決》：普角反。　　鈆，宫内廳本：延。　　鍇，尤袤本、陳八郎本、九條本：苦駭。冷泉本、宫内廳本：苦駭反。奎章閣本李善注：苦海切。　　赭，陳八郎本、冷泉本、宫内廳本、九條本：者。　　堊，尤袤本、陳八郎本、九條本：惡。冷泉本：烏洛反。　　艩，尤袤本李善注引郭璞：瓠。尤袤本、陳八郎本：烏郭。冷泉本引《音決》：紆縛反，又：烏郭反。九條本引《音決》：許縛反，又：烏郭反，又：瓠。宫内廳本：户。○案：冷泉本、九條本所引《音決》音不同。艩，紆爲影母，許爲曉母，九條本音疑誤。　　糧，宫内廳本、九條本：良。　　㲄，尤袤本、陳八郎本、冷泉本、九條本：角。宫内廳本：角，或音斛，非。泠，宫内廳本：零。

其山則崆峻嵼碣，嵣嵃嵺剌。

　　崆，尤袤本、陳八郎本、九條本：口江。冷泉本、宫内廳本：口江反。奎章閣本李善注：口江切。　　峻，尤袤本、陳八郎本、九條本：五江。冷泉本、宫内廳本：五江反。奎章閣本李善注：五江切。　　嵼，尤袤本、陳八郎本、宫内廳本、九條本：苦葛。奎章閣本李善注：渴。　　碣，尤袤本、陳八郎本、九條本：五葛。冷泉本、宫内廳本：五割反。奎章閣本李善注：五割切。○案：奎章閣本李善注此條音注原作"嵼音渴，五割切"。"五割切"上疑脱"碣"

字。　嵣,尤袤本、九條本:大朗。宫内廳本:大朗反。陳八郎本:大郎。奎章閣本:太朗。奎章閣本李善注:蕩。　㟐,尤袤本、九條本:莽。陳八郎本、奎章閣本李善注作"㟐",音:莽。宫内廳本:莫朗反。　嵘,尤袤本、陳八郎本、九條本:遼。宫内廳本:力彫反。奎章閣本李善注:力彫切。○案:尤袤本此條音注蓋爲五臣音。　剌,尤袤本:力割。陳八郎本:力葛反。朝鮮正德本、奎章閣本:力割反。冷泉本、宫内廳本、九條本作"喇",冷泉本、宫内廳本:力達反。九條本:力割。

岝崿嶵嵬,嶔巇屹嵲。

岝,尤袤本、陳八郎本:仕白。奎章閣本李善注:仕革切。九條本:仕白,又:仕革。宫内廳本作"岞":仕格反。　崿,尤袤本、陳八郎本、奎章閣本李善注:額。宫内廳本、九條本作"嶺",宫内廳本:五格反。九條本:額。　嶵,尤袤本:祚迴。陳八郎本:祚回。奎章閣本李善注:昨迴切。宫内廳本:作迴反。九條本:祖回。　嵬,尤袤本:五迴。陳八郎本、九條本:五回。冷泉本:五罪反。奎章閣本李善注:牛迴切。　嶔,尤袤本、陳八郎本、九條本:香金。奎章閣本李善注:香金切。冷泉本:金。宫内廳本作"廞":香金反。　巇,尤袤本、陳八郎本、九條本:許宜。奎章閣本李善注:許奇切。宫内廳本:計奇。○案:宫内廳本"計"爲"許"字之訛。　屹,尤袤本、陳八郎本:魚乞。奎章閣本李善注:魚乞切。九條本作"屼",音:魚乞。宫内廳本:魚乙反。　嵲,尤袤本:五結。陳八郎本、冷泉本作"嵲",音:五結反。奎章閣本亦作"嵲",李善注:五轄切。宫内廳本:五割反,又:莫竭反。九條本:五結,又:五轄。○案:宫内廳本"莫"疑爲"魚"字之訛,魚一寫作"臭",

與"莫"字形近易混。

幽谷嶜岑,夏含霜雪。或嵒嶙而纚連,或豁爾而中絶。鞠巍巍其隱
天,俯而觀乎雲霓。

  嶜,尤袤本、陳八郎本:岑。宮内廳本:士林反。奎章閣本李
善注:士林切。九條本:岑,又:士林。○案:尤袤本此條音注蓋
爲五臣音。 岑,尤袤本、宮内廳本、九條本、奎章閣本李善注:
吟。陳八郎本作"崟",音:吟。○案:"岑"字涉上條音注而誤,岑
讀從母,崟、吟讀疑母,故陳八郎本作"崟"是,諸本皆誤。 嵒,
尤袤本、陳八郎本:丘筠。奎章閣本李善注:丘貧切。九條本:丘
筠,又:丘貧。宮内廳本:去貧反。 嶙,尤袤本、陳八郎本、九條
本、奎章閣本李善注:隣。宮内廳本:力仁反。 纚,尤袤本、陳
八郎本:力氏。奎章閣本李善注:力是切。宮内廳本:力是反。
九條本:力氏,又:力是。 豁,宮内廳本、九條本:火活反。
中,九條本:丁仲反。 鞠,尤袤本、九條本:九六。奎章閣本李
善注:九六切。宮内廳本:居六反。 巍,宮内廳本:魚歸反。
霓,尤袤本:五結。陳八郎本:五結反。冷泉本:叶,五結反。九
條本:五結,叶。朝鮮正德本、奎章閣本:五結反,叶韻。宮内廳
本:魚結反。

若夫天封大狐,列仙之陬。上平衍而曠蕩,下蒙籠而崎嶇。

  陬,尤袤本、九條本:子侯。陳八郎本:千侯反。朝鮮正德
本、奎章閣本:子侯反。○案:陳八郎本"千"爲"子"之訛。 衍,
宮内廳本、九條本:以洗反。 崎,尤袤本:溪。陳八郎本:綺宜。
冷泉本、宮内廳本:去宜反。九條本:綺宜,又:丘宜。奎章閣本

李善注：丘宜切。○案：尤袤本此條音注疑非李善音。　崓，尤
袤本：區。九條本：丘隅。奎章閣本李善注：丘隅切。宮内廳本：
丘于反。○案：尤袤本此條音注疑非李善音。

坂坻巌嶬而成甐，豀壑錯繆而盤紆。

坻，尤袤本、陳八郎本、九條本、奎章閣本李善注：遲。宮内
廳本：持。　巌，尤袤本：在結。陳八郎本：截。九條本：截，又：
在結。宮内廳本：在結反。奎章閣本李善注：在結切。　嶬，尤
袤本：五結。陳八郎本、宮内廳本、九條本作“嶭”，音：五結。奎
章閣本李善注：五結切。　甐，尤袤本：魚勉。陳八郎本、宮内廳
本、九條本、奎章閣本作“巘”，陳八郎本：魚勉。宮内廳本：魚勉
反。九條本：魚勉，又：魚寋。奎章閣本李善注：魚寋切。　壑，
宮内廳本：呼各。九條本：呼各反。　繆，尤袤本、陳八郎本、九
條本：謬。

芝房菌蠢生其隈，玉膏滵溢流其隅。崑崙無以爹，閬風不能踰。

菌，尤袤本、陳八郎本、九條本：奇殞。冷泉本：其殞反。奎
章閣本李善注：其殞切。宮内廳本：其敏反。　蠢，陳八郎本、九
條本：昌尹。冷泉本：昌允反。　滵，尤袤本、陳八郎本、九條本、
奎章閣本李善注：密。　閬，尤袤本、陳八郎本、九條本：浪。

其木則楩松楔櫻，欀柏杻櫨。

楩，尤袤本、陳八郎本、九條本：勑貞。奎章閣本李善注：勑
貞切。宮内廳本：丑京。　楔，尤袤本、陳八郎本：更點。奎章閣
本李善注：革點切。九條本：更黜反，又：革黜。冷泉本、宮内廳

本:居八反。〇案:九條本"黜"疑爲"黠"字之訛。　椶,尤袤本、陳八郎本、九條本:即。宫内廳本:子力反,又:即。奎章閣本李善注:子力切。　槾,尤袤本、陳八郎本、宫内廳本、奎章閣本李善注:萬。冷泉本:萬,又:莫旦反。九條本:萬,又引《音决》:草干反。〇案:九條本"草"爲"莫"字之訛。　杻,冷泉本、宫内廳本:女九反。九條本、朝鮮正德本、奎章閣本:女九。奎章閣本李善注:女九切。陳八郎本作"柤",音:女九。〇案:杻爲娘母有韻,柤爲莊母麻韻,陳八郎本"柤"字誤。　橿,尤袤本、陳八郎本:疆。九條本:彊。宫内廳本:九良反。奎章閣本李善注:姜。

楓柙櫨櫪,帝女之桑。

楓,尤袤本李善注、九條本、奎章閣本李善注:風。　【附】尤袤本李善注:《爾雅》曰:楓,聶。聶,之涉切。　柙,尤袤本李善注:智甲切。陳八郎本、冷泉本、宫内廳本、九條本、奎章閣本李善注:甲。〇案:尤袤本音注"智"字誤衍。智屬知母,舌音,柙屬匣母,喉音,甲屬見母,牙音。古讀牙喉常通,故柙、甲音同,而與智字聲讀較遠。況若有李善與五臣兩音,九條本多兩録之,今檢九條本僅一音,知李善、五臣此字音注同爲"甲",再據奎章閣本李善注,益可知尤袤本音注"智"字衍。　櫨,尤袤本及奎章閣本李善注:力胡切。宫内廳本:力胡反。陳八郎本:盧。九條本:盧,又:力胡。　櫪,尤袤本及奎章閣本李善注:來的切。冷泉本、九條本、朝鮮正德本:歷。宫内廳本:的,或:櫟。

楈枒栟櫚,柍柘檍檀。

楈，尤袤本、陳八郎本、奎章閣本李善注：胥。官内廳本：六
胥反。○案：官内廳本"六"爲"音"字簡寫，反字則涉習慣而加，
故此音注當爲"胥"，與他本同。　枒，尤袤本、陳八郎本：邪。九
條本：邪，又：以奢，又引《音决》：以差反。官内廳本、奎章閣本李
善注：以奢反。　枅，尤袤本、陳八郎本、九條本、奎章閣本李善
注：并。　橺，尤袤本、陳八郎本：閒。奎章閣本李善注：驢。九
條本：閒，又：驢。　柍，尤袤本、陳八郎本：於兩。冷泉本、官内
廳本：於兩反。奎章閣本李善注：於良切。九條本：於兩，又：於
良反。　柘，陳八郎本：之夜。冷泉本：之夜反。官内廳本：謝。
○案：柘爲章母，謝爲邪母，精、章兩組混切。　檍，尤袤本、陳八
郎本、九條本、奎章閣本李善注：憶。官内廳本：於力反。　檀，
冷泉本：牲丹反。官内廳本：杜丹反。○案：冷泉本"牲"字疑爲
"杜"之訛。

結根竦本，垂條嬋媛。布緑葉之萋萋，敷華藥之蓑蓑。玄雲合而重
陰，谷風起而增哀。

嬋，尤袤本、陳八郎本、九條本、奎章閣本李善注：蟬。官内
廳本：市然反。　媛，尤袤本、官内廳本、九條本、奎章閣本：袁。
陳八郎本：爰。　藥，奎章閣本李善注：而體切。　蓑，尤袤本、
冷泉本、官内廳本：素回反。陳八郎本：素回反，叶韻。九條本：
素回，叶。奎章閣本李善注：素回切。

攢立叢駢，青冥肝瞑。杳藹翁鬱於谷底，森莘莘而刺天。虎豹黄熊游
其下，豰玃猱狿戲其巔。鸑鷟鵁鶄翔其上，騰猨飛蝠栖其間。

攢，尤袤本、九條本：在官。　冥，官内廳本：亡經反。九條

本:覓經反。　肝,官内廳本作"芉",音:千。　瞑,尤袤本、官内廳本:眠。陳八郎本、冷泉本:眠,叶韻。九條本:眠,叶。　蓴,尤袤本、陳八郎本、九條本:祖本。官内廳本:祖本反。　縠,尤袤本、陳八郎本:呼縠。官内廳本:胡木反。奎章閣本李善注:呼木切。九條本:呼縠,又:呼木。　玃,尤袤本、陳八郎本、九條本:居縛。奎章閣本李善注:居縛切。官内廳本:居碧,曹:九傳。○案:官内廳本所引曹憲音"傳"當作"縛"。　猱,尤袤本、陳八郎本、九條本:奴刀。奎章閣本李善注:奴刀切。官内廳本:乃勞反。　猨,尤袤本、陳八郎本、九條本:廷。官内廳本:徒丁反。奎章閣本李善注:徒丁切。　鷽,尤袤本、冷泉本、九條本:岳。陳八郎本作"鷽",音:岳。　鵷,陳八郎本、九條本:於袁。　雛,陳八郎本:仕俱。九條本:仕具。　蠅,尤袤本:疊。陳八郎本、九條本作"蝐",并音:疊。九條本又音:力水。　間,九條本:居連反,叶。

其竹則鐘籠箽蕿,篠簳菰箈。

鐘,尤袤本、陳八郎本、九條本:鍾。　籠,尤袤本、陳八郎本、九條本:龍。　箽,尤袤本、九條本、奎章閣本:謹。陳八郎本:堇。　蕿,尤袤本、陳八郎本、九條本:銘決。官内廳本:亡結反。冷泉本、奎章閣本作"蔑",冷泉本:亡結反。奎章閣本:銘決。　篠,尤袤本、陳八郎本、九條本:蘇了。官内廳本:素了反。　簳,北宋本及奎章閣本李善注:古罕切。尤袤本、陳八郎本:幹。九條本:各罕。官内廳本:古旦反。　菰,北宋本及奎章閣本李善注:公都切。尤袤本、陳八郎本、官内廳本:孤。九條本:孤,又:公都反。　箈,北宋本及奎章閣本李善注:竹隨切。尤袤本、陳八郎本：迫。官内廳本：竹隨，又：迫。九條本：迫，又：
竹隨。

緣延坁阪，澶漫陸離。阿郍翁茸，風靡雲披。

坁，尤袤本、陳八郎本、九條本：遲。　阪，九條本作“坂”，
音：反。　澶，尤袤本、陳八郎本、九條本：徒幹。官内廳本：大
旦。　阿，尤袤本、陳八郎本、九條本：烏可。官内廳本：安可。

郍，尤袤本、陳八郎本：奴可。九條本作“那”，音：奴可。官内
廳本：難可反。　翁，北宋本及奎章閣本李善注：烏孔切。尤袤
本、陳八郎本：烏孔。官内廳本：於孔。　茸，北宋本及奎章閣本
李善注：如涌切。尤袤本：如。陳八郎本、九條本：如涌。冷泉
本：如涌反。官内廳本：而勇。○案：尤袤本“如”下脱“涌”。

爾其川瀆，則潨瀯藻瀡，發源巖穴。潛廬洞出，没滑瀎潏。

潨，北宋本李善注、尤袤本、陳八郎本、官内廳本、九條本：
雄。　瀯，北宋本李善注、陳八郎本、九條本、奎章閣本李善注：
禮。官内廳本：礼。　藻，北宋本李善注、尤袤本、陳八郎本、官
内廳本、九條本：藥。　【附】北宋本及尤袤本李善注：《字書》曰：
藻水，出沘陽。沘音此。　瀡，北宋本及奎章閣本李善注：自咨
切。尤袤本：自咨。陳八郎本：想胤。九條本：想胤，又：自咨。官
内廳本：晋。　廬，北宋本李善注：於臘切。尤袤本、陳八郎本：於
臘。冷泉本、官内廳本：於臈反。　滑，北宋本李善注、尤袤本、陳
八郎本、九條本：骨。官内廳本作“淈”，音：骨。　瀎，北宋本李善
注、尤袤本、陳八郎本、九條本：薎。冷泉本：亡結反。官内廳本作
“澝”：匹結反。○案：官内廳本“匹”疑當作“亡”字，亡一作亾，與

匹形近易訛。　　濔，北宋本李善注、尤袤本、陳八郎本、宫内廳本、九條本：決。

布濩漫汗，漭沆洋溢。揔括趨歙，箭馳風疾。

　　濩，北宋本李善注、陳八郎本、宫内廳本、九條本、奎章閣本李善注：護。尤袤本：户。　　漫，宫内廳本：亡旦反。　　漭，尤袤本、陳八郎本、九條本：莽。宫内廳本：莫朗反。　　沆，尤袤本、陳八郎本、九條本：胡朗。宫内廳本：何朗反。　　洋，宫内廳本：羊。　　趨，陳八郎本、九條本作“趣”，音：趣。　　歙，尤袤本、陳八郎本、九條本：呼荅。○案：九條本作“浥”，旁記謂五臣作“歙”。然則尤袤本此條爲五臣音。

流湍投濈，砏汃輣軋。長輸遠逝，潹淚减汨。

　　湍，北宋本及奎章閣本李善注：他鸞切。九條本：他鸞。○案：北宋本“他”字殘賸右半。　　濈，北宋本李善注：俎立切。尤袤本、陳八郎本、九條本：戢。　　砏，北宋本李善注：普齒切。尤袤本、陳八郎本、九條本：普貧。宫内廳本：芳云反。　　汃，北宋本及奎章閣本李善注：普八切。尤袤本、陳八郎本、宫内廳本、九條本：八。　　輣，北宋本李善注：普耕切。尤袤本、陳八郎本：普耕。九條本：普耕反。宫内廳本：方。　　軋，北宋本及奎章閣本李善注：烏八切。尤袤本、宫内廳本：烏八。九條本、陳八郎本：烏黠反。九條本又引《音決》：於拔反。　　輸，陳八郎本、冷泉本、九條本：去聲。　　潹，北宋本李善注、尤袤本、陳八郎本、九條本：流。宫内廳本：流，又：僚。　　淚，北宋本及奎章閣本李善注：戾。尤袤本、陳八郎本、九條本：力計。宫内廳本作“戾”：力計反。○案：尤袤本此條疑爲五臣音。　　減，北宋本李善注、尤袤本、陳八郎本、官内廳本、九條本：域。　　汩，北宋本李善注：爲筆切。尤袤本、陳八郎本：爲筆反。九條本：爲筆，又引《音决》：于筆反。

其水蟲則有蠑龜鳴蛇，潛龍伏螭。鱏鱣鰅鰫，黿鼉鮫鯔。巨蚌函珠，蚨瑕委蛇。

螭，北宋本及奎章閣本李善注：丑知切。陳八郎本：丑知反。九條本：丑知。官内廳本：知。○案：官内廳本"知"上脱"丑"字。

鱏，尤袤本、陳八郎本、九條本：尋。官内廳本：心反。○案：官内廳本"心"上疑有脱字。　　鱣，尤袤本、陳八郎本、官内廳本、九條本：張連。　　鰅，北宋本李善注：顒。尤袤本、陳八郎本：隅。九條本：隅，又：顒。官内廳本：魚容反。　　鰫，北宋本李善注：□容切。奎章閣本李善注：嘗容切。陳八郎本、九條本：常容。官内廳本：容。○案：北宋本□處漫漶，據奎章閣本，當作"嘗"。

【附】北宋本李善注：郭璞《上林賦注》：鰫似鱧而黑。鱧音連。

鮫，陳八郎本、九條本：交。　　鯔，尤袤本、陳八郎本：以規反。九條本作"螭"，音：以規。官内廳本：以隨反，又：威。　　蚌，北宋本及奎章閣本李善注：步項切。九條本：步項。　　函，尤袤本、陳八郎本、九條本：含。　　蚨，尤袤本、陳八郎本、九條本：剥。官内廳本：布角反。　　瑕，北宋本及奎章閣本李善注：胡加切。官内廳本：胡加反。九條本：胡加。　　委，陳八郎本作"蝛"，音：紆危。官内廳本：於危。九條本：紆危。　　蛇，陳八郎本：逸斯反。九條本：逸期。官内廳本：以支反。

於其陂澤，則有鉗盧玉池，赭陽東陂。貯水渟洿，亘望無涯。

　　　　陂，官内廳本：布宜反。　　鉗，冷泉本、官内廳本：巨炎反。

九條本：巨淹反。　　貯，北宋本李善注：知旅切。尤袤本、九條

本：知旅。冷泉本：知旅反。官内廳本：直吕。　　渟，尤袤本、陳

八郎本、九條本：亭。官内廳本作“停”，音：亭。　　洿，尤袤本：

汙。陳八郎本、冷泉本、九條本：烏。官内廳本作“汙”，音：烏。

　　　　涯，尤袤本、陳八郎本、九條本：宜。

其草則藨苧蘋莞，蔣蒲蒹葭。藻茆菱芡，芙蓉含華。從風發榮，斐披
芬葩。

　　　　藨，北宋本及奎章閣本李善注：平表切。尤袤本、陳八郎本、

九條本：平表。官内廳本：步表。　　苧，北宋本及奎章閣本李善

注：直吕切。尤袤本、陳八郎本、官内廳本、九條本：直吕。　　蘋，

北宋本及奎章閣本李善注：扶袁切。尤袤本、陳八郎本：煩。九

條本：煩，又：扶袁。官内廳本作“蘩”，音：煩。　　莞，北宋本及奎

章閣本李善注：胡官切。官内廳本：胡官。尤袤本、陳八郎本、冷

泉本、九條本：桓。○案：尤袤本此條蓋爲五臣音。　　蔣，北宋本

及奎章閣本李善注：子羊切。尤袤本、陳八郎本：將。九條本：

將，又：子詳。　　蒲，尤袤本、陳八郎本、九條本：孤。○案：孤當

爲菰字之音。　　【附】北宋本及奎章閣本李善注：《說文》曰：蔣，

菰蔣也。菰音孤。　　茆，北宋本及奎章閣本李善注：亡絞切。官

内廳本：亡絞反。尤袤本、陳八郎本：卯。九條本：卯，又：亡絞。

○案：尤袤本此條音注疑爲五臣音。　　菱，官内廳本：陵。　　芡，

尤袤本、陳八郎本、九條本：渠儼。官内廳本：儉。　　斐，官内廳

本：芳尾。九條本：芳尾反。　　披，官内廳本：普彼。九條本：普

披反。○案：九條本音"披"疑爲"彼"字之訛。　　葩，九條本：普花反。

其鳥則有鴛鴦鵠鷖，鴻鶬鴐鵝。鴰鴇鶂鶵，鶬鷞鷗鸕。嚶嚶和鳴，澹淡隨波。

鵠，陳八郎本：洪谷。宮內廳本：胡告反。九條本引《音決》：胡酷。　　鷖，尤袤本、陳八郎本、九條本：烏兮。宮內廳本：一兮反。　　鴇，尤袤本、陳八郎本、冷泉本、宮內廳本、九條本：保。　　鴐，尤袤本、陳八郎本、宮內廳本：加。九條本作"駕"，音：加。　　鵝，九條本：五何反。　　鴰，北宋本及奎章閣本李善注：古札切。宮內廳本：古札反。尤袤本、陳八郎本、九條本：苦札。　　鴇，尤袤本：雅札。陳八郎本、冷泉本、宮內廳本作"鵠"，陳八郎本：雅扎。宮內廳本、九條本：雅札反。冷泉本：魚結反。　　鶂，北宋本及奎章閣本李善注：步覓切。尤袤本、陳八郎本、九條本：步覓。冷泉本引《音決》、宮內廳本：步覓反。　　鶵，北宋本及奎章閣本李善注：土雞切。尤袤本、陳八郎本、九條本：吐雞。　　鶬，尤袤本、陳八郎本、宮內廳本、九條本：肅。　　鷞，尤袤本、陳八郎本、九條本：所良。宮內廳本：霜。　　鷗，尤袤本、陳八郎本、九條本：昆。　　鸕，北宋本李善注：良都切。冷泉本：良都反。奎章閣本李善注：郎都切。尤袤本、陳八郎本：盧。九條本：盧，又：良都。○案：尤袤本此條音注蓋爲五臣音。　　【附】北宋本及尤袤本李善注：《蒼頡篇》曰：鸕鷀似鶂而黑。鷀，音磁。　　嚶，尤袤本、陳八郎本、九條本：烏耕。　　澹，尤袤本、陳八郎本：徒濫。九條本：徒監。○案：九條本"監"疑爲"濫"字之省。　　淡，尤袤本、陳八郎本、九條本：徒敢。冷泉本、宮內廳本：徒敢反。

其水則開竇灑流,浸彼稻田。溝澮脉連,隄塍相輞。朝雲不興,而潢
潦獨臻。

　　　竇,北宋本及尤袤本李善注、九條本:豆。　　灑,北宋本李善
注:所蟹切。尤袤本、九條本:所蟹。　　澮,北宋本及奎章閣本李
善注:古會切。宮內廳本:古會反。陳八郎本、九條本:古會。
隄,宮內廳本:都今。九條本:都奚反。建州本李善注:都奚切。

　　　塍,尤袤本、陳八郎本、九條本:繩。宮內廳本:松。　　輞,北宋
本及奎章閣本李善注:丘筠切。尤袤本、陳八郎本、九條本:丘均
反。宮內廳本:丘貧反。　　潦,北宋本李善注、尤袤本、陳八郎
本、九條本:老。

決渫則暵,爲漑爲陸。冬稌夏穱,隨時代熟。

　　　渫,北宋本及奎章閣本李善注:息列切。尤袤本:薛。陳八
郎本作"泄",音:薛。九條本:薛,又:息列。○案:尤袤本此條音
注疑爲五臣音。　　暵,北宋本及奎章閣本李善注:呼旦切。尤袤
本、陳八郎本:罕。九條本:罕,又:呼旦。○案:尤袤本此條音注
疑爲五臣音。　　漑,尤袤本、陳八郎本、九條本:古愛。宮內廳
本:居代。　　稌,尤袤本、陳八郎本、九條本:肚。冷泉本引《音
決》,宮內廳本:大古反。　　穱,北宋本及奎章閣本李善注:側角
切。尤袤本、陳八郎本:側角。宮內廳本、九條本:側角反。

其原野則有桑漆麻苧,菽麥稷黍。百穀蕃廡,翼翼與與。

　　　苧,北宋本、陳八郎本、冷泉本、宮內廳本、九條本、奎章閣本
作"紵",北宋本及奎章閣本李善注:直旅切。尤袤本、陳八郎本、
九條本:直旅。冷泉本:丁呂反。宮內廳本:直呂反。　　蕃,宮內

廡本、九條本：煩。　廡，尤袤本、陳八郎本、官內廡本、九條本：武。

若其園圃，則有蓼蕺蘘荷，諸蔗薑蟠，菥蓂芋瓜。

蓼，北宋本及奎章閣本李善注：力鳥切。尤袤本、陳八郎本：了。九條本：了，又：力鳥。○案：尤袤本此條音注疑爲五臣音。

蕺，北宋本及奎章閣本李善注：側立切。冷泉本：側立反。尤袤本、陳八郎本、九條本：側立。官內廡本：仄立反。　蘘，北宋本及奎章閣本李善注：而羊切。冷泉本：而羊反。尤袤本、陳八郎本、九條本：而羊。官內廡本：而良。　【附】尤袤本李善注：《説文》曰：蘘荷，蒚蒩也。蒚，普卜切。蒩，子余切。○案：蒚蒩，北宋本作“蕁且”。　諸，北宋本李善注：之餘切。奎章閣本李善注：之余切。尤袤本、官內廡本、九條本：之餘。陳八郎本、冷泉本：諸。　蔗，陳八郎本作“柘”，音：之夜。冷泉本：之夜反。官內廡本：之夜。　蟠，北宋本李善注、尤袤本、官內廡本、九條本、奎章閣本李善注：煩。陳八郎本作“蕃”，音：繁。　菥，北宋本李善注、尤袤本、九條本、奎章閣本李善注：析。陳八郎本、官內廡本：先歷。冷泉本：先歷反。　蓂，北宋本李善注、尤袤本、陳八郎本、九條本、奎章閣本李善注：覓。冷泉本引《音決》、官內廡本：亡歷反。　芋，陳八郎本、九條本：于遇。官內廡本：于附。

乃有櫻梅山柿，侯桃梨栗。樗棗若留，穰橙鄧橘。

櫻，陳八郎本、九條本：烏耕。官內廡本：於耕反。　柿，九條本：助滓。陳八郎本作“柹”，音：助滓。官內廡本：士。　侯，陳八郎本、官內廡本、九條本作“猴”，音：侯。　樗，尤袤本、陳八郎本、九條本：郢。官内廳本：以井反，又：以静。○案：尤袤本此條音注疑爲五臣音。 【附】北宋本及尤袤本李善注：《説文》曰：樿棗，似槐。如兖切。 穰，陳八郎本、官内廳本、九條本：而羊。冷泉本：而羊反。 橙，北宋本及奎章閣本李善注：除耕切。官内廳本：除耕反。陳八郎本：直耕。九條本：直耕，又：除耕。橘，官内廳本、九條本：居筆反。

其香草則有薜荔蕙若，薇蕪蓀萇。晻曖蓊蔚，含芬吐芳。

薜，尤袤本、陳八郎本、九條本：萍計。官内廳本：步帝反。○案：尤袤本此條音注疑爲五臣音。 荔，尤袤本、陳八郎本、九條本：力計。官内廳本：力帝反。○案：尤袤本此條音注疑爲五臣音。 薇，陳八郎本、九條本：武非。 蓀，陳八郎本、九條本：孫。 萇，北宋本及奎章閣本李善注：長。陳八郎本、九條本：場。 【附】北宋本及尤袤本李善注：《爾雅》曰：蓀楚，銚弋也。銚，音遥。 晻，北宋本李善注：於感切。尤袤本、陳八郎本、官内廳本、九條本：於感。 曖，尤袤本、陳八郎本、九條本：愛。○案：尤袤本此條音注疑爲五臣音。 蓊，尤袤本、陳八郎本、九條本：烏揔。○案：尤袤本此條音注疑爲五臣音。

若其廚膳，則有華薌重秬，滫膮香杭。

廚，官内廳本、九條本：直朱反。 薌，陳八郎本、九條本：鄉。官内廳本：香。 秬，北宋本及奎章閣本李善注、官内廳本：巨。尤袤本、陳八郎本：渠舉。九條本：渠舉，又：巨。○案：尤袤本此條音注疑爲五臣音。 【附】北宋本及尤袤本李善注：毛萇《詩傳》曰：秬，黑黍，一稃二米，故曰重也。稃，音敷。 滫，尤袤本、陳八郎本、九條本：秩履。宮內廳本：雉。　　秔，北宋本及奎章閣本李善注：公行切。尤袤本、陳八郎本、九條本：公行反。宮內廳本：公行反，又：庚。　【附】北宋本及尤袤本李善注：《廣雅》曰：秔，秈也。秈，音仙。

歸雁鳴鵽，黃稻鱻魚，以爲芍藥。

　　鵽，北宋本及奎章閣本李善注：陟滑切。尤袤本：陟滑。陳八郎本：丁滑。冷泉本：竹八反。宮內廳本：竹滑，又：竹八。九條本：丁渭，又：涉渭。　稻，九條本：道。　鱻，北宋本及奎章閣本李善注：耳連切。尤袤本：耳連。九條本：旨連。宮內廳本：仙。○案：耳、旨皆爲"胥"字之訛，胥一作胥，與耳、旨形近。胥、鱻皆屬心母。　芍，尤袤本、陳八郎本、九條本：張略。宮內廳本：丁略反。　藥，尤袤本、陳八郎本、冷泉本、宮內廳本、九條本：略。

酸甜滋味，百種千名。春卵夏筍，秋韭冬菁。蘇蔱紫薑，拂徹羶腥。酒則九醞甘醴，十旬兼清。醪敷徑寸，浮蟻若萍。其甘不爽，醉而不醒。

　　甜，北宋本及奎章閣本李善注：徒兼切。宮內廳本作"甛"：徒兼反。九條本：徒兼。陳八郎本：恬。　韭，九條本：九。菁，北宋本李善注、尤袤本、陳八郎本、九條本、奎章閣本李善注：精。　蔱，北宋本李善注、尤袤本、陳八郎本、九條本、奎章閣本李善注：殺。宮內廳本：煞。　羶，北宋本及奎章閣本李善注：尸然切。尤袤本、九條本：尸然。　醞，北宋本及奎章閣本李善注：於問切。尤袤本、九條本：於問。陳八郎本：於運。宮內廳本：於運反。　醴，九條本：礼。　醪，宮內廳本：力刀反。　徑，九條

本:逕。　　蟣，九條本作"蟻"，音:紀。　　萍，九條本作"萍":步
螢反。

及其糺宗綏族，襘祠蒸嘗。以速遠朋，嘉賓是將。揖讓而升，宴于蘭
堂。珍羞琅玕，充溢圓方。琢瑂狎獵，金銀琳琅。

　　襘，尤袤本、陳八郎本、九條本:藥。官內廳本作"礿"，音:
藥。　　羞，官內廳本:秋。九條本:周。○案:羞爲精組心母，周
爲照三章母，九條本中二聲多混切。　　琢，北宋本及奎章閣本李
善注:都角切。九條本:都角。官內廳本:竹角反。　　狎，北宋本
李善注:胡甲切。尤袤本、官內廳本、九條本:胡甲。陳八郎本:
咸甲。○案:陳八郎本此條音注未見於他本。　　獵，北宋本李善
注:士甲切。尤袤本、官內廳本:士甲。陳八郎本:宅甲。九條
本:宅甲，又:士角反。　　琅，陳八郎本:郎。

侍者蠱媚，巾幘鮮明。被服雜錯，履躡華英。儇才齊敏，受爵傳觴。

　　蠱，尤袤本:冶。陳八郎本、九條本作"蠱"，陳八郎本:也。
九條本:冶。官內廳本:野，又:古。　　幘，尤袤本、陳八郎本、九
條本:溝。官內廳本:古侯反。　　被，北宋本李善注、尤袤本:皮
義切。九條本:皮義。　　躡，冷泉本:女輒反。　　儇，北宋本李善
注:呼緣切。尤袤本:呼緣。陳八郎本:隳緣。九條本:隳緣，又:
呼緣。官內廳本:許緣，又:呼緣反。　　齊，北宋本李善注:在雞
切。尤袤本、九條本:在雞。

獻酬既交，率禮無違。彈琴撫篍，流風徘徊。清角發徵，聽者增哀。
客賦醉言歸，主稱露未晞。接歡讌於日夜，終愷樂之令儀。

撤，北宋本李善注：烏牒切。尤袤本：烏牒。陳八郎本：奴牒。冷泉本：奴牒反。九條本：奴牒，又：烏牒。　簻，北宋本李善注、尤袤本、官内廳本、九條本：藥。冷泉本：烏鑠反。　【附】北宋本李善注：鄭玄《周禮注》曰：簻，舞者所吹也，如篴三孔。篴，音敵。○案：尤袤本"篴"作"遜"，餘同。　徵，官内廳本、九條本：張里反。　晞，官内廳本、九條本：希。　樂，冷泉本、官内廳本、九條本：洛。　令，冷泉本、九條本：力政反。

於是暮春之禊，元巳之辰，方軌齊軫，祓于陽瀨。朱帷連網，曜野映雲。男女姣服，駱驛繽紛。

禊，尤袤本、陳八郎本：胡計。九條本：胡計反。　巳，陳八郎本：似。官内廳本：士。　祓，尤袤本、九條本：弗。陳八郎本：拂。　姣，尤袤本、陳八郎本：古卯。九條本：古卯，又引《音決》：狡。官内廳本：古巧反。奎章閣本：古眇。○案：奎章閣本音注"古眇"不確。考"姣""卯"俱爲效攝二等字，屬巧韻，而"眇"爲效攝三等字，屬筱韻，其介音有殊異。"眇"字疑涉下文"僄"字音注"於眇"而誤。　駱，九條本：洛。　驛，九條本：亦。

致飾程蠱，僄紹便娟。微眺流睇，蛾眉連卷。

飾，九條本：識。　蠱，尤袤本、陳八郎本：冶。官内廳本：野。　僄，尤袤本、陳八郎本、九條本：於眇。官内廳本：一繞反。　便，尤袤本、陳八郎本、九條本：婢綿。　娟，陳八郎本：一綿反。　睇，北宋本李善注、尤袤本：徒計切。陳八郎本、九條本：徒計。　卷，北宋本李善注、尤袤本、九條本：權。陳八郎本、官内廳本作"婘"，音：權。

於是齊僮唱兮列趙女，坐南歌兮起鄭儛，白鶴飛兮翬曳緒。脩袖繚繞而滿庭，羅韈躡蹀而容與。翩綿縣其若絶，眩將墜而復舉。翹遥遷延，蹴躃蹁躚。結九秋之增傷，怨西荆之折盤。彈箏吹笙，更爲新聲。寡婦悲吟，鵾雞哀鳴。坐者悽欷，蕩魂傷精。

　　　　翬，官内廳本、九條本：結典反。　繚，陳八郎本、九條本：了。　繞，九條本：而小。　韈，陳八郎本、九條本作“襪”，陳八郎本：武月。九條本：亡越反。　躡，北宋本李善注：徒頰切。尤袤本、陳八郎本、九條本：蘇叶。冷泉本引《音决》：徒協反。官内廳本：攝。〇案：北宋本、冷泉本此條音爲下“蹀”字音。　蹀，北宋本李善注：蘇協切。尤袤本、陳八郎本：徒頓。九條本：徒頰。冷泉本引《音决》：素協反。官内廳本：蝶。〇案：北宋本、冷泉本此條音爲上“躡”字音。又陳八郎本“頓”爲“頰”之訛。　眩，尤袤本、陳八郎本、九條本：縣。　蹴，北宋本李善注：蒲結切。尤袤本、陳八郎本、九條本：蒲結。官内廳本：蒲結反。冷泉本：別。

　　躃，北宋本李善注：素結切。尤袤本、陳八郎本、九條本：素結。官内廳本：素結反。　蹁，北宋本李善注：步先切。尤袤本、官内廳本：步先。陳八郎本、九條本：步眠。　躚，北宋本李善注、尤袤本：素田切。官内廳本：素田反。陳八郎本：星田反。九條本：星田。　折，九條本：之舌。　盤，九條本：步丸。　更，北宋本李善注：古行切。尤袤本、陳八郎本、九條本：古衡。　鵾，陳八郎本、九條本：昆。　悽，冷泉本：西。　欷，尤袤本、九條本、朝鮮正德本、奎章閣本：虛毅。陳八郎本：於虛。冷泉本：許氣反。〇案：陳八郎本音有誤。

於是群士放逐，馳乎沙場。騄驥齊鑣，黄間機張。足逸驚飈，鏃析毫芒。俯貫鲂鱮，仰落雙鶬。魚不及竄，鳥不暇翔。

　　騄，北宋本及奎章閣本李善注：録。尤袤本、陳八郎本、九條本：緑。　鑣，北宋本李善注：彼驕切。陳八郎本、九條本：彼苗。官内廳本：布苗。　驫，九條本：彼驕。　鏃，尤袤本、陳八郎本、九條本：祖禄。冷泉本、官内廳本：祖毒反。　析，北宋本李善注、尤袤本：錫。陳八郎本：先歷。　芒，陳八郎本：亡。　鲂，尤袤本、陳八郎本、官内廳本：房。九條本：方。　鱮，尤袤本、陳八郎本、官内廳本、九條本：序。　鶬，陳八郎本、九條本：倉。竄，尤袤本、陳八郎本：七亂。九條本：七乱。

爾乃撫輕舟兮浮清池，亂北渚兮揭南涯。汏瀺灂兮舩容裔，陽侯澆兮掩凫鷖。追水豹兮鞭蝌蚪，憚夔龍兮怖蛟螭。於是日將逮昏，樂者未荒。收驪命駕，分背迴塘。車雷震而風厲，馬鹿超而龍驤。夕暮言歸，其樂難忘。此乃游觀之好，耳目之娛。未睹其美者，焉足稱舉。

　　揭，北宋本李善注：丘别切。尤袤本：丘别。九條本：謁。陳八郎本、朝鮮正德本作“楬”，陳八郎本：謁。朝鮮正德本：丘竭。奎章閣本：丘竭。　涯，冷泉本：宜。九條本：宜，叶。官内廳本作“崖”：協音宜。　汏，北宋本及奎章閣本李善注：徒蓋切。尤袤本、陳八郎本：太。九條本：太，又：徒蓋。官内廳本：大。○案：尤袤本此條音疑爲五臣音。　瀺，北宋本李善注：士減切。尤袤本：仕減。奎章閣本李善注：仕咸切。陳八郎本：仕咸。冷泉本：士咸反。九條本：仕咸，又引《音决》：上減。官内廳本：仕斬。○案：瀺爲崇母，上爲常母，九條本引《音决》“上”疑爲“士”字之訛。　灂，北宋本李善注：士角切。尤袤本、陳八郎本、九條本：仕角。官内廳本：士角反。冷泉本引注云：角反。○案：奎章閣本李善注無此條音注。又冷泉本"角"上有脱字。　澆,北宋本及奎章閣本李善注:公堯切。陳八郎本:古堯。九條本:古堯,又:公堯。官内廳本:居吊,又:古彫。　鷖,陳八郎本:烏兮。九條本、朝鮮正德本、奎章閣本:烏奚。　蛦,冷泉本:兩。　憚,尤袤本、陳八郎本、九條本:丁達。官内廳本:多達反。　夔,九條本:俱悲反。　蛟,冷泉本:交。　螭,陳八郎本:勑离反。九條本:勑離。官内廳本、冷泉本:知。　驪,九條本:火丸反。　樂,九條本:洛。　觀,官内廳本、九條本:古翫反。　好,九條本:耗。　娛,九條本:虞。　焉,九條本:於虔反。　舉,官内廳本、九條本作"譽",音:以如反。

夫南陽者,真所謂漢之舊都者也。遠世則劉后甘厥龍醢,視魯縣而來遷。奉先帝而追孝,立唐祀乎堯山。固靈根於夏葉,終三代而始蕃。非純德之宏圖,孰能揆而處旃。近則考侯思故,匪居匪寧。穢長沙之無樂,歷江湘而北征。曜朱光於白水,會九世而飛榮。察兹邦之神偉,啓天心而瘞靈。於其宮室,則有園廬舊宅,隆崇崔嵬。御房穆以華麗,連閣焕其相徽。聖皇之所逍遥,靈祇之所保綏。章陵鬱以青蔥,清廟肅以微微。皇祖歆而降福,彌萬祀而無衰。帝王臧其擅美,詠南音以顧懷。

醢,尤袤本、陳八郎本、官内廳本:海。　視,陳八郎本、九條本作"覤",音:脉。　山,官内廳本:協所連反。　蕃,尤袤本、陳八郎本:繁。九條本:煩。　純,九條本:春。　揆,北宋本及奎章閣本李善注:求揆切。尤袤本:求癸。○案:北宋本、奎章閣本音注"揆"字當據尤袤本作"癸"。　處,冷泉本、九條本:昌呂反。　偉,官内廳本:于鬼。九條本:于鬼反。　崔,冷泉本:在迴反。

崏，冷泉本：五迴反。　　綏，九條本：先唯反。　　葱，宮内廳本：宗。

且其君子，弘懿明叡，允恭溫良。容止可則，出言有章。進退屈伸，與時抑揚。方今天地之睢剌，帝亂其政，豺虎肆虐，真人革命之秋也。爾其則有謀臣武將，皆能攖戾執猛，破堅摧剛。排捷陷扃，蹩蹢咸陽。高祖階其塗，光武攬其英。是以關門反距，漢德久長。及其去危乘安，視人用遷。周召之儔，據鼎足焉，以庀王職。縉紳之倫，經綸訓典，賦納以言。是以朝無闕政，風烈昭宣也。

出，九條本：尺謂反。　　屈，九條本旁記“詘”，音：屈。　　抑，宮内廳本：於□反。○案：宮内廳本□處摹寫者補作“力”。睢，北宋本及奎章閣本李善注：許規切。尤袤本、陳八郎本、九條本：虛惟。冷泉本、宮内廳本：許維反。　　剌，北宋本李善注：力達切。尤袤本、陳八郎本、九條本：力達。冷泉本、宮内廳本：力達反。　　豺，宮内廳本、九條本：士皆反。　　攖，北宋本李善注：九縛切。尤袤本、陳八郎本：九縛。九條本：九縛反。　　排，九條本：步皆反。　　捷，尤袤本、陳八郎本、九條本：件。宮内廳本：其□反。○案：宮内廳本□處似爲“偃”字。　　扃，北宋本李善注：古熒切。尤袤本：古熒。　　蹩，陳八郎本：此育。九條本：此育，又：七立。宮内廳本：七六反。○案：九條本“立”，據宮内廳本，當作“六”。蹩、六俱屬屋韻，而立屬緝韻，顯誤。　【附】北宋本及尤袤本李善注：《漢書》曰：沛公圍宛城，南陽守齮降。齮音蟻。

庀，北宋本李善注：匹婢切。尤袤本、陳八郎本：匹婢。九條本：匹婢反。宮内廳本頁眉：疋尔反，又引注：疋婢反。○案：宮内廳本所引注當爲李善注。　　朝，宮内廳本、九條本：直遥反。

於是乎鯢齒眉壽，鮐背之叟，皤皤然被黃髮者，喟然相與歌曰：望翠華
兮葳蕤，建太常兮裶裶。駟飛龍兮騤騤，振和鸞兮京師。惣萬乘兮徘
徊，按平路兮來歸。豈不思天子南巡之辭者哉。遂作頌曰：皇祖止
焉，光武起焉。據彼河洛，統四海焉。本枝百世，位天子焉。永世克
孝，懷桑梓焉。真人南巡，睹舊里焉。

　　　鯢，冷泉本、官內廳本、九條本、陳八郎本、朝鮮正德本、奎章
閣本作"兒"，官內廳本：五兮反。冷泉本：魚兮反。陳八郎本：
兒。九條本、朝鮮正德本、奎章閣本：倪。　　壽，官內廳本：受。

　　鮐，冷泉本、九條本：他來反。官內廳本：他來反，又：曾□反。
○案：官內廳本"曾"疑誤。又□處字漫漶，摹寫者描作"篇"，非。
似當作"皆"。　　叟，九條本：蘇後反。　　皤，九條本引《音決》：
婆。官內廳本：薄婆反。　　喟，官內廳本、九條本：丘位反。
裶，北宋本李善注：芳非切。冷泉本、官內廳本：芳非反。尤袤
本、陳八郎本：霏。九條本：霏，又：芳非。　　騤，尤袤本、陳八郎
本：逵。九條本：逵，又：鬼。官內廳本：巨悲反。　　和，官內廳本
作"龢"，音：和。　　鸞，官內廳本：力丸反。　　巡，九條本引《音
決》：旬。　　梓，冷泉本：子。　　睹，官內廳本：丁魯反。

三都賦序

左太冲　劉淵林注

盖詩有六義焉，其二曰賦。楊雄曰：詩人之賦麗以則。班固曰：賦者
古詩之流也。先王采焉，以觀土風。見緑竹猗猗，則知衛地淇澳之
産。見在其版屋，則知秦野西戎之宅。故能居然而辨八方。

　　觀，集注本引《音決》：官。　　猗，集注本引《音決》：於宜反。

尤袤本、陳八郎本、九條本:於宜。　澳,集注本引《音決》、宮内廳本:於六反。尤袤本、陳八郎本、九條本:於六。　版,集注本引《音決》、九條本:板,又:布縮反。

然相如賦《上林》而引盧橘夏熟,楊雄賦《甘泉》而陳玉樹青葱,班固賦《西都》而嘆以出比目,張衡賦《西京》而述以游海若。假稱珍怪,以爲潤色。若斯之類,匪啻于兹。考之果木,則生非其壤;校之神物,則出非其所。於辭則易爲藻飾,於義則虛而無徵。且夫玉卮無當,雖寶非用。侈言無驗,雖麗非經。而論者莫不詆訐其研精,作者大氐舉爲憲章。積習生常,有自來矣。

橘,集注本引《音決》:居律反。九條本:居筆反。　啻,集注本引《音決》作“適”:詩亦反,或爲啻,舒豉反,通。尤袤本、陳八郎本、九條本:失至。　壤,宮内廳本、九條本:如兩反。　校,集注本引《音決》作“挍”:古孝反。九條本:古孝反。　易,集注本引《音決》作“敭”:以豉反,或爲易,同。　藻,集注本引《音決》、九條本:早。　飾,集注本引《音決》、九條本:識。　夫,集注本引《音決》:扶。　卮,集注本引《音決》:支。尤袤本、陳八郎本、九條本:紙移。　當,集注本引《音決》:丁浪反。尤袤本、陳八郎本、九條本:去聲。　論,集注本引《音決》:力頓反。尤袤本、陳八郎本、九條本:去聲。　詆,集注本引《音決》、冷泉本、宮内廳本:丁礼反。尤袤本:丁禮。陳八郎本、九條本:丁礼。　訐,尤袤本、陳八郎本、九條本:斤謁。冷泉本:斤謁反。宮内廳本:結。集注本引《音決》作“許”:許如字,或爲訐,居謁反者,非也。

研,宮内廳本:五賢反。　氏,集注本引《音決》、尤袤本、冷泉本、宮内廳本:旨。陳八郎本:丁礼。九條本:丁礼,又:旨。

余既思摹《二京》而賦《三都》,其山川城邑則稽之地圖,其鳥獸草木則驗之方志。風謠歌舞,各附其俗。魁梧長者,莫非其舊。何則,發言爲詩者,詠其所志也,升高能賦者,頌其所見也。美物者貴依其本,讚事者宜本其實。匪本匪實,覽者奚信。且夫任土作貢,《虞書》所著,辯物居方,《周易》所慎。聊舉其一隅,攝其體統,歸諸詁訓焉。

摹,集注本引《音決》:莫胡反。尤袤本、陳八郎本:莫蒲。九條本引《音決》:謨,又:莫蒲。官內廳本:莫奴反。○案:集注本與九條本所引《音決》不同。 稽,集注本引《音決》、九條本:古兮反。 魁,集注本引《音決》、冷泉本引《音決》:苦回反。九條本:苦迴。 梧,集注本李善注:忤,又引《音決》:吾。尤袤本、九條本:忤。 長,集注本引《音決》、九條本:張兩反。 本,集注本引《音決》作“准”:之尹反。 任,集注本引《音決》:任之去聲。九條本:而鳩反。 著,集注本引《音決》:張慮反。九條本:丁慮反。

蜀都賦

有西蜀公子者,言於東吳王孫,曰:蓋聞天以日月爲綱,地以四海爲紀。九土星分,萬國錯跱。崤函有帝皇之宅,河洛爲王者之里。

錯,集注本引《音決》:七洛反,或七故反,非。官內廳本:七落反,七故反,非。九條本:七洛反。 崤,集注本引《音決》:下交反。尤袤本、陳八郎本、九條本:胡交。 函,集注本引《音決》、陳八郎本、九條本:咸。 王,集注本引《音決》:于方反,或于放反,非。

吾子豈亦曾聞蜀都之事歟。請爲左右揚搉而陳之。

　　　　曾，集注本引《音决》：在登反。九條本：在曾反。　爲，集注
本引《音决》：于僞反。　左右，集注本引《音决》：皆如字，或爲佐
佑讀者，非也。○案：九條本亦有此數語，據集注本可知出自《音
决》。　搉，集注本引《音决》作"攉"：古學反。官内廳本亦作
"攉"：居學反。北宋本李善注：古學切。尤袤本、九條本：古學。
陳八郎本、冷泉本作"榷"：古學反。

夫蜀都者，蓋兆基於上世，開國於中古。廓靈關以爲門，包玉壘而爲
宇。帶二江之雙流，抗峨眉之重阻。

　　　　夫，集注本引《音决》、九條本：扶。　關，官内廳本、九條本：
官。　壘，集注本引《音决》、官内廳本、九條本：力水反。　抗，
集注本引《音决》、官内廳本：口浪反。九條本引《音决》：力浪反。
○案：九條本"力"爲"口"字之訛。　重，集注本引《音决》：逐
龍反。

水陸所湊，兼六合而交會焉。豐蔚所盛，茂八區而菴藹焉。

　　　　湊，集注本引《音决》、官内廳本：七奏反。九條本：七奏。
蔚，集注本引《音决》、九條本：尉。　菴，集注本引《音决》：奄。
尤袤本、陳八郎本：烏覽。九條本：於奄反。　藹，集注本引《音
决》、九條本：於盖反。

於前則跨躡犍牂，枕輴交趾。經途所亘，五千餘里。

　　　　跨，集注本引《音决》：苦化反。冷泉本、九條本：苦花反。
躡，集注本引《音决》、冷泉本、九條本：女輒反。　犍，集注本引

《音决》:巨連反。尤袤本、陳八郎本:乾。官内廳本:巨騫反。
胖,集注本引《音决》:子郎反。官内廳本:子郎。尤袤本、陳八郎
本、九條本:臧。　　枕,集注本引《音决》、冷泉本:之鳩反。尤袤
本、陳八郎本、九條本:之鳩。　　輢,集注本引《音决》:其義反。
集注本李善注:於蟻反。北宋本、尤袤本李善注:於蟻切。九條
本:於蟻。　　趾,集注本引《音决》作"阯",音:止。九條本謂《决》
作"阯",音:止。冷泉本:子。　　亘,集注本引《音决》:居鄧反。

山皐相屬,含谿懷谷。崗巒紀紛,觸石吐雲。

屬,集注本引《音决》、九條本:之欲反。　　谿,集注本引《音
决》、九條本:溪。　　谷,集注本引《音决》:欲,秦晋之俗言也,又
如字。九條本:欲。　　巒,集注本引《音决》、九條本:力丸反。

鬱葐菎以翠微,崛巍巍以衺衺。干青霄而秀出,舒丹氣而爲霞。

葐,集注本引《音决》:扶云反。官内廳本:扶云。尤袤本、陳
八郎本:汾。九條本:紛。　　菎,集注本引《音决》:於云反。官内
廳本:於云。尤袤本、陳八郎本、九條本:於文。　　崛,集注本引
《音决》作"崫":魚勿反。冷泉本、官内廳本亦作"崫":牛勿反。
尤袤本:魚物。陳八郎本:魚勿。　　巍,集注本引《音决》、冷泉
本:魚違反。九條本:魚遠反。○案:巍、違爲微韻,遠爲脂韻,九
條本"遠"疑爲"違"字之訛。

龍池濡瀑潰其限,漏江伏流潰其阿。汨若湯谷之揚濤,沛若濛汜之
涌波。

濡,集注本引《音决》:訏角反。又引五家:胡角反。北宋本

李善注:呼角切。冷泉本:呼角反。宫内廳本:胡角反,又:角。尤袤本、陳八郎本、九條本:胡角。○案:尤袤本此條音爲五臣音。　瀑,集注本引《音决》、冷泉本:步角反。北宋本李善注:步角切。尤袤本、陳八郎本、九條本:步角。宫内廳本:步角,又:白。　濆,集注本引《音决》:普寸反,又:扶粉反。北宋本李善注:扶刎切。尤袤本、陳八郎本、九條本:扶刎。　隈,集注本引《音决》:烏回反。　潰,集注本引《音决》:胡對反。尤袤本、陳八郎本、九條本:胡内。　汩,集注本引《音决》:蕭音骨,曹胡没反。尤袤本、陳八郎本、九條本:骨。　沛,集注本引《音决》:普大反。尤袤本、陳八郎本、九條本:普賴。　濛,集注本引五家音:蒙。

　汜,集注本引《音决》、尤袤本、陳八郎本、宫内廳本、九條本:似。

於是乎邛竹緣嶺,菌桂臨崖。旁挺龍目,側生荔枝。布緑葉之萋萋,結朱實之離離。迎隆冬而不凋,常曄曄以猗猗。

　　邛,集注本引《音决》、冷泉本、九條本:巨恭反。　菌,集注本引《音决》、宫内廳本:其敏反。　崖,集注本引《音决》:協韻,音宜。尤袤本、陳八郎本、九條本:宜。　荔,集注本引《音决》:力豉反,又音麗。宫内廳本:麗,又:力致、力計二反。九條本:力智反,又:力計反。　曄,集注本引《音决》:胡劫反。宫内廳本:胡却反。九條本:烏輒反。　猗,集注本引《音决》、宫内廳本:於宜反。

孔翠群翔,犀象競馳。白雉朝雊,猩猩夜啼。金馬騁光而絶景,碧雞倏忽而曜儀。火井沉熒於幽泉,高爓飛煽於天垂。

犀,集注本引《音决》、九條本:西。　雒,集注本引《音决》、九條本:古候反。　猩,集注本引《音决》、尤袤本、陳八郎本、冷泉本、官內廳本、九條本:生。　啼,集注本引《音决》:協韻,逐移反。九條本:遂移反,叶。〇案:啼爲定母,逐爲澄母,舌音未分化。又啼屬齊韻,移屬支韻,故曰協韻。又九條本此音誤標於上文"猗"字旁,今移正。"遂"即"逐"之異體字。　熒,集注本引《音决》:吴俗言熒音迥。九條本:乙迥反。　爓,集注本引《音决》、北宋本及尤袤本李善注、官內廳本、九條本:艷。　煽,集注本引《音决》、北宋本李善注、尤袤本、陳八郎本、九條本:扇。垂,官內廳本、九條本:數爲反。

其間則有虎珀丹青,江珠瑕英。金沙銀礫,符采彪炳,暉麗灼爍。

瑕,集注本引《音决》:遐。　礫,集注本引《音决》、尤袤本、陳八郎本、九條本:歷。　彪,集注本引《音决》、冷泉本、官內廳本:彼尤反。尤袤本、陳八郎本、九條本:筆尤。　炳,集注本引五家、陳八郎本、九條本:丙。　灼,集注本引五家、尤袤本、陳八郎本、九條本:酌。官內廳本:之藥反。　爍,集注本引《音决》:舒灼反。尤袤本:舒藥切。陳八郎本、官內廳本:舒藥反。九條本:舒□。〇案:九條本反切下字模糊難辨。

於後則却背華容,北指崑崙。緣以劍閣,阻以石門。流漢湯湯,驚浪雷奔。望之天迴,即之雲昏。水物殊品,鱗介異族。或藏蛟螭,或隱碧玉。嘉魚出於丙穴,良木攢於襃谷。

背,集注本引《音决》:步對反。　湯,集注本引《音决》:舒羊反。尤袤本、陳八郎本、九條本:傷。冷泉本:章。官內廳本:舒

羊反，又：章。　　蛟，集注本引五家：交。　　螭，集注本引《音決》、
宮內廳本：丑知反。尤袤本、陳八郎本、九條本：勑知。冷泉本：
知。　　攢，集注本引《音決》：在官反。

其樹則有木蘭梫桂，杞櫹椅桐，楱枒楔樅。梗柟幽藹於谷底，松柏翁
鬱於山峯。

梫，集注本引《音決》、北宋本李善注、尤袤本、宮內廳本：寑。
集注本引五家：七林反。陳八郎本：士林。九條本：七林反，又：
寑。○案：陳八郎本“士”爲“七”字之訛。　　杞，集注本引《音
決》：起。　　櫹，集注本引《音決》：簫。尤袤本、陳八郎本、宮內廳
本、九條本：蕭。　　椅，集注本引《音決》：於宜反。宮內廳本：於
宜。尤袤本、陳八郎本、九條本：於其。　　楱，集注本引《音決》：
子公反。宮內廳本：子公。陳八郎本：宗。九條本：宗，又：子公
反。　　枒，集注本引《音決》：以嗟反。宮內廳本：以嗟。尤袤本：
邪。陳八郎本、九條本作“梛”，音：邪。　　楔，集注本引《音決》、
冷泉本：居八反。宮內廳本：居黠。尤袤本、陳八郎本、九條本：
耕八。　　樅，集注本引《音決》：七容反。宮內廳本：七容。尤袤
本、九條本：七松。陳八郎本：七松反。　　梗，集注本引《音決》：
毗善反。集注本引五家：頻綿反。宮內廳本：毗善，又：五音頻
縣。尤袤本、九條本：頻縣。陳八郎本：頻縣。　　柟，集注本引
《音決》、尤袤本、陳八郎本、宮內廳本、九條本：南。　　翁，集注本
引《音決》、宮內廳本、九條本：烏孔反。

擢脩幹，竦長條。扇飛雲，拂輕霄。羲和假道於峻歧，陽烏迴翼乎高
標。巢居栖翔，聿兼鄧林。穴宅奇獸，窠宿異禽。

擢，集注本引《音决》、冷泉本：直角反。　　峻，冷泉本：俊。

標，冷泉本、宫内廳本、九條本：必遥反。　　窠，集注本引《音决》、冷泉本、九條本：苦和反。

熊羆咆其陽，鵰鶚鴚其陰。猨狄騰希而競捷，虎豹長嘯而永吟。

熊，集注本引五家音：雄。　　羆，集注本引五家音：陂。咆，集注本引《音决》曰：步交反。北宋本李善注：步包切。尤袤本、陳八郎本、九條本：步交。　　鵰，集注本引《音决》作“雕”，音：彫。九條本：彫。　　鶚，集注本引《音决》：五各反。宫内廳本：魚角反。九條本：魚各反。　　鴚，集注本引《音决》：聿，又：户决反。冷泉本：户决反。尤袤本、陳八郎本、九條本：聿。　　狄，集注本引《音决》：以宙反。尤袤本：戈狩。陳八郎本、九條本：弋狩。〇案：尤袤本“戈”爲“弋”字之訛。　　捷，集注本引《音决》：才接反。

於東則左緜巴中，百濮所充。外負銅梁而宕渠，内函要害於膏腴。

濮，集注本引《音决》、尤袤本、陳八郎本：卜。　　宕，集注本引《音决》、冷泉本：大浪反。尤袤本、陳八郎本、九條本：徒浪。　　函，集注本引《音决》、陳八郎本、九條本：含。　　要，集注本引《音决》：一照反。九條本：一曜反。　　腴，集注本引《音决》：臾。陳八郎本、九條本：俞。

其中則有巴菽巴戟，靈壽桃枝。樊以蒩圃，濱以鹽池。

蒩，集注本引《音决》：蒩，音祖，又，在古反，蜀俗言也。宫内廳本：租，又：在古反。北宋本李善注：資睹切。尤袤本：資睹。

陳八郎本、九條本：租。　【附】集注本、北宋本及尤袤本李善注：《埤蒼》曰：葅，韲也。韲，側及反。　圃，集注本引《音決》、九條本：布古反。

蜦蛦山栖，黿龜水處。潛龍蟠於沮澤，應鳴鼓而興雨。

蜦，集注本引《音決》、官內廳本作"蠣"：必列反。北宋本、九條本作"蠣"：必滅切、必滅反。尤袤本：必滅。陳八郎本作"鷩"，音：必滅。　蛦，集注本引《音決》、官內廳本：大兮反。北宋本李善注：徒兮切。尤袤本：啼。陳八郎本作"鵜"，音：啼。九條本：蹄。　黿，尤袤本：元。　處，集注本引《音決》、九條本：昌呂反。

蟠，集注本引《音決》：步丸反。　沮，集注本引《音決》、官內廳本：子慮反。北宋本李善注：子豫切。尤袤本、陳八郎本、九條本：子預。　應，集注本引《音決》、冷泉本、九條本：於證反。

丹沙絶熾出其坂，蜜房郁毓被其皁。山圖采而得道，赤斧服而不朽。

絶，集注本引《音決》、冷泉本、官內廳本：虛力反。尤袤本、陳八郎本、九條本：許力。　熾，集注本引《音決》、官內廳本、九條本：赤志反。北宋本李善注：昌志切。尤袤本、陳八郎本：昌志。冷泉本：昌志反。　坂，集注本作"阪"，引《音決》：反。蜜，集注本引《音決》：弥逸反。九條本作"密"：弥四反。　郁，集注本引《音決》、冷泉本、官內廳本：於六反。　毓，集注本引《音決》、官內廳本：育。九條本：余六反。　被，集注本引《音決》、冷泉本：皮義反。

若乃剛悍生其方，風謡尚其武。奮之則賓旅，翫之則渝舞。鋭氣飄於中葉，蹻容世於樂府。

　　　　悍，集注本引《音决》、冷泉本、宮內廳本：何旦反。尤袤本、陳八郎本：汗。　　竇，集注本引《音决》：在冬反。宮內廳本：在冬。北宋本李善注：在宗切。尤袤本：在宗。陳八郎本：叢。九條本：叢，又：在宗。　　渝，集注本引《音决》、宮內廳本、九條本：以朱反。　　銳，集注本引《音决》、宮內廳本、九條本：以歲反。剽，集注本引《音决》作“彯”：匹遥反。　　蹻，集注本引《音决》、宮內廳本：去留反。尤袤本、陳八郎本、九條本：綺驕。

於西則右挾岷山，涌瀆發川。陪以白狼，夷歌成章。

　　　　挾，集注本引五家：形牒反。尤袤本：故蝶。陳八郎本、九條本：胡蝶。○案：尤袤本“故”疑爲“胡”字之訛。　　岷，集注本引《音决》、九條本：亡巾反。　　陪，集注本引《音决》：步回反。冷泉本：步迴反。

坰野草昧，林麓黝儵。交讓所植，蹲鴟所伏。

　　　　坰，集注本引《音决》：古營反。宮內廳本、九條本：古螢反。麓，集注本引五家：鹿。　　黝，集注本引《音决》：於糺反。北宋本李善注：於糾切。尤袤本、陳八郎本、九條本：於糾。宮內廳本：於糺反，又：有。　　儵，集注本引《音决》、陳八郎本、九條本作“儵”，音：叔。北宋本李善注：式六切。尤袤本：式六。宮內廳本亦作“儵”：式六反。　　植，集注本引《音决》、九條本：市力反。蹲，集注本引《音决》、冷泉本：在尊反。尤袤本、陳八郎本：存。九條本：存，又：在存反。○案：九條本“在存”疑當作“在尊”。鴟，集注本引《音决》、冷泉本、九條本：尺之反。

百藥灌叢,寒卉冬馥。異類衆夥,于何不育。

> 灌,集注本引《音決》作"摜",音:貫,或爲灌,同。九條本:
> 貫。　馥,集注本引《音決》、九條本:伏。　夥,集注本引《音
> 決》:胡果反。尤袤本、陳八郎本、九條本:禍。

其中則有青珠黃環,碧箹芒消。或豐綠荑,或蕃丹椒。麋蕪布濩於中
阿,風連莚蔓於蘭皋。紅葩紫飾,柯葉漸苞。敷藥葳蕤,落英飄颻。

> 箹,集注本引《音決》、官内廳本、九條本:奴。　芒,集注本
> 引五家音:亡。　荑,集注本引《音決》、官内廳本:大兮反,又:
> 夷。尤袤本、陳八郎本、九條本:啼。　蕃,集注本引《音決》:煩。
> 尤袤本、九條本、朝鮮正德本、奎章閣本:伐元。陳八郎本:代元。
> ○案:煩、伐爲奉母,代爲定母,聲紐相異,陳八郎本"代"爲"伐"
> 字之訛。　麋,集注本引五家作"蘪",音:眉。官内廳本亦作
> "蘪",音:微。　蕪,集注本引五家:無。　濩,集注本引《音決》、
> 尤袤本、陳八郎本、官内廳本、九條本:護。　莚,集注本引《音
> 決》作"延":以戰反。官内廳本:以戰。尤袤本、陳八郎本、九條
> 本:餘戰。　蔓,集注本引《音決》:万。尤袤本、陳八郎本、九條
> 本:萬。　葩,集注本引《音決》、官内廳本、九條本:普花反。
> 漸,集注本引《音決》:似琰反。　蕤,集注本引五家音:而髓反。
> 葳,集注本引五家音:威。　蕤,集注本引五家音:而推反。

神農是嘗,盧跗是料。芳追氣邪,味蠲癘痟。

> 料,集注本引《音決》、冷泉本:力彫反。尤袤本、陳八郎本、
> 九條本:聊。　邪,集注本引《音決》:在嗟反。官内廳本、九條
> 本:在嗟。　蠲,集注本引《音決》:古玄反。　痟,集注本引《音

決》、北宋本李善注、尤袤本、陳八郎本、宮內廳本、九條本：消。

其封域之內，則有原隰墳衍，通望彌博。演以潛沬，浸以縣雒。

　　　　墳，集注本引《音決》、宮內廳本作“填”：徒見反。　衍，集注
本引《音決》：以戰反，或并如字，通演，以輦反。宮內廳本、九條
本：以戰反。　演，宮內廳本：以輦反。　沬，集注本引《音決》：
妹。集注本引五家：沬音末。北宋本李善注：武蓋切。尤袤本：
武蓋。陳八郎本：末。宮內廳本：武蓋反，又引五音：未。九條
本：末，又引李善音：武蓋。○案：宮內廳本所引五臣音與集注
本、九條本所引異，或鈔寫之訛。　浸，集注本引《音決》、九條
本：子鴆反。

**溝洫脉散，疆里綺錯。黍稷油油，秔稻莫莫。指渠口以爲雲門，灑瀳
池而爲陸澤。雖星畢之滂沱，尚未齊其膏液。**

　　　　洫，集注本引《音決》：火逼反。　疆，集注本引《音決》作
“壃”，音：姜。宮內廳本作“彊”：九良反。九條本亦作“彊”：九良
反，又：《決》作壃，音姜。　油，集注本引《音決》：由。　秔，集注
本引《音決》作“秔”，音：庚。宮內廳本：庚。尤袤本、陳八郎本、
九條本：古衡。　稻，集注本引《音決》、九條本：道。　滂，集注
本引《音決》、宮內廳本：步尤反。北宋本李善注：扶彪切。尤袤
本：扶彪。陳八郎本：皮尤。九條本：皮尤，又：扶彪。　陸，北宋
本李善注、尤袤本、九條本：六。　滂，集注本引《音決》、宮內廳
本：普黃反。北宋本李善注：普忙切。尤袤本、陳八郎本：普郎。
九條本：普郎，又：普忙。　沱，集注本引《音決》作“沱”：大河反。
宮內廳本作“沲”：大河反。北宋本李善注：度羅切。尤袤本、九

條本：度羅。

爾乃邑居隱賑，夾江傍山。棟宇相望，桑梓接連。家有鹽泉之井，户
有橘柚之園。

　　　賑，集注本引《音決》、官內廳本：之忍反。北宋本李善注：之
忍切。尤袤本、陳八郎本、九條本：之忍。　夾，集注本引《音
決》：音協，諸詮音古洽反。　傍，集注本引《音決》：皮浪反。
山，集注本引《音決》：協韻，所連反，楚俗言也。　柚，集注本引
《音決》作“櫾”：以溜反，或爲柚，同。九條本引《音決》：以油反。
○案：集注本與九條本所引《音決》音不同。

其園則有林檎枇杷，橙柿楟桲。楜桃函列，梅李羅生。百果甲宅，異
色同榮。朱櫻春熟，素柰夏成。

　　　檎，集注本引《音決》：禽。官內廳本、九條本：琴。　枇，集
注本引五家：頻移反。　杷，集注本引五家：蒲巴反。　橙，集
注本引《音決》、九條本：直耕反。官內廳本：直耕。　柿，集注本引
《音決》、九條本：士。　楟，集注本引《音決》、冷泉本：以井反。
尤袤本、陳八郎本、九條本：郢。　桲，集注本引《音決》、北宋本
李善注、尤袤本、陳八郎本、官內廳本、九條本：亭。　楜，集注本
引《音決》、陳八郎本、九條本：斯。北宋本李善注：心移切。尤袤
本：心移。冷泉本：思移反。官內廳本：之。　函，集注本引《音
決》、尤袤本、陳八郎本：含。　宅，集注本引《音決》：如字，或爲
丑格反，非。尤袤本、陳八郎本、九條本：坼。【附】集注本、北
宋本及尤袤本李善注：《周易》鄭玄注曰：解謂拆呼。呼，火亞切。
　　　櫻，集注本引《音決》、九條本：於耕反。

若乃大火流,涼風厲。白露凝,微霜結。紫梨津潤,榜栗罅發。蒲陶亂潰,若榴競裂。甘至自零,芬芬酷烈。

　　厲,集注本引《音决》:協韻,音列。尤袤本、陳八郎本、九條本:列。　　榜,集注本引《音决》作"榛":側巾反,或爲榜,士板反,通。北宋本李善注:側鄰切。尤袤本:側鄰。宫内廳本頁眉:榛作榜,同,側隣反。陳八郎本、九條本:臻。　　罅,集注本引《音决》:火嫁反。北宋本李善注:呼亞切。尤袤本:呼亞。陳八郎本:火亞。冷泉本:火亞反。○案:宫内廳本音注漫漶,似作"賀"。　　潰,集注本引五家音:胡對反。尤袤本、陳八郎本、九條本:胡對。○案:尤袤本此條爲五臣音。　　酷,尤袤本、陳八郎本、九條本:苦毒。

其園則有蒟蒻茱萸,瓜疇芋區。甘蔗辛薑,陽藺陰敷。

　　蒟,集注本引《音决》:音矩。集注本引五家:歸于反。北宋本及奎章閣本李善注:俱羽切。尤袤本、陳八郎本:俱宇。冷泉本、宫内廳本:九宇反。九條本:俱宇,又:俱羽。　　蒻,集注本引《音决》、宫内廳本:若。北宋本李善注、尤袤本、陳八郎本、九條本:弱。　　茱,集注本引五家音:殊。　　萸,集注本引五家音:俞。　　瓜,九條本:花。　　芋,集注本引《音决》:于附反。尤袤本、陳八郎本、九條本:于句。　　蔗,集注本引《音决》、宫内廳本:之夜反。尤袤本、陳八郎本、九條本:之夜。　　藺,集注本引《音决》:許于反。北宋本李善注:許于切。尤袤本:許于。陳八郎本作"區",音:于。九條本:吁。○案:據九條本,陳八郎本音"于"字似當作"吁"。

日往菲薇，月來扶踈。任土所麗，衆獻而儲。

　　菲，集注本引《音决》、冷泉本、九條本：芳匪反。官内廳本作
"霏"：芳匪反。　薇，集注本引《音决》、冷泉本、九條本：亡匪反。
官内廳本作"微"：亡匪反。　任，集注本引《音决》、九條本：而鴆
反。　儲，集注本引《音决》、九條本：除。

其沃瀛則有攅蔣叢蒲，緑菱紅蓮。雜以蘊藻，糅以蘋蘩。

　　沃，集注本引《音决》：烏酷反。九條本：烏酪反。官内廳本：
屋。〇案：酷屬沃韻，酪屬藥韻，集注本是，九條本誤。　瀛，集
注本引《音决》、官内廳本：以征反。北宋本李善注、尤袤本、九條
本：盈。〇案：官内廳本"征"字模糊，此據摹寫本。　攅，集注本
引《音决》：在官反。尤袤本、陳八郎本、九條本：在官。　蔣，集
注本引《音决》、尤袤本、陳八郎本、九條本：將。　菱，集注本引
五家音：陵。　蘊，集注本引《音决》、九條本：於粉反。官内廳
本：紆粉反。集注本引五家音：於郡反。　糅，集注本引《音决》：
女又反。尤袤本、陳八郎本、九條本：女又。　蘋，集注本引《音
决》、官内廳本：頻。　蘩，集注本引《音决》、官内廳本：煩。

總莖柅柅，褭葉蓁蓁。黃實時味，王公羞焉。

　　總，集注本引《音决》作"惣"，九條本作"揔"，并音：走孔反。
柅，集注本引《音决》：女弟反。官内廳本：女苐反。北宋本李
善注：乃禮切。尤袤本：乃禮。陳八郎本、九條本：奴礼。冷泉
本：奴礼反。　褭，集注本引《音决》：於及、於葉二反。九條本：
於及，又：於業反。尤袤本、陳八郎本：於業。　蓁，集注本引《音
决》：側巾反。尤袤本、陳八郎本、九條本：臻。　黃，集注本引

《音決》、官内廳本：扶云反。北宋本李善注：扶云切。尤袤本、陳八郎本：墳。九條本：墳，又：扶云反。

其中則有鴻儔鵠侶，鵁鸒鵝鶬。晨鳧旦至，候雁銜蘆。

儔，九條本：稠。　侶，九條本：呂。　鵁，集注本引《音決》、九條本：振。　鸒，集注本引《音決》：路。　鵝，集注本引《音決》：大兮反。官内廳本：大兮。北宋本李善注：徒兮切。尤袤本、九條本：徒兮。　鶬，集注本引《音決》、北宋本李善注、尤袤本、官内廳本、九條本：胡。

木落南翔，冰泮北徂。雲飛水宿，嘒吭清渠。

泮，集注本引《音決》：判。　吭，集注本引《音決》、官内廳本：何朗反。集注本引五家音：胡浪反。北宋本作"吭"，李善注：胡剛切。尤袤本：胡剛。陳八郎本：胡浣。九條本、朝鮮正德本、奎章閣本：胡浪。○案：據集注本所引五家音，并證以九條本、正德本、奎章閣本，陳八郎本"浣"爲"浪"之訛字。

其深則有白黿命鼈，玄獺上祭。鱣鮪鱒魴，鰓鱧魦鱨。

黿，集注本引五家：元。　鼈，集注本引五家：必滅反。獺，集注本引《音決》、冷泉本、九條本：他達反。官内廳本：他達。上，集注本引《音決》：時兩反。官内廳本：時常反。　鱣，集注本引《音決》、冷泉本、官内廳本：知連反。尤袤本、陳八郎本、九條本：陟連。　鮪，集注本引《音決》：于美反。尤袤本、陳八郎本、九條本：于鬼。　鱒，集注本引《音決》、官内廳本：在本反。集注本引五家音：祖本反。尤袤本、陳八郎本、九條本：在本。○

案：陳八郎本非五臣音，正德本、奎章閣本亦作“在本”，與集注本
所引五家音“祖本”有異。　魴，集注本引《音决》、官内廳本、九
條本：房。　鮧，集注本引《音决》：徒兮反。官内廳本：直兮。尤
袤本、陳八郎本、九條本：啼。○案：鮧爲定母，直爲澄母，舌音未
分化。　鱧，集注本引《音决》、官内廳本、九條本：礼。尤袤本、
陳八郎本：禮。　鯋，集注本引《音决》、官内廳本、九條本：沙。
　鱨，集注本引《音决》、官内廳本、九條本：常。陳八郎本：嘗。

差鱗次色，錦質報章。躍濤戲瀨，中流相忘。

差，集注本引《音决》、九條本：楚宜反。　躍，集注本引《音
决》、九條本：藥。　濤，集注本引《音决》：桃。　忘，集注本引
《音决》作“望”：協韻，音忘，或作忘，非。九條本：《决》作望，協
音忘。

於是乎金城石郭，兼币中區。既麗且崇，實號成都。闢二九之通門，
畫方軌之廣塗。營新宮於爽塏，擬承明而起廬。結陽城之延閣，飛觀
榭乎雲中。開高軒以臨山，列綺牕而瞰江。

郭，集注本引《音决》作“墎”，九條本引《音决》作“㮨”，并音：
郭。○案：九條本所引“㮨”疑誤。　币，集注本引《音决》：子合。
冷泉本、九條本作“迊”：子合反。　闢，集注本引《音决》、官内廳
本、九條本：婢亦反。　畫，集注本引《音决》：獲。　軌，官内廳
本、九條本：鬼。　塏，集注本引《音决》：凱。尤袤本、陳八郎本、
九條本：愷。　廬，集注本引《音决》、官内廳本、九條本：力如反。
　觀，集注本引《音决》、官内廳本：古翫反。○案：官内廳本反切
下字模糊。　瞰，集注本引《音决》、官内廳本、九條本：苦暫反。

尤袤本：苦檻。陳八郎本：苦濫。

內則議殿爵堂，武義虎威。宣化之闥，崇禮之闈。華闕雙邈，重門洞開。金鋪交映，玉題相暉。外則軌躅八達，里閈對出。比屋連甍，千廡萬室。

　　　　重，集注本引《音決》、宮內廳本、九條本：逐龍反。　　鋪，集注本引《音決》、冷泉本、宮內廳本、九條本：普胡反。　　題，集注本引《音決》、宮內廳本、九條本：大兮反。　　躅，集注本引《音決》、宮內廳本：大錄反。尤袤本：直錄。陳八郎本、九條本：直六。○案：躅爲澄母，大爲定母，舌音未分化。　　閈，集注本引五家、尤袤本、陳八郎本、九條本：汗。宮內廳本：漢。　　甍，集注本引《音決》：亡耕反。　　廡，集注本引《音決》、尤袤本、陳八郎本、宮內廳本、九條本：武。

亦有甲第，當衢向術。壇宇顯敞，高門納駟。庭扣鍾磬，堂撫琴瑟。匪葛匪姜，疇能是恤。

　　　　壇，集注本李善注：徒蘭反，一音：市衍反。集注本引《音決》：大丹反，張載爲墠，音善，通。宮內廳本、九條本：大丹反。北宋本李善注：徒蘭切。尤袤本：徒蘭。　　敞，集注本引《音決》、宮內廳本、九條本：昌兩反。　　駟，集注本引《音決》：協韻，音悉。宮內廳本：協音悉。陳八郎本：音悉，叶韻。九條本：音悉，叶。冷泉本：悉。　　扣，集注本引《音決》：口，或爲叩，非。尤袤本、陳八郎本：苦后。　　磬，集注本引五家音：溪徑反。　　撫，集注本引《音決》作“拊”，音：撫。九條本：《決》作拊，音：無。○案：九條本“無”爲“撫”字之訛。　　恤，集注本引《音決》：思律反。

亞以少城，接乎其西。市廛所會，萬商之淵。列隧百重，羅肆巨千。
賄貨山積，纖麗星繁。

　　　　少，集注本引《音決》、官内廳本、九條本：失照反。　　西，集
注本引《音決》：協韻，音先，秦俗言也。九條本：先，叶。　　廛，集
注本引《音決》、官内廳本：直連反。九條本作“鄽”，音：直連。
隧，集注本引《音決》：遂。　　重，集注本引《音決》：逐龍反。
賄，集注本引《音決》：呼罪反。尤袤本、陳八郎本、九條本：呼罪。
官内廳本：呼□反。○案：官内廳本□處摹寫者作“買”字，非。
賄、罪皆去聲賄韻字，而買爲上聲蟹韻字，韻目不同，不當相切。
且官内廳本旁記音每引《音決》，與集注本大同，故可知此處本作
“罪”字。

都人士女，袨服靚粧。賈貿墆鬻，舛錯縱橫。異物崛詭，奇於八方。

　　　　袨，集注本引《音決》、北宋本李善注、尤袤本、陳八郎本、九
條本：縣。官内廳本作“炫”，音：縣。　　靚，集注本引《音決》：净。
官内廳本：静。尤袤本、陳八郎本、九條本：才姓。　　賈，集注本
引《音決》、尤袤本、陳八郎本、官内廳本、九條本：古。　　貿，集注
本引《音決》、官内廳本：茂。尤袤本、陳八郎本：莫構。九條本：
莫搆。　　墆，集注本引《音決》：徒結反。集注本、官内廳本：直例
反。北宋本李善注：直例切。尤袤本：直例。陳八郎本：徒結。
九條本：徒結，又：直例反。　　鬻，集注本引《音決》、冷泉本、九條
本：以六反。官内廳本：以六反，又：之六反。　　舛，集注本引《音
決》：昌轉反。冷泉本：昌變反。尤袤本、陳八郎本、九條本：充。
官内廳本：昌□。○案：官内廳本□處摹寫者作“元”，非。舛爲
上聲銑韻，元爲平聲元韻，韻目不同，不當相切。考《唐韻》：舛，

昌兗切。則□處似當作"兗"。又《類篇》：𡴀，尺尹切。尹爲軫韻，該韻目中"允"字與"元"形近，則□處又或作"允"字。　　縱，集注本引《音決》：子容反。　　崛，集注本引《音決》作"譎"：古穴反。　　詭，集注本引《音決》：居毀反。官內廳本：古毀反。

布有橦華，麫有桃榔。邛杖傳節於大夏之邑，蒟醬流味於番禺之鄉。　　橦，集注本引《音決》、官內廳本、九條本：同。　　麫，集注本作"麴"，引《音決》：眄。官內廳本亦作"麴"，音：眄。　　桃，集注本引《音決》、北宋本李善注、尤袤本、官內廳本、九條本：光。　　榔，集注本引《音決》、北宋本李善注、尤袤本、官內廳本、九條本：郎。　　邛，集注本引《音決》、官內廳本：其容反。　　夏，集注本引《音決》：下。　　蒟，集注本引《音決》、官內廳本：九宇反。集注本引五家音、尤袤本、陳八郎本、九條本：句。　　醬，集注本引《音決》、九條本：子亮反。　　番，集注本引《音決》：普丸反。官內廳本：普丸反，又：潘。尤袤本、陳八郎本、九條本：潘。　　禺，集注本引《音決》、尤袤本、九條本、朝鮮正德本、奎章閣本：愚。

輿輦雜遝，冠帶混并。累轂疊迹，叛衍相傾。諠譁鼎沸，則唱聒宇宙。囂塵張天，則埃壒曜靈。　　輿，集注本引《音決》：余。官內廳本：餘。　　遝，集注本引五家音、官內廳本、九條本：徒合反。尤袤本、陳八郎本：徒合。　　冠，集注本引《音決》：古亂反。　　混，集注本引《音決》、冷泉本、九條本：胡本反。　　并，官內廳本：府盈反。　　轂，官內廳本、九條本：古鹿反。　　疊，集注本引《音決》：牒。九條本：條。○案：九條本"條"爲"牒"形近之訛。　　諠，集注本引《音決》、九條本：

虚袁反。　薲，集注本引《音決》、九條本：花。　哤，集注本引
《音決》：武江反。尤袤本：莫江。官内廳本：莫江反。陳八郎本：
麥江。九條本：麥江。○案：九條本"麥"爲"麥"字之異體。
眊，集注本引《音決》、官内廳本：括。尤袤本：公達。陳八郎本、
九條本：古活。　矕，集注本引五家音：許驕反。尤袤本、陳八郎
本、九條本：許驕。　張，集注本引《音決》：丁亮反。尤袤本、陳
八郎本、九條本：陟亮。　埃，集注本引五家音：哀。　壒，集注
本引《音決》、冷泉本、官内廳本：於蓋反。尤袤本、陳八郎本、九
條本：烏蓋。

闤闠之裏，伎巧之家。百室離房，機杼相和。貝錦斐成，濯色江波。
黄潤比筒，籯金所過。
　　　闤，集注本引《音決》、冷泉本、官内廳本、九條本：胡關反。
　闠，集注本引《音決》、官内廳本：胡對反。九條本：會。　伎，
集注本引《音決》：其跂反。官内廳本、九條本：其綺反。　杼，集
注本引《音決》：直与反。九條本：持呂反。　斐，集注本引《音
決》、冷泉本、九條本：芳尾反。　濯，集注本引《音決》：直角反。
　比，集注本引《音決》、冷泉本：必二反。尤袤本、陳八郎本、九
條本：毗二。官内廳本：毗二反。　筒，集注本引《音決》作"箭"，
音：同，或爲筒，通。官内廳本：同。　籯，集注本引《音決》、尤袤
本、陳八郎本、官内廳本、九條本：盈。　過，集注本引《音
決》：戈。

侈侈隆富，卓鄭埒名。公擅山川，貨殖私庭。藏鏹巨萬，鈗攐兼呈。
亦以財雄，翕習邊城。

侈，集注本引《音决》、官内廳本、九條本：昌氏反。 卓，集注本引《音决》、官内廳本：丁角反。 埒，集注本引《音决》、冷泉本引《音决》、官内廳本：力悦反。尤袤本、陳八郎本、九條本：劣。

擅，集注本引《音决》、官内廳本：市戰反。陳八郎本、九條本：常扇。 殖，集注本引《音决》、九條本：市力反。官内廳本：市力反，又：食。 鐋，集注本引《音决》：居兩反。北宋本作“鎯”，李善音：九兩切。尤袤本：九兩。官内廳本：九兩反。陳八郎本、九條本：居兩。○案：集注本今案：《音决》鐋爲鐋。 瓠，集注本引《音决》、官内廳本：普歷反。北宋本李善注：浦覓切。尤袤本：浦覓。陳八郎本、九條本：普覓。 撽，集注本引《音决》、北宋本李善注、尤袤本、陳八郎本、官内廳本、九條本：規。 呈，集注本引《音决》、官内廳本作“程”，音：呈。 翕，集注本引《音决》、官内廳本、九條本：許急反。冷泉本：許乃反。○案：冷泉本“乃”爲“及”之誤，下文“翕響揮霍”句音注可證。

三蜀之豪，時來時往。養交都邑，結儔附黨。劇談戲論，扼腕抵掌。出則連騎，歸從百兩。

儔，集注本引《音决》、官内廳本：直留反。冷泉本：直流反。

劇，集注本引《音决》、冷泉本、官内廳本、九條本：其戟反。○案：冷泉本此條音注標於“談”字旁，今移正。 戲，集注本引《音决》：許義反。集注本案：諸、蕭等咸以爲撽，許奇反。冷泉本：許義反。九條本：於義反。 【附】集注本李善注：《鬼谷子》曰：㦄者，埒也。㦄有朕可抵而塞也。㦄，音意靡反。埒，火亞反。○案：北宋本及尤袤本無此條李善注。 論，官内廳本：力頓反。

腕，官内廳本作“捥”：烏換反。○案：捥，古腕字。 抵，北宋

本、尤袤本、陳八郎本、九條本：紙。宮內廳本：之氏反。　從，宮
內廳本：才用反。

若其舊俗，終冬始春。吉日良辰，置酒高堂，以御嘉賓。金罍中坐，肴
槅四陳。觴以清醥，鮮以紫鱗。

　　御，集注本引《音決》：魚慮反。九條本：魚御反。○案：集注
本案：鄭玄箋《詩》，宜魚嫁反。"以御嘉賓"，句出《小雅·吉日》。
　　罍，集注本引《音決》、宮內廳本、九條本：雷。　坐，集注本引
《音決》、九條本：才臥反。　　槅，集注本引《音決》、冷泉本、宮內
廳本：胡革反。陳八郎本、九條本作"核"，音：胡革。　　觴，集注
本引五家：傷。　醥，集注本引《音決》作"縹"：疋沼反。宮內廳
本亦作"縹"：匹眇反。陳八郎本、九條本：匹眇。　鮮，集注本引
五家：平聲。

羽爵執兢，絲竹乃發。巴姬彈弦，漢女擊節。起西音於促柱，歌江上
之飆屬。紆長袖而屢舞，翩躚躚以裔裔。合樽促席，引滿相罰。樂飲
今夕，一醉累月。

　　促，宮內廳本、九條本：七玉反。　　飆，集注本引《音決》：力
彫反。尤袤本、陳八郎本、九條本：寮。　屬，集注本引《音決》：
協韻，音列。宮內廳本：協力結。九條本：力結反，又引《音決》：
列，叶。　紆，集注本引《音決》：一于反。　躚，集注本引《音
決》、陳八郎本、九條本作"遷"，音：仙。　裔，集注本引《音決》：
協韻，以列反。冷泉本：劦以列反。宮內廳本：協以列反。九條
本：以列反，叶。　　合，集注本引《音決》：古合反。陳八郎本：古
合。　樽，集注本引《音決》、宮內廳本、九條本：子門反。　樂，

集注本引《音决》:落。宮內廳本、九條本:洛。

若夫王孫之屬,郯公之倫。從禽于外,巷無居人。并乘驥子,俱服魚文。玄黃異校,結駟繽紛。西踰金隄,東越玉津。朔別期晦,匪日匪旬。

夫,集注本引《音决》:扶。 郯,集注本引《音决》、宮內廳本作"郊":去戰反。尤袤本、陳八郎本:却戰。九條本:戰。○案:郯爲溪母,戰爲見母,九條本音"戰"上疑有脫字。 驥,集注本引《音决》:冀。 校,集注本引《音决》、宮內廳本、九條本:胡孝反。 駟,集注本引《音决》、宮內廳本、九條本:疋仁反。 紛,集注本引《音决》:芳紜反。宮內廳本、九條本:芳云反。 隄,集注本引《音决》、宮內廳本:丁兮反。 晦,集注本引《音决》:悔。

蹴蹈蒙籠,涉躡寥廓。鷹犬倏眒,罻羅絡幕。

蹴,集注本引《音决》:七六反。尤袤本:秋六。陳八郎本、九條本作"蹵",音:秋六。 蹈,集注本引《音决》:大到反。九條本:七到反。○案:九條本"七"蓋"大"之形訛。 倏,集注本引《音决》:叔。陳八郎本、九條本作"儵",音:叔。 眒,集注本引《音决》:申,又:舒慎反。宮內廳本:申,又:書慎反。尤袤本、陳八郎本、九條本:勝胤。冷泉本:勝胤反。 罻,集注本引《音决》、尤袤本、陳八郎本、九條本:尉。 絡,集注本引《音决》、陳八郎本、宮內廳本、九條本:洛。 幕,集注本引《音决》、九條本:莫。

毛群陸離,羽族紛泊。翕響揮霍,中網林薄。

泊,集注本引《音决》、宮內廳本:普各反。北宋本李善注:匹各切。尤袤本：匹各。陳八郎本：普各。九條本：普各，又：匹各。

　　翕，集注本引《音決》、冷泉本、官内廳本：許及反。　揮，集注
本引《音決》、九條本：輝。　霍，集注本引《音決》：火郭反。九條
本：火郭。

屠麖麋，翦旄塵。帶文蛇，跨彫虎。

　　屠，集注本引《音決》：徒。　麖，集注本引《音決》、尤袤本、
陳八郎本、官内廳本、九條本：京。　麋，集注本引五家：眉。官
内廳本：微。　塵，集注本引《音決》、陳八郎本、九條本：主。
跨，集注本引五家：苦化反。

志未騁，時欲晚。追輕翼，赴絶遠。出彭門之闕，馳九折之坂。經三
峽之峥嶸，躡五岅之寒瀩。

　　折，集注本引《音決》、官内廳本、九條本：之舌反。　峽，集
注本引《音決》、官内廳本作“陝”，音：洽。　峥，集注本引《音
決》、冷泉本：士耕反。　嶸，集注本引《音決》、官内廳本、九條
本：宏。　躡，集注本引《音決》、官内廳本：女輒反。　岅，集注
本引《音決》作“峓”：武江反。陳武作峓，音尨，或作岅，音兀，非。
尤袤本、陳八郎本：兀。官内廳本：五骨反，又：兀。　寒，集注本
引《音決》：居優反。九條本：居偃反。○案：《音決》“優”字誤，據
九條本，當是“偃”字。

戟食鐵之獸，射噬毒之鹿。皛（當爲拍）貗㹲於蔞草，彈言鳥於森木。

　　戟，集注本引《音決》：居劇反。　【附】集注本劉逵注：以
舌舐鐵。頁眉記音：視亦反。　射，集注本引《音決》：市亦

反。 噎，集注本引《音决》：市制反。九條本、朝鮮正德本、
奎章閣本：時制。 皛，集注本引《音决》：李：亡白反，或胡了
反，非。宫内廳本：亡白反。集注本李善注：胡了反。北宋本李
善注、尤袤本：胡了切。 拍，集注本作"柏"：莫白反，又引五家
音：普陌反。北宋本李善注、尤袤本：普格切。 貙，集注本引
《音决》作"狐"，音：丑俱反。冷泉本、宫内廳本：丑俱反。北宋
本李善注：丑于切。尤袤本：丑于。陳八郎本：勑朱。九條本：
勑朱，又：丑于。 甿，集注本引《音决》、冷泉本：亡耕反。宫内
廳本：亡耕。○案：宫内廳本"亡"摹寫者作"匹"，形近之訛。
要，集注本引《音决》、宫内廳本：於遥反。北宋本李善注：於
堯切。尤袤本：於堯。陳八郎本：伊遥。九條本：伊遥反，又：
於堯。 彈，集注本引《音决》、冷泉本、宫内廳本：大旦反。
森，集注本引《音决》、宫内廳本、九條本：所吟反。

拔象齒，戾犀角。鳥鎩翮，獸廢足。

拔，集注本引《音决》：步八反。 戾，集注本引《音决》：力結
反，又：力計反。宫内廳本：力結。尤袤本、九條本、朝鮮正德本、
奎章閣本：歷結。 犀，集注本引《音决》：西。 鎩，集注本引
《音决》：所例反。尤袤本、九條本、朝鮮正德本：所札。奎章閣
本：所扎。 廢，集注本引《音决》：方穢反。

殆而竭來相與，第如滇池，集于江洲。試水客，艤輕舟。娉江斐，與
神游。

竭，集注本引《音决》：去例反。冷泉本：去列反。宫内廳本：

去例反，又：去列反。集注本引五家、九條本：綺列反。尤袤本、陳八郎本：綺列。　滇，集注本引《音決》、宮內廳本：多田反。尤袤本、陳八郎本、九條本：丁田。　䑋，集注本引《音決》作"樣"，音：蟻，又：以尚反。北宋本、尤袤本：蟻。　娉，集注本引《音決》、宮內廳本：匹正反。○案：宮內廳本"匹"作"疋"，同。　斐，集注本引《音決》、宮內廳本、九條本：妃。

罛翡翠，釣鰋鮋。下高鵠，出潛蚪。吹洞簫，發櫂謳。感鱏魚，動陽侯。騰波沸涌，珠貝汜浮。若雲漢含星，而光耀洪流。

　　罛，集注本引《音決》：烏感反，又音：奄。宮內廳本：烏感反。尤袤本、陳八郎本、九條本：奄。　鰋，集注本音五家音、尤袤本、陳八郎本、九條本：偃。　鮋，集注本引《音決》、冷泉本、宮內廳本：直留反。尤袤本、陳八郎本、九條本：長流。　鵠，集注本引《音決》：胡酷反。九條本：斛。　蚪，集注本引《音決》作"虯"：巨幽反。陳八郎本、九條本亦作"虯"，音：璆。　櫂，集注本引《音決》、冷泉本、宮內廳本：直孝反。尤袤本、陳八郎本：宅孝。九條本：直各反，又：宅孝。　謳，集注本引《音決》、宮內廳本：烏侯反。　鱏，集注本引五家、尤袤本、陳八郎本、九條本：尋。

將饗獠者，張帟幕，會平原。酌清酤，割芳鮮。飲御醧，賓旅旋。車馬雷駭，轟轟闐闐。若風流雨散，漫乎數百里間。

　　獠，集注本引《音決》：力吊、力召二反。尤袤本、陳八郎本、九條本：力召。　帟，集注本引《音決》、冷泉本、九條本：亦。幕，集注本引五家：莫。　清，集注本引《音決》、宮內廳本、九條本并作"醪"，音：勞。　酤，集注本引《音決》、冷泉本、宮內廳本：

胡古反。北宋本李善注、尤袤本、九條本：户。　御，集注本引《音决》、九條本：魚慮反。　酣，集注本引《音决》、九條本：户甘反。　骇，集注本引五家：行戒反。陳八郎本、九條本：行戒。　轟，集注本引《音决》、宫内廳本：火宏反。陳八郎本、九條本：呼宏。　閩，集注本引《音决》、宫内廳本：大年反。陳八郎本、九條本：田。　數，集注本引《音决》：史宇反。　間，集注本引《音决》：協韻，居連反。

斯蓋宅土之所安樂，觀聽之所踴躍也。焉獨三川，爲世朝市。

樂，集注本引《音决》、宫内廳本：洛。　觀，集注本引《音决》、宫内廳本、九條本：古丸反。　踴，集注本引五家作“踊”，音：勇。　躍，集注本引五家：藥。　焉，集注本引《音决》：於乾反。九條本：於虔反。　朝，集注本引《音决》、宫内廳本：直遥反。

若乃卓犖奇譎，倜儻罔已。一經神怪，一緯人理。

犖，集注本引《音决》：力角反。宫内廳本：力角。尤袤本、陳八郎本、九條本：吕角。　譎，集注本引《音决》、九條本：古穴反。宫内廳本：古穴。冷泉本：决。　倜，集注本引《音决》：他的反。宫内廳本作“俶”：他的反。陳八郎本、九條本亦作“俶”，音：天歷。　儻，集注本引《音决》、宫内廳本、九條本：他朗反。　已，集注本引《音决》：以。　緯，集注本引《音决》、宫内廳本、九條本：謂。

遠則岷山之精，上爲井絡。天帝運期而會昌，景福肸饗而興作。碧出

萇弘之血,鳥生杜宇之魄。妄變化而非常,羌見偉於疇昔。

　　岷,集注本引《音决》、九條本:亡貧反。宫内廳本:亡貧反,
又:旻。　上,集注本引《音决》、九條本:時掌反。　肸,集注本
引《音决》:虚乙反。宫内廳本:虚乙。尤衮本、陳八郎本、九條
本:喜筆。　碧,集注本引《音决》、九條本:彼逆反。　萇,集注
本引《音决》、九條本:長。　妄,集注本引《音决》:武亮反。
羌,集注本引《音决》:丘良反。陳八郎本:乞良。　偉,集注本引
《音决》、九條本:于鬼反。

近則江漢炳靈,世載其英。蔚若相如,皭若君平。王褒韡曄而秀發,
楊雄含章而挺生。幽思絢道德,摛藻掞天庭。考四海而爲儁,當中葉
而擅名。是故游談者以爲譽,造作者以爲程也。

　　炳,集注本引《音决》、宫内廳本:布永反。尤衮本、陳八郎
本、九條本:丙。　蔚,集注本引《音决》、宫内廳本:鬱。　皭,集
注本引《音决》:於代反,又:才略反。宫内廳本:於代,又:才略。
尤衮本:在爵。陳八郎本:牆爵。九條本:牆爵,又:在爵。　韡,
集注本引《音决》:于鬼反。宫内廳本:于鬼。　曄,集注本引《音
决》、宫内廳本、九條本:于輒反。　挺,集注本引《音决》:徒冷
反。　思,集注本引《音决》、宫内廳本:先自反。　絢,集注本引
《音决》:火縣反。尤衮本、陳八郎本、九條本:呼絹。　摛,集注
本引《音决》:丑離反。尤衮本、陳八郎本、九條本:勑離。　掞,
集注本引《音决》:艷。集注本引五家音:傷艷反。尤衮本、陳八
郎本、九條本:傷豔。　【附】劉逵注:《漢書·禮樂志》:長麗前掞
光耀明。麗,集注本頁眉記:音離。　儁,集注本引《音决》、尤衮
本、陳八郎本、冷泉本、宫内廳本、九條本:俊。　擅,集注本引

《音决》、九條本：市戰反。

至乎臨谷爲塞，因山爲障。峻岨塍埒長城，豁險吞若巨防。一人守隘，萬夫莫向。公孫躍馬而稱帝，劉宗下輦而自王。由此言之，天下孰尚。故雖兼諸夏之富有，猶未若茲都之無量也。

　　塞，集注本引《音决》：四代反。　障，集注本引五家作“郭”：止尚反。　塍，集注本引《音决》：市仍反。尤袤本、陳八郎本、九條本：繩。　埒，集注本引《音决》、冷泉本：力悦反。尤袤本、陳八郎本、九條本：劣。　豁，集注本引《音决》、官内廳本、九條本：火活反。　防，集注本引《音决》、冷泉本、官内廳本：扶放反。陳八郎本、九條本：去聲。　隘，集注本引《音决》：於懈反。九條本、朝鮮正德本、奎章閣本：烏懈。　王，集注本引《音决》：于放反。陳八郎本、九條本：去聲。

《文選》音注輯考卷五

賦丙

京都下

　左太冲《吳都賦》一首

賦　丙

京都下

吳都賦

左太冲　劉淵林注

東吳王孫鞖然而哈，曰：夫上圖景宿，辨於天文者也。下料物土，析於地理者也。

　　　鞖，集注本引《音決》：敕忍反。北宋本作“齈”，李善注：勑忍切。尤袤本李善注：勑忍切。陳八郎本：敕忍。朝鮮正德本、奎章閣本：勑謹。九條本：勑謹，又：勑忍。○案：陳八郎本此條爲李善音。　哈，集注本引《音決》、陳八郎本：呼來反。北宋本及尤袤本李善注：呼來切。九條本：呼來。　夫，集注本引《音決》：扶。　宿，集注本引《音決》：思务反，又如字。九條本：秀。　料，集注本引《音決》：力彫反。尤袤本、陳八郎本、九條本：聊。　析，集注本引《音決》：先歷反。陳八郎本、九條本：星歷。

古先帝代，曾覽八紘之洪緒。一六合而光宅，翔集遐宇。鳥策篆素，玉牒石記。烏聞梁岷有陟方之館、行宫之基歟。

曾，集注本引《音决》：在登反，又如字。　紘，集注本引《音决》、九條本：宏。　緒，九條本：徐吕反。　遐，九條本：□加反。○案：九條本□處字殘脱。　策，集注本引《音决》作“册”，音：策，或爲筞，字同。　篆，集注本引《音决》：直轉反。九條本：直□反。○案：九條本□處空一字。　牒，集注本引《音决》、陳八郎本作“諜”，并音：牒。九條本：楪。　岷，九條本：武巾反。

而吾子言蜀都之富，禺同之有。瑋其區域，美其林藪。矜巴漢之阻，則以爲襲險之右。徇蹲鴟之沃，則以爲世濟陽九。

禺，集注本引《音决》、陳八郎本、九條本：愚。　瑋，集注本引《音决》作“偉”：于鬼反。　藪，集注本引《音决》：蘇走反。　矜，集注本引《音决》：九陵反。　襲，集注本引《音决》：習。九條本：集。○案：襲爲邪母，集爲從母，從、邪混切。相同音例又見卷二四潘安仁《爲賈謐作贈陸機》其二“夏殷既襲”，集注本引《音决》：襲音集。　徇，集注本引《音决》作“殉”：辞俊反。陳八郎本：亂俊。九條本：辞俊。朝鮮正德本作“徇”，音：辭俊。○案：陳八郎本“亂”爲“辭”字之訛。　蹲，集注本引《音决》：在尊反。陳八郎本、九條本：存。　鴟，集注本引《音决》：尺詩反。陳八郎本、九條本：昌夷。　沃，集注本引《音决》、九條本：於蔦反。

齷齪而筭，顧亦曲士之所嘆也。旁魄而論都，抑非大人之壯觀也。

齷，集注本引《音决》：於角反。陳八郎本：握。　齪，集注本引《音决》：楚角反。北宋本及尤袤本李善注：楚角切。陳八郎本、九條本：楚角。　箏，集注本引《音决》：素管反。　旁，集注本引《音决》：步光反。　魄，集注本引《音决》：步博反。陳八郎本：蒲博。　抑，集注本引《音决》：於極反。　觀，集注本引《音决》：古半反。

何則，土壤不足以攝生，山川不足以周衛。公孫國之而破，諸葛家之而滅。兹乃喪亂之丘墟，顛覆之軌轍。安可以儷王公而著風烈也。翫其磧礫而不窺玉淵者，未知驪龍之所蟠也。習其弊邑而不睹上邦者，未知英雄之所驪也。

衛，集注本《音决》：協韻，爲別反。九條本：越，叶。　喪，九條本：息浪反。　墟，九條本：居。　轍，九條本：除徹反。　儷，尤袤本、陳八郎本、九條本：戾。　著，集注本引《音决》：丁慮反。九條本作“箸”：丁慮反。　磧，集注本引《音决》：七歷反，蕭：千積反。北宋本及尤袤本李善注：且歷切。陳八郎本、九條本：七亦。　礫，集注本引《音决》、九條本：歷。　驪，集注本引《音决》：力知反。北宋本及尤袤本李善注、九條本：離。　蟠，集注本引《音决》：步寒反。　弊，集注本引《音决》：婢例反。　睹，集注本引《音决》、九條本作“覩”：大歷反。　驪，集注本引《音决》：直連反。陳八郎本：直連。九條本：行歷反。○案：九條本音注有誤，疑爲“覩”字之又音，誤標於此，而“行”爲“徒”字之訛。

子獨未聞大吳之巨麗乎。且有吳之開國也，造自太伯，宣於延陵。蓋端委之所彰，高節之所興。建至德以創洪業，世無得而顯稱。由克讓以立風俗，輕脱驪於千乘。若率土而論都，則非列國之所觖望也。

　　麗，九條本：力帝反。　　躧，集注本引《音决》：所蟹反，或爲屣，同。陳八郎本、九條本：史。奎章閣本李善注：所解切。乘，集注本引《音决》：市仍反。陳八郎本：承。九條本：承，叶。朝鮮正德本：叶韻，音承。　　率，九條本：出。　　觖，集注本引《音决》：丘瑞反，又：决。北宋本及尤袤本李善注：决。陳八郎本、九條本：决。

故其經略，上當星紀。拓土畫疆，卓犖兼并。包括干越，跨躡蠻荆。婺女寄其曜，翼軫寓其精。指衡岳以鎮野，目龍川而帶坰。

　　拓，集注本引《音决》作“祐”：他洛反。尤袤本、陳八郎本、九條本：託。　　畫，集注本引《音决》、九條本：獲。　　犖，集注本引《音决》：力角反。尤袤本、陳八郎本：吕角。九條本：吕角反。躡，集注本引《音决》：女輒反。九條本：女輒。　　婺，集注本引《音决》、九條本、朝鮮正德本、奎章閣本：務。陳八郎本：慕。軫，九條本：之忍反。　　寓，集注本引《音决》：遇。　　坰，集注本引《音决》：古螢反。

爾其山澤，則嵬嶷嶢兀，巆冥鬱岪。

　　嵬，集注本引《音决》：五迴反。陳八郎本、九條本：五回。嶷，集注本引《音决》：魚力反。北宋本及尤袤本李善注：魚力切。陳八郎本、九條本：魚力。　　嶢，集注本引《音决》：堯。陳八郎本、九條本：五聊。　　兀，集注本引《音决》：五骨反。北宋本及尤袤本李善注：五骨切。陳八郎本、九條本：五骨。　　巆，集注本引《音决》：一冷反。陳八郎本：烏頂。九條本：烏鼎。　　冥，集注本引《音决》作“溟”：覓冷反。陳八郎本亦作“溟”：莫頂。九條本：

莫鼎。　鬱，集注本引《音决》作"蔚"：紆物反。　咈，集注本引
《音决》作"弗"：扶弗反。北宋本及尤袤本李善注：扶勿切。陳八
郎本亦作"弗"，音：拂。九條本：拂。

潰渱泮汗，滇洍淼漫。

　　潰，集注本引《音决》、九條本：胡對反。　渱，集注本引《音
决》、陳八郎本：洪。北宋本及尤袤本李善注：胡東切。九條本：
洪，又：胡東。　泮，集注本引《音决》：普半反。陳八郎本：半。
九條本、朝鮮正德本：普半。奎章閣本：并半。○案：泮、普爲滂
母，并爲并母，奎章閣本"并"爲"普"字之訛。　汗，集注本引《音
决》：何旦反。九條本：漢。　滇，集注本引《音决》：他見反。北
宋本及尤袤本李善注：通見切。陳八郎本、九條本：汀見。　洍，
集注本引《音决》、陳八郎本：旼。北宋本及尤袤本李善注：莫見
切。九條本：旼，又：莫見。　淼，集注本引《音决》：弥小反。北
宋本及尤袤本李善注、陳八郎本、九條本：眇。　漫，集注本引
《音决》：莫半反。九條本：莫半。

**或涌川而開瀆，或吞江而納漢。魂魂磈磈，潀潀汧汧。礉礉乎數州之
間，灌注乎天下之半。**

　　涌，集注本引《音决》：以龍反。　魂，集注本引《音决》：烏罪
反。北宋本及尤袤本李善注：胡罪切。陳八郎本、九條本：胡罪。
　磈，集注本引《音决》、陳八郎本：力罪反。北宋本及尤袤本李
善注、九條本：力罪切。　潀，集注本引《音决》：步尤反。陳八郎
本、九條本：皮流。　汧，集注本引《音决》：古旦反。北宋本及尤
袤本李善注：古旦切。陳八郎本：古汧反。九條本：古汧，又古

旦。　磡，集注本引《音决》：欽。陳八郎本、九條本：丘金。　硆，集注本引《音决》作"矜"，音：吟。陳八郎本、九條本：魚今。　數，集注本引《音决》：史宇反。　灌，集注本引《音决》：古半反。九條本：宦。　注，九條本：樹。

百川泒別，歸海而會。控清引濁，混濤并瀨。濆薄沸騰，寂寥長邁。濞焉洶洶，隱焉磕磕。

泒，集注本引《音决》作"派"：普賣反。陳八郎本、九條本亦作"派"：普拜、普拜反。　別，集注本引《音决》：彼列反。　混，集注本引《音决》：胡本反。　瀨，集注本引五家、陳八郎本、九條本：賴。　濆，集注本引《音决》、九條本：扶粉反。陳八郎本：扶粉。〇案：尤袤本"濆"作"潰"，濆、薄雙聲，作"潰"非。　寥，集注本引《音决》：力彫反。　濞，集注本引《音决》：普媚反。陳八郎本：普祕。九條本：普秘。　洶，集注本引《音决》：凶。尤袤本：呼恭切。陳八郎本：吁恭。九條本：呼恭。〇案：呼、吁皆爲曉母字，呼恭、吁恭所切音同。據九條本，似原作"呼"字，陳八郎本有訛誤或改易也。　磕，集注本引《音决》：可盖反。北宋本及尤袤本劉淵林注：苦蓋切。九條本：苦蓋。陳八郎本：苦代反。

出乎大荒之中，行乎東極之外。經扶桑之中林，包湯谷之滂沛。潮波汩起，迴復萬里。歊霧潒浡，雲蒸昏昧。

滂，集注本引《音决》：普黄反。九條本：普光反。　沛，集注本引《音决》、九條本：普外反。　汩，集注本引《音决》：古没反。集注本引五家、九條本：于筆反。陳八郎本：于筆。　復，集注本引《音决》作"澓"，音：伏。九條本：伏。　歊，集注本引《音决》：許橋反。陳八郎本、九條本：虛妖。 澐，集注本引《音決》：步公反。
北宋本及尤袤本李善注：薄工切。陳八郎本、九條本：蓬。 浡，
集注本引《音決》：步没反。尤袤本李善注：蒲昧切。陳八郎本：蒲
没。九條本：蒲没，又：拜。 烝，集注本引《音決》作“烝”：之剩
反。 昧，集注本引《音決》：協韻，音没。九條本：没，叶。

泓澄奫潫，濆溶沆瀁。莫測其深，莫究其廣。澶湉漠而無涯，惣有流
而爲長。瓌異之所叢育，鱗甲之所集往。於是乎長鯨吞航，修鯢
吐浪。

　　泓，集注本引《音決》、九條本：烏宏反。 澄，集注本引《音
決》：曹：直耕反，又如字。九條本引五家音：直耕。 奫，集注本
引《音決》：於筠反。北宋本及尤袤本李善注：於旻切。陳八郎
本、九條本：於旻。 潫，集注本引《音決》：於員反。北宋本及尤
袤本李善注：於權切。陳八郎本：於懽。九條本：於權反。○案：
陳八郎本“懽”疑爲“權”之訛。 濆，集注本引《音決》：胡孔反。
北宋本及尤袤本李善注：胡孔切。陳八郎本、九條本：胡貢。
溶，集注本引《音決》：以隴反。北宋本及尤袤本李善注：余腫切。
陳八郎本、九條本：余腫。 沆，集注本引《音決》：何朗反。尤袤
本、陳八郎本、九條本：户朗。 瀁，集注本引《音決》：以朗反。
尤袤本、陳八郎本、九條本：余兩。 澶，集注本引《音決》、北宋
本及尤袤本李善注、陳八郎本、九條本：纏。 湉，集注本引《音
決》、北宋本及尤袤本李善注、陳八郎本、九條本：恬。 長，集注
本引《音決》：張兩反，下如字。陳八郎本、九條本：上聲。 瓌，
九條本：灰。 航，集注本引《音決》：何郎反。陳八郎本、九條
本：胡郎。 鯢，集注本引《音決》：魚雞反。 浪，集注本引《音

決》：協韻，音郎。

躍龍騰蛇，鮫鯔琵琶。王鮪鯸鮐，卿黿鱔鰽。烏賊擁劍，冟鼊鯖鰐，涵泳乎其中。

鮫，集注本引《音決》、九條本：交。　鯔，集注本引《音決》：側疑反。北宋本及尤袤本李善注：甾。陳八郎本、九條本：緇。

琵，集注本引《音決》：曹：步兮反，又音毗。九條本：毗，又：步途反。〇案：九條本"途"字誤，據《音決》所引曹憲音，疑當作"兮"。又途、迷形近，迷、兮皆屬齊韻，九條本"途"或"迷"字之訛。　琶，集注本引《音決》、九條本：步巴反。　鮪，集注本引《音決》：于美反。尤袤本、陳八郎本、九條本：偉。　鯸，集注本引《音決》：侯。　鮐，集注本引《音決》、陳八郎本、九條本：怡。北宋本及尤袤本李善注：夷。　卿，集注本引《音決》、尤袤本、陳八郎本、九條本：印。　鱔，集注本引《音決》：番。集注本：甫袁反。北宋本及尤袤本李善注：甫袁切。陳八郎本、九條本：翻。

鰽，集注本引《音決》、陳八郎本、九條本：錯。北宋本及尤袤本李善注：甫亦切。〇案：李善音有誤，疑當爲"鼊"字音，鼊讀幫母，甫讀非母，唇音未分化時，幫、非同紐。　擁，集注本引《音決》：於勇反。　黿，集注本引《音決》作"句"：古侯反。尤袤本：古侯。陳八郎本、九條本作"勾"，音：古侯。　鼊，集注本引《音決》：必亦反。尤袤本、陳八郎本、九條本：辟。　鯖，集注本引《音決》、陳八郎本、九條本：青。　鰐，集注本引《音決》：五各反。北宋本及尤袤本李善注：五洛切。陳八郎本：鄂。九條本：鄂，又：五略。　涵，集注本引《音決》、北宋本及尤袤本李善注：含。陳八郎本：胡南。九條本：胡南，又：含。　泳，集注本引《音決》、九條本：詠。

茸鱗鏤甲，詭類舛錯。泝洄順流，噞喁沉浮。

　　　茸，集注本引《音決》：子入反。集注本引五家：七及反。尤
袤本、陳八郎本：七入。九條本：七入反。　鏤，集注本引《音
決》：力豆反。　舛，集注本引《音決》：昌兗反。　泝，集注本引
《音決》：訴。尤袤本、陳八郎本、九條本：素。　噞，集注本引《音
決》：牛儉反，又：牛劒反。北宋本及尤袤本李善注：牛檢切。陳
八郎本：牛劒。九條本、朝鮮正德本、奎章閣本：牛撿。　喁，集
注本引《音決》：牛容反。北宋本及尤袤本李善注：魚凶切。陳八
郎本：魚恭反。九條本：魚恭。

鳥則鵾雞鸀鳿，鷫鴰鷺鴻。鶢鶋避風，候雁造江。

　　　鵾，集注本引五家：昆。　鸀，集注本引《音決》：之欲反。尤
袤本、陳八郎本、九條本：燭。○案：九條本“燭”字左偏之“火”訛
作“忄”。　鳿，集注本引《音決》、尤袤本、陳八郎本、九條本：玉。
　鷫，集注本引《音決》、尤袤本、陳八郎本、九條本：霜。　鴰，集
注本引《音決》：胡毒反。　鷺，集注本引《音決》：路。　鶢，集注
本引《音決》、尤袤本、陳八郎本、九條本：爰。　鶋，集注本引《音
決》、尤袤本、陳八郎本、九條本：居。　造，集注本引《音決》：七
到反。尤袤本、陳八郎本、九條本：七報。

鷫鶒鵁鶄，鵁鶴鶄鶬。鶢鷗鶬鸕，氾濫乎其上。

　　　鷫，集注本引《音決》、陳八郎本、九條本：勑。　鶒，集注本
引《音決》：容。北宋本及尤袤本李善注、陳八郎本、九條本：庸。

鸂，集注本引《音决》、北宋本及尤袤本李善注、陳八郎本、九條本：渠。　鶄，集注本引《音决》、陳八郎本、九條本：青。　鶴，集注本引《音决》：胡各反。　鶖，集注本引《音决》、陳八郎本、九條本作"鷔"，音：秋。北宋本及尤袤本李善注：秋。　鶬，集注本引《音决》、陳八郎本、九條本：倉。　鸛，集注本引《音决》：古翫反。陳八郎本、九條本：灌。　鷗，集注本引《音决》：烏侯反。九條本：烏侯。　鷁，集注本引《音决》：魚歷反。尤袤本：七激。陳八郎本：王激。九條本：玉激。朝鮮正德本、奎章閣本：五激。○案：鷁爲疑母字，魚、五、玉皆然，惟七屬清母、王屬云母，故尤袤本、陳八郎本音注皆誤。　鸕，集注本引《音决》：力胡反。陳八郎本、九條本：盧。　氾，集注本引《音决》作"泛"：芳劍反。九條本作"泛"：芳梵反。

湛淡羽儀，隨波參差。理翮整翰，容與自翫。彫啄蔓藻，刷盪漪瀾。

湛，集注本引《音决》：直减反。九條本：直感反。　淡，集注本引《音决》：以斂反。九條本：以劍反。　參，集注本引《音决》：楚吟反。　差，集注本引《音决》：楚宜反。　與，集注本引五家、朝鮮正德本、奎章閣本：去聲。　啄，集注本引《音决》：張角反。九條本：卓。　蔓，集注本引《音决》：萬。　藻，集注本引《音决》：早。　刷，集注本引《音决》作"唰"：蕭音所劣反，曹音子六反。九條本：莭。○案：刷爲照二組生母，莭爲精組精母，九條本此音或爲照二歸精之例。　漪，集注本引《音决》：於宜反。　瀾，集注本引《音决》：力旦反。陳八郎本：爛。九條本：闌。

魚鳥聱耴，萬物蠢生。芒芒甦甦，慌罔奄欻，神化翕忽，函幽育明。窮

性極形，盈虛自然。蚌蛤珠胎，與月虧全。

　　　　聲，集注本引《音決》：宜休反。北宋本及尤袤本李善注：魚
幽切。陳八郎本、九條本：魚幽。　　耴，集注本引《音決》、陳八郎
本：魚乙反。北宋本及尤袤本李善注：牛乙切。九條本：魚乞。
　　　蠢，集注本引《音決》：昌允反。尤袤本、陳八郎本：昌允。九條
本：昌充。○案：九條本"充"爲"允"字之訛。　　芒，集注本引《音
決》作"茫"：莫郎反。九條本：莫郎反。　　既，集注本引《音決》：
許既反。北宋本及尤袤本李善注：許既切。陳八郎本：許意反。
九條本：許意。　　慌，集注本引《音決》：呼廣反。尤袤本、陳八郎
本、九條本：呼廣。　　欻，集注本引《音決》：虛勿反。尤袤本、陳
八郎本、九條本：許勿。　　翕，集注本引《音決》、九條本：許及反。
　　　函，集注本引《音決》、陳八郎本：含。　　蚌，集注本引《音決》、
九條本：步講反。　　蛤，集注本引《音決》：古合反。　　胎，集注本
引《音決》：他來反。九條本：他來。

巨鼇贔屓，首冠靈山。大鵬繽翻，翼若垂天。振盪汪流，雷抃重淵。
殷動宇宙，胡可勝原。

　　　　鼇，集注本引《音決》：五高反。陳八郎本、九條本：敖。
贔，集注本引《音決》：蒲媚反。尤袤本、陳八郎本、九條本：備。
　　　屓，集注本引《音決》：許媚反。尤袤本、陳八郎本、九條本：許
器。　　冠，集注本引《音決》：古翫反。陳八郎本、九條本：貫。
山，集注本引《音決》：協韻，所連反。九條本：所連反，叶。　　鵬，
集注本引《音決》：朋。　　繽，集注本引《音決》：匹仁反。　　汪，集
注本引《音決》、九條本：烏黃反。　　抃，集注本引《音決》、北宋本
及尤袤本李善注：卞。　　重，集注本引《音決》：逐龍反。　　殷，集

注本引《音決》：隱。尤袤本、陳八郎本、九條本：上聲。　宙，九
條本：胄。　勝，集注本引《音決》：升。

**島嶼縣邈，洲渚馮隆。曠瞻迢遞，迴眺冥蒙。珍怪麗，奇隙充。徑路
絶，風雲通。**

島，集注本引《音決》九條本：丁老反。　嶼，集注本引《音
決》：敘。尤袤本、陳八郎本、九條本：序。　馮，集注本引《音決》
作“凭”：皮冰反，或爲憑，非也。尤袤本：平聲。九條本、朝鮮正
德本、奎章閣本作“憑”：平聲。　隆，尤袤本、陳八郎本、九條本：
崇。○案：隆音崇，疑避唐諱。　迢，集注本引《音決》作“迨”：大
彫反。九條本：大彫反。　遞，集注本引《音決》作“遰”：大帝反。
九條本：大帝。　冥，集注本引《音決》：覓丁反。九條本：明。
隙，集注本引《音決》作“隟”：丘逆反。九條本：丘逆反。

洪桃屈盤，丹桂灌叢。瓊枝抗莖而敷藥，珊瑚幽茂而玲瓏。

抗，集注本引《音決》：可浪反。　藥，集注本引《音決》：而髓
反。九條本：如累反。　珊，集注本引《音決》：素丹反。　瑚，集
注本引《音決》：胡。　玲，集注本引《音決》、九條本：力丁反。
瓏，集注本引《音決》、九條本：力東反。

**增岡重阻，列真之宇。玉堂對霤，石室相距。藹藹翠幄，嫋嫋素女。
江斐於是往來，海童於是宴語。斯實神妙之響象，嗟難得而覶縷。**

重，集注本引《音決》：逐龍反。　阻，集注本引《音決》：側与
反。九條本：側與反。　霤，集注本引《音決》：力又反。九條本：
力救反。　藹，九條本：於蓋反。　幄，集注本引《音決》：握。

嫋，集注本引《音決》：女角反，又：女了反。北宋本及尤袤本李善
注：奴鳥切。陳八郎本、九條本：寧鳥。　斐，集注本引《音決》：
妃。　響，朝鮮正德本：饗。　覼，集注本引《音決》作"覶"：力和
反。北宋本及尤袤本李善注：力戈切。陳八郎本：魯和。九條
本：魯和，又：力戈反。　縷，集注本引《音決》：力主反。九條本：
力主。

爾乃地勢坱圠，卉木斄蔓。遭藪爲圃，值林爲苑。異荂蓲蘛，夏曄冬
蒨。方志所辨，中州所羨。

　　坱，集注本引《音決》：阿朗反。北宋本及尤袤本李善注：烏
朗切。陳八郎本、九條本：烏朗。　圠，集注本引《音決》：阿黠
反。北宋本及尤袤本李善注：烏八切。陳八郎本、九條本：烏黠。
　卉，九條本：鬼。○案：卉爲喉音曉母，鬼爲牙音見母，牙喉通
轉。　斄，集注本引《音決》：烏老反。北宋本及尤袤本李善注：
烏老切。陳八郎本、九條本：烏老。　值，集注本引《音決》作
"植"：食。　苑，集注本引《音決》：協韻，於顛反。　荂，集注本
引《音決》：《字林》：況于反，曹：苦花反。北宋本及奎章閣本李善
注：古瓜切。尤袤本李善注：枯瓜切。陳八郎本、九條本：苦華。
　蓲，集注本引《音決》：芳于反。北宋本及尤袤本李善注：無俱
切。陳八郎本、九條本：敷。○案：輕重唇音未分化時，芳、敷讀
滂母，次清，無讀明母，次濁。北宋本、尤袤本以"無"爲反切上
字，是清濁混用也。　蘛，集注本引《音決》：以六反，又：以殊反。
集注本：庾俱反。北宋本及尤袤本李善注：庾俱切。尤袤本、陳
八郎本、九條本：育。○案：尤袤本"育"爲五臣音。　夏，集注本
引《音決》：何嫁反。　曄，集注本引《音決》：于輒反。尤袤本、陳

八郎本、九條本：于轍。　舊，集注本引《音决》：七見反。　羨，
集注本引《音决》：才箭反。九條本：木箭。○案：羨爲邪母，才爲
從母，《音决》從邪混切。詳本篇"則以爲襲險之右"句。又九條
本"木"爲"才"字之訛。

草則藿蒳豆蔻，薑彙非一。江蘺之屬，海苔之類。

藿，集注本引《音决》、九條本：火郭反。　蒳，集注本引《音
决》、北宋本及尤袤本李善注：納。陳八郎本、九條本：奴荅。
豆，集注本引《音决》"荳"，音：豆。　蔻，集注本引《音决》：呼豆
反。北宋本及尤袤本李善注：火豆切。九條本：火豆。　彙，集
注本引《音决》、北宋本及尤袤本李善注、陳八郎本、九條本：謂。
苔，集注本引《音决》作"荅"：徒來反。　類，集注本引《音决》：
協韻，音律。

緄組紫絳，食葛香茅。石帆水松，東風扶留。布濩皋澤，蟬
聯陵丘。夤緣山嶽之岊，羃歷江海之流。

緄，集注本引《音决》：古頑反。北宋本及尤袤本李善注：古
頑切。陳八郎本：開。九條本：關，又：古頑反。　茅，集注本引
《音决》、陳八郎本：莫侯反。尤袤本、九條本：莫侯。　帆，集注
本引《音决》、陳八郎本、九條本：凡。　扶，集注本引《音决》作
"夫"：蕭：方于反。案：今南方人音扶。○案：據《音决》案語，蕭
該音爲北方音。　聯，集注本引《音决》：連。　夤，集注本引《音
决》：以仁反。陳八郎本：緣。九條本、朝鮮正德本、奎章閣本：
寅。○案：陳八郎本音"緣"疑涉正文而誤。　岊，集注本引《音
决》作"峎"：音節，或爲莭字，通。案《説文》，音虞，通。北宋本及

尤袤本李善注、九條本：節。陳八郎本亦作"㠾"，音：節。○案：
集注本"音虞"不見於今本《説文》，唯徐鍇《説文繫傳》有"讀若
隅"三言。　羃，集注本引《音决》、陳八郎本、九條本：覓。　歷，
集注本引《音决》作"厤"，音：歷。

扤白蔕，衙朱蕤。鬱兮苑茂，曄兮菲菲。

　　扤，集注本引《音决》：兀。陳八郎本：五骨。　蔕，集注本引
《音决》：丁戾反。陳八郎本、九條本：帝。　蕤，集注本引《音
决》：如維反。北宋本及尤袤本李善注：汝誰切。九條本：汝誰。
　苑，集注本引《音决》：悦，許：与税反。北宋本及尤袤本李善
注：以税切。陳八郎本、九條本：以説。○案：《音决》所引"許"蓋
即許淹。　菲，集注本引《音决》：芳非反。

光色炫晃，芬馥肸蠁。《職貢》納其包匭，《離騷》詠其宿莽。

　　炫，集注本引《音决》：縣。九條本：卷。○案：炫爲喉音匣
母，卷爲牙音群母，九條本此音爲牙喉通轉之例。　晃，集注本
引《音决》、九條本：胡廣反。　馥，集注本引《音决》：伏，又：步遍
反。　肸，集注本引《音决》、九條本：許乙反。　蠁，九條本：響。
　匭，集注本引《音决》、九條本：軌。　莽，集注本引《音决》：莫
朗反。九條本：摸朗反。

木則楓柙橡樟，栟櫚枸桹。緜杬杶櫨，文欀楨橿。平仲桾櫨，松梓古
度。楠榴之木，相思之樹。

　　楓，集注本引《音决》：方工反。　柙，集注本引《音决》、尤袤
本、陳八郎本：甲。　栟，集注本引《音决》：并。　櫚，集注本引

《音決》：閭。　枸，集注本引《音決》：鉤。尤袤本：古候。陳八郎本、九條本：古侯。○案：枸字各本俱讀平聲，尤袤本"候"爲"侯"字之訛。　桹，集注本引《音決》、北宋本及尤袤本李善注、陳八郎本：郎。九條本作"桹"，音：郎。　櫞，集注本引《音決》作"櫞"，音：綿。　杬，集注本引《音決》、北宋本及尤袤本李善注、陳八郎本、九條本：元。　杶，集注本引《音決》：丑春反，或爲椿，同。北宋本及尤袤本李善注：勑倫切。陳八郎本：椿。九條本：椿，又：勑倫。　櫨，集注本引《音決》、陳八郎本、九條本：盧。　欀，集注本引《音決》、北宋本及尤袤本李善注、陳八郎本、九條本：襄。　楨，集注本引《音決》、北宋本及尤袤本李善注、陳八郎本、九條本：貞。　橿，集注本引《音決》、尤袤本、陳八郎本、九條本：薑。　桾，九條本：居云反。　櫼，集注本引《音決》：七延反。九條本：且連反。　楠，集注本引《音決》作"枏"：乃堪反。陳八郎本、九條本：南。　榴，集注本引《音決》、九條本、朝鮮正德本、奎章閣本：留。

宗生高岡，族茂幽阜。擢本千尋，垂蔭萬畝。攢柯挐莖，重葩殗葉。

　　擢，集注本引《音決》、九條本：直角反。　攢，集注本引《音決》、九條本：在官反。　挐，集注本引《音決》：女加反，又：女居反。北宋本及尤袤本李善注：女居切。陳八郎本、九條本作"挐"，音：女家，又：女居。　重，集注本引《音決》：丈恭反。殗，集注本引《音決》：於葉反。北宋本及尤袤本李善注：於劫切。

輪囷虯蟠，垝塯鱗接。榮色雜糅，綢繆縟繡。宵露霠霄，旭日晻暗。

　　囷，集注本引《音決》作"菌"：巨殞反。陳八郎本、九條本亦

作“菌”，陳八郎本：巨鈞。九條本：巨筠。朝鮮正德本、奎章閣
本：巨筠。　蟠，集注本引《音決》：步干反。陳八郎本、九條本：
盤。　塣，集注本引《音決》：丑立反，或爲插字，楚甲反，通。集
注本作“插”，李善注：楚立反。北宋本及尤袤本李善注：楚立切。
陳八郎本、九條本：楚立。　塀，集注本引《音決》作“堞”：直立
反。集注本李善注：徐立反。北宋本及尤袤本李善注：除立切。
陳八郎本、九條本：除立。○案：集注本“徐”爲“除”字之訛。
糅，集注本引《音決》：女又反。陳八郎本：女又。　綢，集注本引
《音決》：案魯達詩直留反。○案：魯達，即魯世達，避唐太宗諱而
省世字。撰有《毛詩并注音》《毛詩章句義疏》。事見《隋書·儒
林傳》。《音決》所引“直留反”當出《唐風·綢繆》篇。　繆，集注
本引《音決》：莫侯反，或亡尤反，通也。　霮，集注本引《音決》作
“湛”：陳，徒感。尤袤本、陳八郎本、九條本：徒感。○案：《音決》
“陳”蓋即陳武。　霈，集注本引《音決》：徒對反。尤袤本、陳八
郎本、九條本：徒外。　旭，集注本引《音決》：許玉反。陳八郎
本、九條本：許玉。　晻，集注本引《音決》：烏感反，又：掩。尤袤
本、陳八郎本、九條本：烏感。　哱，集注本引《音決》：步妹反。
北宋本及尤袤本李善注：房妹切。陳八郎本：蒲對反。九條本：
蒲對。

與風䬃䬃，飅瀏颼颼。鳴條律暢，飛音響亮。蓋象琴筑并奏，笙竽
俱唱。

　　　䬃，集注本引五家、尤袤本、陳八郎本、九條本：搖。朝鮮正
德本作“飂”，音：搖。　飅，集注本引《音決》：以亮反。尤袤本、
陳八郎本、九條本：樣。　颼，集注本引《音決》：於酒反。北宋本

及尤袤本李善注:於酉切。陳八郎本、九條本:於酉。　瀏,集注本引《音決》:柳。北宋本及尤袤本李善注:力久切。陳八郎本、九條本:力九。　飀,集注本引《音決》:所求反。北宋本及尤袤本李善注:所求切。陳八郎本:搜。九條本:搜,又:所求。奎章閣本李善注:所水切。○案:奎章閣本“水”爲“求”字之訛。飀,集注本引《音決》:力尤反。北宋本及尤袤本李善注:留。陳八郎本作“飅”,音:力由。九條本、朝鮮正德本、奎章閣本:留。

筑,集注本引五家、尤袤本、陳八郎本、九條本:竹。○案:尤袤本此條爲五臣音。　并,集注本引《音決》:蕭:步冷反。

其上則猨父哀吟,獟子長嘯。狖鼯猓然,騰趠飛超。争接縣垂,競游遠枝。驚透沸亂,牢落翬散。

獟,集注本引《音決》:胡昆反。集注本引陸善經:渾。北宋本及尤袤本李善注:胡奔切。陳八郎本、九條本:胡昆。　狖,集注本引《音決》:以溜反。北宋本及尤袤本李善注:余幼切。陳八郎本:余救。九條本、朝鮮正德本、奎章閣本:夷又。　鼯,集注本引《音決》、尤袤本、陳八郎本、九條本:吾。　猓,集注本引《音決》:古火反。尤袤本:古火。九條本:果。　趠,集注本引《音決》:吐角、吐孝二反。北宋本及尤袤本李善注:吐教切。陳八郎本、九條本:勑教。　超,集注本引《音決》:王:協韻,丑照反,蕭:吐吊反。北宋本及尤袤本李善注:士吊切。陳八郎本:勑小反。九條本:勑小,又:土吊。○案:《音決》所引“王”不知爲誰。又據九條本,北宋本及尤袤本“士”當作“土”,與蕭該音相合。　透,集注本引《音決》:蕭:詩六反,或他豆反。九條本:他豆反。○案:蕭該“透,詩六反”,透爲透母,詩爲書母,乃端組、章組相混之例。九條本亦有其例，如謝希逸《月賦》"胹脁警闕"，脁，圣鳥反，又音他了。脁，他爲透母，聖爲書母。又如枚乘《七發》"輸寫澒濁"，澒，世典反。澒爲透母，世爲書母。　翬，集注本引《音决》：揮。陳八郎本、九條本：輝。

其下則有梟羊麢狼，猰㺄貙象。烏菟之族，犀兕之黨。

　　梟，集注本引《音决》：古堯反。陳八郎本作"梟"：古堯。九條本、朝鮮正德本、奎章閣本：結堯。　麢，集注本引《音决》：子兮反，又：仕皆反。集注本：在西反。北宋本及尤袤本李善注：在西切。尤袤本、陳八郎本：儕。九條本：儕，又：在西。　猰，集注本引《音决》：於八反。北宋本及尤袤本李善注：於八切。陳八郎本、九條本：烏八。　㺄，集注本引《音决》：以主反。北宋本及尤袤本李善注：以主切。陳八郎本作"貐"，音：羊具。九條本亦作"貐"，音：翼俱，又：以主。朝鮮正德本、奎章閣本：翼俱。　貙，集注本引《音决》：丑于反。尤袤本、陳八郎本：勅俱。九條本作"貙"：丑于反，又：勅朱反。　烏，九條本、朝鮮正德本、奎章閣本作"於"，音：烏。　菟，集注本引《音决》作"㝹"，音：塗。朝鮮正德本、奎章閣本：徒。　兕，集注本引《音决》、陳八郎本、九條本：似。

鉤爪鋸牙，自成鋒穎。精若燿星，聲若震霆。名載於山經，形鏤於夏鼎。

　　鉤，集注本引《音决》作"句"：古侯反。九條本：古侯反。爪，集注本引《音决》：側巧反。　鋸，集注本引《音决》：居慮反。九條本：居盧反。○案：九條本"盧"爲"慮"之訛。　鋒，集注本

引《音决》:烽。　穎,集注本:役餅反。　霆,集注本引《音决》:
丈丁反。九條本:大項反。○案:霆爲定母,丈爲澄母,《音决》音
是舌音未分化之例。又九條本"項"爲"頂"字之訛。

其竹則篔簹篠簜,桂箭射筒。柚梧有篁,篲篘有叢。

　　　　篔,集注本引《音决》:于分反。北宋本及尤袤本劉淵林注:
于君切。陳八郎本:云。○案:劉淵林注疑當爲李善音。　簹,
集注本引《音决》:多郎反。陳八郎本、九條本:當。　篠,集注本
引五家、尤袤本、陳八郎本、九條本:於。　射,集注本引《音决》、
九條本:市夜反。　筒,集注本引《音决》作"箭",音:同。　柚,
尤袤本、陳八郎本、九條本:由。　篁,集注本引《音决》:皇。
篲,集注本引《音决》:匹沼反。北宋本及尤袤本劉淵林注:芳眇
切。陳八郎本:匹眇。九條本:疋眇,又:芳眇。○案:劉淵林注
疑當爲李善音。　篘,集注本引《音决》、北宋本及尤袤本劉淵林
注、陳八郎本、九條本:芻。○案:劉淵林注疑當爲李善音。

苞筍抽節,往往縈結。綠葉翠莖,冒霜停雪。橚矗森萃,蓊茸蕭瑟。

　　　　筍,集注本引《音决》:笋。陳八郎本、九條本:思尹。　冒,
集注本引《音决》、九條本:莫報反。　橚,集注本引《音决》:思六
反。集注本:所六反。北宋本及尤袤本李善注:所六切。陳八郎
本、九條本:所六。　矗,集注本引《音决》:丑六反。北宋本及尤
袤本李善注:丑六切。尤袤本、陳八郎本、九條本:蓄。　森,集
注本引《音决》:所林反。　萃,集注本引《音决》:悴。　蓊,集注
本引《音决》:烏孔反。陳八郎本:烏孔。九條本:烏董。　茸,集
注本引《音决》:而勇反。尤袤本、陳八郎本、九條本:而勇。

檀欒蟬蜎,玉潤碧鮮。梢雲無以踰,嶰谷弗能連。鸑鷟食其實,鶢鶋
擾其間。

　　　欒,九條本:力丸反。　蜎,集注本引《音決》:於緣反。陳八
郎本:一緣。九條本作"娟",音:一緣。　梢,集注本引《音決》、
九條本:所交反。　嶰,集注本引《音決》:居蟹反。陳八郎本、九
條本:解。　鸑,集注本引《音決》:魚角反。陳八郎本、九條本:
岳。　鷟,集注本引《音決》:仕角反。陳八郎本、九條本:仕角。
　鶢,集注本引《音決》、九條本:於元反。　鶋,集注本引《音
決》、九條本:仕于反。　擾,集注本引《音決》:而沼反。　間,集
注本引《音決》:協韻,九虔反。

其果則丹橘餘甘,荔枝之林。檳榔無柯,椰葉無陰。龍眼橄欖,楺榴
禦霜。

　　　荔,集注本引《音決》:力帝、力豉二反。九條本:力智反。
檳,九條本:必隣反。　榔,集注本引《音決》、九條本:力當反。
　椰,集注本引《音決》:以嗟反。陳八郎本、九條本作"梛",音:
以嗟、以嗟反。　陰,集注本引五家作"蔭",音:陰。　橄,集注
本引《音決》:古暫反。集注本與北宋本及尤袤本李善注、陳八郎
本、九條本:敢。　欖,集注本引《音決》:力暫反。集注本與北宋
本及尤袤本李善注、陳八郎本、九條本:覽。　楺,集注本引《音
決》:市廉反。北宋本及尤袤本李善注:市瞻切。陳八郎本:市
瞻。九條本:市檐。　禦,集注本引《音決》:語。

結根比景之陰,列挺衡山之陽。素華斐,丹秀芳。臨青壁,系紫房。
鷦鴣南翥而中留,孔雀絟羽以翱翔。山雞歸飛而來栖,翡翠列巢以

重行。

比，集注本李善注：方利反。北宋本及尤袤本李善注：方利切。九條本：方利。　斐，集注本引《音決》：芳尾反。九條本：芳尾。　系，集注本引《音決》：何計反。　䲰，集注本引《音決》、九條本：之夜反。　鴣，集注本引《音決》、九條本：古胡反。　翥，集注本引《音決》、九條本：之慮反。　綷，集注本引《音決》：祖對反。陳八郎本、九條本：祖會。　重，集注本引《音決》：逐龍反。　行，集注本引《音決》：何郎反。陳八郎本：胡剛反。九條本：胡剛。

其琛賂則琨瑤之阜，銅鍇之垠。火齊之寶，駭雞之珍。

琛，集注本引《音決》、九條本：丑今反。　賂，集注本引《音決》、九條本：路。　琨，集注本引《音決》、九條本：昆。　瑤，集注本引《音決》、九條本：遙。　鍇，集注本引《音決》：去駭反。陳八郎本、九條本：苦買。　垠，集注本引《音決》、陳八郎本、九條本：銀。　齊，集注本引《音決》：在細反。陳八郎本、九條本：去聲。

頳丹明璣，金華銀樸。紫貝流黄，縹碧素玉。隱賑崴嵬，雜插幽屏。精曜潛穎，硈陊山谷。碕岸爲之不枯，林木爲之潤黷。隋侯於是鄙其夜光，宋玉於是陋其結綠。

頳，集注本引《音決》：丑貞反。陳八郎本、九條本：恥盈。　璣，集注本引《音決》、九條本：機。　樸，集注本引《音決》作"朴"：普角反。九條本：普角。　貝，九條本：拜。　縹，集注本引《音決》：匹沼反。陳八郎本、九條本：匹眇。　賑，集注本引

《音决》:之忍反。陳八郎本、九條本:之忍。　巇,集注本引《音决》:烏乖反。北宋本及尤袤本李善注:烏乖切。陳八郎本、九條本:烏乖。　襄,集注本引《音决》:户乖反。北宋本及尤袤本李善注:故乖切。陳八郎本、九條本:懷。　插,集注本引《音决》:楚洽反。陳八郎本、九條本:楚甲。　屏,集注本引《音决》作"屬":之欲反,或作屏,必静反,非。尤袤本:必井。陳八郎本:必井反。九條本:必井,又:《决》作屬,之欲反。　頴,集注本引《音决》:古迥反。陳八郎本、九條本:古迥。　莇,集注本引《音决》:恥列反。北宋本及尤袤本李善注:勑列切。陳八郎本、九條本:勑列。　陊,集注本引《音决》:直氏反。尤袤本、陳八郎本、九條本:直氏。　碕,集注本引《音决》:巨衣反。北宋本及尤袤本李善注:巨依切。陳八郎本:巨宜。九條本:巨宜,又:巨衣。　爲,集注本引《音决》:于僞反,下同。　黷,集注本引《音决》、九條本:讀。

其荒陬譎詭,則有龍穴内蒸,雲雨所儲。陵鯉若獸,浮石若桴。雙則比目,片則王餘。窮陸飲木,極沉水居。泉室潛織而卷綃,淵客慷慨而泣珠。開北户以向日,齊南冥於幽都。

陬,集注本引《音决》:子侯反。尤袤本、陳八郎本、九條本:子侯。　譎,集注本引五家:决。尤袤本:决。陳八郎本、九條本:决。　詭,集注本引五家:軌。陳八郎本:過委。九條本、朝鮮正德本:鬼。　蒸,集注本引《音决》:之仍反,又:證。　儲,集注本引《音决》:除。　陵,集注本引《音决》作"鯪",音:陵。　浮,九條本:郛。　桴,集注本引《音决》:芳符反。陳八郎本、九條本:郛。　卷,集注本引《音决》:居勉反。　綃,集注本引《音

決》:消。九條本:宵。　慷,集注本引《音決》作"忼":曹:何朗
反。集注本引五家:胡浪反。九條本:苦浪。○案:慷爲牙音溪
母,何、胡爲喉音匣母,曹憲、五臣音俱爲牙喉通轉。　慨,集注
本引《音決》:何代反。九條本:苦代。○案:牙喉通轉,與上
條同。

其四野則畛畷無數,膏腴兼倍。原隰殊品,窊隆異等。象耕鳥耘,此
之自與。稻秀孤穗,於是乎在。煮海爲鹽,採山鑄錢。國稅再熟之
稻,鄉貢八蠶之縣。

　　畛,集注本引《音決》:之忍反。北宋本及尤袤本李善注:之
引切。陳八郎本、九條本:之忍。　畷,集注本引《音決》:輟。北
宋本及尤袤本李善注:知衛切,又:陟劣切。陳八郎本、九條本:
綴。　數,集注本引《音決》:史宇反。　倍,集注本引《音決》作
"陪":步罪反。九條本:步罪反。　窊,集注本引《音決》:烏瓜
反。北宋本及尤袤本李善注:於瓜切。陳八郎本:烏華。九條
本:烏華,又:於瓜。　等,集注本引《音決》:協韻,多在反。陳八
郎本:都改反。九條本:都改。○案:何晏《景福殿賦》"落帶金
釭,此爲二等。明珠翠羽,往往而在",亦等、在爲韻。等屬蒸部,
在、改屬之部,陰陽對轉。《廣韻》一讀"多改切",與此合。　耘,
集注本引《音決》:云。　與,集注本引《音決》:協韻,以改反。陳
八郎本:改。九條本作"興",音:改,叶。　稻,集注本引《音決》:
側角反。尤袤本、陳八郎本、九條本:捉。　孤,集注本引《音決》
尤袤本、陳八郎本:孤。　穗,集注本引《音決》:遂。尤袤本:詞
翠切。陳八郎本:詞翠。　鑄,集注本引《音決》:之樹反。　稅,
集注本引《音決》:尸芮反。　蠶,集注本引《音決》、九條本:在

·男反。

徒觀其郊隧之内奥，都邑之綱紀。霸王之所根柢，開國之所基趾。郛郭周匝，重城結隅。通門二八，水道陸衢。所以經始，用累千祀。

隧，九條本：遂。　奥，集注本引《音决》：烏誥反。　王，集注本引《音决》：于放反。　柢，集注本引《音决》：帝，或作蒂，非。尤袤本、陳八郎本、九條本：帝。　趾，集注本引《音决》：止。郛，集注本引《音决》：芳于反。　重，集注本引《音决》：逐龍反。

憲紫宫以營室，廓廣庭之漫漫。寒暑隔閡於邃宇，虹蜺回帶於雲館。所以跨跱焕炳萬里也。

廓，集注本引《音决》：苦郭反。　漫，集注本引《音决》、九條本：莫旦反。　暑，九條本：錢吕反。○案：暑爲照三組書母，錢爲精組從母，九條本音注中多相通。　閡，尤袤本、陳八郎本、九條本：五蓋。　邃，集注本引《音决》：思遂反。　虹，集注本引《音决》：户公反。　蜺，集注本引《音决》：五兮反。　跨，集注本引《音决》：苦化反。九條本：去花反。　跱，集注本引《音决》、九條本：直里反。

造姑蘇之高臺，臨四遠而特建，帶朝夕之瀋池，佩長洲之茂苑。窺東山之府，則瓌寶溢目，觀海陵之倉，則紅粟流衍。

瀋，集注本引《音决》、九條本：思俊反。　苑，集注本引《音决》：協韻，於願反。九條本：於願反。　觀，集注本引《音决》：所蟹反，又：所綺反。陳八郎本：吏。九條本、朝鮮正德本、奎章閣本：史。　粟，九條本：相玉反。　衍，集注本引《音决》：協韻，以戰反。陳八郎本:翊戰反。九條本:翊戰。

起寢廟於武昌,作離宮於建業。闔閭閒之所營,采夫差之遺法。抗神
龍之華殿,施榮楣而捷獵。崇臨海之崔巍,飾赤烏之韡曄。

　　業,九條本作"鄴",音:業。　　闔,集注本引《音決》:昌善反。
　　閭,集注本引《音決》:何騰反。　夫,集注本引《音決》:扶。
差,九條本:楚宜反。　楣,集注本引《音決》:食准反。陳八郎
本、九條本:時尹。　崔,集注本引《音決》:徂迴反。九條本:徂
回反。　巍,集注本引《音決》:五迴反。九條本:五回反。　韡,
集注本引五家、陳八郎本、九條本作"暐",音:偉。　曄,集注本
引五家、陳八郎本:于輒反。九條本:于輒。

東西膠葛,南北崢嶸。房櫳對櫺,連閣相經。闇闇譎詭,異出奇名。
左稱彎碕,右號臨硎。

　　膠,集注本引《音決》、九條本:交。　葛,集注本引《音決》作
"轕",音:葛。　崢,集注本引《音決》:仕耕反。九條本:仕耕。
　嶸,集注本引《音決》、九條本:宏。　櫳,集注本引《音決》、九
條本:力東反。　櫺,集注本引《音決》、九條本作"梘",音:晃。
北宋本及尤袤本李善注:梘。尤袤本、陳八郎本:晃。　闇,集注
本引《音決》:昏。　闇,集注本引《音決》、九條本:他達反。
譎,集注本引五家:決。陳八郎本:許。九條本、朝鮮正德本、奎
章閣本:決。　彎,集注本李善注:烏還反。九條本:烏丸反。
碕,集注本引《音決》作"崎":巨衣反。尤袤本李善注:巨依切。
陳八郎本亦作"崎",音:呂依。九條本、朝鮮正德本、奎章閣本亦
作"崎",音:巨依。○案:陳八郎本"呂"爲"巨"字之訛。　硎,集

注本引《音決》：去耕反。北宋本及尤袤本李善注：口耕切。陳八
郎本：苦耕反。九條本：苦耕。

彫欒鏤楶，青瑣丹楹。圖以雲氣，畫以仙靈。雖茲宅之夸麗，曾未足
以少寧。思比屋於傾宮，畢結瑤而搆瓊。

　　欒，集注本引《音決》、九條本：力丸反。　　楶，集注本引《音
決》、北宋本及尤袤本李善注、陳八郎本、九條本：節。　　瑣，集注
本引《音決》作“鏁”：素果反。九條本：素果反。　　楹，九條本：以
成反。　　夸，集注本引《音決》作“誇”：苦花反。九條本：苦花反。
　　曾，集注本引《音決》、九條本：在登反。　　瓊，九條本：渠營反。

高闥有閌，洞門方軌。朱闕雙立，馳道如砥。樹以青槐，亘以綠水。
玄蔭耽耽，清流亹亹。

　　閌，集注本引《音決》：口浪反。陳八郎本、九條本：抗。
砥，集注本引《音決》：旨。　　樹，集注本引《音決》：食注反。
亘，集注本引《音決》：古鄧反。九條本：古豆反。○案：九條本
“豆”字誤。　　蔭，集注本引《音決》、九條本：於禁反。　　耽，集注
本引《音決》作“眈”：都南反。陳八郎本：眈。九條本亦作“眈”：
都南反，又：耿。○案：九條本“耿”爲“眈”字之訛。　　亹，集注本
引《音決》：亡斐反。陳八郎本、九條本：尾。

列寺七里，俠棟陽路。屯營櫛比，解署棊布。橫塘查下，邑屋隆夸。
長干延屬，飛甍舛互。

　　俠，集注本引《音決》：古洽反，又音協。北宋本及尤袤本李
善注：古洽切。九條本：古合。　　櫛，集注本引《音決》、九條本：

阻栗反。　比，集注本引《音决》：鼻。集注本引五家：頻必反。
陳八郎本、九條本：頻必。　解，集注本引《音决》：懈。　桒，集
注本引《音决》、九條本：其。　塘，集注本引《音决》：唐。　查，
集注本引《音决》：側加反。九條本：但加反。陳八郎本：責加。

　夸，集注本引《音决》作“跨”：協韻，苦故反。陳八郎本：口固
反。九條本：口固。　干，九條本：姦。　屬，集注本引《音决》、
九條本：之欲反。　薨，集注本引五家、陳八郎本、九條本：萌。

　舛，集注本引《音决》、九條本：昌兗反。　互，九條本：胡故反。

其居則高門鼎貴，魁岸豪傑。虞魏之昆，顧陸之裔。歧嶷繼體，老成
帶世。躍馬疊迹，朱輪累轍。陳兵而歸，蘭錡内設。冠蓋雲蔭，閭閻
闐噎。

　　　魁，集注本引《音决》：苦迴反。九條本：苦回反。　傑，九條
本作“桀”，音：結。　顧，九條本：故。　裔，集注本引《音决》：協
韻，以列反。九條本：以列反，叶。　歧，集注本音《音决》作
“岐”：騫音奇，又：巨支反。○案：《音决》所引“騫”即釋道騫。
嶷，集注本引《音决》：魚力反。　世，集注本引《音决》：協韻，詩
列反。　轍，集注本引《音决》、九條本：直列反。　錡，集注本引
《音决》：魚綺反。陳八郎本、九條本：魚几。　閻，集注本引《音
决》、九條本：以廉反。　闐，集注本引《音决》、九條本：田。
噎，集注本引《音决》：伊結反。九條本：但結。○案：九條本“但”
爲“伊”字之訛。

其鄰則有任俠之靡，輕訬之客。締交翩翩，儐從弈弈。出躡珠履，動
以千百。

任，集注本引《音决》、九條本：而鴆反。　俠，集注本引《音决》：胡牒反。九條本：胡牒。　誂，集注本引《音决》：楚交反，又爲士交、亡小二反。陳八郎本、九條本：眇。　締，集注本引《音决》：徒帝反。陳八郎本、九條本：提細。　翩，集注本引《音决》：匹延反。　儐，集注本引五家：卑胤反。陳八郎本、九條本：卑胤。　從，集注本引《音决》：才用反。陳八郎本、九條本：自用。

里讙巷飲，飛觴舉白。翹關扛鼎，拚射壺博。鄱陽暴謔，中酒而作。

巷，集注本引《音决》作"衖"：户降反。　翹，集注本引《音决》、九條本：巨遥反。　扛，集注本引《音决》、九條本：江。陳八郎本作"杠"，音：江。　拚，集注本引《音决》作"抃"：卞。　射，集注本引《音决》：常夜反。　壺，集注本引《音决》、九條本：胡。博，九條本：陌。○案：博爲幫母，陌爲明母，唇音互轉。　鄱，集注本引《音决》：步和反。陳八郎本、九條本：婆。　謔，集注本引《音决》、九條本：虚略反。

於是樂只衎而歡飫無匱，都輦殷而四奥來暨。水浮陸行，方舟結駟。唱櫂轉轂，昧旦永日。

樂，集注本引《音决》：洛。　只，集注本引《音决》：紙。衎，集注本引《音决》：可旦反。集注本引五家：苦干反。尤袤本李善注：苦旦切。陳八郎本、九條本：苦干。　飫，集注本引《音决》、九條本：於慮反。尤袤本李善注：一據切。　匱，集注本引《音决》：求媚反。案：自此以下至結駟，自有三韻，并不須協下日字爲韻。九條本：求負反。○案：匱、暨、駟爲去聲寘韻，日、溢、一爲入聲質韻。《音决》謂不須協韻者，以"唱櫂轉轂，昧旦永日"

一句意屬於上，而韻合於下，故不須因文意之連貫而使去聲之匱、暨、駠字强協入聲之質韻也。又：九條本"負"爲"貴"字之訛。

奥，集注本引《音决》作"隩"：蕭：於六反。九條本：於六反。集注本引五家：烏告反。　暨，集注本引《音决》：忌。　駠，集注本引《音决》：四。　櫂，集注本引《音决》：直孝反。

開市朝而并納，橫闤闠而流溢。混品物而同廛，并都鄙而爲一。士女佇眙，商賈駢坒。

　　朝，集注本引《音决》：如字，或爲直遥反，非。　闤，集注本引《音决》：還。　闠，集注本引《音决》：胡對反。　混，集注本引《音决》：胡本反。　廛，集注本引《音决》作"厘"：直連反。　佇，集注本引《音决》：直旅反。　眙，集注本引《音决》：敕吏反。陳八郎本、九條本：敕吏。　賈，集注本引《音决》：古。陳八郎本：且。九條本、朝鮮正德本、奎章閣本：古。○案：陳八郎本"且"字誤。　駢，集注本引《音决》：步田反。　坒，集注本引《音决》：婢日反。北宋本及尤袤本李善注：扶必切。陳八郎本：蒲必反。九條本：蒲必。

紵衣絺服，雜沓倿萃。輕輿按彎以經隧，樓船舉颿而過肆。果布輻湊而常然，致遠流離與珂珕。

　　紵，集注本引《音决》：直吕反。　絺，集注本引《音决》：敕釐反。九條本：丑飢。　沓，九條本：徒合反。　倿，集注本引《音决》作"漎"：蕭：先項反，又：四踊反。集注本李善注作"從"：先勇反。陳八郎本亦作"漎"，音：先勇。北宋本及尤袤本李善注：先翠切。九條本亦作"漎"，音：先勇，又：先翠反。　萃，集注本引

《音决》:悴。案:自此以下,亦不須協韻。○案:萃、肆屬去聲寘韻,而前之坐,後之㧰,并屬入聲質韻,不必强協,與上例相類,故曰"亦不須協韻"也。又:坐本屬去聲寘韻,然觀《音决》、李善音、五臣音,并讀入聲質韻,故不以去聲論。　　隧,集注本引《音决》:遂。　　舩,九條本:市專。　　颿,集注本引《音决》作"帆":凡之去聲。集注本引五家:凡。尤袤本、陳八郎本、九條本:帆。○案:陳八郎本與集注本所引五家音不同。　　過,集注本引《音决》:戈。　　輻,集注本引《音决》:福。　　湊,集注本引《音决》作"輳":七豆反。　　珂,集注本引《音决》:苦歌反。尤袤本、陳八郎本、九條本:苦何。　　珬,集注本引《音决》:思遂反。集注本與北宋本及尤袤本李善注:戌。陳八郎本:遂。九條本:邃。

縑賄紛紜,器用萬端。金鎰磊砢,珠琲闌干。桃笙象簟,韜於筒中。蕉葛升越,弱於羅紈。

　　縑,集注本引《音决》:郭音捷,李音維。北宋本及尤袤本劉淵林注、陳八郎本、九條本:捷。　　磊,集注本引《音决》、九條本:力罪反。　　砢,集注本引《音决》:力可反。尤袤本、陳八郎本:力可。九條本作"珂":力可反。　　琲,集注本引《音决》:步罪反。集注本引五家:補對反。尤袤本:步對。陳八郎本、九條本:補對。　　簟,集注本引《音决》、九條本:大點反。　　韜,集注本引《音决》、九條本:吐刀反。　　筒,集注本引《音决》作"箇",音:同。

　　蕉,集注本引《音决》、九條本:焦。

儵矗森羸,交貿相競。詵譁喤呷,芬葩蔭映。揮袖風飄而紅塵晝昏,流汗霢霂而中逵泥濘。

　　㰟，集注本引《音决》：所立反。北宋本及尤袤本李善注：所
立切。陳八郎本：所立。九條本作“灑”，音：所立。　　驫，集注本
引《音决》：大立反。北宋本及尤袤本李善注：佇立切。陳八郎
本：徐立。九條本、朝鮮正德本：除立。○案：陳八郎本“徐”爲
“除”字之訛。　　梟，集注本引《音决》：胡巧反。北宋本及尤袤本
李善注：胡巧切。陳八郎本、九條本：胡巧。　　獶，集注本引《音
决》：女巧反。集注本李善注：奴巧反。北宋本及尤袤本李善注：
奴巧切。集注本引五家：力巧反。陳八郎本、九條本：力巧。
貿，集注本引《音决》：茂。陳八郎本：木候。九條本：木候反。
誼，集注本引《音决》作“讙”：虛袁反。陳八郎本、九條本：喧。
嘩，集注本引《音决》：呼華反。陳八郎本、九條本：花。　　喤，集
注本引《音决》：呼橫反。集注本李善注：吁橫反。北宋本及尤袤
本李善注：吁橫切。陳八郎本、九條本：呼橫。　　呷，集注本引
《音决》：呼甲反。北宋本及尤袤本李善注：呼甲切。陳八郎本、
九條本：呼甲。　　芬，集注本引《音决》作“棻”，音：紛。　　葩，集
注本引《音决》：普花反。　　霡，集注本引《音决》、北宋本及尤袤
本李善注、尤袤本：脉。陳八郎本、九條本：麥。　　霂，集注本引
《音决》：木。北宋本及尤袤本李善注、尤袤本、陳八郎本、九條
本：沐。　　逵，集注本引《音决》：巨惟反。　　濘，九條本：奴定。

　富中之甿，貨殖之選。乘時射利，財豐巨萬。競其區宇，則并疆兼巷。
矜其宴居，則珠服玉饌。

　　甿，集注本引《音决》：莫鄧反，又音：萌。　　選，集注本引《音
决》：思變反。　　射，集注本引《音决》：時亦反。尤袤本李善注：
實亦切。○案：尤袤本“實”疑爲“食”字之訛。　　饌，集注本引

《音决》作"墣"：士眷反，或爲饌字，同。

趫材悍壯，此焉比廬。捷若慶忌，勇若專諸。危冠而出，竦劒而趨。
扈帶鮫函，扶揄屬鏤。

　　　趫，集注本引《音决》：去苗反。尤袤本、陳八郎本、九條本：
起喬。　悍，集注本引《音决》：何旦反。陳八郎本、九條本：汗。
　　焉，集注本引《音决》：矣連反。　扈，集注本引《音决》：户。
鮫，集注本引《音决》、九條本：交。　　函，集注本引《音决》、九條
本：含。　　揄，集注本引《音决》：投，又如字。　屬，集注本引《音
决》、九條本：之欲反。　鏤，集注本引《音决》：力俱反。尤袤本、
陳八郎本：力駒切。九條本：力駒反。

藏鏃於人，去廠自閭。家有鶴膝，户有犀渠。軍容蓄用，器械兼儲。

　　　鏃，集注本引《音决》：虵，又：尸支反。陳八郎本、九條本：
施。　去，集注本引《音决》、九條本：丘吕反。　廠，集注本引
《音决》、陳八郎本、九條本：伐。　　膝，集注本引《音决》：思栗反。
　　犀，集注本引《音决》：西。　蓄，集注本引《音决》、九條本：丑
六反。　　械，集注本引《音决》、九條本：何戒反。

吳鉤越棘，純鉤湛盧。戎車盈於石城，戈船掩乎江湖。露往霜來，日
月其除。草木節解，鳥獸脂膚。觀鷹隼，誡征夫。坐組甲，建祀姑。
命官帥而擁鐸，將校獵乎具區。

　　　湛，集注本引《音决》：大減反。九條本：大感反。　盧，九條
本：力魚反。　解，集注本引《音决》：蟹。　脂，集注本引《音
决》：徒忽反。陳八郎本、九條本：突。　膚，集注本引《音决》、九

條本:夫。　觀,集注本引《音決》:古丸反。　隼,集注本引《音決》:笋。陳八郎本、九條本:司尹。　帥,集注本《音決》:師位。　鐸,集注本引《音決》:丈洛反。九條本:大洛。○案:鐸屬定母,丈屬澄母,舌音未分化。或"丈"爲"大"之訛。　校,集注本引《音決》:蕭:胡孝反。九條本:胡孝反。

烏滸狼脫,夫南西屠。儋耳黑齒之酋,金鄰象郡之渠。鷽鴡鸓鳶,靮霅警捷,先驅前塗。

烏,集注本引《音決》:蕭:烏古反。陳八郎本、九條本:上聲。　滸,集注本引《音決》:呼古反。尤袤本、陳八郎本、九條本:忽古。　狼,集注本引《音決》、九條本:郎。　脫,集注本引《音決》:荒。尤袤本、陳八郎本、九條本:呼光。　夫,集注本引《音決》、九條本:扶。　屠,集注本引《音決》:徒。　儋,集注本引《音決》作"聸":都甘反,或爲儋字,同。尤袤本、陳八郎本、九條本:都含。　酋,集注本引《音決》:在秋反。尤袤本、陳八郎本:自由。　鷽,集注本引《音決》:必幽反。北宋本及尤袤本李善注:必幽切。陳八郎本、九條本:必由。　鴡,集注本引《音決》作"眖":呼橘反。北宋本及尤袤本李善注:呼橘切。陳八郎本:許律。九條本:許聿。○案:鴡,北宋本作"眖"。　鸓,集注本引《音決》、九條本:香幽反。北宋本及尤袤本李善注:香幽切。陳八郎本:香幽。　鳶,集注本引《音決》:以律反。北宋本李善注:以出切。陳八郎本:聿。九條本作"飄",音:聿。　靮,集注本引《音決》:素合反。北宋本及尤袤本李善注:素合切。陳八郎本、九條本:蘇合。　霅,集注本引《音決》:徒合反。北宋本及尤袤本李善注:徒合切。陳八郎本、九條本:徒合。

俞騎騁路，指南司方。出車檻檻，被練鏘鏘。

俞，集注本引《音決》、九條本：以朱反。　出，集注本引《音決》、九條本：昌畏反。　檻，集注本引《音決》、陳八郎本、九條本并作“轞”，音：檻。　被，集注本引《音決》、九條本：皮義反。鏘，集注本引《音決》、九條本：七良反。

吳王乃巾玉輅，軺驪驪。旃魚須，常重光。攝烏號，佩干將。羽旄揚蕤，雄戟耀芒。貝冑象弭，織文鳥章。六軍衲服，四騏龍驤。

軺，尤袤本、陳八郎本、九條本：翊焦。　驪，陳八郎本、九條本：肅。　驪，陳八郎本、九條本：霜。　攝，尤袤本、陳八郎本、九條本：烏頰。　號，九條本：胡高反。　蕤，九條本：尔惟反。

弭，九條本：美。　織，陳八郎本、九條本：熾。　衲，尤袤本、陳八郎本、九條本：翊遵。　騏，陳八郎本、九條本：其。　驤，陳八郎本、九條本：襄。

峭格周施，罝罦普張。罿罕瑣結，罠蹏連綱。陟以九疑，禦以沅湘。輜軒蓼擾，轂騎煒煌。

峭，尤袤本劉淵林注：七肖切。　格，九條本：客。　罝，尤袤本劉淵林注、陳八郎本、九條本：衝。　罦，尤袤本劉淵林注、陳八郎本、九條本：尉。　罿，尤袤本劉淵林注：畢。九條本：必。

罠，尤袤本劉淵林注：無貧切。陳八郎本：美巾。　陟，尤袤本劉淵林注：袪。陳八郎本、九條本：丘魚。　禦，尤袤本劉淵林注：語。　沅，陳八郎本、九條本：元。　湘，九條本：相。　輜，陳八郎本、九條本：由。　蓼，陳八郎本、九條本：了。　轂，尤袤本劉淵林注：古候切。陳八郎本、九條本：搆。　煒，陳八郎本、九條本作"煟",音:于貴。

袒裼徒搏,拔距投石之部。猿臂骿脅,狂趭獷猤。鷹瞵鶚視,趻踸犣獵。若離若合者,相與騰躍乎莽罠之野。

祖,九條本:但。 距,九條本:巨。 趭,北宋本及尤袤本李善注:子召切。陳八郎本、九條本:子曜。 獷,北宋本及尤袤本李善注:子猛切。陳八郎本、九條本:古猛。〇案:李善注"子"字誤。 猤,北宋本及尤袤本李善注:其翠切。陳八郎本、九條本:璆季。 瞵,北宋本及尤袤本李善注:力辰切。陳八郎本:隣。九條本:憐。 趻,北宋本作"參",李善注:七感切。尤袤本李善注:七感切。陳八郎本亦作"參",音:七南。九條本:七南反,又:七感。 犣,北宋本及尤袤本李善注:力荅切。陳八郎本、九條本:力荅。 獵,北宋本及尤袤本李善注:徒合切。陳八郎本、九條本:徒荅。 莽,北宋本李善注:犬浪切。尤袤本李善注:莫浪切。陳八郎本:謀謗。九條本:謀誘。〇案:北宋本"犬"爲"莫"字之訛。九條本"誘"爲"謗"字之訛。 罠,北宋本及尤袤本李善注、陳八郎本、九條本:浪。

干鹵殳鋋,暘夷勃盧之旅。長殺短兵,直髪馳騁。儇佻坌并,銜枚無聲。悠悠旆旌者,相與聊浪乎昧莫之垧。

鹵,九條本:魯。 殳,陳八郎本、九條本:殊。 鋋,陳八郎本、九條本:蟬。 暘,尤袤本:以良切。陳八郎本、九條本:以良。 殺,北宋本及尤袤本劉淵林注:呼狄切。陳八郎本:呼覿。九條本:呼覿,又:呼狄。 儇,尤袤本、陳八郎本、九條本:許緣。 佻,北宋本及尤袤本劉淵林注:他吊切。陳八郎本:他吊。九條本:他吊反。　坌,北宋本及尤袤本劉淵林注作"坋":步寸切。
陳八郎本、九條本:步寸。　聊,九條本:力彫。　浪,尤袤本、陳
八郎本、九條本:郎。　埛,九條本:古榮反。

鉦鼓疊山,火烈熛林。飛爛浮煙,載霞載陰。菈攞雷硍,崩巒弛岑。
鳥不擇木,獸不擇音。

　　　　鉦,尤袤本、陳八郎本、九條本:征。　烈,九條本:列。
熛,陳八郎本、九條本:必遙。　菈,北宋本及尤袤本李善注:朗
荅切。陳八郎本:魯荅。九條本作"拉",音:魯荅。　攞,北宋本
及尤袤本李善注:獵。陳八郎本:力盍。九條本:力蓋。　硍,北
宋本及尤袤本李善注、陳八郎本、九條本:郎。　弛,尤袤本、九
條本:直氏。陳八郎本作"陁",音:直氏。

虓虎艐,頌麋麞。蕘六駮,追飛生。彈鸞鵧,射猱狿。白雉落,黑鳩
零。陵絶嶕嶤,聿越巉險。跐蹈竹柏,玁玃杞柟。封狶菔,神螭掩。
剛鏃潤,霜刃染。

　　　　虓,九條本:暴。　虎,北宋本李善注:胡甘切。尤袤本李善
注:明甘切。陳八郎本、九條本:胡甘。○案:尤袤本"明"爲"胡"
字之訛。　艐,北宋本及尤袤本李善注:叔。陳八郎本、九條本:
始育。　頌,陳八郎本、九條本:司禹。　麞,陳八郎本:居英。
九條本:居英反。　蕘,陳八郎本、九條本:陌。　駮,九條本:
百。　鵧,北宋本及尤袤本李善注、陳八郎本、九條本:京。
猱,尤袤本劉淵林注:奴刀切。陳八郎本、九條本:乃刀。　狿,
尤袤本劉淵林注:亭。陳八郎本:廷。九條本:庭。　鳩,九條
本:直蔭。　嶕,尤袤本、陳八郎本、九條本:寮。　嶤,尤袤本、

陳八郎本：茲遥。九條本：慈遥。　巉，尤袤本、陳八郎本：鋤咸。
九條本：鋤感。　跐，北宋本及尤袤本李善注：恥曳切。陳八郎
本：勑曳。九條本作"踐"，音：勑曳。　踰，陳八郎本：恥逾。九
條本：恥逾。　獬，北宋本李善注：丑珍切。尤袤本李善注：丑琛
切。陳八郎本：連。九條本：連，又：丑珍。　㹢，北宋本及尤袤
本李善注：恥傳切。陳八郎本：恥緣。九條本：恥緣。　杞，九條
本：起。　柟，陳八郎本、九條本：而占。○案：柟爲泥母，而屬日
母，二聲混切，是日母尚未從泥母分化而出。　豨，北宋本及尤
袤本李善注：虛豈切。陳八郎本、九條本：虛己。　嬳，北宋本及
尤袤本李善注：呼學切。陳八郎本、九條本：呼角。　鏃，尤袤
本、陳八郎本、九條本：祖禄。

於是弭節頓轡，齊鑣駐蹕。徘徊倘佯，寓目幽蔚。覽將帥之拳勇，與
士卒之抑揚。羽族以觜距爲刀鈹，毛羣以齒角爲矛鋏，皆體著而應
卒。所以挂扢而爲創痏，衝踤而斷筋骨。莫不衂銳挫芒，拉捭摧藏。
雖有石林之峇崿，請攘臂而靡之。雖有雄虺之九首，將抗足而趾之。

　　鑣，陳八郎本、九條本：彼苗。　蹕，九條本：畢。　蔚，九條
本：鬱。　鈹，尤袤本、陳八郎本、九條本：披。　矛，九條本：亡
侯。　鋏，尤袤本：古業。陳八郎本、九條本：古葉。　著，尤袤
本：池著。陳八郎本：他略。九條本：池略反。朝鮮正德本、奎章
閣本：池略。○案：陳八郎本"他"爲"池"字之訛。　卒，尤袤本、
陳八郎本、九條本：倉忽。　扢，北宋本及尤袤本李善注：公紇
切。陳八郎本、九條本：古紇。　創，尤袤本、陳八郎本、九條本：
瘡。　痏，北宋本及尤袤本李善注：爲軌切。陳八郎本、九條本：
于美。　踤，北宋本及尤袤本李善注：材律切。陳八郎本：慈聿。

九條本：慈幸。○案：九條本“幸”爲“聿”字之訛。　　骨，九條本：
古骨反。　　蚋，北宋本及尤袤本李善注：女六切。陳八郎本、九
條本：女六。　　銳，九條本：以歲反。　　拉，九條本：力合反。
捭，北宋本及尤袤本李善注：布買切。陳八郎本、九條本：比買。
　　岸，尤袤本、陳八郎本、九條本：隤。　　崿，陳八郎本、九條本：
額。　　攘，陳八郎本、九條本：而羊。　　虺，九條本：香鬼反。
虒，北宋本及尤袤本李善注：且爾切。陳八郎本：此。九條本：
此，又：且尔反。

顛覆巢居，剖破窟宅。仰攀鵔鸃，俯蹴豺獏。刔刳熊羆之室，剽掠虎
豹之落。猩猩啼而就禽，寓寓笑而被格。屠巴蛇，出象骼。斬鵬翼，
掩廣澤。

　　覆，九條本：芳伏。　　剖，陳八郎本、九條本：普口。　　窟，九
條本：苦沒反。　　鵔，北宋本及尤袤本李善注：思俊切。陳八郎
本、九條本：思俊。　　鸃，北宋本及尤袤本李善注：儀。陳八郎
本、九條本：宜。　　蹴，尤袤本、陳八郎本、九條本：七六。　　豺，
陳八郎本、九條本：助皆。　　獏，北宋本及尤袤本李善注、陳八郎
本、九條本：陌。　　刔，陳八郎本：劫。九條本：却。○案：九條本
“却”爲“劫”字之訛。　　刳，北宋本李善注：居綺切。尤袤本、陳
八郎本：几。九條本：几，又：居綺。　　剽，陳八郎本、九條本：匹
妙。　　掠，九條本：力尚。○案：《廣韻》：掠，力讓切。與九條本
合。　　寓，北宋本及尤袤本李善注：扶沸切。陳八郎本：夫沸。
九條本：扶沸。　　骼，北宋本及尤袤本李善注、九條本：格。

輕禽狡獸，周章夷猶。狼跋乎紭中，忘其所以睒睗，失其所以去就。

魂褫氣懾而自踢跋者，應弦飲羽。形僨景僵者，累積而增益。雜襲錯
繆，傾藪薄，倒岬岫。巖穴無狉猭，翳薈無麐麌。思假道於豐隆，披重
霄而高狩。籠烏兔於日月，窮飛走之栖宿。

　　狡，九條本：古巧反。　跋，陳八郎本、九條本：步葛。　紭，
尤袤本、陳八郎本、九條本：橫。　睒，北宋本及尤袤本李善注：
式冉切。陳八郎本作“睒”，音：失冉。九條本：失冉。　睗，北宋
本及尤袤本李善注：式亦切。陳八郎本、九條本：適。　褫，北宋
本李善注：直氏切。尤袤本李善注：直示切。陳八郎本、九條本：
直氏。　懾，尤袤本、陳八郎本、九條本：之葉。　踢，北宋本及
尤袤本李善注：徒郎切。陳八郎本作“踼”，音：唐。九條本亦作
“踼”，音：唐，又：徒郎。○案：據音注，陳八郎本、九條本作“踼”
是，他本作“踢”非。　跋，北宋本及尤袤本李善注：蒲北切。陳
八郎本：蒲比。朝鮮正德本、奎章閣本：蒲北。九條本：蒲伏。○
案：《集韻》跋有芳六、鼻墨二切，可知陳八郎本“比”字誤，當作
“北”，北、墨皆屬德韻。　飲，九條本：於禁反。　僨，北宋本及
尤袤本李善注：方問切。陳八郎本、九條本：方問。　襲，九條
本：集。　岬，北宋本及尤袤本李善注：古押切。陳八郎本：峽。
九條本：峽，又：古押。　岫，九條本：似又反。　狉，北宋本及尤
袤本李善注：公妍切。陳八郎本、九條本：牽。　猭，北宋本及尤
袤本李善注：子公切。陳八郎本、九條本：宗。　薈，九條本：烏
會反。　麐，北宋本及尤袤本李善注、陳八郎本、九條本：須。
麌，北宋本及尤袤本李善注：力幼切。陳八郎本：力幼反。九條
本：力幼。　宿，九條本：秀。

嶵灟閶，岡岵童。罾罘滿，效獲眾。迴靶乎行邪睨，觀魚乎三江。泛

舟航於彭蠡,渾萬艘而既同。

　　嶰,尤袤本李善注:古買切。陳八郎本、九條本:解。　　闉,
陳八郎本、九條本作“闞”,音:苦鷗。　　岵,陳八郎本、九條本:
戶。　　曾,陳八郎本、九條本:曾。　　罙,陳八郎本、九條本:浮。

　　衆,陳八郎本、九條本:終。　　靶,陳八郎本、九條本:霸。

睊,陳八郎本、九條本:魚計。　　蠡,九條本:礼。　　渾,陳八郎
本、九條本:故本。　　艘,陳八郎本、九條本:蘇刀。

弘舸連舳,巨檻接艫。飛雲蓋海,制非常模。疊華樓而島跱,時髣髴
於方壺。比鷁首而有裕,邁餘皇於往初。張組幃,構流蘇。開軒幌,
鏡水區。槁工楫師,選自閩禺。習御長風,狎翫靈胥。責千里於寸
陰,聊先期而須臾。

　　舸,陳八郎本:岡我。　　舳,陳八郎本、九條本:逐。　　鷁,九
條本:魚歷反。　　幃,九條本作“帷”:于龜反。　　幌,九條本:胡
廣反。　　槁,陳八郎本:高。九條本作“篙”,音:高。　　楫,陳八
郎本:子叶。九條本:子叫。○案:九條本“叫”爲“叶”之訛。
閩,九條本:旻。　　禺,陳八郎本、九條本:愚。　　先,九條本:桑
見反。

櫂謳唱,簫籟鳴。洪流響,渚禽驚。弋磻放,稽鷠鳴。虞機發,留鵁
鶄。鉤餌縱橫,網罟接緒。術兼詹公,巧傾任父。筌鉅鱨,籠鱯鮡。
罩兩魪,罧鰝鰕。乘鼇黿鼉,同罘共羅。沉虎潛鹿,畢纚偫束。徼鯨
鯢中於羣犗,擾搶暴出而相屬。雖復臨河而釣鯉,無異射鮒於井谷。

　　櫂,陳八郎本、九條本:棹。　　磻,尤袤本、陳八郎本、九條
本:波。　　鷠,九條本:子姚。　　鳴,陳八郎本:明。九條本作

"鵬",音:朋。　鵁,九條本:高。　鉅,北宋本及尤袤本李善注:古贈切。尤袤本、陳八郎本:亘。九條本:亘,又:古贈。○案:尤袤本"亘"蓋爲五臣音。　鱨,陳八郎本、九條本:莫贈。　鱷,陳八郎本、九條本作"灑",音:所買。　鰭,陳八郎本、九條本:嘗。

鯊,陳八郎本、九條本作"鯊",音:沙。　罩,尤袤本:勑教。陳八郎本、九條本:陟教。　魪,北宋本及尤袤本李善注、陳八郎本、九條本:介。　翠,尤袤本、陳八郎本、九條本:側梢。　鰷,九條本:孝。　鰕,北宋本及尤袤本李善注、陳八郎本、九條本:遐。　鱟,北宋本及尤袤本李善注:候。尤袤本、陳八郎本:胡豆。九條本:胡豆,又:候。○案:尤袤本"胡豆"蓋即五臣音。罛,陳八郎本、九條本:孤。　罾,尤袤本、陳八郎本、九條本:繒。

艫,北宋本及尤袤本李善注:力公切。陳八郎本:籠。九條本:龍,又:力工。　艎,北宋本及尤袤本李善注:求殞切。陳八郎本作"偊",音:隕。九條本亦作"偊",音:隕,又:郡。　徽,北宋本及尤袤本李善注:輝。陳八郎本、九條本:暉。　犗,北宋本及尤袤本李善注:古邁切。陳八郎本:古邁。九條本:加販反。○案:九條本"販"疑爲"敗"字之訛。　【附】北宋本及尤袤本李善注:《説文》曰:犗,騬牛也。騬,以陵切。　攙,九條本:初感反。搶,九條本:初行反。　鮒,尤袤本、陳八郎本、九條本:附。

結輕舟而競逐,迎潮水而振緡。想萍實之復形,訪靈藥於鮫人。精衛銜石而遇繳,文鰩夜飛而觸綸。北山亡其翔翼,西海失其游鱗。雕題之士,鏤身之卒。比飾虯龍,蛟螭與對。簡其華質,則亂費錦繢。料其虓勇,則鵬悍狼戾。相與昧潛險,搜瓌奇。摸蟕蝐,捫蚔蟕。剖巨蚌於迴淵,濯明月於漣漪。畢天下之至異,訖無索而不臻。谿壑爲之一罄，川凟爲之中貧。哂澹臺之見謀，聊襲海而徇珍。載漢女於後舟，追晉賈而同塵。

　　　　緝，尤袤本、九條本：密巾。陳八郎本：密巾反。　　萍，九條本作"荓"：步經反。　　夔，九條本：巨龜反。　　鮫，九條本：交。

　　繳，陳八郎本、九條本：酌。　　鰩，陳八郎本、九條本：遙。卒，敦煌本：祖乙。九條本：尊對，叶。　　虯，九條本：巨幽。

凱，北宋本及尤袤本李善注：於既切。陳八郎本、九條本：意。

費，陳八郎本、九條本：把貴。　　繢，尤袤本、陳八郎本、九條本：會。　　料，尤袤本、陳八郎本、九條本：遼。　　虓，北宋本及尤袤本李善注：火交切。陳八郎本、九條本：虎交。　　鵬，九條本：多遙反。　　戾，尤袤本李善注：力計切。九條本：郎帝反。　　搜，九條本：所尤反。　　蟘，陳八郎本、九條本：代。　　蝐，陳八郎本、九條本：昧。　　觜，尤袤本李善注：子規切。陳八郎本、九條本：子規。　　蟜，尤袤本李善注：呼圭切。陳八郎本、九條本：惟。

蚌，九條本：放。　　漪，九條本：於宜反。　　谿，九條本：去今反。

窒，九條本：好洛反。　　中，尤袤本、陳八郎本、九條本：去聲。

哂，九條本：舒忍反。

汩乘流以砅岩，翼颷風之飂飂。直衝濤而上瀨，常沛沛以悠悠。汔可休而凱歸，揖天吳與陽侯。指包山而爲期，集洞庭而淹留。數軍實乎桂林之苑，饗戎旅乎落星之樓。置酒若淮泗，積肴若山丘。飛輕軒而酌綠醹，方雙彎而賦珍羞。

　　　　汩，陳八郎本：于筆。九條本：平筆。○案：九條本"乎"爲"于"字之訛。　　砅，陳八郎本、九條本：普萌。　　岩，陳八郎本、九條本：徒浪。　　颷，陳八郎本、九條本：側眉。　　飂，九條本：力州反。　沛,九條本:普對反。朝鮮正德本、奎章閣本:普對。

汍,北宋本及尤袤本李善注:虛乞切。陳八郎本、九條本:虛乙。

揖,陳八郎本:一入。九條本:一入反。　淹,九條本:英廉反。

酃,陳八郎本、九條本:靈。

飲烽起,醹鼓震。士遺倦,衆懷欣。幸乎館娃之宫,張女樂而娱群臣。
羅金石與絲竹,若鈞天之下陳。登東歌,操南音。胤陽阿,詠韎任。
荆豔楚舞,吴愉越吟。翕習容裔,靡靡愔愔。

　　醹,陳八郎本、九條本:子曜。　震,尤袤本、陳八郎本、九條
本:真。　娃,尤袤本、陳八郎本、九條本:烏佳。　樂,九條本:
洛。　鈞,九條本:均。　韎,尤袤本、陳八郎本、九條本:莫介。

任,九條本:而林反。　豔,陳八郎本、九條本:余念。　愉,陳
八郎本、九條本作“歈”,音:逾。　翕,九條本:□及反。○案:九
條本音□處空一字。　愔,九條本:一林反。

若此者,與夫唱和之隆響,動鍾鼓之鏗耾。有殷坻頹於前,曲度難勝。
皆與謡俗汁協,律吕相應。其奏樂也,則木石潤色。其吐哀也,則淒
風暴興。或超延露而駕辯,或踰緑水而采菱。軍馬弭髦而仰秣,淵魚
竦鱗而上升。酣湑半,八音并。歡情留,良辰征。魯陽揮戈而高麾,
迴曜靈於太清。將轉西日而再中,齊既往之精誠。

　　唱,九條本:將。○案:精組、章組混切。　和,九條本:胡卧
反。　耾,尤袤本:横。陳八郎本、九條本作“鈜”,音:横。　坻,
尤袤本、陳八郎本:丁禮。九條本:丁礼。　應,九條本:於淹反,
叶。○案:九條本“淹”字當作“證”字。《蜀都賦》“應鳴鼓而興
雨”,應,《音决》、九條本音“於證反”。證、淹草書形似而訛。

樂,陳八郎本、九條本:盧各。　辯,九條本:半。　髦,九條本:
毛。　秼,陳八郎本:末。　酣,九條本:户甘。　湑,尤袤本、陳
八郎本:思與。九條本:思与。

昔者夏后氏朝羣臣於兹土,而執玉帛者以萬國。蓋亦先王之所高會,
而四方之所軌則。春秋之際,要盟之主。闔閭信其威,夫差窮其武。
內果伍員之謀,外騁孫子之奇。勝彊楚於柏舉,栖勁越於會稽。闕溝
乎商魯,爭長於黃池。徒以江湖嶮陂,物產殷充。繞霤未足言其固,
鄭白未足語其豐。士有陷堅之銳,俗有節概之風。眭眦則挺劍,暗嗚
則彎弓。

朝,九條本:直遥反。　要,九條本:一招反。　勝,九條本:
舒證反。　勁,九條本:敬。　稽,九條本:居移反,叶。　闕,尤
袤本、陳八郎本、九條本:掘。　長,九條本:張兩反。　陂,陳八
郎本:祕。九條本:秘。　霤,尤袤本、陳八郎本、九條本:李救。

概,尤袤本、陳八郎本、九條本:蓋。　眭,尤袤本、陳八郎本、
九條本:五賣。　眦,尤袤本、九條本:助賣。陳八郎本作"眥",
音:助賣。　暗,尤袤本、九條本:瘖。陳八郎本:陰。　嗚,尤袤
本、陳八郎本:烏故。九條本:烏故反。

擁之者龍騰,據之者虎視。麾城若振槁,搴旗若顧指。雖帶甲一朝,
而元功遠致。雖累葉百疊,而富彊相繼。樂湑衍其方域,列仙集其土
地。桂父練形而易色,赤須蟬蛻而附麗。中夏比焉,畢世而罕見,丹
青圖其珍瑋,貴其寶利也。舜禹游焉,沒齒而忘歸,精靈留其山阿,翫
其奇麗也。

槁,陳八郎本、九條本:考。　搴,陳八郎本、九條本:騫。

樂,九條本:洛。　行,尤袤本、陳八郎本、九條本:苦旱。　蛻,
尤袤本、陳八郎本、九條本:稅。　麗,九條本作"儷":力麗反。

剖判庶士,商攉萬俗。國有鬱軮而顯敞,邦有湫阨而蹴踘。伊兹都之
函弘,傾神州而輼櫝。仰南斗以斟酌,兼二儀之優渥。

　　攉,尤袤本、九條本:角。陳八郎本作"榷",音:角。　軮,九
條本:於兩反。　湫,尤袤本、陳八郎本、九條本:子小。　阨,尤
袤本、陳八郎本:烏界。九條本:烏介。　蹴,尤袤本、陳八郎本、
九條本:拳。　踘,九條本:曲。　函,陳八郎本、九條本:含。
輼,陳八郎本作"榲",音:蘊。九條本:蘊。　斗,九條本:主。
○案:斗,一作枓,《集韻》腫庚切。九條本音與之相合。

繇此而揆之,西蜀之於東吳,小大之相絕也,亦猶棘林螢燿,而與夫榑
木龍燭也。否泰之相背也,亦猶帝之懸解,而與桎梏疏屬也。庸可共
世而論巨細,同年而議豐确乎。暨其幽遐獨邃,寥廓閑奧。耳目之所
不該,足趾之所不蹈。倜儻之極異,詭詭之殊事,藏理於終古,而未寤
於前覺也。若吾子之所傳,孟浪之遺言,略舉其梗概,而未得其要
妙也。

　　否,陳八郎本:圮。九條本:鄙。　梏,九條本:古毒反。
确,尤袤本:胡角。陳八郎本:苦學。九條本:苦角。　寥,陳八
郎本、九條本:遼。　倜,陳八郎本、九條本:天歷。　儻,陳八郎
本、九條本:他浪。　詭,尤袤本:君屈。陳八郎本、九條本作
"崫",音:君屈。　詭,九條本:鬼。　梗,九條本:古杏。　概,
九條本:苦代反。

《文選》音注輯考卷六

左太冲《魏都賦》一首

魏都賦

左太冲

魏國先生有睟其容，乃盱衡而誥曰：異乎交益之士。蓋音有楚夏者，土風之乖也。情有險易者，習俗之殊也。雖則生常，固非自得之謂也。昔市南宜僚弄丸，而兩家之難解。聊爲吾子復甀德音，以釋二客競于辯囿者也。

> 睟，九條本、朝鮮正德本、奎章閣本：邃。　盱，陳八郎本、九
> 條本：香于。　異，陳八郎本、九條本：異。　夏，九條本：下。
> 易，九條本：以豉反。　難，九條本：奴旦反。

夫泰極剖判，造化權輿。體兼晝夜，理包清濁。流而爲江海，結而爲山嶽。列宿分其野，荒裔帶其隅。巖岡潭淵，限蠻隔夷，峻危之竅也。蠻陬夷落，譯導而通，鳥獸之氓也。

> 判，九條本：普半反。　竅，九條本：苦叫反。　蠻，九條本：
> 莫還反。　陬，尤袤本、陳八郎本、九條本：子侯。　譯，九條本：
> 亦。　氓，陳八郎本：麥耕。九條本：麥耕反。

正位居體者，以中夏爲喉，不以邊垂爲襟也。長世字甿者，以道德爲

藩，不以襲險爲屏也。而子大夫之賢者，尚弗曾庶翼等威，附麗皇極。思稟正朔，樂率貢職。而徒務於詭隨匪人，宴安於絕域。榮其文身，驕其險棘。繆默語之常倫，牽膠言而踰侈。飾華離以矜然，假倔彊而攘臂。非醇粹之方壯，謀蹎駮於王義。孰愈尋靡蓱於中逵，造沐猴於棘刺。

　　　　長，九條本：張兩反。　襲，九條本：集。　屏，九條本：必靜反。　曾，九條本：在登反。　樂，九條本：樂。○案：九條本音注有誤。　詭，九條本：鬼。　宴，九條本：一見反。　默，九條本：穆。　膠，九條本：古肴反。　華，北宋本及尤袤本李善注：口哇反。陳八郎本、九條本：苦懷。　【附】北宋本及尤袤本李善注：《楚辭》曰：王色頯以開顏。頯，普丁反。　倔，尤袤本、陳八郎本、九條本：渠屈。　彊，尤袤本、陳八郎本、九條本：巨兩。　攘，九條本：而羊反。　醇，九條本：純。　蹎，尤袤本、陳八郎本：舛。九條本：僻。○案：僻即舛。　愈，九條本：庚。　靡，九條本：亡彼反。　蓱，九條本作“萍”：步丁反。　逵，九條本：巨推反。

劍閣雖嶤，憑之者蹶。非所以深根固蔕也。洞庭雖濬，負之者北，非所以愛人治國也。彼桑榆之末光，踰長庚之初輝。況河冀之爽塏，與江介之湫湄。

　　　　嶤，北宋本及尤袤本李善注、九條本：力彫反。　蹶，九條本：居衛反，叶。　蔕，九條本：帝。　濬，九條本：峻。　塏，尤袤本、陳八郎本、九條本：苦改。　湫，尤袤本：于小。陳八郎本：子小。九條本：子小反。○案：尤袤本“于”爲“子”字之訛。

故將語子以神州之略，赤縣之畿。魏都之卓犖，六合之樞機。于時運距陽九，漢網絶維。姦回内贔，兵纏紫微。翼翼京室，眈眈帝宇，巢焚原燎，變爲煨燼，故荆棘旅庭也。殷殷寰内，繩繩八區，鋒鏑縱横，化爲戰場，故麋鹿寓城也。

　　犖，尤袤本、陳八郎本、九條本：吕角。　機，九條本：巨衣反。　贔，尤袤本、陳八郎本、九條本：備。　眈，北宋本及尤袤本李善注作“沈”：長含切，與眈音義同。尤袤本、陳八郎本、九條本：耽。　焚，九條本：扶云反。　燎，九條本：力吕反。○案：九條本“吕”疑爲“召”之訛。《書·盤庚上》“若火之燎于原”，《釋文》：燎，力召反。可爲證。　煨，北宋本及尤袤本李善注：烏瓌反。　燼，北宋本及尤袤本李善注：似進反。九條本：在刃反。　殷，陳八郎本、九條本：於謹。　寰，九條本：官。　鋒，九條本：烽。　鏑，九條本：丁歷反。

伊洛榛曠，崤函荒蕪。臨菑牢落，鄴郢丘墟。而是有魏開國之日，締構之初。萬邑譬焉，亦獨犨麋之與子都，培塿之與方壺也。

　　榛，陳八郎本：士臻。九條本：七臻。　函，九條本：咸。蕪，九條本：無。　菑，陳八郎本、九條本：側持。　鄴，九條本：於憲。　郢，九條本：以政反。　締，九條本：弟。　犨，尤袤本、陳八郎本、九條本：昌由。　培，北宋本及尤袤本李善注：步苟反。陳八郎本、九條本：部苟。　塿，北宋本及尤袤本李善注：路苟反。陳八郎本、九條本：路苟。

且魏地者，畢昴之所應，虞夏之餘人。先王之桑梓，列聖之遺塵。考之四隈，則八埏之中，測之寒暑，則霜露所均。卜偃前識而賞其隆，吴札聽歌而美其風。雖則衰世,而盛德形於管絃。雖踰千祀,而懷舊蘊於遐年。

限,九條本:烏迴反。　埏,尤袤本、陳八郎本、九條本:延。

爾其疆域,則旁極齊秦,結湊冀道。開晉殷衞,跨躡燕趙。山林幽峽,川澤迴繚。恒碣礒礋於青霄,河汾浩汻而皓漾。南瞻淇澳,則綠竹純茂,北臨漳滏,則冬夏異沼。神鉦迢遞於高巒,靈響時驚於四表。溫泉毖涌而自浪,華清蕩邪而難老。

峽,尤袤本:烏朗切。陳八郎本、九條本:烏朗。　繚,陳八郎本、九條本:了。　礒,九條本:其列反。　礋,北宋本及尤袤本李善注:五感反。陳八郎本、九條本:五感。　礋,陳八郎本、九條本:五各。　汾,九條本:扶云反。　浩,北宋本李善注:古老反。尤袤本李善注:古老切。九條本:故老。　汻,北宋本李善注:古且反。尤袤本李善注:古旦反。陳八郎本:翰。九條本:翰,又:古旦反。○案:北宋本“且”爲“旦”字之訛。　皓,北宋本及尤袤本李善注:故老反。九條本:故老。　漾,北宋本尤袤本李善注:餘眇反。陳八郎本:與眇反。九條本:与眇。　澳,尤袤本、陳八郎本、九條本:於六。　滏,尤袤本、陳八郎本、九條本:父。　沼,九條本:支紹。　迢,九條本:大彫反。　遞,九條本:大帝反。　毖,北宋本及尤袤本李善注:泌與毖同,音秘。尤袤本、陳八郎本、九條本:秘。　涌,九條本:以重。

墨井鹽池,玄滋素液。厥田惟中,厥壤惟白。原隰昀昀,墳衍斤斤。或嵬壘而複陸,或犙朗而拓落。乾坤交泰而絪縕,嘉祥徽顯而豫作。是以兆朕振古,萌柢疇昔。藏氣讖緯,閟象竹帛。迴時世而淵默,應期運而光赫。暨聖武之龍飛,肇受命而光宅。

眴,北宋本及尤袤本李善注:以純反。陳八郎本:匀。九條本:匀,又:以純。　嵬,陳八郎本作"峗",音:烏罪。九條本:烏罪。　壘,尤袤本、陳八郎本:力罪。九條本作"壨",音:力罪。　穬,尤袤本:苦光。陳八郎本、九條本:苦廣。　拓,陳八郎本:託。九條本:之石,又:他各。　乾,九條本:其連反。　徽,九條本:許非反。　朕,北宋本及尤袤本李善注:直軫反。陳八郎本:遲胤。九條本:遲胤,又:直軫。　柢,北宋本及尤袤本李善注:丁計反。陳八郎本:帝。九條本:帝,又:丁計。　讖,陳八郎本:楚禁。九條本:楚禁反。　緯,九條本:于味反。

爰初自臻,言占其良。謀龜謀筮,亦既允臧。修其郛郭,繕其城隍。經始之制,牢籠百王。畫雍豫之居,寫八都之宇。鑒茅茨於陶唐,察卑宮於夏禹。古公草創,而高門有閌,宣王中興,而築室百堵。兼聖哲之軌,并文質之狀。商豐約而折中,准當年而爲量。思重爻,摹《大壯》,覽荀卿,采蕭相。僝拱木於林衡,授全模於梓匠。

臧,九條本:子朗反。　郛,九條本:芳于反。　畫,九條本:獲。　閌,尤袤本、陳八郎本、九條本:苦浪。　中,九條本:丁仲反,下同。　堵,九條本:當古反。　中,陳八郎本、九條本:去聲。　僝,北宋本李善注:饌勉反。尤袤本李善注:饌勉反,又:子軟切。九條本:饌免反。陳八郎本作"僎",音:子臠。

遐邇悦豫而子來,工徒擬議而騁巧。闡鉤繩之筌緒,承二分之正要。揆日晷,考星耀。建社稷,作清廟。築曾宮以迴匝,比岡隒而無陂。造文昌之廣殿,極棟宇之弘規。對若崇山崫起以崔嵬,髣若玄雲舒蜺以高垂。

　　　　筌，九條本：七全反。　　暑，九條本：軌。　　陳，尤袤本、陳八
郎本、九條本：魚撿。　　對，九條本：直對反。○案：對屬定母，
《玉篇》：徒對反，九條本"直"屬澄母，是舌上音與舌頭音未分。

　　　　髠，尤袤本、陳八郎本、九條本：徒感。

瓌材巨世，埴壏參差。枌橑複結，欒櫨疊施。丹梁虹申以并亘，朱桷
森布而支離。綺井列疏以懸蒂，華蓮重葩而倒披。齊龍首而涌雷，時
梗概於澇池。

　　　　埴，尤袤本：楚洽。陳八郎本：楚立。九條本作"插"，音：楚
立。　　壏，尤袤本、陳八郎本、九條本：除立。　　枌，尤袤本：汾。
陳八郎本：扶丈。九條本、朝鮮正德本：扶文。○案：陳八郎本
"丈"爲"文"字之訛。　　橑，尤袤本、陳八郎本、九條本：老。
複，九條本：伏。　　欒，九條本：力丸反。　　櫨，陳八郎本、九條
本：盧。　　桷，九條本：角。　　梗，九條本：吉杏反。　　概，九條
本：古代反。　　澇，尤袤本、陳八郎本、九條本：被尤。

旅楹閑列，暉鑒抉振。榱題黝黷，階陌嶙峋。長庭砥平，鍾簴夾陳。
風無纖埃，雨無微津。巖巖北闕，南端逌遵。竦峭雙碣，方駕比輪。
西闈延秋，東啓長春。用覲羣后，觀享頤賓。

　　　　抉，尤袤本、陳八郎本、九條本：烏浪。　　振，陳八郎本、九條
本：章人。　　榱，九條本：衰。　　黝，北宋本及尤袤本李善注：直
感反。陳八郎本、九條本：徒感。　　黷，北宋本及尤袤本李善注：
徒對反。陳八郎本、九條本：徒對。　　陌，陳八郎本、九條本：述
尹。　　嶙，陳八郎本、九條本：隣。　　峋，陳八郎本、九條本：詢。

砥，陳八郎本、九條本：至履。　籧，九條本作"虡"，音：巨。

夾，九條本：古洽反。　享，北宋本李善注：許兩反。尤袤本李善注：許兩切。九條本：許兩。

左則中朝有艴，聽政作寢。匪樸匪斲，去泰去甚。木無彫鎪，土無綈錦。玄化所甄，國風所稟。

　　朝，九條本：直遥反。　艴，九條本：許力反。　樸，九條本：普角反。　斲，九條本：丁角反。　鎪，尤袤本、陳八郎本、九條本：所留。　綈，尤袤本：題。陳八郎本、九條本作"締"，音：題。

　　甄，北宋本胡尤袤本李善注：吉然反。陳八郎本：經延。九條本：經延，又：古然。　稟，九條本：布錦。

於前則宣明顯陽，順德崇禮。重闈洞出，鏘鏘濟濟。珍樹猗猗，奇卉萋萋。蕙風如薰，甘露如醴。禁臺省中，連闥對廊。直事所絃，典刑所藏。藹藹列侍，金蜩齊光。詰朝陪幄，納言有章。亞以柱後，執法內侍。符節謁者，典璽儲吏。膳夫有官，藥劑有司。肴醳順時，腠理則治。

　　闈，九條本：于歸。　萋，尤袤本李善注：此禮切，叶韻。陳八郎本：此礼，叶韻。九條本：此礼，叶。　蜩，九條本：徒彫反。

　　詰，九條本：溪吉。　幄，九條本：於角反。　璽，九條本：徙。

　　醳，尤袤本、陳八郎本、九條本：亦。　腠，九條本：七豆反。

於後則椒鶴文石，永巷壺術。楸梓木蘭，次舍甲乙。西南其户，成之匪日。丹青煥炳，特有温室。儀形宇宙，歷像賢聖。圖以百瑞，綷以藻詠。芒芒終古，此焉則鏡。有虞作繪，兹亦等競。

壹，九條本：苦本反。　綷，陳八郎本、九條本：祖對。　繪，
九條本作"繢"，音：會。

右則疎圃曲池，下碗高堂。蘭渚莓莓，石瀨湯湯。弱葰係實，輕葉振
芳。奔鼃躍魚，有瞷呂梁。馳道周屈於果下，延閣胤宇以經營。飛陛
方輦而徑西，三臺列峙以崢嶸。亢陽臺於陰基，擬華山之削成。上累
棟而重霤，下冰室而沍冥。

碗，陳八郎本、九條本：於遠。　莓，北宋本及尤袤本李善
注：莫來反。　湯，陳八郎本、九條本：傷。　葰，陳八郎本：子
公。九條本：子公反。　瞷，北宋本及尤袤本李善注：千例反。
陳八郎本：千麗。九條本：千麗，又：千例。　陛，九條本：蒲礼。
削，九條本：四畧反。　霤，陳八郎本、九條本：力救。

周軒中天，丹墀臨焱。增搆嶫嶫，清塵影影。雲雀踶甍而矯首，壯翼
摛鏤於青霄。雷雨窈冥而未半，曒日籠光於綺寮。習步頓以升降，御
春服而逍遙。八極可圍於寸眸，萬物可齊於一朝。

影，陳八郎本作"剽"：匹遙反。九條本：匹遙。　踶，陳八郎
本：亭低。九條本：低。○案：低、踶清濁不同，九條本脱"亭"字。
曒，九條本：公了反。　寮，九條本：遼。　眸，九條本：莫
侯反。

長塗牟首，豪徽互經。晷漏肅唱，明宵有程。附以蘭錡，宿以禁兵。
司衛閑邪，鈎陳罔驚。

徽，尤袤本、陳八郎本、九條本：古吊。　晷，九條本：軌。
唱，北宋本及尤袤本李善注：充向反。九條本作"倡"：充向反。

　　錡，尤袤本、陳八郎本、九條本：魚几。

於是崇墉濬洫，嬰堞帶湀。四門轞轞，隆廈重起。憑太清以混成，越
埃壒而資始。巍巍標危，亭亭峻趾。臨焦原而不悷，誰勁捷而無憪。
與岡岑而永固，非有期乎世祀。陽靈停曜於其表，陰祇濛霧於其裏。

　　堞，九條本：牒。　　湀，九條本：士。　　轞，尤袤本、陳八郎
本、九條本：魚竭。　　壒，尤袤本、陳八郎本、九條本：烏害。
　　巍，九條本作"邀"，音：亡角。　　趾，九條本作"跱"，音：止。
　　憪，北宋本及尤袤本李善注：思子反。陳八郎本、九條本：胥理。

菀以玄武，陪以幽林。繚垣開囿，觀宇相臨。碩果灌叢，圍木竦尋。
篁篠懷風，蒲陶結陰。回淵濣，積水深。兼葭贊，蘿蒻森。丹藕凌波
而的皪，綠芰泛濤而浸潭。羽翮頡頏，鱗介浮沉。栖者擇木，雛者擇
音。若咆渤澥與姑餘，常鳴鶴而在陰。表清籞，勒虞箴。思國卹，忘
從禽。樵蘇往而無忌，即鹿縱而匪禁。

　　陪，九條本：步回反。　　繚，尤袤本、陳八郎本、九條本：了。
　　濣，九條本：青罪。　　贊，北宋本及尤袤本李善注：胡犬反。九
條本：胡犬。陳八郎本：胡管。　　蘿，尤袤本、陳八郎本、九條本：
胡官。　　蒻，尤袤本、九條本：弱。陳八郎本：若。　　皪，九條本
作"礫"，音：歷。　　浸，尤袤本、陳八郎本、九條本：七心。　潭，
尤袤本、陳八郎本、九條本：以心。　　翮，九條本：諧革。　咆，尤
袤本、陳八郎本、九條本：步交。　　渤，尤袤本、陳八郎本、九條
本：蒲没。　　籞，陳八郎本作"禦"：語。九條本：語。　　樵，九條
本：昨焦反。　　禁，陳八郎本：金。九條本：金，叶。

朕朕坰野，奕奕畬畝。甘荼伊蠚，芒種斯阜。西門漑其前，史起灌其
後。磴流十二，同源異口。畜爲屯雲，泄爲行雨。水澍秔稌，陸蒔稷
黍。黝黝桑柘，油油麻紵。均田畫疇，蕃廬錯列。薑芋充茂，桃李蔭
翳。家安其所，而服美自悦。邑屋相望，而隔踰奕世。

　　　朕，北宋本及尤袤本李善注：莫來反。陳八郎本：莫回。九
條本：莫回，又：莫來。　荼，陳八郎本、九條本：途。　磴，陳八
郎本：丁鄧。　澍，北宋本及尤袤本李善注：之樹反。陳八郎本：
之豎。九條本旁記：澍，之堅反。○案：九條本“堅”爲“豎”字之
訛。　秔，尤袤本、陳八郎本、九條本：古衡。　稌，尤袤本、陳八
郎本：徒五。九條本：徒五，又：通古。　蒔，北宋本李善注：時吏
反。尤袤本李善注：時吏切。九條本：時吏。　黝，陳八郎本、九
條本：一柳。　柘，九條本：之夜。　蕃，九條本：付煩反。　翳，
尤袤本、陳八郎本：咽，叶韻。九條本：噎，叶。　望，尤袤本、九
條本：武方。

內則街衝輻輳，朱闕結隅。石杠飛梁，出控漳渠。疏通溝以濱路，羅
青槐以蔭塗。比滄浪而可濯，方步欄而有踰。習習冠蓋，莘莘蒸徒。
斑白不提，行旅讓衢。設官分職，營處署居。夾之以府寺，班之以
里閭。

　　　衝，北宋本及尤袤本李善注：齒容反。　杠，陳八郎本、九條
本：江。　浪，尤袤本、九條本、朝鮮正德本、奎章閣本：平聲。
欄，尤袤本、陳八郎本、九條本：以占。　莘，尤袤本、陳八郎本、
九條本：所巾。　蒸，九條本：之仍。　處，九條本：昌慮反。
夾，九條本：古洽反。

其府寺則位副三事,官踰六卿。奉常之號,大理之名。厦屋一揆,華
屏齊榮。肅肅階闥,重門再局。師尹爰止,毗代作楨。

　　　副,九條本:芳富反。　　闥,陳八郎本、九條本:許亮。

其閭閻則長壽吉陽,永平思忠。亦有戚里,實宮之東。閈出長者,巷
苞諸公。都護之堂,殿居綺牕。輿騎朝猥,蹀敏其中。

　　　戚,九條本:千的。　　閈,九條本:何旦反。　　朝,九條本:直
　　遥反。　　猥,北宋本及尤袤本李善注:烏罪反。九條本:烏罪。

　　蹀,北宋本李善注:徒医反。奎章閣本李善注:徒匜反。尤袤
　　本李善注:徒協反。九條本:徒協。○案:北宋本"医"字誤,當作
　　"匜",形近而訛,匜、蹀皆帖韻。又匜與箧同,《玉篇》殘卷"蹀"即
　　作"徒箧切"。又尤袤本疑非李善音。　　敏,北宋本及尤袤本李
　　善注:丘知反。陳八郎本:古毁。九條本:古毁,又:丘知。

營客館以周坊,餙賓侶之所集。瑋豐樓之閈閎,起建安而首立。葺牆
冪室,房廡雜襲。剞劂罔掇,匠斲積習。廣成之傳無以疇,槀街之邸
不能及。

　　　　閈,九條本:何旦反。　　葺,陳八郎本、九條本:七立。　　剞,
　　尤袤本、陳八郎本、九條本:居綺。　　劂,北宋本及尤袤本李善
　　注:九月反。陳八郎本:居衛。九條本:居衛,又:九月。　　斲,九
　　條本:吐角反。　　傳,陳八郎本:知恋。九條本:知戀。　　槀,九
　　條本:苦道。

廓三市而開廛,籍平逵而九達。班列肆以兼羅,設闤闠以襟帶。濟有
無之常偏,距日中而畢會。抗旗亭之嶤嶭,侈所覩之博大。

達，九條本：大，叶。 嶤，陳八郎本、九條本作"嶢"，音：堯。 嶭，尤袤本、陳八郎本、九條本：五結。 覜，北宋本及尤袤本李善注：他吊反。九條本作"眺"，音：他吊。

百隧轂擊，連軫萬貫，憑軾捶馬，袖幕紛半。壹八方而混同，極風采之異觀。質劑平而交易，刀布貿而無筭。財以工化，賄以商通。難得之貨，此則弗容。器周用而長務，物背窳而就攻。不鬻邪而豫賈，著馴風之醇醲。

擊，九條本：經歷。 軾，九條本：尺弋。 劑，尤袤本、陳八郎本、九條本：子遺。 長，九條本引《音决》：丁丈反。 背，九條本：步妹反。 窳，北宋本及尤袤本李善注：餘乳反。陳八郎本、九條本：庾。 鬻，九條本：以六反。 賈，尤袤本、陳八郎本、九條本：古。 馴，九條本：純。〇案：馴，《集韻》"殊倫切"，即音"純"。 醲，北宋本李善注：女龍反。尤袤本李善注：女龍切。九條本：女恭反。

白藏之藏，富有無隄。同賑大内，控引世資，賨幏積墆，琛幣充牣。關石之所和鈞，財賦之所底慎。燕弧盈庫而委勁，冀馬填廄而駔駿。

藏，尤袤本、陳八郎本、九條本：平聲。 藏，尤袤本、陳八郎本、九條本：去聲。 賨，北宋本及尤袤本李善注：在宗反。陳八郎本：琮。九條本：琮，又：在宗。 幏，北宋本李善注作"㡟"，音：稼。尤袤本李善注：稼。陳八郎本：嫁。九條本：嫁，又：稼。 墆，北宋本及尤袤本李善注：滯。陳八郎本：徒結。九條本：徒結，又：滯。 琛，九條本：丑今反。 牣，尤袤本、陳八郎本、九條本：仞。 關，九條本：古□。〇案：九條本□處字模糊，似作

"鐶"。　燕，九條本：煙。　弧，九條本：胡。　廄，尤袤本、陳八郎本、九條本：救。　駔，北宋本及尤袤本李善注：子朗反。陳八郎本：祖朗。九條本：祖朗，又：□朗。○案：九條本□處空一字，蓋即"子"字。

至乎勍敵糾紛，庶土罔寧。聖武興言，將曜威靈。介冑重襲，旆旗躍莖。弓玼解檠，矛鋋飄英。三屬之甲，縵胡之纓。控絃簡發，妙擬更嬴。

　　勍，陳八郎本、九條本：巨京。　玼，尤袤本、陳八郎本、九條本：以焦。　檠，尤袤本、陳八郎本、九條本：巨景。　縵，尤袤本、陳八郎本、九條本：莫韓。　更，尤袤本、陳八郎本、九條本：平聲。　嬴，陳八郎本：亦精反。九條本：亦精。

齊被練而銛戈，襲偏裻以讚列。畢出征而中律，執奇正以四伐。碩畫精通，目無匪制。推鋒積紀，鋌氣彌銳。三接三捷，既畫亦月。剋勦方命，吞滅咆烋。雲撤叛換，席卷虔劉。祲威八紘，荒阻率由。洗兵海島，刷馬江洲。振旅輷輷，反旆悠悠。凱歸同飲，疏爵普疇。朝無刓印，國無費留。

　　被，九條本：皮義反。　銛，尤袤本、陳八郎本、九條本：息廉。　裻，北宋本及尤袤本李善注：督。陳八郎本：都禄。九條本：都禄，又：督。　讚，尤袤本、陳八郎本、九條本：會。　畫，陳八郎本、九條本：胡麥。　銳，九條本：以歲反。　咆，尤袤本、陳八郎本、九條本：白交。　烋，尤袤本：虛交。陳八郎本作"咻"，音：休。九條本：休。　換，九條本：户貫。　祲，尤袤本、陳八郎本、九條本：子鴆。○案：尤袤本"鴆"字左偏"尤"作"皮"。　洗，九條本：西礼反。　島，九條本：多老反。　刷，北宋本及尤袤本李善注：所劣切。九條本：所劣。　輖，北宋本及尤袤本李善注：呼萌反，今爲輖字，音田。陳八郎本、九條本：田。　朝，九條本：直遥反。　刓，尤袤本、陳八郎本、九條本：五官。

喪亂既弭而能宴，武人歸獸而去戰。蕭斧戕柯以枏刃，虹旍攝麾以就卷。斟《洪範》，酌典憲。觀所恒，通其變。上垂拱而司契，下緣督而自勸。道來斯貴，利往則賤。囹圄寂寥，京庾流衍。

　　枏，北宋本及尤袤本李善注：胡甲反。陳八郎本、九條本：胡甲。　契，九條本：苦□反。○案：九條本□處空一字。　衍，九條本：以戰反，叶。

於時東鯷即序，西傾順軌。荊南懷憓，朔北思趡。縣縣迴塗，驟山驟水。襁負賮贄，重譯貢箿。髽首之豪，鑢耳之傑。服其荒服，歛衽魏闕。置酒文昌，高張宿設。其夜未遽，庭燎晢晢。有客祁祁，載華載裔。岌岌冠縱，纍纍辮髮。清酤如濟，濁醪如河。凍醴流澌，温酎躍波。豐肴衍衍，行庖皤皤。愔愔醖譹，酣湑無譁。

　　鯷，陳八郎本、九條本：啼。　憓，尤袤本、陳八郎本、九條本：惠。　趡，尤袤本、陳八郎本、九條本：偉。　襁，陳八郎本、九條本：居兩。　賮，陳八郎本、九條本：慈胤。　贄，陳八郎本、九條本：職二。　箿，九條本：匪。　髽，陳八郎本、九條本：側瓜。　鑢，北宋本及尤袤本李善注、陳八郎本、九條本：渠。
【附】北宋本及尤袤本李善注：《山海經》曰：青要之山，魍武羅司之。魍，音神。　衽，尤袤本：而審。陳八郎本、九條本作“袵”，音：而審。　裔，尤袤本：入聲，協韻。陳八郎本：入聲，叶韻。九

條本:入声,叶。　　緌,尤袤本、陳八郎本、九條本:所綺。　　纍,
尤袤本、陳八郎本、九條本:呂追。　　酤,尤袤本、陳八郎本、九條
本:戶。　　澌,尤袤本、陳八郎本:息茲。九條本:息慈。　　酎,陳
八郎本、九條本:遲有。　　嶓,九條本:婆。　　惛,九條本:一林
反。　　嘔,北宋本及尤袤本李善注:乙據反。尤袤本、陳八郎本、
九條本:一據。　　湑,九條本:思呂反。　　譁,尤袤本、陳八郎本:
呼瓜反。九條本:呼瓜。

延廣樂,奏九成。冠韶夏,冒六莖。傮響起,疑震霆。天宇駭,地廬
驚。億若大帝之所興作,二嬴之所曾聆。金石絲竹之恒韻,匏土革木
之常調。干戚羽旄之飾好,清謳微吟之要妙。世業之所日用,耳目之
所聞覺。雜糅紛錯,兼該泛博。韃韃所掌之音,觫昧任禁之曲。以娛
四夷之君,以睦八荒之俗。

　　樂,九條本:岳。　　傮,陳八郎本、九條本作“嘈”,音:曹。
調,九條本:徒吊。　　好,尤袤本、陳八郎本、九條本:去聲。
謳,九條本:烏侯反。　　糅,陳八郎本、九條本:汝又。　　該,陳八
郎本、九條本:古孩。　　泛,九條本:敷梵。陳八郎本作“氾”,音:
敷梵。　　韃,陳八郎本、九條本:都泥。　　韃,陳八郎本:居遇。
九條本:居遇,又:力侯。　　觫,尤袤本、陳八郎本、九條本:邁。
　　任,尤袤本、陳八郎本、九條本:而金。　　禁,尤袤本、陳八郎
本、九條本:金。

既苗既狩,爰游爰豫。藉田以禮動,大閱以義舉。備法駕,理秋御。
顯文武之壯觀,邁梁騶之所著。林不槎枿,澤不伐夭。斧斤以時,曾
罘以道。德連木理,仁挺芝草。皓獸爲之育藪,丹魚爲之生沼。喬雲

翔龍，澤馬于皋。山圖其石，川形其寶。莫黑匪烏，三趾而來儀。莫
赤匪狐，九尾而自擾。嘉穎離合以蓴蓴，醴泉涌流而浩浩。顯禎祥以
曲成，固觸物而兼造。蓋亦明靈之所酬酢，休徵之所偉兆。

　　舉，陳八郎本、九條本：去聲。　觀，九條本：古玩反。　槎，
尤袤本李善注：士雅切。陳八郎本、九條本：仕雅。　枿，尤袤本
李善注：五割切。陳八郎本、九條本：五割。　夭，尤袤本李善
注：烏老切。陳八郎本、九條本：烏老。　斨，尤袤本李善注：七
羊切。陳八郎本、九條本：七羊。　矕，尤袤本李善注：子能切。

　　喬，陳八郎本、九條本：聿。　丁，北宋本作“于”：丑亦反。尤
袤本李善注：丑赤反。陳八郎本作“于”，音：恥録。九條本亦作
“于”，音：恥録，又：丑亦。○案：尤袤本“丑赤反”音亦同，然各本
俱作“丑亦”，疑尤袤本“赤”爲“亦”字之訛。　皋，九條本：抱，
叶。　擾，北宋本及尤袤本李善注：應劭《漢書》曰：擾音擾馴也。
○案：應劭意謂擾音擾馴之擾。或於“擾音擾”下點斷，非。
蓴，尤袤本李善注：予本切。陳八郎本、九條本：子本。○案：尤
袤本“予”爲“子”字之訛。　浩，九條本：胡老。　酢，九條本：在
洛反。

旼旼率土，遷善罔覺。沐浴福應，宅心醇粹。餘糧栖畝而弗收，頌聲
載路而洋溢。河洛開奧，符命用出。翩翩黃鳥，銜書來訊。人謀所
尊，鬼謀所秩。劉宗委馭，巽其神器。闡玉策於金縢，案圖籙於石室。
考曆數之所在，察五德之所莅。量寸旬，涓吉日。陟中壇，即帝位。
改正朔，易服色。繼絕世，脩廢職。徽幟以變，器械以革。顯仁翌明，
藏用玄默。菲言厚行，陶化染學。讎校篆籀，篇章畢覩。優賢著於揚
歷，匪孽形於親戚。

　　　　呅，陳八郎本、九條本：美貧。　　譚，尤袤本、陳八郎本、九條
本：徒南。　　粹，陳八郎本：邃。　　奧，九條本：烏誥反。　　訊，尤
袤本：叶韻，音悉。陳八郎本：信。九條本：信，又：悉，叶。　　噐，
九條本：吉，叶。　　苽，九條本：栗。　　涓，九條本：古玄反。
　　位，九條本：于筆反，叶。　　鷦，九條本：視周。　　校，九條本：胡
效。　　篆，陳八郎本：遲轉。九條本：遲轉反。　　籀，陳八郎本：
逐又。九條本：直救。　　蕚，九條本：魚桀。

　　本枝別幹，蕃屏皇家。勇若任城，才若東阿。抗旍則威噞秋霜，摛翰
則華縱春葩。英喆雄豪，佐命帝室。相兼二八，將猛四七。赫赫震
震，開務有謐。故令斯民睹泰階之平，可比屋而爲一。

　　　　噞，尤袤本李善注：魚膽反。陳八郎本：驗。九條本：驗，又：
魚膽。　　喆，尤袤本、陳八郎本、九條本：知列。　　相，九條本：息
亮反。　　將，九條本：子亮反。　　謐，尤袤本李善注、九條本：密。

　　筭祀有紀，天祿有終。傳業禪祚，高謝萬邦。皇恩綽矣，帝德冲矣。
讓其天下，臣至公矣。榮操行之獨得，超百王之庸庸。追亘卷領與結
繩，眇留重華而比踪。尊盧赫胥，羲農有熊。雖自以爲道，洪化以爲
隆。世篤玄同，奚遽不能與之踵武而齊其風。

　　　　操，九條本：七到反。　　行，九條本：下孟反。　　卷，陳八郎
本、九條本：居免。

　　是故料其建國，析其法度。諮其考室，議其舉厝。復之而無斁，申之
而有裕。非疏繆之士所能精，非鄙俚之言所能具。

　　　　料，尤袤本、陳八郎本、九條本：聊。　　析，陳八郎本、九條本：

先歷。　曆,九條本作"措",音:且故。　歎,陳八郎本、九條本:
亦。　糯,尤袤本、陳八郎本、九條本:魯葛。　俚,九條本:里。

至於山川之倬詭,物産之魁殊。或名奇而見稱,或實異而可書。生生
之所常厚,洵美之所不渝。其中則有鴛鶿交谷,虎澗龍山。掘鯉之
淀,蓋節之淵。舐舐精衛,銜木償怨。常山平干,鉅鹿河間。列真非
一,往往出焉。昌容練色,犢配眉連。玄俗無影,木羽偶仙。琴高沉
水而不濡,時乘赤鯉而周旋。師門使火以驗術,故將去而林燔。

　　倬,陳八郎本、九條本:陟角。　詭,九條本:鬼。　洵,陳八
郎本作"詢",音:恂。九條本:詢。　山,九條本:所連,叶。
淀,尤袤本李善注:殿。陳八郎本:覿見。九條本:覿見,又:殿。
　舐,尤袤本李善注:叔豉反,今音祇。陳八郎本:祁。九條本:
祈。○案:九條本旁記亦引此條李善音。　償,陳八郎本:常。
九條本:掌。　怨,陳八郎本、九條本:冤。　間,九條本:居連
反,叶。　燔,陳八郎本:扶原反。九條本:扶原。

易陽壯容,衛之稚質。邯鄲躡步,趙之鳴瑟。真定之梨,故安之栗。
醇酎中山,流湎千日。淇洹之筍,信都之棗。雍丘之粱,清流之稻。
錦綉襄邑,羅綺朝歌。緜纊房子,縑總清河。若此之屬,繁富夥夠。
非可單究,是以抑而未馨也。

　　邯,九條本:寒。　鄲,九條本:都闌。　躡,尤袤本李善注:
所解反。九條本:所解。　【附】尤袤本李善注:《漢書音義》臣瓚
曰:跕爲躡。跕,都牒反。○案:九條本頁眉記亦引此條李善音。
酎,九條本:遟有反。　淇,陳八郎本、九條本:其。　洹,尤袤
本李善注:垣。陳八郎本:桓。九條本:桓,又:垣。　縑,九條

本：兼。　　總，陳八郎本、九條本：子弄。　　夥，尤袤本、陳八郎本、九條本：禍。　　夠，尤袤本：古侯。陳八郎本、九條本：苦侯。

蓋比物以錯辭，述清都之閑麗。雖選言以簡章，徒九復而遺旨。覽《大易》與《春秋》，判殊隱而一致。末上林之隤牆，本前脩以作系。其軍容弗犯，信其果毅。糾華綏戎，以戴公室。元勳配管敬之績，歌鍾析邦君之肆，則魏絳之賢有令聞也。閑居隘巷，室邇心遐。富仁寵義，職競弗羅。千乘爲之軾廬，諸侯爲之止戈，則干木之德自解紛也。貴非吾尊，重士踰山。親御監門，嘯嗽同軒。搦秦起趙，威振八蕃，則信陵之名若蘭芬也。英辯榮枯，能濟其厄。位加將相，窒隙之策。四海齊鋒，一口所敵，張儀、張禄亦足云也。

比，九條本：渟，又如字。〇案：九條本"字"作代字符"｜"。　　麗，九條本：力冀反，叶。　　旨，九條本：至，叶。　　系，尤袤本：胡計切。陳八郎本：胡計反。九條本：胡計。　　信，陳八郎本、九條本：身。　　析，陳八郎本、九條本：先歷。　　肆，九條本：四。　　嗽，九條本作"謙"，音：苦點。　　搦，尤袤本、陳八郎本、九條本：女格。　　蕃，九條本：付煩反。　　窒，尤袤本、陳八郎本、九條本：知逸。

摧惟庸蜀與鴟鵲同窠，句吳與黿鼉同穴。一自以爲禽鳥，一自以爲魚鼈。

鴟，尤袤本李善注作"鸜"：具瑜反。陳八郎本：鉤。九條本：鉤，又：具瑜。　　【附】尤袤本李善注：《左氏傳》曰：鸜鵒株株。株，音：誅。　　鵲，九條本：七雀反。　　窠，陳八郎本、九條本：苦和。　　句，尤袤本李善注：溝。陳八郎本、九條本：古侯。　　黿，

尤袤本李善注：胡蝸反。陳八郎本：烏華。九條本：烏華，又：胡
蝸。　　黽，尤袤本李善注：莫耿切。陳八郎本：猛。九條本：猛，
又：莫耿。

山皋猥積而踦嶇，泉流迸集而映咽。隟壤瀺漏而沮洳，林藪石留而
蕪穢。

猥，九條本：烏罪。　　映，尤袤本李善注：烏朗反。陳八郎
本：烏明。九條本、朝鮮正德本、奎章閣本：烏朗。○案：陳八郎
本“明”爲“朗”字之訛。　　瀺，尤袤本李善注：作廉反。陳八郎
本：所讒。九條本：所讒，又：乍廉。○案：九條本“乍”爲“作”之
省文。　【附】尤袤本李善注：《周易》曰：甕敝漏。然漏猶滲也。
滲，所禁反。　　沮，陳八郎本、九條本：子豫。　　洳，陳八郎本、九
條本：如豫。　　留，尤袤本、陳八郎本、九條本：力又。

窮岫泄雲，日月恒翳。宅土熇暑，封疆障癘。蔡莽螫刺，昆蟲毒噬。
漢罪流禦，秦餘徙剟。宵貌蕞陋，稟質蓮脆。巷無杼首，里罕耆耋。

熇，尤袤本李善注：許妖切。陳八郎本：許驕。九條本：許
驕，又：許妖。　　螫，尤袤本、陳八郎本、九條本：適。　　刺，尤袤
本、陳八郎本、九條本：力割。　　剟，尤袤本李善注：力制反。陳
八郎本、九條本：力制。　　蕞，尤袤本、陳八郎本、九條本：罪。
蓮，尤袤本李善注：七戈反。陳八郎本、九條本：七和。　　脆，尤
袤本：蔣衛。陳八郎本：將衛反。九條本：蔣衛。○案：九條本
“蒔”爲“蔣”字之訛。　　杼，尤袤本、陳八郎本、九條本：直呂。

或魋髻而左言，或鏤膚而鑽髮。或明發而媲歌，或浮泳而卒歲。風俗

以蟊果爲嬅，人物以戕害爲藝。威儀所不攝，憲章所不綴。

　　魖，尤袤本、陳八郎本、九條本：直追。　鬐，陳八郎本、九條本作“結”，音：計。　鑽，尤袤本李善注：子踐反。陳八郎本、九條本：在官。　髮，九條本：廢，叶。　㷿，尤袤本李善注：葦苕，一音徒了反。奎章閣本李善注：苕。陳八郎本：徒了。九條本：徒召。○案：據奎章閣本，尤袤本李善注“葦”衍。㷿屬定母，葦屬云母，聲紐不同。葦、苕義近，相涉而衍。　蟊，尤袤本李善注：下介切。陳八郎本、九條本：下界。　果，陳八郎本作“倮”，九條本作“㮌”，并音：果。　嬅，尤袤本李善注：畫。陳八郎本：胡麥。九條本：胡麥反。　戕，尤袤本李善注：七良反。九條本：七良。

由重山之束阨，因長川之裾勢。距遠關以闠闠，時高櫟而陛制。薄戍縣罞，無異蛛蝥之網；弱卒瑣甲，無異螳蜋之衛。與先世而常然，雖信險而勦絶。揆既往之前迹，即將來之後轍。成都迄已傾覆，建鄴則亦顛沛。顧非累卵於疊棊，焉至觀形而懷怛。權假日以餘榮，比朝華而菴藹。覽麥秀與黍離，可作謡於吳會。

　　阨，尤袤本、陳八郎本、九條本：烏介。　裾，尤袤本李善注作“据”：古據字，九御切。九條本：九御。　闠，陳八郎本、九條本：苦規。　闠，尤袤本、陳八郎本、九條本：俞。　櫟，陳八郎本、九條本：巢。　蛛，尤袤本李善注、九條本：株。　蝥，尤袤本李善注：莫侯反。陳八郎本、九條本：莫侯。　卒，九條本：子忽反。　螳，九條本：唐。　蜋，九條本：良。　勦，尤袤本李善注：子小反。陳八郎本、九條本：子了。　怛，九條本：帶，叶。　菴，尤袤本、陳八郎本、九條本：奄。　會，九條本：古外反，叶。

先生之言未卒,吳蜀二客,矆焉相顧,瞤焉失所。有覿薈容,神惢形茹。弛氣離坐,惻墨而謝。

矆,尤袤本李善注:呼縛反。陳八郎本、九條本:钁。【附】尤袤本李善注:張以慢。先壙反。○案:此條音注亦見九條本旁記。　瞤,尤袤本李善注:他狄反。九條本:他狄。陳八郎本:天歷。　覿,陳八郎本、九條本:土典。　薈,九條本:莫贈。陳八郎本作"懵",音:莫贈。　惢,尤袤本李善注:而髓切。陳八郎本、九條本作"蘂",音:如捶。　茹,尤袤本李善注:如舉反。陳八郎本、九條本:汝。　弛,尤袤本李善注:施紙反。九條本作"弤",音:施紙。　離,九條本:力智反。　惻,尤袤本李善注:勑典反。陳八郎本、九條本:土典。

曰:僕黨清狂,忧迫閩濮。習蓼蟲之忘辛,翫進退之惟谷。非常寐而無覺,不睹皇輿之軌躅。過以泛剽之單慧,歷執古之醇聽。兼重悜以賥繆,佪辰光而罔定。

忧,九條本:□□反。○案:九條本□處兩字殘,似作"丑律"。　濮,尤袤本、陳八郎本、九條本:卜。　蓼,九條本:了。躅,九條本:直禄反。　泛,尤袤本李善注:敷劍切。九條本:芳劍反。○案:泛,尤袤本原作"仉"。　剽,尤袤本李善注:匹妙反。九條本:匹妙。陳八郎本:匹眇。　重,尤袤本:一龍反。陳八郎本、九條本:直龍。○案:尤袤本"一"字誤,據陳八郎本,"一"字似爲"直"之殘形。　悜,尤袤本李善注:方冥反。陳八郎本:邊迷。九條本:邊迷,又:方冥。　賥,尤袤本李善注:弋哉反。九條本、朝鮮正德本、奎章閣本:以。　佪,尤袤本李善注:面。陳八郎本:彌兗。九條本:彌兗,又:面。

先生玄識，深頌靡測。得聞上德之至盛，匪同憂於有聖。抑若春霆發
響，而驚蟄飛競。潛龍浮景，而幽泉高鏡。雖星有風雨之好，人有異
同之性。庶覿蔀家與剝廬，非蘇世而居正。且夫寒谷豐黍，吹律暖之
也。昏情爽曙，箴規顯之也。雖明珠兼寸，尺璧有盈。曜車二六，三
傾五城，未若申錫典章之爲遠也。亮曰日不雙麗，世不兩帝。天經地
緯，理有大歸。安得齊給守其小辯也哉。

　　蟄，九條本：直立反。　　蔀，陳八郎本、九條本：部。　　歸，九
條本：貴，叶。

《文選》音注輯考卷七

賦丁
郊祀
　揚子雲《甘泉賦》一首
耕藉
　潘安仁《藉田賦》一首
畋獵上
　司馬長卿《子虛賦》一首

賦　丁
郊　祀

甘泉賦并序
揚子雲

孝成帝時，客有薦雄文似相如者。上方郊祀甘泉泰畤、汾陰后土，以求繼嗣。召雄待詔承明之庭。正月，從上甘泉，還奏《甘泉賦》以風。

　　時，尤袤本李善注引孟康、陳八郎本、九條本：止。　汾，九條本：扶云反。　【附】尤袤本李善注：《漢書》曰：又立后土於汾陰脽上。脽，音難。　承，九條本：暑陵。○案：承爲常母，暑爲書母，聲紐不同。考《唐韻》及《廣韻》，承讀“暑陵切”。九條本“暑”蓋即

"署"字之訛。　風，顏師古：諷。九條本：方鳳反，又：諷。

其辭曰：惟漢十世，將郊上玄。定泰時，雍神休，尊明號。同符三皇，録功五帝。邺胤錫羨，拓迹開統。

　　時，九條本：詩市反。　雍，顏師古、尤袤本李善注：擁。九條本作"擁"：於招反。○案：九條本"招"當作"拱"，拱、擁皆腫韻。招、拱草書形近易訛。　羨，顏師古、尤袤本李善注：弋戰反。陳八郎本、九條本：羊箭。　拓，顏師古、陳八郎本、九條本：託。

於是乃命羣僚，歷吉日，協靈辰，星陳而天行。詔招搖與太陰兮，伏鈎陳使當兵。屬堪輿以壁壘兮，捎夔魖而抶猲狂。

　　當，九條本：多浪反。　屬，顏師古：之欲反。　捎，《漢書》作"梢"，顏師古：山交反。　夔，九條本：其惟反。　魖，顏師古、陳八郎本、九條本：虛。黃善夫本引韋昭：昌慮反，一作：熙慮反。　抶，顏師古：丑乙反。尤袤本李善注：丑乙切。陳八郎本、九條本：丑栗。　猲，顏師古：揆聿反。陳八郎本、九條本：其聿。

八神奔而警蹕兮，振殷轔而軍裝。蚩尤之倫帶干將而秉玉戚兮，飛蒙茸而走陸梁。齊總總以撙撙，其相膠轕兮。焱駭雲迅，奮以方攘。

　　警，九條本作"驚"，音：景。　蹕，九條本：筆。　殷，黃善夫本引宋祁：隱。陳八郎本、九條本：於謹。　轔，顏師古：來忍反。尤袤本李善注：栗忍切。陳八郎本：犂忍。九條本：梨忍，又：栗忍。　茸，顏師古：人工反。尤袤本李善注：而恭反。陳八郎本：而容。九條本：而容，又：而恭。○案：顏師古注"工"，中華本《漢書》作"蒙"。　【附】柲，顏師古：柲，柄也，音祕。○案：李善注同。　擠，顏師古：子本反。尤袤本李善注：子本切。陳八郎本：
兹捐。九條本：兹損。○案：擠、損爲上聲混韻，捐爲平聲仙韻，
韻調迥異。陳八郎本"捐"爲"損"字之訛。　膠，九條本：交。
轕，陳八郎本、九條本：葛。　迅，《漢書》作"訊"，顏師古：信。尤
袤本李善注、九條本：信。　攘，顏師古：人羊反。黃善夫本引蕭
該：依韋昭音相。尤袤本李善注：人羊切。陳八郎本：如羊反。
九條本：如羊。

駢羅列布，鱗以雜沓兮。柴虒參差，魚頡而鳥脰。翕赫昢霍，霧集而
蒙合兮。半散昭爛，粲以成章。

　　駢，九條本：步田反。　柴，顏師古：初蟻反。黃善夫本引蕭
該：柴一本作傺，諸詮賦傺音初綺反。尤袤本李善注：初蟻切。
陳八郎本、九條本作"傺"，音：初蟻。○案：九條本"蟻"右偏"義"
作"歲"。　虒，顏師古、尤袤本李善注：豸。黃善夫本引蕭該：姚
本初擬反。陳八郎本、九條本作"傂"，音：豸。　參，顏師古：初
林反。　頡，顏師古：胡結反。尤袤本李善注：胡結切。　脰，顏
師古、陳八郎本：胡剛反。尤袤本李善注：胡剛切。九條本：胡剛。
　翕，陳八郎本：計急。九條本、朝鮮正德本、奎章閣本：許急。○
案：陳八郎本"計"爲"許"字之訛。　昢，顏師古：讀與忽同。尤袤
本李善注、陳八郎本、九條本：忽。　粲，九條本：倉旦反。

於是乘輿迺登夫鳳皇兮，而翳華芝。駟蒼螭兮六素虬，蠖略蕤綏，灕
虖襂纚。

　　螭，九條本：丑知反。　蠖，顏師古：於鑊反。黃善夫本引宋
本：於鑊反，一作於郭。尤袤本李善注：於鑊切。陳八郎本、九條

本：烏郭。　蕤，陳八郎本：爾惟。九條本：尒惟。　綏，黄善夫本引宋本：先佳反。九條本：雖。　灘，顔師古、尤袤本李善注、陳八郎本、九條本：離。　摻，顔師古作“慘”，音：森。尤袤本李善注：森。陳八郎本、九條本：參。　纚，顔師古、陳八郎本：所宜反。尤袤本李善注：所宜切。九條本：所宜。

帥爾陰閉，霅然陽開。騰清霄而軼浮景兮，夫何旗旐郅偈之旖旎也。流星旄以電爛兮，咸翠蓋而鸞旗。
　　　帥，九條本：所律反。　霅，顔師古：所甲反，又：先合反。尤袤本李善注：於甲切。陳八郎本：蘇合。九條本：蘇合反，又：於甲。　軼，九條本：以口反。○案：九條本“口”疑爲“日”字之訛。　旗，陳八郎本、九條本：余。　旐，陳八郎本、九條本：兆。郅，顔師古：吉，又音質。尤袤本李善注、陳八郎本、九條本：質。　偈，顔師古：居桀反。黄善夫本引韋昭：桀。尤袤本李善注：桀。陳八郎本：居竭。九條本：居謁，又：桀。　旖，顔師古：猗。尤袤本李善注：於綺切。陳八郎本、九條本：於綺。　旎，顔師古：女倚反。黄善夫本引宋祁：越本作“桹”，女支反。尤袤本李善注：女氏切。陳八郎本、九條本：女氏。○案：中華本《漢書》作“桹”，女支反。　旄，九條本：毛。

敦萬騎於中營兮，方玉車之千乘。聲駍隱以陸離兮，輕先疾雷而馺遺風。凌高衍之嵺嵱兮，超紆譎之清澄。登椽欒而狂天門兮，馳閶闔而入凌兢。
　　　乘，九條本：食陵反，叶。　駍，顔師古：普萌反。尤袤本李善注：普萌切。陳八郎本、九條本：普萌。　馺，顔師古：先合反。

韋昭:蘇及反。尤袤本李善注:先合切。陳八郎本、九條本:先
合。　　風,九條本:扶氷反,叶。　　熔,《漢書》、尤袤本李善注并
引李奇:踊。陳八郎本、九條本:勇。　　嵷,《漢書》、尤袤本李善
注并引李奇:竦。陳八郎本、九條本:聳。　　譎,九條本:古穴反。

　　樂,九條本:力丸反。　　玭,《漢書》、尤袤本李善注并引李奇、
陳八郎本、九條本:貢。　　兢,顏師古:鉅陵反。尤袤本李善注:
鉅陵切。陳八郎本:巨矜反。九條本:巨矜。

是時未轅夫甘泉也,迺望通天之繹繹。下陰潛以慘廩兮,上洪紛而相
錯。直嶢嶢以造天兮,厥高慶而不可乎彌度。
　　　　繹,《漢書》引晋灼:夕。黄善夫本引諸詮《賦音》:亦。九條
本:以石反。　　慘,陳八郎本、九條本:七敢。　　廩,顏師古:讀如
本字,又音來感反。尤袤本李善注:來感切。陳八郎本、九條本
作“懍”,音:來敢。　　嶢,顏師古、陳八郎本、九條本:堯。　　造,
顏師古:千到反。陳八郎本、九條本:錯告。　　慶,顏師古:讀曰
羌。尤袤本李善注、陳八郎本、九條本:羌。　　度,顏師古:大各
反。尤袤本李善注:大各切。九條本:大各。陳八郎本:杜洛反。

平原唐其壇曼兮,列新雉於林薄。攢并閭與茇菭兮,紛被麗其亡鄂。
　　　　壇,顏師古:徒旦反。尤袤本李善注:徒旦切。陳八郎本:徒
江。九條本、朝鮮正德本、奎章閣本:徒汗。〇案:陳八郎本“江”
爲“汗”之訛字。壇、曼疊韻,作“江”非。　　曼,顏師古:莫旦反。
尤袤本李善注:莫旦切。九條本:莫旦。　　雉,《漢書》、尤袤本李
善注并引服虔:雉、夷聲相近。　　茇,顏師古:步末反。尤袤本李
善注:步末切。陳八郎本、九條本:步末。　　菭,《漢書》作“苦”,

顏師古:括。尤袤本李善注、陳八郎本、九條本:括。　被,顏師
古:皮義反,又音披。尤袤本李善注:皮義切。九條本:皮義。陳
八郎本:彼義。○案:師古注原作"被麗又音披離"。今爲便于行
文,分條言之。　麗,顏師古:讀如本字,又音離。尤袤本李善
注、九條本:隸。　鄂,陳八郎本:五各反。九條本:五各。

崇丘陵之駊騀兮,深溝嶔巖而爲谷。逞逞離宮,般以相爛兮。封巒石
關,施靡乎延屬。

　　駊,蘇林、尤袤本李善注引蘇林:叵。陳八郎本、九條本:頗。

　　騀,蘇林、尤袤本李善注引蘇林、陳八郎本、九條本:我。　嶔,
顏師古:口銜反。尤袤本李善注:口銜切。陳八郎本:苦咸。九
條本:苦咸,又:口銜。　般,顏師古:盤。陳八郎本、九條本:班。

　　施,顏師古:弋爾反。尤袤本李善注:戈爾切。陳八郎本、九條
本作"迆",音:已爾、已尒。　屬,顏師古:之欲反。尤袤本李善
注:之欲切。陳八郎本、九條本:之欲反。

於是大廈雲譎波詭,摧嶊而成觀。仰橋首以高視兮,目冥昀而亡見。
正瀏瀮以弘惝兮,指東西之漫漫。徒徊徊以徨徨兮,魂眇眇而昏亂。

　　摧,《漢書》作"㩾",晉灼:䋼水反。尤袤本李善注:子罪切。
陳八郎本、九條本:子罪。　嶊,《漢書》作"㠑",顏師古:子水反。
尤袤本李善注:子水切。陳八郎本、九條本:子水。　觀,顏師
古:工喚反。尤袤本李善注:工喚切。九條本:工喚。【附】晉
灼:䋼水反。顏師古:䋼,丑成反。　冥,顏師古:莫見反。尤袤
本李善注:莫見切。陳八郎本、九條本:莫見。　昀,顏師古:音
州縣之縣。尤袤本李善注、陳八郎本、九條本:縣。　瀏,顏師

古、尤袤本李善注、九條本：劉。黃善夫本引韋昭：劉又反。

濫，黃善夫本引韋昭：覽。　悄，《漢書》、尤袤本李善注并引服虔、陳八郎本、九條本：敝。

據軨軒而周流兮，忽坱圠而亡垠。翠玉樹之青葱兮，璧馬犀之瞵珋。金人仡仡其承鍾虡兮，嵌巖巖其龍鱗。揚光曜之燎爛兮，垂景炎之炘炘。

　　軨，顏師古、尤袤本李善注、陳八郎本、九條本：零。　坱，《漢書》作“軮”，顏師古：烏朗反。尤袤本李善注：烏朗切。陳八郎本、九條本：烏朗。　圠，《漢書》作“軋”，顏師古：於黠反。尤袤本李善注：烏黠切。陳八郎本、九條本：烏黠。　垠，陳八郎本、九條本：銀。　瞵，《漢書》及尤袤本李善注并引應劭、陳八郎本、九條本：隣。　珋，《漢書》、尤袤本李善注并引晉灼：齒。陳八郎本：斌。九條本：斌，又：齒。　仡，顏師古：魚乙反，又：其乞反。尤袤本李善注：魚乙切。陳八郎本、九條本：魚乙。　虡，陳八郎本、九條本：巨。　嵌，顏師古：火敢反。黃善夫本引諸詮賦：苦銜反。尤袤本李善注：火敢切。陳八郎本：苦咸。九條本：苦咸，又：火敢。　炎，顏師古：弋贍反。陳八郎本：豔。九條本：艷。　炘，顏師古、尤袤本李善注：欣。陳八郎本：折。九條本：欣。朝鮮正德本、奎章閣本：忻。○案：陳八郎本“折”爲“忻”字之訛。

配帝居之縣圃兮，象泰壹之威神。洪臺崛其獨出兮，椓北極之嶟嶟。

　　崛，《漢書》作“掘”，顏師古：其勿反。尤袤本李善注：其勿切。九條本：其勿。　椓，顏師古：竹旨反。黃善夫本引韋昭：知己反。尤袤本李善注：竹指切。陳八郎本、九條本：陟里。○案：
顏師古音"旨"，中華本作"指"。　　嶟，顏師古：千旬反，又：遵。
尤袤本李善注：千旬切。陳八郎本：七旬反。九條本：七旬。

列宿迆施於上榮兮，日月纚經於柍桭。雷鬱律於巖窔兮，電儵忽於
牆藩。

　　宿，九條本：秀。　　施，顏師古：弋豉反，一曰施，直謂安施之
耳，讀如本字。尤袤本李善注：式支切。九條本：式之。　　纚，黄
善夫本引韋昭：仕兼反。　　柍，顏師古：央。黄善夫本引蕭該：於
兩反，又：於郎反。尤袤本李善注：於兩切。陳八郎本、九條本：
於兩。　　桭，顏師古、尤袤本李善注：辰。黄善夫本引蕭該：之人
反。陳八郎本：真。九條本：真，又：辰。　　巖，九條本：去嚴反，
又：劣烏，叶。○案：九條本音"劣烏"待考。　　窔，尤袤本李善
注：一吊切。陳八郎本：烏叫。　　儵，《漢書》作"倏"，顏師古：式
六反。　　藩，顏師古：甫元反。九條本：付煩反。

鬼魅不能自逮兮，半長途而下顛。歷倒景而絶飛梁兮，浮蠛蠓而
撇天。

　　逮，《漢書》作"還"，顏師古：還讀曰旋，或作逮。　　蠛，陳八
郎本、九條本：滅。　　蠓，顏師古、尤袤本李善注：莫孔反。陳八
郎本、九條本：莫孔。　　撇，顏師古：匹列反，又：普結反。尤袤本
李善注：匹列反。陳八郎本、九條本：匹列。

左欃槍而右玄冥兮，前熛闕而後應門。蔭西海與幽都兮，涌醴汨以生
川。蛟龍連蜷於東厓兮，白虎敦圉乎崑崙。

櫬,九條本:初感。　槍,九條本作"搶":初行反。　慓,顏
師古:匹遥反。黃善夫本:姚本慓,必遥反。尤袤本李善注:必遥
切。九條本:匹遥。　汨,顏師古:于筆反。尤袤本李善注:于筆
切。陳八郎本、九條本:于筆。　蜷,顏師古、尤袤本李善注、陳
八郎本、九條本:拳。　厓,九條本:宜。　敦,顏師古:屯。尤袤
本李善注:徒昆切。九條本:徒昆反。　圍,九條本:魚呂反。

覽樛流於高光兮,溶方皇於西清。前殿崔巍兮,和氏瓏玲。

樛,黃善夫本宋祁引諸詮《賦音》:株。九條本:求。　溶,顏
師古:容。黃善夫本引《字林》:弋冢反。陳八郎本、九條本:勇。
　【附】尤袤本李善注:《漢書》曰:甘泉有高光、旁皇。旁,音傍。
　崔,顏師古:才回反。　巍,顏師古、九條本:五回反。　瓏,顏
師古:聾。黃善夫本引《字林》:龍。九條本:力東反。　玲,顏師
古:零。九條本:力丁反。○案:尤袤本"瓏玲"倒作"玲瓏"。

炕浮柱之飛榱兮,神莫莫而扶傾。閌閬閬其寥廓兮,似紫宮之崢嶸。

炕,九條本作"抗":口浪反。　榱,九條本:衰。　閌,顏師
古、陳八郎本、九條本:抗。　閬,顏師古、尤袤本李善注:浪。陳
八郎本:郎。九條本:郎,又:浪。　寥,顏師古、尤袤本李善注、
九條本:僚。　崢,顏師古:仕耕反。九條本:士耕反。　嶸,《漢
書》作"嶸",顏師古:宏。九條本:宏。

駢交錯而曼衍兮,嶺嶂隈乎其相嬰。乘雲閣而上下兮,紛蒙籠以
棍成。

曼,陳八郎本:萬。九條本:万。　衍,顏師古、九條本:亦戰

反。尤袤本李善注：弋戰切。　嵸，顏師古：它賄反。黃善夫本引蕭該：《字書》翃果反。尤袤本李善注：他賄切。陳八郎本、九條本：他賄。　嶵，顏師古：皐。黃善夫本引蕭該：罪。尤袤本李善注：皐。陳八郎本、九條本作“罪”，音：攉、欋。○案：顏師古“皐”，中華本作“皐”，是。　隗，顏師古：五賄反。尤袤本李善注：五賄切。陳八郎本、九條本作“巍”，音：五迴。　棍，顏師古：胡本反。九條本作“捆”：胡本反。

曳紅采之流離兮，颺翠氣之宛延。襲琁室與傾宮兮，若登高眇遠，亡國肅乎臨淵。

　　颺，陳八郎本、九條本：羊。　宛，《漢書》作“宛”，黃善夫本引蕭該：於元反。九條本：於元反。　襲，九條本：集。

回焱肆其碭駭兮，翍桂椒而鬱楊。香芬茀以穹隆兮，擊薄櫨而將榮。

　　焱，陳八郎本作“燊”，音：摽。九條本：標。　碭，顏師古：徒浪反。尤袤本李善注：徒浪切。九條本：徒浪。　駭，九條本：害。　翍，陳八郎本、九條本：披。　楊，顏師古、尤袤本李善注：移。陳八郎本、九條本：夷。　茀，尤袤本李善注：房物切。陳八郎本、九條本：房勿。　薄，尤袤本李善注：房隔切。黃善夫本引蕭該：《學林》云：榑，弼戟切，通用薄字，一作平戟反。陳八郎本作“榑”，音：平碧。九條本亦作“榑”，音：耳碧，又：房隔。○案：九條本“耳”爲“平”字之訛。　櫨，顏師古：盧。尤袤本李善注：力都切。陳八郎本、九條本：力都。

蔥呋朒以棍批兮，聲駍隱而歷鍾。排玉戶而颺金鋪兮，發蘭蕙與莩蕿。

　　　　蔥，顏師古：讀與響同。陳八郎本、九條本：香。　呋，顏師
古：丑乙反。黃善夫本引蕭該：別本丑乙反，《文選》余日反。尤
袤本李善注：余日切。陳八郎本：迭。九條本：迭，又：余日。
朒，《漢書》作“肸”，顏師古：許乙反。黃善夫本引蕭該：別本作
肸，靈乞反。尤袤本李善注：許一切。陳八郎本、九條本：許乙。
○案：蕭該音“靈”當作“黑”。靈俗作“霊”，與“黑”形近易訛。又
肸屬曉母，靈屬來母，聲紐不同，而“黑”字爲曉母，與肸同。《集
韻》肸字讀“黑乙切”，是其證。　棍，《漢書》作“捆”，顏師古：下
本反。尤袤本李善注：下本切。陳八郎本：乎本。　批，尤袤本
李善注：薄結切。陳八郎本、九條本：薄結。　駍，顏師古：普耕
反。尤袤本李善注：普耕切。陳八郎本、九條本：普萌。

帷弸彋其拂汨兮，稍暗暗而靚深。陰陽清濁穆羽相和兮，若夒、牙之
調琴。

　　　　弸，顏師古：普萌反。黃善夫本引蕭該：文萌反。陳八郎本、
九條本：普萌。○案：蕭該音“文”疑爲“皮”字之訛。　彋，《漢
書》引蘇林、黃善夫本引蕭該、尤袤本李善注、九條本：宏。陳八
郎本：橫。　拂，顏師古：普密反。黃善夫本引蕭該：芳勿反。
汨，顏師古：于密反。尤袤本李善注：于密切。陳八郎本：于密。
九條本：于蜜。　暗，顏師古：烏感反。尤袤本李善注：烏感切。
陳八郎本、九條本：烏敢。　靚，陳八郎本：静。九條本：浄。

般、倕棄其剞劂兮，王爾投其鉤繩。雖方征僑與偓佺兮，猶彷彿其
若夢。

般，顏師古：讀與班同。　　倕，顏師古、尤袤本李善注、九條本：垂。　　劂，顏師古：居爾反。陳八郎本、九條本：居綺。　　劂，顏師古：居衛反。陳八郎本、九條本：居衛。　　征，顏師古：《郊祀志》作正字，其音同。　　僑，九條本：巨苗反。　　偓，顏師古：渥。○案：顏師古音"渥"，中華本作"屋"。　　佺，顏師古：銓。○案：顏師古音"銓"，中華本作"詮"。　　彷，九條本作"髣"：芳像反。

【附】尤袤本李善注：《説文》曰：彷彿，相似視不諟也。諟即諦字，音帝。

於是事變物化，目駭耳回。蓋天子穆然，珍臺間館，琁題玉英，蟠蜎蠖濩之中。

間，顏師古、尤袤本李善注、陳八郎本、九條本：閑。　　琁，九條本：徐宣反。　　蟠，顏師古：一充反。黃善夫本引蕭該：一旬反。尤袤本李善注：淵。陳八郎本、九條本作"蟺"，音：蟬。蜎，顏師古：下充反。黃善夫本引蕭該：一軟反。尤袤本李善注：於緣切。陳八郎本、九條本：於緣。　　蠖，顏師古：烏郭反。尤袤本李善注：烏郭切。陳八郎本、九條本：烏郭。　　濩，顏師古：胡郭反。尤袤本李善注：胡郭切。陳八郎本、九條本：胡郭。

惟夫所以澄心清魂，儲精垂恩。感動天地，逆釐三神者。廼搜逑索偶皋伊之徒，冠倫魁能。函甘棠之惠，挾東征之意，相與齊乎陽靈之宮。靡薜荔而爲席兮，折瓊枝以爲芳。吸清雲之流瑕兮，飲若木之露英。集乎禮神之囿，登乎頌祇之堂。建光燿之長旒兮，昭華覆之威威。攀琁機而下視兮，行游目乎三危。陳衆車於東阬兮，肆玉軑而下馳。

恩，九條本作"思"：先白反。○案：九條本"白"爲"自"字之

訛。　犛，顏師古：禧。尤袤本李善注、九條本：熙。　能，陳八
郎本、九條本：乃來。　齊，黃善夫本宋祁引諸詮：沮諧反。尤袤
本李善注：側皆反。陳八郎本：齋。九條本：齋，又：側皆。　薜，
九條本：步計反。　荔，九條本：力計反。　旃，顏師古：所交反。
尤袤本李善注：所交切。陳八郎本、九條本：所交。　覆，九條
本：輔。　阬，顏師古：讀與岡同。黃善夫本引《字書》：口盎反。
尤袤本李善注：苦庚切。陳八郎本、九條本：苦庚。○案：尤袤本
"苦庚切"原綴於如淳注下，疑當爲李善音。　軑，《漢書》作
"鈦"，顏師古：大，又音弟。尤袤本李善注引韋昭：徒計切。尤袤
本李善注、陳八郎本：大。九條本：大，又：徒計。

漂龍淵而還九垠兮，窺地底而上回。風澂澂而扶轄兮，鸞鳳紛其銜
蕤。梁弱水之瀟瀁兮，躡不周之逶蛇。想西王母欣然而上壽兮，屏玉
女而却宓妃。玉女亡所眺其清矑兮，宓妃曾不得施其蛾眉。方攬道
德之精剛兮，侔神明與之爲資。

　　還，顏師古、尤袤本李善注、陳八郎本：旋。　垠，陳八郎本：
銀。　澂，《漢書》作"偬"，顏師古：竦。黃善夫本引鄭氏：摠。尤
袤本李善注：竦。陳八郎本：聳。九條本亦作"偬"，音：竦。
蕤，九條本：如維反。○案：九條本此條音注標於"銜"字旁，今移
正。　瀟，顏師古：吐定反。尤袤本李善注：吐定切。陳八郎本：
土挺。九條本：土挺，又：吐定。　瀁，《漢書》作"瀁"，顏師古：
熒，又：胡鎣反。尤袤本李善注：熒。陳八郎本：烏挺。九條本：
烏挺，又：英。　逶，陳八郎本、九條本：於爲。　蛇，顏師古、尤
袤本李善注、陳八郎本、九條本：移。　宓，九條本：伏。　亡，陳
八郎本：無。九條本：毋。　矑，陳八郎本、九條本：盧。　攬，

　　《漢書》作"𡟰"，顏師古：覽。黃善夫本引宋祁：力敢反。尤袤本
　　李善注、九條本：覽。

於是欽柴宗祈，燎薰皇天，皋搖泰壹。舉洪頤，樹靈旗。樵蒸昆上，配
藜四施。東燭滄海，西耀流沙。北熿幽都，南煬丹厓。玄瓚觿觼，秬
鬯泔淡。朌饎豐融，懿懿芬芬。炎感黃龍兮，熛訛碩麟。選巫咸兮叫
帝閽，開天庭兮延羣神。儐暗藹兮降清壇，瑞穰穰兮委如山。

　　燎，九條本：力召反。　薰，九條本：計云反。○案：九條本
"計"疑爲"許"字之訛。　搖，九條本：遥。　頤，九條本：以而
反。　沙，陳八郎本：所宜。九條本：所宜，叶。　熿，尤袤本李
善注、陳八郎本、九條本：晃。　煬，顏師古：弋向反。陳八郎本：
移尚。九條本：移尚反。　觿，顏師古：虯。尤袤本李善注：求。
陳八郎本、九條本：虯。　觼，顏師古：力幽反。尤袤本李善注：
力幽切。陳八郎本、九條本：力幽。　秬，九條本：巨。　鬯，九
條本：丈。　泔，顏師古：胡感反。尤袤本李善注：胡敢切。陳八
郎本、九條本：胡敢。　淡，顏師古：大敢反。尤袤本李善注：大
敢切。九條本：大敢。　朌，九條本作"肦"：許乙反。　饎，九條
本：許兩反。　熛，顏師古：必遥反。尤袤本李善注：必遥切。陳
八郎本：摽。九條本：標，又：必遥。　儐，黃善夫本引蕭該：甫刃
反。　暗，顏師古：烏感反。尤袤本李善注：烏感切。陳八郎本：
烏感。九條本：烏咸。○案：九條本"咸"或"感"之省文。

於是事畢功弘，迴車而歸，度三巒兮偈棠黎。天閫決兮地垠開，八荒
協兮萬國諧。登長平兮雷鼓磕，天聲起兮勇士厲。雲飛揚兮雨滂沛，
于胥德兮麗萬世。

　　　　彎，九條本作"奱"：力桓反。　偈，顏師古、尤袤本李善注：
憩。陳八郎本、九條本：愒。　闉，九條本：苦本反。　垠，九條
本：魚斤反。　礚，黃善夫本引蕭該：口蓋反，又：口艾反。陳八
郎本：苦蓋。九條本：苦蓋，又：口蓋。　沛，顏師古：普大反。

亂曰：崇崇圜丘，隆隱天兮。登降峛崺，單埢垣兮。增宮嵳差，駢嵯峨
兮。岭嶜嶙峋，洞無厓兮。

　　　　圜，九條本：員。　峛，顏師古、九條本：力尒反。尤袤本李
善注：力爾切。陳八郎本：力爾。　崺，顏師古：弋尒反。尤袤本
李善注：弋爾切。陳八郎本：弋爾。九條本：弋尒。　單，顏師
古、尤袤本李善注、陳八郎本、九條本：蟬。　埢，顏師古、尤袤本
李善注、陳八郎本、九條本：拳。　嵳，顏師古：初林反。尤袤本
李善注：初林切。　駢，顏師古：步千反。尤袤本李善注：步千
切。九條本：步千。　嵯，顏師古：材何反。尤袤本李善注：材何
切。九條本：材何。　峨，顏師古：娥。尤袤本李善注：俄。
岭，顏師古、尤袤本李善注、陳八郎本、九條本：零。　嶜，顏師
古、陳八郎本、九條本：朁。尤袤本李善注：熒。　嶙，顏師古、尤
袤本李善注、九條本：鄰。　峋，顏師古：荀。尤袤本李善注、九
條本：旬。

上天之綷，杳旭卉兮。聖皇穆穆，信厥對兮。徠祇郊禋，神所依兮。
徘徊招搖，靈迟迟兮。光煇眩燿，降厥福兮。子子孫孫，長無極兮。

　　　　綷，黃善夫本引宋祁：財代反。陳八郎本、九條本：載。
旭，九條本：虛曲反。　禋，黃善夫本引蕭該：《字林》：一人反。
招，顏師古：上遙反。尤袤本李善注：必遙切。九條本：必遙。

迺，顏師古：栖。尤袤本李善注：栖。九條本旁記"迺"，音：栖。

遅，顏師古：文夷反。尤袤本李善注：大夷反。九條本旁記"遅"，音：大夷。○案：顏師古音"文"，中華本作"丈"，是。遅、丈俱屬舌音澄母，而文屬唇音微母。又李善音"大"字爲定母，舌音未分化。

耕　藉

藉田賦
潘安仁

伊晋之四年正月丁未，皇帝親率群后藉于千畝之甸，禮也。於是乃使甸帥清畿，野廬掃路。封人壇宮，掌舍設栢。青壇蔚其嶽立兮，翠幕黕以雲布。結崇基之靈趾兮，啓四塗之廣阼。

壇，尤袤本李善注：以委切。陳八郎本作"櫃"，音：以類。九條本作"壃"，音：以類，又：以委。《晋書音義》：以季反。　栢，尤袤本李善注、陳八郎本、《晋書音義》：互。九條本：胡故反。

黕，尤袤本李善注：丁敢切。陳八郎本：丁敢。九條本：丁敢，又：丁咸。《晋書音義》：丁感反。　阼，《晋書音義》：在護反。

沃野墳腴，膏壤平砥。清洛濁渠，引流激水。遐阡繩直，邇陌如矢。緫犗服于縹軛兮，紺轅綴於黛耜。儼儲駕於廛左兮，俟萬乘之躬履。百僚先置，位以職分。自上下下，具惟命臣。襲春服之萋萋兮，接游車之轔轔。微風生於輕幰，纖埃起於朱輪。森奉璋以階列，望皇軒而肅震。若湛露之晞朝陽,似衆星之拱北辰也。

　　　　總,尤袤本李善注:葱。　　犗,陳八郎本、九條本:届。《晋書
音義》:古邁反。　　縹,《晋書音義》:匹妙反。　　軛,尤袤本李善
注:於革切。陳八郎本、九條本:於革。《晋書音義》:烏革反。
紺,九條本:古暗反。《晋書音義》:古憾反。　　耜,《晋書音義》:
似。　　幰,陳八郎本、九條本:許偃。《晋書音義》:虚偃反。
震,陳八郎本:真。九條本:真,叶。

於是前驅魚麗,屬車鱗萃。閶闔洞啓,參塗方駟。常伯陪乘,太僕秉
轡。后妃獻種稑之種,司農撰播殖之器。挈壺掌升降之節,宮正設門
閭之蹕。

　　　　麗,陳八郎本、九條本:离。《晋書音義》:吕知反。　　參,九
條本:三。　　種,陳八郎本:直龍。九條本、《晋書音義》:直龍反。
　　稑,陳八郎本、九條本:六。《晋書音義》:力竹反。　　挈,九條
本、《晋書音義》:苦結反。　　蹕,九條本:必二反,叶。

天子乃御玉輦,蔭華蓋。衝牙錚鎗,綃紈綷縩。

　　　　衝,九條本:舛。○案:舛同昇。衝爲昌母,舛爲書母,昌、書
均屬照三組,二聲互轉。　　錚,尤袤本李善注:义耕切。陳八郎
本:苦莖。九條本:苦莖,又:叉耕。《晋書音義》:叉莖反。○案:
尤袤本"义"爲"叉"之異體字。《晋書音義》"又"爲"叉"字之訛。
　　鎗,尤袤本李善注:义行切。陳八郎本、九條本:叉行。《晋書
音義》:叉莊反。○案:尤袤本"义"爲"叉"之異體字。《晋書音
義》"又"爲"叉"字之訛。　　綃,尤袤本李善注:思樵切。陳八郎
本:悉遥。九條本:悉遥,又:思樵。《晋書音義》:消。　　紈,尤袤

本李善注、九條本：丸。　　綷，尤袤本李善注：七悴切。陳八郎本：七遂。九條本：七遂，又：七悴。《晋書音義》：七碎反。　　纜，尤袤本李善注：七大切。陳八郎本、《晋書音義》：七大反。九條本：七大。

金根照耀以焖晃兮，龍驤騰驤而沛艾。表朱玄於離坎，飛青縞於震兑。中黄曄以發揮，方緌紛其繁會。五輅鳴鑾，九旗揚旆。瓊鈒入蘂，雲罕晻藹。

　　焖，陳八郎本作“烱”，音：古迥。九條本：古迥。　　沛，陳八郎本：普會。《晋書音義》：普賴反。　　艾，《晋書音義》：五賴反。　　縞，九條本：胡老反。《晋書音義》：古老反。　　兑，九條本：大。　　曄，九條本作“曗”，音：葉。　　旆，九條本：皮帶反。　　鈒，尤袤本李善注、陳八郎本、九條本：吸。《晋書音義》：所立反。　　晻，尤袤本李善注：烏感切。陳八郎本：烏敢。九條本：烏感。《晋書音義》：烏感反。

簫管嘲哳以啾嘈兮，鼓鞞硡隱以砰磕。筍簨嶷以軒矗兮，洪鍾越乎區外。

　　嘲，陳八郎本、九條本：知交。《晋書音義》：竹交反。　　哳，陳八郎本、九條本作“喏”，音：知扎、知札。《晋書音義》亦作“喏”：陟轄反。　　啾，陳八郎本、九條本：子由。《晋書音義》：子秋反。　　嘈，陳八郎本、九條本、《晋書音義》：曹。　　鞞，尤袤本李善注：步迷切。九條本：步迷。《晋書音義》作“鼙”：步迷反。　　硡，尤袤本李善注：火宏切。《晋書音義》：火宏反。陳八郎本：火横。九條本：火横反。　　隱，《晋書音義》作“磤”，音：隱。

矸,尤袤本李善注:披萌切。陳八郎本、九條本:普萌。《晋書音義》:普耕反。　礚,尤袤本李善注:苦蓋切。陳八郎本、《晋書音義》:苦蓋反。九條本:苦蓋。　筍,陳八郎本、九條本:悉尹。《晋書音義》:笋。　簴,陳八郎本、九條本、《晋書音義》:巨。　鷟,九條本:之庶。《晋書音義》:之庶反。

震震填填,塵驚連天,以幸乎藉田。蟬冕頹以灼灼兮,碧色肅其千千。似夜光之剖荆璞兮,若茂松之依山巔也。

震,陳八郎本、九條本、《晋書音義》:真。　填,《晋書音義》:徒年反。　驚,陳八郎本、九條本:務。　頹,陳八郎本、九條本:古迥。《晋書音義》:工迥反。　璞,九條本:百。○案:璞爲滂母覺韻,百爲幫母陌韻,二字聲韻俱殊,九條本音未確。

於是我皇乃降靈壇,撫御耒。坻場染屨,洪縻在手。三推而舍,庶人終畝。貴賤以班,或五或九。于斯時也,居麗都鄙,民無華裔。長幼雜遝以交集,士女頒斌而咸戾。被褐振裾,垂髫總髮。躡踵側肩,掎裳連襟。黄塵爲之四合兮,陽光爲之潛翳。動容發音而觀者,莫不抃儛乎康衢,謳吟乎聖世。情欣樂於昏作兮,慮盡力乎樹蓻。靡誰督而常勤兮,莫之課而自厲。躬先勞以説使兮,豈嚴刑而猛制之哉。

耒,九條本:五口反。　場,尤袤本李善注:傷。九條本:章。　縻,尤袤本李善注:忙皮反。九條本:亡皮。《晋書音義》:靡宜反。　長,陳八郎本、九條本:知丈。　遝,陳八郎本:徒苔。九條本:徒合。《晋書音義》:徒合反。　頒,九條本:班。《晋書音義》:版蠻反。　斌,九條本:賓。《晋書音義》:甫巾反。【附】尤袤本李善注:《爾雅》曰:袘,謂之裾。袘,音劫。　翳,尤袤本

李善注：大聊切。陳八郎本、九條本：大聊。《晉書音義》：大聊
反。〇案：九條本此條音標於下“總”字旁，今移正。　掎，陳八
郎本、九條本：居蟻。《晉書音義》：居靡反。　襏，《晉書音義》：
當作襆，音藝。　謳，陳八郎本、九條本：烏侯。

有邑老田父，或進而稱曰：蓋損益隨時，理有常然。高以下爲基，民以
食爲天。正其末者端其本，善其後者慎其先。夫九土之宜弗任，四人
之務不壹。野有菜蔬之色，朝靡代耕之秩。無儲稸以虞災，徒望歲以
自必。三季之衰，皆此物也。今聖上昧旦丕顯，夕惕若慄。圖匱於
豐，防儉於逸。欽哉欽哉，惟穀之邮。展三時之弘務，致倉廩於盈溢。
固堯湯之用心，而存救之要術也。若乃廟祧有事，祝宗諏日。簠簋普
淖，則此之自實。縮鬯蕭茅，又於是乎出。黍稷馨香，旨酒嘉栗。宜
其民和年登，而神降之吉也。

　　稸，陳八郎本、九條本：畜。　祧，陳八郎本、九條本：土堯。
《晉書音義》：他堯反。　諏，陳八郎本、九條本：作侯。《晉書音
義》：足俱反。　簠，陳八郎本、九條本、《晉書音義》：甫。　簋，
《晉書音義》：軌。　淖，尤袤本李善注：乃孝切。《晉書音義》：乃
孝反。陳八郎本、九條本：女教。　縮，九條本、《晉書音義》：所
六反。　鬯，《晉書音義》：勑亮反。

古人有言曰：聖人之德，無以加於孝乎。夫孝，天地之性，人之所由靈
也。昔者明王以孝治天下，其或繼之者，鮮哉希矣。逮我皇晉，實光
斯道。儀刑乎于萬國，愛敬盡於祖考。故躬稼以供粢盛，所以致孝
也。勸稸以足百姓，所以固本也。能本而孝，盛德大業至矣哉。此一
役也，而二美具焉。不亦遠乎，不亦重乎。敢作頌曰：思樂甸畿，薄采

其茅。大君戾止,言藉其農。其農三推,萬方以祇。耪我公田,實及
我私。我簞斯盛,我簋斯齊。我倉如陵,我庾如坻。念茲在茲,永言
孝思。人力普存,祝史正辭。神祇攸歆,逸豫無期。一人有慶,兆民
賴之。

　　　鮮,《晋書音義》作"尟":息踐反。　　粢,《晋書音義》:子夷
反。　　祇,陳八郎本:脂。　　耪,九條本:奴豆。《晋書音義》:奴
豆反。　　簋,九條本:鬼。　　齊,尤袤本李善注、九條本:資。《晋
書音義》:子夷反。　　庾,九條本:与主反。　　坻,九條本:大之
反。《晋書音義》:直夷反。

畋獵上

子虛賦

司馬長卿

楚使子虛使於齊,王悉發車騎與使者出畋。畋罷,子虛過妊烏有先
生,亡是公存焉。坐定。烏有先生問曰:今日畋樂乎。子虛曰:樂。
獲多乎。曰:少。然則何樂。對曰:僕樂齊王之欲夸僕以車騎之衆,
而僕對以雲夢之事也。

　　　過,《索隱》:戈。　　妊,《史記》作"詫",《集解》:託夏反。《索
隱》:敕亞反。《漢書》作"姹",顏師古:丑亞反。尤袤本李善注引
張揖:丑亞切。陳八郎本、九條本亦作"詫",音:陟駕。　　夢,顏
師古:讀如本字,又音莫風反,字或作薨,其音同耳。尤袤本李善
注:莫諷切。九條本:莫諷。

曰：可得聞乎。子虛曰：可。王車駕千乘，選徒萬騎，畋於海濱。列卒
滿澤，罘網彌山。掩兔轔鹿，射麋腳麟。騖於鹽浦，割鮮染輪。射中
獲多，矜而自功。顧謂僕曰：楚亦有平原廣澤游獵之地，饒樂若此者
乎。楚王之獵，孰與寡人乎。僕下車對曰：臣，楚國之鄙人也。幸得
宿衛十有餘年，時從出游，游於後園，覽於有無，然猶未能遍睹也，又
焉足以言其外澤乎。齊王曰：雖然，略以子之所聞見而言之。

　　濱，顏師古：賓，又音頻。　　罘，《集解》、顏師古、九條本：浮。
　　轔，《集解》引徐廣：吝。顏師古、尤袤本李善注引司馬彪：丞。
陳八郎本、九條本：力刃。　　麋，九條本：眉。　　騖，《集解》、顏師
古：務。　　鹽，九條本：閻。　　【附】《集解》：染，擩也，而汾反，又
音而悦反。顏師古：擩，搵也，擩音如閲反，搵音頓反。尤袤本李
善注：擩，搵也。擩，而緣切。搵，一頓切。○案：顏師古注“頓”
字上脱“一”字，中華本有，是，李善注亦可證。

僕對曰：唯唯。臣聞楚有七澤，嘗見其一，未睹其餘也。臣之所見，蓋
特其小小者耳，名曰雲夢。雲夢者，方九百里，其中有山焉。其山則
盤紆弗鬱，隆崇崒崒。岑崟參差，日月蔽虧。交錯糾紛，上干青雲。
罷池陂陀，下屬江河。

　　唯，顏師古：弋癸反。　　紆，陳八郎本、九條本：憶俱。　　弗，
《漢書》引郭璞、尤袤本李善注：佛。陳八郎本：房勿。九條本：房
勿，又：佛。　　岑，顏師古：仕林反。　　崟，顏師古、尤袤本李善
注、九條本：吟。　　罷，《漢書》引郭璞、尤袤本李善注引郭璞、陳
八郎本、九條本：疲。　　陂，《漢書》引郭璞、尤袤本李善注引郭
璞、陳八郎本、九條本：婆。顏師古：普河反。　　陀，《漢書》引郭
璞、尤袤本李善注引郭璞、陳八郎本、九條本：馳。○案：《漢書》

"陀"作"陁"。　　屬，顏師古：之欲反。

其土則丹青赭堊，雌黃白坿，錫碧金銀。眾色炫耀，照爛龍鱗。

　　【附】顏師古：青臛，今之空青也。臛音一郭反。　　堊，顏師古、陳八郎本、九條本：惡。　　坿，《集解》引徐廣：符。《索隱》引蘇林、顏師古、尤袤本李善注、陳八郎本、九條本：附。○案：中華本《索隱》蘇林音後尚有"郭璞音符也"五字。

其石則赤玉玫瑰，琳珉昆吾。瑊玏玄厲，碝石碔砆。

　　玫，顏師古：枚。九條本作"玟"：亡林反。　　瑰，顏師古：回，又音瓌。九條本：回。　　琳，顏師古、九條本：林。　　珉，《漢書》作"珉"，顏師古：旻。陳八郎本、九條本：旻。　　瑊，《集解》引徐廣：古咸反。《漢書》引如淳、尤袤本李善注引如淳：緘。陳八郎本：箴。九條本：箴，又：緘。　　玏，《集解》引徐廣、《漢書》如淳、尤袤本李善注引如淳、陳八郎本、九條本：勒。　　碝，《漢書》作"礝"，引郭璞：而兗反。尤袤本李善注引郭璞：而兗切。陳八郎本：而兗。九條本：而充。○案：九條本"充"爲"兗"字之訛。

其東則有蕙圃，衡蘭芷若射干，芎藭菖蒲。茳蘺麋蕪，諸柘巴苴。

　　芷，陳八郎本、九條本作"茝"，音：昌待。　　【附】《索隱》張揖云：芷，白芷也。《埤蒼》云：齊曰茝，晉曰藄。《字林》曰：茝音昌亥反，又音昌里反。藄音火嬌反。　　射，陳八郎本：夜。○案：尤袤本無"射干"二字。　　巴，《史記》作"犡"，《集解》引徐廣：犡音匹沃反。《索隱》：普各反。○案：中華本《索隱》"犡"作"捕"，音"并卜反"。　　【附】《漢書》張揖：尊苴，襄荷也。顏師古：尊音普

各反。　苴，《史記》作“且”，《索隱》：子餘反。《漢書》亦作“且”，
顏師古：子余反。尤袤本李善注：子余切。陳八郎本：子余反。
九條本：子餘。○案：中華本《索隱》音“子余反”。

其南則有平原廣澤，登降陁靡，案衍壇曼。緣以大江，限以巫山。

　　　　陁，《集解》：移。顏師古：弋爾反。尤袤本李善注：弋爾切。
陳八郎本：羊爾。九條本：羊尒。　靡，《集解》：糜。　衍，《索
隱》：弋單反。顏師古、九條本：弋戰反。尤袤本李善注：弋戰切。
○案：《索隱》“單”，中華本作“戰”，是。　壇，《索隱》、顏師古：徒
旦反。尤袤本李善注：徒旦切。陳八郎本、九條本：徒贊。○案：
顏師古音“旦”，中華本作“但”。　曼，顏師古：莫幹反。尤袤本
李善注：莫幹切。陳八郎本、九條本：莫幹。

其高燥則生葳菥苞荔，薛莎青薠。

　　　　燥，陳八郎本、九條本：蘇報。　葳，《集解》引徐廣、《索隱》：
針。顏師古：之林反。尤袤本李善注：之林切。陳八郎本、九條
本：之林。　菥，《史記》作“蓨”，《索隱》：斯。《漢書》作“析”，引
蘇林：斯。尤袤本李善注引蘇林：斯歷切。陳八郎本、九條本：
斯。○案：據《玉篇》，菥有“思擊切”“息移切”兩讀，平聲讀下引
本賦此句爲例。然則尤袤本所引蘇林音作“斯歷切”誤。　苞，
顏師古、尤袤本李善注：包。陳八郎本、九條本：皮表。○案：苞、
包同爲效攝開口二等字，表則爲三等字，陳八郎本及九條本音
疏。　【附】《漢書》張揖：苞，薦也。顏師古：薦音皮表反。尤袤
本李善注：皮表切。　荔，《集解》引徐廣：力詣反。顏師古、尤袤
本李善注、陳八郎本、九條本：隸。　薛，《集解》引徐廣：先結反。

九條本：思列反。　莎，陳八郎本、九條本：蘇和。　蕅，《集解》、
顏師古、尤袤本李善注、陳八郎本、九條本：煩。

其埤濕則生藏莨兼葭，東蘠彫胡，蓮藕觚盧，菴閭軒于，眾物居之，不
可勝圖。

　　　　埤，《史記》作"卑"，《索隱》：婢。顏師古、尤袤本李善注：婢。
陳八郎本：卑。九條本：卑，又：婢。○案：《索隱》"卑"，中華本作
"庳"。　【附】《集解》引《漢書音義》曰：藏，似薍而葉大。《索
隱》：薍音五患反。　莨，顏師古、尤袤本李善注：郎。陳八郎本：
落唐。九條本：落唐，又：郎。　兼，顏師古：兼。　葭，顏師古：
瘕。　【附】《史記》郭璞：蒹，薕也。《索隱》：薕音廉。《漢書》郭
璞：蒹，薕也。顏師古：薕音廉。　觚，陳八郎本：孤。九條本作
"菰"，音：孤。　菴，《漢書》作"奄"，顏師古：淹。尤袤本李善注、
陳八郎本、九條本：淹。　閭，九條本：力於反。　【附】《漢書》張
揖：軒于，猶草也。顏師古、尤袤本李善注：猶音猶。

其西則有湧泉清池，激水推移。外發芙蓉菱華，內隱鉅石白沙。其中
則有神龜蛟鼉，瑇瑁鱉黿。

　　　　鉅，陳八郎本、九條本：巨。　鼉，顏師古：徒河反，又音大河
反。陳八郎本：阤。九條本：陀。○案：黃善夫本曰：宋本云徒
河、大河二反是一音，疑上云徒丹反，丹、何近而相亂。　瑇，《漢
書》作"毒"，顏師古：代。九條本：代。　瑁，《漢書》作"冒"，顏師
古：妹。九條本：每。　鱉，九條本：比滅反。　黿，九條本：元。

其北則有陰林，其樹楩柟豫章。桂椒木蘭，檗離朱楊。楩梨楟栗，橘

柚芬芳。

　　梗，顏師古：便，又音步田反。　　枏，《漢書》作"柟"，顏師古：南。陳八郎本、九條本亦作"柟"，音：南。　　檗，《集解》引徐廣：扶戾反。陳八郎本、九條本：卜革。　　櫨，顏師古：側加反。陳八郎本、九條本：側加。　　樗，《集解》引徐廣：郢。顏師古：弋整反。尤袤本李善注引蘇林：樗音郢都之郢。陳八郎本、九條本：郢。

　　【附】尤袤本李善注：《說文》曰：樗棗似梬而小，名曰楔。而充切。　　柚，顏師古：弋救反。九條本：以由反。　　【附】《漢書》顏師古注：柚即橙也。橙音丈莖反。

其上則有赤猨蠷蝚，鵷鶵孔鸞，騰遠射干。其下則有白虎玄豹，蟃蜒貙犴。

　　蠷，《集解》引徐廣、《正義》：劬。○案：尤袤本無"赤猨蠷蝚"四字。　　蝚，《集解》引徐廣、《正義》：柔。　　鵷，《漢書》作"宛"，顏師古：於元反。九條本：於元反。　　鶵，九條本：士俱反。　　射，顏師古：弋舍反。尤袤本李善注：弋舍切。陳八郎本：夜。蟃，《漢書》引郭璞、尤袤本李善注引郭璞、陳八郎本、九條本：萬。

　　蜒，《漢書》引郭璞：延。顏師古：又音弋戰反。陳八郎本、九條本：以戰。　　貙，顏師古：丑于反。陳八郎本、九條本：丑朱。犴，《史記》作"豻"，《索隱》：應劭云豻音顏，韋昭曰音岸，鄒誕生音苦姦反，協音，是。《漢書》亦作"豻"，引郭璞：岸。顏師古：豻合韻音互安反。陳八郎本：五安反。九條本：五干。○案：黃善夫本"韋昭曰"，中華本作"韋昭一"。又顏師古音"互"，中華本作"五"，是。

於是乎乃使剿諸之倫，手格此獸。楚王乃駕馴駮之駟，乘彫玉之輿，
靡魚須之橈旃，曳明月之珠旗，建干將之雄戟。左烏號之雕弓，右夏
服之勁箭。陽子驂乘，孅阿爲御。

　　馴，顏師古：旬。九條本：巡。　　駮，陳八郎本、九條本作
"駁"，音：補角。　　橈，顏師古：女教反。尤袤本李善注：女教切。
九條本：女教。　【附】《集解》引《漢書音義》曰：雄戟，胡中有鉅，
干將所造也。《索隱》、尤袤本李善注：鉅音巨。　　驂，九條本：
三。　　孅，《漢書》引郭璞、尤袤本李善注引郭璞、九條本：纖。

案節未舒，即陵狡獸。蹵蛩蛩，轔距虛。軼野馬，轊陶駼。乘遺風，射
游騏。

　　蹵，顏師古：子六反。　　蛩，九條本：巨恭反。　　轔，陳八郎
本、九條本：力刃。　　軼，顏師古：逸。　　轊，《集解》引徐廣：銳。
《索隱》、顏師古、尤袤本李善注：衛。陳八郎本、九條本作"轒"，
音：衛。　　陶，《史記》《漢書》作"駒"，《索隱》：陶。顏師古：逃。
尤袤本李善注：逃。○案：中華本《索隱》無此條音。　　駼，《索
隱》、顏師古、尤袤本李善注、九條本：塗。○案：中華本《索隱》無
此條音。　　騏，顏師古：其。　【附】《爾雅》云：䮷無角曰騏。《索
隱》、顏師古、尤袤本李善注：䮷音攜。

倏眒倩浰，雷動焱至，星流霆擊。弓不虛發，中必決眥。洞胷達掖，絕
乎心繫。獲若雨獸，揜草蔽地。

　　倏，顏師古：式六反。尤袤本李善注：式六切。九條本：式
六。　　眒，《漢書》作"肿"，顏師古：式刃反。尤袤本李善注：式刃
切。陳八郎本、九條本：式刃。　　倩，《史記》作"淒"，《集解》引徐

廣：七見反。顏師古：千見反。尤袤本李善注：千見切。陳八郎本：牆練。九條本：牆練，又：千見。　洌，《集解》引徐廣：力詣反。顏師古、尤袤本李善注：練。陳八郎本：力見。九條本：力見，又：練。　焱，《漢書》作“焱”，顏師古：必遥反。　眦，陳八郎本、九條本作“眥”，音：牆細。　繫，顏師古、尤袤本李善注：系。

【附】《漢書》張揖曰：自左射之，貫胸通右髃，中心絶系也。師古曰：髃音五口反。尤袤本李善注：《説文》曰：髃，肩前也。五口切，一音五俱切。　雨，顏師古：于具反。九條本：于具。

於是楚王乃弭節徘徊，翺翔容與。覽乎陰林，觀壯士之暴怒，與猛獸之恐懼。徼魪受詘，殫睹衆物之變態。

　　徼，《索隱》：古堯反。顏師古：工堯反。陳八郎本、九條本：古堯。　魪，《集解》引徐廣、《索隱》、尤袤本李善注引郭璞、陳八郎本、九條本：劇。《漢書》作“剆”，引蘇林：剆音倦剆之剆。詘，《索隱》：屈。《漢書》引蘇林：詘音輼輬之輼。《漢書》引郭璞：屈。顏師古：其勿反。尤袤本李善注：丘勿切。陳八郎本、九條本作“誳”，音：屈。　殫，顏師古：單。　態，九條本：他代反。

於是鄭女曼姬，被阿緆，揄紵縞。襍纖羅，垂霧縠。

　　緆，陳八郎本、九條本：錫。　揄，《集解》引徐廣：臾。顏師古：踰，又音投。　紵，九條本：文呂。○案：九條本“文”爲“丈”字之訛。《集韻》正讀“丈呂切”。　縞，九條本：古昊反。　縠，九條本：胡谷反。

襞積褰縐，紆徐委曲，鬱橈谿谷。衯衯裶裶，揚袘戌削。

襞,顏師古:壁。尤袤本李善注:必亦切。陳八郎本、九條本:必亦。　積,陳八郎本、九條本作"襀",音:積。　褰,九條本:去乾反。　緅,《索隱》、顏師古:側救反。尤袤本李善注:側救切。陳八郎本、九條本:側救。　【附】《集解》引《漢書音義》曰:襞積,簡齰也。緅,裁也。《索隱》:齰音又革反,裁音在代反。尤袤本李善注:齰,詐白切。　【附】《集解》引《漢書音義》曰:其緅中文理,菲鬱迴曲,有似于谿谷也。《索隱》:曲,《字林》音丘欲反。○案:迴,中華本作"迟"。《索隱》:迟,《字林》音丘亦反。徐,九條本:余。　橈,九條本:奴考反。　衯,《正義》、九條本:芳云反。《漢書》引張揖:芬。　裶,《正義》:方非反。顏師古:霏。尤袤本李善注:非。九條本作"緋":芳非反。　袘,《集解》引徐廣:迤。《漢書》作"袘",顏師古:弋示反。尤袤本李善注:弋爾切。陳八郎本:以子。　戌,顏師古:讀如本字。尤袤本李善注、九條本:卹。　削,九條本:息灼反。

蜲蟤垂髾,扶輿猗靡,翕呷萃蔡。

蟤,《史記》作"纖",《集解》引徐廣:芟。顏師古、尤袤本李善注:纖。陳八郎本、九條本:思兼。　髾,顏師古:所交反。尤袤本李善注:所交切。陳八郎本、九條本:色交。　輿,《正義》:餘。猗,《正義》、顏師古:於綺反。尤袤本李善注:於綺切。九條本:於綺。　翕,九條本:許及反。　呷,《索隱》引韋昭:呼甲反。《正義》、顏師古:火甲反。尤袤本李善注:火甲切。陳八郎本、九條本:呼甲。　萃,《正義》:翠。顏師古:翠,又音千賄反。尤袤本李善注、九條本:翠。○案:顏師古"千賄反"誤。萃屬止攝,賄、蔡則屬蟹攝,據《正義》可知此爲下條音。顏師古音"又"字或即“蔡”之殘字。　蔡,《正義》:千賄反。

下靡蘭蕙,上拂羽蓋。錯翡翠之威蕤,繆繞玉綏,眇眇忽忽,若神仙之髣髴。

　　錯,《集解》引徐廣:措。　繆,顏師古:蓼。陳八郎本:了。

　【附】顏師古:綏即今之所謂采縴垂鑷者也。縴音隈。

於是乃相與獠於蕙圃,嫚姍教窣,上乎金隄。

　　獠,《集解》引郭璞:遼。顏師古:力笑反。尤袤本李善注:力笑切。陳八郎本、九條本:良照。○案:中華本《索隱》亦引郭璞音。　嫚,顏師古、尤袤本李善注、陳八郎本、九條本:盤。　姍,顏師古:先安反。尤袤本李善注:先安切。陳八郎本、九條本:蘇寒。　窣,《索隱》:素忽反。顏師古:先忽反。尤袤本李善注:先忽切。陳八郎本、九條本:蘇骨。○案:中華本《索隱》“窣”作“猝”。　隄,顏師古:丁兮反。九條本:是支反,叶。

揜翡翠,射鵕鸃。微矰出,纖繳施。弋白鵠,連駕鵝。雙鶬下,玄鶴加。

　　鵕,《索隱》:浚。顏師古:峻。陳八郎本:駿。九條本:俊。　鸃,《索隱》:宜。顏師古、陳八郎本、九條本:儀。　矰,顏師古:增。陳八郎本、九條本:曾。　繳,《集解》引徐廣:斫。顏師古:灼。陳八郎本、九條本:之藥。　鵠,顏師古:胡沃反。　駕,顏師古:加。《集解》、九條本作“駕”,音:加。　鶬,顏師古:倉。

　【附】顏師古:又謂鴰捋。捋音來奪反。

怠而後發,游於清池。浮文鶬,揚旌栧。張翠帷,建羽蓋。罔瑇瑁,鉤紫貝。摐金鼓,吹鳴籟。榜人歌,聲流喝。

　　　鶬,顏師古:五歷反。　　栧,《史記》《漢書》并作"枻",《集解》引徐廣、顏師古、尤袤本李善注:曳。陳八郎本、九條本:翊祭。

　　【附】《漢書》張揖:枻,栧也。顏師古:栧音大可反。　　【附】《正義》引《毛詩蟲魚疏》云:貝,水之介蟲,大者蚶。音下郎反。

　　摐,顏師古、尤袤本李善注引韋昭:窻。陳八郎本、九條本:楚江。

　　榜,《集解》:謗。顏師古:謗,又:方孟反。尤袤本李善注:方孟切。九條本:方孟。　　喝,《集解》引徐廣:烏邁反。顏師古:一介反。尤袤本李善注:一介切。陳八郎本:於邁反。九條本:於邁。

　　【附】《漢書》、尤袤本李善注并引郭璞曰:言悲嘶也。顏師古:嘶音蘇奚反。尤袤本李善注:蘇奚切。

水蟲駭,波鴻沸。涌泉起,奔揚會。礧石相擊,硍硍磕磕。若雷霆之聲,聞乎數百里之外。

　　　沸,顏師古:普蓋反。陳八郎本、九條本:普蓋。　　【附】《漢書》郭璞、尤袤本李善注引郭璞曰:暴溢激相鼓薄也。顏師古:溢音普頓反。尤袤本李善注:普頓切。　　礧,顏師古:盧對反。尤袤本李善注:力對切。九條本:力對。　　硍,九條本:郎。　　磕,顏師古:口蓋反。陳八郎本:苦蓋反。九條本:苦蓋。

將息獠者,擊靈鼓,起烽燧。車按行,騎就隊。纚乎淫淫,般乎裔裔。

　　　獠,陳八郎本、九條本:良照。　　燧,九條本:遂。　　行,顏師古:胡郎反。尤袤本李善注:胡郎切。九條本:胡郎。　　隊,顏師古:大內反。尤袤本李善注:大內切。九條本:大內。　　纚,顏師

古、尤袤本李善注：屣。陳八郎本、九條本：所綺。　般，顏師古、
尤袤本李善注、陳八郎本、九條本：盤。

於是楚王乃登雲陽之臺，怕乎無爲，憺乎自持。勺藥之和具，而後御
之。不若大王終日馳騁，曾不下輿。脟割輪焠，自以爲娛。臣竊觀
之，齊殆不如。於是齊王無以應僕也。

　　怕，《漢書》作“泊”，顏師古：步各反。尤袤本李善注：蒲各
切。九條本亦作“泊”，音：蒲各。　憺，《漢書》作“澹”，顏師古：
徒濫反。尤袤本李善注：徒監切。九條本亦作“澹”，音：徒監。
　　勺，尤袤本李善注：丁削切。陳八郎本、九條本：知略。　藥，
尤袤本李善注：旅酌切。陳八郎本、九條本：略。　【附】《漢書》
引晋灼：《南都賦》曰：歸雁鳴鵁。顏師古：鵁音竹滑反。　脟，
《集解》、尤袤本李善注：䜌。陳八郎本、九條本：力轉。　焠，《史
記》作“淬”，《集解》引徐廣：千内反。顏師古：千内反。尤袤本李
善注：七内切。陳八郎本、九條本：七内。

烏有先生曰：是何言之過也。足下不遠千里，來貺齊國。王悉發境内
之士，備車騎之衆，與使者出畋。乃欲戮力致獲，以娛左右，何名爲夸
哉。問楚地之有無者，願聞大國之風烈，先生之餘論也。今足下不稱
楚王之德厚，而盛推雲夢以爲高。奢言淫樂而顯侈靡，竊爲足下不取
也。必若所言，固非楚國之美也。無而言之，是害足下之信也。彰君
惡，傷私義，二者無一可。而先生行之，必且輕於齊而累於楚矣。

　　貺，九條本：況。　侈，九條本：昌是。　累，顏師古：力瑞
反。尤袤本李善注：力瑞切。

且齊東陼鉅海,南有琅邪。觀乎成山,射乎之罘,浮渤澥,游孟諸,邪與肅慎爲隣,右以湯谷爲界,秋田乎青丘,徬徨乎海外,吞若雲夢者八九,於其胷中曾不蔕芥。若乃俶儻瑰瑋,異方殊類。珍怪鳥獸,萬端鱗崪。充牣其中,不可勝記。禹不能名,卨不能計。然在諸侯之位,不敢言游戲之樂,苑囿之大。先生又見客。是以王辭不復,何爲無以應哉。

　　觀,顏師古:工唤反。　　罘,《正義》、陳八郎本、九條本:浮。

【附】《漢書》引晋灼:之罘山在東萊睡縣。顏師古:睡音直瑞反,又音誰。尤袤本李善注:直瑞切。　　澥,顏師古、尤袤本李善注:蟹。九條本:蟹。　　邪,顏師古:讀爲斜。○案:顏師古音"斜",中華本作"左"。　　徬,《漢書》作"仿",顏師古:旁。　　蔕,顏師古:丑介反。陳八郎本:勑戒。　　俶,顏師古:吐歷反。尤袤本李善注:佗歷切。九條本:陀歷。　　瑰,九條本:古回反。瑋,九條本:于鬼反。

《文選》音注輯考卷八

畋獵中

　司馬長卿《上林賦》一首

　揚子雲《羽獵賦》一首

畋獵中

上林賦

司馬長卿　郭璞注

亡是公听然而笑,曰:楚則失矣,而齊亦未爲得也。夫使諸侯納貢者,
非爲財幣,所以述職也。封疆畫界者,非爲守禦,所以禁淫也。今齊
列爲東藩,而外私肅慎,捐國踰限,越海而田,其於義固未可也。且二
君之論,不務明君臣之義,正諸侯之禮,徒事爭於游戲之樂,苑囿之
大,欲以奢侈相勝,荒淫相越,此不可以揚名發譽,而適足以貶君自
損也。

　　听,顏師古:蘄,又音牛隱反。尤袤本李善注:牛隱切。陳八
郎本、九條本:魚謹。　夫,九條本:扶。　疆,顏師古注作"畺":
讀曰疆。○案:中華本正文"疆"作"畺"。

且夫齊楚之事,又烏足道乎。君未睹夫巨麗也,獨不聞天子之上林

乎。左蒼梧,右西極。丹水更其南,紫淵徑其北。終始灞滻,出入涇
渭。酆鎬潦潏,紆餘委蛇,經營乎其內。蕩蕩乎八川分流,相背而異
態。東西南北,馳騖往來。

　　　　更,顏師古:工衡反。尤袤本李善注:公衡切。陳八郎本、九
條本:平聲。○案:尤袤本此條音注原置於應劭注後,實則當屬
李善音注。下文亦依此例徑改。　【附】《漢書》顏師古:涇水出
安定涇陽開頭山。開音牽,又音口見反。　酆,陳八郎本、九條
本:豐。　鎬,陳八郎本、九條本:浩。　潦,陳八郎本、九條本:
老。　潏,《集解》引郭璞、《漢書》引晉灼、陳八郎本、九條本:決。
　　委,陳八郎本、九條本作"逶",音:於爲。　蛇,九條本作"迤":
以支反。　來,顏師古:盧代反。尤袤本李善注:盧代切。陳八
郎本:力代。

出乎椒丘之闕,行乎洲淤之浦,徑乎桂林之中,過乎泱莽之野。汨乎
混流,順阿而下。

　　　　【附】尤袤本李善注引《楚辭》曰:馳椒丘兮焉且。且,音昌呂
切。　淤,顏師古:於庶反。尤袤本李善注:於庶切。陳八郎本:
應慮。九條本作"游",音:應慮。○案:九條本"游"爲訛字。
泱,顏師古:烏朗反。尤袤本李善注:烏朗切。九條本:烏朗。
莽,九條本作"漭":莫朗反。　汨,顏師古:于筆反。尤袤本李善
注:于筆切。陳八郎本:骨。九條本:骨,又:于筆。　混,顏師
古:下本反。

赴隘陜之口,觸穹石,激堆埼。沸乎暴怒,洶涌彭湃。

　　　　隘,顏師古:於懈反。尤袤本李善注:於懈切。九條本:於

懈。　　陬,顏師古、尤袤本李善注:狹。　　穹,九條本:丘弓反。

堆,顏師古:丁回反。尤袤本李善注:丁回切。陳八郎本、九條本:丁回。　　埼,《集解》引郭璞:祁。顏師古:巨依反。尤袤本李善注:巨依切。陳八郎本:巨依。九條本:巨衣。　　沸,《漢書》、尤袤本李善注并引郭璞:拂。九條本:佛。　　洶,《集解》、顏師古:許勇反。尤袤本李善注:許勇切。陳八郎本、九條本:虛拱。涌,《集解》:勇。　　澎,《史記》作“滂”,《集解》:浦橫反。陳八郎本亦作“滂”,音:浦橫。九條本作“澎”,音:浦橫。　　湃,《史記》作“濆”,《集解》:浦拜反。顏師古:普拜反。尤袤本李善注:蒲拜切。陳八郎本:浦拜反。九條本:浦拜。

渾弗宓汨,偪側泌瀄。橫流逆折,轉騰潎洌。

　　渾,《正義》、《漢書》及尤袤本李善注并引蘇林、陳八郎本、九條本:畢。　　弗,《史記》作“浡”,音:渤。陳八郎本、九條本作“沸”,音:奔浡。　　宓,《史記》、九條本作“溶”,音:密。《漢書》、尤袤本李善注并引蘇林:密。　　汨,《正義》、顏師古:于筆反。尤袤本李善注:于筆切。陳八郎本、九條本:于筆。　　偪,《史記》作“湢”,《集解》引郭璞:逼。陳八郎本、九條本:逼。　　側,《史記》作“測”,《集解》引郭璞:側。　　泌,《集解》引郭璞、《漢書》引郭璞、陳八郎本、九條本:筆。　　瀄,《集解》引郭璞、《漢書》引郭璞:櫛。陳八郎本、九條本:阻乞。　　【附】《漢書》顏師古:泌瀄,相楔也。楔音先結反。○案:尤袤本李善注“楔”作“揳”,餘同。

潎,顏師古:匹列反。尤袤本李善注:匹列切。陳八郎本、九條本:匹列。　　洌,顏師古、尤袤本李善注、陳八郎本、九條本:列。

　　【附】《漢書》孟康:潎洌,相撇也。顏師古:撇又音普結反。

滂濞沆溉，穹隆雲橈，宛潬膠盭。

滂，《史記》作"澎"，《正義》：普彭反。《漢書》引郭璞：旁。尤
袤本李善注引郭璞：匹亨切。陳八郎本、九條本：浦宏。　濞，
《正義》：普祕反。《漢書》引郭璞：匹祕反。尤袤本李善注引郭
璞：匹祕切。陳八郎本、九條本：普秘。　沆，《正義》、顏師古：胡
朗反。尤袤本李善注引韋昭：胡朗切。陳八郎本、九條本：胡郎。

溉，《正義》：胡代反。《漢書》引郭璞：胡慨反。尤袤本李善注
引郭璞：胡慨切。陳八郎本、九條本：害。　橈，顏師古：女教反。
尤袤本李善注：女教切。陳八郎本、九條本：女教。　宛，《史記》
作"蜿"，《索隱》《正義》：婉。顏師古、尤袤本李善注引司馬彪、九
條本：婉。　潬，《史記》作"𣲹"，《索隱》：善。《正義》作"蟬"，音：
善。顏師古、尤袤本李善注引司馬彪、陳八郎本、九條本：善。
膠，《索隱》：交。　盭，《史記》作"戾"，《索隱》：戾。○案：《索隱》
疑本作"盭"，故音"戾"。若作"戾"，則不須復注音矣。

蹦波趨浥，泬泬下瀨。批巖衝擁，奔揚滯沛。

浥，《集解》引徐廣：烏狹反。《索隱》：焉浹反。顏師古：於俠
反。尤袤本李善注：於俠切。陳八郎本、九條本：於合。　泬，
《史記》作"茷"，《索隱》：利。顏師古、尤袤本李善注、九條本：利。

批，《正義》：白結反。顏師古：步結反。九條本：步結。　滯，
《索隱》、顏師古：丑制反。尤袤本李善注：直制切。九條本：直
制。　沛，顏師古：普蓋反。尤袤本李善注：蒲蓋切。陳八郎本：
普外。九條本：浦蓋，又：普外。

臨坻注壑，瀺灂霣墜。

　　　坻,《正義》、顏師古、尤袤本李善注引鄧展、陳八郎本、九條本:遲。　瀺,《索隱》:士湛反。顏師古:士咸反。陳八郎本、九條本:助咸。　灂,《索隱》:士卓反。顏師古:才弱反,又:仕角反。陳八郎本、九條本:助角。　霣,《正義》:隕。陳八郎本、九條本:殞。　墜,《正義》作"隊":直類反。《漢書》作"隊",顏師古:直類反。尤袤本李善注:直類切。九條本:直類。

沈沈隱隱,砰磅訇礚。

　　　沈,《史記》作"湛",《集解》引徐廣:沈。　砰,《正義》:披萌反。顏師古:普冰反。尤袤本李善注:普冰切。陳八郎本:普冰。九條本:普氷。　磅,《正義》:蒲黃反。顏師古:普萌反。尤袤本李善注:普萌切。陳八郎本、九條本:普萌。　訇,《正義》:呼宏反。顏師古:呼宏反。陳八郎本、九條本:呼宏。　礚,《正義》:苦蓋反。顏師古:口蓋反。陳八郎本、九條本:苦蓋。

潏潏淈淈,湁潗鼎沸。

　　　潏,《索隱》、顏師古、陳八郎本、九條本:决。　淈,《索隱》及《漢書》引郭璞、尤袤本李善注、陳八郎本、九條本:骨。　湁,《集解》《漢書》并引郭璞:敕立反。《索隱》:勑力反。尤袤本李善注:勑立切。陳八郎本、九條本:丑立。　潗,《集解》引郭璞、《索隱》:緝。顏師古:子入反。尤袤本李善注:子入切。陳八郎本、九條本:子立。

馳波跳沫,汩漯漂疾,悠遠長懷,寂漻無聲,肆乎永歸。

　　　汩,尤袤本李善注:于筆切。陳八郎本、九條本:于筆。

憑，《索隱》《漢書》并引晋灼：華給反，又引郭璞：許立反。尤袤本李善注引韋昭：許及切。陳八郎本：于急。九條本：吁急。　漂，顏師古：匹姚反。尤袤本李善注：匹姚切。九條本：匹姚。　潎，尤袤本李善注、九條本：聊。

然後灝溔潢漾，安翔徐回，翯乎滈滈。東注太湖，衍溢陂池。

灝，顏師古、九條本：浩。尤袤本李善注：皓。　溔，顏師古：弋少反。尤袤本李善注：弋少切。九條本：羊小。　潢，《正義》、陳八郎本、九條本：晃。顏師古：胡廣反。尤袤本李善注：胡廣切。　漾，《正義》、陳八郎本、九條本：養。顏師古：弋丈反。尤袤本李善注：弋丈切。　翯，《索隱》：鶴，又郭璞：皛。顏師古：胡角反。尤袤本李善注：胡角切。陳八郎本、九條本：學。　滈，《索隱》：鎬，又郭璞：昊。顏師古、尤袤本李善注：鎬。陳八郎本、九條本：浩。

於是乎蛟龍赤螭，䲡鰽漸離，

螭，《正義》、九條本：丑知反。　【附】《漢書》顏師古：螭形若龍，字乃從虫。虫音許尾反。　䲡，《正義》：古鄧反。《集解》引郭璞：亘。顏師古：工鄧反。尤袤本李善注、陳八郎本：亘。九條本：公登。　鰽，《正義》：末鄧反。《集解》引郭璞：曹。顏師古：莫鄧反。尤袤本李善注、陳八郎本、九條本：懵。　漸，《史記》作“螷”，《集解》引徐廣：漸。

鰅鰫鰬魠，禺禺魼鰨。

鰅，《集解》引徐廣：娛匈反。《漢書》引如淳、尤袤本李善注、陳八郎本、九條本：顒。　鰫，《漢書》引郭璞：常容反。尤袤本李善注：嘗容切。陳八郎本：時容。九條本：弋恭。　鱣，《集解》引徐廣：虔。《漢書》引如淳、尤袤本李善注：乾。陳八郎本：虔。九條本：巨連。　魠，《集解》引徐廣、《漢書》引如淳：託。尤袤本李善注：托。陳八郎本、九條本：託。　【附】《漢書》郭璞：鱣似鱓。魠，鹹也。顏師古、尤袤本李善注：鱓音善，鹹音感。　禺，顏師古：隅，又音顒。尤袤本李善注、陳八郎本、九條本：顒。　魼，《史記》作“鱸”，《集解》引徐廣：榻。《漢書》引如淳：去魚反。尤袤本李善注、陳八郎本、九條本：榻。　鰨，《史記》作“魶”，《集解》引徐廣：納。《漢書》引晉灼、陳八郎本：奴搨反。尤袤本李善注：奴榻切。九條本：奴榻。　【附】《漢書》郭璞：鰨，鮠魚也，似鮎。顏師古：鮠音五奚反，鮎音乃兼反。

捷鰭掉尾，振鱗奮翼，潛處乎深巖。魚鼈讙聲，萬物衆夥。

捷，《正義》：乾。顏師古：鉅言反。尤袤本李善注：巨言切。陳八郎本：巨言。九條本作“犍”，音：巨言。　鰭，《正義》：祁。陳八郎本、九條本：耆。　掉，顏師古：徒釣反。尤袤本李善注：徒釣切。陳八郎本：徒釣。九條本：徒駒。　讙，顏師古：許元反。　夥，顏師古：下果反。陳八郎本、九條本：禍。

明月珠子，的皪江靡。蜀石黃碝，水玉磊砢。磷磷爛爛，采色澔汗，藂積乎其中。

的，九條本：丁歷反。　皪，顏師古、陳八郎本、九條本：歷。　【附】顏師古：江靡，江邊靡迤之處也。迤音弋爾反。　碝，顏師古：如兗反。尤袤本李善注：如兗切。陳八郎本：而兗。九條本作"煨"，音：而兖。　　磥，顏師古：洛賄反。九條本：力罪反。

　　砢，顏師古：洛可反，又：可。尤袤本李善注：洛可切。陳八郎本：洛可反。九條本：洛可。　　磷，顏師古、尤袤本李善注、陳八郎本、九條本：吝。　　澔，顏師古：告。尤袤本李善注：皓。陳八郎本、九條本：浩。　　汗，九條本：戶旦反。

鴻鸕鵠鴇，駕鵝屬玉。

　　鸕，《漢書》引郭璞、陳八郎本、九條本：蕭。　　【附】《漢書》郭璞：鸕，鸕鷀也。顏師古：鷀音霜。　　鴇，《索隱》、《漢書》引郭璞、陳八郎本、九條本：保。　　駕，顏師古、陳八郎本、九條本：加。屬，《史記》作"鸀"，《正義》：燭。顏師古：之欲反。　　玉，《史記》作"瑇"，《正義》：玉。

交精旋目，煩鶩庸渠。箴疵鵁盧，羣浮乎其上。

　　旋，《史記》作"鱥"，《集解》引徐廣：環。《索隱》：旋。　　鶩，尤袤本李善注、陳八郎本、九條本：木。　　庸，《史記》作"鷛"，《集解》引徐廣：容。　　箴，《史記》作"鰔"，《集解》引徐廣：斟。《漢書》引郭璞：針。尤袤本李善注：鍼。　　疵，《史記》作"鴜"，《集解》引徐廣：斯。顏師古、陳八郎本：貲。尤袤本李善注：資。鵁，《集解》引徐廣、顏師古：火交反。陳八郎本：火交。　　【附】《漢書》張揖：鵁，鸕頭鳥也。顏師古：鸕音烏了反。又郭璞：盧，盧鷀也。顏師古、尤袤本李善注：鷀音慈。　　盧，九條本：力胡反。

泛淫泛濫，隨風澹淡。

泛，《索隱》引郭璞、顏師古、尤袤本李善注、九條本：馮。陳
八郎本作“沈”，音：馮。　泛，《索隱》引郭璞：芳劍反。《漢書》作
“氾”，顏師古：敷劍反。尤袤本李善注：敷劍切。　澹，顏師古：
大覽反。陳八郎本、九條本：徒感。　淡，顏師古：琰。九條本：
以冉反。

與波摇蕩，奄薄水渚。唼喋菁藻，咀嚼菱藕。

唼，《正義》：疏甲反。顏師古：所甲反。尤袤本李善注：所甲
切。陳八郎本、九條本：所甲。　喋，《正義》、顏師古：丈甲反。
尤袤本李善注：丈甲切。陳八郎本、九條本：直甲。　咀，顏師
古：才汝反。尤袤本李善注：才汝切。九條本：才汝。　嚼，顏師
古：才削反。尤袤本李善注：才削切。陳八郎本、九條本：才削。

於是乎崇山矗矗，巃嵸崔巍。深林巨木，嶄巖參嵳。

矗，九條本：丑六，又：初六反。　巃，《正義》：力孔反。《漢
書》引郭璞：籠。尤袤本李善注：力孔切。陳八郎本、九條本：力
孔。　嵸，《正義》：子孔反。《漢書》引郭璞：才總反。顏師古：
總。尤袤本李善注：摠。陳八郎本、九條本：總。　崔，《正義》：
在回反。《漢書》引郭璞：摧。九條本：在迴反。　巍，《正義》、
《漢書》引郭璞：五回反。　嶄，《正義》：咸，又仕銜反。顏師古：
士銜反。尤袤本李善注：仕銜切。陳八郎本、九條本：士咸。
參，《正義》：楚林反。《漢書》作“參”，顏師古：楚林反。尤袤本李
善注：楚林切。陳八郎本、九條本：楚金。　嵳，《正義》：楚宜反。
《漢書》作“差”，顏師古：楚宜反。尤袤本李善注：楚宜切。陳八
郎本：楚宜反。九條本：楚宜。

九嵕巀嶭，南山峩峩。巖陁甗錡，摧崣崛崎。

嵕，《史記》作"嵏"，《正義》：子公反。顔師古：子公反，又音總。陳八郎本、九條本：子公。　巀，《正義》：才切反。顔師古：截，又在割反。尤袤本李善注、陳八郎本、九條本：截。　嶭，《正義》：五結反。顔師古：巘，又五割反。尤袤本李善注：巘。陳八郎本、九條本：五結。　峩，顔師古、尤袤本李善注：娥。　陁，《史記》作"陀"，《集解》：遲。陳八郎本、九條本：遲。　甗，《集解》《漢書》并引郭璞：魚晚反。陳八郎本：仰蹇。九條本作"巘"，音：仰蹇。　錡，《集解》引郭璞：蟻。《漢書》引郭璞：巇。陳八郎本、九條本：魚是。　摧，《史記》作"崔"，《集解》《索隱》《漢書》并引郭璞：作罪反。《漢書》引蘇林：䐜水反。顔師古：將水反。尤袤本李善注：作罪切。陳八郎本：臧回。九條本：藏回。　崣，《索隱》《漢書》并引郭璞：委。《漢書》蘇林：卒鄙反。尤袤本李善注：卒鄙切。陳八郎本：委。九條本：委，又引李善音：罪。〇案：尤袤本、九條本李善音不同。　崛，《索隱》、《漢書》、尤袤本李善注并引郭璞：掘。陳八郎本：牛鬱。九條本：牛鬱，又引李善音：掘。　崎，《索隱》《漢書》并引郭璞：倚。尤袤本李善注引郭璞：錡。陳八郎本：倚。九條本：倚，又引李善音：錡。〇案：李善注引郭璞音與他本不一。

振溪通谷，蹇産溝瀆。谽呀豁閜，阜陵别隝。

谽，《集解》《漢書》并引郭璞：呼含反。尤袤本李善注引郭璞：呼含切。陳八郎本、九條本：呼含。　呀，《集解》《漢書》并引郭璞：呼加反。尤袤本李善注引郭璞：呼加切。陳八郎本、九條本：呼加。　豁，顔師古：呼活反。　閜，《史記》《漢書》作"閕"，

《集解》《漢書》并引郭璞：呼下反。尤袤本李善注引郭璞：呵下切。陳八郎本、九條本：呼下。　隝，《漢書》、尤袤本李善注并引郭璞：擣。陳八郎本：都果反。九條本：都果，又：擣。

崴魂嵔廆，丘虚堀礨。

崴，《正義》、《漢書》引郭璞：於鬼反。尤袤本李善注引郭璞：於鬼切。陳八郎本、九條本：於鬼。　魂，《正義》、《漢書》引郭璞：魚鬼反。顏師古：於虺反。尤袤本李善注引郭璞：魚鬼切。陳八郎本、九條本：魚鬼。　嵔，《史記》作"崣"，《正義》：烏罪反。《漢書》郭璞：惡罪反。尤袤本李善注引郭璞：惡罪切。陳八郎本、九條本：烏罪。　廆，《史記》作"瘣"，《正義》：胡罪反。《漢書》郭璞：瘣。顏師古：胡賄反。尤袤本李善注引郭璞：胡罪切。陳八郎本、九條本：胡罪。　虚，《正義》、《漢書》引郭璞：墟。尤袤本李善注引郭璞：祛。陳八郎本、九條本：乞居。　堀，《史記》作"崛"，《正義》：口忽反，又：口罪反。《漢書》、尤袤本李善注并引郭璞：窟。陳八郎本、九條本：窟。　礨，《史記》作"嵦"，《正義》：力罪反。《漢書》、尤袤本李善注并引郭璞：磊。陳八郎本、九條本：郎罪。

隱轔鬱嶵，登降施靡。

轔，《漢書》引郭璞：洛盡反。尤袤本李善注引郭璞：洛盡切。陳八郎本、九條本：力忍。　嶵，《正義》、顏師古：律。尤袤本李善注引郭璞：壘。陳八郎本、九條本：力水。○案：中華本顏師古注"嶵"作"壘"。　施，顏師古：弋爾反。尤袤本李善注引郭璞：式氏切。陳八郎本、九條本作"陑"，陳八郎本：以爾。九條本：以佘，又：式氏反。

陂池貏豸，沇溶淫鬻，散渙夷陸。亭皋千里，靡不被築。

　　　　陂，《索隱》、《漢書》、尤袤本李善注并引郭璞：皮。顏師古：
彼奇反。陳八郎本：皮。九條本、朝鮮正德本、奎章閣本：彼爲。
　　貏，《集解》引郭璞：衣被。《索隱》、尤袤本李善注并引郭璞：
被。《漢書》引郭璞：貏音衣被之被。顏師古：彼。陳八郎本、九
條本：被。○案：中華本《索隱》引郭璞音作"貏音衣被之被"，《漢
書》所引郭璞注同，可知其爲景純原文，黃善夫本《史記》有刪節。
　　豸，《集解》引郭璞：蟲豸。尤袤本李善注：直爾切。陳八郎本：
直爾。九條本：直佘。○案：《集解》所引郭璞音，據上條之例，當
作"豸音蟲豸之豸"，黃善夫本《史記》有刪簡。又尤袤本此條音
注置於郭璞注文下，然據《集解》，"直爾切"顯非郭音，當是李善
音。尤袤本此卷將李善音混入舊注者甚夥，今一一析出，不能確
指者，則姑仍舊。　　沇，尤袤本李善注：以水切。陳八郎本：以
水。九條本、朝鮮正德本、奎章閣本：允。　　溶，《正義》、顏師古、
尤袤本李善注、九條本：容。　　淫，尤袤本李善注：以舟切。奎章
閣本：以舟。○案：兩本"舟"疑爲"冉"字之訛。　　鬻，《正義》、顏
師古、尤袤本李善注：育。陳八郎本：以六反。九條本：以六。
渙，九條本：火貫反。　　被，顏師古：皮義反。尤袤本李善注：皮
義切。九條本：皮義。

**揵以綠蕙，被以江䍠。糅以蘪蕪，雜以留夷。布結縷，攢戾莎。揭車
衡蘭，槀本射干，茈薑蘘荷，葴持若蓀。**

　　　　糅，《正義》：女又反。陳八郎本：又女。○案：陳八郎本"又

女”爲“女又”之倒。又音注原標於“糅以”下,今移正。　攢,顏師古:材官反。　莎,九條本:小和反。　揭,《集解》引徐廣:桀。顏師古:巨列反。尤袤本李善注:去竭切。陳八郎本:去例。九條本:去例,又:去竭。　車,九條本:居。　【附】《漢書》應劭:揭車,一名艺輿。顏師古:艺音乞。尤袤本李善注:巨乞切。　藁,九條本:古老反。　射,顏師古:弋舍反。尤袤本李善注:弋舍切。陳八郎本、九條本:夜。　【附】尤袤本李善注引郭璞曰:藁本,藁茇也。方末切。　茈,《索隱》、顏師古、尤袤本李善注、陳八郎本、九條本:紫。　蘘,《正義》、顏師古:人羊反。尤袤本李善注:人羊切。陳八郎本、九條本:而羊。　蔵,《漢書》、尤袤本李善注并引如淳:鍼。顏師古:之林反。陳八郎本作“箴”,音:針。九條本:針。　持,尤袤本李善注引韋昭:懲。陳八郎本、九條本作“橙”,音:佇生。　蓀,《索隱》、顏師古:孫。

鮮支黃礫,蔣苧青薠,布濩閎澤,延曼太原。

　　礫,九條本:立歷反。　蔣,顏師古:將。九條本:子兩反。　苧,《史記》注文作“芧”,《集解》引徐廣、《索隱》及《漢書》并引郭璞:佇。尤袤本李善注引郭璞:杼。顏師古:丈與反。九條本:直呂反,又:杼。陳八郎本作“芋”,九條本旁記“芧”,并音:云句。　薠,《索隱》郭璞、九條本:煩。　濩,顏師古、尤袤本李善注、陳八郎本、九條本:護。　閎,陳八郎本、九條本:宏。　延,顏師古:弋戰反。尤袤本李善注:弋戰切。陳八郎本:式戰。九條本:弋戰。○案:陳八郎本“式”爲“弋”字之訛。　曼,陳八郎本:萬。九條本作“蔓”,音:萬。

離靡廣衍,應風披靡,吐芳揚烈,

　　　　離,顏師古:力爾反。尤袤本李善注:力爾切。九條本:力
尒。　靡,陳八郎本、九條本:眉彼。　衍,陳八郎本:異善。
披,顏師古:丕儀反。尤袤本李善注:丕蟻切。陳八郎本:上聲。
九條本:上声,又:丕蟻。○案:顏師古音"儀",中華本作"蟻"。
披、靡疊韻,據李善及五臣音,黃善夫本誤刻。　靡,陳八郎本:
上聲。

郁郁菲菲,眾香發越。肸蠁布寫,晻薆咇茀。

　　　　菲,《漢書》、尤袤本李善注并引郭璞、九條本:妃。　肸,顏
師古:許乙反。九條本作"肹",音:吉。　蠁,顏師古:響。九條
本:虛兩反。　晻,《漢書》作"晻",顏師古:奄,又音烏感反。尤
袤本李善注:奄。陳八郎本、九條本:烏感。　薆,顏師古、陳八
郎本、九條本:愛。　咇,顏師古:步必反。尤袤本李善注:步必
切。陳八郎本、九條本:步必。　茀,顏師古、尤袤本李善注、陳
八郎本、九條本:勃。

於是乎周覽泛觀,繽紛軋芴,芒芒恍忽。視之無端,察之無涯。日出
東沼,入乎西陂。

　　　　泛,《漢書》作"氾",顏師古:敷劍反。　繽,《史記》作"瞋",
《集解》引徐廣:丑人反。顏師古:丑人反。尤袤本李善注:丑人
切。陳八郎本:丑鄰。九條本:丑鱗。○案:《集解》"繽"誤作
"瞋"。　軋,顏師古:於黠反。　芴,顏師古、尤袤本李善注、陳
八郎本:勿。九條本作"芴",音:勿。　芒,顏師古、尤袤本李善
注:莫郎反。九條本:莫郎。　涯,顏師古:儀。九條本:宜。

陂，九條本：皮離反。

其南則隆冬生長，涌水躍波。其獸則㺎旄貘犛，沈牛麈麋。赤首圜題，窮奇象犀。

　　㺎，《史記》作"犝"，《集解》引徐廣、《索隱》引郭璞：容。九條本：庸。　旄，九條本：毛。　貘，《漢書》引郭璞：貊。陳八郎本、九條本：陌。　犛，《集解》引徐廣：狸，一音茅。《漢書》引郭璞：狸。顏師古：犛字又音茅。陳八郎本、九條本：黎。　麈，顏師古、九條本：主。　麋，九條本：眉。　圜，九條本：于權反。

其北則盛夏含凍裂地，涉冰揭河。其獸則麒麟角端，騊駼橐駝。蚚蛩驒騱，駃騠驢贏。

　　揭，顏師古：丘例反。陳八郎本：去例。　端，《史記》作"䚟"，《索隱》引張揖：音端。　騊，《正義》：桃。陳八郎本、九條本：陶。　駼，《正義》：徒。陳八郎本、九條本：途。　橐，《正義》：託。陳八郎本、九條本：土各。　駝，《正義》：徒河反。九條本作"馳"：大河反。　蚚，《正義》：其恭反。陳八郎本、九條本：巨恭。　驒，《正義》、《漢書》引郭璞：顚。尤袤本李善注引郭璞：䫜。陳八郎本、九條本：丁賢。　騱，《正義》、《漢書》及尤袤本李善注并引郭璞：奚。陳八郎本、九條本：兮。　駃，《正義》、《漢書》引郭璞：決。尤袤本李善注引郭璞：玦。陳八郎本、九條本：決。　騠，《正義》、陳八郎本、九條本：啼。《漢書》及尤袤本李善注并引郭璞：提。

於是乎離宮別館，彌山跨谷。高廊四注，重坐曲閣。華榱璧璫，輦道纚屬。步櫩周流，長途中宿。夷嶵築堂，累臺增成，巖窔洞房。頹杳眇而無見，仰攀橑而捫天。奔星更於閨闥，宛虹拖於楯軒。

重，九條本：逐龍。 橾，九條本：士推反。○案：九條本"士"疑爲"七"字之訛。 纚，顏師古：力爾反。尤袤本李善注引張揖：力爾切。陳八郎本作"灑"，音：連是。九條本：連是，又：力尒。 屬，顏師古：之欲反。尤袤本李善注引張揖：之欲切。九條本：之欲。 櫩，九條本：以廉反。 中，九條本：丁仲反。嶵，顏師古：子公反。尤袤本李善注：子公切。陳八郎本、九條本：子公。 累，九條本：力委反。 窔，《史記》作"突"，《索隱》：一吊反。尤袤本李善注：一吊切。陳八郎本：一弟。九條本、朝鮮正德本：一吊。○案：陳八郎本"弟"爲"吊（弔）"字之訛。橑，顏師古、尤袤本李善注、陳八郎本、九條本：老。 捫，顏師古、尤袤本李善注、陳八郎本、九條本：門。 更，顏師古：工衡反。尤袤本李善注：工衡切。陳八郎本：平聲。九條本：工衡。宛，陳八郎本、九條本：於遠。 虹，顏師古：紅。 拖，《史記》作"拕"，《正義》：徒我反。顏師古：吐賀反，又：徒可反。陳八郎本亦作"拕"，音：徒可。九條本：徒可。 楯，《集解》引徐廣：食尹反。陳八郎本、九條本：時尹。

青龍蚴蟉於東廂，象輿婉僤於西清。靈圄燕於閒館，偓佺之倫暴於南榮。醴泉涌於清室，通川過於中庭。

蚴，《正義》：一糺反。顏師古：一糾反。尤袤本李善注：一糺切。陳八郎本、九條本：伊糾。 蟉，《正義》：力糺反。顏師古：力糾反。尤袤本李善注：力糺切。陳八郎本、九條本：岐酉。婉，《正義》：宛。陳八郎本、九條本：於遠。 僤，《史記》作"蟬"，

《正義》：善。顏師古、尤袤本李善注、九條本：善。陳八郎本亦作
"蟬"，音：善。　　間，《漢書》作"閒"，顏師古：閑。尤袤本李善注、
陳八郎本、九條本：閑。　　偓，顏師古：握。陳八郎本、九條本：於
角。　　佺，顏師古：銓。陳八郎本、九條本：七全。

盤石振崖，嶔巖倚傾。嵯峨嶵嶸，刻削崢嶸。玫瑰碧琳，珊瑚叢生。

振，《史記》作"裖"，《集解》引徐廣：振。《索隱》引如淳：裖音
振，又引李奇：之忍反。顏師古：之忍反。尤袤本李善注：之刃
切。九條本：之刃反。　　【附】《漢書》孟康曰：裖，砥致也。顏師
古：砥，之忍反。致，直二反。　　嶔，顏師古：口銜反。尤袤本李
善注：口銜切。陳八郎本、九條本：口巖。　　倚，顏師古：於綺反。
尤袤本李善注：於綺切。九條本：於漪。○案：九條本"漪"蓋爲
"綺"之訛。　　嶵，《史記》作"磼"，《集解》引徐廣：雜。《索隱》：士
劫反，又引《字林》：磼，才匝反。尤袤本李善注、陳八郎本、九條
本：捷。　　嶸，《史記》作"礏"，《集解》引徐廣：五合反。《索隱》：
楫反，又引《字林》：嶸，五帀反。尤袤本李善注、陳八郎本：業。
九條本：魚接反。○案：《索隱》"楫反"有脱字，中華本作"魚揖
反"。　　削，九條本：四晷反。　　嶸，九條本：宏。　　瑰，九條
本：回。

瑎玉旁唐，玢豳文鱗。赤瑕駮犖，雜臿其間。晁采琬琰，和氏出焉。

瑎，九條本：亡貧反。　　玢，《史記》作"璸"，《集解》引徐廣：
彬。《漢書》引蘇林：玢音分。顏師古：彼旻反。尤袤本李善注引
郭璞、九條本：紛。　　豳，《史記》作"瑞"，《集解》引徐廣：班。顏
師古：彼閑反。尤袤本李善注引郭璞、九條本：彬。　　瑕，陳八郎

本、九條本：退。　駁，九條本：布角反。　举，《索隱》、《漢書》引
郭璞：洛角反。尤袤本李善注：洛角切。九條本：洛角。　間，九
條本：居連反，叶。　琬，九條本：於阮反。　琰，九條本：以
斂反。

於是乎盧橘夏熟，黃甘橙楱，枇杷橪柿，亭奈厚朴。

　　橙，顏師古：丈耕反。陳八郎本、九條本：直更。　楱，《集
解》引徐廣、《漢書》及尤袤本李善注并引郭璞、陳八郎本、九條
本：湊。　橪，《集解》及《索隱》并引徐廣：而善反。《索隱》引韋
昭：汝蕭反，又引郭璞：烟。顏師古、尤袤本李善注：煙。陳八郎
本、奎章閣本：而闐。九條本：而闐，又：煙。朝鮮正德本：而間。
○案：韋昭音“蕭”疑爲“善”字之訛。善，一作“蕭”，與“蕭”形近。
朝鮮正德本“間”爲“闐”之訛。　【附】《索隱》：《淮南子》云：伐橪
棗以爲矜。音勤。　柿，九條本：士。　亭，《史記》作“樗”，《集
解》引徐廣：亭。陳八郎本、九條本亦作“樗”，音：亭。　奈，九條
本作“柰”：奴太反。　朴，顏師古：匹角反。尤袤本李善注：步角
切。九條本：步角。

樗棗楊梅，櫻桃蒲陶，隱夫薁棣，荅遝離支。

　　樗，《集解》引徐廣：弋井反。陳八郎本、九條本：弋井。
○案：中華本《索隱》有音注“弋井反”。　櫻，顏師古：於耕反。
薁，顏師古：於六反。尤袤本李善注：於六切。陳八郎本、九條
本：於六。　棣，《集解》引郭璞：逮。顏師古：徒計反。尤袤本李
善注：徒計切。陳八郎本、九條本：徒計。　荅，《史記》作“楉”，
《集解》引徐廣：荅。　遝，《史記》作“樏”，《集解》引郭璞：沓。顏

師古、尤袤本李善注、陳八郎本、九條本：沓。　　離，《索隱》：字或
作蒚，音力致反。顏師古：力智反。尤袤本李善注：力智切。陳
八郎本、九條本：力智。

羅乎後宮，列乎北園。陁丘陵，下平原。揚翠葉，杌紫莖。發紅華，垂
朱榮。煌煌扈扈，照曜鉅野。

　　　陁，《集解》引郭璞：施。顏師古：弋豉反。尤袤本李善注：羊
氏切。陳八郎本、九條本：羊氏。　　杌，《漢書》作“扤”，顏師古：
兀。尤袤本李善注、奎章閣本注記：兀。陳八郎本作“杬”，音：
兀。九條本、朝鮮正德本作“扤”，音：兀。　　煌，顏師古、尤袤本
李善注、九條本：皇。　　扈，陳八郎本、九條本：戶。

沙棠櫟櫧，華楓枰櫨。留落胥邪，仁頻并閭。欀檀木蘭，豫章女貞。

　　　櫟，顏師古、陳八郎本、九條本：歷。　　櫧，顏師古、尤袤本李
善注、陳八郎本、九條本：諸。　【附】《漢書》張揖曰：櫧似枰。郭
璞曰：櫧似采柔。顏師古：枰音零。采音菜。柔音食諸反。宋
祁：柔字當作食渚反。○案：采音菜，尤袤本李善注作“採音采”。
　　華，顏師古：胡化反。尤袤本李善注：胡化切。九條本：胡化。
　　楓，顏師古、陳八郎本、九條本：風。　　枰，顏師古、陳八郎本、
九條本：平。　　櫨，顏師古、陳八郎本、九條本：盧。　【附】《漢
書》郭璞曰：落，欀也。顏師古：欀音鑲。○案：尤袤本李善注
“欀”作“樓”。　　胥，顏師古：先余反。　　邪，顏師古：弋奢反。陳
八郎本、九條本：以嗟。　　頻，《索隱》：賓。　　欀，《索隱》、《漢書》
及尤袤本李善注并引郭璞、陳八郎本、九條本：讓。

長千仞,大連抱。夸條直暢,實葉葰楙。欑立叢倚,連卷欏佹。

　　　　葰,顏師古、尤袤本李善注、陳八郎本、九條本:峻。　【附】
《漢書》張揖曰:葰,甬也。顏師古:甬音踊。　　楙,陳八郎本:木
遘反。九條本作"茂",音:木遘。　　倚,顏師古:於綺反。尤袤本
李善注:於綺切。九條本:於倚。○案:九條本音"倚"蓋爲"綺"
字之訛。　　卷,顏師古:丘專反,又:巨專反。尤袤本李善注:巨
專切。陳八郎本、九條本:巨專。　　欏,顏師古:力爾反。尤袤本
李善注:力尔切。陳八郎本、九條本:力是。　　佹,顏師古、尤袤
本李善注:詭。陳八郎本、九條本:古毁。

崔錯癹骫,坑衡閜砢。

　　　　崔,顏師古:千賄反。尤袤本李善注:千賄切。陳八郎本、九
條本:千賄。　　癹,《集解》引徐廣:拔。《索隱》:跋。顏師古:步
葛反。尤袤本李善注:步葛切。陳八郎本、九條本:步葛。　　骫,
《索隱》、陳八郎本、九條本:委。　　坑,顏師古:口庚反。尤袤本
李善注:口庚切。陳八郎本、九條本:苦行。　　閜,《集解》引郭
璞:惡可反。顏師古:烏可反。尤袤本李善注:烏可切。陳八郎
本:烏可。　　砢,《集解》引郭璞:魯可反。顏師古、陳八郎本:來
可反。尤袤本李善注:來可切。九條本:來可。

垂條扶疏,落英幡纚。紛溶萷蔘,猗狔從風。

　　　　纚,《集解》引郭璞:灑。《索隱》:所綺反。顏師古:山爾反。
尤袤本李善注:山爾切。陳八郎本:吏是反。九條本作:史是。
○案:陳八郎本"吏"爲"史"字之訛。　　溶,顏師古、尤袤本李善
注、陳八郎本、九條本:容。　　萷,《漢書》作"蔢",引郭璞:蕭。顏

師古：山交反。尤袤本李善注、陳八郎本：蕭。九條本：籟。

蔘，《漢書》引郭璞、尤袤本李善注：森。陳八郎本、九條本：所今。

猗，《漢書》引郭璞：於氏反。尤袤本李善注：憶靡切。陳八郎本：於綺。九條本：於奇。○案：九條本"奇"疑爲"綺"之訛。

狔，《漢書》作"柅"，引郭璞：諾氏反。尤袤本李善注：女尔切。陳八郎本、九條本：女綺。

劖苃屵歔，蓋象金石之聲，管籥之音。

劖，《史記》作"瀏"，《索隱》：留。顔師古、尤袤本李善注：劉。陳八郎本、九條本亦作"瀏"，音：流。　苃，《集解》引徐廣：栗。《索隱》：苃如字。顔師古、尤袤本李善注：利。○案：中華本《索隱》"苃如字"下有"又音栗也"。　屵，顔師古：譁。九條本作"卉"，音：鬼。　歔，《史記》作"吸"，《索隱》：翕。顔師古、尤袤本李善注：翕。陳八郎本：吸。九條本：許及反。　籥，陳八郎本、九條本：藥。

傑池茈虒，旋還乎後宮。雜襲絫輯，被山緣谷，循阪下隰，視之無端，究之無窮。

傑，《史記》《漢書》作"柴"，《集解》引徐廣、《索隱》、《漢書》引郭璞：差。尤袤本李善注引郭璞、陳八郎本、九條本：差。　茈，《漢書》及尤袤本李善注并引如淳、陳八郎本、九條本：此。　虒，《集解》引徐廣、《漢書》及尤袤本李善注并引如淳：豸。《索隱》：側氏反。陳八郎本、九條本：直是。○案：《索隱》"側"，中華本作"惻"。　還，《漢書》郭璞：宦。　襲，九條本：大合反，又如字。○案：九條本音"字"作代字符"丨"。　絫，九條本作"累"：六委反。　　隰，九條本：以入反。○案：隰爲邪母，以爲以母，聲母不同，九條本“以”當作“似”，《廣韻》正讀“似入切”。

於是乎玄猨素雌，蜼玃飛蠝。

　　蜼，《集解》引徐廣：于季反。《索隱》《漢書》并引郭璞：蜼音贈遺之遺。尤袤本李善注引郭璞：遺。陳八郎本：羊水。九條本：羊水，又：遺。○案：中華本《索隱》郭璞音僅“遺”一字，與黃善夫本《索隱》有異，據《漢書》所引，黃本是。中華本《索隱》及尤袤本李善注所引郭璞音爲後世刪略。　　玃，《索隱》引郭璞：古約反。顏師古、尤袤本李善注、陳八郎本、九條本：钁。○案：中華本《索隱》音“钁”。　　蠝，《索隱》《漢書》并引郭璞：誄。陳八郎本、九條本：壘。　【附】《漢書》郭璞曰：蠝，鼯鼠也。顏師古：鼯音吾。

蛭蜩蠼猱，獑胡豰蜼，栖息乎其間，長嘯哀鳴，翩幡互經。夭蟜枝格，偃蹇杪顛。

　　蛭，《集解》引徐廣、《索隱》及《漢書》并引如淳、《索隱》引《字林》、北宋本及尤袤本李善注引如淳：質。陳八郎本：姪。九條本：姪，又：質。　　蜩，陳八郎本、九條本：條。　　蠼，《史記》作“貜”，《索隱》引顧氏：貜音塗卓反，又引《字林》：貜音狄。陳八郎本、九條本：钁。　　猱，《漢書》作“蝚”，顏師古：乃高反，又音柔。北宋本及尤袤本李善注：奴刀切。陳八郎本、九條本：奴高。獑，《史記》作“嶄”，《集解》引徐廣：在廉反。《漢書》引郭璞、北宋本及尤袤本李善注并引郭璞、陳八郎本、九條本：讒。　　豰，《集解》引徐廣、《漢書》引郭璞：呼谷反。北宋本李善注引郭璞：呼穀切。尤袤本李善注引郭璞：呼谷切。陳八郎本、九條本：呼谷。

蜟，《集解》引徐廣、《漢書》與北宋本及尤袤本李善注并引郭璞、陳八郎本、九條本：詭。　　夭，《正義》：妖。　　蟜，《正義》、顏師古、北宋本及尤袤本李善注、陳八郎本、九條本：矯。　　蹇，九條本：九輦反。　　抄，《正義》：弨沼反。顏師古：眇。九條本：亡少。　　䴢，九條本：天。

隃絶梁，騰殊榛。捷垂條，掉希間。牢落陸離，爛熳遠遷，若此者數百千處，娛游往來，宮宿館舍。庖厨不徙，後宮不移，百官備具。

榛，《正義》：仕斤反。顏師古：惻人反。北宋本及尤袤本李善注：仕人切。九條本：仕人。○案：顏師古音“惻”，中華本作“仕”。惻屬初母，仕屬崇母，二紐俱爲莊組，聲極近。　【附】《漢書》顏師古：殊榛，特立株枒也。枒音五曷反。北宋本及尤袤本李善注作五曷切。　　捷，《正義》：才業反。　　掉，《史記》作“踔”，《集解》引郭璞：託釣反。顏師古：徒釣反。北宋本及尤袤本李善注引郭璞：託釣切。陳八郎本亦作“踔”，九條本作“棹”，并音：勑教。　　牢，九條本：勞。　　【附】《漢書》顏師古：娛，戲也。戲音許其反。北宋本及尤袤本李善注：許其切。　　庖，九條本：白交反。

於是乎背秋涉冬，天子校獵。乘鏤象，六玉虬。拖蜺旌，靡雲旗。前皮軒，後道游。孫叔奉轡，衛公參乘。扈從橫行，出乎四校之中。鼓嚴簿，縱獵者。河江爲阹，泰山爲櫓。車騎靁起，殷天動地。先後陸離，離散別追。淫淫裔裔，緣陵流澤，雲布雨施。

校，九條本：古考反。　　鏤，九條本：陋。　　拖，《正義》：徒可反。顏師古：土賀反，又：徒可反。　　蜺，九條本作“鯢”：魚兮反。

乘，陳八郎本、九條本：去聲。　　扈，陳八郎本、九條本：戶。
從，陳八郎本、九條本：去聲。　　簿，顏師古：步戶反。陳八郎本
作"鎛"，音：平碧。九條本亦作"鎛"，音：平薄。　　獵，陳八郎本、
九條本作"獠"，音：良照。　　陡，《集解》引郭璞：去車反。顏師
古：祛。陳八郎本、九條本：羌魚。　　櫓，陳八郎本、九條本：魯。
　　車，九條本：居。　　殷，顏師古、北宋本及尤袤本李善注：隱。
九條本：殷。○案：九條本音涉正文而誤。　　追，顏師古：合韻音
竹遂反。　　施，九條本：平声。

生貔豹，搏豺狼。手熊羆，足野羊。蒙鶡蘇，絝白虎。被班文，跨
野馬。

　　貔，《集解》、《漢書》、北宋本及尤袤本李善注并引郭璞、陳八
郎本、九條本：毗。　　豹，九條本：□孝反。○案：九條本□處空
一字。　　搏，陳八郎本：博。　　羆，陳八郎本：悲。　　鶡，《索隱》、
《漢書》引郭璞、北宋本及尤袤本李善注、陳八郎本、九條本：曷。
　　絝，陳八郎本：苦故。九條本：苦胡。○案：九條本"胡"爲"故"
字之訛。　　被，顏師古：皮義反。　　野，《索隱》：野。○案：此音
見中華本《史記》。　　馬，九條本：亡古反，叶。

凌三嵕之危，下磧歷之坻，徑峻赴險，越壑屬水。椎蜚廉，弄獬豸。格
蝦蛤，鋋猛氏。

　　嵕，陳八郎本：子公。九條本：子公反。　　磧，顏師古：千狄
反。九條本：千歷反。　　坻，《正義》、顏師古、北宋本及尤袤本李
善注、陳八郎本、九條本：遲。　　椎，《索隱》：直追反。陳八郎本：
直追。　　獬，《史記》《漢書》作"解"，《索隱》、顏師古：蟹。北宋本

及尤袤本李善注：蟹。九條本：解。　豸，《索隱》：丈妳反。《漢書作"廌"，顏師古：丈介反。北宋本李善注：氏爾切。尤袤本李善注：文介切。陳八郎本：直是反。九條本：直是。○案：中華本《索隱》又有"丈介反"一音。又：尤袤本音"文"爲"丈"字之訛。

蝦，顏師古、北宋本及尤袤本李善注引郭璞、陳八郎本、九條本：遐。　蛤，顏師古、北宋本及尤袤本李善注引郭璞、九條本：閤。　鋌，《索隱》、顏師古：蟬。北宋本及尤袤本李善注：市延切。九條本：市延。

羂騕褭，射封豕。箭不苟害，解脰陷腦。弓不虛發，應聲而倒。

羂，顏師古：工犬反。北宋本及尤袤本李善注：工犬切。陳八郎本、九條本：古犬。　騕，《集解》《漢書》并引郭璞：窈。陳八郎本、九條本：烏了。　褭，《集解》《漢書》并引郭璞：嫋。陳八郎本、九條本：奴鳥。　脰，顏師古、北宋本及尤袤本李善注、陳八郎本、九條本：豆。　陷，《索隱》：苦念反，亦依字讀也。北宋本李善注：苦念切。尤袤本李善注：若念切。九條本：苦㵘。○案：尤袤本"若"爲"苦"字之訛。　倒，九條本：丁老反。

於是乘輿弭節徘徊，翱翔往來。睨部曲之進退，覽將帥之變態。然後侵淫促節，儵夐遠去，流離輕禽，蹴履狡獸。轔白鹿，捷狡兔。軼赤電，遺光耀。

來，九條本：協音倈。　睨，顏師古：五計反。九條本：魚計反。　將，九條本：子亮反。　帥，九條本：色□反。○案：九條本□處空一字。　態，九條本：大。　侵淫，《史記》作"浸潯"，《索隱》：潯音尋。　儵，九條本作"倏"，音：叔。　夐，《集解》引郭璞：詡盛反。陳八郎本：呼幷。九條本：火政反。　蹴，九條本作"蹙"：七六反。　輠，《集解》引徐廣：銳。《正義》：衛。陳八郎本作"輷"，音：衛。　捷，北宋本及尤袤本李善注：接。九條本：才接。　軼，陳八郎本、九條本：逸。

追怪物，出宇宙。彎蕃弱，滿白羽。射游梟，櫟蜚遽。擇肉而后發，先中而命處。弦矢分，藝殪仆。

　　彎，《正義》：烏繁反。顏師古：烏還反。　蕃，顏師古：扶元反。陳八郎本、九條本：煩。　羽，九條本：于具反，叶。　射，九條本：時亦反。　梟，尤袤本李善注：工聊切。陳八郎本、九條本：古堯。　櫟，顏師古：洛。陳八郎本：歷。　遽，顏師古、尤袤本李善注：鉅。九條本：巨。　弦，九條本：玄。　殪，《漢書》郭璞：翳。陳八郎本、九條本：一計。　仆，《集解》引徐廣、《漢書》引郭璞、陳八郎本、九條本：赴。　【附】《漢書》顏師古：藝讀與藝同，字亦作臬，音魚列反。

然后揚節而上浮，凌驚風，歷駭猋，乘虛無，與神俱。蹴玄鶴，亂昆雞。遒孔鸞，促鵔鸃。拂翳鳥，捎鳳凰。捷鴛鶵，揜焦朋。

　　猋，《史記》作"飇"，《正義》：必遙反。　蹴，《史記》作"轔"，《集解》引徐廣：躪。《正義》：轔音吝。九條本：力刃反。　遒，《集解》引《漢書音義》：秦由反。顏師古：材由反。尤袤本李善注：才由切。　鵔，陳八郎本、九條本：峻。　鸃，陳八郎本、九條本：宜。　翳，《史記》作"鷖"，《集解》引《漢書音義》：烏雞反。陳八郎本、九條本：一兮。　捎，《正義》、顏師古：山交反。陳八郎本：所交。

道盡途殫,迴車而還。消搖乎襄羊,降集乎北紘。率乎直指,晻乎反鄉,歷石闕,歷封巒。過鳷鵲,望露寒。下棠棃,息宜春。西馳宣曲,濯鷁牛首,登龍臺,掩細柳,觀士大夫之勤略,均獵者之所得獲。

　　襄,陳八郎本作“儴”,音:相。九條本旁記“儴”,音:襄。

紘,顏師古、九條本:宏。　晻,陳八郎本、九條本:奄。　歷,顏師古:鉅月反。九條本:厥。　巒,顏師古:鸞。　過,九條本:戈。　鳷,《集解》引徐廣、顏師古、尤袤本李善注、陳八郎本、九條本:支。○案:《史》《漢》鳷作䳨。　濯,顏師古:直孝反。尤袤本李善注引韋昭:櫂,今棹也,并直孝切。九條本:直孝。

徒車之所轔轢,步騎之所蹂若,人臣之所蹈藉。與其窮極倦刻,驚憚讋伏,不被創刃而死者,他他藉藉。填阬滿谷,掩平彌澤。

　　轔,九條本:力刃反。　轢,《漢書》引郭璞:來各反。九條本:力的反。【附】《漢書》郭璞:轢,轣也。顏師古:轣音女展反。尤袤本李善注作女展切。　蹂,《集解》引徐廣:人久反。顏師古:人九反。陳八郎本、九條本:而柳。　若,陳八郎本、九條本作“踏”,音:若。　刻,《史記》作“䡊”,《集解》引徐廣:劇。顏師古、尤袤本李善注、陳八郎本、九條本:劇。　憚,顏師古:丁曷反。尤袤本李善注:丁曷切。陳八郎本、九條本:丁曷。　讋,顏師古:之涉反。尤袤本李善注:之涉切。陳八郎本、九條本:之涉。　創,九條本:初良反。　他,《漢書》作“它”,顏師古:徒何反。尤袤本李善注:徒何切。陳八郎本、九條本:徒何。

於是乎游戲懇怠,置酒乎顥天之臺,張樂乎膠葛之寓。橦千石之鍾,立萬石之虡,建翠華之旗,樹靈鼉之鼓。奏陶唐氏之舞,聽葛天氏之歌。千人唱,萬人和。山陵爲之震動,川谷爲之蕩波。《巴渝》宋蔡,淮南《干遮》,文成顛歌。

　　顥,顏師古:胡考反。九條本:浩。　樂,九條本:岳。　葛,《史記》作"鶡",《集解》引徐廣:葛。　橦,陳八郎本作"撞",音:直江。　虖,九條本:巨。　鼉,顏師古:徒河反,又:徒丹反。九條本:大河反。　唱,《漢書》作"倡",顏師古:唱。　和,陳八郎本、九條本:平聲。　顛,顏師古:滇。

族居遞奏,金鼓迭起。鏗鎗閭鞈,洞心駭耳。荆吳鄭衛之聲,《韶》《濩》《武》《象》之樂,陰淫案衍之音,鄢郢繽紛,《激楚》《結風》。俳優侏儒,狄鞮之倡。所以娛耳目樂心意者,麗靡爛漫於前。

　　迭,顏師古:徒結反。尤袤本李善注:徒結切。九條本:徒結。　鏗,顏師古:口耕反。九條本:苦耕反。　鎗,顏師古:初衡反。九條本:初耕反。〇案:顏師古音"初",中華本作"切",非。《玉篇》:"鎗,楚庚切,金聲也。"讀初母,而"切"爲清母,聲紐不同。　閭,顏師古:託郎反。尤袤本李善注:託郎切。陳八郎本、九條本:湯。　鞈,顏師古、尤袤本李善注:榻。陳八郎本、九條本:塔。　樂,九條本:岳。　衍,顏師古:弋戰反。尤袤本李善注:弋戰切。九條本:弋戰。　鄢,九條本:於連反。　郢,九條本:以井反。　繽,顏師古:匹人反。　俳,陳八郎本、九條本:排。　侏,陳八郎本、九條本:朱。　鞮,顏師古:丁奚反。尤袤本李善注:丁奚切。陳八郎本、九條本:丁兮。

靡曼美色,若夫青琴宓妃之徒,絕殊離俗,妖冶嫻都,靚糚刻飾,便嬛綽約。柔橈嫚嫚,嫵媚孅弱。

宓，《索隱》：伏。　離，九條本：力智。　妖，《索隱》作“姣”，音：絞。　冶，陳八郎本、九條本：野。　靚，《漢書》郭璞、尤袤本李善注、九條本：淨。陳八郎本：靜。　糈，九條本作“粔”，音：霜。○案：糈爲莊母，霜爲生母，俱屬照二組全清聲紐，二聲蓋互轉。　便，陳八郎本、九條本：平聲。　嬛，《漢書》引郭璞、尤袤本李善注：翾。陳八郎本：許緣。九條本：翾，又：許緣。　綽，《漢書》作“𦂅”，顏師古：綽。陳八郎本、九條本：昌約。　橈，顏師古：女教反。尤袤本李善注：女教切。陳八郎本、九條本：女教。　嫚，《史記》《漢書》作“嬡”，《集解》引徐廣：娟。顏師古：於圓反。尤袤本李善注：於圓切。陳八郎本：於員。　嫵，顏師古、尤袤本李善注、陳八郎本、九條本：武。　孅，《史記》作“姌”，《集解》引徐廣：乃冄反。顏師古、尤袤本李善注：孅即纖字。　弱，《史記》作“嫋”，《集解》引徐廣：弱。

曳獨繭之褕絏，眇閻易以邮削。便姍嫳屑，與俗殊服。

曳，《史記》作“拽”，《集解》引徐廣：曳。　繭，陳八郎本、九條本：古典。　褕，顏師古、尤袤本李善注：踰。陳八郎本、九條本：俞。　絏，《漢書》作“袣”，顏師古：曳。尤袤本李善注：曳。陳八郎本作“裻”，音：曳。　易，顏師古：弋示反。尤袤本李善注：弋示切。九條本：弋示。　邮，九條本：出。　便，《史記》作“媥”，《正義》：白眠反。顏師古：步千反。尤袤本李善注：步千切。陳八郎本、九條本：平聲。　姍，《史記》作“姺”，《正義》：先。顏師古、尤袤本李善注、陳八郎本、九條本：先。　嫳，《史記》作“㵅”，《正義》：白結反。顏師古：步結反。尤袤本李善注：步結切。陳八郎本、九條本：步結。　屑，《史記》作“偝”，《正義》：屑。

九條本：先結。

芬芳漚鬱，酷烈淑郁。皓齒粲爛，宜笑的皪。長眉連娟，微睇縣藐。
色授魂與，心愉於側。

　　漚，顏師古：一候反。尤袤本李善注：一候切。九條本：烏豆
反。　　皪，《索隱》引郭璞、顏師古、尤袤本李善注：礫。陳八郎
本、九條本：歷。　　娟，《索隱》引郭璞、顏師古：一全反。尤袤本
李善注：一全切。九條本：一全。　　睇，《索隱》引郭璞、顏師古：
大計反。尤袤本李善注：大計切。九條本：太計。　　藐，《索隱》
引郭璞、尤袤本李善注、九條本：邈。　　愉，《索隱》、顏師古、尤袤
本李善注、九條本：踰。

於是酒中樂酣，天子芒然而思，似若有亡。曰：嗟乎，此大奢侈。朕以
覽聽餘間，無事棄日。順天道以殺伐，時休息於此，恐後葉靡麗，遂往
而不返，非所以爲繼嗣創業垂統也。

　　中，顏師古：竹仲反。尤袤本李善注：中仲切。九條本：仲。
　　樂，九條本：洛。　　芒，九條本：莫郎反。　　間，《漢書》作“閒”，
顏師古：閑。尤袤本李善注：閑。　　爲，顏師古：于偽反。尤袤本
李善注：于偽切。九條本：于偽。

於是乎乃解酒罷獵，而命有司曰：地可墾闢，悉爲農郊，以贍萌隸。隤
墻填塹，使山澤之人得至焉。實陂池而勿禁，虛宮館而勿仞。發倉廩
以救貧窮，補不足。恤鰥寡，存孤獨。出德號，省刑罰。改制度，易服
色，革正朔，與天下爲更始。於是歷吉日以齋戒，襲朝服，乘法駕。建
華旗，鳴玉鸞。游于六藝之囿，馳騖乎仁義之塗。覽觀《春秋》之林，

射《貍首》，兼《騶虞》。弋玄鶴，舞干戚。載雲罕，揜群雅。悲《伐檀》，樂樂胥，脩容乎《禮》園，翱翔乎《書》圃。述《易》道，放怪獸，登明堂，坐清廟。次群臣，奏得失。四海之內，靡不受獲。於斯之時，天下大說，鄉風而聽，隨流而化，芔然興道而遷義。刑錯而不用，德隆於三王，功羨於五帝。若此，故獵乃可喜也。

　　闋，《漢書》作"辟"，顏師古：闋。　　瞻，九條本：射艷反。

隷，陳八郎本、九條本：郎計。　　隤，顏師古：徒回反。　　刌，《正義》：刃。　　補，九條本：布古反。　　鰥，九條本：官。　　寡，九條本：火。　　易，九條本：亦。　　射，九條本：石。　　貍，九條本：力而反。　　樂，陳八郎本、九條本：去聲。　　樂，九條本：洛。　　胥，《索隱》、顏師古：先呂反。尤袤本李善注：先呂切。九條本：先呂。　　芔，《史記》作"喟"，《索隱》：許貴反。顏師古：許貴反。尤袤本李善注：許貴切。陳八郎本作"卉"，音：許屈。九條本亦作"卉"，音：許屈，又：計貴。○案：九條本"計"當作"許"。　　錯，顏師古：千故反。尤袤本李善注：千故切。陳八郎本：士故。九條本、朝鮮正德本：七故。○案：陳八郎本"士"爲"七"字之訛。

羨，《索隱》：怡戰反。顏師古：弋戰反。九條本：以戰反。

若夫終日馳騁，勞神苦形。罷車馬之用，抏士卒之精，費府庫之財，而無德厚之恩。務在獨樂，不顧衆庶。忘國家之政，貪雉兔之獲，則仁者不繇也。從此觀之，齊楚之事，豈不哀哉。地方不過千里，而囿居九百，是草木不得墾辟，而人無所食也。夫以諸侯之細，而樂萬乘之侈，僕恐百姓被其尤也。於是二子愀然改容，超若自失。逡巡避廓，曰：鄙人固陋，不知忌諱。乃今日見教，謹受命矣。

　　車，九條本：居。　　抏，《索隱》、顏師古：五官反。尤袤本李善注引郭璞、九條本：甂。　　緜，顏師古、尤袤本李善注：由。
辟，顏師古：闢。　　愀，《索隱》引郭璞：作酉反。顏師古：材小反，
又：秋誘反。尤袤本李善注：材誘切。九條本：子小反。　　譚，九
條本：鬼。

羽獵賦并序
揚子雲

孝成帝時羽獵，雄從，以爲昔在二帝三王，宮館臺榭，沼池苑囿，林麓
藪澤，財足以奉郊廟，御賓客，充庖廚而已。不奪百姓膏腴穀土桑柘
之地。女有餘布，男有餘粟，國家殷富，上下交足。故甘露零其庭，醴
泉流其唐，鳳凰巢其樹，黃龍游其沼，麒麟臻其囿，神爵栖其林。昔
者禹任益虞而上下和，草木茂。成湯好田而天下用足。文王囿百里，
民以爲尚小。齊宣王囿四十里，民以爲泰大。裕民之與奪民也。武
帝廣開上林，東南至宜春、鼎湖、御宿、昆吾。旁南山，西至長楊、五
柞。北繞黃山，濱渭而東。周袤數百里，穿昆明池，象滇河。營建章、
鳳闕、神明、馺娑。漸臺泰液，象海水周流方丈、瀛洲、蓬萊。游觀侈
靡，窮妙極麗。雖頗割其三垂以贍齊民。然至羽獵，甲車、戎馬、器
械、儲偫、禁禦所營，尚泰奢麗誇詡，非堯、舜、成湯、文王三驅之意也。
又恐後世復脩前好，不折中以泉臺。故聊因《校獵賦》以風之。

　　麓，九條本：鹿。　　奪，九條本：大活反。　　柘，九條本：射。
○案：柘爲章母，射爲船母，同屬照三組。　　御，九條本：語。
旁，顏師古：步浪反。北宋本及尤袤本李善注：步浪切。九條本
作“傍”，音：步浪。　　濱，《漢書》作“瀕”，顏師古：頻，又音賓。北
宋本及尤袤本李善注：賓。　　袤，顏師古、九條本：茂。　　滇，顏

師古：丁賢反。陳八郎本：都堅。九條本：都堅反。　馺，顏師
古：先合反。陳八郎本、九條本：颯。　娑，顏師古：先河反。陳
八郎本、九條本：思可。　佪，陳八郎本、九條本：値。　禦，九條
本：語。　詡，顏師古：許羽反。北宋本李善注：許詡切。尤袤本
李善注：許羽切。陳八郎本：薰宇反。九條本：薰宇。　風，顏師
古、陳八郎本、九條本：諷。

其辭曰：或稱羲農，豈或帝王之彌文哉。論者云否，各以并時而得宜，
奚必同條而共貫。則泰山之封，焉得七十而有二儀。是以創業垂統
者，俱不見其爽。遒邇五三，孰知其是非。遂作頌曰：麗哉神聖，處於
玄宮。富既與地乎侔訾，貴正與天乎比崇。齊桓曾不足使扶轂，楚嚴
未足以爲驂乘。狹三王之阨僻，嶠高舉而大興。歷五帝之寥廓，涉三
皇之登閎。建道德以爲師，友仁義與之爲朋。

論，九條本：力頓反。　侔，九條本：莫侯反。　轂，九條本：
谷。　嚴，九條本：莊。○案：《漢書》避明帝諱，故改“莊”爲
“嚴”。又卷二十五盧子諒《贈劉琨》“昔聶政殉嚴遂之願”，卷四
十吳季重《在元城與魏太子牋》“往者嚴助釋承明之歡”，九條本
“嚴”字并音“莊”。　驂，九條本：三。　狹，九條本：洽。　嶠，
顏師古：去昭反。北宋本及尤袤本李善注、九條本：矯。　寥，顏
師古：聊。　登，九條本引《音決》：張萌。○案：登爲端母，張爲
知母，舌音未分化。　閎，陳八郎本、九條本：宏。

於是玄冬季月，天地隆烈。萬物權輿於内，徂落於外。帝將惟田于靈
之囿，開北垠，受不周之制，以奉終始顓頊玄冥之統。迺詔虞人典澤，
東延昆鄰，西馳閶闔。儲積共偫，戍卒夾道。斬叢棘，夷野草。禦自

汧、渭，經營酆、鎬。章皇周流，出入日月，天與地沓。

　　　　徂，九條本：徐。　　垠，顏師古：銀。　　顓，九條本：諸緣反。

　　頊，九條本：虛玉。　　闒，《漢書》作“闟”，顏師古：闟讀與闒同

也，又音吐郎反。　　儲，九條本：直余反。　積，九條本：士。○

案：九條本“士”疑爲“七”字之訛。　　共，顏師古：供。　　佇，顏師

古：丈紀反。陳八郎本、九條本：雉。　　卒，九條本：子忽反。

　　夾，九條本：古洽反。　　汧，陳八郎本、九條本：牽。

爾迺虎路三嵏以爲司馬，圍經百里而爲殿門。外則正南極海，邪界虞

淵。鴻濛沆茫，揭以崇山。營合圍會，然後先置乎白楊之南，昆明靈

沼之東。賁育之倫，蒙盾負羽，杖鏌邪而羅者以萬計。

　　　　路，《漢書》、北宋本及尤袤本李善注并引晉灼：落。九條本

旁記“路”，音：落。　　嵏，《漢書》作“巀”，顏師古：子公反。陳八

郎本、九條本：子公。　　鴻，顏師古：胡孔反。北宋本及尤袤本李

善注：胡孔切。陳八郎本、九條本：胡孔。　　濛，顏師古：莫孔反。

北宋本及尤袤本李善注：莫孔切。陳八郎本、九條本：莫孔。

沆，顏師古：胡浪反。北宋本及尤袤本李善注：胡朗切。陳八郎

本、九條本：胡朗。　　茫，顏師古、北宋本及尤袤本李善注、陳八

郎本、九條本：莽。　　揭，《漢書》、陳八郎本作“碣”，顏師古、陳八

郎本：竭。北宋本及尤袤本李善注、九條本：竭。　　賁，陳八郎

本、九條本：奔。　　盾，九條本：市尹反。　　鏌，顏師古、北宋本及

尤袤本李善注、陳八郎本、九條本：莫。　　邪，顏師古：弋奢反。

北宋本及尤袤本李善注：戈奢切。陳八郎本作“鋣”，九條本作

“鋣”，并音：邪。

其餘荷垂天之罼,張竟野之罘。靡日月之朱竿,曳彗星之飛旗。青雲爲紛,紅蜺爲繯,屬之乎昆崙之虚。涣若天星之羅,浩如濤水之波。淫淫與與,前後要遮。

罼,陳八郎本、九條本:必。　罘,陳八郎本、九條本:浮。　竿,九條本:千。〇案:九條本"千"爲"干"字之訛。　彗,九條本作"篲":才歲反。　蜺,九條本:五兮反。　繯,顔師古:下犬反。黄善夫本引蕭該:陳武音環,又:胡犬反。北宋本及尤袤本李善注:下犬切。陳八郎本、九條本:胡犬。　屬,顔師古:之欲反。北宋本及尤袤本李善注:之欲切。九條本:之欲。　虚,顔師古、北宋本及尤袤本李善注:墟。　浩,九條本:胡考反。　濤,九條本:徒刀反。

欃槍爲闉,明月爲候。熒惑司命,天弧發射。鮮扁陸離,駢衍佖路。徽車輕武,鴻絧緁獵。殷殷軫軫,被陵緣岅。窮夐極遠者,相與列乎高原之上。羽騎營營,昈分殊事。繽紛往來,轠轤不絶。若光若滅者,布乎青林之下。

欃,九條本:初咸反。　槍,九條本:初行反。　闉,陳八郎本、九條本:因。　射,九條本:市夜反。　鮮,九條本:先。　扁,黄善夫本蕭該《音義》引服虔、顔師古、北宋本及尤袤本李善注、陳八郎本、九條本:篇。　駢,顔師古:步千反。九條本:步扁反。　衍,九條本:以見反。　佖,顔師古:頻一反,又音步結反。北宋本及尤袤本李善注:頻一切。陳八郎本、九條本:頻一。　徽,北宋本及尤袤本李善注引晋灼、九條本:揮。　鴻,顔師古:胡孔反。黄善夫本引蕭該:諸詮胡棟反。北宋本及尤袤本李善注:胡弄切。陳八郎本、九條本:胡弄。　絧,顔師古:徒孔反。

黃善夫本引蕭該：慟。北宋本及尤袤本李善注：徒弄切。陳八郎本、九條本：徒弄。　綀，顏師古、北宋本及尤袤本李善注、九條本：捷。　殷，顏師古、北宋本及尤袤本李善注：隱。陳八郎本：上聲。九條本：上声，又：隱。　軫，九條本：之忍反。　岐，九條本：反。　夐，黃善夫本引蕭該：呼盛反。　旷，顏師古、北宋本及尤袤本李善注、九條本：户。陳八郎本作"旷"，音：户。　纊，顏師古：匹人反。　輼，《漢書》、北宋本及尤袤本李善注并引如淳、陳八郎本：雷。黃善夫本引蕭該：韋昭音墨。九條本：雷，又引《音决》：誅。　轀，《漢書》、北宋本及尤袤本李善注并引如淳、九條本：盧。黃善夫本引蕭該：韋昭音落。

於是天子乃以陽晁始出乎玄宮，撞鴻鍾，建九旒。六白虎，載靈輿。蚩尤并轂，蒙公先驅。立歷天之旟，曳捎星之旃。霹靂烈缺，吐火施鞭。萃傱沇溶，淋離廓落，戲八鎮而開關。飛廉雲師，吸嚖瀟率，鱗羅布烈，攢以龍翰。

撞，陳八郎本、九條本：直江。　旒，九條本：流。　并，顏師古：步浪反。北宋本及尤袤本李善注：步浪切。九條本：步浪。　捎，顏師古：所交反。陳八郎本、九條本：色交。　霹，陳八郎本：普覓。九條本：并覓。　【附】北宋本及尤袤本李善注：應劭曰：烈缺，閃隙也。閃，失染切。　施，黃善夫本引蕭該：如淳音貤。九條本：以氏反。　傱，顏師古：先勇反，又音叢。北宋本及尤袤本李善注：先勇切。陳八郎本、九條本作"㳰"，音：聳。沇，北宋本李善注：以水切。尤袤本李善注：以永切。陳八郎本、九條本：允。○案：尤袤本"永"爲"水"之訛。《集韻》音"俞水切"，與北宋本正合。　溶，顏師古、北宋本及尤袤本李善注、陳八郎本、九條本：容。　淋，九條本：林。　離，九條本作"灘"，音：離。　戲，顏師古、北宋本及尤袤本李善注、陳八郎本、九條本：麾。　嘒，顏師古：許冀反。黃善夫本引蕭該：張晏音彭濞之濞。北宋本及尤袤本李善注：普利切。陳八郎本、九條本：虛利。

瀟，顏師古、北宋本及尤袤本李善注、陳八郎本、九條本：蕭。　率，九條本：律。　翰，顏師古：合韻音韓。

啾啾蹌蹌，入西園，切神光。望平樂，徑竹林。蹸蕙圃，踐蘭唐。舉燧烈火，彎者施技。方馳千駟，狡騎萬帥。虓虎之陳，從橫膠轕。猋拉雷厲，驦駵駖礚。洶洶旭旭，天動地岋。羨漫半散，蕭條數千里外。

啾，黃善夫本引蕭該：韋昭音裁梟反。九條本：子修。　蹌，顏師古：千羊反。陳八郎本、九條本：七羊。　蹸，陳八郎本：汝又。九條本：女又。　技，九條本作"伎"：其綺反。　狡，《漢書》作"校"，黃善夫本引蕭該：張晏音効。　帥，九條本：所位反。虓，《漢書》、北宋本及尤袤本李善注并引服虔：哮。陳八郎本、九條本：火交。　從，九條本：子容反。　【附】《漢書》服虔：虓音哮。顏師古：哮音火交反。北宋本及尤袤本李善注作火交切。

膠，九條本：高。　轕，《漢書》作"輵"，顏師古：葛。北宋本及尤袤本李善注、陳八郎本、九條本：葛。○案：北宋本李善注"轕"誤作"而"。　拉，《漢書》作"泣"，《漢書》引鄧展：泣音粒。北宋本李善注引鄧展：臘。尤袤本李善注引鄧展：獵。陳八郎本：力荅。九條本：力荅，又：臘。○案：各本引鄧展音不同。　驦，顏師古：匹人反。北宋本及尤袤本李善注：疋人切。九條本：疋人。

駵，顏師古：普萌反。北宋本及尤袤本李善注：普萌切。陳八郎本：普萌。九條本：并萌。　駖，顏師古：力莖反。北宋本及尤

袤本李善注：力莖切。陳八郎本、九條本：力耕。　礚，《漢書》作
"硈"，顏師古：口盍反。黃善夫本引蕭該：諸詮苦蓋反。陳八郎
本：苦蓋反。九條本：苦盍。　洶，顏師古：匈。北宋本及尤袤本
李善注：旭勇切。九條本：旭勇。　旭，九條本：許玉反。　岋，
《漢書》引蘇林：岋音岋岋動搖之岋。顏師古：五合反。黃善夫本
引蕭該：韋昭擬及反。北宋本及尤袤本李善注：五合切。陳八郎
本、九條本：吳合。　羨，顏師古：弋戰反。北宋本及尤袤本李善
注：弋戰切。九條本：弋戰。　漫，九條本：亡半反。　半，黃善
夫本引蕭該：諸詮音叛。

若夫壯士忼慨，殊鄉別趣。東西南北，騁耆奔欲。拖蒼豨，跋犀犛，蹶
浮麋。

　　忼，九條本：何朗反。　鄉，顏師古：嚮。北宋本及尤袤本李
善注：向。　耆，顏師古、北宋本及尤袤本李善注：嗜。黃善夫本
引蕭該：諸詮市至反。九條本作"嗜"，音：士。　欲，顏師古：合
韻音弋樹反。黃善夫本引蕭該：《字書》瑜注反。九條本：諭，叶。
　　拖，顏師古：佗。九條本作"扡"，音：他。　豨，黃善夫本引蕭
該：語豈反。陳八郎本、九條本作"豨"，音：喜。○案：黃善夫本
"語"字疑爲"許"之誤。　跋，顏師古：步末反。北宋本及尤袤本
李善注：步末切。陳八郎本、九條本：蒲末。　犛，陳八郎本：黎。
九條本：梨。　蹶，《漢書》引鄭氏：蹶音馬蹄蹶之蹶。黃善夫本
引蕭該：諸詮居衛反，鄭氏居月反。北宋本及尤袤本李善注：居
月切。九條本：風月。○案：九條本"風"疑爲"居"字之訛。

斬巨狿，搏玄猨。騰空虛，距連卷。踔夭蟜，娭澗間。莫莫紛紛，山谷

爲之風猋,林叢爲之生塵。

　　　　斳,顏師古:側略反。北宋本及尤袤本李善注:側略切。九
條本:側略。　　狿,黃善夫本引蕭該、陳八郎本、九條本:延。
距,陳八郎本作“岠”,音:巨。　　卷,顏師古、北宋本及尤袤本李
善注:拳。陳八郎本、九條本:權。　　踔,顏師古:丑孝反,又音徒
釣反。黃善夫本引蕭該:韋音卓,晋灼曰:踔音魚罩之罩。北宋
本及尤袤本李善注:丑孝切。陳八郎本:四孝。九條本、朝鮮正
德本、奎章閣本:丑孝。○案:陳八郎本“四”爲“丑”字之訛。踔、
丑俱爲徹母,四爲心母,聲紐不同。　　蟜,顏師古:矯。陳八郎
本、九條本作“蹻”,音:矯。　　娭,顏師古:許其反。陳八郎本、九
條本旁記作“嬉”,音:希。　　澗,陳八郎本作“間”:去聲。九條本
旁記“間”,音:平声。○案:九條本此條音疑涉下而误。　　間,陳
八郎本、九條本:平聲。

及至獲夷之徒,蹶松柏,掌蒺藜。獵蒙蘢,轔輕飛。屨般首,帶脩蛇。
鉤赤豹,摼象犀。跇巒阮,超唐陂。車騎雲會,登降闇藹。泰華爲旒,
熊耳爲綴。木仆山還,漫若天外。儲與乎大浦,聊浪乎宇内。

　　　　蒺,九條本:疾。　　藜,九條本:力而反。　　轔,顏師古、陳八
郎本、九條本:吝。　　屨,九條本:己具反。　　般,《漢書》、北宋本
及尤袤本李善注并引如淳、九條本:班。　　跇,顏師古:弋制反。
黃善夫本引蕭該:鄧展音屬,《字林》弋世反。陳八郎本、九條本:
曳。○案:蕭該引《字林》“戈”疑爲“弋”字之訛。　　阮,顏師古:
剛。陳八郎本、九條本:岡。　　陂,九條本:布皮反。　　闇,顏師
古:烏感反。北宋本及尤袤本李善注:烏感切。九條本:烏感。
　　　　華,九條本:化。　　仆,黃善夫本引蕭該:《字林》疋豆反,又疋

住反。　還,《漢書》、北宋本及尤袤本李善注并引如淳、陳八郎本、九條本:旋。　儲,九條本:至廬反。　與,顔師古、北宋本及尤袤本李善注:餘。陳八郎本:平聲。九條本作"与":平声。　浦,《漢書》作"溥",顔師古:普。北宋本及尤袤本李善注、九條本:普。　浪,顔師古、北宋本及尤袤本李善注:琅。陳八郎本:平聲。九條本:琅,又:平声。

於是天清日晏,逢蒙列眥,羿氏控弦。皇車幽輵,光純天地。望舒彌轡,翼乎徐至於上蘭,移圍徙陣,浸淫蹵部。曲隊堅重,各按行伍。壁壘天旋,神抶電擊。逢之則碎,近之則破。鳥不及飛,獸不得過。軍驚師駭,刮野掃地。

眥,黄善夫本引蕭該:《字林》音漬,又:静計反。九條本:在細反。　羿,陳八郎本、九條本:五計。　車,九條本:居。　幽,陳八郎本、九條本:於糾。　輵,顔師古:一轄反。北宋本及尤袤本李善注:一轄切。陳八郎本、九條本:一轄。　純,顔師古:之允反。北宋本及尤袤本李善注:之允切。陳八郎本、九條本:之允。　彌,顔師古:莫爾反。北宋本及尤袤本李善注:莫爾切。　浸,陳八郎本、九條本:七心。　蹵,顔師古:千欲反。北宋本及尤袤本李善注:子育切。陳八郎本、九條本:七六。　隊,顔師古:徒内反。北宋本及尤袤本李善注:徒内切。九條本:徒内。　行,顔師古:胡郎反。北宋本及尤袤本李善注:胡郎切。九條本:胡郎。　伍,九條本:五。　壘,九條本:誄。　抶,顔師古:丑乙反。陳八郎本、九條本:恥栗。　過,九條本:古卧反。　刮,北宋本及尤袤本李善注:古滑切。陳八郎本、九條本:古滑。　掃,顔師古:先早反。北宋本及尤袤本李善注:先早切。九條本:先早。

及至罕車飛揚,武騎聿皇。蹈飛豹,胃噳陽。追天寶,出一方。應駍聲,擊流光。野盡山窮,囊括其雌雄。沈沈溶溶,遙噱乎紘中。

胃,《漢書》作"絹",顏師古:工犬反。黃善夫本引蕭該:蘇林曰絹音絹鹿之絹。北宋本及尤袤本李善注:工犬切。陳八郎本、九條本作"羂",音:工犬。 噳,顏師古:工聊反。陳八郎本、九條本:古堯。 【附】《漢書》顏師古:噳陽,費費也。費音扶味反。

駍,顏師古:普萌反。陳八郎本、九條本:普萌。 【附】北宋本及尤袤本李善注:此名爲牘弗述。牘,浮謂切。 沈,黃善夫本引宋祁:蕭該餘水反。 溶,九條本:以重。 噱,顏師古注作"據":其略反。北宋本及尤袤本李善注:其略切。陳八郎本、九條本:渠脚。 紘,《漢書》作"綋",宋祁:服虔音宏。

三軍芒然,窮尤闕與。亶觀夫剽禽之紲隃,犀兕之抵觸。

芒,顏師古:莫郎反。北宋本及尤袤本李善注:莫郎切。九條本:莫郎。 窮,黃善夫本引蕭該、北宋本及尤袤本李善注并引如淳、九條本:穹。 尤,顏師古、北宋本及尤袤本李善注:淫。黃善夫本引蕭該:諸詮余腫反。陳八郎本作"冗",音:柔腫。九條本亦作"冗",音:如勇,旁記"尤",音:淫。○案:"窮尤"爲疊韻,顏、李音"淫",蓋冬、侵兩韻通用,枚乘、司馬相如、張衡賦中多有其例。 闕,顏師古:於庶反。北宋本及尤袤本李善注:於庶切。陳八郎本、九條本:於曷。○案:"闕與"疊韻,皆去聲。五臣音"於曷"爲入聲,蓋不知爲疊韻。 與,顏師古、北宋本及尤袤本李善注:豫。陳八郎本:去聲。九條本作"与":去声。 亶,顏師古:但。黃善夫本引蕭該:丁但反。北宋本及尤袤本李善注引韋昭:但。 剽,《漢書》作"票",顏師古:頻妙反。陳八郎本、九條本作"獷",音:煩妙。○案:九條本"煩"疑爲"頻"字之訛。

　紲,顏師古:弋制反。陳八郎本、九條本:勑制。　兕,九條本:士。　抵,陳八郎本、九條本:丁礼。　觸,顏師古:合韻音昌樹反。九條本:昌喻反,叶。

熊羆之挐玃,虎豹之凌遽。徒角槍題,注蹴竦觱,怖魂亡魄,觸輻關脰。妄發期中,進退履獲。創淫輪夷,丘累陵聚。

　挐,顏師古:女居反。黃善夫本引蕭該:諸詮奴加反。陳八郎本、九條本:女加。　玃,《漢書》作"攫",顏師古:钁。陳八郎本亦作"攫",音:钁。九條本:钁。　遽,顏師古:詎。九條本:其據反。　槍,顏師古:千羊反。北宋本及尤袤本李善注:七羊切。陳八郎本、九條本:七羊。　蹴,顏師古:子育反。北宋本及尤袤本李善注:子育切。陳八郎本:子陸。九條本:子六。　觱,陳八郎本、九條本:章涉。　脰,顏師古、北宋本及尤袤本李善注、陳八郎本、九條本:豆。　中,陳八郎本、九條本:去聲。　創,九條本:初良反。

於是禽殫中衰,相與集於靖冥之館,以臨珍池。灌以岐梁,溢以江河。東瞰目盡,西暢無崖。隨珠和氏,焯爍其陂。玉石嶜崟,眩燿青熒。漢女水潛,怪物暗冥,不可殫形。玄鸞孔雀,翡翠垂榮。王雎關關,鴻雁嚶嚶。羣娛乎其中,嘷嘷昆鳴。鳧鷖振鷺,上下砰磕,聲若雷霆。

　中,顏師古:竹仲反。北宋本及尤袤本李善注:竹仲切。陳八郎本、九條本:去聲。　靖,九條本:静。　瞰,陳八郎本、九條本:勘。　崖,九條本:宜。　焯,陳八郎本、九條本:灼。　爍,顏師古:式藥反。北宋本及尤袤本李善注:式藥切。陳八郎本、九條本：書灼。　　礜，顏師古：仕金反。陳八郎本、九條本：岑。

銛，顏師古：牛林反。陳八郎本、九條本：吟。　　眩，九條本旁記"炫"，音：縣。　　嚶，顏師古：於行反。陳八郎本、九條本：烏耕。　　娛，《漢書》作"娯"，顏師古：許其反。陳八郎本作"嬉"，音：虛眉。九條本亦作"嬉"：虛眉反。　　噍，顏師古：子由反。陳八郎本、九條本：將由。　　鷖，顏師古：烏奚反。　　砰，顏師古：普萌反。陳八郎本、九條本：普萌。　　磕，陳八郎本、九條本：苦盖。

乃使文身之技，水格鱗蟲。凌堅冰，犯嚴淵，探巖排碕，薄索蛟螭。蹈獱獺，據黿鼉。拔靈蠵，入洞穴，出蒼梧。乘巨鱗，騎京魚。浮彭蠡，目有虞。方椎夜光之流離，剖明月之珠胎。鞭洛水之宓妃，餉屈原與彭胥。

技，九條本：其綺反。　　探，九條本：吐南反。　　碕，顏師古：鉅依反。陳八郎本：巨衣。九條本：巨依。　【附】顏師古、北宋本及尤袤本李善注：巖，水岸嶔巖之處也。嶔音口銜反。　　薄，黃善夫本引蕭該：諸詮音博。　　索，黃善夫本引蕭該：諸詮音桑各反。　　獱，《漢書》引蘇林、北宋本及尤袤本李善注引服虔、陳八郎本、九條本：賓。　　獺，顏師古：它曷反。九條本：他末反。

拔，《漢書》引鄭氏：怯。顏師古：袪。北宋本及尤袤本李善注引鄭玄：袪。　蠵，顏師古：弋隨反，又音攜。陳八郎本：悦吹。九條本：以弥。朝鮮正德本、奎章閣本：以彌。○案：陳八郎本音見《廣韻》。　　蠡，九條本：礼。　椎，顏師古：直佳反。北宋本及尤袤本李善注：直追切。陳八郎本、九條本：直追。　　胎，九條本：他來反。　宓，《漢書》作"虙"，顏師古：伏。　餉，九條本：舒尚反。

於茲乎鴻生鉅儒，俄軒冕，雜衣裳。脩唐典，匡《雅》《頌》，揖讓於前。
昭光振燿，饟曶如神。仁聲惠於北狄，武誼動於南鄰。是以旃裘之
王，胡貉之長，移珍來享，抗手稱臣。前入圍口，後陳盧山。群公常
伯、陽朱、墨翟之徒，喟然并稱曰：崇哉乎德。雖有唐、虞、大夏、成周
之隆，何以侈茲。夫古之觀東嶽，禪梁基，舍此世也，其誰與哉。

　　貉，顏師古：莫百反。北宋本李善注：莫白反。尤袤本李善
　　注：莫白切。　　喟，顏師古：丘位反。

上猶謙讓而未俞也。方將上獵三靈之流，下決醴泉之滋。發黃龍之
穴，窺鳳凰之巢，臨麒麟之囿，幸神雀之林。奢雲夢，侈孟諸。非章
華，是靈臺。罕徂離宮而輟觀游，土事不飾，木功不彫。丞民乎農桑，
勸之以弗怠。儕男女使莫違，恐貧窮者不遍被洋溢之饒，開禁苑，散
公儲。創道德之囿，弘仁惠之虞。馳弋乎神明之囿，覽觀乎群臣之有
亡。放雉兔，收罝罘。麋鹿芻蕘與百姓共之，蓋所以臻茲也。於是醇
洪鬯之德，豐茂世之規。加勞三皇，勗勤五帝，不亦至乎。乃祗莊雍
穆之徒，立君臣之節，崇賢聖之業，未遑苑囿之麗，游獵之靡也。因回
軨還衡，背阿房，反未央。

　　儕，顏師古：仕皆反。北宋本李善注：仕階切。尤袤本李善
　　注：士階切。　　蕘，九條本：而遙。　　鬯，九條本作“暢”，音：丈。
　　○案：暢爲徹母，丈爲澄母，俱屬舌上音，二紐互轉。　　穆，九條
　　本：木。

《文選》音注輯考卷九

賦戊

畋獵下

賦　戊

畋獵下

長楊賦并序

揚子雲

明年，上將大誇胡人以多禽獸。秋，命右扶風發民入南山。西自褒斜，東至弘農，南歐漢中。張羅罔罝罘，捕熊羆豪豬，虎豹狖玃，狐兔麋鹿。載以檻車，輸長楊射熊館。以網爲周阹，縱禽獸其中。令胡人手搏之，自取其獲，上親臨觀焉。是時，農民不得收斂。雄從至射熊館，還，上《長楊賦》，聊因筆墨之成文章，故藉翰林以爲主人，子墨爲客卿以風。

　　斜，顏師古：弋奢反。陳八郎本：以嗟。　　豬，陳八郎本：陟居。　狋，顏師古：弋授反。尤袤本李善注：戈又切。陳八郎本：
弋又。○案：尤袤本"戈"爲"弋"字之訛。又北宋本無此條李善
音，尤袤本疑爲五臣音。　貜，顏師古：钁。尤袤本李善注：九縛
切。陳八郎本：九縛。○案：北宋本無此條李善音，尤袤本疑爲
五臣音。　射，黃善夫本引宋祁：諸詮音食射反。　陕，顏師古、
北宋本及尤袤本李善注、陳八郎本：祛。黃善夫本引宋祁：陳武
音古業反。　風，顏師古：諷。

其辭曰：子墨客卿問於翰林主人曰：蓋聞聖主之養民也，仁霑而恩洽，
動不爲身。今年獵長楊，先命右扶風，左太華而右褒斜。揀巉巖而爲
弋，紆南山以爲罝。羅千乘於林莽，列萬騎於山隅。帥軍踤陕，錫戎
獲胡。搤熊羆，拖豪豬。木擁槍纍，以爲儲胥。此天下之窮覽極觀
也。雖然，亦頗擾于農人。三旬有餘，其廑至矣，而功不圖。恐不識
者，外之則以爲娛樂之游，內之則不以爲乾豆之事，豈爲民乎哉。且
人君以玄默爲神，澹泊爲德。今樂遠出以露威靈，數搖動以罷車甲，
本非人主之急務也，蒙竊惑焉。

揀，陳八郎本作"㨄"，音：卓。　巉，顏師古：截，又音才葛
反。尤袤本李善注、陳八郎本：截。○案：顏師古音"才"，中華本
作"材"。　巖，顏師古：嚙，又音五葛反。尤袤本李善注：嚙。陳
八郎本：五結。　踤，顏師古：才恤反。尤袤本李善注：崒。
陕，陳八郎本：祛。　搤，顏師古：戹。陳八郎本：厄。　拖，《漢
書》作"扡"，顏師古：陀。陳八郎本作"扡"，音：徒可。○案：顏師
古音"陀"，中華本作"佗"。　【附】《漢書》顏師古：豪豬一名帚
猯。猯音抯。　槍，顏師古：千羊反。尤袤本李善注：七羊切。
纍，顏師古：力佳反。尤袤本李善注：力委切。陳八郎本：壘。

○案：顏師古音"佳"，中華本作"佳"。纍、佳皆爲脂韻，而佳爲佳韻，中華本誤。　滄，顏師古：徒濫反。　泊，顏師古：步各反，又音魄。　罷，顏師古：疲。

翰林主人曰：吁，客何謂之茲耶。若客所謂，知其一，未睹其二。見其外，不識其内也。僕嘗倦談，不能一二其詳。請略舉其凡，而客自覽其切焉。客曰：唯唯。主人曰：昔有彊秦，封豕其土，窫窳其民，鑿齒之徒相與摩牙而爭之。豪俊麋沸雲擾，羣黎爲之不康。於是上帝眷顧高祖，高祖奉命，順斗極，運天關。橫鉅海，漂昆侖。提劒而叱之，所過麾城撕邑，下將降旗。一日之戰，不可殫記。

　　　吁，顏師古：于。　唯，陳八郎本：聿水反。　窫，顏師古：於黠反。尤袤本李善注：烏黠切。陳八郎本：烏黠。　窳，顏師古：愈。尤袤本李善注、朝鮮正德本、奎章閣本：庾。陳八郎本：度。○案：陳八郎本"度"爲"庾"字之訛。　漂，《漢書》作"票"，顏師古：匹昭反。黃善夫本引宋祁：諸詮音匹妙反。尤袤本李善注：匹昭切。　撕，《漢書》作"擿"，引李奇：擿音車轊之轊，又引韋昭：芟。尤袤本李善注引《字林》：山檻切。陳八郎本：踈監。

當此之勤，頭蓬不暇梳，飢不及餐。鞮鍪生蟣蝨，介冑被霑汗。以爲萬姓請命乎皇天，迺展人之所詘，振人之所乏。規億載，恢帝業。七年之間而天下密如也。

　　　鞮，顏師古：丁奚反。尤袤本李善注：丁奚切。陳八郎本：低。　鍪，顏師古、尤袤本李善注、陳八郎本：牟。　蟣，顏師古：居豈反。尤袤本李善注：居綺切。　蝨，尤袤本李善注：所乙切。陳八郎本：所乙。　汗，陳八郎本：寒，協韻。黃善夫本引宋祁：

《文選》挾韻音寒。室町本：叶音寒。○案：宋祁音"挾"疑爲"協"字之誤。 爲，陳八郎本、室町本：去聲。

逮至聖文，隨風乘流，方垂意於至寧。躬服節儉，綈衣不燍，革轄不穿。大廈不居，木器無文。於是後宮賤瑇瑁而疏珠璣。却翡翠之飾，除彫琢之巧。惡麗靡而不近，斥芬芳而不御。抑止絲竹晏衍之樂，憎聞鄭衛幼眇之聲。是以玉衡正而太階平也。

 轄，顏師古、尤袤本李善注：踏。陳八郎本：沓。 璣，尤袤本李善注：祈。 琢，《漢書》作"瑑"，顏師古：篆。 衍，顏師古：弋戰反。尤袤本李善注：弋戰切。 幼，顏師古：一笑反。尤袤本李善注：一笑切。陳八郎本：要。 眇，顏師古、尤袤本李善注、陳八郎本：妙。

其後熏鬻作虐，東夷橫畔。羌戎睚眥，閩越相亂。遐氓爲之不安，中國蒙被其難。

 鬻，顏師古：弋六反。 橫，顏師古：胡孟反。尤袤本李善注：胡孟切。 睚，顏師古：五懈反。陳八郎本：五懈。 眥，《漢書》作"眦"，顏師古：仕懈反。陳八郎本：即懈。朝鮮正德本、奎章閣本亦作"眦"，音：助懈。○案：眥屬精組從母，即屬精組精母，助屬莊組崇母，精莊相混，且從、崇皆爲全濁聲紐，故可通用。正德本、奎章閣本音注是。至於陳八郎本音注，精、從雖爲同組，然清濁有別。陳八郎本此條音"即"疑爲"助"字之訛。 【附】《漢書》顏師古：睚字或作瞲，音工喚反。黃善夫本引蕭該：蘇林音貫習之貫，又：光旦反。 閩，陳八郎本：旻。 氓，尤袤本李善注引韋昭：萌。

於是聖武勃怒，爰整其旅，廼命驃衛。汾沄沸渭，雲合雷發。焱騰波
流，機駭蠭軼。疾如奔星，擊如震霆。碎轒輼，破穹廬。腦沙幕，髊余
吾。遂躡乎王庭，毆橐駝，燒熐蠡。

　　汾，顏師古、尤袤本李善注：紛。　　沄，顏師古、尤袤本李善
注：雲。　　軼，陳八郎本：逸。　　霆，顏師古：廷。　　轒，顏師古：
扶云反。尤袤本李善注：扶云切。陳八郎本：汾。　　輼，顏師古：
於云反。尤袤本李善注：於云切。陳八郎本：於云。　　橐，陳八
郎本：託。　　熐，《漢書》作“爅”，顏師古：覓。尤袤本李善注、陳
八郎本：覓。　　蠡，顏師古：黎，又：來戈反。尤袤本李善注：來戈
切。陳八郎本：騾。

分勢單于，磔裂屬國。夷阬谷，拔鹵莽，刊山石。蹂屍輿廝，係累
老弱。

　　勢，《漢書》作“梨”，顏師古：梨與勢同，勢音力私反。尤袤本
李善注引韋昭：黎。陳八郎本作“黎”，音：离。　　磔，陳八郎本：
竹厄。　　阬，顏師古：口衡反。　　拔，陳八郎本：蒲末。　　莽，顏
師古：莫戶反。陳八郎本：莫古。　　蹂，陳八郎本：如手。　　廝，
顏師古、陳八郎本：斯。　　累，顏師古：力追反。陳八郎本：平聲。

唅鋋瘢者、金鏃淫夷者數十萬人。皆稽顙樹頜，扶服蛾伏。二十餘年
矣，尚不敢惕息。

　　唅，尤袤本李善注：辭兗切。陳八郎本作“吮”，音：辭兗。
鋋，顏師古：蟬，又音延。陳八郎本、室町本：蟬。　　【附】《漢書》
蘇林：以者字爲著字，著音憤之著。顏師古：著音竹略反。○案：
《漢書》蘇林“著音憤之著”，黃善夫本宋祁以爲當云“者音著憤之

著"。 【附】《漢書》顏師古：鋌，鐵矜小矛也。矜音巨巾反。

頷，《漢書》作"頜"，顏師古：胡感反。尤袤本李善注引韋昭、陳八

郎本：蛤。 服，顏師古：蒲北反。黃善夫本引蕭該：諸詮音扶

北反。

夫天兵四臨，幽都先加。迴戈邪指，南越相夷。靡節西征，羌僰東馳。

是以遐方疏俗，殊鄰絶黨之域。自上仁所不化，茂德所不綏。莫不蹻

足抗首，請獻厥珍。使海內澹然，永亡邊城之災，金革之患。

　　僰，尤袤本李善注：蒲北切。陳八郎本：蒲北。 蹻，顏師

古、尤袤本李善注：矯。 澹，顏師古：徒濫反。尤袤本李善注：

徒濫切。

今朝廷純仁，遵道顯義，并包書林，聖風雲靡。英華沈浮，洋溢八區。

普天所覆，莫不沾濡。士有不談王道者則樵夫笑之。意者以爲事罔

隆而不殺，物靡盛而不虧。故平不肆險，安不忘危。迺時以有年出

兵，整輿竦戎。振師五柞，習馬長楊。簡力狡獸，校武票禽。迺萃然

登南山，瞰烏弋。西厭月窟，東震日域。

　　靡，顏師古：合韻音武義反。 殺，顏師古：所例反。陳八郎

本：所戒。 柞，尤袤本李善注、陳八郎本：作。 票，顏師古：頻

妙反，又音匹妙反。尤袤本李善注：匹妙切。陳八郎本作"影"，

音：匹妙。 瞰，顏師古：口濫反。 厭，顏師古：一涉反。尤袤

本李善注：一涉切。 窟，《漢書》、尤袤本李善注并引服虔：窟。

又恐後代迷於一時之事，常以此爲國家之大務，淫荒田獵，陵夷而不

禦也。是以車不安軔，日未靡旃。從者彷彿，儵屬而還。亦所以奉太

尊之烈，遵文武之度。復三王之田，反五帝之虞。使農不輟糯，工不
下機。婚姻以時，男女莫違。出凱弟，行簡易。矜劬勞，休力役。見
百年，存孤弱。帥與之，同苦樂。

　　靷，尤袤本李善注：如振切。陳八郎本：刃。　彷，《漢書》作
“仿”，顏師古：髣。　佛，《漢書》作“佛”，顏師古：髴。　屬，顏師
古：之欲反。尤袤本李善注：之欲切。　還，顏師古：旋。　虞，
顏師古：合韻音牛具反。　糯，顏師古、尤袤本李善注引韋昭、陳
八郎本：憂。　易，顏師古：合韻音弋赤反。室町本：叶音亦。

然後陳鐘鼓之樂，鳴靭磬之和，建碣磋之虡。拮隔鳴球，掉八列之舞。
酌允鑠，肴樂胥。聽廟中之雍雍，受神人之福祜。歌投頌，吹合雅。
其勤若此，故真神之所勞也。

　　靭，尤袤本李善注：徒刀切。陳八郎本：陶。　碣，顏師古：
一轄反。尤袤本李善注：一轄切。陳八郎本：一轄。　磋，顏師
古、尤袤本李善注、陳八郎本：轄。　拮，顏師古：居黠反。尤袤
本李善注：居黠切。陳八郎本作“戛”，音：吉黠。　球，顏師古：
求，又音虯。尤袤本李善注：求。　掉，顏師古：徒釣反。尤袤本
李善注：徒釣切。陳八郎本：田曜。　鑠，陳八郎本：始酌。
胥，顏師古：先呂反。陳八郎本：思與反。　祜，顏師古、尤袤本
李善注：户。　勞，顏師古：郎到反。

方將俟元符，以禪梁甫之基，增泰山之高。延光于將來，比榮乎往號。
豈徒欲淫覽浮觀，馳騁秔稻之地，周流黎栗之林，蹂踐芻蕘，誇詡衆
庶，盛狄獲之收，多麋鹿之獲哉。且盲者不見咫尺，而離婁燭千里之
隅。客徒愛胡人之獲我禽獸，曾不知我亦已獲其王侯。言未卒，墨客

降席再拜稽首曰:大哉體乎。允非小人之所能及也。迺今日發矇,廓
然已昭矣。

　　秔,陳八郎本:稉。　　狁,陳八郎本:由究。　　玃,陳八郎本:
居縛。　　妻,黃善夫本宋祁:力朱反。室町本:力侯反。　【附】
尤袤本李善注:《莊子》南榮趎曰:盲者不能自見。趎,音樞。

射雉賦

潘安仁　徐爰注

涉青林以游覽兮,樂羽族之羣飛。聿采毛之英麗兮,有五色之名翬。
屬耿介之專心兮,麥雄豔之媠姿。巡丘陵以經略兮,畫壃衍而分畿。

　　麥,尤袤本徐爰:赤氏切。○案:該篇徐爰注中音注或爲李
善音,刻者率意刊落"善曰",使徐、李二家之音不復可別。本篇
所錄音注姑仍尤袤本。　　媠,尤袤本徐爰:苦瓜切。陳八郎本:
苦瓜。

於時青陽告謝,朱明肇授。靡木不滋,無草不茂。初莖蔚其曜新,陳
柯槭以改舊。天泱泱以垂雲,泉涓涓而吐溜。麥漸漸以擢芒,雉鷕鷕
而朝鴝。

　　槭,尤袤本徐爰:所膈切。陳八郎本:所革。　　泱,尤袤本徐
爰:英。陳八郎本:烏朗。　　涓,尤袤本徐爰:古玄切。　　漸,陳
八郎本:子廉。　　鷕,尤袤本徐爰:以少切。陳八郎本:以小。
雊,陳八郎本:古侯反。

晛箱籠以揭驕,睨驕媒之變態。奮勁骹以角槎,瞵悍目以旁睞。矞綺

翼而翅撾，灼繡頸而衮背。鬱軒鷔以餘怒，思長鳴以效能。

　　撾，尤袤本徐爰：居桀切。　　睨，尤袤本徐爰：詣。陳八郎
本：五計。　　驍，陳八郎本：古堯。　　骹，尤袤本徐爰：苦交切。
陳八郎本：苦交。　　槎，尤袤本徐爰：千荷切。陳八郎本：倉何。

　　瞵，尤袤本徐爰：力新切。陳八郎本：憐。　　悍，陳八郎本：汗。

　　睞，尤袤本徐爰：力代切。陳八郎本：賴。　　脛，尤袤本徐爰：
勑呈切。陳八郎本作“赬”，音：勑貞。　　撾，尤袤本徐爰：都瓜
切。陳八郎本：都瓜。　【附】尤袤本徐爰：撾，肶也。李善：肶，
音陞。　　能，尤袤本徐爰：怒代切。陳八郎本：耐，協韻。室町本
旁記：耐，叶。

爾乃擎場拄翳，停僮蔥翠。綠柏參差，文翩鱗次。蕭森繁茂，婉轉輕
利。衰料庆以徹鑒，表厭躡以密緻。恐吾游之晏起，慮原禽之罕至。
甘疲心於企想，分倦目以寓視。

　　擎，尤袤本徐爰：步何切。陳八郎本作“鞏”，音：婆。　　拄，
尤袤本徐爰：株庾切。　　厭，尤袤本徐爰：於輒切。陳八郎本：伊
輒。　　緻，陳八郎本：陳二反。

何調翰之喬桀，邈疇類而殊才。候扇舉而清叫，野聞聲而應媒。寒微
罜以長眺，已踉蹡而徐來。摘朱冠之紾赫，敷藻翰之陪鰓。

　　踉，尤袤本李善注、陳八郎本：亮。　　蹡，尤袤本李善注：七
亮切。陳八郎本：七醬。　　摘，尤袤本李善注：勑知切。陳八郎
本：勑知。　　紾，尤袤本李善注、陳八郎本：許力。　　鰓，陳八郎
本：蘇來反。

首藥緑素，身扡黼繪。青鞦莎靡，丹臆蘭綷。

　　　藥，尤袤本徐爰：烏角切。陳八郎本：握。　　黼，陳八郎本：
輔。　　鞦，尤袤本徐爰、陳八郎本：秋。　　臆，陳八郎本：憶。
綷，尤袤本李善注、陳八郎本：最。

或蹶或啄，時行時止。班尾揚翹，雙角特起。良游呝喔，引之規裏。
應叱愕立，擢身竦峙。捧黃間以密彀，屬剛罦以潛擬。倒禽紛以迸
落，機聲振而未已。

　　　蹶，尤袤本李善注：居衛切。　　呝，尤袤本徐爰：於隔切。陳
八郎本、室町本：厄。　　喔，尤袤本徐爰：於角切。陳八郎本：握。
　　彀，陳八郎本：搆。　　罦，尤袤本李善注：古買切。

山鷩悍害，猋迅已甚。越壑凌岑，飛鳴薄廩。鯨牙低鏃，心平望審。
毛體摧落，霍若碎錦。

　　　鷩，陳八郎本：龘。　　悍，陳八郎本：汗。　　【附】尤袤本徐
爰：其性悍戾憨害。憨，呼甘切。　　【附】尤袤本徐爰：鷩性悍憨。
憨，禪列切。

逸羣之儁，擅場挾兩。櫟雌妬異，倏來忽往。忌上風之飧切，畏映日
之儵朗。屏發布而累息，徒心煩而技懩。伊義鳥之應機，啾攫地以屬
響。彼聆音而逗進，忽交距以接壤。肜盈窓以美發，紛首頏而臆仰。

　　　櫟，陳八郎本：歷。　　飧，尤袤本徐爰：鐵。陳八郎本：吐忉。
○案：陳八郎本"忉"爲"切"字之訛。"吐忉"蓋誤作"飧"字之音。
　　懩，尤袤本徐爰、陳八郎本：養。　　攫，陳八郎本作"擭"，
音：鑊。

或乃崇墳夷靡，農不易壠。稊菽藁糅，翳薈莽茸。鳴雄振羽，依于其
冢。捆降丘以馳敵，雖形隱而草動。

　　　　易，陳八郎本：去聲。　稊，陳八郎本：啼。　糅，陳八郎本：
女又。　薈，陳八郎本：烏會。　莽，尤袤本徐爰：蒲動切。陳八
郎本：蒲動。　茸，尤袤本徐爰：如隴切。陳八郎本：如勇反。
捆，尤袤本徐爰：尸豔切。陳八郎本：尸豔。　【附】尤袤本徐爰：
捆，一本或作捆。捆，而專切。

瞻挺毿之傾掉，意淰躍以振踊。暾出苗以入場，愈情駭而神悚。望魘
合而翳晶，雄腋肩而旋踵。佽余志之精銳，擬青顱而點項。

　　　　挺，陳八郎本：廷。　毿，陳八郎本：遂。　掉，陳八郎本：廷
了。　淰，尤袤本李善注：失冉切。陳八郎本作“瀒”，音：失冉。
躍，尤袤本李善注：失藥切。陳八郎本：失灼。　暾，陳八郎
本：土温。　魘，尤袤本徐爰：烏簟切。陳八郎本作“壓”，音：烏
減。　晶，尤袤本李善注：胡了切。陳八郎本：胡了。　腋，尤袤
本李善注：許結切。陳八郎本：許協。　佽，尤袤本徐爰：欣。
顱，陳八郎本：盧。

亦有目不步體，邪眺旁剔。靡聞而驚，無見自鷩。周環回復，繚繞磐
辟。戾翳旋把，縈隨所歷。彳亍中輟，馥焉中鏑。前劌重膚，傍截
疊翮。

　　　　剔，陳八郎本音：士歷反。○案：陳八郎本“士”當作“土”。
土、剔同屬舌音透母，而士屬齒音崇母。士、土形近而訛。　鷩，
尤袤本徐爰、陳八郎本：脉。　辟，陳八郎本：闢。　戾，尤袤本
李善注：力結切。陳八郎本：零結。　把，室町本：布馬反。

彳，尤衮本徐爰：丑亦切。陳八郎本、室町本：丑石。　亍，尤衮本徐爰：丑録切。陳八郎本：恥録。室町本：恥録反。　馥，尤衮本徐爰：被逼切。陳八郎本：披逼。　劌，尤衮本徐爰：魯跌切。陳八郎本：力結。

若夫多疑少決，膽劣心狷。内無固守，出不交戰。來若處子，去如激電。闚閻薾葉，幎歷乍見。

　　狷，尤衮本李善注：古縣切。　閻，尤衮本徐爰：丑占切。陳八郎本：勑廉。　薾，尤衮本李善注：古玄切。陳八郎本：吉玄。　幎，尤衮本李善注：覓。陳八郎本：貫覓。室町本作"愩"：莫歷反。○案：陳八郎本"貫"疑爲"音"字之訛。又室町本"愩"爲"幎"形近之訛。　見，陳八郎本：相練反。

於是篝分銖，商遠邇。揆懸刀，騁絶技。如轊如軒，不高不埤。當咮值胷，裂滕破肖。

　　技，室町本：及。　轊，尤衮本李善注：竹二切。陳八郎本：竹二。　埤，尤衮本李善注：貧美切。陳八郎本：貧美反。　咮，尤衮本徐爰：竹秀切。陳八郎本：竹秀。　滕，尤衮本徐爰、陳八郎本：素。

夷險殊地，馴麤異變。晨不暇食，夕不告勌。昔賈氏之如皋，始解顔於一箭。醜夫爲之改貌，憾妻爲之釋怨。

　　憾，尤衮本徐爰：胡闇切。陳八郎本：胡暗。

彼游田之致獲，咸乘危以馳騖。何斯藝之安逸，羌禽從其己豫。清道而行,擇地而住。尾飾鑣而在服,肉登俎而永御。豈唯皂隸,此焉君舉。

　　　鑣,陳八郎本:悲苗。　　舉,尤袤本徐爰:據。陳八郎本:據,
　　協韻。

若乃耽槃流遁,放心不移。忘其身恤,司其雄雌。樂而無節,端操或虧。此則老氏所誡,君子不爲。

　　紀　行

北征賦
班叔皮

余遭世之顛覆兮,罹填塞之阨災。舊室滅以丘墟兮,曾不得乎少留。遂奮袂以北征兮,超絕迹而遠游。

　　　罹,陳八郎本:离。　　阨,陳八郎本:烏戒。

朝發軔於長都兮,夕宿孤谷之玄宮。歷雲門而反顧,望通天之崇崇。

　　　軔,陳八郎本:刃。

乘陵崗以登降,息郇邠之邑鄉。慕公劉之遺德,及行葦之不傷。彼何生之優渥,我獨罹此百殃。故時會之變化兮,非天命之靡常。登赤須之長坂,入義渠之舊城。忿戎王之淫狡,穢宣后之失貞。嘉秦昭之討賊,赫斯怒以北征。

　　　郇,尤袤本李善注:荀。陳八郎本:詢。　　邠,尤袤本李善

注：方旻切。陳八郎本：斌。

紛吾去此舊都兮，騑遲遲以歷茲。遂舒節以遠逝兮，指安定以爲期。
　　騑，陳八郎本：非。

涉長路之縣縣兮，遠紆回以樛流。過泥陽而太息兮，悲祖廟之不脩。
　　樛，尤袤本李善注：虯。陳八郎本：居幽。　泥，尤袤本李善
注：奴雞切。

釋余馬於彭陽兮，且弭節而自思。日晻晻其將暮兮，睹牛羊之下來。
寤曠怨之傷情兮，哀詩人之嘆時。
　　晻，尤袤本李善注：於感切。陳八郎本：烏暗。　來，陳八郎
本：力而反。

越安定以容與兮，遵長城之漫漫。劇蒙公之疲民兮，爲彊秦乎築怨。
舍高亥之切憂兮，事蠻狄之遼患。不耀德以綏遠，顧厚固而繕藩。
首身分而不寤兮，猶數功而辭諐。何夫子之妄説兮，孰云地脉而
生殘。
　　漫，陳八郎本：莫半反。

登鄣隧而遥望兮，聊須臾以婆娑。閔獯鬻之猾夏兮，吊尉卬於朝那。
從聖文之克讓兮，不勞師而幣加。惠父兄於南越兮，黜帝號於尉他。
降几杖於藩國兮，折吳濞之逆邪。惟太宗之蕩蕩兮，豈曩秦之所圖。
　　隧，尤袤本李善注：詞醉切。陳八郎本：遂。　卬，陳八郎本
注作"印"，音：昂。　他，陳八郎本作"佗"，音：駝。　濞，陳八郎

本：匹備。

隮高平而周覽，望山谷之嵯峨。野蕭條以莽蕩，迥千里而無家。風焱發以漂遙兮，谷水灌以揚波。

　　隮，陳八郎本：子兮。　　灌，陳八郎本作"潅"，音：千碎。

飛雲霧之杳杳，涉積雪之皚皚。雁邕邕以羣翔兮，鵾雞鳴以嚌嚌。游子悲其故鄉，心愴恨以傷懷。撫長劍而慨息，泣漣落而霑衣。

　　皚，尤袤本李善注：牛哀切。　　嚌，尤袤本李善注：喈。陳八郎本：齊。　　恨，尤袤本李善注：力上切。

攬余涕以於邑兮，哀生民之多故。夫何陰曀之不陽兮，嗟久失其平度。諒時運之所爲兮，永伊鬱其誰愬。

　　曀，尤袤本李善注：於計切。陳八郎本：因計。

亂曰：夫子固窮游藝文兮，樂以忘憂惟聖賢兮。達人從事有儀則兮，行止屈申與時息兮。君子履信無不居兮，雖之蠻貊何憂懼兮。

東征賦
曹大家

惟永初之有七兮，余隨子乎東征。時孟春之吉日兮，撰良辰而將行。乃舉趾而升輿兮，夕予宿乎偃師。遂去故而就新兮，志愴恨而懷悲。明發曙而不寐兮，心遲遲而有違。酌鐏酒以弛念兮，喟抑情而自非。諒不登樔而椓蠡兮，得不陳力而相追。且從衆而就列兮，聽天命之所歸。遵通衢之大道兮，求捷徑欲從誰。

恨，陳八郎本：亮。　蠡，尤袤本李善注：力戈切。陳八郎本：力戈。　【附】尤袤本李善注：《韓子》曰：民食果蓏蚌蛤。蚌，蒲講切。　【附】尤袤本李善注：陳思王《遷都賦》曰：柝蠡螻而食疏。螻，力分切。

乃遂往而徂逝兮，聊游目而遨魂。歷七邑而觀覽兮，遭鞏縣之多艱。望河洛之交流兮，看成皋之旋門。既免脫於峻嶮兮，歷滎陽而過卷。食原武之息足，宿陽武之桑間。涉封丘而踐路兮，慕京師而竊嘆。小人性之懷土兮，自書傳而有焉。遂進道而少前兮，得平丘之北邊。

鞏，尤袤本李善注：居勇切。室町本：供。　卷，尤袤本李善注：丘圓切。陳八郎本：丘袁。室町本：丘袁反。

入匡郭而追遠兮，念夫子之厄勤。彼衰亂之無道兮，乃困畏乎聖人。悵容與而久駐兮，忘日夕而將昏。到長垣之境界兮，察農野之居民。睹蒲城之丘墟兮，生荊棘之榛榛。惕覺寤而顧問兮，想子路之威神。衛人嘉其勇義兮，訖于今而稱云。蘧氏在城之東南兮，民亦尚其丘墳。唯令德爲不朽兮，身既没而名存。惟經典之所美兮，貴道德與仁賢。

榛，陳八郎本：仕巾。

吳札稱多君子兮，其言信而有徵。後衰微而遭患兮，遂陵遲而不興。知性命之在天，由力行而近仁。勉仰高而蹈景兮，盡忠恕而與人。好正直而不回兮，精誠通於明神。庶靈祇之鑒照兮，祐貞良而輔信。

信，陳八郎本：申。室町本：叶音親。

亂曰：君子之思，必成文兮。盍各言志，慕古人兮。先君行止，則有作兮。雖其不敏，敢不法兮。貴賤貧富，不可求兮。正身履道，以俟時兮。脩短之運，愚智同兮。靖恭委命，唯吉凶兮。敬慎無怠，思嗛約兮。清静少欲，師公綽兮。

《文選》音注輯考卷十

紀行下
　潘安仁《西征賦》一首

紀行下

西征賦
潘安仁

歲次玄枵，月旅蕤賓。丙丁統日，乙未御辰。潘子憑軾西征，自京徂
秦。迺喟然嘆曰：古往今來，邈矣悠哉。寥廓惚恍，化一氣而甄三才。
此三才者，天地人道。唯生與位，謂之大寶。生有脩短之命，位有通
塞之遇。鬼神莫能要，聖智弗能豫。當休明之盛世，託菲薄之陋質。
納旌弓於鉉台，讚庶績於帝室。嗟鄙夫之常累，固既得而患失。無柳
季之直道，佐士師而一黜。

　　　枵，尤袤本、陳八郎本：許喬。　　恍，陳八郎本作"悦"，音：虚
往。　　甄，陳八郎本：吉延。　　菲，室町本：芳尾反。

武皇忽其升遐，八音遏於四海。天子寢於諒闇，百官聽於冢宰。彼負
荷之殊重，雖伊周其猶殆。窺七貴於漢庭，譸一姓之或在。無危明以
安位，祇居逼以示專。陷亂逆以受戮，匪禍降之自天。孔隨時以行

藏,蘧與國而舒卷。苟蔽微以繆章,患過辟之未遠。悟山潛之逸士,
卓長往而不反。陋吾人之拘攣,飄萍浮而蓬轉。

　　闇,室町本:烏南反。　　辟,尤袤本李善注:匹亦切。陳八郎
　本:匹亦。　　攣,陳八郎本:力全。

寮位偏其隆替,名節漼以隕落。危素卵之累殼,甚玄鷰之巢幕。心戰
懼以兢悚,如臨深而履薄。夕獲歸於都外,宵未中而難作。

　　偏,尤袤本李善注:洛罪切。陳八郎本:郎罪。　　漼,尤袤本
　李善注:七罪切。陳八郎本:此會。　　殼,尤袤本李善注:苦
　角切。

匪擇木以栖集,尠林焚而鳥存。遭千載之嘉會,皇合德於乾坤。弛秋
霜之嚴威,流春澤之渥恩。甄大義以明責,反初服於私門。皇鑒揆余
之忠誠,俄命余以末班。牧疲人於西夏,攜老幼而入關。丘去魯而顧
嘆,季過沛而涕零。伊故鄉之可懷,疚聖達之幽情。矧匹夫之安土,
遽投身於鎬京。猶犬馬之戀主,竊託慕於闕庭。眷鞏洛而掩涕,思纏
緜於墳塋。　　爾乃越平樂,過街郵。秣馬皋門,稅駕西周。遠矣姬
德,興自高辛。思文后稷,厥初生民。率西水滸,化流岐豳。祚隆昌
發,舊邦惟新。

　　樂,室町本:洛。　　郵,陳八郎本:尤。　　稅,尤袤本李善注:
　失銳切。　　滸,陳八郎本:忽古。

旋牧野而歷茲,愈守柔以執兢。夜申旦而不寐,憂天保之未定。惟泰
山其猶危,祀八百而餘慶。鑒亡王之驕淫,竄南巢以投命。坐積薪以
待燃,方指日而比盛。人度量之乖舛,何相越之遼迥。

迥,尤袤本李善注:協韻,呼瞑切。

考土中于斯邑,成建都而營築。既定鼎于郊鄏,遂鑽龜而啓繇。平失道而來遷,繫二國而是祐。豈時王之無僻,賴先哲以長懋。

築,室町本:竹又反,叶。 繇,陳八郎本:胄。○案:《廣韻》:繇,卦兆辭也。直祐切。

望圉北之兩門,感虢鄭之納惠。討子頹之樂禍,尤闕西之効戾。重戮帶以定襄,弘大順以霸世。靈壅川以止鬭,晋演義以獻説。咨景悼以迄丐,政凌遲而彌季。俾庶朝之構逆,歷兩王而干位。踰十葉以逮赧,邦分崩而爲二。竟横噬於虎口,輸文武之神器。

説,室町本:税,叶。 丐,陳八郎本:古大。 赧,陳八郎本:女板。

澡孝水而濯纓,嘉美名之在兹。殀赤子於新安,坎路側而瘞之。亭有千秋之號,子無七旬之期。雖勉勵於延吳,實潛慟乎余慈。

瘞,尤袤本李善注:猗例切。 勉,室町本:無遠反。

眄山川以懷古,悵攬轡於中塗。虐項氏之肆暴,坑降卒之無辜。激秦人以歸德,成劉后之來蘇。事回沇而好還,卒宗滅而身屠。

回,陳八郎本作“洄”,音:回。 沇,陳八郎本:穴。 還,室町本:遷。

經澠池而長想,停余車而不進。秦虎狼之彊國,趙侵弱之餘燼。超入險而高會,杖命世之英藺。恥東瑟之偏鼓,提西缶而接刃。辱十城之虛壽,奄咸陽以取儁。出申威於河外,何猛氣之咆勃。入屈節於廉公,若四體之無骨。處智勇之淵偉,方鄙吝之忿悁。雖改日而易歲,無等級以寄言。

　　澠,室町本:亡衍反。　咆,陳八郎本:蒲包。　悁,陳八郎本:涓。室町本:捐。

當光武之蒙塵,致王誅于赤眉。異奉辭以伐罪,初垂翅於回谿。不尤眚以掩德,終奮翼而高揮。建佐命之元勳,振皇綱而更維。
登崤坂之威夷,仰崇嶺之嵯峨。皋記墳於南陵,文違風於北阿。塞哭孟以審敗,襄墨縗以授戈。曾隻輪之不反,綝三帥以濟河。

　　縗,陳八郎本:崔。　綝,陳八郎本:薛。

值庸主之矜愎,殆肆叔於朝市。任好綽其餘裕,獨引過以歸己。明三敗而不黜,卒陵晋以雪恥。豈虛名之可立,良致霸其有以。

　　愎,陳八郎本:皮逼。

降曲崤而憐虢,託與國於亡虞。貪誘賂以賣鄰,不及臘而就拘。垂棘反於故府,屈産服于晋輿。德不建而民無援,仲雍之祀忽諸。我徂安陽,言陟陝郛。行乎漫瀆之口,憩乎曹陽之墟。美哉邈乎,兹土之舊也,固乃周邵之所分,二南之所交。《麟趾》信於《關雎》,《騶虞》應乎《鵲巢》。
愍漢氏之剝亂,朝流亡以離析。卓滔天以大滌,劫宮廟而遷迹。俾萬乘之盛尊,降遙思於征役。顧請旋於僬泛,既獲許而中愓。追皇駕而驟戰,望玉輅而縱鏑。

　　僬,陳八郎本作"催",音:若角。朝鮮正德本、奎章閣本:苦角。○案：陳八郎本"若"爲"苦"字之訛。　泛，陳八郎本：敷劍。

痛百寮之勤王，咸畢力以致死。分身首於鋒刃，洞智腋以流矢。有褰裳以投岸，或攘袂以赴水。傷桴檝之褊少，撮舟中而掬指。

　　檝，室町本：接。　撮，陳八郎本：倉怙。朝鮮正德本、奎章閣本：倉括。○案：陳八郎本"怙"爲"括"字之訛，撮字《廣韻》一讀"倉括切"。

升曲沃而惆悵，惜兆亂而兄替。枝末大而本披，都偶國而禍結。臧札飄其高厲，委曹吳而成節。何莊武之無恥，徒利開而義閉。

　　替，陳八郎本：鐵，叶韻。　披，陳八郎本：普彼。　閉，陳八郎本：并滅反。

躡函谷之重阻，看天險之衿帶。迹諸侯之勇怯，筭嬴氏之利害。或開關以延敵，競遴逃以奔竄。有噤門而莫啓，不窺兵於山外。連雞互而不栖，小國合而成大。豈地勢之安危，信人事之否泰。

　　噤，北宋本及尤袤本李善注：巨蔭切。陳八郎本：巨蔭。朝鮮正德本、奎章閣本：渠蔭。　否，室町本：步美反。

漢六葉而拓畿，縣弘農而遠關。厭紫極之閑敞，甘微行以游盤。長傲賓於柏谷，妻睹貌而獻餐。疇匹婦其已泰，胡厥夫之繆官。

　　拓，陳八郎本：土洛。

昔明王之巡幸，固清道而後往。懼衒鬻之或變，峻徒御以誅賞。彼白龍之魚服，挂豫且之密網。輕帝重于天下，奚斯漸之可長。

　　樧,北宋本及尤袤本李善注:巨月切。陳八郎本:巨月。

　　且,陳八郎本:將余。

吊庨園於湖邑,諒遭世之巫蠱。探隱伏於難明,委讒賊之趙虜。加顯戮於儲貳,絶肌膚而不顧。作歸來之悲臺,徒望思其何補。

　　蠱,陳八郎本:古。

紛吾既邁此全節,又繼之以盤桓。問休牛之故林,感徵名於桃園。發閿鄉而警策,想黄巷以滋童。眺華岳之陰崖,覿高掌之遺踪。憶江使之反璧,告亡期於祖龍。不語怪以徵異,我聞之於孔公。

　　閿,北宋本及尤袤本李善注:聞。陳八郎本:文。　崖,室町本:宜。

慍韓馬之大憝,阻關谷以稱亂。魏武赫以霆震,奉義辭以伐叛。彼雖衆其焉用,故制勝於廟筭。硏揚桴以振塵,繡瓦解而冰泮。超遂遁而奔狄,甲卒化爲京觀。

　　憝,陳八郎本:徒對。　硏,北宋本及尤袤本李善注:普耕切。陳八郎本:普耕。　繡,北宋本及尤袤本李善注:呼麥切。陳八郎本:呼麥。

倦狹路之迫隘,軌踦跼以低仰。蹈秦郊而始闊,豁爽塏以宏壯。黄壤千里,沃野彌望。華實紛敷,桑麻條暢。邪界褒斜,右濱汧隴。寶雞前鳴,甘泉後涌。面終南而背雲陽,跨平原而連嶓冢。九嵕嶬巀,太一巃嵸。吐清風之颼飂,納歸雲之鬱蓊。

　　狹,室町本:洽。　隘,陳八郎本音:烏界。　仰,室町本:我浪反,叶。　埌,室町本:海。　汧,陳八郎本:牽。　嶓,陳八郎本音:波。　嵕,陳八郎本:宗。　巃,陳八郎本:洛孔。　嵸,陳八郎本:子孔反。　巁,陳八郎本:聊。　蓊,陳八郎本:烏孔反。

南有玄灞素滻,湯井温谷。北有清渭濁涇,蘭池周曲。浸決鄭白之渠,漕引淮海之粟。林茂有鄠之竹,山挺藍田之玉。班述陸海珍藏,張叙神皋隩區。此西賓所以言於東主,安處所以聽於憑虚也,可不謂然乎。

谷,室町本:協音欲。　鄠,陳八郎本:户。　隩,陳八郎本:烏到。

勁松彰於歲寒,貞臣見於國危。入鄭都而抵掌,義桓友之忠規。竭股肱於昏主,赴塗炭而不移。世善職於司徒,緇衣獘而改爲。

抵,陳八郎本:紙。○案:抵當作抵。

履犬戎之侵地,疾幽后之詭惑。舉偽烽以沮衆,淫襃褻以縱慝。軍敗戲水之上,身死驪山之北。赫赫宗周,威爲亡國。

沮,陳八郎本:慈与。　慝,陳八郎本:土得。　威,北宋本及尤袤本李善注:呼滅切。陳八郎本:呼滅。

又有繼於此者,異哉秦始皇之爲君也。傾天下以厚葬,自開闢而未聞。匠人勞而弗圖,俾生埋以報勤。外離西楚之禍,内受牧豎之焚。語曰:行無禮,必自及,此非其効與。乾坤以有親可久,君子以厚德載物。觀夫漢高之興也,非徒聰明神武、豁達大度而已也。

豎,室町本:樹。　豁,陳八郎本:呼達。

乃實慎終追舊，篤誠款愛。澤靡不漸，恩無不逮。率土且弗遺，而況
於隣里乎，況於卿士乎。于斯時也，乃摹寫舊豐，制造新邑。故社易
置，枌榆遷立。街衢如一，庭宇相襲。渾雞犬而亂放，各識家而競入。

　　　摹，陳八郎本：莫胡。　　寫，室町本：者。○案：室町本“者”
　　上疑有脱字。　　渾，北宋本及尤袤本李善注：胡本切。

籍含怒於鴻門，沛踽踽而來王。范謀害而弗許，陰授劍以約莊。攦白
刃以萬舞，危冬葉之待霜。履虎尾而不噬，寔要伯於子房。樊抗憤以
卮酒，咀彘肩以激揚。忽蛇變而龍攄，雄霸上而高驤。曾遷怒而橫
撞，碎玉斗其何傷。

　　　攦，北宋本及尤袤本李善注：力刃切。陳八郎本：力刃。
　　噬，北宋本及尤袤本李善注：誓。　　咀，陳八郎本：慈与。

嬰胄組於軹塗，投索車而肉袒。踈飲餞於東都，畏極位之盛滿。金墉
鬱其萬雉，峻嶒峭以繩直。庋飲馬之陽橋，踐宣平之清閫。都中雜
遝，户千人億。華夷士女，駢田逼側。展名京之初儀，即新館而蒞職。
勵疲鈍以臨朝，勗自强而不息。

　　　胄，陳八郎本：右犬。朝鮮正德本、奎章閣本：古犬。○案：陳
　　八郎本“右”爲“古”字之訛。　　軹，陳八郎本：止。　　車，室町本：
　　居。　　嶒，陳八郎本：魚塞。室町本：魚餞反。　　閫，陳八郎
　　本：域。

於是孟秋爰謝，聽覽餘日。巡省農功，周行廬室。街里蕭條，邑居散
逸。營宇寺署，肆廛管庫，蓑芮於城隅者，百不處一。所謂尚冠脩成，
黄棘宣明。建陽昌陰，北煥南平。皆夷漫滌蕩，亡其處而有其名。

　　　　蕞,北宋本及尤袤本李善注:在外切。陳八郎本:從外。

　　芮,北宋本及尤袤本李善注:而銳切。陳八郎本:汭。

爾乃階長樂,登未央。泛太液,凌建章。縈駭婆而款駘盪,轠枌詣而
礫承光。徘徊桂宮,惆悵柏梁。鷩雉雊於臺陂,狐兔窟於殿傍。何黍
苗之離離,而余思之芒芒。洪鍾頓於毀廟,乘風廢而弗縣。禁省鞠爲
茂草,金狄遷於灞川。

　　　　樂,室町本:洛。　駭,陳八郎本:蘇合。　婆,陳八郎本:素
可。　駘,陳八郎本:徒改。　轠,陳八郎本:蘭。　枌,陳八郎
本:計。○案:陳八郎本"計"疑當作"一計",《西京賦》"枌詣承
光",上野本音正作"一計反"。　礫,陳八郎本:歷。　鷩,陳八
郎本:必滅。　雉,陳八郎本:古豆。

懷夫蕭曹魏邴之相,辛李衛霍之將,銜使則蘇屬國,震遠則張博望。
教敷而彝倫叙,兵舉而皇威暢。臨危而智勇奮,投命而高節亮。
暨乎秅侯之忠孝淳深,陸賈之優游宴喜。長卿淵雲之文,子長政駿之
史。趙張三王之尹京,定國釋之之聽理。汲長孺之正直,鄭當時之推
士。終童山東之英妙,賈生洛陽之才子。飛翠緌,拖鳴玉,以出入禁
門者衆矣。

　　　　秅,北宋本及尤袤本李善注、室町本:妬。陳八郎本:丁故。

　　緌,陳八郎本:而惟。

或被髮左袵,奮迅泥滓。或從容傅會,望表知裏。或著顯績而嬰時
戮,或有大才而無貴仕。皆揚清風於上烈,垂令聞而不已。想珮聲之
遺響,若鏗鏘之在耳。當音鳳恭顯之任勢也,乃熏灼四方,震耀都鄙。

而死之日，曾不得與夫十餘公之徒隸齒。才難，不其然乎。

　　傅，陳八郎本、室町本：附。

望漸臺而扼腕，梟巨猾而餘怒。揖不疑於北闕，軾樗里於武庫。酒池
鑒於商辛，追覆車而不寤。曲陽借於白虎，化奢淫而無度。

　　梟，陳八郎本：澆。

命有始而必終，孰長生而久視。武雄略其焉在，近惑文成而溺五利。
侔造化以制作，窮山海之奧秘。靈若翔於神島，奔鯨浪而失水。爆鱗
骼於漫沙，隕明月以雙墜。擢仙掌以承露，干雲漢而上至。致邛蒟其
奚難，惟余欲而是恣。縱逸游於角觗，絡甲乙以珠翠。忍生民之減
半，勒東岳以虛美。超長懷以退念，若循環之無賜。較面朝之煥炳，
次後庭之猗靡。壯當熊之忠勇，深辭輦之明智。衛鬢髮以光鑒，趙輕
體之纖麗。咸善立而聲流，亦寵極而禍侈。

　　水，室町本：協舒貴反。　蒟，陳八郎本音：炬。　觗，陳八
　郎本：邸。　較，北宋本及尤袤本李善注：校。陳八郎本：角。
　麗，陳八郎本音：力智反。

津便門以右轉，究吾境之所曁。掩細柳而撫劍，快孝文之命帥。周受
命以忘身，明戎政之果毅。距華蓋於壘和，案乘輿之尊轡。肅天威之
臨顏，率軍禮以長擖。輕棘霸之兒戲，重條侯之倨貴。

　　便，室町本：婢延反。　壘，室町本：誄。　擖，陳八郎本：一
　利。室町本：意。

索杜郵其焉在，云孝里之前號。惘輟駕而容與，哀武安以興悼。爭伐

趙以徇國,定廟筭之勝負。扞矢言而不納,反推怨以歸咎。未十里於遷路,尋賜劍以刎首。嗟主闇而臣嫉,禍於何而不有。

扞,陳八郎本:汗。

窺秦墟於渭城,冀闕緬其堙盡。覓陞殿之餘基,裁岥岮以隱嶙。想趙使之抱璧,瀏睍楹以抗憤。燕圖窮而荆發,紛絶袖而自引。筑聲厲而高奮,狙潛鈒以脱臕。據天位其若茲,亦狼狽而可慜。

緬,北宋本及尤袤本李善注:亡衍切。　堙,陳八郎本:一人。　岥,陳八郎本:波。　岮,陳八郎本作"岯",音:大河。嶙,陳八郎本:力刃反。　瀏,陳八郎本:力幽。　【附】北宋本及尤袤本李善注:《史記》:以其匕首揕秦王。揕,丁鴆切。　【附】北宋本及尤袤本李善注:《史記》:秦帝矐其目。矐,音各,一音格。　狙,北宋本及尤袤本李善注:七豫切。陳八郎本:七預。臕,陳八郎本:頻忍反。　狽,北宋本及尤袤本李善注:貝。

簡良人以自輔,謂斯忠而鞅賢。寄苛制於捐灰,矯扶蘇於朔邊。儒林填於坑穽,《詩》《書》煬而爲煙。國滅亡以斷後,身刑輾以啓前。商法焉得以宿,黄犬何可復牽。

穽,北宋本及尤袤本李善注:才性切。陳八郎本:慈性。煬,北宋本及尤袤本李善注:余亮切。　輾,陳八郎本音:患。

野蒲變而成脯,苑鹿化以爲馬。假讒逆以天權,鉗衆口而寄坐。兵在頸而顧問,何不早而告我。願黔黎其誰聽,惟請死而獲可。健子嬰之果決,敢討賊以紓禍。勢土崩而莫振,作降王於路左。蕭收圖以相劉,料險易與衆寡。羽天與而弗取,冠沐猴而縱火。貫三光而洞九泉,曾未足以喻其高下也。

料,陳八郎本:聊。

感市閭之菆井,嘆尸韓之舊處。丞屬號而守闕,人百身以納贖。豈生命之易投,誠惠愛之洽著。訐望之以求直,亦余心之所惡。思夫人之政術,實幹時之良具。苟明法以釋憾,不愛才以成務。弘大體以高貴,非所望於蕭傅。

菆,陳八郎本:阻留。　贖,陳八郎本:時喻反,協韻。　訐,陳八郎本:居謁。　惡,陳八郎本:溫故。

造長山而慷慨,偉龍顏之英主。智中豁其洞開,羣善湊而必舉。存威格乎天區,亡墳掘而莫禦。臨捭坎而累抃,步毀垣以延佇。

造,陳八郎本:千到。　掘,陳八郎本:其勿。

越安陵而無譏,諒惠聲之寂寞。吊爰絲之正義,伏梁劍於東都。訊景皇於陽丘,奚信讒而矜謔。隕吳嗣於局下,蓋發怒於一博。成七國之稱亂,飜助逆以誅錯。恨過聽而無討,茲沮善而勸惡。呰孝元於渭塋,執奄尹以明貶。襃夫君之善行,廢園邑以崇儉。

【附】北宋本及尤袤本李善注:《漢書》曰:爰盎字絲。盎,烏浪切。　錯,北宋本及尤袤本李善注:七故切,今協韻七各切。室町本:七各反。　沮,北宋本及尤袤本李善注:才與切。　呰,北宋本及尤袤本李善注:疾移切,又:子爾切。陳八郎本:茲此。　行,室町本:下孟反。

過延門而責成,忠何辜而爲戮。陷社稷之王章,俾幽死而莫鞠。怢淫

嬖之匃忍,勩皇統之孕育。張舅氏之姦漸,貽漢宗以傾覆。刺哀主於
義域,借天爵於高安。欲法堯而承羞,永終古而不刊。

  忕,陳八郎本:太。 勩,陳八郎本:子小。

瞰康園之孤墳,悲平后之專絜。殃厥父之篡逆,蒙漢恥而不雪。激義
誠而引決,赴丹爐以明節。投宮火而焦糜,從灰燼而俱滅。
騖橫橋而旋軫,歷敝邑之南垂。門礙石而梁木蘭兮,構阿房之屈奇。
疏南山以表闕,倬樊川以激池。役鬼傭其猶否,矧人力之所爲。工徒
斮而未息,義兵紛以交馳。宗桃汙而爲沼,豈斯宇之獨隳。

   橫,北宋本及尤袤本李善注:光。 房,陳八郎本:步郎。
  屈,陳八郎本:求勿。室町本:其勿反。 倬,陳八郎本:卓。
  斮,陳八郎本:卓。 桃,陳八郎本:土彫。 汙,尤袤本李善注、
陳八郎本:烏。〇案:北宋本李善注脫"烏"字。

由僞新之九廟,夸宗虞而祖黃。驅吘嗟而妖臨,搜佞哀以拜郎。誦六
藝以飾姦,焚《詩》《書》而面牆。心不則於德義,雖異術而同亡。

  臨,陳八郎本:去聲。

宗孝宣於樂游,紹衰緒以中興。不獲事于敬養,盡加隆於園陵。兆惟
奉明,邑號千人。訊諸故老,造自帝詢。隱王母之非命,縱聲樂以娱
神。雖靡率於舊典,亦觀過而知仁。
憑高望之陽隈,體川陸之汙隆。開襟乎清暑之館,游目乎五柞之宫。
交渠引漕,激湍生風。乃有昆明池乎其中。其池則湯湯汗汗,混瀁彌
漫,浩如河漢。日月麗天,出入乎東西,旦似湯谷,夕類虞淵。

  湍,室町本:吐端反。 湯,陳八郎本:傷。 西,陳八郎本:

先,叶韻。

昔豫章之名宇,披玄流而特起。儀景星於天漢,列牛女以雙峙。畾萬
載而不傾,奄摧落於十紀。擢百尋之層觀,今數仞之餘趾。振鷺于
飛,鳧躍鴻漸。乘雲頡頏,隨波澹淡。瀺灂驚波,嗒喋薐芡。華蓮爛
於淥沼,青蕃蔚乎翠漖。

　　頏,陳八郎本:胡岡。　澹,陳八郎本:徒濫。　淡,陳八郎
本:徒感反。　瀺,陳八郎本作"澹",音:仕湛。○案:陳八郎本
注文作"瀺",可知正文作"澹"乃涉上而誤。　灂,陳八郎本:仕
捉。　嗒,陳八郎本:所甲。　喋,陳八郎本:直甲。　芡,陳八
郎本:渠儉反。　蕃,北宋本及尤袤本李善注:夫袁切。陳八郎
本:煩。　漖,北宋本及尤袤本李善注:力奄切。

伊玆池之肇穿,肆水戰於荒服。志勤遠以極武,良無要於後福。而菜
蔬芼實,水物惟錯,乃有贍乎原陸。在皇代而物土,故毁之而又復。
凡厥寮司,既富而教。咸帥貧惰,同整機櫂。收罟課獲,引繳舉效。
鰥夫有室,愁民以樂。

　　芼,陳八郎本:毛。　機,陳八郎本:接。　繳,陳八郎本、室
町本:勺。　樂,陳八郎本:五孝反。

徒觀其鼓枻迴輪,灑釣投網,垂餌出入,挺义來往。纖經連白,鳴桹屬
響。貫鰓罗尾,掣三牽兩。

　　枻,陳八郎本作"栃",音:徒可。　义,陳八郎本作"扠",音:
初加。　桹,陳八郎本:郎。　罗,北宋本及尤袤本李善注:的。
陳八郎本:丁歷。　掣,陳八郎本:昌折。

於是弛青鯤於網鉅，解頳鯉於黏徽。華魴躍鱗，素鰷揚鬐。雍人縷切，鸞刀若飛。應刃落俎，霍霍霏霏。紅鮮紛其初載，賓旅竦而遲御。既餐服以屬厭，泊恬靜以無欲。迴小人之腹，爲君子之慮。

　　黏，北宋本及尤袤本李善注：女廉切。　　霍，陳八郎本：私壘。　　遲，陳八郎本：去聲。　　欲，陳八郎本：喻，協韻。

爾乃端策拂茵，彈冠振衣。徘徊酆鎬，如渴如飢。心翹懃以仰止，不加敬而自衹。豈三聖之敢夢，竊十亂之或希。經始靈臺，成之不日。惟酆及鄗，仍京其室。庶人子來，神降之吉。積德延祚，莫二其一。永惟此邦，云誰之識。越可略聞，而難臻其極。子贏鋤以借父，訓秦法而著色。耕讓畔以閑田，沾姬化而生棘。蘇張喜而詐騁，虞芮愧而訟息。由此觀之，土無常俗，而教有定式。上之遷下，均之埏埴。

　　借，陳八郎本：子夜。　　閑，陳八郎本作“間”，音：閑。　　芮，陳八郎本：而銳。　　埏，尤袤本李善注：失然切。陳八郎本：失然。　　埴，尤袤本李善注：市力切。

五方雜會，風流溷淆。惰農好利，不昏作勞。密邇獫狁，戎馬生郊。而制者必割，實存操刀。人之升降，與政隆替。杖信則莫不用情，無欲則賞之不竊。雖智弗能理，明弗能察。信此心也，庶免夫戾。如其禮樂，以俟來哲。

　　溷，陳八郎本：混。　　淆，朝鮮正德本、奎章閣本：胡交。　　獫，陳八郎本：險。　　狁，陳八郎本：充。朝鮮正德本、奎章閣本：允。○案：陳八郎本“充”爲“允”字之訛。　　操，陳八郎本：平聲。　　替，陳八郎本：鐵。　　戾，陳八郎本：力結反。

《文選》音注輯考卷十一

賦己

游覽

　　王仲宣《登樓賦》一首

　　孫興公《游天台山賦》一首

　　鮑明遠《蕪城賦》一首

宮殿

　　王文考《魯靈光殿賦》一首

　　何平叔《景福殿賦》一首

賦　己

游　覽

登樓賦

王仲宣

登茲樓以四望兮，聊暇日以銷憂。覽斯宇之所處兮，實顯敞而寡仇。
挾清漳之通浦兮，倚曲沮之長洲。背墳衍之廣陸兮，臨皋隰之沃流。
北彌陶牧，西接昭丘。華實蔽野，黍稷盈疇。雖信美而非吾土兮，曾
何足以少留。

　　　　暇，尤袤本：古雅。　　敞，室町本作“敝”：昌丈反。〇案：室

町本"敝"字誤。　挾,室町本:協。　沮,陳八郎本:七余。
背,室町本:步對反。　隰,室町本:切似入反。　牧,室町本:
目。　曾,室町本:在登反。

遭紛濁而遷逝兮,漫踰紀以迄今。情眷眷而懷歸兮,孰憂思之可任。
憑軒檻以遙望兮,向北風而開襟。平原遠而極目兮,蔽荊山之高岑。
路逶迤而脩迥兮,川既漾而濟深。悲舊鄉之壅隔兮,涕橫墜而弗禁。
昔尼父之在陳兮,有歸歟之嘆音。鍾儀幽而楚奏兮,莊舄顯而越吟。
人情同於懷土兮,豈窮達而異心。

　　漫,室町本:亡半反。　眷,室町本:卷。　思,室町本:先自
反。　逶,室町本:於危反。　迤,室町本:以支反。　漾,尤袤
本:以上。室町本:以亮反。　壅,室町本:於奉反。　禁,朝鮮
正德本、奎章閣本:平聲。　父,室町本:甫。　歟,室町本:余。
　　舄,陳八郎本:昔。

惟日月之逾邁兮,俟河清其未極。冀王道之一平兮,假高衢而騁力。
懼匏瓜之徒懸兮,畏井渫之莫食。步栖遲以徙倚兮,白日忽其將匿。
風蕭瑟而并興兮,天慘慘而無色。獸狂顧以求羣兮,鳥相鳴而舉翼。
原野闃其無人兮,征夫行而未息。心悽愴以感發兮,意忉怛而憯惻。
循堦除而下降兮,氣交憤於智臆。夜參半而不寐兮,悵盤桓以反側。

　　匏,室町本:步交反。　渫,室町本:切思列反。　慘,室町
本:七感反。　闃,室町本:苦覓反。　忉,奎章閣本李善注、室
町本:刀。　怛,尤袤本:丁達。室町本:丁達反。　憯,尤袤本:
七感切。陳八郎本:七感。　臆,尤袤本:於力切。

游天台山賦并序

台，室町本：他来反。

孫興公

天台山者，蓋山嶽之神秀者也。涉海則有方丈、蓬萊，登陸則有四明、天台。皆玄聖之所游化，靈仙之所窟宅。夫其峻極之狀，嘉祥之美。窮山海之瓌富，盡人神之壯麗矣。

　　窟，室町本：苦没反。　峻，室町本：思俊。　瓌，室町本：古迴。

所以不列於五嶽，闕載於常典者，豈不以所立冥奧，其路幽迴。或倒景於重溟，或匿峯於千嶺。始經魑魅之塗，卒踐無人之境。舉世罕能登陟，王者莫由禋祀。故事絶於常篇，名標於奇紀。然圖像之興，豈虛也哉。非夫遺世翫道，絶粒茹芝者，烏能輕舉而宅之。非夫遠寄冥搜，篤信通神者，何肯遥想而存之。余所以馳神運思，晝詠宵興，俛仰之間，若已再升者也。方解纓絡，永託茲嶺，不任吟想之至，聊奮藻以散懷。

　　冥，室町本：亡丁反，下同。　奧，室町本：烏誥反。　倒，室町本：丁老反。　重，室町本：逐童反。　溟，室町本：亡丁反。魑，室町本：丑知反。　魅，室町本：媚。　卒，室町本：子律反。　禋，室町本：因。　粒，尤袤本李善注：立。　茹，尤袤本李善注：讓慮切。　【附】尤袤本李善注：《莊子》老聃謂崔瞿曰：俛仰之間。瞿，音劬。

太虛遼廓而無閡，運自然之妙有。融而爲川瀆，結而爲山阜。嗟台嶽

之所奇挺,寔神明之所扶持。蔭牛宿以曜峯,託靈越以正基。結根彌
於華岱,直指高於九疑。應配天於唐典,齊峻極於周詩。

　　　閣,陳八郎本:魚代。　　宿,陳八郎本:秀。

邈彼絕域,幽邃窈窕。近智以守見而不之,之者以路絕而莫曉。哂夏
蟲之疑冰,整輕翮而思矯。理無隱而不彰,啓二奇以示兆。赤城霞起
而建標,瀑布飛流以界道。

　　　標,尤袤本李善注:卑遥切。尤袤本:卑遥。○案:尤袤本
　　“卑遥”爲隨文音注。

睹靈驗而遂徂,忽乎吾之將行。仍羽人於丹丘,尋不死之福庭。苟台
嶺之可攀,亦何羨於層城。釋域中之常戀,暢超然之高情。被毛褐之
森森,振金策之鈴鈴。披荒榛之蒙蘢,陟峭崿之崢嶸。濟楢溪而直
進,落五界而迅征。跨穹隆之懸磴,臨萬丈之絕冥。踐莓苔之滑石,
搏壁立之翠屏。攬樛木之長蘿,援葛藟之飛莖。雖一冒於垂堂,乃永
存乎長生。必契誠於幽昧,履重巘而逾平。

　　　楢,尤袤本李善注:酉留切。尤袤本、陳八郎本:由。　【附】
　　尤袤本李善注:孔靈符《會稽記》曰:五縣,餘姚、鄞、句章、剡、始
　　寧。服虔《漢書注》曰:鄞,音銀。　　磴,尤袤本:丁鄧。　莓,尤
　　袤本李善注:梅。　樛,尤袤本:居求。　藟,尤袤本:力鬼。

既克隮於九折,路威夷而脩通。恣心目之寥朗,任緩步之從容。藉萋
萋之纖草,蔭落落之長松。覿翔鸞之裔裔,聽鳴鳳之嗈嗈。過靈溪而
一濯,疏煩想於心胸。蕩遺塵於旋流,發五蓋之游蒙。追羲農之絕
軌,躡二老之玄踪。

藉，尤袤本、陳八郎本：慈夜。

陟降信宿，迄于仙都。雙闕雲竦以夾路，瓊臺中天而懸居。朱闕玲瓏於林間，玉堂陰映于高隅。彤雲斐亹以翼櫺，暾日炯晃於綺疏。八桂森挺以凌霜，五芝含秀而晨敷。惠風佇芳於陽林，醴泉涌溜於陰渠。建木滅景於千尋，琪樹璀璨而垂珠。王喬控鶴以冲天，應真飛錫以躡虛。騁神變之揮霍，忽出有而入無。

　　亹，尤袤本：亡匪。　　暾，尤袤本：公鳥。　　【附】尤袤本李善注：《山海經》：玗琪樹。玗，羽俱切。　　璀，尤袤本李善注：七罪切。

於是游覽既周，體静心閑。害馬已去，世事都捐。投刃皆虛，目牛無全。凝思幽巖，朗詠長川。爾乃羲和亭午，游氣高褰。法鼓琅以振響，衆香馥以揚煙。肆覲天宗，爰集通仙。挹以玄玉之膏，嗽以華池之泉。散以象外之説，暢以無生之篇。悟遣有之不盡，覺涉無之有間。泯色空以合迹，忽即有而得玄。釋二名之同出，消一無於三幡。恣語樂以終日，等寂默於不言。渾萬象以冥觀，兀同體於自然。

　　【附】尤袤本李善注：《荀粲列傳》粲荅兄俣云：立象以盡意，此非通乎象外者也。俣，牛矩切。

蕪城賦

鮑明遠

灑迤平原，南馳蒼梧、漲海，北走紫塞、雁門。柂以漕渠，軸以昆崗。重江複關之隩，四會五達之莊。

瀰，尤袤本、陳八郎本:弭。　　迆，尤袤本:以爾。陳八郎本:
以尔。　　漲，尤袤本、陳八郎本:張。　　走，尤袤本李善注引如
淳:奏。尤袤本、陳八郎本:去聲。　　柂，陳八郎本:徒可。

當昔全盛之時，車挂轊，人駕肩。廛閈撲地，歌吹沸天。挈貨鹽田，鏟
利銅山。才力雄富，士馬精妍。故能参秦法，佚周令。劃崇墉，剗濬
洫，圖脩世以休命。

轊，尤袤本、陳八郎本、室町本:衛。　　撲，尤袤本、朝鮮正德
本、奎章閣本:卜。陳八郎本:普。　　挈，尤袤本、陳八郎本:兹。
鏟，尤袤本李善注:初産切。

是以板築雉堞之殷，井幹烽櫓之勤。格高五嶽，袤廣三墳。崒若斷
岸，矗似長雲。製磁石以禦衝，糊赬壤以飛文。觀基扃之固護，將萬
祀而一君。出入三代五百餘載，竟瓜剖而豆分。

幹，尤袤本、陳八郎本:寒。　　袤，陳八郎本:茂。　　崒，尤袤
本、陳八郎本:慈聿。　　矗，尤袤本、陳八郎本:丑六。　　糊，尤袤
本李善注:戶徒切。

澤葵依井，荒葛罥塗。壇羅虺蜮，階鬬麏鼯。木魅山鬼，野鼠城狐。
風嗥雨嘯，昏見晨趨。飢鷹厲吻，寒鴟嚇雛。伏虣藏虎，乳血飧膚。

虺，尤袤本、陳八郎本:吁鬼。　　蜮，尤袤本、陳八郎本:羽
逼。　　麏，尤袤本:居筠。陳八郎本作"麕":居筠。　　魅，尤袤本
李善注:莫愧切。尤袤本:莫隗。　　嗥，尤袤本李善注:胡高切。
陳八郎本:胡高。　　吻，尤袤本李善注:亡粉切。　　嚇，尤袤本李
善注:火嫁切。陳八郎本作"唬"，音:呼亞。　　虣，尤袤本李善

注：蒲到切。　【附】尤袤本李善注：虓或爲虓。虓，户甘切。

崩榛塞路，崢嶸古馗。白楊早落，塞草前衰。稜稜霜氣，蔌蔌風威。
孤蓬自振，驚砂坐飛。灌莽杳而無際，叢薄紛其相依。通池既已夷，
峻隅又已頹。直視千里外，唯見起黄埃。凝思寂聽，心傷已摧。

　　馗，尤袤本李善注：仇悲切。　　蔌，陳八郎本作“莿”，音：
魯葛。

若夫藻扃黼帳，歌堂舞閣之基。琁淵碧樹，弋林釣渚之館。吳蔡齊秦
之聲，魚龍爵馬之玩。皆薰歇燼滅，光沉響絶。東都妙姬，南國麗人。
蕙心紈質，玉貌絳脣。莫不埋魂幽石，委骨窮塵。豈憶同輿之愉樂，
離宮之苦辛哉。天道如何，吞恨者多。抽琴命操，爲蕪城之歌。歌
曰：邊風急兮城上寒，井逕滅兮丘隴殘。千齡兮萬代，共盡兮何言。

宮　殿

魯靈光殿賦并序
王文考　張載注

魯靈光殿者，蓋景帝程姬之子恭王餘之所立也。初，恭王始都下國，
好治宮室。遂因魯僖基兆而營焉。遭漢中微，盜賊奔突。自西京未
央、建章之殿，皆見隳壞，而靈光巋然獨存。意者，豈非神明依憑支持
以保漢室者也。然其規矩制度，上應星宿，亦所以永安也。予客自南
鄙，觀藝於魯，睹斯而眙，曰：嗟乎，詩人之興，感物而作。故奚斯頌
僖，歌其路寢，而功績存乎辭，德音昭乎聲。物以賦顯，事以頌宣，匪

賦匪頌,將何述焉。遂作賦曰:

    歸,尤袤本:丘軌。   宿,尤袤本、陳八郎本:秀。   眙,尤袤
本:丑吏切。陳八郎本:五吏。朝鮮正德本、奎章閣本:丑吏。
○案:陳八郎本"五"爲"丑"字之訛。

粵若稽古,帝漢祖宗,濬哲欽明。殷五代之純熙,紹伊唐之炎精。荷
天衢以元亨,廓宇宙而作京。敷皇極以創業,協神道而太寧。
於是百姓昭明,九族敦序,乃命孝孫,俾侯于魯。錫介珪以作瑞,宅附
庸而開宇。乃立靈光之秘殿,配紫微而爲輔。承明堂於少陽,昭列顯
於奎之分野。瞻彼靈光之爲狀也,則嵯峨崒嵬,岧巍嶵㠑。吁,可畏
乎其駭人也。

    崒,尤袤本、陳八郎本:罪。   嵬,尤袤本、陳八郎本:隗。
岧,尤袤本李善注:羌軌切。陳八郎本:羌軌。   巍,尤袤本李善
注:五軌切。陳八郎本:五鬼。   嶵,尤袤本李善注:盧罪切。陳
八郎本作"㠑",音:盧罪。○案:嶵㠑,陳八郎本、朝鮮正德本、奎
章閣本并作"㠑嶵"。   㠑,尤袤本李善注:枯罪切。陳八郎本:
枯罪。

迢嶢倜儻,豐麗博敞,洞轇轕乎其無垠也。邈希世而特出,羌瓌譎而
鴻紛。屹山峙以紆鬱,隆崛岉乎青雲。

    屹,尤袤本、陳八郎本:魚乙。   崛,尤袤本:魚勿。陳八郎
本:魚屈。○案:尤袤本"魚勿"雖亦可切"崛"音,然疑其涉下
"岉"字音注而誤。崛、岉疊韻,故字雖誤而音猶是。   岉,尤袤
本、陳八郎本:勿。

鬱坱圠以嶒嵄，峴繒綾而龍鱗。汩磳磳以璀璨，赫燡燡而爥坤。狀若
積石之鏘鏘，又似乎帝室之威神。崇墉岡連以嶺屬，朱闕巖巖而雙
立。高門擬于閶闔，方二軌而并入。

　　坱，尤袤本、陳八郎本：軮。　圠，尤袤本、陳八郎本：烏黠。
　嶒，尤袤本、陳八郎本：七耕。朝鮮正德本、奎章閣本：士耕。
○案：正德本、奎章閣本“士”爲“七”字之訛。　嵄，尤袤本、陳八
郎本：宏。　峴，尤袤本、陳八郎本：助力。　綾，尤袤本：陵。
汩，尤袤本、陳八郎本：于筆。　磳，尤袤本、陳八郎本：五哀。
燡，尤袤本、陳八郎本：亦。

於是乎乃歷夫太階，以造其堂。俯仰顧眄，東西周章。彤彩之飾，徒
何爲乎。澔澔涆涆，流離爛漫。皓壁皜曜以月照，丹柱歛艗而電烻。
霞駮雲蔚，若陰若陽。濯澩燐亂，煒煒煌煌。

　　澔，尤袤本李善注：古老切。陳八郎本：浩。　涆，尤袤本李
善注：古旦切。陳八郎本：汗。　皜，尤袤本李善注：古老切。陳
八郎本：杲。　歛，陳八郎本：翕。　艗，陳八郎本：許力。　烻，
尤袤本李善注：弋戰切。陳八郎本：弋戰。　濯，尤袤本李善注、
陳八郎本：霍。○案：尤袤本李善注“濯”誤作“霍”。　澩，尤袤
本李善注：穫。陳八郎本：鑊。　燐，陳八郎本：吝。

隱陰夏以中處，霟寥窱以峥嶸。鴻爌炾以爥閭，飉蕭條而清泠。動滴
瀝以成響，殷雷應其若驚。耳嘈嘈以失聽，目瞠瞠而喪精。駢密石與
琅玕，齊玉璩與璧英。

　　霟，尤袤本李善注：烏宏切。陳八郎本：烏宏。　寥，尤袤本
李善注：魚天切。陳八郎本：立交。○案：寥爲來母，字書未見有

讀疑母者。尤袤本"魚"蓋"魯"字殘文。 窠,尤袤本李善注、陳八郎本:巢。朝鮮正德本、奎章閣本:立巢。○案:正德本、奎章閣本"立"字疑涉上字音注而衍。明張鳳翼《文選纂注》卷三音"立巢",然宋人《集韻》《類篇》俱音"鋤交切",無異讀,蓋張氏所據爲誤本五臣《文選》。 爌,尤袤本李善注:苦晃切。陳八郎本:呼往。 炾,尤袤本李善注:呼廣切。陳八郎本:吁往。 爣,尤袤本李善注:土黨切。陳八郎本:土浪。 閬,尤袤本李善注:朗。陳八郎本:浪。 矎,尤袤本李善注:火縣切。陳八郎本:呼玄。

遂排金扉而北入,霄靄靄而晻曖。旋室娙娟以窈窕,洞房叫窱而幽邃。西廂踟躕以閑宴,東序重深而奧祕。屹鏗瞑以勿罔,屑屚霚以懿濞。魂悚悚其驚斯,心惄惄而發悸。

窱,陳八郎本:他吊。 屹,陳八郎本:魚乙。 鏗,陳八郎本作"硻",音:苦耕。 瞑,尤袤本李善注:莫耕切。陳八郎本作"睧",音:麥耕。 惄,陳八郎本:息以。 悸,尤袤本李善注:渠季切。陳八郎本:其季反。

於是詳察其棟宇,觀其結構。規矩應天,上憲觜陬。倔佹雲起,嵌岦離樓。三間四表,八維九隅。萬楹叢倚,磊砢相扶。

觜,尤袤本李善注:子移切。陳八郎本:子移。○案:尤袤本正文"觜"訛作"紫"。 陬,尤袤本李善注:子瑜切。陳八郎本:子臾反。 倔,尤袤本李善注:九物切。陳八郎本:九勿。 佹,尤袤本李善注:君委切。陳八郎本:古毀。 樓,尤袤本李善注:力朱切。陳八郎本:力朱。 砢,陳八郎本:盧可。

浮柱岹嵽以星懸，漂嶢峴而枝柱。飛梁偃蹇以虹指，揭蘧蘧而騰湊。

　　　　岹，陳八郎本：迢。　嵽，陳八郎本：遞。　峴，尤袤本李善
　　注：五結切。陳八郎本：五結。　柱，尤袤本李善注：誅僂切。陳
　　八郎本：駐。　蘧，尤袤本李善注：渠。

層櫨礔塊以岌嶪，曲枅要紹而環句。

　　　　礔，陳八郎本：累。　塊，陳八郎本作"佹"，音：吉毀。　岌，
　　陳八郎本：五合。　嶪，陳八郎本：五可。　要，陳八郎本：上聲。
　　　句，陳八郎本：構。

芝栭欑羅以戢香，枝掌柭枒而斜據。

　　　　栭，陳八郎本：而。　戢，陳八郎本：側立。　香，尤袤本李
　　善注：乃立切。陳八郎本：女立。　掌，尤袤本李善注：恥孟切。
　　陳八郎本：恥孟。　柭，尤袤本李善注：楚加切。　枒，尤袤本李
　　善注、陳八郎本：牙。

傍夭蟜以橫出，互黝糾而摶負。下弸蔚以璀錯，上崎嶬而重注。捷獵
鱗集，支離分赴。縱橫駱驛，各有所趣。

　　　　蟜，尤袤本李善注：巨表切。陳八郎本：居表。　黝，尤袤本
　　李善注：於糾切。　摶，朝鮮正德本、奎章閣本"摶負"作"負摶"，
　　"樽"音：分務。　負，陳八郎本：分故。　弸，尤袤本李善注：扶
　　　弗切。　崎，尤袤本李善注、陳八郎本：綺。　嶬，尤袤本李善
　　　注、陳八郎本：蟻。

爾乃懸棟結阿，天窗綺踈。圓淵方井，反植荷蕖。發秀吐榮，菡萏披

敷。緑房紫荶,窅咤垂珠。雲窭藻梲,龍桷雕鏤。

　　　　菌,尤袤本李善注:胡感切。　　苔,尤袤本李善注:徒感切。

　　荶,尤袤本李善注:的。　　【附】尤袤本張載注:紫荶,荶中芍

也。李善注:荶與芍同音的。　　窅,尤袤本李善注:張滑切。陳

八郎本:張滑。　　咤,尤袤本李善注:竹亞切。陳八郎本作"窆",

音:丁嫁。　　窭,陳八郎本:節。　　梲,陳八郎本:之悦。

飛禽走獸,因木生姿。奔虎攫挐以梁倚,仡奮豐而軒鬐。虯龍騰驤以

蜿蟺,頷若動而躨跜。

　　　　攫,陳八郎本作"攓",音:钁。　　仡,陳八郎本:魚乙。　　鬐,

陳八郎本:耆。　　蟺,陳八郎本:善。　　頷,尤袤本李善注:牛感

切。陳八郎本:五感。　　躨,尤袤本李善注:逵。陳八郎本:夔。

　　跜,尤袤本李善注、陳八郎本:尼。○案:尤袤本正文"跜"誤作

"踞"。

朱鳥舒翼以峙衡,騰虹螓蚬而遠槇。白鹿子蜺於榑櫨,蟠螭宛轉而

承楣。

　　　　螓,尤袤本李善注:力鳥切。陳八郎本:於酉。　　蚬,尤袤本

李善注:巨繞切。陳八郎本:岐糺。　　槇,陳八郎本:衰。　　子,

尤袤本李善注:甄熱切。　　蜺,尤袤本李善注:詣結切。陳八郎

本:五結。　　榑,陳八郎本:步碧。

狡兔跧伏於柎側,猨狖攀橡而相追。玄熊舑䑙以齗齗,却負載而蹲

跠。齊首目以瞪眄,徒眽眽而狋狋。

　　　　跧,尤袤本李善注:壯欒切。陳八郎本:側員。　　柎,尤袤本

李善注：父。　舓，尤袤本李善注：吐玷切。陳八郎本作"蚦"，音：天念。　猰，尤袤本李善注：吐暫切。陳八郎本作"蛺"，音：土蹔。　齗，尤袤本李善注：牛斤切。陳八郎本：銀。蹲，陳八郎本：存。　跠，陳八郎本：夷。　瞪，尤袤本李善注：直證切。陳八郎本：直證。　眽，尤袤本李善注：莫革切。室町本：莫革。

猕，尤袤本李善注：牛飢切。陳八郎本作"獼"，音：彌。○案：《類篇》彌一音"研奚切"，亦讀疑母。

胡人遥集於上楹，儼雅跽而相對。仡欺猥以鵰眑，鷫顤顟而睽睢。狀若悲愁於危處，憯嚬蹙而含悴。神仙岳岳於棟間，玉女闚窗而下視。忽瞟眇以響像，若鬼神之髣髴。

跽，尤袤本李善注：奇几切。陳八郎本：渠巳。　猥，陳八郎本：息眉。　眑，尤袤本李善注：呼穴切。陳八郎本：呼決。鷫，尤袤本李善注：烏交切。陳八郎本、室町本：烏交。　顤，尤袤本李善注作"鶮"：呼交切。陳八郎本、室町本：呼交。　顟，尤袤本李善注：力交切。陳八郎本：遼。室町本：力交。　睽，陳八郎本：巨季。　睢，陳八郎本：許季。　憯，陳八郎本：七感。蹙，陳八郎本：子六。　悴，陳八郎本：慈醉反。

圖畫天地，品類羣生。雜物奇怪，山神海靈。寫載其狀，託之丹青。千變萬化，事各繆形。隨色象類，曲得其情。上紀開闢，遂古之初。五龍比翼，人皇九頭。伏羲鱗身，女媧蛇軀。鴻荒朴略，厥狀睢盯。煥炳可觀，黃帝唐虞。軒冕以庸，衣裳有殊。

睢，陳八郎本：許規。　盯，陳八郎本：吁。

下及三后,婬妃亂主。忠臣孝子,烈士貞女。賢愚成敗,靡不載敘。惡以誡世,善以示後。於是乎連閣承宮,馳道周環。陽榭外望,高樓飛觀。長途升降,軒檻曼延。漸臺臨池,層曲九成。屹然特立,的爾殊形。高徑華蓋,仰看天庭。飛陛揭孽,緣雲上征。中坐垂景,頫視流星。千門相似,萬户如一。巖突洞出,逶迤詰屈。周行數里,仰不見日。

何宏麗之靡靡,咨用力之妙勤。非夫通神之俊才,誰能剋成乎此勳。據坤靈之寶勢,承蒼昊之純殷。包陰陽之變化,含元氣之烟煴。玄醴騰涌於陰溝,甘露被宇而下臻。朱桂黝儵於南北,蘭芝阿那於東西。祥風翕習以颱灑,激芳香而常芬。神靈扶其棟宇,歷千載而彌堅。永安寧以祉福,長與大漢而久存。實至尊之所御,保延壽而宜子孫。苟可貴其若斯,孰亦有云而不珍。

　　黝,陳八郎本:伊糾。　　儵,陳八郎本:叔。　　颱,尤袤本李善注:素合切。

亂曰:彤彤靈宮,巋嵂穹崇,紛庬鴻兮。

　　巋,陳八郎本:丘軌。　　嵂,尤袤本李善注:助軌切。陳八郎本:助軌。　　庬,尤袤本李善注:莫董切。陳八郎本:莫孔。鴻,尤袤本李善注:胡董切。陳八郎本:上聲。

峛屴嶫嶻,岑崟嶇巇,駢巃嵸兮。

　　峛,尤袤本李善注:助力切。陳八郎本:助力。　　屴,尤袤本李善注、陳八郎本:力。　　嶫,尤袤本李善注、陳八郎本:兹。嶻,尤袤本李善注:狸。陳八郎本:利。　　崟,陳八郎本:吟。嶇,尤袤本李善注:䔃。陳八郎本:淄。　　巇,尤袤本李善注、陳八郎本：疑。　龍，陳八郎本：力孔。　摐，陳八郎本：子孔。

連拳偃蹇，崘茵跨嶒，傍欹傾兮。

崘，尤袤本李善注、陳八郎本：倫。○案：尤袤本李善注“崘”誤作“倫”。　茵，尤袤本李善注：巨貧醕。○案：據反切上字“巨”，“茵”當作“菌”，陳八郎本、朝鮮正德本、奎章閣本正作“菌”。崘、菌疊韻，菌音當爲“巨醕”。因尤袤本作“茵”，校者復注音“貧”，遂使兩音相混。　跨，尤袤本李善注：巨免切。陳八郎本：巨免。　嶒，尤袤本李善注、陳八郎本：産。

歇欻幽藹，雲覆霮霴，洞杳冥兮。

歇，尤袤本李善注：許乞切。　欻，尤袤本李善注：許勿切。　霮，尤袤本李善注：杜咸切。陳八郎本：徒感。　霴，尤袤本李善注：杜對切。陳八郎本：徒會。

葱翠紫蔚，礌硍瓌瑋，含光晷兮。窮奇極妙，棟宇已來，未之有兮。神之營之，瑞我漢室，永不朽兮。

蔚，陳八郎本：尉。　礌，尤袤本李善注：力罪切。陳八郎本：力罪。　硍，尤袤本李善注：於賄切。陳八郎本作“硌”，音：洛。　瓌，室町本：古迴。

景福殿賦
何平叔

大哉惟魏，世有哲聖。武創元基，文集大命。皆體天作制，順時立政。

至于帝皇，遂重熙而累盛。遠則襲陰陽之自然，近則本人物之至情。
上則崇稽古之弘道，下則闡長世之善經。庶事既康，天秩孔明。故載
祀二三，而國富刑清。歲三月，東巡狩，至于許昌。望祠山川，考時度
方。存問高年，率民耕桑。越六月既望，林鍾紀律，大火昏正。桑梓
繁廡，大雨時行。三事九司，宏儒碩生。感乎溽暑之伊鬱，而慮性命
之所平。惟岷越之不靜，寤征行之未寧。乃昌言曰：昔在蕭公，暨于
孫卿，皆先識博覽，明允篤誠。莫不以爲不壯不麗，不足以一民而重
威靈。不飭不美，不足以訓後而永厥成。故當時享其功利，後世賴其
英聲。且許昌者，乃大運之攸戾，圖讖之所旌。苟德義其如斯，夫何
宮室之勿營。帝曰：俞哉。

玄輅既駕，輕裘斯御。乃命有司，禮儀是具。審量日力，詳度費務。
鳩經始之黎民，輯農功之暇豫。因東師之獻捷，就海孽之賄賂。立景
福之秘殿，備皇居之制度。

> 孼，尤袤本李善注：魚列切。

爾乃豐層覆之眈眈，建高基之堂堂。羅疏柱之汩越，肅坻鄂之鏘鏘。
飛榍翼以軒翥，反宇轍以高驤。流羽毛之威蕤，垂環玭之琳琅。參旗
九旒，從風飄揚。皓皓旰旰，丹彩煌煌。

> 汩，尤袤本：王筆。陳八郎本：于筆。○案：王、于皆爲云母
> 字，尤袤本音注亦是。然本書"汩"字音例作"于筆"，未見作"王
> 筆"者，疑尤袤本"王"爲"于"字之訛。　　坻，尤袤本、陳八郎本：
> 直夷。　鄂，尤袤本、陳八郎本：五各。　轍，尤袤本、陳八郎本：
> 魚桀。　玭，尤袤本李善注：蒲眠切。陳八郎本：蒲眠。　參，陳
> 八郎本：三。

故其華表，則鎬鎬鑠鑠，赫奕章灼，若日月之麗天也。其奧秘則黱蔽曖昧，髣髴退概，若幽星之纚連也。

　　　　鎬，尤袤本李善注：古皓切。尤袤本、陳八郎本：杲。　鑠，尤袤本李善注：舒藥切。陳八郎本：舒灼。　曖，尤袤本李善注：愛。　概，尤袤本李善注：古愛切。　纚，尤袤本李善注：力氏切。陳八郎本：力氏。

既櫛比而欑集，又宏璉以豐敞。兼苞博落，不常一象。遠而望之，若摘朱霞而耀天文。迫而察之，若仰崇山而戴垂雲。羌瓌瑋以壯麗，紛或戜其難分，此其大較也。

　　　　比，尤袤本：明逸。陳八郎本：毗逸。○案：比爲并母，明爲明母，尤袤本音注非，"明"疑爲"毗"字之訛。　戜，陳八郎本：郁。　較，尤袤本、陳八郎本：角。

若乃高甍崔嵬，飛宇承霓。緜蠻黮霴，隨雲融泄。鳥企山峙，若翔若滯。峨峨嶸嶸，罔識所屆。雖離朱之至精，猶眩曜而不能昭晢也。

　　　　甍，尤袤本、陳八郎本：萌。　黮，尤袤本李善注：徒感切。尤袤本、陳八郎本：徒感。　霴，尤袤本李善注：徒對切。尤袤本、陳八郎本：徒會。　泄，陳八郎本：曳。　企，尤袤本李善注：去豉切。　嶸，尤袤本、陳八郎本：業。　晢，尤袤本李善注：之逝切。

爾乃開南端之豁達，張筍虡之輪囷。華鍾杙其高懸，悍獸仡以儼陳。體洪剛之猛毅，聲訇磤其若震。

　　　　杙，陳八郎本：兀。　悍，陳八郎本：干。朝鮮正德本、奎章閣本：汗。　儷，尤袤本李善注：力計切。　旬，尤袤本、陳八郎本：普宏。　礒，尤袤本李善注：於謹切。陳八郎本：隱。　震，尤袤本、陳八郎本：真。

爰有遝狄，鐐質輪菌。坐高門之側堂，彰聖主之威神。芸若充庭，槐楓被宸。綴以萬年，綷以紫榛。或以嘉名取寵，或以美材見珍。結實商秋，敷華青春。藹藹萋萋，馥馥芬芬。

　　鐐，尤袤本李善注引郭璞、陳八郎本：遼。　輪，尤袤本李善注：倫。　菌，尤袤本李善注：其旻切。　宸，尤袤本李善注、陳八郎本：辰。

爾其結構，則脩梁彩制，下塞上奇。桁梧複疊，勢合形離。翹如宛虹，赩如奔螭。南距陽榮，北極幽崖。任重道遠，厥庸孔多。

　　梧，尤袤本李善注：悟。　崖，尤袤本、陳八郎本：宜。

【附】尤袤本李善注：多當爲趑。《廣雅》曰：趑，多也。紙移切。○案：奎章閣本“趑”作“趍”，是。趍音“直離切”。

於是列髹彤之綉桷，垂琬琰之文璫。蝹若神龍之登降，灼若明月之流光。爰有禁楄，勒分翼張。承以陽馬，接以員方。斑間賦白，疎密有章。

　　髹，尤袤本、陳八郎本：休。　蝹，尤袤本、陳八郎本：於云。楄，尤袤本、陳八郎本：補洒。尤袤本李善注：一音必縣切。

【附】尤袤本李善注：扁從戶冊者，署門戶也。冊，楚責切。

飛枊鳥踊，雙轅是荷。赴險凌虛，獵捷相加。皎皎白間，離離列錢。

晨光内照，流景外甋。烈若鈎星在漢，焕若雲梁承天。

　　　柳，尤袤本李善注：吾郎切。　　甋，尤袤本李善注：式延切。

騏徙增錯，轉縣成郛。茄蔤倒植，吐被芙蕖。繚以藻井，編以綷疏。
紅葩靮鞁，丹綺離婁。菡莟敹翕，纖縟紛敷。繁飾累巧，不可勝書。

　　　騏，陳八郎本：瓜。　　茄，陳八郎本：加。　　蔤，尤袤本李善
　　注、陳八郎本：密。　　繚，尤袤本、陳八郎本：了。　　綷，尤袤本、
　　陳八郎本：子會。　　靮，尤袤本、陳八郎本：胡甲。　　鞁，尤袤本、
　　陳八郎本：直甲。　　婁，尤袤本、陳八郎本：力俱。　　菡，陳八郎
　　本：胡感。　　莟，陳八郎本：徒敢。

於是蘭栭積重，窶數矩設。欘櫨各落以相承，欒栱夭蟜而交結。金楹
齊列，玉舄承跋。青瑣銀鋪，是爲閨闥。雙枚既脩，重桴乃飾。槐楣
緣邊，周流四極。侯衛之班，藩服之職。

　　　窶，尤袤本李善注：其矩切。陳八郎本：其矩。　　數，尤袤本
　　李善注：所柱切。　　欘，尤袤本李善注：子廉切。尤袤本、陳八郎
　　本：子兼。　　櫨，陳八郎本：盧。　　蟜，尤袤本李善注：其夭切。
　　跋，尤袤本李善注：方末切。　　枚，尤袤本李善注：莫回切。
　　槐，尤袤本李善注：頻移切。陳八郎本：毗。

温房承其東序，涼室處其西偏。開建陽則朱炎豔，啓金光則清風臻。
故冬不淒寒，夏無炎燀。鈞調中適，可以永年。墉垣碭基，其光昭昭。
周制白盛，今也惟縹。落帶金釭，此焉二等。明珠翠羽，往往而在。

　　　燀，尤袤本李善注：昌延切。陳八郎本作“暺”，音：昌延。
　　中，室町本：丁仲。　　碭，尤袤本李善注：徒浪切。陳八郎本：徒

浪。　昭,尤袤本李善注:之紹切。　縹,陳八郎本:匹妙反。

欽先王之允塞,悅重華之無爲。命共工使作繢,明五采之彰施。圖象古昔,以當箴規。椒房之列,是準是儀。

繢,尤袤本李善注引鄭玄:讀曰繪,又:胡對切。

觀虞姬之容止,知治國之佞臣。見姜后之解珮,寤前世之所遵。賢鍾離之讜言,懿楚樊之退身。嘉班妾之辭輦,偉孟母之擇鄰。故將廣智,必先多聞。多聞多雜,多雜眩真。不眩焉在,在乎擇人。故將立德,必先近仁。欲此禮之不愆,是以盡乎行道之先民。朝觀夕覽,何與書紳。

愆,尤袤本、陳八郎本:去乾。

若乃階除連延,蕭曼雲征。櫩檻邱張,鉤錯矩成。楯類騰蛇,榴似瓊英。如螭之蟠,如虬之停。玄軒交登,光藻昭明。騶虞承獻,素質仁形。彰天瑞之休顯,照遠戎之來庭。

榴,北宋本及尤袤本李善注:酈立切。尤袤本、陳八郎本:習。　【附】北宋本及尤袤本李善注:然凡楔皆謂之榴。楔,先結切。

陰堂承北,方軒九户。右个清宴,西東其宇。連以永寧,安昌臨圃。遂及百子,後宮攸處。處之斯何,窈窕淑女。思齊徽音,聿求多祜。其祜伊何,宜爾子孫。克明克哲,克聰克敏。永錫難老,兆民賴止。

个,陳八郎本:古賀。　敏,陳八郎本:美,叶韻。○案:胡克家以爲"子孫"當作"孫子",子、敏、止爲韻。胡氏言是,陳八郎本正作"孫子"。

於南則有承光前殿,賦政之宮。納賢用能,詢道求中。疆理宇宙,甄陶國風。雲行雨施,品物咸融。其西則有左城右平,講肄之場。二六對陳,殿翼相當。僻脱承便,蓋象戎兵。察解言歸,譬諸政刑。將以行令,豈唯娛情。鎮以崇臺,寔曰永始。複閣重闈,猖狂是俟。京庾之儲,無物不有。不虞之戒,於是焉取。

　　【附】北宋本及尤袤本李善注:李聃曰:埏埴爲器曰甄陶。埏,失然切。　城,陳八郎本:七得。　　僻,北宋本及尤袤本李善注:匹赤切。陳八郎本:毗亦。朝鮮正德本、奎章閣本:吡亦。○案:正德本、奎章閣本"吡"爲"毗"字之訛。　取,陳八郎本:千口反。

爾乃建凌雲之層盤,浚虞淵之靈沼。清露瀼瀼,渌水浩浩。樹以嘉木,植以芳草。悠悠玄魚,皬皬白鳥。沈浮翺翔,樂我皇道。

　　瀼,北宋本及尤袤本李善注:而羊切。陳八郎本:而羊。皬,陳八郎本:鶴。

若乃虯龍灌注,溝洫交流。陸設殿館,水方輕舟。篁栖鷗鷺,瀨戲鼈鮋。豐侔淮海,富賑山丘。叢集委積,焉可殫籌。雖咸池之壯觀,夫何足以比儔。

　　鮋,尤袤本:由。陳八郎本:紬。○案:鮋字《廣韻》有"以周""市流"兩切。　儔,北宋本及尤袤本李善注:視周切。

於是碣以高昌崇觀,表以建城峻廬。岩嶤岑立,崔嵬巒居。飛閣干雲,浮埒乘虛。遙目九野,遠覽長圖。頰眺三市,孰有誰無。

> 碣,陳八郎本作"揭",音:桀。　　岧,陳八郎本:徒聊。

睹農人之耘耔,亮稼穡之艱難。惟饗年之豐寡,思無逸之所嘆。感物衆而思深,因居高而慮危。惟天德之不易,懼世俗之難知。觀器械之良窳,察俗化之誠僞。瞻貴賤之所在,悟政刑之夷陂。亦所以省風助教,豈惟盤樂而崇侈靡。

> 嘆,陳八郎本:平聲。　　窳,尤袤本、陳八郎本:以主。　　陂,
> 陳八郎本:彼義反。

屯坊列署,三十有二。星居宿陳,綺錯鱗比。辛壬癸甲,爲之名秩。房室齊均,堂庭如一。出此入彼,欲反忘術。

> 比,尤袤本李善注:扶至切。陳八郎本:毗志反。

惟工匠之多端,固萬變之不窮。物無難而不知,乃與造化乎比隆。儺天地以開基,并列宿而作制。制無細而不協於規景,作無微而不違於水臬。

> 臬,尤袤本:五結切。陳八郎本:五結反。

故其增構如積,植木如林。區連域絕,葉比枝分。離背別趣,駢田胥附。縱橫踰延,各有攸注。公輸荒其規矩,匠石不知其所斲。

> 斲,尤袤本李善注:竹句切。○案:尤袤本此音爲協韻。

既窮巧於規摹,何彩章之未殫。爾乃文以朱綠,飾以碧丹。點以銀黃,爍以琅玕。光明熠爚,文彩璘班。清風萃而成響,朝日曜而增鮮。

雖昆崘之靈宮，將何以乎侈旃。

　　　熠，尤袤本、陳八郎本：以入。　　爗，尤袤本、陳八郎本：藥。

　　　班，陳八郎本作“瑞”，音：斌。

規矩既應乎天地，舉措又順乎四時。是以六合元亨，九有雍熙。家懷
克讓之風，人詠康哉之詩。莫不優游以自得，故淡泊而無所思。歷列
辟而論功，無今日之至治。彼吳蜀之湮滅，固可翹足而待之。

　　　治，尤袤本、陳八郎本：直之反。

然而聖上猶孜孜靡忒，求天下之所以自悟。招忠正之士，開公直之
路。想周公之昔戒，慕咎繇之典謨。除無用之官，省生事之故。絕流
遁之繁禮，反民情於太素。

　　　省，陳八郎本：所耿。

故能翔岐陽之鳴鳳，納虞氏之白環。蒼龍覿於陂塘，龜書出於河源。
醴泉涌於池圃，靈芝生於丘園。揔神靈之貺祐，集華夏之至歡。方四
三皇而六五帝，曾何周夏之足言。

《文選》音注輯考卷十二

江海

　　木玄虛《海賦》一首
　　郭景純《江賦》一首

江　海

海　賦
木玄虛

昔在帝嬀，巨唐之代。天綱浡潏，爲澗爲瀄。洪濤瀾汗，萬里無際。長波淊渀，地涏八裔。

　　　　嬀，尤袤本、陳八郎本：古爲。　　浡，尤袤本、陳八郎本：蒲没。　　潏，尤袤本：以出。陳八郎本：聿。　　瀄，尤袤本：側界反。陳八郎本：側界。　　瀾，陳八郎本：去聲。　　淊，尤袤本：徒荅。陳八郎本：徒合。　　渀，尤袤本：杜我。陳八郎本：徒我。　　地，尤袤本：羊氏。陳八郎本：弋尓。　　涏，尤袤本：延。

於是乎禹也，乃鑴臨崖之阜陸，決陂潢而相沃。啓龍門之岊嶺，墾陵巒而嶄鑿。羣山既略，百川潛渫。泱漭澹泞，騰波赴勢。

　　　　鑴，陳八郎本：楚產。　　岊，尤袤本李善注：助格切。陳八郎本：士格。　嶺，尤袤本李善注：五格切。陳八郎本：五格。

壈，尤袤本李善注：與墾音義同。　嶃，尤袤本李善注：仕咸切。

尤袤本、陳八郎本：士咸。　渫，尤袤本：息列切。陳八郎本：息

例。朝鮮正德本、奎章閣本：息列。　泱，尤袤本、陳八郎本：恩

朗。　溿，尤袤本、陳八郎本：莫廣。　澹，尤袤本、陳八郎本：徒

敢。　汀，尤袤本李善注：紵。

江河既導，萬穴俱流。掎拔五嶽，竭涸九州。瀝滴滲淫，薈蔚雲霧。
涓流泱瀼，莫不來注。於廓靈海，長爲委輸。

　　掎，尤袤本：居蟻。陳八郎本作“椅”，音：居蟻。　滲，尤袤

本李善注：侵。陳八郎本：七林。　淫，尤袤本：七林。○案：尤

袤本此條音注誤標。淫爲疑母，七爲清母，聲紐不同。滲，《集

韻》千尋切，與“七林”正合。　薈，尤袤本、陳八郎本：烏外。

泱，尤袤本：烏黨。　瀼，尤袤本、陳八郎本：乃朗。茶陵本：乃蕩

切。○案：茶陵本音見胡克家《考異》所引。　輸，陳八郎本：

去聲。

其爲廣也，其爲怪也，宜其爲大也。爾其爲狀也，則乃浟湙瀲豔，浮天
無岸。

　　浟，尤袤本、陳八郎本：由。　湙，尤袤本、陳八郎本：亦。

瀲，尤袤本、陳八郎本：力冉。　豔，尤袤本：以冉。陳八郎本作

“灔”，音：以冉。

沖融沉瀜，渺瀰澒漫。

　　沖，尤袤本、陳八郎本：冲。　沉，尤袤本：胡廣。陳八郎本

作"滉",音:胡廣。　濧,尤袤本、陳八郎本:余兩。　渺,尤袤本、陳八郎本:眇。　瀰,尤袤本:彌。陳八郎本:弥。　淡,尤袤本、陳八郎本:炭。

波如連山,乍合乍散。噓噏百川,洗滌淮漢。襄陵廣舄,膠潟浩汗。

　　噏,尤袤本、陳八郎本:許急。　舄,陳八郎本作"斥",音:昌亦。　膠,尤袤本、陳八郎本:交。　潟,尤袤本、陳八郎本:葛。

若乃大明攄雘於金樞之穴,翔陽逸駭於扶桑之津。影沙礐石,蕩颺島濱。

　　攄,尤袤本:彼苗。　影,尤袤本:匹遥。陳八郎本:匹滛。○案:陳八郎本"滛"字爲"遥"字之訛。　礐,尤袤本、陳八郎本:苦角。　颺,尤袤本:以出。陳八郎本:聿。

於是鼓怒,溢浪揚浮。更相觸搏,飛沫起濤。狀如天輪,膠戾而激轉,又似地軸,挺拔而爭迴。岑嶺飛騰而反覆,五嶽鼓舞而相磓。湏瀆淪而溜漯,鬱沏迭而隆頹。

　　磓,尤袤本:丁迴反。陳八郎本:都迴反。　湏,尤袤本:謂。　溜,尤袤本、陳八郎本:丑六。　漯,尤袤本、陳八郎本:他荅。　沏,尤袤本、陳八郎本:切。

盤涆激而成窟,消汼㶛而爲魁。

　　涆,尤袤本、陳八郎本:乙于。奎章閣本李善注:㳆。　消,尤袤本、陳八郎本:七笑。　汼,尤袤本、朝鮮正德本、奎章閣本:土含。陳八郎本:士含。○案:陳八郎本"士"爲"土"字之訛。

㳫，尤袤本、陳八郎本：枼。

洲泊柏而地颺，磊匌匌而相隁。

洲，尤袤本、陳八郎本：失冉。　泊，尤袤本：匹帛。陳八郎本：普白。　柏，陳八郎本作"洦"，音：陌。　地，尤袤本：以爾。陳八郎本：以尔。　颺，尤袤本、陳八郎本：余諒。　磊，尤袤本、陳八郎本：洛罪。　匌，尤袤本、陳八郎本：荅。奎章閣本李善注：直合切。　匌，尤袤本、陳八郎本：苦合。　隁，尤袤本、陳八郎本：呼迴反。

驚浪雷奔，駭水迸集。開合解會，瀼瀼濕濕。葩華踧沕，澒濘淤渣。

瀼，尤袤本、陳八郎本：傷。　踧，尤袤本、陳八郎本：子六。　沕，尤袤本、陳八郎本：女六。　澒，尤袤本、陳八郎本：頂。　濘，尤袤本：奴冷。陳八郎本：奴頂。奎章閣本李善注：如令切。○案：奎章閣本"如"疑爲"奴"字之訛。　淤，尤袤本：側立。陳八郎本：子立。　渣，尤袤本：女及反。陳八郎本：女立反。

若乃霾曀潛銷，莫振莫竦。輕塵不飛，纖蘿不動。猶尚呀呷，餘波獨湧。澎濞灪礐，碨磊山壘。

霾，尤袤本李善注：埋。尤袤本、陳八郎本：莫排。　曀，尤袤本、陳八郎本：一計。　呀，尤袤本、陳八郎本：呼加。　呷，奎章閣本李善注：呀甲切。○案：奎章閣本"呀"疑爲"呼"字之訛。　澎，尤袤本、朝鮮正德本、奎章閣本：匹宏。陳八郎本：四宏。○案：陳八郎本"四"爲"匹"字之訛。　灪，尤袤本、陳八郎本：於勿。　礐，尤袤本、陳八郎本：烏埋。　碨，尤袤本、陳八郎本：烏罪。

爾其枝岐潭淪,渤蕩成氾。乖蠻隔夷,迴互萬里。

【附】尤袤本李善注:《穆天子傳》曰:飲于枝洔之中。洔音
止。 潭,尤袤本、陳八郎本:以審。○案:潭、淪雙聲。 淪,尤
袤本、陳八郎本:藥。 氾,尤袤本、陳八郎本:似。

若乃偏荒速告,王命急宣。飛駿鼓枻,泛海淩山。於是候勁風,揭百
尺。維長綃,挂帆席。望濤遠決,冏然鳥逝。鷸如驚鳧之失侶,倐如
六龍之所掣。一越三千,不終朝而濟所屆。

揭,尤袤本、陳八郎本:朵。 綃,尤袤本、陳八郎本:所交。
冏,尤袤本、朝鮮正德本、奎章閣本:九永。陳八郎本作“囧”,
音:尤水。○案:據聲韻,陳八郎本“尤水”爲“九永”之訛。 鷸,
尤袤本、陳八郎本:聿。 倐,陳八郎本作“倐”,音:失六。 掣,
尤袤本:充制反。

若其負穢臨深,虛誓愆祈,則有海童邀路,馬銜當蹊。天吳乍見而髣
髴,蛧像暫曉而閃屍。羣妖遘迕,眇瞗冶夷。

閃,尤袤本:式染。 瞗,尤袤本、陳八郎本:余沼。

決帆摧橦,戕風起惡。廓如靈變,惚怳幽暮。氣似天霄,靉靆雲布。
儵昱絕電,百色妖露。呵噏掩鬱,曭昧無度。

橦,尤袤本、陳八郎本:直江。 戕,陳八郎本:牆。 惡,尤
袤本、朝鮮正德本、奎章閣本:去聲。 靉,尤袤本、陳八郎本:
愛。 靆,尤袤本、陳八郎本:費。 儵,尤袤本、陳八郎本:叔。
噏,尤袤本、陳八郎本:許勿。 曭,尤袤本、陳八郎本:居縛。
昧,尤袤本、陳八郎本:失冉。

飛澇相磢,激勢相泭。崩雲屑雨,泫泫汨汨。

　　　澇,尤袤本、奎章閣本李善注:勞。　　磢,陳八郎本:楚爽。

　　泭,尤袤本李善注:楚乙切。尤袤本:楚櫛反。陳八郎本:楚

　櫛。○案:奎章閣本李善注無"楚乙切"音注,審尤袤本,該條李

　善注句末數字擠湊,音注顯是後補。　　泫,尤袤本李善注:宏。

　尤袤本、陳八郎本:火宏。　　汨,陳八郎本:于筆反。

趷踔湛藻,沸潰渝溢。濯澪濩渭,蕩雲沃日。

　　　趷,尤袤本、陳八郎本:魝甚。　　踔,尤袤本、陳八郎本:丑角。

　　湛,尤袤本、陳八郎本:以甚。　　藻,尤袤本、陳八郎本:藥。

　　濯,尤袤本:霍。陳八郎本:呼郭。　　澪,尤袤本:卉。陳八郎本:

　諱。　　濩,尤袤本、奎章閣本李善注:鑊。陳八郎本:胡郭。

於是舟人漁子,徂南極東。或屑没於黿鼉之穴,或挂胃於岑嶔之峯。
或掣掣洩洩於裸人之國,或泛泛悠悠於黑齒之邦。或乃萍流而浮轉,
或因歸風以自反。徒識觀怪之多骸,乃不悟所歷之近遠。

　　　嶔,尤袤本、陳八郎本:欶。　　掣,尤袤本、陳八郎本:充制。

　　洩,尤袤本、陳八郎本:余制。

爾其爲大量也,則南澰朱崖,北灑天墟。東演析木,西薄青徐。經途
瀴溟,萬萬有餘。吐雲霓,含龍魚。隱鯤鱗,潛靈居。豈徒積太顛之
寶貝,與隨侯之明珠。將世之所收者常聞,所未名者若無。

　　　澰,尤袤本、陳八郎本:斂。　　墟,尤袤本:虛。奎章閣本李

　善注:區。　　演,陳八郎本:去聲。　　瀴,尤袤本、陳八郎本:烏

　冷。　　溟,尤袤本:莫泠。奎章閣本李善注:莫泠切。○案:尤袤

本"泠"爲"冷"字之訛。

且希世之所聞，惡審其名。故可仿像其色，靈飄其形。爾其水府之內，極深之庭。則有崇島巨鼇，峐峴孤亭。擘洪波，指太清。竭磐石，栖百靈。飈凱風而南逝，廣莫至而北征。

　　　惡，尤袤本、奎章閣本李善注：烏。　靈，尤袤本、奎章閣本：於愷　陳八郎本：於豈。　飄，尤袤本、陳八郎本：虛氣。奎章閣本：虛豈。　峐，尤袤本、陳八郎本：庭結。　峴，尤袤本、陳八郎本：五結。　擘，陳八郎本：補麥。　飈，陳八郎本：平聲。

其垠則有天琛水怪，鮫人之室。瑕石詭暉，鱗甲異質。若乃雲錦散文於沙汭之際，綾羅被光於螺蚌之節。繁采揚華，萬色隱鮮。陽冰不冶，陰火潛然。熺炭重燔，吹烔九泉。朱燉綠煙，腰眇蟬蜎。珊瑚虎珀，羣產接連。車渠馬瑙，全積如山。

　　　垠，尤袤本、陳八郎本：銀。　螺，陳八郎本：力戈。　熺，尤袤本、陳八郎本：許眉。　燔，尤袤本、陳八郎本：煩。　烔，尤袤本、朝鮮正德本、奎章閣本：古永。陳八郎本：占求。○案：陳八郎本"占求"爲"古永"之訛。　燉，尤袤本、陳八郎本：焰。　腰，尤袤本：二眇。陳八郎本：一眇。○案：尤袤本"二"爲"一"字之訛。　蜎，尤袤本、陳八郎本：一緣反。

魚則橫海之鯨，突扤孤游。戛巖嶅，偃高濤。茹鱗甲，吞龍舟。噏波則洪漣踧蹜，吹澇則百川倒流。

　　　噏，尤袤本、陳八郎本：虛及。　踧，尤袤本李善注：子六切。陳八郎本：子六。　蹜，尤袤本李善注：所六切。陳八郎本：所六。　滂,陳八郎本:去。

或乃蹭蹬窮波,陸死鹽田。巨鱗插雲,鬐鬣刺天。顱骨成嶽,流膏爲淵。

蹭,尤袤本:七鄧。奎章閣本李善注:七鄧切。　蹬,尤袤本、奎章閣本李善注:鄧。　鬣,陳八郎本:力涉。　顱,尤袤本、奎章閣本李善注:盧。

若乃巖坻之限,沙石之嶔。毛翼産鷇,剖卵成禽。鳧雛離褷,鶴子淋滲。羣飛侶浴,戲廣浮深。翔霧連軒,洩洩淫淫。翻動成雷,擾翰爲林。更相叫嘯,詭色殊音。

坻,尤袤本、陳八郎本:直夷。　嶔,尤袤本、陳八郎本:欽。奎章閣本:嶔。〇案:嶔、嶔實即一字,奎章閣本音注誤。　鷇,尤袤本、陳八郎本:苦候。　褷,尤袤本、陳八郎本:所宜。　滲,尤袤本、陳八郎本:所今反。　洩,尤袤本、陳八郎本:余世。更,陳八郎本:平聲。

若乃三光既清,天地融朗。不泛陽侯,乘蹻絶往。覿安期於蓬萊,見喬山之帝像。羣仙縹眇,餐玉清涯。履阜鄉之留舄,被羽翮之襂纚。翔天沼,戲窮溟。甄有形於無欲,永悠悠以長生。

蹻,尤袤本、陳八郎本:去喬。　縹,尤袤本、陳八郎本:匹妙。　涯,尤袤本:宜。陳八郎本作"崖",音:宜。　舄,陳八郎本:昔。　襂,尤袤本、陳八郎本:所今。　纚,尤袤本、朝鮮正德本、奎章閣本:所宜反。　甄,尤袤本、陳八郎本:古然。

且其爲器也,包乾之奧,括坤之區。惟神是宅,亦祇是廬。何奇不有,何怪不儲。芒芒積流,含形内虛。曠哉坎德,卑以自居。弘往納來,以宗以都。品物類生,何有何無。

江　賦

郭景純

咨五才之并用,寔水德之靈長。惟岷山之導江,初發源乎濫觴。聿經始於洛沫,攏萬川乎巴梁。衝巫峽以迅激,躋江津而起漲。極泓量而海運,狀滔天以森茫。揔括漢泗,兼包淮湘。并吞沅澧,汲引沮漳。源二分於崌崍,流九派乎潯陽。鼓洪濤於赤岸,淪餘波乎柴桑。

　　　　沫,尤袤本李善注:武蓋切。尤袤本、陳八郎本:昧。【附】尤袤本李善注:《漢書》:廣漢郡雒縣有漳山,雒水所出,入湔。湔,音煎。　泓,尤袤本、陳八郎本:烏宏。　澧,尤袤本:禮。陳八郎本:礼。　沮,尤袤本、陳八郎本:七余。　崌,尤袤本、陳八郎本:居。　崍,尤袤本、陳八郎本:來。

綱絡羣流,商摧涓澮。表神委於江都,混流宗而東會。注五湖以漫漭,灌三江而漰沛。滈汗六州之域,經營炎景之外。所以作限於華裔,壯天地之嶮介。

　　　　摧,尤袤本、陳八郎本:苦角。　涓,尤袤本、陳八郎本:古玄。　澮,尤袤本:古外反。陳八郎本:古外。　漰,尤袤本、陳八郎本:普萌。　沛,尤袤本:普會反。陳八郎本:普會。　滈,尤袤本、陳八郎本:胡道。

呼吸萬里,吐納靈潮。自然往復,或夕或朝。激逸勢以前驅,乃鼓怒

而作濤。峨嵋爲泉陽之揭，玉壘作東別之標。衡霍磊落以連鎮，巫廬
嵬崫而比嶠。協靈通氣，潰薄相陶。流風蒸雷，騰虹揚霄。出信陽而
長邁，淙大壑與沃焦。

　　　　嵬，尤袤本、陳八郎本：魚鬼。　崫，尤袤本、陳八郎本：危
　勿。　嶠，尤袤本李善注：其廟切，協韻，音橋。陳八郎本：昔喬。
　　潰，尤袤本、陳八郎本：怂。　淙，尤袤本、陳八郎本：悰。

若乃巴東之峽，夏后疏鑿。絕岸萬丈，壁立槸駮。虎牙嶸豎以屹崒，
荊門闕竦而磐礴。圓淵九回以懸騰，溢流雷呴而電激。駭浪暴灑，驚
波飛薄。迅澓增澆，涌湍疊躍。

　　　　嶸，尤袤本、陳八郎本：桀。　豎，尤袤本、陳八郎本：樹。
　屹，尤袤本、陳八郎本：魚乙。　崒，尤袤本、陳八郎本：慈聿。
　溢，尤袤本、陳八郎本：普寸。　呴，尤袤本、陳八郎本：呼后。
　澓，尤袤本、陳八郎本：扶福。　澆，尤袤本李善注：古堯切。
　湍，陳八郎本：土官。

砯巖鼓作，潎洌泬瀄。

　　　　砯，尤袤本、陳八郎本：普冰。　潎，尤袤本、陳八郎本：普
　萌。　洌，尤袤本、陳八郎本：呼陌。　泬，尤袤本李善注：嚳。
　尤袤本、陳八郎本：胡角。　瀄，尤袤本、陳八郎本：仕角反。

㵷濞瀄洫，潰濩泫潾。

　　　　㵷，尤袤本：蒲冰。陳八郎本：薄萌。　濞，尤袤本、陳八郎
　本：蒲拜。　瀄，尤袤本、陳八郎本：火宏。　洫，尤袤本、陳八郎
　本：呼拜。　濩，尤袤本、陳八郎本：穫。　泫，尤袤本、陳八郎

本：呼活。　　溮，尤袤本、陳八郎本：呼郭反。

滭湟滵泬，濦泅灡瀹。

　　　　滭，尤袤本、陳八郎本：胡決。　　湟，尤袤本、陳八郎本：皇。

　　泬，尤袤本、陳八郎本：烏骨。　　泬，尤袤本、陳八郎本：烏朗。

　　濦，尤袤本、陳八郎本：叔。　　泅，尤袤本、陳八郎本：失冉。

　灡，尤袤本：舒感。陳八郎本：審。奎章閣本注記：善本作舒感

切。　　瀹，尤袤本、陳八郎本：始灼反。

漩澴滎濙，溈灅瀢瀑。

　　　漩，尤袤本、陳八郎本：旋。　　澴，尤袤本：許玄。陳八郎本：

許緣。　　滎，尤袤本、陳八郎本：於營。　　濙，尤袤本、陳八郎本：

營。　　溈，尤袤本、陳八郎本：紆鬼。　　灅，尤袤本：誄。陳八郎

本：力鬼。　　瀢，尤袤本、陳八郎本：怂。　　瀑，尤袤本、陳八郎

本：步角反。

渘减灛湞，龍鱗結絡。

　　　渘，尤袤本、陳八郎本：助側。　　减，尤袤本、陳八郎本：域。

　灛，尤袤本、陳八郎本：助謹。　　湞，尤袤本：于窘。陳八郎本

作“隕”，音：于窘。

碧沙瀢沱而往來，巨石硨砆以前却。

　　　瀢，尤袤本：杜罪。陳八郎本作“瀢”，音：徒罪。朝鮮正德

本、奎章閣本亦作“瀢”，音：胡罪。奎章閣本注記又引李善音：杜

罪反。　　沱，尤袤本：徒可。陳八郎本作“沱”，音：徒可。　　硨，

尤袤本:洛骨。陳八郎本:力骨。 矹,尤袤本、陳八郎本:五骨。

潛演之所汩淈,奔溜之所磢錯。

演,尤袤本李善注:弋刃切。尤袤本、陳八郎本:胤。 汩,陳八郎本:古没。 淈,尤袤本、陳八郎本:胡骨。 磢,尤袤本:楚爽。陳八郎本作"礎",朝鮮正德本、奎章閣本作"磢",并音:楚爽。〇案:陳八郎本"礎"字涉音注而誤。

厓隒爲之泐嵃,碕嶺爲之喦崿。幽𣡆積岨,礐硞礐確。

隒,尤袤本、陳八郎本:魚檢。 泐,尤袤本、陳八郎本:勒。 嵃,尤袤本、陳八郎本:魚免。 礐,尤袤本、陳八郎本:力隔。 硞,尤袤本:客。陳八郎本作"硌",音:客。 礐,尤袤本、陳八郎本:盧角。 確,尤袤本、朝鮮正德本、奎章閣本:苦角反。陳八郎本:若角反。〇案:陳八郎本"若"爲"苦"字之訛。

若乃曾潭之府,靈湖之淵。澄澹汪洸,瀇滉囦泫。

汪,尤袤本李善注:烏黄切。 洸,尤袤本、陳八郎本:烏宏。 瀇,尤袤本、陳八郎本:烏廣。 滉,尤袤本、陳八郎本:胡廣。 囦,陳八郎本:烏玄。 泫,尤袤本、陳八郎本:玄。

泓汯洞澋,涒粼圞潾。

汯,尤袤本、朝鮮正德本、奎章閣本李善注:宏。 泂,尤袤本、陳八郎本:烏猛。室町本:烏猛反。 澋,尤袤本、陳八郎本:胡猛。室町本:胡猛反。 涒,尤袤本、陳八郎本:紆筠。 粼,陳八郎本作"剡",音:隣。 圞,尤袤本、陳八郎本:彎。 潾,尤

袤本、奎章閣本：力銀反。陳八郎本、朝鮮正德本：力艱反。○
案：陳八郎本、正德本"艱"，據《韻補》：叶居真切，音巾。崔駰《大
理箴》：昔在仲尼，哀矜聖人，子罕禮刑，衛人釋艱。亦讀"艱"爲
真韻。

混瀚灝溔，流映揚焆。溟漭渺湎，汗汗沺沺。

　　瀚，尤袤本：翰。陳八郎本：扞。奎章閣本注記：善本音翰。

　　灝，尤袤本、陳八郎本：呼見。　焆，尤袤本、陳八郎本：涓。

溟，尤袤本：莫令。陳八郎本：莫冷。　湎，尤袤本：莫覲。陳八
郎本作"沔"，音：莫覲。　沺，尤袤本、陳八郎本：田。

察之無象，尋之無邊。氣滃渤以霧杳，時鬱律其如煙。類肧渾之未
凝，象太極之構天。

　　滃，尤袤本、陳八郎本：烏孔。　渤，尤袤本：蒲沒。陳八郎
本作"淖"，音：蒲沒。　肧，尤袤本：普抔。陳八郎本：普杯。

長波浹渫，峻湍崔嵬。盤渦谷轉，凌濤山頹。陽侯砐硪以岸起，洪瀾
涴演而雲迴。

　　浹，尤袤本、陳八郎本：子叶。　渫，尤袤本、陳八郎本：牒。

　　渦，尤袤本、陳八郎本：烏和。　砐，尤袤本、陳八郎本：五合。
室町本：五合反。　硪，尤袤本、陳八郎本：我。　涴，尤袤本：
宛。陳八郎本作"蜿"，音：於遠。

沋淪淲溔，乍涅乍堆。礉如地裂，豁若天開。

　　沋，尤袤本、陳八郎本：銀。　淲，尤袤本、陳八郎本：烏華。

潆，尤袤本、陳八郎本：烏懷。　　汜，尤袤本、陳八郎本：烏甲。

籤，尤袤本：呼檻。陳八郎本：呼敢。朝鮮正德本、奎章閣本：呼減。

觸曲厓以縈繞，駭崩浪而相礔。鼓唇窟以瀰渤，乃溢湧而駕隁。

繞，尤袤本、陳八郎本：叫。陳八郎本作"澆"，音：叫。　　礔，陳八郎本：力迴反。　　唇，尤袤本、陳八郎本：苦合。　　瀰，尤袤本、陳八郎本：普萌。　　渤，尤袤本：蒲没。陳八郎本作"浡"，音：蒲没。奎章閣本李善注：蒲没切。　　溢，尤袤本、陳八郎本：普寸。

魚則江豚海狶，叔鮪王鱣。

豚，尤袤本、陳八郎本：徒昆。　　狶，尤袤本、陳八郎本：喜。

鮪，尤袤本、陳八郎本：于軌。　　【附】尤袤本李善注：《爾雅》曰：鮥，鮛鮪。鮥音洛。　　鱣，尤袤本、陳八郎本：邅。

鰽鰊鯥魶，鯪鰩鯩鰱。

鰽，尤袤本李善注引郭璞：滑。尤袤本、陳八郎本：骨。

鰊，尤袤本、陳八郎本：練。　　鯥，尤袤本：特登。陳八郎本：待登。　　【附】尤袤本李善注：《山海經》：鯥，其狀如鱖。居遠切。

魶，尤袤本、陳八郎本：直流。　　鯪，尤袤本、陳八郎本：陵。

鰩，尤袤本、陳八郎本：遥。　　鯩，尤袤本李善注引郭璞：倫。

鰱，尤袤本、陳八郎本：連。

或鹿觡象鼻，或虎狀龍顏。鱗甲錐錯，煥爛錦斑。揚鰭掉尾，噴浪飛涎。

觡，尤袤本、陳八郎本：格。　　錐，尤袤本、陳八郎本：七罪。

噴,尤袤本、陳八郎本:普悶。 唌,尤袤本、陳八郎本:似延反。

排流呼哈,隨波游延。或爆采以晃淵,或嚇鰓乎巖間。介鯨乘濤以出入,鯼鮆順時而往還。

哈,尤袤本:乎合。陳八郎本:呼合。 爆,尤袤本:蒲角。【附】尤袤本李善注:《説文》曰:爆,灼也,今以爲曝曬也。曝,步木切。 嚇,尤袤本、陳八郎本:呼厄。 鰓,陳八郎本:先才。 鯼,尤袤本、朝鮮正德本、奎章閣本:祖洪。陳八郎本:子洪。 鮆,尤袤本、陳八郎本:薺。

爾其水物怪錯,則有潛鵠魚牛,虎蛟鉤蛇。蜦蟳鱟蝞,鱝鯌鼊鼅。

蜦,尤袤本、陳八郎本:倫。 蟳,尤袤本李善注引郭璞:團。尤袤本、陳八郎本:團。 鱟,尤袤本、陳八郎本:候。 蝞,尤袤本、陳八郎本:媚。 鱝,尤袤本:扶粉。陳八郎本:墳。奎章閣本注記:善本扶粉切。 鯌,尤袤本、陳八郎本:烏郎。 鼊,尤袤本、陳八郎本:迷。 鼅,尤袤本、陳八郎本:麻。

王珧海月,土肉石華。三蝬蚄江,鸚螺蜁蝸。

珧,尤袤本、陳八郎本:姚。 蝬,尤袤本、陳八郎本:子工。 蚄,尤袤本、陳八郎本:流。 螺,尤袤本、陳八郎本:力戈。 蜁,尤袤本、陳八郎本:旋。 蝸,尤袤本:古花反。陳八郎本:古花。

璅蛣腹蟹,水母目蝦。紫蚢如渠,洪蚶專車。

蛣，尤袤本、陳八郎本：詰。　【附】尤袤本李善注：《南越志》
曰：海岸間頗有水母，東海謂之蛇。蛇，音蛣，二字并除嫁切。
蝦，尤袤本、陳八郎本：遐。　蚖，尤袤本、陳八郎本：胡岡。
蚶，尤袤本、陳八郎本：呼甘。

瓊蚌晞曜以瑩珠，石蚨應節而揚葩。蜛蠩森衰以垂翹，玄蠣魂礧而
碨硪。

　　蚨，尤袤本李善注：劫。尤袤本、陳八郎本：居葉。　蜛，尤
袤本、陳八郎本：居。　蠩，尤袤本：諸。陳八郎本作"蠩"，音：
諸。　蠣，尤袤本、陳八郎本：力滯。　魂，尤袤本、陳八郎本：苦
罪。　礧，尤袤本、陳八郎本：力罪。　碨，尤袤本、陳八郎本：烏
懷。　硪，尤袤本、陳八郎本：烏退反。

或泛瀲於潮波，或混淪乎泥沙。

　　瀲，尤袤本：綷艷。陳八郎本作"瀊"：艷。奎章閣本注記：善
本作瀲，辥艷切。　混，尤袤本李善注：乎本切。　淪，尤袤本李
善注：力本切。陳八郎本：力本。

若乃龍鯉一角，奇鶬九頭。有鱉三足，有龜六眸。蟦螫肺躍而吐璣，
文魮磬鳴以孕璆。

　　鶬，尤袤本、陳八郎本：倉。　眸，尤袤本、陳八郎本：莫侯
反。　螫，尤袤本李善注引郭璞：鱉。陳八郎本：必滅。　肺，尤
袤本、陳八郎本：扶廢。　魮，尤袤本李善注引郭璞：毗。尤袤
本、陳八郎本：毗。

脩蠵拂翼而掣耀，神蜦蜿蜦以沉游。

　　　　脩，尤袤本李善注引郭璞：條。尤袤本、陳八郎本：條。

蠵，尤袤本李善注引郭璞：容。尤袤本、陳八郎本：庸。　掣，尤

袤本、陳八郎本：充制。　蜦，尤袤本、陳八郎本：麗。　蜿，尤袤

本、陳八郎本：於粉。　蜦，尤袤本、陳八郎本：力殞。

駉馬騰波以噓蹀，水兕雷咆乎陽侯。淵客築室於巖底，鮫人構館于

懸流。

　　　　駉，尤袤本李善注引郭璞：勃。尤袤本、陳八郎本：蒲没。

噓，尤袤本、陳八郎本：虛。　蹀，尤袤本：牒。陳八郎本：楪。

兕，陳八郎本：似。　咆，尤袤本：薄交。陳八郎本：蒲交。

黿布餘糧，星離沙鏡。青綸競糾，縟組爭映。紫菜熒曄以叢被，綠苔

鬈影乎研上。石帆蒙籠以蓋嶼，萍實時出而漂泳。

　　　　菜，陳八郎本作“黄”，音：而轉。　鬈，尤袤本、陳八郎本：所

咸。　影，尤袤本、陳八郎本：沙。　研，尤袤本李善注：五見切。

　帆，尤袤本、陳八郎本：平聲。　嶼，尤袤本、陳八郎本：序。

泳，尤袤本、陳八郎本：詠。

其下則金礦丹礫，雲精燭銀。玢珚璿瑰，水碧潛琚。鳴石列於陽渚，

浮磬肆乎陰濱。或頴彩輕漣，或焆曜崖鄰。林無不溽，岸無不津。

　　　　礫，尤袤本、陳八郎本：歷。　玢，尤袤本、陳八郎本：麗。

珚，尤袤本、陳八郎本：留。　瑰，尤袤本、陳八郎本：古回。

琚，尤袤本、陳八郎本：美巾反。　頴，尤袤本、朝鮮正德本、奎章

閣本：古迥。陳八郎本：公冷。　焆，尤袤本、陳八郎本：涓。

鄰，尤袤本李善注：力因切。

其羽族也，則有晨鵠天雞，鴝鶖鷗䲦。

鴝，尤袤本李善注引郭璞：音窈窕之窈。尤袤本、陳八郎本：於絞。　鶖，尤袤本李善注引郭璞：敖。尤袤本、陳八郎本：敖。　鷗，陳八郎本：烏侯。　䲦，尤袤本李善注引郭璞：音鉗釱之釱，又：徒計切。陳八郎本：步末反。

陽鳥爰翔，于以玄月。千類萬聲，自相喧聒。濯翮疏風，鼓翅翻翃。揮弄灑珠，拊拂瀑沫。集若霞布，散如雲豁。産毻積羽，往來勃碣。

翻，尤袤本、陳八郎本：許聿。　翃，尤袤本、陳八郎本：許月反。　瀑，尤袤本李善注：蒲到切。陳八郎本：蒲木。朝鮮正德本、奎章閣本：蒲末。奎章閣本注記：善本作蒲到切。○案：瀑字韻書無讀"末"韻者，正德本、奎章閣本"末"疑爲"木"字之訛。　毻，尤袤本李善注：唾。尤袤本：他。陳八郎本：他卧。○案：毻讀去聲，尤袤本"他"爲平聲，其下疑脱"卧"字。　碣，尤袤本、陳八郎本：其列反。

橉杞稹薄於潯涘，栛槤森嶺而羅峯。

橉，尤袤本、陳八郎本：力刃。　稹，尤袤本、陳八郎本：之忍。　潯，尤袤本李善注：尋。　栛，尤袤本李善注：隸。陳八郎本：力計。　槤，尤袤本、陳八郎本：連。

桃枝篔簹，實繁有叢。葭蒲雲蔓，䕲以蘭紅。揚皜毦，擢紫茸。蔭潭隩，被長江。

箕，尤袤本、陳八郎本：筠。　籄，尤袤本、陳八郎本：當。

襦，陳八郎本：一諍。　輠，尤袤本、陳八郎本：杲。　毷，尤袤本、

陳八郎本：二。　茸，尤袤本：而容反。奎章閣本注記：善本作而

容切。　陶，尤袤本李善注：於到切。尤袤本、陳八郎本：於六。

繁蔚芳藹，隱藹水松。涯灌芊萰，潛薈蔥蘢。

蔚，尤袤本、陳八郎本：尉。　芊，尤袤本、陳八郎本：千見。

萰，尤袤本、陳八郎本：力見。　薈，尤袤本、朝鮮正德本、奎章

閣本：烏外。陳八郎本：烏外。○案：陳八郎本"烏"爲"烏"字之

訛。　蘢，尤袤本：郭公反。陳八郎本：郎公反。○案：尤袤本

"郭"爲"郎"字之訛。

鯪鯉跼蹢於垠陳，獱獺睒瞲乎厱空。

鯪，尤袤本、陳八郎本：陵。　鯉，尤袤本、陳八郎本：六。

跼，尤袤本李善注：求悲切。尤袤本：曰眉。陳八郎本作"踦"，

音：巨眉。○案：尤袤本"曰"爲"巨"字之訛。　蹢，尤袤本李善

注：渠俱切。尤袤本：具俱。陳八郎本作"踽"，音：具俱。　垠，

尤袤本、陳八郎本：銀。　陳，尤袤本、陳八郎本：魚儉。　獱，尤

袤本、陳八郎本：頻。　睒，尤袤本、陳八郎本：失冉。室町本：失

冉反。　【附】尤袤本李善注：《山海經》：其毛如彘鬣。郭璞曰：

音蒼頡之頡，與獺同。　【附】尤袤本李善注：《山海經》：有獸，名

曰獱，其狀如鰡。鰡，如珠切。　瞲，尤袤本李善注：呼穴切。尤

袤本、陳八郎本：呼穴。室町本：呼穴反。　厱，尤袤本李善注：

去巖切。尤袤本：去聲。陳八郎本：去嚴。○案：尤袤本"聲"爲

"巖"字之訛。

迅蜼臨虛以騁巧，孤玃登危而雍容。夔牚魖踖於夕陽，駕雛弄翮乎山東。

　　蜼，尤袤本、陳八郎本：聿季。　　玃，尤袤本、陳八郎本：居縛。　　牚，尤袤本李善注：火口切。尤袤本、陳八郎本：呼口。
　　踖，陳八郎本：六。

因岐成渚，觸澗開渠。漱整生浦，區別作湖。磴之以瀿瀷，渫之以尾閭。標之以翠虉，泛之以游菰。播匪藝之芒種，挺自然之嘉蔬。

　　漱，尤袤本、陳八郎本：所遘。　　磴，尤袤本李善注：土登切。尤袤本：土登。　　瀿，尤袤本李善注：扶園切。尤袤本、陳八郎本：煩。　　瀷，尤袤本李善注：昌即切。尤袤本、陳八郎本：翼。○案：瀷字《廣韻》有“與職”“昌力”二切。　　渫，尤袤本、陳八郎本：息列。

鱗被菱荷，攢布水蓏。翹莖灜蘂，濯穎散裹。隨風猗蔱，與波潭沲。流光潛映，景炎霞火。

　　菱，陳八郎本：陵。　　蓏，尤袤本：力果反。陳八郎本：力果。　　灜，尤袤本李善注：匹問切。尤袤本：芳問。陳八郎本：芳問反。　　猗，陳八郎本：於宜。　　蔱，尤袤本、陳八郎本：於危。　　潭，尤袤本李善注：罩。　　沲，尤袤本李善注：徒我切。陳八郎本：徒我。　　炎，尤袤本、陳八郎本：羊染。

其旁則有雲夢雷池，彭蠡青草。具區洮涚，朱涯丹濮。極望數百，沆瀁皛溔。

　　洮，尤袤本、陳八郎本：姚。　　涚，尤袤本李善注：核。尤袤

本、陳八郎本：翩。　滩，陳八郎本：産。　濼，尤袤本李善注：祖
了切。陳八郎本：子了反。　沆，尤袤本、陳八郎本：胡朗。
瀁，尤袤本、陳八郎本：余兩。　晶，尤袤本：胡杏。陳八郎本：胡
了。　瀁，尤袤本、陳八郎本：余少反。

爰有包山洞庭，巴陵地道。潛逵傍通，幽岫窈窕。金精玉英瑱其裏，
瑤珠怪石琗其表。驪蚪摎其址，梢雲冠其嶕。海童之所巡游，琴高之
所靈矯。冰夷倚浪以傲睨，江妃含嚬而眄睞。撫凌波而鳧躍，吸翠霞
而夭矯。

　　【附】尤袤本李善注：《穆天子傳》河伯曰：示汝黄金之膏。郭
璞曰：金膏，其精沟也。沟，音綽。　瑱，尤袤本李善注：徒見切。
尤袤本、陳八郎本：他見。　琗，尤袤本李善注：字憒切。陳八郎
本作“綷”：子會。　蚪，尤袤本：渠幽。陳八郎本作“虬”，音：渠
幽。　摎，尤袤本：居由。陳八郎本作“樛”，音：居由。　址，尤
袤本、陳八郎本：止。　嶕，尤袤本李善注：方眇切。尤袤本、陳
八郎本：必眇反。　睨，尤袤本、陳八郎本：五計。　睞，尤袤本
李善注：縣。尤袤本：彌延。陳八郎本：弥延。

若乃宇宙澄寂，八風不翔。舟子於是搦棹，涉人於是檥榜。漂飛雲，
運艅艎。舳艫相屬，萬里連檣。沂洄沿流，或漁或商。赴交益，投幽
浪。竭南極，窮東荒。

　　搦，尤袤本、陳八郎本：女角。　檥，尤袤本、陳八郎本：魚
綺。　榜，尤袤本、陳八郎本：補郎反。　檣，尤袤本李善注：才
羊切。　浪，尤袤本、陳八郎本：平聲。

爾乃督霧褦於清旭，覘五兩之動静。長風颸以增扇，廣莫颼而氣整。

督，尤袤本李善注：隸。　霧，尤袤本、陳八郎本：紛。　褦，
尤袤本、陳八郎本：子蔭。　旭，尤袤本、陳八郎本：許玉。　覘，
尤袤本李善注：勑廉切。尤袤本、陳八郎本：勑詹。　【附】尤袤
本李善注：許慎《淮南子注》曰：綄，候風也，楚人謂之五兩也。綄
音桓。　颸，尤袤本李善注：葦。尤袤本、陳八郎本：于鬼。
颼，尤袤本李善注：戾。尤袤本李善注：麗。

徐而不颸，疾而不猛。鼓帆迅越，趨漲截洞。淩波縱柂，電往杳溟。
霩如晨霞孤征，眇若雲翼絶嶺。倏忽數百，千里俄頃。飛廉無以睎其
踪，渠黄不能企其景。

颸，尤袤本李善注：隈。尤袤本、陳八郎本：烏回。　帆，尤
袤本、陳八郎本：平聲。　趨，尤袤本、陳八郎本：陌。　漲，尤袤
本、陳八郎本：張。　洞，尤袤本：迥。陳八郎本：古迥。　【附】
尤袤本李善注：王逸《荔枝賦》曰：飛匡上下，電往景還。匡，勤往
切。　柂，陳八郎本：徒我。　溟，尤袤本：覓冷反。陳八郎本：
覓冷反，叶韻。　霩，尤袤本李善注：徒對切。陳八郎本：徒對。

於是蘆人漁子，擯落江山。衣則羽褐，食惟蔬鱻。橢澱爲涔，夾潀羅
筌。箘灑連鋒，罾罶比船。或揮輪於懸碕，或中瀬而橫旋。忽忘夕而
宵歸，詠採菱以叩舷。傲自足於一嘔，尋風波以窮年。

鱻，尤袤本：思延切。陳八郎本：思延反。　橢，尤袤本：寂
見。陳八郎本作“涛”，音：寂見。　澱，尤袤本、陳八郎本：廷見。

涔，尤袤本李善注：字廉切。　【附】尤袤本李善注：《爾雅》曰：
槮謂之涔。槮，蘇感切。　潀，尤袤本、陳八郎本：在公。　灑，

尤袤本李善注：所蟹切。　罾，尤袤本、陳八郎本：子僧。　罍，
尤袤本、陳八郎本：雷。　碕，尤袤本、陳八郎本：奇。

爾乃域之以盤巖，豁之以洞壑，疏之以沲汜，鼓之以朝夕。川流之所
歸湊，雲霧之所蒸液。珍怪之所化産，傀奇之所窟宅。納隱淪之列
真，挺異人乎精魄。播靈潤於千里，越岱宗之觸石。及其謪變儵怳，
符祥非一。動應無方，感事而出。經紀天地，錯綜人術。妙不可盡之
於言，事不可窮之於筆。

　　沲，尤袤本、陳八郎本：度河。　汜，尤袤本：似。　謪，朝鮮
正德本、奎章閣本：決。　儵，陳八郎本：叔。

若乃岷精垂曜於東井，陽侯遰形乎大波。奇相得道而宅神，乃協靈爽
於湘娥。駭黃龍之負舟，識伯禹之仰嗟。壯荊飛之擒蛟，終成氣乎太
阿。悍要離之圖慶，在中流而推戈。悲靈均之任石，嘆漁父之櫂歌。
想周穆之濟師，驅八駿於黿鼉。感交甫之喪珮，愍神使之嬰羅。煥大
塊之流形，混萬盡於一科。保不虧而永固，稟元氣於靈和。考川瀆而
妙觀，實莫著於江河。

　　遰，陳八郎本：徒寸。　相，尤袤本、陳八郎本：去聲。

《文選》音注輯考卷十三

賦庚

物色

　　宋玉《風賦》一首

　　潘安仁《秋興賦》一首

　　謝惠連《雪賦》一首

　　謝希逸《月賦》一首

鳥獸上

　　賈誼《鵩鳥賦》一首

　　禰正平《鸚鵡賦》一首

　　張茂先《鷦鷯賦》一首

賦　庚

物　色

風　賦

宋　玉

楚襄王游於蘭臺之宮，宋玉、景差侍，有風颯然而至。王迺披襟而當之曰：快哉此風。寡人所與庶人共者邪。宋玉對曰：此獨大王之風耳，庶人安得而共之。王曰：夫風者，天地之氣，溥暢而至，不擇貴賤高下而加焉。今子獨以爲寡人之風,豈有説乎。宋玉對曰:臣聞於師,枳句來巢,空穴來風。其所託者然,則風氣殊焉。

　　【附】尤袤本李善注:《史記》曰:楚有謂項襄王曰:王綪繳蘭臺。徐廣曰:綪,七見切。　　襟,九條本:今。　　夫,九條本:扶。

　　溥,九條本:普。　　枳,陳八郎本:只。九條本:只,又:之尒反。

　　句,尤袤本李善注:古侯切。陳八郎本:鉤。九條本:鉤,又引《音決》:居具反。

王曰:夫風始安生哉。宋玉對曰:夫風生於地,起於青蘋之末。侵淫谿谷,盛怒於土囊之口。緣泰山之阿,舞於松柏之下。飄忽溯滂,激颺熛怒。耾耾雷聲,迴穴錯迕。蹷石伐木,梢殺林莽。至其將衰也,被麗披離,衝孔動楗。眴煥粲爛,離散轉移。

　　蘋,九條本:頻。　　侵,九條本:七林反。　　下,陳八郎本:户。九條本:户,叶。　　溯,尤袤本李善注:疋冰切。陳八郎本:普冰。九條本:普氷。室町本:普氷反。　　滂,尤袤本李善注:普郎切。陳八郎本、九條本:普茫。室町本:普茫反。　　激,九條本:吉歷反。　　颺,九條本:陽。　　熛,尤袤本李善注:俾堯切。陳八郎本:標。　　耾,尤袤本李善注:侯萌切。陳八郎本:呼宏。九條本:呼宏,又引《音決》:宏。○案:耾、侯、宏爲匣母,呼爲曉母,五臣音稍疏。　　蹷,九條本:居月反。　　梢,九條本:所交反。　　莽,九條本:母。　　被,九條本:皮義反。　　麗,九條本:力知反。　　楗,陳八郎本、九條本:件。　　眴,尤袤本李善注:呼縣切。陳八郎本、九條本:絢。

故其清涼雄風,則飄舉升降。乘凌高城,入于深宮,邸華葉而振氣。

徘徊於桂椒之間，翱翔於激水之上，將擊芙蓉之精。獵蕙草，離秦衡。
槩新夷，被薫楊。迴穴衝陵，蕭條衆芳。然後倘佯中庭，北上玉堂。
躋于羅帷，經于洞房，迺得爲大王之風也。

　　翱，九條本：五高反。　　被，皮義反。　　薫，尤袤本李善注：
徒冀切。九條本作“稀”，音：徒冀。室町本：徒冀反。　　衆，九條
本：之仲反。　　倘，尤袤本、九條本：常。陳八郎本作“徜”，音：
常。　　佯，尤袤本、九條本：羊。陳八郎本作“徉”，音：羊。

故其風中人狀，直憯悽惏慄，清涼增欷。清清泠泠，愈病析酲。發明
耳目，寧體便人。此所謂大王之雄風也。

　　憯，尤袤本李善注：錯感切。九條本：錯感。　　惏，九條本：
力荏反，又：林。　　慄，尤袤本李善注：理吉切。九條本：栗。陳
八郎本作“溧”，音：栗。　　欷，尤袤本李善注：欣既切。九條本：
依既反。○案：九條本“依”疑爲“欣”字之訛。　　泠，九條本：力
丁。　　析，陳八郎本：先歷。九條本：先歷反。　　酲，九條本作
“醒”，音：星。　　便，九條本：婢面反。

王曰：善哉論事。夫庶人之風，豈可聞乎。宋玉對曰：夫庶人之風，塕
然起於窮巷之間，堀堁揚塵。

　　塕，陳八郎本作“㩥”，音：一孔。九條本：一孔。　　堀，尤袤
本、陳八郎本、九條本：窟。　　堁，尤袤本、陳八郎本、九條本：課。
　　【附】尤袤本李善注：許慎曰：堁，塵壓也。壓，莫迴切。

勃鬱煩冤，衝孔襲門。動沙堁，吹死灰。駭溷濁，揚腐餘。邪薄入甕
牖，至於室廬。

埥,九條本：烏臥反，旁記"堀"，音：謳。陳八郎本作"堀"，音：謳。　涃，尤袤本李善注：胡困切。九條本：胡困。　腐，尤袤本李善注：扶甫切。九條本：扶甫。　甕，九條本：烏貢反。

故其風中人狀，直憞涃鬱邑，毆温致濕。中心慘怛，生病造熱。中脣爲胗，得目爲蔑。

憞，尤袤本李善注：徒對切。陳八郎本：徒寸。九條本：徒寸，又：徒對。　涃，陳八郎本、九條本：胡困。　毆，陳八郎本、九條本：驅。　慘，尤袤本李善注：錯感切。九條本：錯感。　怛，陳八郎本、九條本：丁達。　胗，尤袤本、九條本：軫。陳八郎本作"眕"，音：軫。　蔑，尤袤本李善注：亡結切。九條本作"瞇"，音：蔑。【附】尤袤本李善注：高誘曰：蔑，眵也。眵，充支切。

嗜齰嗽獲，死生不卒。此所謂庶人之雌風也。

嗜，陳八郎本、九條本作"啗"，音：噉。　齰，尤袤本李善注：士白切。陳八郎本、九條本：牀革。　嗽，尤袤本李善注：山角切。陳八郎本、九條本：所角。　獲，尤袤本李善注：宏麥切。九條本：宏麥。　卒，尤袤本李善注：七忽切。九條本：七忽反。

秋興賦并序
潘安仁

晋十有四年，余春秋三十有二，始見二毛。以太尉掾兼虎賁中郎將，寓直于散騎之省。高閣連雲，陽景罕曜。珥蟬冕而襲紈綺之士，此焉游處。僕，野人也，偃息不過茅屋茂林之下，談話不過農夫田父之客。

攝官承乏，猥厠朝列。夙興晏寢，匪遑底寧。譬猶池魚籠鳥，有江湖山藪之思，於是染翰操紙，慨然而賦。于時秋也，故以秋興命篇。

　　掾，九條本：以絹反。　兼，九條本：古念反。　賣，九條本：布門反，又引《音决》：布問反。　散，九條本引《音决》：先俎反。○案：九條本“俎”蓋即“但”字。　處，九條本：昌吕反。　過，九條本引《音决》：戈，下同。　話，尤袤本李善注：胡快切。九條本：胡快。　猥，九條本：烏罪反。　底，九條本引《音决》：旨。　思，九條本：先自反。　操，九條本：七刀反。　慨，尤袤本李善注：許既切。九條本：許既反。

其辭曰：四時忽其代序兮，萬物紛以迴薄。覽花蒔之時育兮，察盛衰之所託。感冬索而春敷兮，嗟夏茂而秋落。雖末士之榮悴兮，伊人情之美惡。

　　薄，陳八郎本、九條本：博。　蒔，尤袤本李善注：上吏切。陳八郎本、九條本：寔吏。　索，九條本引《音决》：先洛反。

善乎宋玉之言曰：悲哉，秋之爲氣也。飀瑟兮，草木搖落而變衰。憭慄兮，若在遠行。登山臨水，送將歸。夫送歸懷慕徒之戀兮，遠行有羈旅之憤。臨川感流以嘆逝兮，登山懷遠而悼近。彼四感之疚心兮，遭一塗而難忍。嗟秋日之可哀兮，諒無愁而不盡。野有歸燕，隰有翔隼。游氛朝興，槁葉夕殞。

　　憭，尤袤本：了。陳八郎本、九條本：聊。　慄，陳八郎本、九條本：栗。　憤，九條本：扶粉反。　悼，九條本：楚到反。○案：悼爲定母，楚爲初母，聲紐不同，九條本“楚”疑爲“徒”字之訛，《玉篇》《廣韻》即俱讀“徒到反”。　感，九條本：尺。○案：感爲清母,尺爲昌母,章組與精組混切。 疢,九條本:居又反。 隰,九條本:慈入反。 隼,九條本:笋。 氛,九條本:芳云反。 殞,九條本:于敏反。

於是迺屛輕箑,釋纖絺。藉莞蒻,御袷衣。庭樹槭以灑落兮,勁風戾而吹帷。蟬嘒嘒而寒吟兮,雁飄飄而南飛。天晃朗以彌高兮,日悠陽而浸微。

屛,九條本:必井反。 箑,尤袤本、陳八郎本、九條本:所甲。 莞,尤袤本李善注:胡官切。陳八郎本、九條本:桓。 蒻,尤袤本、陳八郎本、九條本:若。 袷,尤袤本李善注:古洽切。 槭,陳八郎本、九條本作"摵",音:所革。 勁,九條本:去政。 嘒,陳八郎本、九條本:呼惠。 晃,九條本:胡廣。

何微陽之短晷,覺涼夜之方永。月朣朧以含光兮,露凄清以凝冷。熠燿粲於階闥兮,蟋蟀鳴乎軒屏。聽離鴻之晨吟兮,望流火之餘景。宵耿介而不寐兮,獨展轉於華省。悟時歲之遒盡兮,慨俛首而自省。斑鬢髟以承弁兮,素髮颼以垂領。仰羣儁之逸軌兮,攀雲漢以游騁。登春臺之熙熙兮,珥金貂之炯炯。苟趣舍之殊塗兮,庸詎識其躁静。

晷,九條本:軌。 朣,尤袤本李善注:徒東切。九條本:徒東。 朧,尤袤本李善注:力東切。九條本:力東。 冷,九條本:歷鼎反。 熠,九條本:以入反。 燿,九條本:以照。 展,九條本:知輦。 省,九條本:所景反。 遒,九條本:在由反。 髟,尤袤本李善注:方料切。九條本:匹料。 弁,九條本:女勉反。○案:九條本"女"疑爲"皮"字之訛。 儁,九條本:俊。 熙,九條本:許疑反。 貂,九條本:彫。 炯,陳八郎本作"熲":古鼎反。九條本：古鼎。　　舍，九條本：捨。　　躁，九條本：祖到反。

聞至人之休風兮，齊天地於一指。彼知安而忘危兮，故出生而入死。行投趾於容迹兮，殆不踐而獲底。闕側足以及泉兮，雖猴猨而不履。龜祀骨於宗祧兮，思反身於綠水。且斂衽以歸來兮，忽投紱以高厲。

　　闕，陳八郎本、九條本：掘。　　猴，九條本：侯。　　猨，九條本：爰。　　祧，九條本：吐彫反。　　衽，陳八郎本：如甚。九條本：如甚反。　　紱，九條本：弗。

耕東皋之沃壤兮，輸黍稷之餘稅。泉涌湍於石間兮，菊揚芳於崖澨。澡秋水之涓涓兮，玩游鯈之瀺灂。逍遙乎山川之阿，放曠乎人間之世。優哉游哉，聊以卒歲。

　　稅，九條本：時制反。　　涓，九條本：古玄反。　　鯈，陳八郎本：長流。九條本：長流反。　　灂，尤袤本李善注：匹曳切。陳八郎本、九條本：匹脔反。

雪　賦
謝惠連

歲將暮，時既昏。寒風積，愁雲繁。梁王不悅，游於兔園。迺置旨酒，命賓友。召鄒生，延枚叟。相如末至，居客之右。俄而微霰零，密雪下。王迺歌北風於衛詩，詠南山於周雅。授簡於司馬大夫，曰：抽子秘思，騁子妍辭，侔色揣稱，爲寡人賦之。

　　鄒，九條本：側尤反。　　霰，九條本：先□反，下同。〇案：九條本□處空一字。　　抽，九條本：勑由反。　　思，九條本：先自反。　佯,尤袤本李善注:莫侯切。九條本:莫侯反。　揣,尤袤本李善注:初委切。陳八郎本:初委。九條本:初委反。　稱,九條本:尺證反。　爲,九條本:于偽反。

相如於是避席而起,逡巡而揖。曰:臣聞雪宫建於東國,雪山峙於西域。岐昌發詠於來思,姬滿申歌於黄竹。曹風以麻衣比色,楚謡以幽蘭儷曲。盈尺則呈瑞於豐年,袤丈則表沴於陰德。雪之時義遠矣哉。請言其始。

儷,九條本:力帝反。　袤,九條本:茂。　沴,陳八郎本、九條本:麗。

若迺玄律窮,嚴氣升。焦溪涸,湯谷凝。火井滅,温泉冰。沸潭無湧,炎風不興。北户墐扉,裸壤垂繒。

涸,尤袤本、陳八郎本、九條本:護。　墐,陳八郎本、九條本:觀。　裸,尤袤本、陳八郎本:胡卦。九條本:胡卦,又:力果反。　繒,九條本:在陵反。

於是河海生雲,朔漠飛沙。連氣累靄,掩日韜霞。霰淅瀝而先集,雪紛糅而遂多。

靄,尤袤本李善注:一大切。九條本作"靄":於蓋反。　掩,尤袤本李善注:於儼切。九條本作"掩",音:於儼。　韜,尤袤本李善注:吐刀切。九條本:吐刀。　【附】尤袤本李善注:《韓詩》曰:先集惟霰。薛君曰:霰,霓也。音英。　霰,陳八郎本:蘇見。九條本:蘇見反。　淅,陳八郎本、九條本:先歷。　瀝,九條本:力的。　糅,尤袤本、陳八郎本、九條本:女又。

其爲狀也，散漫交錯，氛氳蕭索。藹藹浮浮，瀌瀌弈弈。聯翩飛灑，徘徊委積。始緣甍而冒棟，終開簾而入隙。初便娟於墀廡，末縈盈於帷席。既因方而爲珪，亦遇圓而成璧。昈隰則萬頃同縞，瞻山則千巖俱白。

> 氛，九條本：扶云反。　　氳，九條本：於云反。　　瀌，尤袤本李善注：方遙切。陳八郎本、九條本：筆苗。　　甍，九條本：亡耕反。　　隙，九條本：去逆反。　　娟，九條本：於緣反。　　墀，九條本：大而反。○案：墀爲澄母，大爲定母，舌音未分化。　　廡，九條本：無。　　盈，九條本：於□反。○案：九條本□處空一字。　　頃，九條本：丘穎反。　　縞，陳八郎本、九條本：杲。

於是臺如重璧，途似連璐。庭列瑤階，林挺瓊樹。皓鶴奪鮮，白鷳失素。紈袖慙冶，玉顏掩嫭。

> 重，九條本：逐龍反。　　璐，尤袤本李善注、陳八郎本、九條本：路。　　挺，尤袤本李善注：達鼎切。　　瓊，九條本：巨瞢反。　　鷳，陳八郎本作“鷼”，音：閑。九條本：何間反。　　嫭，陳八郎本、九條本作“嫭”：戶故反。

若迺積素未虧，白日朝鮮，爛兮若燭龍銜燿照崑山。爾其流滴垂冰，緣霤承隅，粲兮若馮夷剖蚌列明珠。

> 爛，九條本：力旦反。　　山，九條本：所連反，叶。　　滴，九條本：丁狄反。　　霤，九條本：力又反。

至夫繽紛繁騖之貌，皓旰曒絜之儀。迴散縈積之勢，飛聚凝曜之奇。固展轉而無窮，嗟難得而備知。若迺申娛翫之無已，夜幽靜而多懷。

風觸楹而轉響，月承幌而通暉。酌湘吳之醇酎，御狐狢之兼衣。對庭
鵾之雙舞，瞻雲雁之孤飛。踐霜雪之交積，憐枝葉之相違。馳遥思於
千里，願接手而同歸。

　　纊，九條本：匹人反。　玩，九條本作“玩”，引《音决》：五貫
反。　轉，九條本：知恋反。　幌，九條本：胡廣反。　醇，九條
本：純。　酎，九條本：宙。　狐，九條本：胡。　狢，九條本：胡
各反。　鵾，九條本：昆。　思，九條本：先自反。

鄒陽聞之，懣然心服。有懷妍唱，敬接末曲。於是迺作而賦積雪之
歌。歌曰：攜佳人兮披重幄，援綺衾兮坐芳縟。燎薰鑪兮炳明燭，酌
桂酒兮揚清曲。又續而爲白雪之歌。歌曰：曲既揚兮酒既陳，朱顏酡
兮思自親。願低帷以昵枕，念解珮而褫紳。怨年歲之易暮，傷後會之
無因。君寧見階上之白雪，豈鮮耀於陽春。

　　懣，尤袤本李善注：莫本切。陳八郎本：莫本。九條本：莫本
反。　披，九條本：普皮反。　重，九條本：逐龍反。　幄，九條
本：於角反。　援，九條本：爰。　衾，九條本：欽。　燎，九條
本：力召反。　酡，尤袤本李善注：徒何切。九條本：徒何反。
昵，九條本：女乙反。　褫，陳八郎本：直紙。九條本：直紙反。

歌卒，王迺尋繹吟翫，撫覽扼腕。顧謂枚叔，起而爲亂。亂曰：白羽雖
白，質以輕兮。白玉雖白，空守貞兮。未若茲雪，因時興滅。玄陰凝
不昧其潔，太陽曜不固其節。節豈我名，潔豈我貞。憑雲陞降，從風
飄零。值物賦象，任地班形。素因遇立，污隨染成。縱心皓然，何慮
何營。

　　繹，九條本：羊益反。　扼，九條本：於革反。　腕，九條本：

烏翫反。　憑，九條本：皮冰反。

月　賦

謝希逸

陳王初喪應、劉，端憂多暇。綠苔生閣，芳塵凝榭。悄焉疚懷，不怡中夜。迺清蘭路，肅桂苑。騰吹寒山，弭蓋秋阪。臨濬壑而怨遙，登崇岫而傷遠。

　　喪，九條本：息浪反。　悄，尤袤本李善注：七小切。九條本：七小反。　疚，九條本：居又反。　怡，九條本：似而反。○案：九條本“似”爲“以”字之訛。　吹，九條本：昌瑞反。　岫，九條本：就。○案：岫爲邪母，就爲從母，從、邪混切。

于時斜漢左界，北陸南躔。白露曖空，素月流天。沈吟齊章，殷勤陳篇。抽毫進牘，以命仲宣。仲宣跪而稱曰：

　　躔，九條本：直連反。　曖，九條本：愛。　抽，九條本：敕留反。　牘，九條本：大祿反。　跪，尤袤本李善注：渠委切。九條本：渠委。　【附】尤袤本李善注：《聲類》曰：跪，踦也。踦，奇几切。

臣東鄙幽介，長自丘樊。昧道懵學，孤奉明恩。臣聞沈潛既義，高明既經。日以陽德，月以陰靈。擅扶光於東沼，嗣若英於西冥。引玄兔於帝臺，集素娥於后庭。朒朓警闕，朏魄示冲。順辰通燭，從星澤風。增華台室，揚采軒宮。委照而吳業昌，淪精而漢道融。

　　樊，九條本：煩。　懵，尤袤本李善注：莫贈切。九條本：莫

贈。 冥,九條本:亡丁反。 朒,尤袤本李善注:女六切。陳八
郎本:尼竹。九條本:尼竹反,又:女六反。 朓,尤袤本李善注:
大鳥切。陳八郎本:他了。九條本:他了,又:土鳥反。○案:朓
爲透母,大爲定母,據九條本,尤袤本"大"當爲"土",二字形近易
訛。 瞥,九條本:景。 朏,尤袤本李善注:芳尾切。陳八郎
本、九條本:斐。

若夫氣霽地表,雲斂天末。洞庭始波,木葉微脱。菊散芳於山椒,雁
流哀於江瀨。升清質之悠悠,降澄輝之藹藹。列宿掩縟,長河韜映。
柔祇雪凝,圓靈水鏡。連觀霜縞,周除冰凈。

霽,尤袤本李善注:才計切。九條本:才計反。 脱,九條
本:徒活反。 瀨,九條本:力達,叶。 縟,九條本:辱。 韜,
九條本:吐刀反。 祇,九條本作"祇":巨支反。

君王迺厭晨懽,樂宵宴。收妙舞,弛清縣。去燭房,即月殿。芳酒登,
鳴琴薦。若迺涼夜自淒,風篁成韻。親懿莫從,羈孤遞進。聆皋禽之
夕聞,聽朔管之秋引。於是絃桐練響,音容選和。徘徊房露,惆悵陽
阿。聲林虛籟,淪池滅波。情紆軫其何託,愬皓月而長歌。

厭,九條本作"厭":一艷反。 樂,九條本:洛。 篁,九條
本:皇。 遞,九條本:徒帝反。 聆,九條本:力丁反。 愬,陳
八郎本、九條本:素。

歌曰:美人邁兮音塵闕,隔千里兮共明月。臨風嘆兮將焉歇,川路長
兮不可越。歌響未終,餘景就畢。滿堂變容,迴遑如失。又稱歌曰:
月既没兮露欲晞,歲方晏兮無與歸。佳期可以還,微霜霑人衣。陳王

曰：善。迺命執事，獻壽羞璧。敬佩玉音，復之無斁。

　　　晞，九條本：巨衣反。○案：晞爲曉母，巨爲羣母，牙喉通轉。

　　鳥獸上

鵬鳥賦并序
賈　誼

誼爲長沙王傅三年，有鵬鳥飛入誼舍，止於坐隅。鵬似鴞，不祥鳥也。
誼既以謫居長沙，長沙卑濕，誼自傷悼，以爲壽不得長，迺爲賦以
自廣。

　　　誼，九條本：義。　　坐，九條本：在臥反。　　鴞，尤袤本李善
注：于妖切。九條本：于妖反。　　謫，九條本作“讁”，音：徒革。
　　卑，九條本：婢。　　壽，九條本：市又反。

其辭曰：單閼之歲兮，四月孟夏。庚子日斜兮，鵬集予舍。止于坐隅
兮，貌甚閑暇。

　　　閼，《正義》：烏曷反。顏師古：一葛反。陳八郎本：烏葛。九
條本：烏葛反，又引蕭該：於乾反。○案：中華本《正義》“曷”作
“葛”。　　夏，九條本：下嫁反。　　斜，《史記》作“施”，《索隱》：矢
移反。○案：中華本《索隱》音“移”。　　閑，《漢書》作“間”，顏師
古：閑。

異物來萃兮，私怪其故。發書占之兮，讖言其度。曰：野鳥入室兮，主

人將去。請問于鵩兮，予去何之。吉乎告我，凶言其灾。淹速之度
兮，語予其期。鵩迺嘆息，舉首奮翼，口不能言，請對以臆。萬物變化
兮，固無休息。

　　　　萃，《漢書》作“崒”，引孟康：萃。九條本：遂。　讖，顏師古、
九條本：初禁反。　灾，《史記》作“菑”，《正義》：灾。　臆，《正
義》：協韻音憶。《漢書》作“意”，顏師古：意字合韻，宜音億。九
條本亦作“意”，音：憶，叶。○案：中華本《索隱》有“協音臆也”
四字。

斡流而遷兮，或推而還。形氣轉續兮，變化而嬗。沕穆無窮兮，胡可
勝言。

　　　　斡，《索隱》：烏活反。顏師古：管。陳八郎本、九條本：烏活。
○案：斡字《集韻》有“古緩切”一讀，與顏師古注合。　還，顏師
古：旋。九條本：全。　嬗，《史記》作“嬗”，《集解》引服虔：嬗音
如蟬反。《索隱》引蘇林：嬗音蟬。《漢書》引服虔：嬗音如蟬。顏
師古：此即禪代字，合韻故音嬋耳。尤袤本李善注引蘇林：嬗音
蟬。陳八郎本、九條本：蟬。○案：中華本《集解》引服虔音無
“反”字，是。　沕，《索隱》：音蜜，又音昧。《正義》、顏師古、陳八
郎本：勿。尤袤本李善注：亡筆切。九條本：勿，又：亡筆。○案：
中華本《索隱》“蜜”作“密”。

禍兮福所倚，福兮禍所伏。憂喜聚門兮，吉凶同域。彼吳強大兮，夫
差以敗。越栖會稽兮，句踐霸世。斯游遂成兮，卒被五刑。傅說胥靡
兮，迺相武丁。夫禍之與福兮，何異糾纏。命不可説兮，孰知其極。

　　　　倚，《正義》：於犧反。顏師古：於綺反。　強，九條本作

"彊"：其良反。　夫，九條本：扶，下皆同。　句，顏師古：鈎。陳
八郎本、九條本：古侯。　霸，《漢書》作"伯"，顏師古：霸。　卒，
九條本：子律反。　説，九條本：悦。　糾，《索隱》：九。　繆，
《索隱》、顏師古：墨。

水激則旱兮，矢激則遠。萬物迴薄兮，振盪相轉。雲蒸雨降兮，糾錯
相紛。大鈞播物兮，坱圠無垠。天不可預慮兮，道不可預謀。遲速有
命兮，焉識其時。

　　旱，尤袤本李善注：戶但切。九條本：戶但反。　蒸，九條
本：證。　鈞，九條本：均。　坱，《集解》：若央。《正義》、顏師
古：烏郎反。尤袤本李善注：烏黨切。陳八郎本、九條本：烏朗。
　圠，《史記》作"軋"，《集解》：若乙。《正義》：於點反。顏師古：
於點反。尤袤本李善注：烏黠切。陳八郎本、九條本：烏八。
○案：中華本《正義》"點"作"點"，非。　垠，九條本：魚斤反。
　預，《史記》作"與"，《索隱》：與音預。　焉，九條本：於□反。
○案：九條本□處空一字。

且夫天地爲鑪兮，造化爲工。陰陽爲炭兮，萬物爲銅。合散消息兮，
安有常則。千變萬化兮，未始有極。忽然爲人兮，何足控搏。化爲異
物兮，又何足患。

　　鑪，九條本：力胡反。　控，九條本：口送反。　搏，《索隱》：
徒端反。《漢書》作"揣"，引如淳：揣音團。陳八郎本、九條本：
團。　【附】《索隱》：控搏，又本作控揣。揣音初委反，又音丁果
反。尤袤本李善注亦引《史記》異本：揣，音初毁切，又丁果切。
　患，《索隱》：協音環。顏師古：合韻音環。尤袤本李善注引師

　　古：還。九條本：還，叶。

小智自私兮，賤彼貴我。達人大觀兮，物無不可。貪夫殉財兮，烈士殉名。夸者死權兮，品庶每生。怵迫之徒兮，或趨東西。大人不曲兮，意變齊同。愚士繫俗兮，窘若囚拘。至人遺物兮，獨與道俱。

　　夸，九條本：苦花反。　每，《索隱》：謀在反，又：莫改反。《史記》作“馮”，《正義》：馮音憑。九條本：亡罪反。　怵，《索隱》：黜。顏師古：丑出反。尤袤本李善注：戌。九條本：戌，又：丑律反。　【附】《漢書》顏師古：誘訹之訹則音戌。　迫，九條本：伯。　趨，尤袤本李善注：娶。九條本作“趍”，音：娶。　窘，《史記》作“摳”，《集解》引徐廣：華板反，又音脘。《索隱》：和板反，《漢書》作“僒”，音去隕反。《漢書》作“僒”，引李奇：僒音塊，又引蘇林：欺全反。尤袤本李善注：求殞切。九條本：求殞。　拘，九條本：俱。

眾人惑惑兮，好惡積億。真人恬漠兮，獨與道息。釋智遺形兮，超然自喪。寥廓忽荒兮，與道翱翔。

　　好，九條本：耗，又如字。○案：九條本“字”作代字符“｜”。　惡，九條本：烏故反，又如字。○案：九條本“字”作代字符“｜”。　億，《史記》作“意”，《正義》：合韻音憶。顏師古：合韻音於力反。　恬，九條本：徒兼反。　喪，顏師古：合韻音先郎反。陳八郎本：平聲，叶韻。九條本：平声，叶。　寥，九條本：力彫反。　荒，顏師古：呼廣反。尤袤本：怳。陳八郎本、九條本：上聲。　翱，九條本：五高反。

乘流則逝兮，得坻則止。縱軀委命兮，不私與己。其生兮若浮，其死
兮若休。澹乎若深泉之靜，泛乎若不繫之舟。不以生故自寶兮，養空
而浮。德人無累，知命不憂。細故蒂芥，何足以疑。

　　坻，陳八郎本、九條本：遲。　　縱，九條本：子用反。　　澹，顏
師古：徒濫反。九條本：徒暫反。　　泛，《漢書》作“氾”，顏師古：
敷劍反。　　累，九條本：力瑞。　　蒂，《史記》作“薦”，《集解》引韋
昭：士介反。《正義》：刃邁反。顏師古：丑芥反。陳八郎本：丑
介。○案：中華本《正義》“刃”作“忍”。刃、忍皆非。字本當作
“丑”，或訛作“刃”，又誤作“忍”。　　芥，《史記》作“薊”，《索隱》：
介。《正義》：加邁反。

鸚鵡賦并序

　　鵡，尤袤本李善注：一作䳇，莫口切。

禰正平

時黃祖太子射賓客大會，有獻鸚鵡者，舉酒於衡前曰：禰處士，今日無
用娛賓。竊以此鳥自遠而至，明慧聰善，羽族之可貴。願先生爲之
賦，使四坐咸共榮觀，不亦可乎。衡因爲賦，筆不停綴，文不加點。

　　射，尤袤本、陳八郎本：亦。九條本：亦，又引江音：子夜反。
○案：九條本引“江”待考。又“子”疑爲“予”字之訛。　　處，九條
本：昌吕反。　　觀，九條本：古翫反。　　綴，九條本：丁衛反。

其辭曰：惟西域之靈鳥兮，挺自然之奇姿。體金精之妙質兮，含火德
之明輝。性辯慧而能言兮，才聰明以識機。故其嬉游高峻，栖跱幽
深。飛不妄集，翔必擇林。紺趾丹觜，綠衣翠衿。采采麗容，咬咬好

音。雖同族於羽毛，固殊智而異心。配鸞皇而等美，焉比德於衆禽。

　　　　嬉，陳八郎本、九條本：許其。　　紺，九條本：古闇反。　　咬，
尤袤本李善注、九條本：交。

於是羨芳聲之遠暢，偉靈表之可嘉。命虞人於隴坻，詔伯益於流沙。
跨崑崙而播弋，冠雲霓而張羅。雖綱維之備設，終一目之所加。

　　　　偉，九條本：于鬼反。　　坻，陳八郎本：丁礼。九條本：丁礼，
又引《音決》：底。　　冠，九條本：古亂反。　　霓，九條本：魚兮反。

且其容止閑暇，守植安停。逼之不懼，撫之不驚。寧順從以遠害，不
違迕以喪生。故獻全者受賞，而傷肌者被刑。爾迺歸窮委命，離羣喪
侶。閉以雕籠，翦其翅羽。流飄萬里，崎嶇重阻。

　　　　植，九條本：值。　　遠，九條本：于願反。　　迕，九條本作
"忤"：五故反。　　喪，九條本：息浪反，下同。　　肌，九條本：居疑
反。　　崎，尤袤本李善注：去奇切。九條本：去奇反。　　嶇，尤袤
本李善注：驅。九條本：丘于反，又：驅。

踰岷越障，載罹寒暑。女辭家而適人，臣出身而事主。彼賢哲之逢
患，猶栖遲以羈旅。矧禽鳥之微物，能馴擾以安處。眷西路而長懷，
望故鄉而延佇。忖陋體之腥臊，亦何勞於鼎俎。

　　　　岷，九條本：旻。　　障，九條本：上。　　罹，九條本：離。
矧，九條本：詩忍反。　　忖，尤袤本李善注：七本切。九條本：七
本反。　　腥，九條本：生。　　臊，九條本：素刀反。

嗟禄命之衰薄，奚遭時之險巇。豈言語以階亂，將不密以致危。痛母

子之永隔,哀伉儷之生離。匪餘年之足惜,愍衆雛之無知。背蠻夷之
下國,侍君子之光儀。懼名實之不副,恥才能之無奇。羨西都之沃
壤,識苦樂之異宜。懷代越之悠思,故每言而稱斯。

　　　蠻,陳八郎本作"戲":平聲。九條本:平声。　　伉,九條本:
　　口浪反。　　儷,九條本:力帝反。　　背,九條本:步對反。　　副,
　　九條本:芳富反。　　思,九條本:先自反。

若迺少昊司辰,蓐收整轡。嚴霜初降,涼風蕭瑟。長吟遠慕,哀鳴感
類。音聲悽以激揚,容貌慘以顦顇。聞之者悲傷,見之者隕淚。放臣
爲之屢嘆,棄妻爲之歔欷。

　　　少,九條本:失照反。　　瑟,九條本:所吏反,叶。　　顦,九條
　　本:在遥反。　　顇,九條本:在醉反。　　爲,九條本:于偽反,下
　　同。　　歔,九條本:虛。　　欷,九條本:虛意反。

感平生之游處,若壎篪之相須。何今日之兩絶,若胡越之異區。順籠
檻以俯仰,闞戶牖以跼躇。想崑山之高嶽,思鄧林之扶疏。顧六翮之
殘毀,雖奮迅其焉如。心懷歸而弗果,徒怨毒於一隅。苟竭心於所
事,敢背惠而忘初。託輕鄙之微命,委陋賤之薄軀。期守死以報德,
甘盡辭以效愚。恃隆恩於既往,庶彌久而不渝。

　　　壎,陳八郎本、九條本:喧。　　篪,陳八郎本、九條本:持。
　　跼,尤袤本李善注:腸知切。九條本:腸知。　　躇,尤袤本李善
　　注:腸誅切。九條本:腸誅反。　　怨,九條本作"冤":烏翫反。

鷦鷯賦并序

鷦,九條本:焦。　鷯,九條本:遼。

張茂先

鷦鷯,小鳥也,生於蒿萊之間,長於藩籬之下,翔集尋常之内,而生生之理足矣。色淺體陋,不爲人用,形微處卑,物莫之害,繁滋族類,乘居匹游,翩翩然有以自樂也。彼鷲鶚鵾鴻,孔雀翡翠。或凌赤霄之際,或託絶垠之外。翰舉足以冲天,觜距足以自衞。然皆負矰嬰繳,羽毛入貢。何者,有用於人也。夫言有淺而可以託深,類有微而可以喻大,故賦之云爾。

鷦,《晋書音義》:焦。　鷯,《晋書音義》:寮。　乘,陳八郎本、九條本:去声。　鷲,陳八郎本、九條本:就。　鵾,陳八郎本、九條本:昆。

何造化之多端兮,播羣形於萬類。惟鷦鷯之微禽兮,亦攝生而受氣。育翩翾之陋體,無玄黄以自貴。毛弗施於器用,肉弗登於俎味。鷹鸇過猶俄翼,尚何懼於罿罻。翳薈蒙籠,是焉游集。飛不飄颺,翔不翕習。其居易容,其求易給。巢林不過一枝,每食不過數粒。栖無所滯,游無所盤。匪陋荆棘,匪榮茝蘭。動翼而逸,投足而安。委命順理,與物無患。

翾,尤袤本李善注:呼緣切。陳八郎本、九條本:許緣。　鸇,尤袤本李善注:之然切。九條本:之然。　過,九條本:古卧反。　罿,尤袤本、陳八郎本、九條本:衝。《晋書音義》:同。　罻,尤袤本、陳八郎本、《晋書音義》:尉。　薈,陳八郎本、九條本:烏會。《晋書音義》:烏外反。　籠,九條本作"蘢":力公反。

翕，九條本：許及反。　易，九條本：以智反，下同。　莅，九條
本：昌政反。《晉書音義》：止，又，昌待反。○案：九條本"政"爲
"改"字之訛。　患，陳八郎本：平聲。

伊兹禽之無知，何處身之似智。不懷寶以賈害，不飾表以招累。静守
約而不矜，動因循以簡易。任自然以爲資，無誘慕於世偽。鵰鶚介其
觜距，鵠鷺軼於雲際。鶌鷄竄於幽險，孔翠生乎退裔。彼晨鳧與歸
雁，又矯翼而增逝。咸美羽而豐肌，故無罪而皆斃。徒銜蘆以避繳，
終爲戮於此世。

賈，陳八郎本、九條本：古。　累，九條本：力瑞反。　循，九
條本：脣。○案：循爲邪母，脣爲船母。循，《集韻》有"船倫切"一
音，與九條本音合。　誘，九條本：酉。　鵰，《晉書音義》、九條
本：彫。　鶚，《晉書音義》：曷。陳八郎本：何葛。九條本：何葛
反。　觜，《晉書音義》：即委反。　距，九條本：巨。　鷺，《晉書
音義》、九條本：路。　軼，《晉書音義》：逸。　鶌，《晉書音義》：
昆。　蘆，《晉書音義》：盧。　繳，《晉書音義》：灼。

蒼鷹鷙而受緤，鸚鵡惠而入籠。屈猛志以服養，塊幽縶於九重。變音
聲以順旨，思摧翮而爲庸。戀鍾岱之林野，慕隴坻之高松。雖蒙幸於
今日，未若疇昔之從容。海鳥鷄鶋，避風而至。條枝巨雀，踰嶺自致。
提挈萬里，飄颻逼畏。

鷙，《晉書音義》、九條本：至。　緤，《晉書音義》、陳八郎本
及九條本旁記作"紲"，并音：薛。　塊，尤袤本李善注：若對切。
《晉書音義》、九條本：苦對反。○案：尤袤本"若"爲"苦"字之訛。
縶，《晉書音義》：張立反。　重，九條本：逐龍反。　坻，陳八

郎本:丁礼。九條本:丁礼反。《晋書音義》:都禮反。　從,九條本:七容反。　鶠,尤袤本、九條本:袁。陳八郎本:爰。　鷃,尤袤本、陳八郎本、九條本:居。　提,九條本:大兮反。　挈,九條本:苦結反。

夫唯體大妨物,而形瓌足瑋也。陰陽陶蒸,萬品一區。巨細舛錯,種繁類殊。鷦螟巢於蚊睫,大鵬彌乎天隅。將以上方不足,而下比有餘。普天壤以遐觀,吾又安知大小之所如。

妨,九條本:芳。　瓌,九條本:古迴反。　螟,九條本:亡丁反。　蚊,《晋書音義》:文。　睫,尤袤本、陳八郎本、九條本、《晋書音義》:接。　鵬,《晋書音義》、九條本:朋。

《文選》音注輯考卷十四

鳥獸下
　顏延年《赭白馬賦》一首
　鮑明遠《舞鶴賦》一首
志上
　班孟堅《幽通賦》一首

鳥獸下

赭白馬賦并序

赭,陳八郎本:者。

顏延年

驥不稱力,馬以龍名。豈不以國尚威容,軍駃趫迅而已。實有騰光吐
圖,疇德瑞聖之符焉。是以語崇其靈,世榮其至。我高祖之造宋也,
五方率職,四隩入貢。祕寶盈於玉府,文駟列乎華廄。乃有乘輿赭
白,特稟逸異之姿,妙簡帝心,用錫聖皁。服御順志,馳驟合度。齒歷
雖衰,而藝美不忒。襲養兼年,恩隱周渥。歲老氣殫,斃于内棧。少
盡其力,有惻上仁。乃詔陪侍,奉述中旨。末臣庸蔽,敢同獻賦。

　驥,九條本:冀,下同。　駃,尤袤本、陳八郎本、九條本:伏。

　趫,尤袤本李善注:綺嬌切。陳八郎本、九條本:去妖。　迅,

九條本:信。　　疇,九條本引《音决》:直留反。　　隩,九條本:於
六反。　　廐,九條本:居又反。　　赭,九條本:者。　　稛,九條本:
布錦。　　皂,九條本:造,下同。　　渥,九條本:於角反。　　獒,九
條本:婢袂反。　　棧,九條本:士板反。　　蔽,九條本:必例反。

其辭曰:惟宋二十有二載,盛烈光乎重葉。武義粤其肅陳,文教迄已
優洽。泰階之平可升,興王之軌可接。訪國美於舊史,考方載於往
牒。昔帝軒陟位,飛黃服皂。后唐膺籙,赤文候日。漢道亨而天驥呈
才,魏德楸而澤馬効質。伊逸倫之妙足,自前代而間出。并榮光於瑞
典,登郊歌乎司律。所以崇衛威神,扶護警蹕。精曜協從,靈物咸秩。

　　重,九條本:逐龍反。　　迄,九條本:虛乙反。　　膺,九條本:
於證反。　　籙,九條本:錄。　　亨,九條本:呼行反。　　楸,九條
本作"懋",音:茂。　　警,九條本:景。　　蹕,九條本:畢。　　秩,
九條本:直栗反。

曁明命之初基,磬九區而率順。有肆險以稟朔,或踰遠而納贄。聞王
會之阜昌,知函夏之充牣。揔六服以收賢,掩七戎而得駿。蓋乘風之
淑類,實先景之洪胤。故能代驂象輿,歷配鈎陳。齒筭延長,聲價隆
振。信聖祖之蕃錫,留皇情而驟進。

　　曁,九條本:其器反。　　贄,九條本引《音决》:辤忍反。
函,尤袤本、陳八郎本、九條本:含。　　夏,九條本:下。　　牣,陳
八郎本、九條本:刃。　　驂,九條本:三。　　陳,陳八郎本:去聲,
叶韻。九條本:去声,叶。　　筭,九條本:素亂反。　　價,九條本:
古亞。　　蕃,九條本:煩。　　錫,九條本:尺。

徒觀其附筋樹骨，垂梢植髮。雙瞳夾鏡，兩權協月。異體峯生，殊相逸發。超攄絕夫塵轍，驅駑迅於滅没。簡偉塞門，獻狀絳闕。旦刷幽燕，晝秣荆越。

　　梢，尤袤本李善注：所交切。九條本：所交反。　夾，九條本引《音決》作“俠”：古合反。　相，九條本：息亮反。　轍，九條本：他列反。○案：轍爲澄母，他爲透母，舌音未分化。　駑，九條本：務。　塞，陳八郎本、九條本：去聲。　絳，九條本：古巷反。　刷，九條本：所束反，又引陳音：子六反，又引《音決》：所劣反。

教敬不易之典，訓人必書之舉。惟帝惟祖，爰游爰豫。飛軿軒以戒道，環轂騎而清路。勒五營使按部，聲八鸞以節步。具服金組，兼飾丹臄。寶校星纏，鏤章霞布。進迫遮迆，却屬葦輅。欻矞擢以鴻驚，時潩略而龍矞。弭雄姿以奉引，婉柔心而待御。

　　舉，陳八郎本：去聲，叶韻。九條本：去声，叶。　軿，九條本：西。　轂，九條本：古候反。　臄，尤袤本：倚瓠切。陳八郎本：汙，叶韻。九條本：汙，叶，又引郭音：護。　校，九條本：古孝反。　鏤，九條本：力逗反。　遮，九條本：之蛇反。　欻，九條本：許勿反。　矞，九條本：素勇反。　擢，九條本：直孝反。　潩，九條本：紆縛反。　矞，九條本：之遮反。○案：九條本“遮”爲“庶”字之訛，本卷《舞鶴賦》“翮矞先路”句“矞”音注正作“之庶反”。　弭，九條本：亡介反。　引，九條本：以刃反。

至於露滋月肅，霜戾秋登。王于興言，闡肆威稜。臨廣望，坐百層。料武藝，品驍騰。流藻周施，和鈴重設。睨影高鳴，將超中折。分馳迥埸,角壯永埒。別輩越群,絢練復絶。

> 滋,九條本:兹。　層,九條本:在稜反。　料,陳八郎本:平
> 聲。九條本:去声。　驍,陳八郎本、九條本:古堯。　睨,九條
> 本:五計反。　中,九條本:丁仲反。　折,九條本:之舌反。
> 埒,九條本:劣。　輩,九條本:布對反。　絢,尤袤本:火縣。九
> 條本:火縣反。　復,九條本:許政反。

捷趫夫之敏手,促華鼓之繁節。經玄蹏而雹散,歷素支而冰裂。膺門
沫赭,汗溝走血。踠迹回唐,畜怒未洩。乾心降而微怡,都人仰而
朋悦。

> 趫,九條本:去苗反。　蹏,九條本:大兮反。　雹,九條本:
> 步角反。　沫,尤袤本李善注引如淳:悔。九條本:末。　赭,九
> 條本:者。　汗,九條本:何旦反。　踠,九條本:於阮反。

妍變之態既畢,凌遽之氣方屬。蹋鑣彎之牽制,隘通都之圈束。眷西
極而驤首,望朔雲而躒足。將使紫燕駢衡,綠虵衛轂。纖驪接趾,秀騏
齊丁。覿王母於崑墟,要帝臺於宣嶽。跨中州之轍迹,窮神行之軌躅。

> 遽,九條本:其处反。　蹋,陳八郎本:衢玉。九條本:衢玉
> 反。　鑣,九條本:布苗反。　圈,陳八郎本:求免。九條本:求
> 免反,又引曹憲:其敏反,又引蕭該:其遠反。　燕,陳八郎本:去
> 聲。九條本作"鷰":一見反。　轂,九條本:谷。　驪,九條本:
> 力知反。　趾,九條本:止。　騏,尤袤本李善注、九條本:其。
> 【附】尤袤本李善注:《尸子》曰:馬有秀騏逢驪。驪,京媚切。
> 丁,陳八郎本、九條本:丑録反。　要,九條本:一遥反。　躅,
> 九條本:直欲反。

然而般于游畋，作鏡前王。肆於人上，取悔義方。天子乃輟駕迴慮，
息徒解裝。鑒武穆，憲文光。振民隱，脩國章。戒出豕之敗御，惕飛
鳥之時衡。故祇慎乎所常忽，敬備乎所未防。輿有重輪之安，馬無泛
駕之佚。處以濯龍之奧，委以紅粟之秩。服養知仁，從老得卒。加弊
帷，收仆質。天情周，皇恩畢。

　　　　般，九條本：皮干反。　畋，九條本引《音決》：田。　裝，九
條本：莊。　惕，九條本：他狄反。　衡，九條本：胡郎反，叶。
重，九條本：逐龍反。　泛，陳八郎本：方奉。九條本：方奉，又：
方腫切。○案：九條本音注用切者極鮮見，此爲一例。　佚，陳
八郎本、九條本：逸。　濯，九條本：直角反。　奧，九條本：烏浩
反。　委，九條本：於偽反。　仆，九條本：赴。

亂曰：惟德動天，神物儀兮。於時駔駿，充階街兮。禀靈月駰，祖雲螭
兮。雄志倜儻，精權奇兮。既剛且淑，服韉羈兮。效足中黄，殉驅馳
兮。願終惠養，蔭本枝兮。竟先朝露，長委離兮。

　　　　駔，陳八郎本：子朗。九條本：子朗反。　街，尤袤本、陳八
郎本、九條本：佳。　螭，九條本：丑知反。　倜，陳八郎本、九條
本：惕。　儻，九條本：他朗反。　韉，陳八郎本：機。九條本：
機，又引《音決》：居衣反。　殉，九條本作“徇”：辭俊反。

舞鶴賦
鮑明遠

散幽經以驗物，偉胎化之仙禽。鍾浮曠之藻質，抱清迥之明心。指蓬
壺而翻翰，望崑閬而揚音。币日域以迴鶩，窮天步而高尋。

崐,九條本:昆。　闐,九條本:浪。　帀,九條本作"迊":祖
合反。

踐神區其既遠,積靈祀而方多。精含丹而星曜,頂凝紫而烟華。引員
吭之纖婉,頓脩趾之洪姱。疊霜毛而弄影,振玉羽而臨霞。

　　吭,陳八郎本:何朗。九條本:胡降,又:何朗,又引《音决》:
何浪反。奎章閣本李善注:胡浪切。　婉,九條本:於阮反。
姱,陳八郎本:苦華。九條本:苦花反。

朝戲於芝田,夕飲乎瑤池。厭江海而游澤,掩雲羅而見羈。去帝鄉之
岑寂,歸人寰之喧卑。歲崢嶸而愁暮,心惆悵而哀離。

　　瑤,九條本:遥。　厭,九條本:一艷反。　崢,九條本:士耕
反。　嶸,九條本:胡萌反。○案:嶸爲云母,胡爲匣母,喻三
歸匣。

於是窮陰殺節,急景凋年。涼沙振野,箕風動天。嚴嚴苦霧,皎皎悲
泉。冰塞長河,雪滿羣山。既而氛昏夜歇,景物澄廓。星翻漢迴,曉
月將落。感寒雞之早晨,憐霜雁之違漠。臨驚風之蕭條,對流光之照
灼。喚清響於丹墀,舞飛容於金閣。始連軒以鳳蹌,終宛轉而龍躍。

　　箕,九條本:居疑反。　山,九條本:所連反,叶。　喚,尤袤
本李善注:力計切。九條本:力帝反。　蹌,陳八郎本:七良。九
條本:七亮反,又引摺本:七良反。

躑躅徘徊,振迅騰摧。驚身蓬集,矯翅雪飛。離綱別赴,合緒相依。
將興中止,若往而歸。颯沓矜顧,遷延遲暮。逸翮後塵,翾翥先路。

指會規翔,臨岐矩步。態有遺妍,貌無停趣。奔機逗節,角睐分形。長揚緩鶩,并翼連聲。輕迹凌亂,浮影交橫。衆變繁姿,參差洿密。煙交霧凝,若無毛質。風去雨還,不可談悉。

　　躑,九條本:直亦反。　躅,九條本作“蹢”:直欲反。○案:九條本作“蹢”非。　摧,九條本:在回反。　中,九條本:丁仲反。　颭,九條本:素合反。　沓,九條本:□合反。○案:九條本□處字似作“律”,疑为“徒”字之讹。　羶,九條本:之庶反。

　　逗,尤袤本:徒闈。九條本:徒闈反。　睐,尤袤本、九條本:力代。　洿,尤袤本:在見。陳八郎本、九條本:寂見。

既散魂而盪目,迷不知其所之。忽星離而雲罷,整神容而自持。仰天居之崇絶,更惆悵以驚思。當是時也,燕姬色沮,巴童心恥。巾拂兩停,丸劍雙止。雖鄲其敢倫,豈陽阿之能擬。入衛國而乘軒,出吳都而傾市。守馴養於千齡,結長悲於萬里。

　　邯,九條本:寒。　鄲,九條本:丹。　馴,九條本:旬。

　　志　上

幽通賦

班孟堅

系高頊之玄胄兮,氏中葉之炳靈。飆颭風而蟬蛻兮,雄朔野以颺聲。皇十紀而鴻漸兮,有羽儀於上京。巨滔天而泯夏兮,考遵憼以行謡。終保己而貽則兮,里上仁之所廬。懿前烈之純淑兮,窮與達其必濟。

項，九條本：許玉反。　飅，《漢書》作"繇"，顏師古：讀與由同。九條本引《音決》：搖。　蛻，顏師古、陳八郎本、九條本：稅。

颺，顏師古：讀與揚同。　洮，九條本作"滔"：吐刀反。　泯，九條本：亡忍反。　眙，九條本：以而反。　濟，顏師古：合韻音子齊反。陳八郎本：躋，叶韻。九條本：躋，叶。室町本：叶韻。

咨孤蒙之眇眇兮，將圮絶而罔階。豈余身之足殉兮，違世業之可懷。靖潛處以永思兮，經日月而彌遠。匪黨人之敢拾兮，庶斯言之不玷。

圮，黃善夫本引蕭該：韋昭音敷委反，又《字書》父己反。尤袤本：皮義。奎章閣本李善注：皮義切。陳八郎本：平鄙。九條本：平鄙反。　殉，九條本：辭俊反。　違，《漢書》作"悼"，顏師古：于匪反。　靖，九條本：静。　拾，《漢書》引蘇林：拾音負拾之拾。顏師古：其業反。尤袤本李善注：巨業切。陳八郎本：巨業。九條本：渠業。　【附】《漢書》應劭：拾，更也。顏師古：更音工衡反。　玷，九條本：丁簟反。

魂煢煢與神交兮，精誠發於宵寐。夢登山而迥眺兮，覿幽人之髣髴。攬葛藟而授余兮，眷峻谷曰勿墜。吻昕寤而仰思兮，心朦朦猶未察。黃神邈而靡質兮，儀遺讖以臆對。

煢，陳八郎本、九條本：求營。　覿，顏師古：迪。　攬，《漢書》作"擥"，顏師古：擥音攬。　藟，顏師古：力水反。九條本：誄。　曰，尤袤本、九條本、奎章閣本李善注：越。　吻，顏師古：忽。黃善夫本引蕭該：鄧展吻音昧，《字書》音勿，諸詮：方昧反。尤袤本：韋昭曰音昧，又音忽。陳八郎本：昧。九條本：昧，又音忽。奎章閣本李善注：鄧展曰吻音昧，一音忽。　昕，顏師古、陳八郎本、九條本：欣。　察，黃善夫本引劉奉世：但以察合韻音蔡則協韻矣。　讖，黃善夫本引蕭該：諸詮音楚鳩反。九條本：初蔭反。　臆，九條本：憶。　對，顏師古：合韻音丁忽反。九條本：丁忽反，叶。

曰乘高而遌神兮，道遐通而不迷。葛緜緜於樛木兮，詠《南風》以爲綏。蓋惴惴之臨深兮，乃《二雅》之所祗。

　　遌，顏師古：五故反，又音五各反。陳八郎本、九條本旁記作"遻"，音：迕。　樛，顏師古、九條本：居虯反。黃善夫本引蕭該：居驑反。【附】《漢書》應劭：葛藟虆之。顏師古：虆音力追反。　惴，顏師古：之瑞反。陳八郎本、九條本：之瑞。

既訊爾以吉象兮，又申之以焢戒。盍孟晋以迨羣兮，辰倏忽其不再。承靈訓其虛徐兮，竚盤桓而且俟。惟天地之無窮兮，鮮生民之晦在。

　　訊，《漢書》作"誶"，顏師古：碎。黃善夫本引蕭該：息悴反。　焢，顏師古：公迥反。九條本：□迥反。○案：九條本□處字模糊。　盍，九條本：何騰反。　迨，陳八郎本：徒改。九條本：徒改反。　倏，顏師古：式六反。　鮮，《漢書》作"尟"，顏師古：先踐反。九條本：思輦反。　晦，奎章閣本：武杯。

紛屯邅與蹇連兮，何艱多而智寡。上聖迍而後拔兮，雖群黎之所禦。昔衛叔之御昆兮，昆爲寇而喪予。管彎弧欲斃讎兮，讎作后而成己。變化故而相詭兮，孰云預其終始。

　　屯，九條本：丁倫反。　邅，《漢書》作"亶"，顏師古：竹延反。陳八郎本、九條本：張連。　連，顏師古：力善反。九條本：力展反。　御，顏師古：五駕反。尤袤本、陳八郎本、九條本：訝。

喪，九條本：息浪反。　彎，九條本：烏還反。　弧，九條本：胡。

斃，九條本：婢袂反。　詭，九條本：古毀反。

雍造怨而先賞兮，丁繇惠而被戮。栗取吊于迶吉兮，王膺慶於所感。
叛迥穴其若兹兮，北叟頗識其倚伏。單治裏而外凋兮，張脩襮而内
逼。聿中龢爲庶幾兮，顏與冉又不得。

　　　繇，顏師古：讀與由同。　【附】尤袤本李善注：《漢書》曰：於
　　是封雍齒爲什方侯。什，音十。　栗，九條本：梁吉反。　迶，尤
　　袤本：由。　感，九條本：子六反，叶。　叟，九條本：素後。
　　倚，顏師古：於綺反。九條本：於紀反。　單，顏師古、陳八郎本、
　　九條本：善。　襮，顏師古：布各反。黃善夫本引蕭該：方沃反。
　　尤袤本、陳八郎本、九條本：博。○案：顏師古“布各”，中華本作
　　“布谷”。襮、各爲鐸韻，谷爲屋韻，中華本誤。

溺招路以從己兮，謂孔氏猶未可。安惛惛而不葩兮，卒隕身乎世禍。
游聖門而靡救兮，雖覆醢其何補。

　　　溺，九條本：奴歷反。　惛，顏師古：土高反。陳八郎本、九
　　條本：滔。　葩，顏師古：扶味反，字本作腓，其音同。黃善夫本
　　引蕭該：韋昭音肥。尤袤本、九條本、朝鮮正德本、奎章閣本：肥。
　　陳八郎本作“葩”，音：肥。○案：陳八郎本作“葩”字誤。　卒，九
　　條本：子律反。　醢，九條本：海。

固行行其必凶兮，免盜亂爲賴道。形氣發於根柢兮，柯葉彙而零茂。
恐魍魎之責景兮，羌未得其云已。

行,顏師古:胡浪反。黃善夫本引蕭該:諸詮賦胡郎反。尤
袤本、陳八郎本、九條本:胡朗。　鬲,九條本:于僞。　柢,顏師
古:丁計反。尤袤本、九條本:帝。　彙,黃善夫本引蕭該:服虔
音卉,應劭音謂,《字書》音謂。尤袤本:胃。九條本:謂。　茂,
顏師古:合韻音莫口反。　魃,九條本:罔。　魋,九條本:兩。

羌,《漢書》作"慶",顏師古:讀與羌同。

黎淳耀于高辛兮,芊彊大於南汜。嬴取威於伯儀兮,姜本支乎三趾。
既仁得其信然兮,仰天路而同軌。

芊,顏師古、陳八郎本、九條本:羋。尤袤本:亡氏。室町本:
美。　彊,九條本:其良反。　汜,顏師古:祀。陳八郎本、九條
本:似。　嬴,九條本:盈。　趾,九條本:止。　仰,《漢書》作
"卬",顏師古:卬讀曰仰。

東鄰虐而殲仁兮,王合位乎三五。戎女烈而喪孝兮,伯祖歸於龍虎。
發還師以成命兮,重醉行而自耦。震鱗漦于夏庭兮,匝三正而滅姬。
巽羽化于宣宮兮,彌五辟而成災。

殲,陳八郎本、九條本:子廉。　喪,九條本:息浪反。　還,
九條本:全。　重,九條本:逐龍反。　漦,顏師古:丑之反。尤
袤本:仕緇。陳八郎本、九條本:助緇。　正,顏師古:之盈反。

巽,九條本:孫。　辟,九條本:必亦反。

道脩長而世短兮,夐冥默而不周。胥仍物而鬼諏兮,乃窮宙而達幽。
媯巢姜於孺筮兮,且算祀于契龜。

夐,黃善夫本引蕭該:諸詮音呼政反,韋昭音呼迥反。九條

本:呼政反。　黙,九條本:木。　諏,黃善夫本引蕭該:《字林》
子于反,諸詮祖侯反。尤袤本、陳八郎本:子侯。九條本:子侯
反。　宙,九條本:直又反。　媧,九條本:力媧反。○案:媧媧
見母,力媧來母,聲紐不合。九條本"力"疑爲"古"字之訛。卷十
二《海賦》"昔在帝媧",尤袤本、陳八郎本即音"古媧"。　孺,九
條本:而渝反。　算,九條本:三縮反。　契,《漢書》作"挈",顏
師古:口計反。九條本:苦計反。

宣、曹興敗於下夢兮,魯、衛名謚於銘謠。妣聆呱而刬石兮,許相理而
鞠絛。道混成而自然兮,術同原而分流。

　　謚,九條本:示。　妣,九條本:比。　聆,九條本:力丁反。
　呱,陳八郎本、九條本:孤。　刬,尤袤本:何弋。陳八郎本:何
代。九條本:何代反。○案:據《集韻》,刬有戶代、紇則兩讀,尤
袤本、陳八郎本俱是。　相,九條本:息浪反。　混,九條本:胡
本反。

神先心以定命兮,命隨行以消息。斡流遷其不濟兮,故遭罹而羸縮。
三欒同於一體兮,雖移易而不忒。洞參差其紛錯兮,斯衆兆之所惑。
周、賈盪而貢憤兮,齊死生與禍福。抗爽言以矯情兮,信畏犧而忌鵩。

　　斡,九條本:烏活反。　縮,九條本:所六反。　易,九條本:
亦。　忒,九條本:吐得反。　賈,九條本:古雅反。　抗,九條
本:口浪反。　矯,九條本:居表反。　犧,陳八郎本、九條本:
許宜。

所貴聖人至論兮,順天性而斷誼。物有欲而不居兮,亦有惡而不避。

守孔約而不貳兮,乃黼德而無累。三仁殊於一致兮,夷、惠舛而齊聲。
木偃息以蕃魏兮,申重繭以存荊。紀焚躬以衞上兮,皓頤志而弗傾。
侯草木之區別兮,苟能實其必榮。要没世而不朽兮,乃先民之所程。

　　黼,顏師古:丁喚反。九條本:丁叚反。　　黼,顏師古:弋九
反,又音猶。九條本:由。　　累,九條本:力瑞反。　　舛,黃善夫
本引蕭該《字林》充絹反。　　蕃,九條本引《音決》:方燔反。
重,九條本:逐龍反。　　繭,尤袤本李善注:古典切。九條本:古
典反。　　【附】尤袤本李善注:高誘《戰國策注》:重繭,累胝也。
胝,竹遲切。　　頤,九條本:夷。　　別,九條本:彼列反。　　没,九
條本作"殁",音:没。

觀天網之絃覆兮,實棐諶而相訓。謨先聖之大猷兮,亦鄰德而助信。

　　觀,九條本:古丸反。　　絃,九條本:宏。　　覆,九條本:芳富
反。　　棐,顏師古:讀與匪同。九條本:方尾反。　　諶,顏師古:
上林反。九條本:市針反。　　相,九條本:息亮反。　　謨,顏師
古:慕,又音莫。九條本引《音決》:摸。○案:顏師古音"慕",中
華本作"摹"。　　猷,九條本:由。

虞《韶》美而儀鳳兮,孔忘味於千載。素文信而厎麟兮,漢賓祚于異
代。精通靈而感物兮,神動氣而入微。養流睇而猨號兮,李虎發而石
開。非精誠其焉通兮,苟無實其孰信。操末技猶必然兮,矧耽躬於
道真。

　　韶,九條本:市招反。　　厎,九條本:旨。　　祚,九條本:在胡
反。　　睇,九條本:徒帝反。　　號,九條本:戶高反。　　焉,九條
本:於乾反。　　信,顏師古:合韻音新。九條本:申,叶。　　操,九

條本:七刀反。 技,九條本作"伎",引《音决》:其綺反。 耽,《漢書》作"湛",顏師古:讀曰眈。九條本作"躭":丁含反。

登孔、昊而上下兮,緯羣龍之所經。朝貞觀而夕化兮,猶誼己而遺形。若胤彭而偕老兮,訴來哲而通情。

昊,《漢書》作"顥",顏師古:胡老反。 緯,九條本:謂。
觀,九條本:古翫反。 誼,顏師古:許元反,又音許遠反。九條本引《音决》:火爰反。

亂曰:天造草昧,立性命兮。復心弘道,惟聖賢兮。渾元運物,流不處兮。保身遺名,民之表兮。舍生取誼,以道用兮。憂傷夭物,忝莫痛兮。皓爾太素,曷渝色兮。尚越其幾,淪神域兮。

復,顏師古:扶目反。 渾,顏師古:胡昆反。九條本:胡本反。 處,九條本:昌呂反。 夭,九條本:於表反。 渝,顏師古:踰。 淪,九條本:倫。

《文選》音注輯考卷十五

賦辛
志中

　張平子《思玄賦》一首

　　　《歸田賦》一首

賦　辛
志　中

思玄賦
張平子

仰先哲之玄訓兮，雖彌高而弗違。匪仁里其焉宅兮，匪義迹其焉追。
潛服膺以永靚兮，繇日月而不衰。伊中情之信脩兮，慕古人之貞節。
竦余身而順止兮，遵繩墨而不跌。志摶摶以應懸兮，誠心固其如結。

　　靚，李賢：才性反。　　跌，李賢、陳八郎本、九條本：徒結反。

　搏，陳八郎本、九條本：徒端。　　應，陳八郎本、九條本：去聲。

旌性行以製珮兮，佩夜光與瓊枝。繙幽蘭之秋華兮，又綴之以江離。
美襞積以酷烈兮，允塵邈而難虧。既姱麗而鮮雙兮，非是時之攸珍。
奮余榮而莫見兮，播余香而莫聞。幽獨守此仄陋兮，敢怠遑而舍勤。

幸二八之遘虞兮，嘉傅説之生殷。

　　　繣，尤袤本李善注：攜。李賢：租緩反，又曰：諸家音并户珪反，誤也。陳八郎本：户圭。九條本：户圭反。○案：《文選旁證》卷十六引錢大昕曰："章懷讀爲'纂'，誤。" 襞，陳八郎本、九條本：必積。　娿，李賢：口瓜反。陳八郎本、九條本：苦瓜。　鮮，陳八郎本、九條本：上聲。　遘，《後漢書》作"遻"，李賢：五故反。陳八郎本亦作"遻"，音：悟。九條本：悟。

尚前良之遺風兮，恫後辰而無及。何孤行之煢煢兮，孑不羣而介立。感鸞鷖之特栖兮，悲淑人之希合。彼無合而何傷兮，患衆僞之冒真。旦獲讟于羣弟兮，啓《金縢》而後信。覽蒸民之多僻兮，畏立辟以危身。

　　　恫，尤袤本舊注：他公切。李賢、陳八郎本：通。九條本：童。　煢，陳八郎本、九條本：瓊。　孑，陳八郎本：吉熱。　鷖，陳八郎本：因兮。　讟，陳八郎本、九條本：讀。　信，陳八郎本：申，協韻。九條本：申，叶。

增煩毒以迷惑兮，羌孰可爲言已。私湛憂而深懷兮，思繽紛而不理。願竭力以守誼兮，雖貧窮而不改。執彫虎而試象兮，阽焦原而跟趾。庶斯奉以周旋兮，惡既死而後已。俗遷渝而事化兮，泯規矩之員方。寶蕭艾於重笥兮，謂蕙茝之不香。斥西施而弗御兮，繋嫫㜈以服箱。行頗僻而獲志兮，循法度而離殃。惟天地之無窮兮，何遭遇之無常。不抑操而苟容兮，譬臨河而無航。欲巧笑以干媚兮，非余心之所嘗。

　　　阽，陳八郎本：塩。九條本：鹽。　跟，陳八郎本：古恩。九條本：古恩反。　笥，陳八郎本、九條本：息吏。　茝，陳八郎本作“芷”，音：止。　繋，尤袤本李善注：帚，中立切，今賦作繋字。
陳八郎本：中立。九條本：中立反。　腰，《後漢書》作“要”，李
賢：於皎反。陳八郎本、九條本：烏皎。　裊，《後漢書》作“裊”，
李賢：奴了反。陳八郎本、九條本：奴了。　頗，尤袤本李善注：
蕭該音本作陂，布義切。

襲溫恭之黻衣兮，被禮義之綉裳。辯貞亮以爲鞶兮，雜伎藝以爲珩。
昭綵藻與琱琭兮，璜聲遠而彌長。淹栖遲以恣欲兮，耀靈忽其西藏。
恃己知而華予兮，鶗鳩鳴而不芳。冀一年之三秀兮，遒白露之爲霜。
時亹亹而代序兮，疇可與乎比伉。咨姤嫮之難竝兮，想依韓以流亡。
恐漸冉而無成兮，留則蔽而不彰。

　　辯，李賢：蒲殄反。陳八郎本：蒲典。九條本：蒲典反。
珩，北宋本及尤袤本李善注：衡。陳八郎本：行。　璜，陳八郎
本：黄。　鶗，陳八郎本、九條本：啼。　鳩，陳八郎本、九條本：
決。　遒，陳八郎本：慈由。　亹，陳八郎本：尾。　伉，李賢：協
韻音苦郎反。陳八郎本：康，叶韻。九條本：康，叶。　嫮，李賢：
胡故反。陳八郎本：回故。九條本：曰故反。○案：下文“增嫮眼
而蛾眉”，九條本音“回故反”，此處“曰”爲“回”字之訛。

心猶豫而狐疑兮，即岐阯而臚情。文君爲我端蓍兮，利飛遁以保名。
歷衆山以周流兮，翼迅風以揚聲。二女感於崇岳兮，或冰折而不營。
天蓋高而爲澤兮，誰云路之不平。勔自强而不息兮，蹈玉堦之嶢崢。
懼筮氏之長短兮，鑽東龜以觀禎。遇九皋之介鳥兮，怨素意之不逞。
游塵外而瞥天兮，據冥翳而哀鳴。鵰鶚競於貪婪兮，我脩絜以益榮。
子有故於玄鳥兮，歸母氏而後寧。

臚,尤袤本李善注:力於切。陳八郎本、九條本作“臚”,音:
閭。　折,九條本:舌。　䣛,尤袤本舊注:亡衍切。陳八郎本:
緬。九條本:緬,又:亡衍反。　嶢,李賢、陳八郎本、九條本:堯。

峥,李賢:士耕反。陳八郎本:仕耕反。九條本:仕耕。　笎,
九條本:逝。　逞,李賢:協韻音丑貞反。　瞥,尤袤本李善注:
匹洩切。李賢:普列反。陳八郎本:匹列反。九條本:匹列反,
又:匹洩反。　鵰,九條本:彫。　鶚,九條本:魚各。　婪,尤袤
本李善注:力含切。九條本:力含。

占既吉而無悔兮,簡元辰而俶裝。且余沐於清源兮,晞余髮於朝陽。
漱飛泉之瀝液兮,咀石菌之流英。翩鳥舉而魚躍兮,將往走乎八荒。
過少皞之窮野兮,問三丘于句芒。何道真之淳粹兮,去穢累而飄輕。
登蓬萊而容與兮,鼇雖抃而不傾。留瀛洲而采芝兮,聊且以乎長生。
馮歸雲而遐逝兮,夕余宿乎扶桑。飲青岑之玉醴兮,湌沆瀣以爲粮。
發昔夢於木禾兮,穀崑崙之高岡。

漱,尤袤本李善注:所右切。　咀,陳八郎本:慈與。　菌,
陳八郎本:奇隕。　翩,李賢:許緣反。陳八郎本、九條本:虛緣。

走,尤袤本李善注、李賢:奏。陳八郎本:去聲。九條本:去
□□奏。○案:九條本紙殘闕兩字,蓋作“去声,又:奏”。　粹,
陳八郎本:詢翠。　飄,陳八郎本、九條本作“影”,音:匹遥。
抃,李賢:皮媛反。　沆,陳八郎本、九條本:胡朗。　瀣,陳八郎
本、九條本:胡戒。　粮,陳八郎本、九條本:張。

朝吾行於湯谷兮,從伯禹乎稽山。嘉羣神之執玉兮,疾防風之食言。
指長沙之邪徑兮,存重華乎南鄰。哀二妃之未從兮,翩繽處彼湘濱。

流目眺夫衡阿兮，睹有黎之圮墳。痛火正之無懷兮，託山阪以孤魂。
愁鬱鬱以慕遠兮，越卬州而游遨。躋日中于昆吾兮，憩炎火之所陶。
揚芒燎而絳天兮，水泫沄而涌濤。温風翕其增熱兮，怒鬱悒其難聊。

　　繽，陳八郎本：匹鄰。　　圮，尤袤本李善注：房鄙切。陳八郎
本：平鄙。九條本：房鄙反。　　卬，尤袤本李善注：五郎切。奎章
閣本李善注：五高切。陳八郎本：五剛。朝鮮正德本、奎章閣本：
五岡。九條本：五郎，又：五岡。○案：奎章閣本李善注"高"字
誤。　　躋，陳八郎本：子兮。　　燎，李賢：必遥反。陳八郎本：必
遥。　　泫，李賢：胡犬反。陳八郎本、九條本：縣。　　沄，李賢：户
昆反。陳八郎本、九條本：云。○案：《廣韻》亦有"王分切、户昆
切"二讀。　　怒，尤袤本李善注：乃的切。李賢：奴覿反。陳八郎
本、九條本：奴歷。　　聊，尤袤本李善注：協韻爲勞。九條本：
勞，叶。

髊羇旅而無友兮，余安能乎留茲。顧金天而嘆息兮，吾欲往乎西嬉。
前祝融使舉麾兮，纚朱鳥以承旗。躔建木於廣都兮，撫若華而踟躇。
超軒轅於西海兮，跨汪氏之龍魚。聞此國之千歲兮，曾焉足以娱余。
思九土之殊風兮，從蓐收而遂徂。欻神化而蟬蜕兮，朋精粹而爲徒。

　　髊，尤袤本李善注：苦骨切。李賢：苦骨反。陳八郎本：苦
骨。　　纚，李賢：山綺反。陳八郎本、九條本：力氏。　　躔，陳八
郎本：纏。　　撫，陳八郎本：之石。九條本作"拓"：之石反。
踟，尤袤本李善注：直由切。李賢：直流反。陳八郎本：儔。
躇，尤袤本李善注：直於切。李賢：直余反。陳八郎本：除。
欻，李賢：許勿反。　　蜕，李賢：税。

蹶白門而東馳兮，云台行乎中野。亂弱水之潺湲兮，逗華陰之湍渚。
號馮夷俾清津兮，櫂龍舟以濟予。會帝軒之未歸兮，悵倘佯而延佇。
恓河林之蓁蓁兮，偉關雎之戒女。

　　　蹶，陳八郎本、九條本：厥。　　台，尤袤本李善注：夷。陳八
郎本：怡。九條本：怡，又：夷。　　野，李賢：協韻音神渚反。
潺，陳八郎本、九條本：士連。　　湲，陳八郎本、九條本：爰。
予，尤袤本舊注：合韻音夷渚切。陳八郎本：與，叶韻。九條本：
与，叶。　　倘，陳八郎本、九條本：常。　　恓，尤袤本李善注：許吏
切，又：虛祕切。陳八郎本：許利。九條本：許利反。　　蓁，陳八
郎本：側巾。

黃靈詹而訪命兮，穆天道其焉如。曰近信而遠疑兮，六籍闕而不書。
神遌昧其難覆兮，疇克謀而從諸。牛哀病而成虎兮，雖逢昆其必噬。
鼈令殪而尸亡兮，取蜀禪而引世。死生錯其不齊兮，雖司命其不喇。

　　　穆，陳八郎本、九條本：居幽。　　噬，陳八郎本、九條本：逝。
令，李賢：靈。陳八郎本：零。　　殪，陳八郎本、九條本：烟計。
喇，尤袤本李善注：之曳切。《後漢書》作"晰"，李賢：協韻音之
逝反。陳八郎本亦作"晰"，音：制，協韻。九條本：制，叶，又：
之曳。

竇號行於代路兮，後膺胙而繁廡。王肆侈於漢庭兮，卒衛恤而絕緒。
尉龙眉而郎潛兮，逮三葉而遭武。董弱冠而司袞兮，設王隧而弗處。
夫吉凶之相仍兮，恒反仄而靡所。穆屆天以悅牛兮，豎亂叔而幽主。
文斷袪而忌伯兮，闈謁賊而寧后。通人闇於好惡兮，豈昏惑而能剖。
嬴摘讖而戒胡兮，備諸外而發內。或輦賄而違車兮，孕行産而爲對。

廡，陳八郎本：武。　　闇，陳八郎本、九條本：奄。　　擿，陳八
郎本：他歷。　　識，陳八郎本：楚禁。

慎竈顯以言天兮，占水火而妄訊。梁叟患夫黎丘兮，丁厥子而剿刃。
親所睨而弗識兮，矧幽冥之可信。毋縣攣以倖己兮，思百憂以自疹。

　　訊，尤袤本李善注：息對切。陳八郎本、九條本作“誶”，音：
信。　　剿，尤袤本李善注引韋昭：側吏切。《後漢書》作“事”，李
賢：側利反。陳八郎本作“傳”，音：側吏。○案：尤袤本李善注
“《爾雅》曰丁當切”非音注，當作：“《爾雅》曰：丁，當。”切字衍。
　　攣，陳八郎本、九條本：力全。　　倖，尤袤本李善注：胡冷切。
《後漢書》作“涬”，李賢：胡鼎反。陳八郎本、九條本亦作“涬”，
音：胡冷。○案：九條本“冷”似“吟”字。

彼天監之孔明兮，用棐忱而祐仁。湯蠲體以禱祈兮，蒙厖禠以拯民。
景三慮以營國兮，熒惑次於他辰。魏顆亮以從治兮，鬼亢回以斃秦。
咎繇邁而種德兮，樹德懋于英六。桑末寄夫根生兮，卉既凋而已育。
有無言而不酬兮，又何往而不復。盍遠迹以飛聲兮，孰謂時之可蓄。

　　棐，陳八郎本、九條本：匪。　　忱，陳八郎本：市林。九條本：
市林反。　　蠲，陳八郎本、九條本：涓。　　厖，陳八郎本：眉江。
九條本：眉江反。　　禠，李賢、陳八郎本、九條本：斯。

仰矯首以遙望兮，魂懭悢而無疇。逼區中之隘陋兮，將北度而宣游。
行積冰之皚皚兮，清泉沍而不流。寒風淒其永至兮，拂穹岫之騷騷。
玄武縮于殼中兮，騰蛇蜿而自糾。魚矜鱗而并凌兮，鳥登木而失條。
坐太陰之屏室兮，慨含唏而增愁。怨高陽之相寓兮，佛顓頊而宅幽。

廝纖路於四裔兮,斯與彼其何瘳。望寒門之絶垠兮,縱余緤乎不周。

惘,陳八郎本:罔。 隘,九條本:於解反。 皚,尤袤本李善注:牛哀切。 沍,李賢:胡故反。 騷,尤袤本李善注:合韻,所流切。李賢:協韻音脩。九條本:脩。 糾,李賢:古由反。陳八郎本:平聲叶韻。九條本:平声,叶。 矜,九條本:力澄反。○案:卷五《吴都賦》"矜巴漢之阻",集注本引《音决》"矜,九陵反"。九條本"力"當作"九"。 凌,尤袤本李善注:力證切。李賢:力澄反。陳八郎本、九條本:去聲。 唏,尤袤本李善注作"欷":火既切。陳八郎本、九條本亦作"欷",音:虚義。 佃,尤袤本李善注:去鳳切。李賢:乞鳳反。陳八郎本:乞衆。 裔,陳八郎本、九條本作"垠",音:銀。 瘳,陳八郎本:抽。 垠,李賢:玉巾反。 緤,李賢:思列反。陳八郎本、九條本:薛。

迅焱潚其媵我兮,鶩翩飄而不禁。越谽嘲之洞穴兮,漂通川之硴硴。經重瘖乎寂漠兮,慜墳羊之深潛。

潚,尤袤本舊注、李賢、陳八郎本、九條本:肅。 媵,陳八郎本:弋證。九條本:□澄反。○案:九條本□處字殘。 禁,李賢:協韻音金。 谽,尤袤本李善注:火含切。李賢:乎含反。陳八郎本、九條本:火含。○案:李賢音"乎",中華本作"呼"。 嘲,尤袤本李善注:火加切。《後漢書》作"嘲",李賢:呼加反。陳八郎本:呼加。九條本作"閉":呼加反。 硴,尤袤本李善注、李賢:林。陳八郎本:力金。九條本:力全反。○案:九條本"全"爲"金"字之訛。 瘖,九條本作"瘖",音:陰。

追荒忽於地底兮,軼無形而上浮。出石密之闇野兮,不識蹊之所由。

速燭龍令執炬兮,過鍾山而中休。瞰瑤谿之赤岸兮,吊祖江之見劉。

　　荒,陳八郎本、九條本:上聲。　　軼,陳八郎本、九條本:逸。

　　谿,九條本:吉兮反。　【附】尤袤本李善注:《山海經》曰:欽䲵

殺祖江于崑崙之陽,帝乃戮之於鍾山之東,曰瑤岸,欽䲵化爲大

鶚。郭璞曰:䲵,音丕。鶚,音愕。又《後漢書》李賢:䲵音邳。

聘王母於銀臺兮,羞玉芝以療飢。戴勝慭其既歡兮,又誚余之行遲。
載太華之玉女兮,召洛浦之宓妃。咸姣麗以蠱媚兮,增嫣眼而蛾眉。
舒詏婧之纖腰兮,揚雜錯之袿徽。

　　慭,尤袤本李善注:魚覲切。李賢:相傳音宜覲反,又:許近

反。陳八郎本、九條本:魚靳。　　誚,陳八郎本:才笑。九條本:

才笑反。　　姣,李賢:古巧反。陳八郎本、九條本:狡。　　蠱,李

賢:野。　　嫣,李賢:胡故反。陳八郎本:回故。九條本:回故反。

　　詏,尤袤本李善注、九條本:眇。　　婧,尤袤本李善注:財性切,

一音精。李賢:財性反。陳八郎本:才姓。九條本:才姓反。

　　揚,陳八郎本、九條本旁記作"禓",音:陽。　　袿,尤袤本李善注:

古攜切。李賢:圭。陳八郎本、九條本:珪。

離朱脣而微笑兮,顏的礫以遺光。獻環琨與琛縭兮,申厥好以玄黄。
雖色豔而賅美兮,志皓蕩而不嘉。雙材悲於不納兮,并詠詩而清歌。
歌曰:天地烟熅,百卉含葩。鳴鶴交頸,鵙鳩相和。處子懷春,精魂回
移。如何淑明,忘我實多。

　　礫,尤袤本李善注、陳八郎本、九條本:歷。　　環,九條本:

還。　　琨,尤袤本李善注、九條本:昆。　　琛,九條本:丑今反。

　　縭,尤袤本李善注:離。陳八郎本、九條本:离。　　賅,九條本:

路。　　烟,九條本:於人反。　　【附】尤袤本李善注:《説文》曰:
藒,古花字。本誤作藒,音爲詭切。　　鴡,九條本作"雎":七
余反。

將苔賦而不暇兮,爰整駕而亟行。瞻崑崙之巍巍兮,臨縈河之洋洋。
伏靈龜以負坻兮,亘螭龍之飛梁。登閬風之層城兮,摶不死而爲牀。
屑瑶藥以爲糇兮,斟白水以爲漿。抨巫咸作占夢兮,乃貞吉之元符。
滋令德於正中兮,含嘉秀以爲敷。既垂穎而顧本兮,亦要思乎故居。
安和静而隨時兮,姑純懿之所廬。

　　　亟,李賢:紀力反。陳八郎本:紀力。　　坻,陳八郎本:直夷。
　　螭,陳八郎本:敕知。　　藥,尤袤本李善注:而髓切。　　斟,尤
袤本李善注:居于切。李賢:居于反。陳八郎本、九條本:俱。
○案:《後漢書》李賢音"居",中華本作"古"。居、古皆爲見母。
　　抨,尤袤本李善注:甫耕切。李賢:普耕反,又補耕反。陳八郎
本:普萌。九條本作"伻":普萌反。

戒庶僚以夙會兮,僉供職而并誼。豐隆軒其震霆兮,列缺曄其照夜。
雲師欻以交集兮,涷雨沛其灑塗。轙琱輿而樹葩兮,擾應龍以服路。
百神森其備從兮,屯騎羅而星布。

　　　軒,尤袤本李善注:普耕切。李賢:普耕反。陳八郎本:普
萌。九條本:普萌反。　　霆,李賢:廷。　　欻,尤袤本李善注:徒
感切。李賢:徒感反。陳八郎本:徒感。　　沛,陳八郎本:普頼。
　　塗,李賢:協韻音徒故反。陳八郎本作"途",音:度,協韻。九
條本:度,叶。　　轙,李賢:魚綺反。陳八郎本、九條本:魚綺。
琱,陳八郎本、九條本:凋。　　應,陳八郎本、九條本:平聲。

振余袂而就車兮，脩劍揭以低昂。冠崰嵬其映蓋兮，珮綝纚以煇煌。
僕夫儼其正策兮，八乘騰而超驤。氛旄溶以天旋兮，蜺旌飄以飛颺。

　　崰，尤袤本李善注：五咸切。九條本：五咸反。《後漢書》作
"崿"，李賢：五各反。　綝，尤袤本李善注、李賢、陳八郎本、九條
本：林。　纚，尤袤本李善注、李賢：離。陳八郎本作"麗"，音：
离。　煇，李賢：胡本反。陳八郎本：混。　乘，陳八郎本：去聲。

　　溶，尤袤本李善注、李賢：勇。陳八郎本：上聲。

撫軨軹而還睨兮，心勺藥其若湯。羨上都之赫戲兮，何迷故而不忘。

　　軨，尤袤本李善注、李賢、陳八郎本：零。　軹，尤袤本李善
注：之氏切。李賢：之是反。陳八郎本：紙。　勺，尤袤本李善
注：市灼切。　藥，《後漢書》作"蘽"，李賢：鑠。　【附】尤袤本李
善注：《楚辭》曰：心涫沸其若湯。涫音換。　戲，陳八郎本、九條
本：平聲。

左青琱之捷芝兮，右素威以司鉦。前長離使拂羽兮，後委衡乎玄冥。
屬箕伯以函風兮，懲澅涊而爲清。拽雲旗之離離兮，鳴玉鸞之譻譻。
涉青霄而升遐兮，浮蠛蠓而上征。紛翼翼以徐戾兮，焱回回其揚靈。
叫帝閽使闢扉兮，覿天皇于瓊宮。聆廣樂之九奏兮，展洩洩以彤彤。
考治亂於律均兮，意建始而思終。惟般逸之無斁兮，懼樂往而哀來。
素女撫絃而餘音兮，太容吟曰念哉。

　　捷，尤袤本李善注：巨偃切。李賢：巨偃反。陳八郎本作
"犍"，音：巨偃。　鉦，陳八郎本：征。　函，陳八郎本：含。

　　澅，李賢：它典反。陳八郎本：他典。　涊，李賢：乃典反。陳八
郎本：奴典。　譻，李賢：嚶。陳八郎本：烏庚反。　蠛，陳八郎

本作"戳",音:蔑。　蠓,《後漢書》作"蒙",李賢:莫孔反。陳八
郎本作"矇",音:莫孔。　焱,陳八郎本作"猋",音:必遥。　樂,
九條本:岳。　洩,陳八郎本:曳。　肜,陳八郎本:容。九條本、
朝鮮正德本、奎章閣本:融。　斁,李賢:亦,又音徒故反,古度字
也。陳八郎本:亦。

既防溢而靖志兮,迨我暇以翱翔。出紫宫之肅肅兮,集太微之閭閶。
命王良掌策駟兮,踰高閣之將將。建罔車之幕幕兮,獵青林之芒芒。
彎威弧之拔剌兮,射蟠冢之封狼。觀壁壘於北落兮,伐河鼓之磅硠。
乘天潢之泛泛兮,浮雲漢之湯湯。

　　閶,尤袤本李善注、陳八郎本、九條本:郎。　將,陳八郎本:
七將反。　芒,陳八郎本:莫傍反。　拔,北宋本及尤袤本李善
注:方割切。《後漢書》作"撥",李賢:方割反。陳八郎本:蒲割。
　剌,北宋本及尤袤本李善注:力達切。李賢:力達反。陳八郎
本:力割。　蟠,陳八郎本:波。　磅,李賢:普郎反。陳八郎本、
九條本:泊郎。　硠,李賢:郎。陳八郎本:滂。九條本、朝鮮正
德本、奎章閣本:郎。○案:陳八郎本音"滂"誤。　湯,陳八郎
本:式羊反。

倚招搖攝提以低個劉流兮,察二紀五緯之綢繆遹皇。偓佺夭矯娗以
連卷兮,雜沓叢頒颯以方驤。

　　劉,李賢:居流反。陳八郎本:渠幽。九條本:□幽。○案:
九條本□處字似作"巨一",蓋"渠"字草書之訛體。　綢,九條
本:直留。　繆,陳八郎本:平聲。　遹,陳八郎本、九條本:聿。
　娗,尤袤本李善注:匹萬切。九條本:匹万。《後漢書》作"媲",

李賢：孚萬反。陳八郎本亦作"嫵"，音：芳萬。　卷，尤袤本李善注：拳。陳八郎本：權。　頷，尤袤本李善注：悴。

鹹汩飄淚沛以罔象兮，爛漫麗靡貌以迭逿。

　　鹹，尤袤本李善注：一六切。李賢：一六反。陳八郎本：域。

　泪，李賢：于筆反。陳八郎本：于筆。　飄，尤袤本李善注：力凋切。《後漢書》作"飂"，李賢：遼。陳八郎本、九條本：聊。

淚，尤袤本李善注：戾。　沛，李賢：普蓋反。陳八郎本：普賴。

藐，李賢：亡小反。　逿，尤袤本李善注：唐。《後漢書》作"逿"，李賢：徒郎反。陳八郎本作"盪"，音：唐。九條本作"遏"，音：唐。○案：尤袤本"逿"當從"昜"。九條本"遏"字誤。

凌驚雷之砊礚兮，弄狂電之淫裔。踰痝鴻於宕冥兮，貫倒景而高厲。

　　砊，尤袤本李善注：昔郎切。李賢、奎章閣本李善注：康。陳八郎本：苦郎。○案：砊爲溪母，昔爲心母，聲紐不同。尤袤本"昔"疑爲"苦"字之訛。　礚，李賢：苦蓋反。陳八郎本：苦蓋。

痝，尤袤本李善注：莫孔切。《後漢書》作"庬"，李賢：亡孔反。陳八郎本作"濛"，音：上聲。　鴻，尤袤本李善注：胡孔切。《後漢書》作"澒"，李賢：胡孔反。陳八郎本：上聲。　宕，尤袤本李善注：徒浪切。陳八郎本、九條本：蕩。

廓盪盪其無涯兮，乃今窺乎天外。據開陽而頫眂兮，臨舊鄉之暗藹。悲離居之勞心兮，情悁悁而思歸。魂眷眷而屢顧兮，馬倚輈而徘徊。雖游娛以媮樂兮，豈愁慕之可懷。

　　暗，李賢：烏感反。陳八郎本、九條本：上聲。　藹，陳八郎本:烏蓋反。九條本:烏蓋。　捐,尤袤本李善注:烏玄切。李賢:於緣反。陳八郎本:於玄。九條本:烏玄。　鞧,陳八郎本、九條本:張流。　媮,李賢:通侯反。陳八郎本:俞。　樂,九條本:洛。

出閶闔兮降天途,乘焱忽兮馳虛無。雲菲菲兮繞余輪,風眇眇兮震余旗。繽連翩兮紛暗曖,儵眩眃兮反常閒。

　　焱,尤袤本李善注:必遙切。陳八郎本作"猋",音:必遙。旗,陳八郎本、九條本:余。　繽,陳八郎本、九條本:匹鄰。暗,陳八郎本、九條本:上聲。　曖,陳八郎本、九條本:愛。眩,尤袤本李善注:懸。李賢、陳八郎本、九條本:縣。　眃,尤袤本李善注、陳八郎本、九條本:云。李賢:混。

收疇昔之逸豫兮,卷淫放之遐心。修初服之娑娑兮,長余佩之參參。文章奐以粲爛兮,美紛紜以從風。御六藝之珍駕兮,游道德之平林。結典籍而爲罟兮,敺儒墨以爲禽。玩陰陽之變化兮,詠雅頌之徽音。嘉曾氏之《歸耕》兮,慕歷阪之嶔崟。恭凤夜而不貳兮,固終始之所服。夕惕若屬以省愆兮,懼余身之未勅。苟中情之端直兮,莫吾知而不愿。默無爲以凝志兮,與仁義乎逍遥。不出户而知天下兮,何必歷遠以劬勞。

　　罟,李賢、陳八郎本:古。　敺,尤袤本李善注:驅。　崟,李賢、陳八郎本:吟。九條本作"嶮",音:吟。　愿,尤袤本李善注:女六切。李賢、陳八郎本:女六反。九條本:女六。　劬,九條本:其俱反。

系曰:天長地久歲不留,俟河之清秖懷憂。願得遠渡以自娛,上下無常窮六區。超踰騰躍絕世俗，飄遥神舉逞所欲。天不可階仙夫稀，柏舟悄悄吝不飛。松喬高跱孰能離，結精遠游使心攜。迴志揭來從玄謀，獲我所求夫何思。

　　祇，陳八郎本：支。　　渡，九條本：度。　　揭，李賢：丘列反。

　　謀，九條本作“諆”，音：基。　　【附】《後漢書》李賢：諆或作謀，音基。

歸田賦
張平子

游都邑以永久，無明略以佐時。徒臨川以羨魚，俟河清乎未期。感蔡子之慷慨，從唐生以決疑。諒天道之微昧，追漁父以同嬉。超埃塵以遐逝，與世事乎長辭。於是仲春令月，時和氣清。原隰鬱茂，百草滋榮。王雎鼓翼，鶬鶊哀鳴。交頸頡頏，關關嚶嚶。於焉逍遥，聊以娛情。

　　隰，陳八郎本：習。　　【附】尤袤本李善注：《爾雅》曰：倉庚，黃鶊也。鶊音利。　　頏，陳八郎本、九條本：平声。　　嚶，陳八郎本、九條本：烏耕反。

爾乃龍吟方澤，虎嘯山丘。仰飛纖繳，俯釣長流。觸矢而斃，貪餌吞鈎。落雲間之逸禽，懸淵沈之鯊鰡。

　　繳，陳八郎本、九條本：酌。　　鯊，陳八郎本：沙。九條本作“鯊”，音：沙。　　鰡，陳八郎本：留。

于時曜靈俄景，係以望舒。極般游之至樂，雖日夕而忘劬。感老氏之遺誡,將迴駕乎蓬廬。彈五絃之妙指,詠周孔之圖書。揮翰墨以奮藻,陳三皇之軌模。苟縱心於物外,安知榮辱之所如。

　　模,尤袤本李善注:莫奴切。

《文選》音注輯考卷十六

志下

　　潘安仁《閑居賦》一首

哀傷

　　司馬長卿《長門賦》一首

　　向子期《思舊賦》一首

　　陸士衡《嘆逝賦》一首

　　潘安仁《懷舊賦》一首

　　　　《寡婦賦》一首

　　江文通《恨賦》一首

　　　　《別賦》一首

志　下

閑居賦并序

潘安仁

岳嘗讀《汲黯傳》,至司馬安四至九卿,而良史書之,題以巧宦之目,未嘗不慨然,廢書而嘆。曰:嗟乎,巧誠有之,拙亦宜然。顧常以爲士之生也,非至聖無軌微妙玄通者,則必立功立事,效當年之用。是以資忠履信以進德,脩辭立誠以居業。僕少竊鄉曲之譽,忝司空太尉之命,所奉之主,即太宰魯武公其人也,舉秀才爲郎。逮事世祖武皇帝,爲河陽懷令,尚書郎,廷尉平。

> 黯,尤袤本李善注:於減切。九條本:於感。　慨,尤袤本李善注:許既切。　平,尤袤本李善注:皮命切。陳八郎本:病。室町本:皮命反。

今天子諒闇之際,領太傅主簿,府主誅,除名爲民。俄而復官,除長安令。遷博士,未召拜。親疾,輒去官免。自弱冠涉乎知命之年,八徙官而一進階,再免,一除名,一不拜職,遷者三而已矣。雖通塞有遇,抑亦拙者之効也。昔通人和長輿之論余也,固謂拙於用多。稱多則吾豈敢,言拙信而有徵。方今俊乂在官,百工惟時。拙者可以絶意乎寵榮之事矣。太夫人在堂,有羸老之疾。尚何能違膝下色養,而屑屑從斗筲之役乎?於是覽止足之分,庶浮雲之志。築室種樹,逍遥自得。池沼足以漁釣,春稅足以代耕。灌園粥蔬,以供朝夕之膳。牧羊酤酪,以俟伏臘之費。孝乎惟孝,友于兄弟,此亦拙者之爲政也。乃作《閑居賦》,以歌事遂情焉。

> 羸,九條本:力垂反。　筲,陳八郎本、九條本:所交。《晉書音義》:所交反。　粥,尤袤本李善注:與鬻音義同。　酤,尤袤本李善注:古護切。《晉書音義》:古胡反。　酪,《晉書音義》:盧各反。

其辭曰:傲墳素之場圃,步先哲之高衢。雖吾顏之云厚,猶内媿於甯蘧。有道吾不仕,無道吾不愚。何巧智之不足,而拙艱之有餘也。於是退而閑居,于洛之涘。身齊逸民,名綴下士。陪京泝伊,面郊後市。浮梁黝以徑度,靈臺傑其高峙。闚天文之祕奥,究人事之終始。

黝，北宋本及尤袤本李善注：於糾切。陳八郎本：於糾。《晉
書音義》：於糾反。　究，陳八郎本：掬。

其西則有元戎禁營，玄幕緑徽。谿子巨黍，異絭同機。礮石雷駭，激
矢虻飛。以先啓行，耀我皇威。其東則有明堂辟廱，清穆敞閑。環林
縈映，圓海迴淵。聿追孝以嚴父，宗文考以配天。祇聖敬以明順，養
更老以崇年。

縈，北宋本及尤袤本李善注、陳八郎本、九條本：卷。　礮，
陳八郎本作“嗷”，音：普皃。《晉書音義》：匹孝反。　虻，陳八郎
本作“蝱”，音：盲。《晉書音義》亦作“蝱”：莫行反。

若乃背冬涉春，陰謝陽施。天子有事于柴燎，以郊祖而展義。張鈞天
之廣樂，備千乘之萬騎。服振振以齊玄，管啾啾而并吹。煌煌乎，隱
隱乎。兹禮容之壯觀，而王制之巨麗也。兩學齊列，雙宇如一。右延
國胄，左納良逸。祁祁生徒，濟濟儒術。或升之堂，或入之室。教無
常師，道在則是。故髦士投紱，名王懷璽。訓若風行，應如草靡。此
里仁所以爲美，孟母所以三徙也。

施，陳八郎本、九條本：去聲。　振，北宋本及尤袤本李善
注：真。《晉書音義》作“桭”：質鄰反，與振同。○案：中華本《晉
書》正文誤作“桭”。　【附】北宋本及尤袤本李善注：《左氏傳》卜
偃曰：童謡云，袀服振振。《説文》曰：袀，玄服也。音均。　啾，
陳八郎本：干流。朝鮮正德本、奎章閣本：子流。○案：陳八郎本
“干”爲“子”字之訛。　吹，陳八郎本、九條本：去聲。　紱，九條
本：弗。

爰定我居,築室穿池。長楊映沼,芳枳樹籬。游鱗瀺灂,菡萏敷披。竹木蓊藹,靈果參差。張公大谷之梨,梁侯烏椑之柿。周文弱枝之棗,房陵朱仲之李,靡不畢殖。三桃表櫻胡之別,二奈曜丹白之色。石榴蒲陶之珍,磊落蔓衍乎其側。梅杏郁棣之屬,繁榮麗藻之飾。華實照爛,言所不能極也。

枳,陳八郎本:支爾。九條本:支尒。　瀺,陳八郎本:仕咸。《晋書音義》:士咸反。　灂,陳八郎本、九條本:仕角。《晋書音義》:士角反。　菡,九條本、《晋書音義》:胡感反。　萏,《晋書音義》:徒感反。　蓊,陳八郎本、九條本:烏孔。　藹,陳八郎本、九條本:於害。　椑,尤袤本李善注:方彌切。九條本:方弥。《晋書音義》:必移反。　柿,陳八郎本:助理反。　衍,陳八郎本、九條本:弋戰。　郁,尤袤本李善注:與奠音義同。　棣,九條本:徒帝反。《晋書音義》:提細反。

菜則葱韭蒜芋,青筍紫薑。菫薺甘旨,蓼荾芬芳。蘘荷依陰,時藿向陽。綠葵含露,白薤負霜。

蒜,陳八郎本、九條本:筭。《晋書音義》:蘇亂反。　芋,陳八郎本、九條本:違句。《晋書音義》:于句反。　筍,陳八郎本:昔尹。《晋書音義》:戍尹反。　菫,尤袤本李善注:居隱切。《晋書音義》:居隱反。陳八郎本、九條本:謹。　薺,《晋書音義》:齊禮反。　蓼,陳八郎本:了。　荾,尤袤本李善注:相惟切。陳八郎本作"荽",音:雖。《晋書音義》:肯維反。○案:荾爲心母,肯爲溪母,聲紐不合。《音義》"肯"爲"胥"字之訛。　蘘,陳八郎本:而羊。《晋書音義》:而羊反。　薤,《晋書音義》:戶戒反。

於是凜秋暑退，熙春寒往。微雨新晴，六合清朗。太夫人乃御版輿，升輕軒。遠覽王畿，近周家園。體以行和，藥以勞宣。常膳載加，舊痾有痊。席長筵，列孫子。柳垂陰，車結軌。陸摛紫房，水挂赬鯉。或宴于林，或襖于汜。昆弟班白，兒童稚齒。稱萬壽以獻觴，咸一懼而一喜。

> 痊，陳八郎本：七全反。　襖，陳八郎本：胡計。《晋書音義》：胡計反。　汜，陳八郎本、九條本：似。《晋書音義》：辭理反。

壽觴舉，慈顏和。浮杯樂飲，絲竹駢羅。頓足起舞，抗音高歌。人生安樂，孰知其佗。退求己而自省，信用薄而才劣。奉周任之格言，敢陳力而就列。幾陋身之不保，尚奚擬於明哲。仰衆妙而絕思，終優游以養拙。

哀　傷

長門賦并序

司馬長卿

孝武皇帝陳皇后時得幸，頗妬。別在長門宮，愁悶悲思。聞蜀郡成都司馬相如天下工爲文，奉黃金百斤，爲相如文君取酒。因于解悲愁之辭，而相如爲文以悟主上，陳皇后復得親幸。

> 【附】尤袤本李善注：《外戚傳》曰：陳皇后者，長公主嫖女也。嫖，匹妙切。

其辭曰：夫何一佳人兮，步逍遙以自虞。魂踰佚而不反兮，形枯槁而
獨居。言我朝往而暮來兮，飲食樂而忘人。心慊移而不省故兮，交得
意而相親。伊予志之慢愚兮，懷貞愨之懽心。願賜問而自進兮，得尚
君之玉音。

　　佚，陳八郎本、九條本：逸。　　槁，尤袤本李善注：古老切。
陳八郎本、九條本：考。　　慊，尤袤本李善注：理兼切。陳八郎本
作"嗛"，音：廉。　　愨，尤袤本李善注：空角切。陳八郎本、九條
本：苦角。

奉虛言而望誠兮，期城南之離宮。脩薄具而自設兮，君曾不肯乎幸
臨。廓獨潛而專精兮，天漂漂而疾風。登蘭臺而遙望兮，神怳怳而外
淫。浮雲鬱而四塞兮，天窈窈而晝陰。雷殷殷而響起兮，聲象君之車
音。飄風迴而起閨兮，舉帷幄之襜襜。桂樹交而相紛兮，芳酷烈之閧
閧。孔雀集而相存兮，玄猨嘯而長吟。翡翠脅翼而來萃兮，鸞鳳翔而
北南。

　　怳，陳八郎本、九條本：兄往。　　殷，尤袤本李善注：隱。
襜，陳八郎本：昌廉反。九條本：昌廉。　　閧，尤袤本李善注：魚
斤切。陳八郎本：魚巾反。　　南，陳八郎本：尼心。九條本：尼心
反，叶。

心憑噫而不舒兮，邪氣壯而攻中。下蘭臺而周覽兮，步從容於深宮。
正殿塊以造天兮，鬱并起而穹崇。間徙倚於東廂兮，觀夫靡靡而無
窮。擠玉戶以撼金鋪兮，聲嘈㘎而似鍾音。

　　噫，尤袤本李善注：乙戒切。陳八郎本、九條本：依。　　造，
陳八郎本：操。　　穹，陳八郎本：丘弓。　　擠，尤袤本李善注：子

計切。陳八郎本:濟。　撼,尤袤本李善注:胡感切。陳八郎本:
胡感。　鋪,陳八郎本、九條本:平聲。　矰,尤袤本李善注:曾。
陳八郎本:側耕。　竑,尤袤本李善注:宏。陳八郎本、九條本:
胡耕。

刻木蘭以爲榱兮,飾文杏以爲梁。羅丰茸之游樹兮,離樓梧而相撑。
施瑰木之欂櫨兮,委參差以槺梁。

　　榱,陳八郎本:衰。　丰,陳八郎本、九條本:峯。　茸,陳八
郎本、九條本:如恭。　梧,陳八郎本:五故。九條本:五故反。
　撑,尤袤本李善注:直庚切。陳八郎本:丑耕反。　欂,陳八郎
本、九條本:貧碧。　櫨,陳八郎本:盧。　槺,尤袤本李善注、陳
八郎本:康。

時仿佛以物類兮,象積石之將將。五色炫以相曜兮,爛耀耀而成光。
緻錯石之瓴甓兮,象瑇瑁之文章。張羅綺之幔帷兮,垂楚組之連綱。
撫柱楣以從容兮,覽曲臺之央央。白鶴噭以哀號兮,孤雌跱於枯楊。

　　將,尤袤本李善注:七羊切。　炫,陳八郎本:縣。　瓴,陳
八郎本:零。　甓,陳八郎本、九條本:蒲覓。　瑇,陳八郎本:
代。　瑁,陳八郎本:莫輩。　楣,陳八郎本:眉。　從,陳八郎
本、九條本:七容。　噭,陳八郎本、九條本:叫。

日黃昏而望絶兮,悵獨託於空堂。懸明月以自照兮,徂清夜於洞房。
援雅琴以變調兮,奏愁思之不可長。案流徵以却轉兮,聲幼妙而復
揚。貫歷覽其中操兮,意慷慨而自卬。左右悲而垂淚兮,涕流離而從
橫。舒息悒而增欷兮,蹝履起而彷徨。

徵，陳八郎本：張里。　幼，尤袤本李善注、陳八郎本：要。
卬，尤袤本李善注：五郎切。陳八郎本：昂。　欨，陳八郎本：
虛義。　蹝，尤袤本李善注：與躧音義同。陳八郎本：所綺。
彷，陳八郎本：步郎。　徨，陳八郎本：黃。

揄長袂以自翳兮，數昔日之㣈殃。無面目之可顯兮，遂頹思而就牀。
搏芬若以爲枕兮，席荃蘭而茝香。忽寢寐而夢想兮，魂若君之在旁。
惕寤覺而無見兮，魂迋迋若有亡。

　　搏，尤袤本李善注：段丸切。陳八郎本：徒丸。九條本：待
丸。○案：徒、待皆爲定母，與搏同。然九條本此音爲五臣音，
“待”疑爲“徒”字之訛。　荃，陳八郎本、九條本：銓。　茝，陳八
郎本：昌侍。九條本：昌待。○案：茝有海、止兩韻，皆讀上聲。
待字爲海韻，侍字爲去聲志韻，陳八郎本“侍”爲“待”字之訛。
惕，陳八郎本：天歷。　迋，陳八郎本：區往。

衆雞鳴而愁予兮，起視月之精光。觀衆星之行列兮，畢昴出於東方。
望中庭之藹藹兮，若季秋之降霜。夜曼曼其若歲兮，懷鬱鬱其不可再
更。澹偃蹇而待曙兮，荒亭亭而復明。妾人竊自悲兮，究年歲而不
敢忘。

　　藹，陳八郎本、九條本：於害。　曼，陳八郎本作“漫”，音：莫
半。　澹，陳八郎本、九條本：去聲。　荒，陳八郎本、九條本：
上聲。

思舊賦并序

向子期

余與嵇康、呂安居止接近，其人并有不羈之才。然嵇志遠而疎，呂心曠而放，其後各以事見法。嵇博綜技藝，於絲竹特妙。臨當就命，顧視日影，索琴而彈之。余逝將西邁，經其舊廬。于時日薄虞淵，寒冰淒然。鄰人有吹笛者，發聲寥亮。追思曩昔游宴之好，感音而嘆，故作賦云：

將命適於遠京兮，遂旋反而北徂。濟黃河以泛舟兮，經山陽之舊居。
踐二子之遺迹兮，歷窮巷之空廬。嘆黍離之愍周兮，悲麥秀於殷墟。
惟古昔以懷今兮，心徘徊以躊躇。棟宇存而弗毀兮，形神逝其焉如。
昔李斯之受罪兮，嘆黃犬而長吟。悼嵇生之永辭兮，顧日影而彈琴。
託運遇於領會兮，寄餘命於寸陰。聽鳴笛之慷慨兮，妙聲絕而復尋。
停駕言其將邁兮，遂援翰而寫心。

　　　躊，陳八郎本、《晋書音義》：儔。　　躇，陳八郎本、《晋書音
　義》：除。

嘆逝賦并序

陸士衡

昔每聞長老追計平生同時親故，或凋落已盡，或僅有存者。余年方四十，而懿親戚屬，亡多存寡。昵交密友，亦不半在。或所曾共游一塗，同宴一室，十年之外，索然已盡。以是思哀，哀可知矣。乃作賦曰：

伊天地之運流，紛升降而相襲。日望空以駿驅，節循虛而警立。嗟人生之短期，孰長年之能執。時飄忽其不再，老晼晚其將及。懟瓊蘂之

無徵，恨朝霞之難挹。望湯谷以企予，惜此景之屢戢。

　　　腕，陳八郎本：於遠。　　懯，陳八郎本：直遂。　　挹，尤袤本
李善注：揖。陳八郎本：一入反。　　【附】尤袤本李善注：毛萇《詩
傳》曰：挹，斛也。斛音俱。　　企，陳八郎本：遣智。

悲夫，川閱水以成川，水滔滔而日度。世閱人而爲世，人冉冉而行暮。
人何世而弗新，世何人之能故。野每春其必華，草無朝而遺露。經終
古而常然，率品物其如素。譬日及之在條，恒雖盡而弗瘉。
雖不瘉其可悲，心惆焉而自傷。亮造化之若茲，吾安取夫久長。痛靈
根之夙隕，怨具爾之多喪。悼堂搆之隤瘁，慜城闕之丘荒。親彌懿其
已逝，交何戚而不忘。咨余今之方殆，何視天之芒芒。

　　　喪，陳八郎本：平聲，協韻。九條本：平声，叶。　　瘁，陳八郎
本：萃。

傷懷悽其多念，戚貌瘁而尠歡。幽情發而成緒，滯思叩而興端。慘此
世之無樂，詠在昔而爲言。居充堂而衍宇，行連駕而比軒。彌年時其
詎幾，夫何往而不殘。或冥邈而既盡，或寥廓而僅半。信松茂而柏
悦，嗟芝焚而蕙嘆。苟性命之弗殊，豈同波而異瀾。瞻前軌之既覆，
知此路之良難。啓四體而深悼，懼茲形之將然。毒娛情而寡方，怨感
目之多顏。

　　　半，陳八郎本：平聲，協韻。九條本：平声，叶。　　嘆，陳八郎
本：平聲，協韻。九條本：平声，叶。

諒多顏之感目，神何適而獲怡。尋平生於響像，覽前物而懷之。步寒
林以悽惻，翫春翹而有思。觸萬類以生悲，嘆同節而異時。

年彌往而念廣，塗薄暮而意迮。親落落而日稀，友靡靡而愈索。顧舊
要於遺存，得十一於千百。樂隤心其如忘，哀緣情而來宅。託末契於
後生，余將老而爲客。

　　迮，北宋本及尤袤本李善注：阻格切。陳八郎本、九條本：
　責。　　索，北宋本及尤袤本李善注：協韻，所格切。

然後弭節安懷，妙思天造。精浮神淪，忽在世表。寤大暮之同寐，何
矜晚以怨早。指彼日之方除，豈茲情之足攪。感秋華於衰木，瘁零露
於豐草。在殷憂而弗違，夫何云乎識道。將頤天地之大德，遺聖人之
洪寶。解心累於末迹，聊優游以娛老。

　　攪，陳八郎本、九條本：狡。○案：九條本“攪”訛作“撹”。

懷舊賦并序

潘安仁

余十二而獲見于父友東武戴侯楊君，始見知名，遂申之以婚姻。而道
元公嗣，亦隆世親之愛。不幸短命，父子凋殞。余既有私艱，且尋役
于外。不歷嵩丘之山者，九年于茲矣。今而經焉，慨然懷舊而賦
之曰：

　　【附】尤袤本李善注：臧榮緒《晋書》曰：岳父芘。芘音毗。

啓開陽而朝邁，濟清洛以徑渡。晨風淒以激冷，夕雪曇以掩路。轍含
冰以滅軌，水漸軔以凝沍。塗艱屯其難進，日腕晚而將暮。

　　曇，陳八郎本、九條本：胡老。室町本：胡老反。　　漸，陳八
　郎本：子廉。　　軔，陳八郎本、九條本：刃。　　沍，陳八郎本：胡故

反。九條本：胡故。　晼，陳八郎本、九條本：紆遠。

仰睎歸雲，俯鏡泉流。前瞻太室，傍眺嵩丘。東武託焉，建塋啓疇。巖巖雙表，列列行楸。望彼楸矣，感于予思。既興慕於戴侯，亦悼元而哀嗣。墳壘壘而接壟，柏森森以攢植。何逝没之相尋，曾舊草之未異。

　　塋，九條本：營。　行，陳八郎本、九條本：胡郎。　楸，陳八
　郎本、九條本：秋。　思，陳八郎本、九條本：去聲。　壘，尤袤本
　李善注：平聲。九條本：力追。陳八郎本作“藟”，音：力追。
　植，陳八郎本：直利反，協韻。九條本：直利，叶。

余總角而獲見，承戴侯之清塵。名余以國士，眷余以嘉姻。自祖考而隆好，逮二子而世親。歡攜手以偕老，庶報德之有鄰。今九載而一來，空館閴其無人。陳荄被于堂除，舊圃化而爲薪。步庭廡以徘徊，涕泫流而霑巾。宵展轉而不寐，驟長嘆以達晨。獨鬱結其誰語，聊綴思於斯文。

　　荄，尤袤本李善注、九條本：皆。陳八郎本：古來。　泫，尤
　袤本李善注：胡犬切。

寡婦賦并序
潘安仁

樂安任子咸，有韜世之量，與余少而歡焉。雖兄弟之愛，無以加也。不幸弱冠而終。良友既没，何痛如之。其妻又吾姨也，少喪父母，適人而所天又殞。孤女藐焉始孩，斯亦生民之至艱，而荼毒之極哀也。

昔阮瑀既歿，魏文悼之，并命知舊作寡婦之賦。余遂擬之以叙其孤寡
之心焉。

　　　　樂，九條本：洛。　　薧，陳八郎本：邀。　　荼，陳八郎本：徒。
　　瑀，陳八郎本：禹。

其辭曰：嗟予生之不造兮，哀天難之匪忱。少伶俜而偏孤兮，痛切怛
以摧心。覽《寒泉》之遺嘆兮，詠《蓼莪》之餘音。情長慼以永慕兮，思
彌遠而逾深。

　　　　難，陳八郎本、九條本：去聲。　　忱，陳八郎本：市今反。
　　伶，尤袤本李善注：力丁切。陳八郎本：零。九條本：零，又：力
　　丁。　　俜，尤袤本李善注：匹成切。陳八郎本、九條本：匹成。
　　切，陳八郎本、九條本：刀。　　怛，陳八郎本：丁達。九條本：丁達
　　反。　　蓼，尤袤本李善注：陸。陳八郎本：六。　　莪，尤袤本李善
　　注、陳八郎本：俄。

伊女子之有行兮，爰奉嬪於高族。承慶雲之光覆兮，荷君子之惠渥。
顧葛藟之蔓延兮，託微莖於樛木。懼身輕而施重兮，若履冰而臨谷。

　　　　行，朝鮮正德本、奎章閣本：去聲。　　藟，尤袤本李善注：力
　　水切。陳八郎本：力水。　　延，陳八郎本：去聲。　　樛，尤袤本李
　　善注：居虯切。陳八郎本、九條本：居幽。　　【附】尤袤本李善注：
　　《毛詩》曰：南有樛木，葛藟纍之。纍，力追切。　　施，陳八郎本、
　　九條本：去聲。

遵義方之明訓兮，憲女史之典戒。奉蒸嘗以效順兮，供洒掃以彌載。
彼詩人之攸嘆兮，徒願言而心痗。何遭命之奇薄兮，遘天禍之未悔。

榮華曄其始茂兮,良人忽以捐背。

　　痗,尤袤本李善注、陳八郎本、九條本:妹。

静闈門以窮居兮,塊煢獨而靡依。易錦茵以苫席兮,代羅幬以素帷。
命阿保而就列兮,覽巾篋以舒悲。口嗚咽以失聲兮,淚横迸而霑衣。

　　闈,陳八郎本:合。　煢,陳八郎本:求營。　苫,陳八郎本、
九條本:尸沾。　幬,尤袤本李善注:丈尤切。陳八郎本:直留。

　　篋,陳八郎本、九條本:所甲。　咽,陳八郎本作"噎",音:因
結。　迸,尤袤本李善注:波諍切。陳八郎本:彼孟。

愁煩冤其誰告兮,提孤孩於坐側。時曖曖而向昏兮,日杳杳而西匿。
雀羣飛而赴楹兮,雞登栖而斂翼。歸空館而自怜兮,撫衾裯以嘆息。
思纏綿以瞀亂兮,心摧傷以愴惻。

　　曖,陳八郎本、九條本:愛。　裯,九條本:直留反。　瞀,尤
袤本李善注:莫遘切。陳八郎本、九條本:莫候。

曜靈曄而遄邁兮,四節運而推移。天凝露以降霜兮,木落葉而隕枝。
仰神宇之寥寥兮,瞻靈衣之披披。退幽悲於堂隅兮,進獨拜於牀垂。
耳傾想於疇昔兮,目仿佛乎平素。雖冥冥而罔覿兮,猶依依以憑附。
痛存亡之殊制兮,將遷神而安厝。龍輴儼其星駕兮,飛旐翩以啓路。
輪桉軌以徐進兮,馬悲鳴而蹢顧。潛靈邈其不反兮,殷憂結而靡訴。
睎形影於几筵兮,馳精爽於丘墓。

　　輴,尤袤本李善注、陳八郎本、九條本:而。　旐,陳八郎本:
兆。　蹢,尤袤本李善注:渠足切。九條本:渠足。

自仲秋而在疚兮，踰履霜以踐冰。雪霏霏而驟落兮，風瀏瀏而夙興。
雷泠泠以夜下兮，水濂濂以微凝。意忽怳以遷越兮，神一夕而九升。

　　　瀏，陳八郎本、九條本：留。　　雷，陳八郎本：力救。　　濂，尤
袤本李善注：力檢切。陳八郎本：斂。　　怳，陳八郎本、九條本：
兄往。

庶浸遠而哀降兮，情惻惻而彌甚。願假夢以通靈兮，目炯炯而不寢。
夜漫漫以悠悠兮，寒凄凄以凜凜。氣憤薄而乘胷兮，涕交橫而流枕。
亡魂逝而永遠兮，時歲忽其遒盡。容貌儡以頓顇兮，左右悽其相慜。
感三良之殉秦兮，甘捐生而自引。鞠稚子於懷抱兮，羌低徊而不忍。
獨指景而心誓兮，雖形存而志隕。

　　　炯，尤袤本李善注：公泠切。陳八郎本、九條本：古迥。

　　　儡，尤袤本李善注：洛罪切。陳八郎本、九條本：洛罪。　【附】尤
袤本李善注：丁儀妻《寡婦賦》曰：顧顏貌之艴艴。艴，普楄切。

重日仰皇穹兮嘆息，私自憐兮何極。省微身兮孤弱，顧稚子兮未識。
如涉川兮無梁，若陵虛兮失翼。上瞻兮遺象，下臨兮泉壤。窈冥兮潛
翳，心存兮目想。奉虛坐兮肅清，愬空宇兮曠朗。廓孤立兮顧影，塊
獨言兮聽響。
顧影兮傷摧，聽響兮增哀。遙逝兮逾遠，緬邈兮長乖。四節流兮忽代
序，歲云暮兮日西頹。霜被庭兮風入室，夜既分兮星漢迴。夢良人兮
來游，若閶闔兮洞開。怛驚悟兮無聞，超惝怳兮慟懷。

　　　緬，九條本：亡善反。　　惝，陳八郎本、九條本作“惝”，音：昌
兩。　　怳，陳八郎本：兄往。

慟懷兮奈何,言陟兮山阿。墓門兮蕭蕭,脩壟兮峨峨。孤鳥嚶兮悲鳴,長松萋兮振柯。哀鬱結兮交集,淚橫流兮滂沱。蹈恭姜兮明誓,詠柏舟兮清歌。終歸骨兮山足,存憑託兮餘華。要吾君兮同穴,之死矢兮靡佗。

恨 賦

江文通

試望平原,蔓草縈骨,拱木斂魂。人生到此,天道寧論。於是僕本恨人,心驚不已。直念古者,伏恨而死。

至如秦帝按劍,諸侯西馳。削平天下,同文共規。華山爲城,紫淵爲池。雄圖既溢,武力未畢。方架黿鼉以爲梁,巡海右以送日。一旦魂斷,宮車晚出。

　　　　黿,九條本:大河反。

若乃趙王既虜,遷於房陵。薄暮心動,昧旦神興。別豔姬與美女,喪金輿及玉乘。置酒欲飲,悲來填膺。千秋萬歲,爲怨難勝。至如李君降北,名辱身冤。拔劍擊柱,吊影慙魂。情往上郡,心留雁門。裂帛繫書,誓還漢恩。朝露溘至,握手何言。

若夫明妃去時,仰天太息。紫臺稍遠,關山無極。搖風忽起,白日西匿。隴雁少飛,代雲寡色。望君王兮何期,終蕪絕兮異域。

　　　【附】尤袤本李善注:《爾雅》曰:飆颷謂之飇。飆音扶。

至乃敬通見抵,罷歸田里。閉關却掃,塞門不仕。左對孺人,顧弄稚子。脫略公卿,跌宕文史。齎志沒地,長懷無已。

　　　　抵,陳八郎本、九條本:丁礼。　　跌,陳八郎本、九條本:徒結。　宕，陳八郎本：徒浪。　齎，陳八郎本：子奚。九條本：
子兮。

及夫中散下獄，神氣激揚。濁醪夕引，素琴晨張。秋日蕭索，浮雲無
光。鬱青霞之奇意，入脩夜之不暘。
　　暘，尤袤本李善注：陽。

或有孤臣危涕，孽子墜心。遷客海上，流戍隴陰。此人但聞悲風汨
起，血下霑衿。亦復含酸茹嘆，銷落湮沈。
　　汨，陳八郎本作“泪”，音：于筆。○案：陳八郎本“泪”字誤。

若迺騎疊迹，車屯軌。黃塵帀地，歌吹四起。無不煙斷火絕，閉骨泉
裏。已矣哉。春草暮兮秋風驚，秋風罷兮春草生。綺羅畢兮池館盡，
琴瑟滅兮丘壟平。自古皆有死，莫不飲恨而吞聲。

別　賦
江文通

黯然銷魂者，唯別而已矣。況秦吳兮絕國，復燕宋兮千里。或春苔兮
始生，乍秋風兮暫起。是以行子腸斷，百感悽惻。風蕭蕭而異響，雲
漫漫而奇色。舟凝滯於水濱，車逶遲於山側。櫂容與而詎前，馬寒鳴
而不息。掩金觴而誰御，橫玉柱而霑軾。
居人愁臥，怳若有亡。日下壁而沈彩，月上軒而飛光。見紅蘭之受
露，望青楸之離霜。巡曾楹而空掩，撫錦幕而虛涼。知離夢之躑躅，
意別魂之飛揚。
　　怳，陳八郎本：況往。九條本：兄往。○案：“況往”“兄往”所

切音同,然本卷《長門賦》"神怳怳而外淫",《寡婦賦》"意忽怳以
遷越兮""超惝怳兮慟懷",陳八郎本"怳"字音注均作"兄往"。此
條作"況",疑有訛誤,據九條本,亦當作"兄"字。　䠫,尤袤本李
善注:馳戟切。九條本:馳戟。　躅,尤袤本李善注:馳錄切。九
條本:馳錄。

故別雖一緒,事乃萬族。至若龍馬銀鞍,朱軒綉軸。悵飲東都,送客
金谷。琴羽張兮簫鼓陳,燕趙歌兮傷美人。珠與玉兮豔暮秋,羅與綺
兮嬌上春。驚駟馬之仰秣,聳淵魚之赤鱗。造分手而銜涕,感寂漠而
傷神。

　　秣,九條本作"沫":亡□反。○案:尤袤本"秣"訛作"抹"。
又九條本□處字模糊,似作"曷"。

乃有劍客慚恩,少年報士。韓國趙厠,吳宮燕市。割慈忍愛,離邦去
里。瀝泣共訣,抆血相視。驅征馬而不顧,見行塵之時起。方銜感於
一劍,非買價於泉裏。金石震而色變,骨肉悲而心死。

　　訣,尤袤本李善注:與決音義同。陳八郎本:決。　抆,尤袤
本李善注:武粉切。九條本:问。陳八郎本作"刎",音:問。

或乃邊郡未和,負羽從軍。遼水無極,雁山參雲。閨中風暖,陌上草
薰。日出天而耀景,露下地而騰文。鏡朱塵之照爛,襲青氣之烟熅。
攀桃李兮不忍別,送愛子兮霑羅裙。

　　烟,陳八郎本、九條本:因。

至如一赴絕國,詎相見期。視喬木兮故里,決北梁兮永辭。左右兮魂

動，親賓兮淚滋。可班荆兮贈恨，唯罇酒兮叙悲。值秋雁兮飛日，當白露兮下時。怨復怨兮遠山曲，去復去兮長河湄。

又若君居淄右，妾家河陽。同瓊珮之晨照，共金爐之夕香。君結綬兮千里，惜瑶草之徒芳。慙幽閨之琴瑟，晦高臺之流黃。春宮閟此青苔色，秋帳含茲明月光。夏簟清兮晝不暮，冬釭凝兮夜何長。織錦曲兮泣已盡，迴文詩兮影獨傷。

　　瑶，九條本：遥。

儻有華陰上士，服食還山。術既妙而猶學，道已寂而未傳。守丹竈而不顧，鍊金鼎而方堅。駕鶴上漢，驂鸞騰天。暫游萬里，少別千年。惟世間兮重別，謝主人兮依然。

下有芍藥之詩，佳人之謌。桑中衛女，上宮陳娥。春草碧色，春水渌波。送君南浦，傷如之何。至乃秋露如珠，秋月如珪。明月白露，光陰往來。與子之別，思心徘徊。

是以別方不定，別理千名。有別必怨，有怨必盈。使人意奪神駭，心折骨驚。雖淵雲之墨妙，嚴樂之筆精。金閨之諸彦，蘭臺之羣英。賦有凌雲之稱，辯有雕龍之聲。誰能摹暫離之狀，寫永訣之情者乎。

　　樂，九條本：岳。

《文選》音注輯考卷十七

賦壬

論文

　　陸士衡《文賦》一首

音樂上

　　王子淵《洞簫賦》一首

　　傅武仲《舞賦》一首

賦　壬

論　文

文賦并序
陸士衡

余每觀才士之所作，竊有以得其用心。夫放言遣辭，良多變矣。妍蚩好惡，可得而言。每自屬文，尤見其情。恒患意不稱物，文不逮意。蓋非知之難，能之難也。故作《文賦》，以述先士之盛藻，因論作文之利害所由。佗日殆可謂曲盡其妙。至於操斧伐柯，雖取則不遠。若夫隨手之變，良難以辭逮。蓋所能言者，具於此云。

　　　妍，朝鮮正德本、奎章閣本：五賢。　　操，朝鮮正德本、奎章閣本：錯高。

佇中區以玄覽,頤情志於典墳。遵四時以嘆逝,瞻萬物而思紛。悲落葉於勁秋,喜柔條於芳春。心懍懍以懷霜,志眇眇而臨雲。詠世德之駿烈,誦先人之清芬。游文章之林府,嘉麗藻之彬彬。慨投篇而援筆,聊宣之乎斯文。

　　頤,陳八郎本:怡。

其始也,皆收視反聽,耽思傍訊。精騖八極,心游萬仞。其致也,情曈曨而彌鮮,物昭晰而互進。傾羣言之瀝液,漱六藝之芳潤。浮天淵以安流,濯下泉而潛浸。

　　晰,陳八郎本:之熱。　漱,陳八郎本:所溜。　潛,陳八郎本:侵。　浸,陳八郎本:滔。

於是沈辭怫悦,若游魚銜鉤,而出重淵之深。浮藻聯翩,若翰鳥纓繳,而墜曾雲之峻。收百世之闕文,采千載之遺韻。謝朝華於已披,啓夕秀於未振。觀古今於須臾,撫四海於一瞬。

　　怫,陳八郎本:扶勿。　繳,陳八郎本:之略。朝鮮正德本、奎章閣本:諸略。　瞬,尤袤本李善注:尺閏切。陳八郎本:舜。

然後選義按部,考辭就班。抱暑者咸叩,懷響者畢彈。或因枝以振葉,或沿波而討源。或本隱以之顯,或求易而得難。或虎變而獸擾,或龍見而鳥瀾。或妥帖而易施,或岨峿而不安。

　　妥,尤袤本李善注:他果切。陳八郎本:土果。　帖,尤袤本李善注:吐協切。　岨,尤袤本李善注:助舉切。陳八郎本:仕呂。朝鮮正德本、奎章閣本:仕舉。《文鏡秘府論》作“鉏”,頁眉注:才與反,又:牀呂反。　峿,尤袤本李善注:魚呂切。陳八郎本:語。《文鏡秘府論》作"鋙",頁眉注:牛莒反。

罄澄心以凝思,眇衆慮而爲言。籠天地於形內,挫萬物於筆端。始躑躅於燥吻,終流離於濡翰。理扶質以立幹,文垂條而結繁。信情貌之不差,故每變而在顏。思涉樂其必笑,方言哀而已嘆。或操觚以率爾,或含毫而邈然。

　　挫,陳八郎本:子卧。朝鮮正德本、奎章閣本:作過。　躑,朝鮮正德本、奎章閣本:遲綠。　吻,尤袤本李善注:莫粉切。陳八郎本:亡粉。　濡,尤袤本李善注:如娛切。　翰,尤袤本李善注:協韻音寒。陳八郎本:寒。　嘆,陳八郎本:平聲。　觚,陳八郎本:孤。

伊兹事之可樂,固聖賢之所欽。課虛無以責有,叩寂漠而求音。函緜邈於尺素,吐滂沛乎寸心。言恢之而彌廣,思按之而逾深。播芳蕤之馥馥,發青條之森森。粲風飛而猋豎,鬱雲起乎翰林。

　　函,陳八郎本:含。　滂,陳八郎本:浦皇。　恢,陳八郎本:苦回。

體有萬殊,物無一量。紛紜揮霍,形難爲狀。辭程才以效伎,意司契而爲匠。在有無而僶俛,當淺深而不讓。雖離方而遯員,期窮形而盡相。故夫夸目者尚奢,愜心者貴當。言窮者無隘,論達者唯曠。

　　伎,陳八郎本:忌。　僶,陳八郎本:緬。朝鮮正德本、奎章閣本:泯。　夸,朝鮮正德本、奎章閣本作"誇":苦華。　愜,尤袤本李善注:起頰切。陳八郎本:苦頰。　當,陳八郎本:去聲。

　　隘,陳八郎本:烏介。

詩緣情而綺靡，賦體物而瀏亮。碑披文以相質，誄纏緜而悽愴。銘博
約而温潤，箴頓挫而清壯。頌優游以彬蔚，論精微而朗暢。奏平徹以
閑雅，説煒曄而譎誑。雖區分之在兹，亦禁邪而制放。要辭達而理
舉，故無取乎冗長。

　　瀏，陳八郎本：留。朝鮮正德本、奎章閣本：溜。　蔚，陳八
郎本：鬱。　説，陳八郎本：施沇。　煒，陳八郎本：于鬼。　曄，
陳八郎本作“燁”，音：于劫。　譎，陳八郎本：決。朝鮮正德本、
奎章閣本：古穴。　誑，朝鮮正德本、奎章閣本：矩況反。　邪，
朝鮮正德本、奎章閣本：似嗟。　冗，尤袤本李善注：如勇切。陳
八郎本：如勇。　長，陳八郎本：佇亮反。

其爲物也多姿，其爲體也屢遷。其會意也尚巧，其遣言也貴妍。暨音
聲之迭代，若五色之相宣。雖逝止之無常，固崎錡而難便。苟達變而
識次，猶開流以納泉。如失機而後會，恒操末以續顛。謬玄黄之秩
敘，故淟涊而不鮮。

　　暨，陳八郎本：其器。　崎，尤袤本李善注、陳八郎本：綺。
錡，尤袤本李善注：蟻。陳八郎本：擬。　淟，陳八郎本：他見。
涊，陳八郎本：奴見。

或仰逼於先條，或俯侵於後章。或辭害而理比，或言順而義妨。離之
則雙美，合之則兩傷。考殿最於錙銖，定去留於毫芒。苟銓衡之所
裁，固應繩其必當。

　　比，陳八郎本：毗蜜。　殿，陳八郎本：當練。　銖，陳八郎
本：珠。朝鮮正德本、奎章閣本：殊。　芒，朝鮮正德本、奎章閣
本：亡。　銓，尤袤本李善注：七全切。

或文繁理富，而意不指適。極無兩致，盡不可益。立片言而居要，乃
一篇之警策。雖衆辭之有條，必待兹而效績。亮功多而累寡，故取足
而不易。

或藻思綺合，清麗千眠。炳若縟綉，悽若繁絃。必所擬之不殊，乃闇
合乎曩篇。雖杼軸於予懷，怵佗人之我先。苟傷廉而愆義，亦雖愛而
必捐。

　　縟，陳八郎本：辱。　　杼，陳八郎本：除慮。朝鮮正德本、奎
　　章閣本：除思。○案：正德本、奎章閣本“思”爲“慮”之殘字。

或苕發穎豎，離衆絶致。形不可逐，響難爲係。塊孤立而特峙，非常
音之所緯。心牢落而無偶，意徘徊而不能揥。石韞玉而山輝，水懷珠
而川媚。彼榛楛之勿翦，亦蒙榮於集翠。綴下里於白雪，吾亦濟夫
所偉。

　　揥，北宋本及尤袤本李善注：他狄切，協韻他帝切。陳八郎
　　本作“褫”，音：雉。　　榛，陳八郎本：仕巾。　　楛，陳八郎本：户。
　　　偉，北宋本及尤袤本李善注：協韻禹貴切。陳八郎本：于貴反，
　　協韻。

或託言於短韻，對窮迹而孤興。俯寂漠而無友，仰寥廓而莫承。譬偏
絃之獨張，含清唱而靡應。或寄辭於瘁音，徒靡言而弗華。混妍蚩而
成體，累良質而爲瑕。象下管之偏疾，故雖應而不和。

　　應，北宋本及尤袤本李善注：於興切。　　累，陳八郎本：去
　　聲。　　瑕，北宋本及尤袤本李善注：胡加切。

或遺理以存異，徒尋虛以逐微。言寡情而鮮愛，辭浮漂而不歸。猶絃

么而徽急，故雖和而不悲。或奔放以諧合，務嘈囋而妖冶。徒悅目而偶俗，固高聲而曲下。寤防露與桑間，又雖悲而不雅。或清虛以婉約，每除煩而去濫。闕大羹之遺味，同朱絃之清汜。雖一唱而三嘆，固既雅而不豔。

　　鮮，陳八郎本：上聲。　　么，北宋本及尤袤本李善注：於條切。陳八郎本：於遥。　　嘈，陳八郎本：曹。　　囋，北宋本及尤袤本李善注：才曷切。陳八郎本：才曷。　　汜，陳八郎本：泛。室町本：芳劍反。

若夫豐約之裁，俯仰之形。因宜適變，曲有微情。或言拙而喻巧，或理朴而辭輕。或襲故而彌新，或沿濁而更清。或覽之而必察，或研之而更精。譬猶舞者赴節以投袂，歌者應絃而遣聲。是蓋輪扁所不得言，故亦非華説之所能精。

　　裁，陳八郎本：去聲。　　扁，尤袤本李善注：篇，又：扶緬切。陳八郎本：蒲典。　　【附】尤袤本李善注：《莊子》曰：輪扁斲輪於堂下。斲，丁角切。又輪扁曰：然則君之所讀者，聖人之糟魄耳。魄，音普莫切。

普辭條與文律，良余膺之所服。練世情之常尤，識前脩之所淑。雖濬發於巧心，或受欬於拙目。彼瓊敷與玉藻，若中原之有菽。同橐籥之罔窮，與天地乎并育。雖紛藹於此世，嗟不盈於予掬。患挈缾之屢空，病昌言之難屬。故踸踔於短垣，放庸音以足曲。恒遺恨以終篇，豈懷盈而自足。懼蒙塵於叩缶，顧取笑乎鳴玉。

　　菽，陳八郎本：叔。　　橐，北宋本及尤袤本李善注：託。
　　籥，北宋本及尤袤本李善注：藥。　　挈，朝鮮正德本、奎章閣本：

苦結。　　屬,陳八郎本:之欲。　　蹕,北宋本及尤袤本李善注:勑甚切。陳八郎本:勑錦。　　踔,北宋本及尤袤本李善注:勑角切。陳八郎本:勑角。　　足,陳八郎本:子喻。　　缶,陳八郎本:方負。

若夫應感之會,通塞之紀。來不可遏,去不可止。藏若景滅,行猶響起。方天機之駿利,夫何紛而不理。思風發於胸臆,言泉流於脣齒。紛威蕤以馺遝,唯毫素之所擬。文徽徽以溢目,音泠泠而盈耳。

　　威,陳八郎本作"葳",音:威。　　蕤,陳八郎本:而惟。　　馺,陳八郎本:素合。　　遝,陳八郎本:徒合。

及其六情底滯,志往神留。兀若枯木,豁若涸流。攬營魂以探賾,頓精爽於自求。理翳翳而愈伏,思乙乙其若抽。是以或竭情而多悔,或率意而寡尤。雖茲物之在我,非余力之所勠。故時撫空懷而自惋,吾未識夫開塞之所由。

　　乙,北宋本及尤袤本李善注:軋。陳八郎本作"軋",音:烏八。　　勠,北宋本李善注:力周切。陳八郎本:留,協韻。　　惋,陳八郎本:腕。

伊茲文之爲用,固衆理之所因。恢萬里而無閡,通億載而爲津。俯貽則於來葉,仰觀象乎古人。濟文武於將墜,宣風聲於不泯。塗無遠而不彌,理無微而弗綸。配霑潤於雲雨,象變化乎鬼神。被金石而德廣,流管絃而日新。

　　恢,朝鮮正德本、奎章閣本:苦回。　　泯,陳八郎本:弥隣反。

音樂上

洞簫賦
王子淵

原夫簫幹之所生兮，于江南之丘墟。洞條暢而罕節兮，標敷紛以扶
疎。徒觀其旁山側兮，則崛嶔崯崎，倚巇迤巘，誠可悲乎，其不安也。
彌望儻莽，聯延曠盪，又足樂乎，其敞閑也。

　　　旁，陳八郎本作“傍”，音：去聲。　崛，陳八郎本：區。　嶔，
　　陳八郎本：欽。　崯，陳八郎本：丘軌。　巇，陳八郎本：丘蟻。
　　　迤，陳八郎本、朝鮮正德本作“陁”，音：以此。奎章閣本亦作
　　“陁”，音：以。　巘，尤袤本李善注、陳八郎本：靡。　儻，尤袤本
　　李善注：佗朗切。

託身軀於后土兮，經萬載而不遷。吸至精之滋熙兮，稟蒼色之潤堅。
感陰陽之變化兮，附性命乎皇天。翔風蕭蕭而逕其末兮，迴江流川而
溉其山。揚素波而揮連珠兮，聲礚礚而澍淵。朝露清泠而隕其側兮，
玉液浸潤而承其根。

　　　礚，陳八郎本：苦蓋。　液，尤袤本李善注：夷石切。　浸，
　　陳八郎本：侵。　潤，陳八郎本作“潭”，音：滛。

孤雌寡鶴，娛優乎其下兮，春禽羣嬉，翶翔乎其顚。秋蜩不食，抱樸而
長吟兮，玄猨悲嘯，搜索乎其間。處幽隱而奧屏兮，密漠泊以猭猭。
惟詳察其素體兮，宜清静而弗諠。幸得謚爲洞簫兮，蒙聖主之渥恩。

可謂惠而不費兮,因天性之自然。

　　　　蜩,尤袤本李善注:徒凋切。陳八郎本:條。　　抱,尤袤本李善注:附。　　搜,尤袤本李善注:所求切。　　索,尤袤本李善注:所白切。　　漠,尤袤本李善注:漠與嗼同,浦百切。陳八郎本作"嗼",音:浦百。　　泊,尤袤本李善注:泊與岶同,亡百切。陳八郎本作"岶",音:陌。　　獙,尤袤本李善注:勅陳切。陳八郎本:勅鱗。　　猭,尤袤本李善注:勅員切。陳八郎本:勅緣反。　　謐,尤袤本李善注:實二切。

於是般匠施巧,變妃准法。帶以象牙,捆其會合。鏤鏤離灑,絳脣錯雜。鄰菌繚糾,羅鱗捷獵。

　　　　般,陳八郎本:班。　　捆,尤袤本李善注:胡本切。陳八郎本:胡本。　　鏤,陳八郎本:色鄒。　　灑,尤袤本李善注:所宜切。陳八郎本:所宜。　　菌,陳八郎本:去筠。

膠緻理比,挹抐摵擸。

　　　　緻,陳八郎本:直吏。　　比,尤袤本李善注:扶至切。陳八郎本:鼻。　　挹,尤袤本李善注:於泣切。陳八郎本:邑。　　抐,尤袤本李善注:女立切。陳八郎本:女立。　　摵,尤袤本李善注:於頰切。陳八郎本:於頰。　　擸,尤袤本李善注:奴協切。陳八郎本作"擸",朝鮮正德本、奎章閣本作"捻",并:奴叶反。

於是乃使夫性昧之宕冥,生不睹天地之體勢,闇於白黑之貌形。憤伊鬱而酷㱙,愍眸子之喪精。寡所舒其思慮兮,專發憤乎音聲。

　　　　宕,陳八郎本:徒浪。　　㱙,尤袤本李善注:奴谷切。陳八郎本作"䁥"，音：奴谷。室町本亦作"䁥"：奴的反。○案：䁥有兩讀，《字彙補》"乃谷切"，《玉篇》音"溺"。

故吻吮値夫宮商兮，穌紛離其匹溢。形旖旎以順吹兮，瞋㘖嘲以紆鬱。

　　吻，陳八郎本：文粉。　吮，尤袤本李善注：似兗切。陳八郎本：詞兗。　旖，陳八郎本作"猗"，音：倚。　旎，陳八郎本作"抳"，音：女綺。　吹，陳八郎本：去聲。　瞋，陳八郎本：勑真。

　　㘖，尤袤本李善注、陳八郎本：含。　嘲，尤袤本李善注、陳八郎本：胡。

氣旁迕以飛射兮，馳散渙以遝律。趣從容其勿述兮，鶩合遝以詭譎。或渾沌而漻淚兮，獵若枚折。或漫衍而駱驛兮，沛焉競溢。

　　遝，尤袤本李善注：張律切。陳八郎本：知律。　遝，陳八郎本：徒合。　獵，陳八郎本作"擸"，音：力合。　沛，陳八郎本：浦貝。　溢，陳八郎本作"軼"，音：迭。朝鮮正德本、奎章閣本亦作"軼"，音：逸。

惏慄密率，掩以絶滅。嘻霴曄踕，跳然復出。

　　惏，陳八郎本：凜。　嘻，尤袤本李善注：胡急切。陳八郎本：吸。　霴，尤袤本李善注：助急切。陳八郎本：助力。　【附】尤袤本李善注：霴或爲騋，同，助急切。　曄，陳八郎本作"爗"，音：于輒。　跳，尤袤本李善注：徒彫切。陳八郎本：徒彫。

若乃徐聽其曲度兮，廉察其賦歌。啾咇嘧而將吟兮，行鍖銋以穌囉。

　　呮，尤袤本李善注：筆。陳八郎本：必。　　嘯，尤袤本李善注：楕。陳八郎本：子逸。　　行，尤袤本李善注：胡庚切。　　錪，尤袤本李善注：湯錦切。陳八郎本：丑錦。朝鮮正德本、奎章閣本：勑錦。○案：錪爲徹母，湯爲透母，舌音未分化。　　鈕，尤袤本李善注：奴錦切。陳八郎本：尼凛。朝鮮正德本、奎章閣本：昵凛。

風鴻洞而不絕兮，優嬈嬈以婆娑。翩縣連以牢落兮，漂乍棄而爲他。要復遮其蹊徑兮，與謳謠乎相䰐。

　　鴻，陳八郎本作“洪”，音：胡貢。　　嬈，陳八郎本：繞。　　娑，朝鮮正德本、奎章閣本：素何反。　　漂，尤袤本李善注：芳妙切。

故聽其巨音，則周流氾濫，并包吐含，若慈父之畜子也。其妙聲，則清静厭瘱，順敘卑迖，若孝子之事父也。科條譬類，誠應義理，澎濞慷慨，一何壯士。優柔温潤，又似君子。

　　含，尤袤本李善注作“唅”：下闇切。陳八郎本：去聲。朝鮮正德本：平暗。奎章閣本：呼暗。　　瘱，尤袤本李善注、陳八郎本：瘱。　　迖，尤袤本李善注：佗戾切。陳八郎本：他戾。　　澎，陳八郎本：普萌。　　濞，陳八郎本：普祕。　　慷，陳八郎本作“沆”，音：胡朗。　　慨，陳八郎本作“瀣”，音：胡介。朝鮮正德本、奎章閣本亦作“瀣”：胡界。

故其武聲，則若雷霆輘輷，佚豫以沸惜。其仁聲，則若飄風紛披，容與而施惠。

　　輘，尤袤本李善注：力萌切。陳八郎本：力耕。　　輷，尤袤本李善注：呼萌切。陳八郎本：呼萌。　沸，尤袤本李善注：扶味切。　愩，尤袤本李善注：謂。

或雜遝以聚斂兮，或拔搣以奮棄。悲愴怳以惻惐兮，時恬淡以綏肆。被淋灑其靡靡兮，時橫潰以陽遂。哀惆悁之可懷兮，良醰醰而有味。

　　拔，尤袤本李善注：扶割切。陳八郎本：蒲末。　搣，尤袤本李善注：蘇割切。陳八郎本：蘇末。　惐，陳八郎本：域。　淋，朝鮮正德本、奎章閣本：林。　灑，陳八郎本：離。　橫，尤袤本李善注：于孟切。　悁，尤袤本李善注：於玄切。陳八郎本：烏玄。　醰，尤袤本李善注：大含切。陳八郎本：徒南。

故貪饕者聽之而廉隅兮，狠戾者聞之而不懟。剛毅彊嶮反仁恩兮，嘽咺逸豫戒其失。鍾期牙曠悵然而愕兮，杞梁之妻不能爲其氣。師襄嚴春不敢竄其巧兮，浸淫叔子遠其類。嚚頑朱均惕復惠兮，桀跖鬻博儡以頓顇。吹參差而入道德兮，故永御而可貴。

　　饕，陳八郎本：土刀。　懟，陳八郎本：墜。　嘽，尤袤本李善注：吐誕切。陳八郎本：嘆。　咺，尤袤本李善注、陳八郎本：誕。

浸，陳八郎本：侵。　【附】尤袤本李善注：毛萇《詩傳》曰：叔子納之，而使執燭，放於平旦。放，方往切。　遠，陳八郎本：去聲。

跖，陳八郎本：之石。　儡，朝鮮正德本、奎章閣本：盧罪。

時奏狡弄，則彷徨翱翔，或留而不行，或行而不留。悍怮瀾漫，亡耦失疇。薄索合沓，罔象相求。

　　悍，尤袤本李善注：麤老切。陳八郎本：草。　怮，尤袤本李善注：閭草切。陳八郎本：老。　沓，陳八郎本作“遝”，音：徒合。

故知音者樂而悲之,不知音者怪而偉之。故聞其悲聲,則莫不愴然累
欷,擥涕抆淚。其奏歡娛,則莫不憚漫衍凱,阿那腲腇者已。

　　　欷,陳八郎本:許意。　　擥,尤袤本李善注:匹結切。陳八郎
本作"撤",音:匹結。　　抆,尤袤本李善注:亡粉切。陳八郎本:
無粉。　　衍,陳八郎本作"衙",音:苦汗。　　阿,陳八郎本:烏可。

　　　那,陳八郎本:乃可。　　腲,尤袤本李善注:一罪切。陳八郎本
作"痕",音:一罪。　　腇,尤袤本李善注:乃罪切。陳八郎本作
"痿",音:乃罪。

是以螻蜂蚚蠖,蚑行喘息。螻蟻螾蜒,蠅蠅翊翊。

　　　蠖,陳八郎本:烏郭。　　蚑,陳八郎本、朝鮮正德本、奎章閣
本并作"跂",陳八郎本音:岐。正德本:衹。奎章閣本:祇。
○案:奎章閣本"祇"爲"衹"字之訛。　　【附】尤袤本李善注:《说
文》曰:蚑,徐行,凡生類之行皆曰跂。跂,音奇。　　喘,朝鮮正德
本、奎章閣本:昌充。　　螻,尤袤本李善注:力侯切。陳八郎本:
婁。　　蟻,陳八郎本:魚几。　　螾,尤袤本李善注:於典切。陳八
郎本:烏典。　　蜒,尤袤本李善注:徒典切。陳八郎本:徒典。

遷延徙迆,魚瞰雞睨。垂喙蛫轉,瞠瞢忘食。況感陰陽之穌,而化風
俗之倫哉。

　　　迆,陳八郎本作"迤",音:以。　　喙,尤袤本李善注:許穢切,
陳八郎本:虛穢。　　【附】尤袤本李善注:喙,或爲呋,鳥口也。都
遘切。　　瞠,尤袤本李善注:直耕切。陳八郎本:遲證。　　瞢,尤
袤本李善注:莫耕切。陳八郎本:莫且。朝鮮正德本、奎章閣本:
莫亘。○案:陳八郎本"且"爲"亘"字之訛。

亂曰：狀若捷武，超騰踰曳，迅漂巧兮。

　　曳，陳八郎本作"跩"，音：余滯。　【附】尤袤本李善注：曳，
　　亦踰也，或爲跩。弋制切。　漂，尤袤本李善注：妨妙切。

又似流波，泡溲泛淒，趨蠵道兮。

　　泡，尤袤本李善注：薄交切。陳八郎本：薄交。　溲，尤袤本
李善注：所求切。陳八郎本：所交。○案：溲，《集韻》平聲有"疏
鳩""蘇遭"兩切，一爲尤韻，一爲豪韻。陳八郎本音"交"爲肴韻，
肴、豪或通。　泛，尤袤本李善注：房法切。陳八郎本作"泛"，
音：乏。　淒，陳八郎本：所畢。　蠵，陳八郎本：許宜。

哮呷呟唤，躋躓連絕，淈殄沌兮。

　　哮，尤袤本李善注：呼交切。陳八郎本：呼交。　呷，陳八郎
本：呼甲。　呟，陳八郎本：呼縣。　躋，尤袤本李善注：將雞切。
陳八郎本：祖兮。　躓，尤袤本李善注：竹利切。陳八郎本：致。
　淈，尤袤本李善注：胡忽切。陳八郎本：苦骨。　殄，陳八郎
本：電。　沌，尤袤本李善注：徒損切。陳八郎本：徒本。

攪搜灂捎，逍遙踊躍，若壞頹兮。

　　攪，尤袤本李善注：胡卯切。陳八郎本：胡卯。　搜，尤袤本
李善注：所卯切。陳八郎本作"技"，音：所卯。　灂，尤袤本李善
注：胡角切。陳八郎本：學。　捎，尤袤本李善注：所學切。陳八
郎本：所角。

優游流離，躊躇稽詣，亦足耽兮。頹唐遂往，長辭遠逝，漂不還兮。頼

蒙聖化,從容中道,樂不滔兮。條暢洞達,中節操兮。終詩卒曲,尚餘音兮。吟氣遺響,聯緜漂擊,生微風兮。連延駱驛,變無窮兮。

　　漂,尤袤本李善注:匹遙切。　　擊,尤袤本李善注:匹曳切。
朝鮮正德本、奎章閣本作"撇",音:匹滅。○案:尤袤本正文作
"撇",注文作"擊"。據注文,李善本原作"擊"。

舞賦并序
傅武仲

楚襄王既游雲夢,使宋玉賦高唐之事。將置酒宴飲,謂宋玉曰:寡人欲觴羣臣,何以娛之。玉曰:臣聞歌以詠言,舞以盡意。聽其聲,不如察其形。激楚結風,陽阿之舞。材人之窮觀,天下之至妙。噫,可以進乎。王曰:如其鄭何。玉曰:小大殊用,鄭雅異宜。弛張之度,聖哲所施。是以樂記干戚之容,雅美蹲蹲之舞。禮設三爵之制,頌有醉歸之歌。夫《咸池》《六英》,所以陳清廟、協神人。鄭衛之樂,所以娛密坐、接歡欣也。餘日怡蕩,非以風民也,其何害哉。王曰:試爲寡人賦之。玉曰:唯唯。

　　噫,陳八郎本:衣。　　弛,陳八郎本:式氏。　　蹲,陳八郎本:
七旬。

夫何皎皎之閑夜兮,明月爛以施光。朱火曄其延起兮,燿華屋而熺洞房。繡帳袪而結組兮,鋪首炳以焜煌。陳茵席而設坐兮,溢金罍而列玉觴。騰觚爵之斟酌兮,漫既醉其樂康。嚴顏和而怡懌兮,幽情形而外揚。文人不能懷其藻兮,武毅不能隱其剛。簡惰跳踃,般紛挐兮,淵塞沉蕩,改恒常兮。

延，陳八郎本：上聲。朝鮮正德本、奎章閣本：寅踐。　熺，尤袤本李善注：虚疑切。陳八郎本：虚宜。　茵，朝鮮正德本、奎章閣本：因。　礨，陳八郎本：雷。　觚，陳八郎本：孤。　跳，陳八郎本：狄聊。　蹈，尤袤本李善注：先聊切。陳八郎本：消。　拏，陳八郎本：女加。

於是鄭女出進，二八徐侍。姣服極麗，姁媮致態。貌嫽妙以妖蠱兮，紅顔曄其揚華。眉連娟以增繞兮，目流睇而横波。珠翠的皪而炤燿兮，華袿飛髾而雜纖羅。

姣，陳八郎本：絞。　姁，尤袤本李善注：況于切。陳八郎本：許于。　媮，尤袤本李善注：以朱切。陳八郎本：俞。　嫽，尤袤本李善注：理紹切。陳八郎本：了。　連，陳八郎本作"嫾"，音：連。　娟，陳八郎本：伊玄。朝鮮正德本、奎章閣本：伊緣。　皪，陳八郎本：歷。奎章閣本：歷舞。○案：奎章閣本"舞"字衍。　袿，陳八郎本：珪。　髾，陳八郎本：所交。

顧形影，自整裝。順微風，揮若芳。動朱脣，紆清陽。亢音高歌爲樂方。歌曰：攄予意以弘觀兮，繹精靈之所束。弛緊急之絃張兮，慢末事之骫曲。舒恢炱之廣度兮，闊細體之苛縟。嘉《關雎》之不淫兮，哀《蟋蟀》之局促。啓泰真之否隔兮，超遺物而度俗。揚激徵，騁清角。賛舞操，奏均曲。形態和，神意協。從容得，志不劫。

骫，北宋本及尤袤本李善注：於詭切。　炱，陳八郎本：徒來。　苛，北宋本及尤袤本李善注：賀多切。朝鮮正德本、奎章閣本：何。陳八郎本作"荷"，音：何。　操，室町本：七到反。

於是躡節鼓陳，舒意自廣。游心無垠，遠思長想。其始興也，若俯若仰，若來若往。雍容惆悵，不可爲象。其少進也，若翱若行，若竦若傾。兀動赴度，指顧應聲。羅衣從風，長袖交橫。駱驛飛散，颭揚合并。鶣鷅燕居，拉搨鵠驚。綽約閑靡，機迅體輕。姿絕倫之妙態，懷慤素之絜清。脩儀操以顯志兮，獨馳思乎杳冥。在山峨峨，在水湯湯。與志遷化，容不虛生。明詩表指，嘖息激昂。氣若浮雲，志若秋霜。觀者增嘆，諸工莫當。

颭，朝鮮正德本、奎章閣本作“颯”，音：蘇合。　揚，朝鮮正德本、奎章閣本作“杳”，正德本：從合。奎章閣本：徒合。○案：正德本“從”爲“徒”字之訛，奎章閣本是。　鶣，尤袤本李善注、陳八郎本：篇。　鷅，陳八郎本：飄。　拉，尤袤本李善注、陳八郎本：臘。陳八郎本：力合。　搨，陳八郎本：徒合。　綽，陳八郎本作“婥”，音：昌灼。朝鮮正德本、奎章閣本亦作“婥”，音：齒藥。湯，尤袤本李善注：洋。陳八郎本：傷。○案：湯字《集韻》有“余章切”一讀，與暘同。　嘖，陳八郎本作“喟”，音：丘胃。朝鮮正德本、奎章閣本亦作“喟”，音：丘謂。　【附】尤袤本李善注：《漢書》曰：今在困厄，不自激卬。卬，我郎切。

於是合場遞進，按次而俟。埒材角妙，夸容乃理。軼態橫出，瑰姿譎起。昒般鼓則騰清眸，吐哇咬則發皓齒。摘齊行列，經營切儗。彷彿神動，迴翔竦峙。擊不致笑，蹈不頓趾。翼爾悠往，闇復輟已。

眸，朝鮮正德本、奎章閣本：牟。　哇，尤袤本李善注：於佳切。陳八郎本：烏佳。　咬，尤袤本李善注：烏交切。陳八郎本：烏交。　摘，尤袤本李善注：佗歷切。　儗，尤袤本李善注：魚里切。陳八郎本：魚紀反。

及至迴身還入，迫於急節。浮騰累跪，跗蹋摩跌。紆形赴遠，漼似摧折。纖縠蛾飛，紛猋若絶。

　　跪，朝鮮正德本、奎章閣本：渠毁。　　跗，尤袤本李善注：方于切。陳八郎本：方无。　　蹋，陳八郎本：徒臘。　　跌，尤袤本李善注：徒結切。陳八郎本：徒結反。　　漼，尤袤本李善注：七罪切。陳八郎本：此罪。朝鮮正德本、奎章閣本：七罪。　　猋，陳八郎本：必遥。

超趫鳥集，縱弛殟歿。

　　趫，陳八郎本：俞。　　弛，陳八郎本：或氏。朝鮮正德本、奎章閣本：武氏。○案：陳八郎本“或”，正德本、奎章閣本“武”，皆誤。弛爲書母，或爲匣母，武爲明母，其聲紐皆不合。疑本作“式”字，《衛風·淇奧》鄭箋“有張有弛”，《釋文》：式氏反。《禮記·曲禮》“弛弓”，《釋文》：式是反。《漢書·武帝紀》元封五年詔“跅弛之士”，顔師古：弛音式爾反。是“弛”字多以“式”爲反切上字，或、武皆因形近而訛。　　殟，尤袤本李善注：烏骨切。陳八郎本：烏骨。　　歿，尤袤本李善注、陳八郎本：没。

蜲蛇姌嫋，雲轉飄曶。

　　蜲，尤袤本李善注：於危切。陳八郎本：紆爲。　　蛇，尤袤本李善注、陳八郎本：移。　　姌，尤袤本李善注：如劍切。陳八郎本：冉。　　嫋，尤袤本李善注：弱。陳八郎本：若。　　曶，尤袤本李善注：呼没切。

體如游龍，袖如素蜺。黎收而拜，曲度究畢。遷延微笑，退復次列。

觀者稱麗,莫不怡悦。

　　　　蜺,陳八郎本:五結反,協韻。　　黎,尤袤本李善注:力奚切。
陳八郎本作"㸌",音:力帝。　　收,陳八郎本作"畋",音:收。
【附】尤袤本李善注:曹憲曰:㸌畋而拜,上音戾,下居蚍反。

於是歡洽宴夜,命遣諸客。擾攘就駕,僕夫正策。車騎并狎,竉從逼
迫。良駿逸足,蹌捍凌越。龍驥横舉,揚鑣飛沫。馬材不同,各相
傾奪。

　　　　擾,朝鮮正德本、奎章閣本:而沼。　　龍,尤袤本李善注:力
董切。陳八郎本作"竉",音:力孔。　　從,尤袤本李善注:揔。陳
八郎本:則孔。　　蹌,陳八郎本作"搶",音:七良。　　捍,陳八郎
本作"悍",音:汗。

或有踰埃赴轍,霆駭電滅。蹠地遠羣,闇跳獨絶。或有宛足鬱怒,般
桓不發。後往先至,遂爲逐末。或有矜容愛儀,洋洋習習。遲速承
意,控御緩急。車音若雷,驚驟相及。駱漠而歸,雲散城邑。天王燕
胥,樂而不泆。娱神遺老,永年之術。優哉游哉,聊以永日。

　　　　蹠,陳八郎本作"跖",音:之石。　　宛,陳八郎本作"踠",音:
於遠。　　洋,朝鮮正德本、奎章閣本:羊。　【附】尤袤本李善注:
《毛詩》曰:抑罄控忌。忌音冀。　　燕,陳八郎本:宴。　　胥,陳八
郎本、朝鮮正德本作"湑",音:司吕。奎章閣本亦作"湑",音:
思與。

《文選》音注輯考卷十八

音樂下

　　馬季長《長笛賦》一首

　　嵇叔夜《琴賦》一首

　　潘安仁《笙賦》一首

　　成公子安《嘯賦》一首

音樂下

長笛賦并序

馬季長

融既博覽典雅,精核數術。又性好音,能鼓琴吹笛。而爲督郵,無留事,獨臥郿平陽鄔中。有雒客舍逆旅,吹笛爲《氣出》《精列》相和。融去京師踰年,蹔聞,甚悲而樂之。追慕王子淵、枚乘、劉伯康、傅武仲等簫琴笙頌,唯笛獨無。故聊復備數,作《長笛賦》。

　　核,陳八郎本作"覈",音:胡革。朝鮮正德本、奎章閣本亦作"覈",音:胡隔(切)。　　鄔,尤袤本李善注:烏古切。陳八郎本:溫古。

其辭曰:惟籦籠之奇生兮,于終南之陰崖。託九成之孤岑兮,臨萬仞

之石磽。特箭槀而莖立兮,獨聆風於極危。秋潦漱其下趾兮,冬雪揣
封乎其枝。巔根跱之劸剈兮,感迴飆而將穨。

　　鐘,陳八郎本:鍾。朝鮮正德本、奎章閣本:鐘。　籠,陳八
郎本:龍。　崖,陳八郎本:宜。　磽,陳八郎本作"谿":去夷反,
協韻。　聆,尤袤本李善注、朝鮮正德本、奎章閣本:零。　潦,
陳八郎本:老。　漱,陳八郎本:瘦。　揣,尤袤本李善注:與團
古字通,徒歡切。陳八郎本作"揣",音:團。　劸,尤袤本李善
注:吾結切。陳八郎本:五結。　剈,尤袤本李善注:五刮切。陳
八郎本:五曷。

夫其面旁則重巘增石,簡積頹砬。兀嵏狻嶬,傾昃倚伏。

　　巘,陳八郎本:魚偃。　頹,尤袤本李善注:五隕切。陳八郎
本:丘隕。朝鮮正德本、奎章閣本:丘隕。　砬,尤袤本李善注:
牛六切。陳八郎本:牛六反。　嵏,尤袤本李善注:力于切。陳
八郎本:力于。　狻,尤袤本李善注:助緇切。陳八郎本:助淄。
　嶬,尤袤本李善注:魚飢切。陳八郎本:魚飢。　昃,朝鮮正德
本、奎章閣本:側。

庨窌巧老,港洞坑谷。

　　庨,尤袤本李善注:苦交切。陳八郎本:苦交。　窌,尤袤本
李善注:郎交切。陳八郎本:良交。　港,尤袤本李善注:胡貢
切。陳八郎本:胡貢。

嶰壑澮峗,嶒嶔巖竇。

　　嶰,陳八郎本:古買。　壑,陳八郎本:呼閣。朝鮮正德本、

奎章閣本：呼各。　　澮，陳八郎本作“嶒”，音：古外。　　峴，尤袤本李善注：兌。陳八郎本：徒外。　　嶍，陳八郎本作“嶀”，音：坎。

窞，尤袤本李善注：徒感切。陳八郎本作“窞”，音：徒感。

巖，陳八郎本：苦嚴。朝鮮正德本、奎章閣本：苦咸。　　覆，尤袤本李善注：扶福切。

運裹穸沒，岡連嶺屬。林簫蔓荆，森挱柞樸。

裹，朝鮮正德本、奎章閣本：於葉。　　穸，尤袤本李善注：於孤切。陳八郎本：安平。朝鮮正德本、奎章閣本：安都。　　沒，尤袤本李善注：按。陳八郎本：采曷。朝鮮正德本、奎章閣本：遏。○案：陳八郎本“采”字誤。　　挱，陳八郎本作“摻”，音：所衘。柞，尤袤本李善注：子落切。陳八郎本：作。　　樸，尤袤本李善注：補木切。陳八郎本：卜。

於是山水猥至，渟涔障潰。頤淡潀流，硨投瀺穴。

渟，陳八郎本：亭。　　涔，尤袤本李善注、陳八郎本：岑。潰，陳八郎本：會。　　頤，尤袤本李善注：胡感切。陳八郎本：胡感。　　淡，尤袤本李善注：徒敢切。陳八郎本：徒感。　　潀，陳八郎本：普郎。　　硨，尤袤本李善注：都隊切。陳八郎本：丁回。朝鮮正德本、奎章閣本：丁迴。　　瀺，尤袤本李善注：士咸切。陳八郎本：士感。朝鮮正德本、奎章閣本：仕感。

爭湍苹縈，汩活澎溿。波瀾鱗淪，宂隆詭戾。

湍，陳八郎本：土官。　　苹，尤袤本李善注：芳耕切。陳八郎本：普萌。　　汩，尤袤本李善注：古没切。陳八郎本：古没。

活,尤袤本李善注:古活切。　澎,陳八郎本:普明。朝鮮正德本、奎章閣本:普萌。　濞,陳八郎本:普祕。　淪,陳八郎本作"侖",音:倫。　窊,尤袤本李善注:烏瓜切。陳八郎本:烏瓜。

戾,陳八郎本:盧結反。

濔瀑噴沫,犇遬碭突。搖演其山,動杌其根者,歲五六而至焉。

濔,陳八郎本:呼角。朝鮮正德本、奎章閣本:乎角。　瀑,陳八郎本:蒲角。　噴,陳八郎本:普閦。朝鮮正德本、奎章閣本:普閦。○案:陳八郎本"閦"爲"閦"字之訛。　碭,尤袤本李善注:徒郎切。陳八郎本:徒郎。　演,陳八郎本:以淺。朝鮮正德本、奎章閣本:以緬。　杌,陳八郎本:兀。

是以間介無蹊,人迹罕到。猨蜼晝吟,鼯鼠夜叫。寒熊振頷,特麚昏髟。

蜼,陳八郎本:弋季。　鼯,陳八郎本:吾。　頷,尤袤本李善注:胡感切。陳八郎本:胡感。　麚,陳八郎本:如。朝鮮正德本、奎章閣本:加。○案:陳八郎本"如"爲"加"字之訛。　昏,尤袤本李善注:昌夷切。陳八郎本:昌夷。○案:據音注,昏當作"昏",即"眠"字。尤袤本、陳八郎本皆誤。朝鮮正德本、奎章閣本正作"昏"。　髟,尤袤本李善注:方妙切。陳八郎本:必妙反。

山雞晨羣,野雉晃雊。求偶鳴子,悲號長嘯。由衍識道,嚼嚼嚾譟。經涉其左右,唴聒其前後者,無晝夜而息焉。

鳴,陳八郎本:去聲。朝鮮正德本、奎章閣本:命。　嚼,尤袤本李善注:子由切。陳八郎本:子由。　嚾,陳八郎本作"讙",

音:呼桓。 譟,陳八郎本:先告。朝鮮正德本、奎章閣本:蘇告。 哤,陳八郎本:武江。

夫固危殆險巇之所迫也,衆哀集悲之所積也。故其應清風也,纖末奮葙,錚鐄謍嗃。若絚瑟促柱,號鍾高調。

葙,尤袤本李善注:所交切。陳八郎本作"篍",音:所交。 錚,尤袤本李善注:士庚切。陳八郎本:士生。朝鮮正德本、奎章閣本:士耕。 鐄,尤袤本李善注:宏。陳八郎本:侯萌。 謍,尤袤本李善注:呼盲切。陳八郎本:呼宏。 嗃,尤袤本李善注:呼交切。陳八郎本:呼交反。 絚,陳八郎本、朝鮮正德本:古鄧。奎章閣本:古登。

於是放臣逐子,棄妻離友。彭胥伯奇,哀姜孝己。攢乎下風,收精注耳。靁嘆頹息,掐膺擗摽。泣血泫流,交横而下。通旦忘寐,不能自禦。

掐,尤袤本李善注:苦洽切。陳八郎本:苦洽。 擗,陳八郎本:避亦。 摽,陳八郎本:避沼。 泫,陳八郎本:胡犬。

於是乃使魯般宋翟,構雲梯,抗浮柱。蹉纖根,跋篾縷。膺陗陁,腹陘阻。

蹉,尤袤本李善注:七何切。陳八郎本:七何。 跋,朝鮮正德本、奎章閣本:蒲末。 篾,朝鮮正德本、奎章閣本作"蔑",音:覓結。 縷,陳八郎本:力矩。朝鮮正德本、奎章閣本作"蔞",正德本音:矩力。奎章閣本:力矩切。○案:正德本"矩力"當作"力矩"。 陗,尤袤本李善注:七笑切。 陁,尤袤本李善注:直紙切。陳八郎本作"陲",音：雉。　　陘，尤袤本李善注、陳八郎本：
刑。朝鮮正德本、奎章閣本：形。

逮乎其上，匍匐伐取。挑截本末，規摹鑴矩。夔襄比律，子野協呂。
十二畢具，黃鍾爲主。

　　挑，尤袤本李善注：佗堯切。陳八郎本：他堯。　　摹，尤袤本
李善注：莫奴切。　　鑴，尤袤本李善注：於縛切。陳八郎本：
於縛。

撟揉斤械，剸揿度擬。鏓硐隤墜，程表朱裏。定名曰笛，以觀賢士。
陳於東階，八音俱起。食舉雍徹，勸侑君子。

　　撟，陳八郎本：矯。　　揉，尤袤本李善注：如酉切。陳八郎
本：而酉。　　械，陳八郎本、朝鮮正德本：胡介。奎章閣本：故介。
　　剸，尤袤本李善注：大丸切。陳八郎本：團。　　揿，尤袤本李善
注：與刌音義同。陳八郎本作"剡"，音：余冉。　　鏓，尤袤本李善
注：蘇董切。陳八郎本：思董。朝鮮正德本、奎章閣本：蘇董。
硐，尤袤本李善注：動。陳八郎本：徒董。　　隤，尤袤本李善注：
徒雷切。　　侑，陳八郎本：于救。

然後退理乎黃門之高廊，重丘宋灌，名師郭張。工人巧士，肄業脩聲。
於是游間公子，暇豫王孫，心樂五聲之和，耳比八音之調，乃相與集乎
其庭。詳觀夫曲胤之繁會叢雜，何其富也。紛葩爛漫，誠可喜也。波
散廣衍，實可異也。掌距劫遌，又足怪也。

　　肄，陳八郎本：異。　　間，尤袤本李善注：閑。　【附】尤袤本
李善注：服虔曰：諸公間游戲。若依服解，間當工莧切。　　比，陳

八郎本：避。　調，陳八郎本：去聲。朝鮮正德本：徒弔反。奎章
閣本：徒弔反。　瞠，陳八郎本：丑耕。朝鮮正德本、奎章閣本：
吐耕。○案：瞠、丑屬徹母，吐屬透母，舌音未分化。　遻，尤袤
本李善注：五故切。陳八郎本作“遻”，音：近。

啾咋嘈啐，似華羽兮，絞灼激以轉切。震鬱怫以憑怒兮，耾碭駭以奮
肆。氣噴勃以布覆兮，乍跱躓以狼戾。

咋，尤袤本李善注：仕白切。陳八郎本：助白。　嘈，尤袤本
李善注：曹。　啐，尤袤本李善注：才喝切。奎章閣本李善注：才
曷切。陳八郎本：慈役。朝鮮正德本、奎章閣本：慈没。○案：陳
八郎本“役”爲“没”字之訛。　怫，尤袤本李善注：扶弗切。陳八
郎本：扶勿。　耾，陳八郎本：呼宏。　碭，陳八郎本：徒浪。
噴，尤袤本李善注：普寸切。陳八郎本：普悶。　【附】尤袤本李
善注：噴，或作憤，防粉切。　躓，陳八郎本：之石。

靁叩鍛之岌峇兮，正瀏溧以風冽。薄湊會而凌節兮，馳趣期而赴躓。

靁，陳八郎本：雷。　鍛，尤袤本李善注：都亂切。陳八郎
本：都亂。　岌，尤袤本李善注：苦協切。陳八郎本：苦叶。
峇，尤袤本李善注：苦合切。陳八郎本：苦合。　瀏，陳八郎本：
流。　趣，陳八郎本：促。　躓，陳八郎本：之日反。

爾乃聽聲類形，狀似流水，又象飛鴻。氾濫溥漠，浩浩洋洋。長嚮遠
引，旋復迴皇。

溥，陳八郎本：普各。　漠，朝鮮正德本、奎章閣本：莫。
洋，陳八郎本：祥。　嚮，尤袤本李善注：莫干切。陳八郎本：莫

官。朝鮮正德本：莫干。奎章閣本：莫千。○案：奎章閣本"千"爲"干"字之訛。

充屈鬱律，瞋菌碨抉。酆琅磊落，駢田磅唐。

屈，尤袤本李善注：掘。　瞋，尤袤本李善注：尺鄰切。陳八郎本：勅隣。　菌，尤袤本李善注：去倫切。陳八郎本：去倫。　碨，尤袤本李善注：於迴切。陳八郎本：烏回。　抉，尤袤本李善注：烏郎切。陳八郎本作"怏"：烏郎反。　酆，尤袤本李善注：普耕切。陳八郎本：普萌。○案：酆爲敷母，普爲滂母，脣音未分化。　琅，尤袤本李善注：力耕切。陳八郎本：力耕。　磅，陳八郎本：傍。

取予時適，去就有方。洪殺衰序，希數必當。微風纖妙，若存若亡。蠚滯抗絶，中息更裝。奄忽滅没，曄然復揚。

予，陳八郎本：去聲。朝鮮正德本、奎章閣本：預。　殺，尤袤本李善注：所屆切。陳八郎本：所戒。　衰，尤袤本李善注：楚危切。陳八郎本：楚危。　數，陳八郎本：所角。　蠚，尤袤本李善注：在進切。陳八郎本：慈信。朝鮮正德本、奎章閣本：辭胤。

或乃聊慮固護，專美擅工。漂凌絲簧，覆冒鼓鍾。或乃植持縱縪，佁儗寬容。

植，陳八郎本：雉。　縱，尤袤本李善注：徐絹切。陳八郎本：徐戀。　縪，陳八郎本：墨。　佁，尤袤本李善注：勑吏切。陳八郎本：勑吏。　儗，尤袤本李善注：五吏切。陳八郎本：毅。

簫管備舉，金石并隆。無相奪倫，以宣八風。律吕既和，哀聲五降。
曲終闋盡，餘絃更興。繁手累發，密櫛疊重。踸踔攢仄，蜂聚蟻同。
衆音猥積，以送厥終。

　　　降，陳八郎本：下降反。朝鮮正德本、奎章閣本：夏江反。

　閟，尤袤本李善注：苦穴切。　踸，尤袤本李善注：複。陳八郎

本：方伏。　踔，尤袤本李善注：子六切。陳八郎本：子六。

仄，朝鮮正德本、奎章閣本：側。

然後少息蹔怠，雜弄間奏。易聽駭耳，有所搖演。安翔駘蕩，從容闡
緩。惆悵怨懟，窳圉寘赦。

　　　間，陳八郎本：去聲。奎章閣本：諫。朝鮮正德本作“閒”，

音：諫。　駘，朝鮮正德本、奎章閣本：徒改。　闡，朝鮮正德本、

奎章閣本：昌善。　懟，陳八郎本：隊。朝鮮正德本、奎章閣本：

墜。　窳，陳八郎本作“寙”，音：烏瓜。　圉，尤袤本李善注：於

洽切。陳八郎本：於洽。　寘，尤袤本李善注：恥鞏切。陳八郎

本：恥鞏。　赦，尤袤本李善注：女善切。陳八郎本：女展反。

聿皇求索，乍近乍遠。臨危自放，若頹復反。玢豳繙紆，緪冤蜿蟺。

　　　玢，尤袤本李善注：扶云切。陳八郎本：扶云。朝鮮正德本：

扶雲。奎章閣本：扶文。　緼，尤袤本李善注：於文切。陳八郎

本：於文。朝鮮正德本：放文。○案：正德本“放”爲“於”字之訛。

　繙，陳八郎本作“蟠”，音：盤。　緪，尤袤本李善注、陳八郎本：

因。　蜿，尤袤本李善注：於阮切。陳八郎本：宛。　蟺，尤袤本

李善注、陳八郎本：善。

箃笂抑隱，行人諸變。絞㯠汨湟，五音代轉。

> 　　　　箃，陳八郎本：泯。　　笂，陳八郎本：亡粉。　　絞，尤袤本李
> 善注：古巧切。　　㯠，尤袤本李善注：古愛切。　　汨，尤袤本李善
> 注：于筆切。陳八郎本：于筆。　　湟，尤袤本李善注：黃。朝鮮正
> 德本、奎章閣本：皇。

捼挐梭臧，遞相乘邅。反商下徵，每各異善。

> 　　　　捼，尤袤本李善注：奴迴切。陳八郎本：奴回。　　挐，尤袤本
> 李善注：奴家切。陳八郎本：女加。朝鮮正德本、奎章閣本：女
> 家。　　梭，尤袤本李善注：子潰切。奎章閣本李善注：子會切。
> 陳八郎本作“挼”，音：子回。　　邅，尤袤本李善注：張連切。陳八
> 郎本：女展。　　【附】尤袤本李善注：一云邅當爲踵。女展切。

故聆曲引者，觀法於節奏，察變於句投，以知禮制之不可踰越焉。聽
篧弄者，遙思於古昔，虞志於怛惕，以知長戚之不能間居焉。

> 　　　　引，陳八郎本：上聲。　　投，尤袤本李善注：與逗古字通，音
> 豆。陳八郎本：去聲。朝鮮正德本、奎章閣本：徒鬭。　　篧，陳八
> 郎本：初救。朝鮮正德本、奎章閣本：楚救。　　怛，陳八郎本：丁
> 達。　　惕，陳八郎本：天歷。　　間，尤袤本李善注、陳八郎本、奎
> 章閣本：閑。朝鮮正德本作“閒”，音：閑。

故論記其義，協比其象，徬徨縱肆，曠瀁敞罔，老莊之㯠也。溫直擾
毅，孔孟之方也。激朗清厲，隨光之介也。牢剌拂戾，諸賁之氣也。

> 　　　　比，陳八郎本：脾至。　　曠，尤袤本李善注：若廣切。朝鮮正
> 德本、奎章閣本：苦廣。○案：尤袤本“若”爲“苦”字之訛。　　瀁，

陳八郎本、袁本、茶陵本：余兩。○案：尤袤本"濮"作"漢"。袁
本、茶陵本音見胡克家《文選考異》卷三。　　剌，陳八郎本：力達。
賣，陳八郎本：奔。

節解句斷，管商之制也。條決繽紛，申韓之察也。繁縟駱驛，范蔡之
説也。劈攊銚懂，晢龍之惠也。

　　　句，陳八郎本：九具。　　繽，陳八郎本：匹隣。　　劈，尤袤本
李善注、陳八郎本：梨。　　攊，尤袤本李善注、陳八郎本：歷。
　　銚，尤袤本李善注：他堯切。陳八郎本：他堯。　　懂，尤袤本李善
注：胡麥切。陳八郎本：火麥。　　晢，陳八郎本作"析"，音：先歷。

上擬法於《韶箾》《南籥》，中取度於《白雪》《淥水》，下采制於《延露》
《巴人》。是以尊卑都鄙，賢愚勇懼。魚鼈禽獸聞之者，莫不張耳鹿
駭，熊經鳥申，鴟眎狼顧，柎諜踴躍。各得其齊，人盈所欲，皆反中和，
以美風俗。

　　　箾，尤袤本李善注：簫。奎章閣本李善注：朔。陳八郎本：
蕭。　　籥，陳八郎本：藥。　　諜，陳八郎本：先到。　　齊，尤袤本
李善注：在細切。陳八郎本：去聲。朝鮮正德本、奎章閣本：
前細。

屈平適樂國，介推還受禄。澹臺載尸歸，皋魚節其哭。長萬輟逆謀，
渠彌不復惡。蒯瞶能退敵，不占成節鄂。王公保其位，隱處安林薄。
宦夫樂其業，士子世其宅。鱏魚喁於水裔，仰駟馬而舞玄鶴。

　　　瞶，陳八郎本：五怪。　　鱏，陳八郎本：似林。朝鮮正德本、
奎章閣本：似深。　　喁，陳八郎本：魚恭。

于時也,縣駒吞聲,伯牙毀絃。瓠巴耶柱,磬襄弛懸。留眹瞵眙,累稱屢讚。

　　瓠,陳八郎本:户。　耶,尤袤本李善注:丁篋切。陳八郎本:丁叶。朝鮮正德本、奎章閣本:丁挾。　瞵,尤袤本李善注:丑庚切。陳八郎本作"曄",音:丑耕。　眙,尤袤本李善注:勑吏切。陳八郎本:丑吏。朝鮮正德本、奎章閣本:勑吏。

失容墜席,搏拊雷抃。僬眇睢維,涕洟流漫。

　　搏,陳八郎本:補莫。朝鮮正德本作"捕",音:補莫。奎章閣本亦作"捕",音:捕莫切。○案:奎章閣本音注"捕"疑本作"補",蓋涉正文而訛。　拊,陳八郎本:撫。　僬,尤袤本李善注:子小切。陳八郎本:子小。　眇,尤袤本李善注:亡小切。　睢,尤袤本李善注:許惟切。陳八郎本:許維。　涕,陳八郎本:他礼。洟,尤袤本李善注:勑計切。陳八郎本:他計。

是故可以通靈感物,寫神喻意。致誠効志,率作興事。溉盥汙濊,澡雪垢滓矣。

　　溉,尤袤本李善注:古戴切。　盥,尤袤本李善注:公緩切。滓,尤袤本李善注:壯里切。　【附】尤袤本李善注:《説文》曰:滓,澱也。澱音殿。

昔庖羲作琴,神農造瑟。女媧制簧,暴辛爲塤。倕之和鐘,叔之離磬。或鑠金礱石,華睆切錯。丸挻彫琢,刻鏤鑽笮。

　　塤,尤袤本李善注:虛袁切。陳八郎本:喧。　礱,尤袤本李善注:力東切。朝鮮正德本、奎章閣本:力東。　睆,尤袤本李善

注:胡縮切。陳八郎本:患。　擬,尤袤本李善注:舒連切。陳八
郎本:舒延。　鑽,尤袤本李善注:子丸切。　笮,陳八郎本:昨。
朝鮮正德本、奎章閣本:鑿。

窮妙極巧,曠以日月。然後成器,其音如彼。唯笛因其天姿,不變其
材。伐而吹之,其聲如此。蓋亦簡易之義,賢人之業也。若然,六器
者,猶以二皇聖哲艱益。況笛生乎大漢,而學者不識其可以裨助盛
美,忽而不讚,悲夫。

　　艱,尤袤本李善注:佗斗切。陳八郎本:他斗。　裨,尤袤本
李善注:婢移切。

有庶士丘仲言其所由出,而不知其珍妙。其辭曰:近世雙笛從羌起,
羌人伐竹未及已。龍鳴水中不見己,截竹吹之聲相似。剡其上孔通
洞之,裁以當籥便易持。易京君明識音律,故本四孔加以一。君明所
加孔後出,是謂商聲五音畢。

　　見,尤袤本李善注:胡鍊切。陳八郎本:胡練。　當,陳八郎
本:去聲。　籥,尤袤本李善注:竹瓜切。朝鮮正德本、奎章閣
本:竹瓜。

琴賦并序

嵇叔夜

余少好音聲,長而翫之。以爲物有盛衰,而此無變。滋味有猒,而此
不勌。可以導養神氣,宣和情志。處窮獨而不悶者,莫近於音聲也。
是故復之而不足,則吟詠以肆志。吟詠之不足,則寄言以廣意。然八

音之器,歌舞之象,歷世才士,并爲之賦頌。其體制風流,莫不相襲。
稱其材幹,則以危苦爲上。賦其聲音,則以悲哀爲主。美其感化,則
以垂涕爲貴。麗則麗矣,然未盡其理也。推其所由,似元不解音聲,
覽其旨趣,亦未達禮樂之情也。衆器之中,琴德最優。故綴叙所懷,
以爲之賦。其辭曰:

惟椅梧之所生兮,託峻嶽之崇岡。披重壤以誕載兮,參辰極而高驤。
含天地之醇和兮,吸日月之休光。鬱紛紜以獨茂兮,飛英蕤於昊蒼。
夕納景于虞淵兮,旦晞幹於九陽。經千載以待價兮,寂神跱而永康。

　　　蕤,尤袤本李善注:汝誰切。

且其山川形勢,則盤紆隱深,磪嵬岑嵓。互嶺巉巖,岝崿嶇嶔。

　　　磪,陳八郎本:徂回。　　嵬,陳八郎本:五回。　　巉,陳八郎
　　本、朝鮮正德本:助咸。奎章閣本:助感。○案:奎章閣本"感"當
　　作"咸"。　　岝,陳八郎本:助格。　　崿,陳八郎本作"峉",音:額。
　　嶇,陳八郎本:丘愚。　　嶔,陳八郎本:欽。

丹崖嶮巇,青壁萬尋。若乃重巘增起,偃蹇雲覆。邈隆崇以極壯,崛
巍巍而特秀。蒸靈液以播雲,據神淵而吐溜。

　　　巇,陳八郎本:許宜。　　巘,陳八郎本:魚偃。　　崛,朝鮮正
　　德本:虞屈。奎章閣本:虞屈切。

爾乃顛波奔突,狂赴爭流。觸巖觝隈,鬱怒彪休。洶涌騰薄,奪沫揚
濤。瀄汨澎湃,蚴蟉相糾。放肆大川,濟乎中州。安回徐邁,寂爾長
浮。澹乎洋洋,縈抱山丘。

　　　觝,陳八郎本:丁礼。　　彪,陳八郎本:筆尤。　　洶,陳八郎

本:許拱。　澌,陳八郎本:側乙。　汩,陳八郎本:于筆。　澎,
陳八郎本:蒲萌。　湃,陳八郎本:普拜。　蜎,尤袤本李善注:
於阮切。陳八郎本:於遠。　蟺,尤袤本李善注、陳八郎本:善。
　　　糾,尤袤本李善注:已虯切。

詳觀其區土之所産毓,奧宇之所寶殖。珍怪琅玕,瑤瑾翕艈。叢集累
積,奐衍於其側。若乃春蘭被其東,沙棠殖其西。涓子宅其陽,玉醴
涌其前。玄雲蔭其上,翔鸞集其巔。清露潤其膚,惠風流其間。竦肅
肅以静謐,密微微其清閑。夫所以經營其左右者,固以自然神麗,而
足思願愛樂矣。

　　　毓,陳八郎本:育。　艈,陳八郎本:許力反。　西,陳八郎
本:先,叶韻。

於是遯世之士,榮期、綺季之疇,乃相與登飛梁,越幽壑。援瓊枝,陟
峻崿,以游乎其下。周旋永望,邈若凌飛。邪睨崑崙,俯闞海湄。指
蒼梧之迢遞,臨迴江之威夷。悟時俗之多累,仰箕山之餘輝。羨斯嶽
之弘敞,心慷慨以忘歸。
情舒放而遠覽,接軒轅之遺音。慕老童於騩隅,欽泰容之高吟。顧兹
梧而興慮,思假物以託心。乃斲孫枝,准量所任。至人擄思,制爲雅
琴。乃使離子督墨,匠石奮斤。夔襄薦法,般倕騁神。鎪會裛厠,朗
密調均。華繪彫琢,布藻垂文。錯以犀象,籍以翠緑。絃以園客之
絲,徽以鍾山之玉。

　　　騩,陳八郎本作"隗",音:五罪。　鎪,陳八郎本:所流。
　　繪,北宋本及尤袤本李善注:胡憒切。

爰有龍鳳之象，古人之形。伯牙揮手，鍾期聽聲。華容灼爚，發采揚明。何其麗也。伶倫比律，田連操張。進御君子，新聲憀亮。何其偉也。

操，朝鮮正德本、奎章閣本：平聲。　張，陳八郎本：去聲。
憀，陳八郎本：聊。

及其初調，則角羽俱起，宮徵相證。參發并趣，上下累應。蹉踔礚硌，美聲將興。固以和昶而足躭矣。

蹉，陳八郎本：勑凜。　踔，陳八郎本：勑角。　礚，北宋本及尤袤本李善注：力罪切。陳八郎本：盧罪。　硌，陳八郎本：洛。　昶，北宋本及尤袤本李善注：勑兩切。

爾乃理正聲，奏妙曲。揚《白雪》，發清角。紛淋浪以流離，奐淫衍而優渥。粲奕奕而高逝，馳炎炎以相屬。沛騰遌而競趣，翕韡曄而繁縟。狀若崇山，又象流波。浩兮湯湯，鬱兮峩峩。怫愲煩冤，紆餘婆娑。陵縱播逸，霍濩紛葩。檢容授節，應變合度。兢名擅業，安軌徐步。洋洋習習，聲烈遐布。含顯媚以送終，飄餘響乎泰素。

淋，陳八郎本：林。　遌，陳八郎本：五各。朝鮮正德本、奎章閣本：諤。　湯，陳八郎本：傷。　怫，北宋本及尤袤本李善注：扶味切。陳八郎本：扶味。朝鮮正德本、奎章閣本：扶未。憒，北宋本及尤袤本李善注：渭。陳八郎本：胃。　濩，陳八郎本：胡郭。

若乃高軒飛觀，廣夏閑房。冬夜肅清，朗月垂光。新衣翠粲，纓徽流芳。於是器冷絃調，心閑手敏。觸捝如志，唯意所擬。初涉《淥水》，

中奏清徵。雅昶唐堯，終詠《微子》。寬明弘潤，優游躇跱。柎絃安
歌，新聲代起。謌曰：凌扶搖兮憩瀛洲，要列子兮爲好仇。餐沆瀣兮
帶朝霞，眇翩翩兮薄天游。齊萬物兮超自得，委性命兮任去留。激清
響以赴會，何絃歌之綢繆。

　　　　抌，北宋本及尤袤本李善注：蒲結切。　沆，朝鮮正德本、奎
　　章閣本：胡朗。　瀣，朝鮮正德本、奎章閣本：胡界。

於是曲引向闌，衆音將歇。改韻易調，奇弄乃發。揚和顏，攘皓腕。
飛纖指以馳鶩，紛僷矗以流漫。或徘徊顧慕，擁鬱抑桉。盤桓毓養，
從容祕翫。闇爾奮逸，風駭雲亂。牢落凌厲，布濩半散。豐融披離，
斐韡奐爛。英聲發越，采采粲粲。

　　　　僷，北宋本李善注：素合切。尤袤本李善注：師立切。陳八
　　郎本：蘇合。　矗，北宋本及尤袤本李善注：徒合切。陳八郎本：
　　徒合。　濩，陳八郎本：互。　斐，北宋本及尤袤本李善注：敷尾
　　切。　韡，北宋本及尤袤本李善注：于鬼切。

或間聲錯糅，狀若詭赴。雙美并進，駢馳翼驅。初若將乖，後卒同趣。
或曲而不屈，直而不倨。

　　　　糅，陳八郎本：女又。　驅，陳八郎本：丘驅反。朝鮮正德
　　本、奎章閣本：丘遇反。○案：陳八郎本音“驅”涉正文而誤，當依
　　正德本、奎章閣本作“遇”。　倨，北宋本及尤袤本李善注：居預
　　切。陳八郎本：據。

或相凌而不亂，或相離而不殊。時劫掎以慷慨，或怨嫭而躊躇。忽飄
飄以輕邁，乍留聯而扶疏。或參譚繁促，複疊攢仄。從橫駱驛，奔遯

相逼。拊嗟累讚,間不容息。瓌豔奇偉,殫不可識。

　　　　掎,陳八郎本:几。　　嫭,北宋本及尤袤本李善注:子庶切。
陳八郎本作"泪",音:慈預。　【附】北宋本及尤袤本李善注:嫭,
或作姐。姐,子也切。　　參,北宋本及尤袤本李善注:七感切。
　　　　譚,北宋本及尤袤本李善注:徒感切。

若乃閑舒都雅,洪纖有宜。清和條昶,案衍陸離。穆溫柔以怡懌,婉
順叙而委蛇。或乘險投會,邀隙趨危。譬若離鵾鳴清池,翼若游鴻翔
曾崖。紛文斐尾,慊縿離纚。微風餘音,靡靡猗猗。

　　　　衍,北宋本及尤袤本李善注:弋戰切。　　委,陳八郎本:平
聲。朝鮮正德本、奎章閣本:威。　　蛇,陳八郎本:移。　　崖,陳
八郎本:宜。　　慊,朝鮮正德本:林。陳八郎本、奎章閣本作
"綝",音:林。　　縿,陳八郎本:所金。朝鮮正德本、奎章閣本:所
今。　　纚,陳八郎本:師。　　猗,陳八郎本:於宜反。朝鮮正德
本、奎章閣本:衣。

或摟搜櫟捋,縹繚潎冽。

　　　　摟,北宋本及尤袤本李善注:力頭切。　　搜,陳八郎本:蒲
結。　　櫟,陳八郎本:歷。　　捋,陳八郎本:力活。　　縹,陳八郎
本:匹妙。　　繚,陳八郎本:了。　　潎,陳八郎本:瞥。

輕行浮彈,明嫭晈慧。疾而不速,留而不滯。翩縣飄邈,微音迅逝。
遠而聽之,若鸞鳳和鳴戲雲中。迫而察之,若衆葩敷榮曜春風。既豐
贍以多姿,又善始而令終。嗟姣妙以弘麗,何變態之無窮。

　　　　嫭,陳八郎本:獲。　　晈,北宋本及尤袤本李善注:七祭切。

陳八郎本：砌。　【附】尤袤本李善注：古本葩字爲此茪，郭璞《三蒼》爲古花字。今讀者于彼切。《字林》音于彼切。張衡《思玄賦》曰：天地烟煴，百卉含蘤，鳴鶴交頸，雎鳩相和。以韻推之，所以不惑。○案：此條李善注，北宋本、奎章閣本俱無，尤袤本此注疑爲後世校語而羼入正本。　姣，陳八郎本：古卯。

若夫三春之初，麗服以時。乃攜友生，以遨以嬉。涉蘭圃，登重基。背長林，翳華芝。臨清流，賦新詩。嘉魚龍之逸豫，樂百卉之榮滋。理重華之遺操，慨遠慕而長思。

若乃華堂曲宴，密友近賓。蘭肴兼御，旨酒清醇。進《南荊》，發《西秦》。紹《陵陽》，度《巴人》。變用雜而并起，竦衆聽而駭神。料殊功而比操，豈笙簫之能倫。若次其曲引所宜，則《廣陵》《止息》《東武》《太山》，《飛龍》《鹿鳴》《鵾雞》《游絃》。更唱迭奏，聲若自然。流楚窈窕，懲躁雪煩。下逮謠俗，蔡氏五曲。《王昭》《楚妃》，《千里別鶴》。猶有一切承間篸乏，亦有可觀者焉。

　　料，陳八郎本：聊。　懲，北宋本及尤袤本李善注：直陵切。
　　切，陳八郎本：此結。　篸，陳八郎本、朝鮮正德本：初救。奎章閣本：初求。○案：奎章閣本“求”爲“救”字之訛。

然非夫曠遠者，不能與之嬉游。非夫淵靜者，不能與之閑止。非夫放達者，不能與之無吝。非夫至精者，不能與之析理也。

　　閑，陳八郎本作“間”，音：閑。　析，陳八郎本：昔。

若論其體勢，詳其風聲。器和故響逸，張急故聲清。間遼故音庳，絃長故徽鳴。性絜静以端理，含至德之和平。誠可以感盪心志，而發洩幽情矣。

　　　　張，陳八郎本：去聲。　　間，陳八郎本作“閒”，音：閑。　　庫，
北宋本及尤袤本李善注：婢。陳八郎本作“㾒”，音：婢。○案：陳
八郎本“㾒”爲“庫”之訛。

是故懷戚者聞之，莫不憯懍慘悽，愀愴傷心。含哀懊咿，不能自禁。

　　　　憯，北宋本及尤袤本李善注：七感切。陳八郎本：七琰。
懍，陳八郎本：力審。　　慘，北宋本及尤袤本李善注：七敢切。
愀，北宋本及尤袤本李善注：七小切。陳八郎本：七小。　　懊，北
宋本及尤袤本李善注：於六切。陳八郎本：郁。　　咿，北宋本及
尤袤本李善注、陳八郎本：伊。　　禁，陳八郎本：今。

其康樂者聞之，則欨愉懽釋，抃舞踊溢。留連瀾漫，嗢噱終日。若和
平者聽之，則怡養悅念，淑穆玄真。恬虛樂古，棄事遺身。是以伯夷
以之廉，顏回以之仁。比干以之忠，尾生以之信。惠施以之辯給，萬
石以之訥慎。其餘觸類而長，所致非一。同歸殊途，或文或質。揔中
和以統物，咸日用而不失。其感人動物，蓋亦弘矣。

　　　　欨，北宋本及尤袤本李善注：況于切。陳八郎本：況于。
嗢，北宋本及尤袤本李善注：烏没切。陳八郎本：烏骨。　　噱，北
宋本及尤袤本李善注：巨略切。陳八郎本：巨略。

于時也，金石寢聲，匏竹屏氣。王豹輟謳，狄牙喪味。天吳踊躍於重
淵，王喬披雲而下墜。舞鸑鷟於庭階，游女飄焉而來萃。感天地以致
和，況蚑行之衆類。嘉斯器之懿茂，詠茲文以自慰。永服御而不厭，
信古今之所貴。

　　　鲍,陳八郎本:庖。　　鷟,陳八郎本:岳。　　鷟,陳八郎本:仕
角。　　蚑,陳八郎本:巨支。

亂曰:愔愔琴德,不可測兮。體清心遠,邈難極兮。良質美手,遇今世
兮。紛綸翕響,冠衆藝兮。識音者希,孰能珍兮。能盡雅琴,唯至
人兮。

笙　賦
潘安仁

河汾之寶,有曲沃之懸匏焉。鄒魯之珍,有汶陽之孤篠焉。若乃縣蔓
紛敷之麗,浸潤靈液之滋,隔限夷險之勢,禽鳥翔集之嬉。固衆作者
之所詳,余可得而略之也。

　　　匏,朝鮮正德本、奎章閣本:步交。　　篠,陳八郎本:蘇了。
朝鮮正德本、奎章閣本:小。　　蔓,朝鮮正德本、奎章閣本:萬。

徒觀其制器也,則審洪纖,面短長。剞生幹,裁熟簧。設宮分羽,經徵
列商。泄之反謐,厭焉乃揚。

　　　剞,陳八郎本:力結。　　幹,陳八郎本:翰。朝鮮正德本、奎
章閣本:幹。　　謐,陳八郎本:密。　　厭,陳八郎本:於頰。朝鮮
正德本、奎章閣本:頰。

管攢羅而表列,音要妙而含清。各守一以司應,統大魁以爲笙。基黃
鍾以舉韻,望鳳儀以擢形。寫皇翼以插羽,摹鸞音以屬聲。

　　　魁,尤袤本李善注:苦四切,今古怪切。○案:尤袤本"四"爲
"回"字之訛。胡刻本即作"回"。

如鳥斯企，翾翾歧歧。明珠在咮，若銜若垂。脩櫨内辟，餘簫外逶。

> 翾，陳八郎本：許緣。　　咮，北宋本及尤袤本李善注、陳八郎
> 本：晝。　　櫨，陳八郎本作"攄"，音：都瓜。　　辟，陳八郎本：關。
> 逶，陳八郎本：威。

駢田獦攦，魻鰈參差。

> 攦，北宋本及尤袤本李善注、陳八郎本：歷。　　魻，北宋本及
> 尤袤本李善注：押。陳八郎本：狎。○案：魻、狎爲匣母，押爲影
> 母，北宋本及尤袤本"押"疑爲"狎"字之訛。　　鰈，北宋本及尤袤
> 本李善注：助甲切。陳八郎本：霅。

於是乃有始泰終約，前榮後悴。激憤於今賤，永懷乎故貴。衆滿堂而
飲酒，獨向隅以掩淚。援鳴笙而將吹，先嗢噦以理氣。初雍容以安
暇，中佛鬱以怫愲。

> 嗢，北宋本及尤袤本李善注：於忽切。陳八郎本：烏没。
> ○案：嗢，尤袤本正文誤作"唱"字。　　噦，北宋本及尤袤本李善
> 注：紆月切。陳八郎本：紆月。　　佛，室町本：扶忽反。　　怫，陳
> 八郎本：扶味。　　愲，陳八郎本：胃。朝鮮正德本、奎章閣本：位。

終嵬峩以寨愕，又颯遝而繁沸。罔浪孟以惆悵，若欲絶而復肆。懰檄
糴以奔邀，似將放而中匱。

> 嵬，陳八郎本：五罪。　　峩，陳八郎本作"峨"，音：我。　　愕，
> 陳八郎本：五各。　　颯，陳八郎本：素合。　　遝，陳八郎本：徒合。
> 懰，陳八郎本：留。　　檄，北宋本及尤袤本李善注：激。陳八郎
> 本作"憿"，音：激。

愀愴惻淢，㢠韄煜熠。

　　愀，陳八郎本：七小。　　淢，北宋本及尤袤本李善注：況逼
切。陳八郎本：血。朝鮮正德本、奎章閣本：洫。　　㢠，陳八郎
本：毀。　　韄，陳八郎本作"薜"，音：偉。　　煜，北宋本及尤袤本
李善注、陳八郎本：育。　　熠，北宋本及尤袤本李善注：以入切。
陳八郎本：以入。

泛淫汜豔，霅曄岌岌。

　　泛，陳八郎本：逢。　　汜，陳八郎本：泛。　　霅，北宋本及尤
袤本李善注：素合切。陳八郎本：素合。　　曄，北宋本李善注：于
法切。尤袤本李善注：于怯切。奎章閣本李善注：予怯切。陳八
郎本：魚立反。○案：北宋本"法"爲"怯"字之訛。

或桉衍夷靡，或竦踴剽急。或既往不反，或已出復入。徘徊布濩，渙
衍葺襲。舞既蹈而中輟，節將撫而弗及。樂聲發而盡室歡，悲音奏而
列坐泣。

　　剽，陳八郎本：匹妙。　　葺，陳八郎本：子入。

擸纖翾以震幽簧，越上箮而通下管。應吹噏以往來，隨抑揚以虛滿。

　　擸，北宋本及尤袤本李善注：奴協切。陳八郎本作"擖"，音：
撿。朝鮮正德本、奎章閣本亦作"擖"，音：捻。室町本：乃叶反。
○案：陳八郎本"撿"爲"捻"字之訛。　　箮，北宋本及尤袤本李善
注：徒東切。陳八郎本：同。　　噏，北宋本即尤袤本李善注：虛及
切。陳八郎本：虛立。

勃慷慨以憀亮，顧躊躇以舒緩。輟張女之哀彈，流廣陵之名散。詠園桃之夭夭，歌棗下之纂纂。歌曰：棗下纂纂，朱實離離。宛其落矣，化爲枯枝。人生不能行樂，死何以虛謚爲。爾乃引飛龍，鳴鵾雞。雙鴻翔，白鶴飛。子喬輕舉，明君懷歸。荆王喟其長吟，楚妃嘆而增悲。

　　憀，尤袤本李善注、陳八郎本：留。　彈，陳八郎本：去聲。

纂，陳八郎本：祖管反。　引，陳八郎本：去聲。

夫其悽戾辛酸，嚶嚶關關，若離鴻之鳴子也。含嘲嗶諧，雍雍喈喈，若羣鶵之從母也。

　　戾，陳八郎本作"唳"，音：麗。　鳴，陳八郎本：去聲。朝鮮正德本、奎章閣本：命。　嘲，陳八郎本作"呵"，音：胡。　嗶，陳八郎本：昌善。朝鮮正德本、奎章閣本：昌。○案：據《廣韻》，此文"嗶"爲獮韻，讀昌善切。正德本、奎章閣本"昌"下脱"善"字。

　　喈，陳八郎本：皆。

郁抒劫悟，泓宏融裔。哇咬嘲哳，一何察惠。訣厲悄切，又何磬折。

　　抒，陳八郎本：力活。　泓，陳八郎本：烏宏。　哇，陳八郎本：烏佳。　咬，陳八郎本：烏交。　嘲，朝鮮正德本、奎章閣本：竹交。　哳，陳八郎本作"喳"，音：竹憂。朝鮮正德本、奎章閣本亦作"喳"，音：竹戞。○案：陳八郎本"憂"爲"戞"字之訛。　悄，陳八郎本：七小。

若夫時陽初暖，臨川送離。酒酣徒擾，樂闋日移。踈客始闌，主人微疲。弛絃韜籥，徹塤屏篪。

弛,陳八郎本:始。　塤,陳八郎本:暄。　篪,陳八郎本:池。

爾乃促中筵,攜友生。解嚴顔,擢幽情。披黄包以授甘,傾縹瓷以酌醽。光歧儼其偕列,雙鳳嘈以和鳴。晋野悚而投琴,況齊瑟與秦箏。

縹,陳八郎本:匹妙。【附】尤袤本李善注:《字林》:瓷白瓶長頸。大禺切。　醽,陳八郎本:零。朝鮮正德本、奎章閣本作"醽",音:零。　嘈,陳八郎本:曹。

新聲變曲,奇韻横逸。縈纏歌鼓,網羅鍾律。爛熠爚以放豔,鬱蓬勃以氣出。秋風詠於燕路,《天光》重乎《朝日》。

熠,陳八郎本:以入。　爚,陳八郎本:以若。朝鮮正德本、奎章閣本:藥。　重,北宋本及尤袤本李善注:逐龍切。

大不踰宫,細不過羽。唱發《章》《夏》,導揚《韶》《武》。協和陳宋,混一齊楚。邇不逼而遠無攜,聲成文而節有叙。彼政有失得,而化以醇薄。樂所以移風於善,亦所以易俗於惡。故絲竹之器未改,而桑濮之流已作。惟簧也,能研羣聲之清,惟笙也,能揔衆清之林。衛無所措其邪,鄭無所容其淫。非天下之和樂,不易之德音,其孰能與於此乎。

嘯賦

成公子安

逸羣公子,體奇好異。傲世忘榮,絶棄人事。晞高慕古,長想遠思。將登箕山以抗節,浮滄海以游志。於是延友生,集同好。精性命之至機,研道德之玄奧。愍流俗之未悟,獨超然而先覺。狹世路之阨僻,仰天衢而高蹈。遺姱俗而遺身,乃慷慨而長嘯。

> 覺,陳八郎本:教。　阨,陳八郎本:於界。

于時曜靈俄景,流光濛汜。逍遙攜手,踟跦步趾。發妙聲於丹脣,激哀音於皓齒。響抑揚而潛轉,氣衝鬱而熛起。協黃宮於清角,雜商羽於流徵。飄游雲於泰清,集長風乎萬里。曲既終而響絕,遺餘玩而未已。良自然之至音,非絲竹之所擬。

> 汜,陳八郎本:似。　熛,陳八郎本:必遙。

是故聲不假器,用不借物。近取諸身,役心御氣。動脣有曲,發口成音。觸類感物,因歌隨吟。大而不洿,細而不沉。清激切於笙竽,優潤和於瑟琴。玄妙足以通神悟靈,精微足以窮幽測深。收《激楚》之哀荒,節《北里》之奢淫。濟洪灾於炎旱,反亢陽於重陰。

> 洿,敦煌本:安都。陳八郎本:烏。　竽,敦煌本:禹俱。
>
> 亢,敦煌本:苦浪。

唱引萬變,曲用無方。和樂怡懌,悲傷摧藏。時幽散而將絕,中矯厲而慷慨。徐婉約而優游,紛繁騖而激揚。情既思而能反,心雖哀而不傷。摠八音之至和,固極樂而無荒。

> 引,陳八郎本:去聲。　婉,敦煌本:於遠。

若乃登高臺以臨遠,披文軒而騁望。喟仰抃而抗首,嘈長引而慺亮。或舒肆而自反,或徘徊而復放。或冉弱而柔撓,或澎濞而奔壯。橫鬱鳴而滔涸,洌飄眺而清昶。逸氣奮湧,繽紛交錯。列列飆揚,啾啾響

作。奏胡馬之長思,向寒風乎北朔。又似鴻雁之將鶵,羣鳴號乎
沙漠。

　　　　抃,敦煌本作"拚",音:皮變。　　嘈,敦煌本:在勞。　　嚠,敦
煌本:力幽。陳八郎本:流。　　撓,敦煌本作"橈",音:而小。
澎,敦煌本:普彭。陳八郎本:烹。　　濞,敦煌本:普秘。朝鮮正
德本:普祕。奎章閣本:普必。○案:濞讀去聲,奎章閣本"必"讀
入聲,音調不合,當是"祕"之殘字。　　滔,敦煌本:他勞。　　涸,
敦煌本:胡各。　　飄,敦煌本作"繚",音:来鳥。陳八郎本亦作
"繚",音:了。　　眺,尤袤本李善注:他鳥切。敦煌本作"胐",音:
他鳥。北宋本及奎章閣本李善注:他鳥切。陳八郎本:土了。
○案:尤袤本"眺"訛作"眇"。　　昶,敦煌本:勑亮。　　飈,陳八郎
本:必遥。　　啾,敦煌本:子由。

故能因形創聲,隨事造曲。應物無窮,機發響速。佛鬱衝流,參譚雲
屬。若離若合,將絕復續。飛廉鼓於幽隧,猛虎應於中谷。南箕動於
穹蒼,清飈振乎喬木。散滯積而播揚,蕩埃藹之溷濁。變陰陽之至
和,移淫風之穢俗。

　　　　佛,敦煌本:扶勿。北宋本及尤袤本李善注:扶勿切。陳八
郎本:佛。　　參,敦煌本:七感。　　譚,敦煌本:徒感。　　屬,敦煌
本:之欲。　　隧,敦煌本:□翠反。○案:敦煌本□處字模糊,似
作"辭"字。　　穹,敦煌本:丘弓。　　飈,朝鮮正德本、奎章閣本:
必遥。　　溷,敦煌本:胡本。陳八郎本:混。

若乃游崇崗,陵景山。臨巖側,望流川。坐盤石,漱清泉。藉皋蘭之
猗靡,蔭脩竹之蟬蜎。乃吟詠而發散,聲駱驛而響連。舒蓄思之悱

憤，奮久結之纏緜。心滌蕩而無累，志離俗而飄然。

　　　　漱，敦煌本：搜又反。　　藉，敦煌本：嗟夜反，又：慈夜。
猗，敦煌本：於綺。　　蜎，敦煌本：伊緣。　　悱，敦煌本：芳尾。
滌，敦煌本：庭歷。

若夫假象金革，擬則陶匏。衆聲繁奏，若笳若簫。硼硠震隱，訇礚唧
嘈。發徵則隆冬熙蒸，騁羽則嚴霜夏凋。動商則秋霖春降，奏角則谷
風鳴條。

　　　　匏，朝鮮正德本、奎章閣本：庖。　　笳，陳八郎本：加。　　硼，
敦煌本：普萌。北宋本及尤袤本李善注：芳宏切。陳八郎本：烹。
　　　礚，敦煌本：朗棠。北宋本及尤袤本李善注、陳八郎本：郎。
訇，敦煌本：火宏。陳八郎本：轟。　　礚，敦煌本：苦盖。陳八郎
本：苦害。朝鮮正德本、奎章閣本作“磕”，音：苦代。　　唧，敦煌
本作“聊”，音：老陶。北宋本及尤袤本李善注：勞。陳八郎本作
“㘗”，音：牢。　　嘈，北宋本及尤袤本李善注：曹。　　熙，敦煌本：
喜眉。　　蒸，敦煌本：之升。

音均不恒，曲無定制。行而不流，止而不滯。隨口吻而發揚，假芳氣
而遠逝。音要妙而流響，聲激曜而清厲。信自然之極麗，羌殊尤而絕
世。越《韶》《夏》與《咸池》，何徒取異乎鄭衛。

　　　　吻，敦煌本：亡粉。　　激，敦煌本：古歷。　　曜，敦煌本：庭
歷。北宋本及尤袤本李善注：翟。陳八郎本：狄。　　羌，陳八郎
本：去良。

于時緜駒結舌而喪精，王豹杜口而失色。虞公輟聲而止歌，甯子檢手

而嘆息。鍾期棄琴而改聽,孔父忘味而不食。百獸率舞而抃足,鳳皇來儀而㧌翼。乃知長嘯之奇妙,蓋亦音聲之至極。

　　檢,敦煌本:力冉。　　抃,敦煌本:皮變。　　㧌,敦煌本:芳武。陳八郎本:撫。

《文選》音注輯考卷十九

賦癸

情

　　宋玉《高唐賦》一首

　　　　《神女賦》一首

　　　　《登徒子好色賦》一首

　　曹子建《洛神賦》一首

詩甲

補亡

　　束廣微《補亡詩》六首　　四言

述德

　　謝靈運《述祖德詩》二首　　五言

勸勵

　　韋孟《諷諫詩》一首　　四言

　　張茂先《勵志詩》一首　　四言

賦 癸
情

高唐賦并序
宋　玉

昔者楚襄王與宋玉游於雲夢之臺，望高唐之觀。其上獨有雲氣，崪兮
直上，忽兮改容，須臾之間，變化無窮。

　　崪，陳八郎本、九條本：慈聿。

王問玉曰：此何氣也。玉對曰：所謂朝雲者也。王曰：何謂朝雲。玉
曰：昔者先王嘗游高唐，怠而晝寢。夢見一婦人，曰：妾巫山之女也。
爲高唐之客，聞君游高唐，願薦枕席。王因幸之。去而辭曰：妾在巫
山之陽，高丘之阻。旦爲朝雲，暮爲行雨。朝朝暮暮，陽臺之下。旦
朝視之如言，故爲立廟，號曰朝雲。

　　怠，九條本：待。　　枕，九條本：之稔反。　　阻，陳八郎本、九
　條本作“岨”，音：阻。　　下，陳八郎本：户。

王曰：朝雲始出，狀若何也。玉對曰：其始出也，曒兮若松榯。其少進
也，晰兮若姣姬。揚袂鄣日，而望所思。忽兮改容，偈兮若駕駟馬，建
羽旗。湫兮如風，淒兮如雨。風止雨霽，雲無處所。

　　曒，北宋本及尤袤本李善注：徒對切。陳八郎本：隊。九條
　本：隊，又：徒對反。　　榯，北宋本及尤袤本李善注、陳八郎本、九
　條本：時。　　晰，陳八郎本、九條本：折。　　姣，陳八郎本、九條

本:絞。　偈,北宋本及尤袤本李善注:居竭切。陳八郎本:桀。
九條本:桀,又:居竭,又引《音决》:居列反。　湫,陳八郎本、九
條本:子小。　霽,尤袤本李善注:薺。陳八郎本:才細。九條
本:才細反。

王曰:寡人方今可以游乎。玉曰:可。王曰:其何如矣。玉曰:高矣顯
矣,臨望遠矣。廣矣普矣,萬物祖矣。上屬於天,下見於淵,珍怪奇
偉,不可稱論。王曰:試爲寡人賦之。玉曰:唯唯。
　　淵,陳八郎本:泉。　偉,九條本:于鬼反。　唯,九條本、室
町本:余誄反。○案:九條本、室町本"誄"爲"誅"字之訛。

惟高唐之大體兮,殊無物類之可儀比。巫山赫其無疇兮,道互折而曾
累。登巉巖而下望兮,臨大阺之稸水。
　　赫,九條本:許白反。　互,九條本:故。　折,九條本:之
舌。　巉,九條本:士咸反。　阺,北宋本及尤袤本李善注:丁兮
切。奎章閣本注記:善本作丁兮切。陳八郎本:池。九條本:池,
又:丁兮。　稸,北宋本及尤袤本李善注:抽六切。陳八郎
本:畜。

遇天雨之新霽兮,觀百谷之俱集。潯潯淘淘其無聲兮,潰淡淡而并入。
　　潯,陳八郎本、九條本:普秘。　淘,北宋本及尤袤本李善
注:詡鞏切。陳八郎本、九條本:許拱。　潰,陳八郎本、九條本:
胡隗。　淡,北宋本及尤袤本李善注:以冉切。九條本:以冉。

滂洋洋而四施兮,蓊湛湛而弗止。長風至而波起兮,若麗山之孤畝。

騰薄岸而相擊兮，隘交引而却會。崒中怒而特高兮，若浮海而望
碣石。

　　　　洋，九條本：羊。　蓊，陳八郎本：烏孔。九條本：鄔孔。
湛，九條本：大點反。　隘，九條本：於懈反。　崒，陳八郎本：慈
聿。　碣，九條本：其例反。

礫磟磟而相摩兮，嶛震天之礚礚。

　　　　礫，陳八郎本、九條本：歷。　上磟字，九條本、朝鮮正德本、
奎章閣本作"碨"，音：烏罪。　磟，陳八郎本、九條本：盧罪。
嶛，北宋本及尤袤本李善注：火宏切。陳八郎本：轟。九條本：
轟，又：火雄反。　礚，陳八郎本：康蓋反。九條本：康蓋。

巨石溺溺之瀺灂兮，沫潼潼而高厲。

　　　　溺，九條本：女角反。○案：溺爲泥母，女爲娘母，泥、娘未分
化。　瀺，陳八郎本、九條本：仕咸。　灂，陳八郎本、九條本：仕
角。　沫，陳八郎本：沫。九條本、朝鮮正德本、奎章閣本：末。
○案：陳八郎本音"沫"涉正文而誤，當作"末"。　潼，陳八郎本、
九條本：同。

水澹澹而盤紆兮，洪波淫淫之溶滴。奔揚踊而相擊兮，雲興聲之
霈霈。

　　　　澹，陳八郎本、九條本：徒濫。　盤，陳八郎本作"般"，音：步
干。九條本：步干。　溶，北宋本及尤袤本李善注、陳八郎本：
容。九條本：以龍反。　滴，北宋本及尤袤本李善注：裔。陳八
郎本、九條本：曳。　霈，北宋本及尤袤本李善注：浦大切。陳八

郎本：普蓋反。九條本：普蓋。

猛獸驚而跳駭兮，妄奔走而馳邁。虎豹犳兕，失氣恐喙。雕鶚鷹鷂，飛揚伏竄。股戰脅息，安敢妄摯。

> 跳，陳八郎本、九條本：條。　豹，九條本：布孝反。　犳，九條本作"豹"：仕皆反。　兕，陳八郎本：似。　喙，陳八郎本、九條本：許穢。　鷂，北宋本及尤袤本李善注：與照切。　竄，尤袤本李善注：七外切，非關協韻，一音七玩切。

於是水蟲盡暴，乘渚之陽。黿鼉鱣鮪，交積從橫。振鱗奮翼，蜲蜲蜿蜿，中阪遥望。

> 鱣，陳八郎本、九條本：張連。　鮪，陳八郎本、九條本：于美。　橫，陳八郎本、九條本：皇。　蜲，北宋本及尤袤本李善注：於危切。陳八郎本、九條本：於危。　蜿，北宋本及尤袤本李善注：於袁切。陳八郎本、九條本：於袁。　阪，九條本：反。

玄木冬榮，煌煌熒熒，奪人目精。爛兮若列星，曾不可殫形。榛林鬱盛，葩華覆蓋。雙椅垂房，糾枝還會。

> 煌，九條本：皇。　熒，九條本：古營。　爛，九條本：力旦反。　曾，九條本：在登反。　殫，陳八郎本：丹。　榛，陳八郎本、九條本：士巾。　椅，陳八郎本、九條本：於奇。　糾，陳八郎本作"科"，音：渠幽。九條本：渠幽反。

徙靡澹淡，隨波闇藹。東西施翼，猗狔豐沛。

> 澹，陳八郎本：徒監。九條本、朝鮮正德本、奎章閣本：徒濫。

○案：陳八郎本"監"爲"濫"字之訛。　淡，九條本：以冉。　闇，陳八郎本、九條本：上聲。　藹，陳八郎本、九條本：愛。　猗，北宋本及尤袤本李善注：於宜切。九條本：倚。陳八郎本作"椅"，音：倚。　狔，北宋本及尤袤本李善注：於危切。九條本：女倚。陳八郎本作"柅"，音：女倚。　沛，陳八郎本、九條本作"霈"，音：普蓋。

緑葉紫裹，丹莖白蔕。纖條悲鳴，聲似竽籟。清濁相和，五變四會。感心動耳，迴腸傷氣。孤子寡婦，寒心酸鼻。長吏謫官，賢士失志。愁思無已，嘆息垂涙。登高遠望，使人心瘁。

裹，北宋本及尤袤本李善注：古卧切。陳八郎本作"裴"：上聲。九條本、朝鮮正德本、奎章閣本：去聲。○案：尤袤本"裹"訛作"裹"，北宋本即作"裹"。　蔕，陳八郎本、九條本：帝。　籟，陳八郎本、九條本：賴。　隳，北宋本及尤袤本李善注：許規切。九條本：許規。陳八郎本作"墮"，音：許規。　瘁，陳八郎本、九條本：秦醉反。

盤岸巑岏，裖陳磕磕。磐石險峻，傾崎崏隤。巖嶇參差，從橫相追。

巑，陳八郎本、九條本：在官。　岏，陳八郎本、九條本：五官。　磕，陳八郎本：五哀反。九條本：五哀。　崎，陳八郎本、九條本：欺。　隤，陳八郎本：徒回。九條本：徒回反。　嶇，陳八郎本、九條本：驅。　從，九條本作"縱"，旁記：《決》作從，子容反。

陬互横啎，背穴偃蹠。交加累積，重疊增益。狀若砥柱，在巫山下。

　　陬，陳八郎本：子溝。　　互，九條本：故。　　𢕋，北宋本及尤
袤本李善注：五故切。陳八郎本、九條本作"梧"：去聲。　　𥕦，陳
八郎本：隻。九條本：隻，又引《音決》：之石反。　　砥，陳八郎本、
九條本：止。

仰視山顛，蕭何千千，炫燿虹蜺。俯視崝嶸，窅寥窈冥。不見其底，虛
聞松聲。傾岸洋洋，立而熊經。

　　千，陳八郎本作"芊"，音：千。　　炫，陳八郎本、九條本：縣。
　　燿，陳八郎本、九條本：羊照。　　俯，九條本：甫。　　崝，北宋本
及尤袤本李善注：士耕切。　　嶸，北宋本及尤袤本李善注：宏。
九條本引《音決》作"嶒"，音：宏。　　窅，北宋本及尤袤本李善注：
苦交切。陳八郎本、九條本：呼交。　　寥，北宋本及尤袤本李善
注：勞。陳八郎本、九條本：力交。　　洋，九條本：羊。

久而不去，足盡汗出。悠悠忽忽，怊悵自失。使人心動，無故自恐。
賁育之斷，不能爲勇。卒愕異物，不知所出。

　　怊，北宋本及尤袤本李善注：耻驕切。陳八郎本、九條本：
超。　　悵，九條本：丑亮反。　　賁，陳八郎本、九條本：奔。　　斷，
北宋本及尤袤本李善注：丁亂切。　　卒，北宋本及尤袤本李善
注：七忽切。陳八郎本：措骨。九條本：措骨反。　　愕，北宋本及
尤袤本李善注：午故切。陳八郎本：五各。九條本：魚各反。

縱縱莘莘，若生於鬼，若出於神。狀似走獸，或象飛禽。譎詭奇偉，不
可究陳。上至觀側，地蓋底平。箕踵漫衍，芳草羅生。

　　縱，北宋本及尤袤本李善注：所綺切。陳八郎本、九條本：史

倚。　莘,北宋本及尤袤本李善注:所巾切。陳八郎本:所中。

九條本、朝鮮正德本、奎章閣本:所巾。○案:陳八郎本"中"爲

"巾"字之訛。　譎,九條本:古穴反。　厎,陳八郎本:止。九條

本作"底",音:止。　踵,九條本:之勇反。　漫,陳八郎本、九條

本:莫半。　衍,陳八郎本、九條本:以戰。

秋蘭茝蕙,江離載菁。青荃射干,揭車苞并。

茝,九條本:昌改反,又引《音決》:止。○案:九條本旁記五

臣作芷,《音決》當即芷音。　菁,陳八郎本:精。　荃,陳八郎

本、九條本:七全。　射,陳八郎本、九條本:夜。　揭,陳八郎

本、九條本:起竭。　車,陳八郎本、九條本:居。

薄草靡靡,聊延夭夭。越香掩掩,衆雀嗷嗷。雌雄相失,哀鳴相號。

聯,九條本:力戰反。　延,九條本:以戰。　夭,九條本:於

苗反。　雀,九條本:子畧反。　嗷,陳八郎本:五高。九條

本:敖。

王鴡鸝黄,正冥楚鳩。姊歸思婦,垂雞高巢。其鳴喈喈,當年遨游。更唱迭和,赴曲隨流。

鴡,九條本作"雎",音:書。○案:九條本"書"字待考。

鸝,陳八郎本、九條本:离。　【附】北宋本及尤袤本李善注:《爾

雅》曰:雟周。郭璞曰:子雟鳥出蜀中。或曰即子規,一名姊歸。

雟,胡圭切。　喈,陳八郎本、九條本:皆。

有方之士,羨門高谿。上成鬱林,公樂聚穀。進純犧,禱琁室。醮諸

神,禮太一。傳祝已具,言辭已畢。王乃乘玉輿,駟倉螭。垂旒旌,旆合諧。紬大絃而雅聲流,冽風過而增悲哀。

犧,九條本:許宜。　禱,九條本、静嘉堂本:多老反。　醮,九條本、静嘉堂本:子肖反。　祝,九條本、静嘉堂本:之六反。

旆,九條本、静嘉堂本:步外。　紬,北宋本及尤袤本李善注、陳八郎本、九條本:抽。　冽,陳八郎本、九條本:列。

於是調謳,令人惏悷憯悽,脅息增欷。

謳,九條本、静嘉堂本:烏□反。○案:九條本及静嘉堂本□處俱空一字。　惏,北宋本及尤袤本李善注:力甚切。陳八郎本、九條本、静嘉堂本:凜。　悷,北宋本及尤袤本李善注:力計切。陳八郎本、九條本、静嘉堂本:隸。　憯,陳八郎本、九條本、静嘉堂本:七感。　欷,九條本:虛既反。

於是乃縱獵者,基趾如星。傳言羽獵,銜枚無聲。弓弩不發,罘罕不傾。涉潒潒,馳苹苹。

趾,九條本、静嘉堂本:止。　枚,陳八郎本、九條本、静嘉堂本:梅。　罘,陳八郎本:伏侯。九條本、静嘉堂本:伏侯,又:浮。

罕,九條本、静嘉堂本:簡。　潒,陳八郎本、九條本、静嘉堂本:莫朗。　苹,北宋本及尤袤本李善注、陳八郎本、九條本、静嘉堂本:平。

飛鳥未及起,走獸未及發。何節奄忽,蹄足灑血。舉功先得,獲車已實。王將欲往見,必先齋戒,差時擇日。簡輿玄服,建雲旆。蜺爲旌,翠爲蓋。風起雨止,千里而逝。蓋發蒙,往自會。思萬方,憂國害。

開賢聖，輔不逮。九竅通鬱精神察滯。延年益壽千萬歲。

　　旂，九條本：步外反。○案：靜嘉堂本音與九條本同，惟“外”字形體訛誤。　竅，九條本、靜嘉堂本：苦吊反。　察，九條本、靜嘉堂本：楚□反。○案：九條本、靜嘉堂本□處空一字。

神女賦并序
宋　玉

楚襄王與宋玉游於雲夢之浦，使玉賦高唐之事。其夜王寢，果夢與神女遇，其狀甚麗。王異之，明日以白玉。玉曰：其夢若何。王曰：晡夕之後，精神怳忽，若有所喜。紛紛擾擾，未知何意。目色髣髴，乍若有記。見一婦人，狀甚奇異。寐而夢之，寤不自識。罔兮不樂，悵然失志。於是撫心定氣，復見所夢。王曰：狀何如也。玉曰：茂矣美矣，諸好備矣。盛矣麗矣，難測究矣。上古既無，世所未見。瑰姿瑋態，不可勝贊。其始來也，耀乎若白日初出照屋梁。其少進也，皎若明月舒其光。須臾之間，美貌橫生。曄兮如華，温乎如瑩。五色并馳，不可殫形。詳而視之，奪人目精。

　　喜，九條本、靜嘉堂本：虛意。　擾，九條本、靜嘉堂本：而沼反。　識，九條本、靜嘉堂本：試。　樂，九條本、靜嘉堂本：洛。

　　瑰，九條本：回。靜嘉堂本：田。○案：靜嘉堂本“田”爲“回”字之訛。　瑋，九條本、靜嘉堂本：于鬼。　曄，九條本、靜嘉堂本作“爗”，音：于輒。　瑩，北宋本及尤袤本李善注：爲明切。尤袤本李善注、陳八郎本、九條本、靜嘉堂本：榮。　殫，陳八郎本、九條本、靜嘉堂本：丹。

其盛飾也，則羅紈綺繢盛文章。極服妙采照萬方。振綉衣，被袿裳。
襛不短，纖不長。步裔裔兮曜殿堂。忽兮改容，婉若游龍乘雲翔。嬛
被服，悅薄裝。沐蘭澤，含若芳。性和適，宜侍旁。順序卑，調心腸。

　　　　繢，北宋本及尤袤本李善注：胡憒切。九條本、靜嘉堂本：胡
　　憒。　　袿，陳八郎本、九條本、靜嘉堂本：圭。　　襛，北宋本及尤
　　袤本李善注：如恭切。九條本、靜嘉堂本：如恭。　　嬛，北宋本及
　　尤袤本李善注：他臥切。陳八郎本：唾。九條本、靜嘉堂本：唾，
　　又引《音決》：他臥反。室町本：他臥反。　　悅，北宋本及尤袤本
　　李善注：他外切。陳八郎本、九條本、靜嘉堂本：他外。

王曰：若此盛矣，試爲寡人賦之。玉曰：唯唯。夫何神女之姣麗兮，含
陰陽之渥飾。被華藻之可好兮，若翡翠之奮翼。其象無雙，其美無
極。毛嬙鄣袂，不足程式。西施掩面，比之無色。

　　　　姣，九條本、靜嘉堂本作“妖”：於喬反。　　渥，九條本、靜嘉
　　堂本：於角反。　　好，九條本、靜嘉堂本：耗。　　嬙，陳八郎本、九
　　條本、靜嘉堂本：牆。　　鄣，九條本、靜嘉堂本：之良反。

近之既妖，遠之有望。骨法多奇，應君之相。視之盈目，孰者克尚。
私心獨悅，樂之無量。交希恩踈，不可盡暢。他人莫睹，王覽其狀。
其狀羨羨，何可極言。貌豐盈以莊姝兮，苞溫潤之玉顏。眸子炯其精
朗兮，瞭多美而可觀。

　　　　樂，九條本、靜嘉堂本：洛。　　眸，九條本引《音決》：莫侯反。
　　〇案：靜嘉堂本音同，惟音注後“決”字訛誤。　　炯，陳八郎本、九
　　條本、靜嘉堂本：古迥。　　瞭，北宋本及尤袤本李善注：力小切。
　　陳八郎本、九條本、靜嘉堂本：了。

眉聯娟以蛾揚兮，朱脣的其若丹。素質幹之醲實兮，志解泰而體閑。
既姽嫿於幽靜兮，又婆娑乎人間。

　　　醲，陳八郎本、九條本、静嘉堂本：女龍。　　姽，北宋本及尤
袤本李善注：五累切。陳八郎本：居委。九條本、静嘉堂本：居委
反。　　嫿，北宋本及尤袤本李善注：畫。陳八郎本、九條本、静嘉
堂本：獲。

宜高殿以廣意兮，翼放縱而綽寬。動霧縠以徐步兮，拂墀聲之珊珊。
望余帷而延視兮，若流波之將瀾。奮長袖以正衽兮，立躑躅而不安。

　　　綽，九條本、静嘉堂本：灼。　　縠，九條本作“縠”：胡谷反。
静嘉堂本：胡谷反。○案：九條本正文作“縠”誤。　　珊，九條本、
静嘉堂本：素丹反。　　衽，陳八郎本、九條本、静嘉堂本作“袵”，
音：而審。　　躑，九條本、静嘉堂本：直戟反。　　躅，九條本、静嘉
堂本：直録反。

澹清静其愔嫕兮，性沈詳而不煩。時容與以微動兮，志未可乎得原。
意似近而既遠兮，若將來而復旋。褰余幬而請御兮，願盡心之惓惓。

　　　澹，九條本、静嘉堂本：徒暫反。　　愔，陳八郎本、九條本、静
嘉堂本：一淫。　　嫕，陳八郎本作“嫛”，九條本、静嘉堂本作
“嫛”，并音：一計。○案：九條本、静嘉堂本“嫛”爲“嫕”字之訛。
　　　原，陳八郎本作“愿”，音：元。　　幬，陳八郎本、九條本、静嘉堂
本：儔。　　惓，陳八郎本、九條本、静嘉堂本：權。

懷貞亮之絜清兮，卒與我兮相難。陳嘉辭而云對兮，吐芬芳其若蘭。
精交接以來往兮，心凱康以樂歡。神獨亨而未結兮，魂煢煢以無端。

含然諾其不分兮，唱揚音而哀嘆。頼薄怒以自持兮，曾不可乎犯干。

　　　　樂，九條本、静嘉堂本：洛。　　亨，九條本、静嘉堂本：許行
反。　　㷍，九條本、静嘉堂本作"㷍"：其嘗反。　　諾，九條本、静
嘉堂本：乃各反。　　唱，九條本、静嘉堂本：苦位反。　　嘆，陳八
郎本：平聲。九條本、静嘉堂本：吐丹反，叶，又：平声。　　頼，北
宋本及尤袤本李善注：匹零切，又引《切韻》：匹迴切。陳八郎本：
普并。九條本、静嘉堂本：普迴反。

於是搖珮飾，鳴玉鸞。整衣服，斂容顔。顧女師，命太傅。歡情未接，
將辭而去。遷延引身，不可親附。似逝未行，中若相首。目略微眄，
精彩相授。志態橫出，不可勝記。意離未絶，神心怖覆。禮不遑訖，
辭不及究。願假須臾，神女稱遽。

　　　　珮，九條本、静嘉堂本：步對反。　　首，陳八郎本、九條本、静
嘉堂本：狩。　　眄，九條本、静嘉堂本：亡見反。　　怖，九條本、静
嘉堂本：布，又《决》普故反。○案：九條本"普"訛作"音"。　　覆，
陳八郎本：別。九條本、静嘉堂本、朝鮮正德本、奎章閣本：副。
○案：陳八郎本"別"爲"副"字之訛。　　訖，九條本、静嘉堂本：居
乙反。

徊腸傷氣，顛倒失據。闇然而暝，忽不知處。情獨私懷，誰者可語。
惆悵垂涕，求之至曙。

　　　　據，九條本、静嘉堂本：其慮反。　　闇，陳八郎本、九條本、静
嘉堂本：上聲。　　暝，九條本、静嘉堂本作"冥"：亡定反。　　惆，
九條本、静嘉堂本：勑留。　　悵，九條本、静嘉堂本：勑亮反。

登徒子好色賦并序

好,九條本、静嘉堂本:耗。

宋　玉

大夫登徒子侍於楚王,短宋玉曰:玉爲人,體貌閑麗,口多微辭,又性好色。願王勿與出入後宫。王以登徒子之言問宋玉,玉曰:體貌閑麗,所受於天也。口多微辭,所學於師也。至於好色,臣無有也。王曰:子不好色,亦有説乎。有説則止,無説則退。玉曰:天下之佳人莫若楚國,楚國之麗者莫若臣里,臣里之美者莫若臣東家之子。東家之子,增之一分則太長,減之一分則太短,著粉則太白,施朱則太赤。眉如翠羽,肌如白雪。腰如束素,齒如含貝。嫣然一笑,惑陽城,迷下蔡。然此女登牆闚臣三年,至今未許也。

嫣,陳八郎本:許延。九條本、静嘉堂本:許點反。

登徒子則不然。其妻蓬頭攣耳,齞脣歷齒。旁行踽僂,又疥且痔。

攣,北宋本及尤袤本李善注:力專切。陳八郎本:力全。九條本、静嘉堂本:力全反。　齞,北宋本及尤袤本李善注:牛善切。陳八郎本:牛善。九條本、静嘉堂本:牛善,又引《音决》:魚善反。　踽,九條本、静嘉堂本、朝鮮正德本、奎章閣本作"蝸",音:央矩。　【附】北宋本及尤袤本李善注:踽僂,傴僂也。傴,央矩切。　僂,北宋本及尤袤本李善注:力主切。陳八郎本、九條本、静嘉堂本:縷。　疥,九條本及静嘉堂本引《音决》:介。痔,陳八郎本:雉。九條本、静嘉堂本:直理反。

登徒子悦之,使有五子。王孰察之,誰爲好色者矣。是時,秦章華大夫在側，因進而稱曰：今夫宋玉盛稱鄰之女，以爲美色，愚亂之邪。臣自以爲守德，謂不如彼矣。且夫南楚窮巷之妾，焉足爲大王言乎。若臣之陋，目所曾睹者，未敢云也。

王曰：試爲寡人説之。大夫曰：唯唯。臣少曾遠游，周覽九土，足歷五都。出咸陽，熙邯鄲。從容鄭衛溱洧之間。

> 邯，陳八郎本、九條本、静嘉堂本：寒。　鄲，陳八郎本、九條本、静嘉堂本：丹。　溱，陳八郎本、九條本、静嘉堂本：臻。
>
> 洧，北宋本及尤袤本李善注：于軌切。陳八郎本、九條本、静嘉堂本：于美。

是時向春之末，迎夏之陽。鶬鶊喈喈，羣女出桑。此郊之姝，華色含光。體美容冶，不待飾裝。臣觀其麗者，因稱詩曰：遵大路兮攬子袪，贈以芳華辭甚妙。

> 鶬，陳八郎本、九條本、静嘉堂本：倉。　鶊，陳八郎本、九條本、静嘉堂本：庚。　喈，陳八郎本、九條本、静嘉堂本：皆。
>
> 姝，九條本、静嘉堂本：昌朱反。　袪，陳八郎本、九條本、静嘉堂本：墟。

於是處子怳若有望而不來，忽若有來而不見。意密體疏，俯仰異觀，含喜微笑，竊視流眄。復稱詩曰：寤春風兮發鮮榮。絜齋俟兮惠音聲。贈我如此兮不如無生。因遷延而辭避，蓋徒以微辭相感動，精神相依憑，目欲其顏，心顧其義，揚詩守禮，終不過差，故足稱也。於是楚王稱善，宋玉遂不退。

> 怳，陳八郎本：況往。九條本、静嘉堂本：況往反。　復，尤袤本李善注引顏師古：伏。　差，陳八郎本：楚佳。九條本、静嘉

堂本：楚佳反。

洛神賦并序
曹子建

黄初三年，余朝京師，還濟洛川。古人有言，斯水之神，名曰宓妃。感宋玉對楚王神女之事，遂作斯賦。

　　宓，九條本、静嘉堂本：伏。

其辭曰：余從京域，言歸東藩。背伊闕，越轘轅。經通谷，陵景山。日既西傾，車殆馬煩。爾迺税駕乎蘅皋，秣駟乎芝田。容與乎陽林，流眄乎洛川。

　　轘，陳八郎本、九條本、静嘉堂本：還。　轅，陳八郎本、九條本、静嘉堂本：袁。　蘅，陳八郎本：胡庚。九條本、静嘉堂本：胡庚反。　秣，九條本：末。静嘉堂本：未。○案：静嘉堂本“未”爲“末”字之訛。

於是精移神駭，忽焉思散。俯則未察，仰以殊觀。睹一麗人，于巖之畔。迺援御者而告之曰：爾有覿於彼者乎。彼何人斯，若此之豔也。御者對曰：臣聞河洛之神，名曰宓妃，然則君王所見，無迺是乎。其狀若何，臣願聞之。

余告之曰：其形也，翩若驚鴻，婉若游龍。榮曜秋菊，華茂春松。髣髴兮若輕雲之蔽月，飄颻兮若流風之迴雪。遠而望之，皎若太陽升朝霞。迫而察之，灼若芙蕖出淥波。穠纖得衷，脩短合度。肩若削成，腰如約素。延頸秀項，皓質呈露。芳澤無加，鉛華弗御。雲髻峨峨，脩眉聯娟。丹脣外朗，皓齒内鮮。明眸善睞，靨輔承權。瓌姿豔逸，儀静體閑。柔情綽態，媚於語言。奇服曠世，骨像應圖。披羅衣之璀粲兮，珥瑶碧之華琚。戴金翠之首飾，綴明珠以耀軀。踐遠游之文履，曳霧綃之輕裾。微幽蘭之芳藹兮，步踟躕於山隅。

　　　婉，九條本、静嘉堂本：於阮反。　　鉛，静嘉堂本：緣。　　髻，九條本、静嘉堂本：計。　　眸，九條本、静嘉堂本：莫侯。　　睞，陳八郎本、九條本、静嘉堂本：賴。　　靨，陳八郎本：於叶。九條本、静嘉堂本：於叶反。　　權，九條本及静嘉堂本旁記《音决》作"顴"：其員反，或作權。○案：九條本"員"訛作"免"。　　態，九條本、静嘉堂本：他代反。　　珥，陳八郎本：二。　　琚，北宋本及尤袤本李善注、陳八郎本：居。　　綃，九條本：消。静嘉堂本：綃。○案：静嘉堂本音"綃"涉正文而誤。　　裾，九條本、静嘉堂本：居。　　藹，九條本、静嘉堂本：於蓋反。

於是忽焉縱體，以遨以嬉。左倚采旄，右蔭桂旗。攘皓腕於神滸兮，采湍瀨之玄芝。余情悦其淑美兮，心振蕩而不怡。無良媒以接懽兮，託微波而通辭。願誠素之先達兮，解玉佩以要之。嗟佳人之信脩，羌習禮而明詩。抗瓊珶以和予兮，指潛淵而爲期。執眷眷之款實兮，懼斯靈之我欺。感交甫之弃言兮，悵猶豫而狐疑。收和顏而静志兮，申禮防以自持。

　　　旄，九條本、静嘉堂本：毛。　　攘，九條本、静嘉堂本：而良反。　　皓，九條本、静嘉堂本：昊。　　滸，陳八郎本：荒古。九條本、静嘉堂本：荒古反。　　湍，九條本及静嘉堂本引《音决》：吐丸反。　　瀨，九條本、静嘉堂本：力大反。　　要，陳八郎本：平聲。　　珶，北宋本及尤袤本李善注：徒帝切。陳八郎本、九條本、静嘉堂本：徒帝。

於是洛靈感焉，徙倚傍徨。神光離合，乍陰乍陽。竦輕軀以鶴立，若
將飛而未翔。踐椒塗之郁烈，步蘅薄而流芳。超長吟以永慕兮，聲哀
厲而彌長。

　　蘅，陳八郎本、九條本、静嘉堂本：衡。

爾迺衆靈雜遝，命儔嘯侶。或戲清流，或翔神渚。或采明珠，或拾翠
羽。從南湘之二妃，攜漢濱之游女。嘆匏瓜之無匹兮，詠牽牛之獨
處。揚輕袿之猗靡兮，翳脩袖以延佇。

　　遝，陳八郎本、九條本、静嘉堂本：徒合。　　匏，陳八郎本：
庖。九條本及静嘉堂本作“瓟”：步交反。○案：九條本及静嘉堂
本正文作“瓟”誤。　　袿，陳八郎本、静嘉堂本：圭。

體迅飛鳧，飄忽若神。陵波微步，羅韤生塵。動無常則，若危若安。
進止難期，若往若還。轉昐流精，光潤玉顏。含辭未吐，氣若幽蘭。
華容婀娜，令我忘飡。

　　韤，陳八郎本作“韈”，音：武月。九條本及静嘉堂本并作
“韤”：武月反，又旁記李善作“韈”：亡越反。　　婀，北宋本及尤袤
本李善注：烏可切。陳八郎本、九條本、静嘉堂本：烏可。　　娜，
北宋本及尤袤本李善注：奴可切。陳八郎本作“郍”，音：奴可。
九條本、静嘉堂本：奴可。　　飡，九條本：山。静嘉堂本作“餐”，
音：山。○案：飡、餐爲清母，山爲生母，精組莊組混切。

於是屏翳收風，川后静波。馮夷鳴鼓，女媧清歌。騰文魚以警乘，鳴

玉鸞以偕逝。六龍儼其齊首,載雲車之容裔。鯨鯢踊而夾轂,水禽翔而爲衛。

> 屏,陳八郎本、九條本、静嘉堂本:併。　偕,陳八郎本:皆。
> 夾,九條本、静嘉堂本:古洽反。

於是越北沚,過南岡。紆素領,迴清陽。動朱脣以徐言,陳交接之大綱。恨人神之道殊兮,怨盛年之莫當。抗羅袂以掩涕兮,淚流襟之浪浪。悼良會之永絕兮,哀一逝而異鄉。無微情以效愛兮,獻江南之明璫。雖潛處於太陰,長寄心於君王。忽不悟其所舍,悵神宵而蔽光。

> 沚,陳八郎本:止。　浪,陳八郎本、九條本、静嘉堂本:郎。

於是背下陵高,足往神留。遺情想像,顧望懷愁。冀靈體之復形,御輕舟而上遡。浮長川而忘反,思緜緜而增慕。夜耿耿而不寐,霑繁霜而至曙。命僕夫而就駕,吾將歸乎東路。攬騑轡以抗策,悵盤桓而不能去。

> 遡,陳八郎本、九條本、静嘉堂本作"泝",音:素。　騑,九條本、静嘉堂本:芳非反。

詩　甲
補　亡

補亡詩并序
束廣微

《南陔》,孝子相戒以養也。

陔，陳八郎本：古來。九條本：古來反。静嘉堂本：古米反。
○案：静嘉堂本"米"爲"來"字之訛。　　養，九條本、静嘉堂本：以
亮反。

循彼南陔，言采其蘭。眷戀庭闈，心不遑安。彼居之子，罔或游盤。
馨爾夕膳，絜爾晨飧。循彼南陔，厥草油油。彼居之子，色思其柔。
眷戀庭闈，心不遑留。馨爾夕膳，絜爾晨羞。有獺有獺，在河之涘。
淩波赴汨，噬魴捕鯉。嗷嗷林鳥，受哺于子。養隆敬薄，惟禽之似。
勗增爾虔，以介丕祉。

　　闈，九條本、静嘉堂本：韋。　　膳，九條本、静嘉堂本：市戰。

　　飧，九條本：山。静嘉堂本作"餐"，音：山。　　油，九條本、静嘉

堂本：由。　　羞，九條本、静嘉堂本：周。　　獺，九條本、静嘉堂

本：他達反。　　涘，陳八郎本、九條本、静嘉堂本：俟。　　汨，北宋

本及尤袤本李善注：于筆切。陳八郎本：于筆。九條本及静嘉堂

本：于筆，又引《音决》：古没。　　噬，陳八郎本、九條本、静嘉堂

本：誓。　　魴，陳八郎本、九條本、静嘉堂本：防。　　鯉，九條本、

静嘉堂本：里。　　嗷，陳八郎本、九條本、静嘉堂本：五高。　　哺，

静嘉堂本：步。　　丕，九條本、静嘉堂本：沛眉反。

《白華》，孝子之絜白也。

白華朱萼，被于幽薄。粲粲門子，如磨如錯。終晨三省，匪惰其恪。
白華絳趺，在陵之陬。蒨蒨士子，涅而不渝。竭誠盡敬，亹亹忘劬。
白華玄足，在丘之曲。堂堂處子，無營無欲。鮮侔晨葩，莫之點辱。

　　被，九條本、静嘉堂本：皮義反。　　恪，九條本、静嘉堂本：苦

各反。　　趺，陳八郎本：方于。　　陬，陳八郎本、九條本、静嘉堂

本:子溝反。 蕑,陳八郎本、九條本、静嘉堂本:千練。 涅,陳
八郎本:乃結。九條本、静嘉堂本:乃結反。 渝,九條本、静嘉
堂本:以朱反。 亹,尤袤本李善注:亡匪切。陳八郎本、九條
本、静嘉堂本:尾。 劬,九條本、静嘉堂本:其于反。 侔,九條
本、静嘉堂本:莫侯反。 葩,陳八郎本:普花。

《華黍》,時和歲豐,宜黍稷也。
黮黮重雲,輯輯和風。黍華陵巔,麥秀丘中。靡田不播,九穀斯豐。
弈弈玄霄,濛濛甘霤。黍發稠華,亦挺其秀。靡田不殖,九穀斯茂。
無高不播,無下不殖。芒芒其稼,參參其穡。稽我王委,充我民食。
玉燭陽明,顯猷翼翼。

　　　黮,尤袤本李善注:徒感切。陳八郎本、九條本、静嘉堂本:
徒感。 巔,九條本、静嘉堂本:天。 弈,九條本及静嘉堂本作
"奕",音:亦。 霤,陳八郎本:力救。 稠,尤袤本李善注:直留
切。 【附】尤袤本李善注:《廣雅》曰:稠,稠也。稠,居致切。
芒,陳八郎本:忙。九條本及静嘉堂本引《音决》:莫郎反。 參,
尤袤本李善注:所今切。陳八郎本、九條本、静嘉堂本:所今。
穡,九條本、静嘉堂本:所力反。 稽,陳八郎本:許六。九條本、
静嘉堂本:許六反。

《由庚》,萬物得由其道也。
蕩蕩夷庚,物則由之。蠢蠢庶類,王亦柔之。道之既由,化之既柔。
木以秋零,草以春抽。獸在于草,魚躍順流。四時遞謝,八風代扇。
纖阿案晷,星變其躔。五是不逆,六氣無易。愔愔我王,紹文之迹。
　　　蠢,九條本、静嘉堂本:昌允反。 遞,九條本、静嘉堂本:徒

帝反。　　軅，陳八郎本、九條本、静嘉堂本：直連。　　逆，九條本
及静嘉堂本旁記"愆"，引《音决》：去乾反。　　易，九條本、静嘉堂
本：亦。　　惁，九條本、静嘉堂本：一林反。

《崇丘》，萬物得極其高大也。

瞻彼崇丘，其林藹藹。植物斯高，動類斯大。周風既洽，王猷允泰。
漫漫方輿，回回洪覆。何類不繁，何生不茂。物極其性，人永其壽。
恢恢大圓，芒芒九壤。資生仰化，于何不養。人無道夭，物極則長。

　　　　藹，陳八郎本、九條本、静嘉堂本：愛。　　漫，陳八郎本、九條
本、静嘉堂本：莫干。　　覆，九條本、静嘉堂本：芳富反。　　夭，九
條本、静嘉堂本：於表反。

《由儀》，萬物之生，各得其儀也。

肅肅君子，由儀率性。明明后辟，仁以爲政。魚游清沼，鳥萃平林。
濯鱗跂翼，振振其音。賓寫爾誠，主竭其心。時之和矣，何思何脩。
文化內輯，武功外悠。

　　　　辟，陳八郎本：壁。　　振，九條本、静嘉堂本：真。　　輯，陳八
郎本、九條本、静嘉堂本：集。　　悠，九條本、静嘉堂本：由。

述　　德

述祖德詩

謝靈運

達人貴自我，高情屬天雲。兼抱濟物性，而不纓垢氛。段生蕃魏國，

展季救魯人。弦高犒晉師，仲連却秦軍。臨組乍不綴，對珪寧肯分。
惠物辭所賞，勵志故絶人。苕苕歷千載，遥遥播清塵。清塵竟誰嗣，
明哲時經綸。委講綴道論，改服康世屯。屯難既云康，尊主隆斯民。

　　犒，九條本及静嘉堂本引《音决》：苦誥反。　　乍，九條本及
静嘉堂本旁記《音决》作“作”：子路反。　　綴，陳八郎本、九條本、
静嘉堂本：薛。　　苕，陳八郎本、九條本、静嘉堂本：條。　　論，九
條本、静嘉堂本：力頓反。　　屯，九條本、静嘉堂本：知倫反。

中原昔喪亂，喪亂豈解已。崩騰永嘉末，逼迫太元始。河外無反正，
江介有蹙圮。萬邦咸震懾，横流賴君子。拯溺由道情，龕暴資神理。
秦趙欣來蘇，燕魏遲文軌。賢相謝世運，遠圖因事止。高揖七州外，
拂衣五湖裏。隨山疏濬潭，傍巖藝枌梓。遺情捨塵物，貞觀丘壑美。

　　蹙，陳八郎本、九條本、静嘉堂本：子育。　　圮，陳八郎本：平
鄙反。九條本、静嘉堂本：平鄙。　　懾，九條本、静嘉堂本：之葉
反。　　拯，陳八郎本：蒸上。○案：陳八郎本此條音注謂拯讀蒸
之上聲，非反切音。　　龕，陳八郎本、九條本、静嘉堂本：堪。
遲，陳八郎本、九條本、静嘉堂本：去聲。　　揖，九條本、静嘉堂
本：一入反。　　濬，九條本、静嘉堂本：思俊反。　　傍，陳八郎本：
去聲。　　枌，陳八郎本：汾。

勸　勵

諷諫詩并序
韋　孟

孟爲元王傅，傅子夷王及孫王戊。戊荒淫不遵道，作詩諷諫曰：
　　戊，九條本、静嘉堂本：亡寇反。

蕭蕭我祖，國自豕韋。黼衣朱黻，四牡龍旂。彤弓斯征，撫寧遐荒。
揔齊羣邦，以翼大商。迭彼大彭，勳績惟光。
　　黼，九條本、静嘉堂本：芳宇反。　　黻，九條本、静嘉堂本：方
　　勿反。　　牡，九條本、静嘉堂本：母。　　旂，九條本及静嘉堂本引
　　《音决》：巨衣反。　　迭，顔師古：徒結反。九條本、静嘉堂本：直
　　結反。　　勳，九條本、静嘉堂本：許云反。　　績，九條本、静嘉堂
　　本：赤。

至于有周，歷世會同。王赧聽譖，寔絶我邦。我邦既絶，厥政斯逸。
賞罰之行，非繇王室。庶尹羣后，靡扶靡衛。五服崩離，宗周以墜。
　　赧，九條本及静嘉堂本作“赦”：女板反。　　譖，九條本、静嘉
　　堂本：側林反。　　墜，尤袤本李善注引應劭：真魏切。《漢書》作
　　“隊”，顔師古：直類反。○案：奎章閣本李善注引應劭無此條音。
　　胡克家《文選考異》云此爲顔注而竄入李善注者。

我祖斯微，遷于彭城。在予小子，勤唉厥生。阨此嫚秦，耒耜斯耕。

悠悠嫚秦，上天不寧。乃眷南顧，授漢于京。於赫有漢，四方是征。
靡適不懷，萬國攸平。

　　唉，《漢書》作“誒”，顏師古：許其反。尤袤本李善注：許其
切。陳八郎本、九條本：呼來。靜嘉堂本：呼采。室町本：呼来
反。○案：靜嘉堂本“采”爲“來”字之訛。　嫚，陳八郎本、九條
本、靜嘉堂本：慢。　耒，陳八郎本、九條本、靜嘉堂本：盧會。
耜，陳八郎本、九條本、靜嘉堂本：似。　於，顏師古、尤袤本李善
注引顏師古：讀曰烏，凡此詩中諸嘆辭稱於者，其音皆同。陳八
郎本、九條本、靜嘉堂本：烏。

乃命厥弟，建侯于楚。俾我小臣，惟傅是輔。矜矜元王，恭儉靜一。
惠此黎民，納彼輔弼。享國漸世，垂烈于後。迺及夷王，克奉厥緒。
咨命不永，惟王統祀。左右陪臣，斯惟皇士。

　　俾，九條本：必尒反。靜嘉堂本：□尒反。○案：靜嘉堂本□
處爲“必”之訛字。　矜，九條本、靜嘉堂本：興。　弼，九條本、
靜嘉堂本：房律反。　陪，九條本、靜嘉堂本：步迴反。

如何我王，不思守保。不惟履冰，以繼祖考。邦事是廢，逸游是娛。
犬馬悠悠，是放是驅。務此鳥獸，忽此稼苗。蒸民以匱，我王以婾。
所弘匪德，所親匪俊。唯囿是恢，唯諛是信。瞯瞯詔夫，諤諤黃髮。
如何我王，曾不是察。

　　匱，九條本：其魏反。靜嘉堂本：其媿反。○案：匱、媿爲至
韻，魏爲未韻，靜嘉堂本是。然至、未兩韻相鄰，讀音極近，九條
本音亦通。　婾，陳八郎本、九條本、靜嘉堂本：俞。　諛，九條
本、靜嘉堂本：臾。　瞯，尤袤本李善注：以朱切。陳八郎本：俞。

九條本、静嘉堂本：以朱反。　䛑，《漢書》作"㗊"，顏師古：五各反。九條本、静嘉堂本：五客反。

既藐下臣，追欲縱逸。嫚彼顯祖，輕此削黜。嗟嗟我王，漢之睦親。曾不夙夜，以休令聞。

藐，陳八郎本：邈。九條本、静嘉堂本：狼。○案："狼"當作"貌"。　縱，《漢書》作"從"，顏師古：讀曰縱。九條本、静嘉堂本引《音决》亦作"從"：子用反。　嫚，陳八郎本、九條本、静嘉堂本：慢。　削，九條本、静嘉堂本：思畧反。　黜，九條本、静嘉堂本：丑律反。　睦，九條本、静嘉堂本：木。

穆穆天子，照臨下土。明明羣司，執憲靡顧。正逎由近，殆其兹怙。

顧，顏師古、尤袤本李善注引顏師古：讀如古，恊韻。　由，《漢書》作"繇"，顏師古：讀與由同。　怙，陳八郎本：户。九條本、静嘉堂本：胡古反。

嗟嗟我王，曷不斯思。匪思匪監，嗣其罔則。彌彌其逸，岌岌其國。致冰匪霜，致墜匪嫚。瞻惟我王，時靡不練。

嗣，九條本、静嘉堂本：士。　岌，顏師古：五合反。尤袤本李善注引顏師古：五荅切。

興國救顛，孰違悔過。追思黃髮，秦繆以霸。歲月其徂，年其逮耇。於赫君子，庶顯于後。我王如何，曾不斯覽。黃髮不近，胡不時鑒。

逮，九條本、静嘉堂本：代。　耇，陳八郎本、九條本、静嘉堂本：茍。　於，陳八郎本、九條本、静嘉堂本：烏。　覽，顏師古、尤袤本李善注引顏師古：叶韻音濫。九條本、静嘉堂本：力蹔反，叶。　近，尤袤本李善注：其靳反。尤袤本李善注引顏師古：其靳切。

勵志詩

張茂先

大儀斡運，天迴地游。四氣鱗次，寒暑環周。星火既夕，忽焉素秋。凉風振落，熠燿宵流。

　　斡，陳八郎本：烏活。九條本、静嘉堂本：烏括。　熠，陳八郎本、九條本、静嘉堂本：以入。　燿，陳八郎本、九條本、静嘉堂本：羊照。

吉士思秋，寔感物化。日與月與，荏苒代謝。逝者如斯，曾無日夜。嗟爾庶士，胡寧自舍。

　　與，九條本及静嘉堂本作“歟”，音：余。

仁道不遐，德輶如羽。求焉斯至，衆鮮克舉。大猷玄漠，將抽厥緒。先民有作，貽我高矩。

　　輶，陳八郎本、九條本、静嘉堂本：由。　鮮，九條本、静嘉堂本：思踐反。　貽，九條本、静嘉堂本：以而反。

雖有淑姿，放心縱逸。田般于游，居多暇日。如彼梓材，弗勤丹漆。雖勞朴斵，終負素質。

　　梓，九條本、静嘉堂本：子。　材，九條本、静嘉堂本：才。

朴,九條本、静嘉堂本:普角反。　斲,陳八郎本、九條本、静嘉堂本:卓。

養由矯矢,獸號于林。蒲盧縶繳,神感飛禽。末伎之妙,動物應心。研精躭道,安有幽深。

　　號,陳八郎本:平聲。九條本、静嘉堂本:戶高反。　繳,九條本、静嘉堂本:灼。　研,九條本、静嘉堂本:魚堅反。

安心恬蕩,栖志浮雲。體之以質,彪之以文。如彼南畝,力未既勤。藨蔉致功,必有豐殷。

　　恬,九條本、静嘉堂本:直兼反。　彪,九條本、静嘉堂本:布尤反。　藨,陳八郎本:彼苗。九條本、静嘉堂本:彼苗反。蔉,陳八郎本:古本。九條本、静嘉堂本:古本反。

水積成淵,載瀾載清。土積成山,歊蒸鬱冥。山不讓塵,川不辭盈。勉爾含弘,以隆德聲。

　　瀾,九條本、静嘉堂本:力旦反。　歊,陳八郎本、九條本:許喬。静嘉堂本:許□。○案:静嘉堂本□處字模糊,似作“喬”。冥,九條本、静嘉堂本:亡丁反。

高以下基,洪由纖起。川廣自源,成人在始。累微以著,乃物之理。纆牽之長,實累千里。

　　累,陳八郎本、九條本、静嘉堂本:上聲。　著,九條本、静嘉堂本:丁慮反。　纆,陳八郎本、九條本、静嘉堂本:墨。　累,陳八郎本、九條本、静嘉堂本:去聲。

復禮終朝,天下歸仁。若金受礪,若泥在鈞。進德脩業,暉光日新。
隰朋仰慕,予亦何人。

　　　復,九條本、静嘉堂本:伏。　　礪,九條本、静嘉堂本:例。

　　隰,陳八郎本:習。九條本、静嘉堂本:集。

《文選》音注輯考卷二十

獻詩

　　曹子建《上責躬詩》一首　四言

　　　　《應詔詩》一首　四言

　　潘安仁《關中詩》一首　四言

公讌

　　曹子建《公讌詩》一首　五言

　　王仲宣《公讌詩》一首　五言

　　劉公幹《公讌詩》一首　五言

　　應德璉《侍五官中郎將建章臺集詩》一首　五言

　　陸士衡《皇太子讌玄圃宣猷堂有令賦詩》一首　四言

　　陸士龍《大將軍讌會被命作詩》一首　四言

　　應吉甫《晋武帝華林園集詩》一首　四言

　　謝宣遠《九日從宋公戲馬臺集送孔令詩》一首　五言

　　范蔚宗《樂游應詔詩》一首　五言

　　謝靈運《九日從宋公戲馬臺集送孔令詩》一首　五言

　　顏延年《應詔曲水讌詩》一首　四言

　　　　《皇太子釋奠會詩》一首　四言

　　丘希範《侍讌樂游苑送張徐州應詔詩》一首　五言

　　沈休文《應詔樂游餞呂僧珍詩》一首　五言

祖餞

獻　詩

上責躬詩并表
曹子建

臣植言：臣自抱釁歸藩，刻肌刻骨，追思罪戾。晝分而食，夜分而寢。誠以天網不可重罹，聖恩難可再恃。

植，九條本、静嘉堂本：值，又：食。　釁，陳八郎本、九條本、静嘉堂本作“釁”，音：許覲。　藩，九條本、静嘉堂本：付袁反。

肌，九條本、静嘉堂本：居疑反。　分，陳八郎本：扶問。九條本、静嘉堂本：扶問反。　罹，陳八郎本、九條本、静嘉堂本：离。

竊感《相鼠》之篇，無禮遄死之義，形影相吊，五情愧赧。以罪棄生，則違古賢夕改之勸，忍垢苟全，則犯詩人胡顏之譏。

相，九條本、静嘉堂本：息亮反。　遄，尤袤本：市專。奎章閣本李善注：市專切。九條本、静嘉堂本：市專反。　赧，尤袤

本：奴簡切。陳八郎本作"赧"：女簡反。九條本、静嘉堂本：女板
反。　　垢，陳八郎本、九條本、静嘉堂本：苟。

伏惟陛下，德象天地，恩隆父母，施暢春風，澤如時雨。是以不別荆棘
者，慶雲之惠也。七子均養者，鳲鳩之仁也。舍罪責功者，明君之舉
也，矜愚愛能者，慈父之恩也。是以愚臣徘徊於恩澤，而不敢自棄者
也。前奉詔書，臣等絕朝，心離志絕。自分黃耇，永無執珪之望。

　　施，九條本、静嘉堂本：式智反。　　舍，九條本、静嘉堂本：
捨。　　耇，陳八郎本、九條本、静嘉堂本：苟。

不圖聖詔，猥垂齒召。至止之日，馳心輦轂。僻處西館，未奉闕庭。
踊躍之懷，瞻望反側。不勝犬馬戀主之情。謹拜表，并獻詩二篇。詞
旨淺末，不足采覽，貴露下情，冒顏以聞。臣植誠惶誠恐，頓首頓首，
死罪死罪。

　　猥，九條本、静嘉堂本：烏罪反。　　僻，九條本、静嘉堂本：匹
亦反。　　冒，九條本、静嘉堂本：亡報反。

責躬詩

於穆顯考，時惟武皇。受命于天，寧濟四方。朱旗所拂，九土披攘。
玄化滂流，荒服來王。超商越周，與唐比踪。篤生我皇，奕世載聰。
武則肅烈，文則時雍。受禪于漢，君臨萬邦。

　　於，陳八郎本、九條本、静嘉堂本：烏。　　攘，陳八郎本：如
羊反。

萬邦既化，率由舊則。廣命懿親，以藩王國。帝曰爾侯，君茲青土。
奄有海濱，方周于魯。車服有輝，旗章有叙。濟濟雋乂，我弼我輔。

　　　　車，九條本、靜嘉堂本：居。　濟，陳八郎本：上聲。　雋，九
　　條本、靜嘉堂本作“俊”，音：順。○案：俊，《集韻》“輪囷切”，與
　　“順”音近。　乂，九條本、靜嘉堂本：藝。

伊余小子，恃寵驕盈。舉挂時網，動亂國經。作蕃作屏，先軌是隳。
傲我皇使，犯我朝儀。國有典刑，我削我黜。將寘于理，元兇是率。
明明天子，時惟篤類。不忍我刑，暴之朝肆。

　　　　挂，九條本、靜嘉堂本：卦。　屏，陳八郎本：必傾。九條本、
　　靜嘉堂本、朝鮮正德本、奎章閣本：上聲。　隳，陳八郎本、九條
　　本、靜嘉堂本作“墮”，音：許規。　寘，九條本、靜嘉堂本：之
　　智反。

違彼執憲，哀予小臣。改封兗邑，于河之濱。股肱弗置，有君無臣。
荒滛之闕，誰弼予身。惢惢僕夫，于彼冀方。嗟余小子，乃罹斯殃。
赫赫天子，恩不遺物。冠我玄冕，要我朱綬。光光大使，我榮我華。
剖符受土，王爵是加。仰齒金璽，俯執聖策。皇恩過隆，祇承怵惕。

　　　　兗，九條本、靜嘉堂本：以轉反。　冠，陳八郎本、九條本、靜
　　嘉堂本：去聲。　要，陳八郎本、九條本、靜嘉堂本：平聲。　綬，
　　九條本、靜嘉堂本：甫勿反。　璽，陳八郎本：徙。　怵，九條本、
　　靜嘉堂本：丑律反。　惕，九條本、靜嘉堂本：他的反。

咨我小子，頑凶是嬰。逝惄陵墓，存愧闕庭。匪敢傲德，寔恩是恃。
威靈改加，足以没齒。昊天罔極，生命不圖。嘗懼顛沛，抱罪黃壚。

沛，陳八郎本、九條本、静嘉堂本：貝。　　墟，陳八郎本：盧。

願蒙矢石，建旗東嶽。庶立毫氂，微功自贖。危軀受命，知足免戾。
甘赴江湘，奮戈吳越。天啓其衷，得會京畿。遲奉聖顏，如渴如飢。
心之云慕，愴矣其悲。天高聽卑，皇肯照微。

　　氂，九條本、静嘉堂本：力而反。　　戾，陳八郎本、九條本、静
　　嘉堂本：歷結反。　　越，九條本、静嘉堂本：衞，叶。朝鮮正德本
　　批注：叶音衞。　　遲，陳八郎本、九條本、静嘉堂本：去聲。

應詔詩

肅承明詔，應會皇都。星陳夙駕，秣馬脂車。命彼掌徒，肅我征旅。
朝發鸞臺，夕宿蘭渚。芒芒原隰，祁祁士女。經彼公田，樂我稷黍。

　　芒，陳八郎本：忙。　　祁，九條本、静嘉堂本：巨而反。

爰有樛木，重陰匪息。雖有糇糧，飢不遑食。望城不過，面邑不游。
僕夫警策，平路是由。玄駟藹藹，揚鑣漂沫。流風翼衡，輕雲承蓋。

　　樛，陳八郎本：居幽。九條本、静嘉堂本：居虬反。〇案：静
　　嘉堂本“虬”字原爲訛體，今正之。　　糇，尤袤本李善注、九條本、
　　静嘉堂本：侯。　　藹，陳八郎本：愛。　　鑣，陳八郎本：彼苗。
　　沫，陳八郎本作“沬”：昧，叶韻。

涉澗之濱，緣山之隈。遵彼河滸，黃坂是階。西濟關谷，或降或升。
駓駿倦路，再寢再興。將朝聖皇，匪敢晏寧。弭節長鶩，指日遄征。
前驅舉燧，後乘抗旌。輪不輟運，鑾無廢聲。

浒,陳八郎本:虎。九條本、静嘉堂本:古。　騑,陳八郎本:霏。九條本、静嘉堂本:非。　驂,九條本、静嘉堂本:七南反。　鶩,陳八郎本:務。　船,陳八郎本:舡。○案:舡即船。　燧,陳八郎本:遂。

爰暨帝室,税此西墉。嘉詔未賜,朝覲莫從。仰瞻城闉,俯惟闕庭。長懷永慕,憂心如醒。

闉,陳八郎本:域。　醒,陳八郎本作"醒",音:星。

關中詩
潘安仁

於皇時晉,受命既固。三祖在天,聖皇紹祚。德博化光,刑簡枉錯。微火不戒,延我寶庫。

於,陳八郎本:烏。　錯,陳八郎本:七故反。

蠢爾戎狄,狡焉思肆。虞我國眚,窺我利器。岳牧慮殊,威懷理二。將無專策,兵不素肄。

狡,陳八郎本:古卯。九條本及静嘉堂本引《音決》:居巧反。○案:九條本音注原標於"狄"字旁,今移正。　眚,陳八郎本:所幸。　肄,尤袤本:以真切。陳八郎本:異。

翹翹趙王,請徒三萬。朝議惟疑,未逞斯願。桓桓梁征,高牙乃建。旗蓋相望,偏師作援。

援,陳八郎本:院。

虎視眈眈，威彼好畤。素甲日曜，玄幕雲起。誰其繼之，夏侯卿士。
惟系惟處，列營棊跱。

　　　　眈，陳八郎本：都南。　時，陳八郎本：止。　系，陳八郎本：
　　兮計。　棊，陳八郎本：其。　跱，陳八郎本：雉。

夫豈無謀，戎士承平。守有完郛，戰無全兵。鋒交卒奔，孰免孟明。
飛檄秦郊，告敗上京。

　　　　郛，陳八郎本：孚。　卒，陳八郎本：子忽。　檄，陳八郎本：
　　刑狄。九條本、静嘉堂本：何的反。

周殉師令，身膏氏斧。人之云亡，貞節克舉。盧播違命，投畁朔土。
爲法受惡，誰謂荼苦。

　　　　氏，陳八郎本：低。　畁，陳八郎本：必至。

哀此黎元，無罪無辜。肝腦塗地，白骨交衢。夫行妻寡，父出子孤。
俾我晉民，化爲狄俘。

　　　　俘，尤袤本：芳于切。陳八郎本：孚。

亂離斯瘼，日月其稔。天子是矜，旰食晏寢。主憂臣勞，孰不祇懍。
愧無獻納，尸素以甚。

　　　　瘼，陳八郎本：莫。　稔，九條本、静嘉堂本：而甚反。　旰，
　　尤袤本：古旦。奎章閣本李善注：古旦切。　懍，陳八郎本：
　　力錦。

皇赫斯怒，爰整精銳。命彼上谷，指日遄逝。親奉成規，稜威遐厲。

首陷中亭，揚聲萬計。兵固詭道，先聲後實。聞之有司，以萬爲一。
紂之不善，我未之必。虛皛淈德，謬彰甲吉。

> 皛，尤袤本、陳八郎本：胡皎。　　淈，尤袤本、陳八郎本：奴
> 感。九條本、静嘉堂本：乃感反。

雍門不啓，陳汧危逼。觀遂虎奮，感恩輸力。重圍克解，危城載色。
豈曰無過，功亦不測。

> 汧，陳八郎本：牽。　　解，陳八郎本：蟹。

情固萬端，于何不有。紛紜齊萬，亦孔之醜。曰納其降，曰梟其首。
疇真可掩，孰偽可久。

> 梟，陳八郎本：澆。

既徵爾辭，既蔽爾訟。當乃明實，否則證空。好爵既靡，顯戮亦從。
不見竇林，伏尸漢邦。

> 訟，陳八郎本：松，叶韻。　　靡，陳八郎本作“縻”，音：眉。

周人之詩，寔曰采薇。北難獫狁，西患昆夷。以古況今，何足曜威。
徒愍斯民，我心傷悲。

> 薇，陳八郎本：微。　　獫，陳八郎本：險。　　狁，陳八郎
> 本：允。

斯民如何，荼毒于秦。師旅既加，饑饉是因。疫癘淫行，荊棘成榛。
絳陽之粟，浮于渭濱。

> 榛，陳八郎本：仕巾反。

明明天子，視民如傷。申命羣司，保爾封疆。靡暴于衆，無陵于强。
惴惴寡弱，如熙春陽。

　　　　惴，陳八郎本：之瑞。

公讌

公讌詩
曹子建

公子敬愛客，終宴不知疲。清夜游西園，飛蓋相追隨。明月澄清景，
列宿正參差。秋蘭被長坂，朱華冒緑池。潛魚躍清波，好鳥鳴高枝。
神飈接丹轂，輕輦隨風移。飄飄放志意，千秋長若斯。

　　　　飈，陳八郎本：必遥。

公讌詩
王仲宣

昊天降豐澤，百卉挺葳蕤。凉風撤蒸暑，清雲却炎暉。高會君子堂，
并坐蔭華榱。嘉肴充圓方，旨酒盈金罍。管絃發徽音，曲度清且悲。
合坐同所樂，但愬杯行遲。常聞詩人語，不醉且無歸。今日不極懽，
含情欲待誰。見眷良不翅，守分豈能違。古人有遺言，君子福所綏。
願我賢主人，與天享巍巍。克符周公業，奕世不可追。

　　　　榱，陳八郎本：衰。　　罍，九條本、静嘉堂本：力回反。　　愬，
　　陳八郎本：素。　　翅，尤袤本：升豉。

公讌詩
劉公幹

永日行游戲,懽樂猶未央。遺思在玄夜,相與復翺翔。輦車飛素蓋,
從者盈路傍。月出照園中,珍木鬱蒼蒼。清川過石渠,流波爲魚防。
芙蓉散其華,菡萏溢金塘。靈鳥宿水裔,仁獸游飛梁。華館寄流波,
豁達來風凉。生平未始聞,歌之安能詳。投翰長嘆息,綺麗不可忘。

　　菡,陳八郎本:胡感。　　萏,陳八郎本作"苕",音:徒菡。

侍五官中郎將建章臺集詩
應德璉

朝雁鳴雲中,音響一何哀。問子游何鄉,戢翼正徘徊。言我寒門來,
將就衡陽栖。往春翔北土,今冬客南淮。遠行蒙霜雪,毛羽日摧頹。
常恐傷肌骨,身隕沈黄泥。簡珠墮沙石,何能中自諧。欲因雲雨會,
濯翼陵高梯。良遇不可值,伸眉路何階。公子敬愛客,樂飲不知疲。
和顏既以暢,乃肯顧細微。贈詩見存慰,小子非所宜。爲且極歡情,
不醉其無歸。凡百敬爾位,以副飢渴懷。

　　戢,陳八郎本:側立。　　樂,九條本、静嘉堂本:力客反。

皇太子讌玄圃宣猷堂有令賦詩
陸士衡

三正迭紹,洪聖啓運。自昔哲王,先天而順。羣辟崇替,降及近古。
黄暉既渝,素靈承祜。乃眷斯顧,祚之宅土。三后始基,世武丕承。

恊風傍駭，天晷仰澄。淳曜六合，皇慶攸興。自彼河汾，奄齊七政。
時文惟晉，世篤其聖。欽翼昊天，對揚成命。九區克咸，讙歌以詠。
皇上纂隆，經教弘道。于化既豐，在工載考。俯釐庶績，仰荒大造。
儀刑祖宗，妥綏天保。篤生我后，克明克秀。體輝重光，承規景數。
茂德淵沖，天姿玉裕。蕞爾小臣，邈彼荒遐。弛厥負檐，振纓承華。
匪願伊始，惟命之嘉。

　　　　祜，陳八郎本：户。朝鮮正德本、奎章閣本：古。　蕞，陳八
郎本：在外。　弛，陳八郎本：始。　檐，陳八郎本作“擔”，音：
平聲。

大將軍讌會被命作詩
陸士龍

皇皇帝祜，誕隆駿命。四祖正家，天禄保定。睿哲惟晉，世有明聖。
如彼日月，萬景攸正。
巍巍明聖，道隆自天。則明分爽，觀象洞玄。陵風恊紀，絶輝照淵。
肅雍往播，福禄來臻。
在昔姦臣，稱亂紫微。神風潛駭，有赫兹威。靈旗樹旆，如電斯揮。
致天之屆，于河之沂。有命再集，皇輿凱歸。

　　　　凱，九條本、静嘉堂本：海。

頽綱既振，品物咸秩。神道見素，遺華反質。辰晷重光，恊風應律。
函夏無塵，海外有謐。

　　　　晷，九條本、静嘉堂本：軌。　謐，陳八郎本：蜜。

芒芒宇宙，天地交泰。王在華堂，式宴嘉會。玄暉峻朗，翠雲崇靄。
冕弁振纓，服藻垂帶。

　　　　芒，陳八郎本：忙。　　靄，陳八郎本：於盖。

祁祁臣僚，有來雍雍。薄言載考，承顏下風。俯覲嘉客，仰瞻玉容。
施己唯約，于禮斯豐。天錫難老，如嶽之崇。

晉武帝華林園集詩
應吉甫

悠悠太上，民之厥初。皇極肇建，彝倫攸敷。五德更運，膺籙受符。
陶唐既謝，天歷在虞。
於時上帝，乃顧惟眷。光我晋祚，應期納禪。位以龍飛，文以虎變。
玄澤滂流，仁風潛扇。區內宅心，方隅回面。

　　　　禪，陳八郎本：去聲。

天垂其象，地曜其文。鳳鳴朝陽，龍翔景雲。嘉禾重穎，蓂莢載芬。
率土咸序，人胥悦欣。
恢恢皇度，穆穆聖容。言思其順，貌思其恭。在視斯明，在聽斯聰。
登庸以德，明試以功。

　　　　恢，陳八郎本：苦回。

其恭惟何，昧旦丕顯。無理不經，無義不踐。行捨其華，言去其辯。
游心至虛，同規易簡。六府孔修，九有斯靖。
澤靡不被，化岡不加。聲教南暨，西漸流沙。幽人肆險，遠國忘遐。
越裳重譯，充我皇家。

漸,陳八郎本:尖。　肄,陳八郎本作"肆",音:異。九條本
及静嘉堂本作"肆",旁記"肄",音:異。

峩峩列辟,赫赫虎臣。内和五品,外威四賓。脩時貢職,入覲天人。
備言錫命,羽蓋朱輪。
貽宴好會,不常厥數。神心所受,不言而喻。於時肆射,弓矢斯御。
發彼五的,有酒斯飫。

肄,陳八郎本作"肆",音:食夜。　飫,《晋書音義》:於據反。

文武之道,厥猷未墜。在昔先王,射御兹器。示武懼荒,過亦爲失。
凡厥羣后,無慚于位。

失,陳八郎本:試,協韻。九條本:試,叶。

九日從宋公戲馬臺集送孔令詩
謝宣遠

風至授寒服,霜降休百工。繁林收陽彩,密苑解華叢。巢幕無留鷰,
遵渚有來鴻。輕霞冠秋日,迅商薄清穹。聖心眷嘉節,揚鑾戾行宮。
四筵霑芳醴,中堂起絲桐。扶光迫西汜,歡餘讌有窮。逝矣將歸客,
養素克有終。臨流怨莫從,歡心嘆飛蓬。

汜,陳八郎本、九條本:似。

樂游應詔詩
范蔚宗

崇盛歸朝闕，虛寂在川岑。山梁恊孔性，黄屋非堯心。軒駕時未肅，文囿降照臨。流雲起行蓋，晨風引鑾音。原薄信平蔚，臺澗備曾深。蘭池清夏氣，脩帳含秋陰。遵渚攀蒙密，隨山上嶇嶔。睇目有極覽，游情無近尋。聞道雖已積，年力互頹侵。探己謝丹黻，感事懷長林。

> 蔚，陳八郎本：紆勿。　　崛，陳八郎本：區。　　嶔，陳八郎本：欽。　　黻，陳八郎本作“膜”，音：烏郭。九條本、静嘉堂本亦作“膜”：烏郭反。

九日從宋公戲馬臺集送孔令詩
謝靈運

季秋邊朔苦，旅雁違霜雪。淒淒陽卉腓，皎皎寒潭絜。良辰感聖心，雲旗興暮節。鳴葭戾朱宮，蘭卮獻時哲。餞宴光有孚，和樂隆所缺。在宥天下理，吹萬羣方悦。歸客遂海嶠，脱冠謝朝列。弭棹薄枉渚，指景待樂闋。河流有急瀾，浮驂無緩轍。豈伊川途念，宿心愧將別。彼美丘園道，喟焉傷薄劣。

> 腓，尤袤本李善注、陳八郎本：肥。　　卮，陳八郎本：芝。　　樂，九條本、静嘉堂本：洛。　　闋，陳八郎本：缺。　　驂，九條本、静嘉堂本：三。

應詔讌曲水作詩

顏延年

道隱未形，治彰既亂。帝迹懸衡，皇流共貫。惟王創物，永錫洪筭。
仁固開周，義高登漢。

祚融世哲，業光列聖。太上正位，天臨海鏡。制以化裁，樹之形性。
惠浸萌生，信及翔泳。

> 泳，九條本、静嘉堂本：詠。

崇虚非徵，積實莫尚。豈伊人和，寔靈所貺。日完其朔，月不掩望。
航琛越水，輦贄踰障。

> 贄，陳八郎本：慈胤。九條本、静嘉堂本：才忍反。

帝體麗明，儀辰作貳。君彼東朝，金昭玉粹。德有潤身，禮不愆器。
柔中淵映，芳猷蘭祕。

> 粹，陳八郎本：邃。

昔在文昭，今惟武穆。於赫王宰，方旦居叔。有睟睿蕃，爰履奠牧。
寧極和鈞，屏京維服。

> 於，陳八郎本：烏。　睟，陳八郎本：遂。　睿，陳八郎本作
> "叡"，音：銳。九條本、静嘉堂本亦作"叡"：以歲反。　屏，陳八
> 郎本：必領。

朏魄雙交，月氣參變。開榮灑澤，舒虹爍電。化際無間，皇情爰眷。
伊思鎬飲，每惟洛宴。

朏,陳八郎本:匪。九條本:芳尾,又:匪。静嘉堂本:芳尾
反,又:匪。　魄,九條本、静嘉堂本:白。　參,陳八郎本:七男。
鎬,陳八郎本:皓。

郊餕有壇,君舉有禮。幠帷蘭旬,畫流高陛。分庭薦樂,析波浮醴。
豫同夏諺,事兼出濟。

畫,九條本、静嘉堂本:獲。　析,尤袤本:錫。　諺,陳八郎
本作"唁",音:彦。　濟,陳八郎本:子礼。

仰閲豐施,降惟微物。三妨儲隸,五塵朝黻。途泰命屯,恩充報屈。
有悔可悛,滯瑕難拂。

黻,陳八郎本:弗。　悛,陳八郎本:七全。

皇太子釋奠會作詩
顏延年

國尚師位,家崇儒門。稟道毓德,講藝立言。浚明爽曙,達義兹昏。
永瞻先覺,顧惟後昆。

毓,陳八郎本:育。

大人長物,繼天接聖。時屯必亨,運蒙則正。偃閉武術,闡揚文令。
庶士傾風,萬流仰鏡。
虞庠飾館,睿圖炳晬。懷仁憬集,抱智鷹至。踵門陳書,蹲蹐獻器。
澡身玄淵,宅心道祕。

炳,陳八郎本:丙。　晬,陳八郎本:邌。　憬,尤袤本、陳八

郎本:九永。　屬,尤袤本:丘殞。陳八郎本作"麕",音:俱隕。
蹻,陳八郎本作"屬",音:脚。

伊昔周儲,聿光往記。思皇世哲,體元作嗣。資此夙知,降從經志。
遏彼前文,規周矩值。

　　遏,陳八郎本:天歷。

正殿虛筵,司分簡日。尚席函杖,丞疑奉帙。侍言稱辭,惇史秉筆。
妙識幾音,王載有述。

　　函,陳八郎本:含。　惇,陳八郎本:敦。九條本、静嘉堂本:
都昆反。　幾,陳八郎本:平聲。

肆議芳訊,大教克明。敬躬祀典,告奠聖靈。禮屬觀盥,樂薦歌笙。
昭事是肅,俎實非馨。

　　肆,陳八郎本作"肂",音:異。九條本、静嘉堂本亦作"肂",
音:異,又:四。　訊,陳八郎本:信。　樂,九條本、静嘉堂本:五
各反。

獻終襲吉,即宫廣讌。堂設象筵,庭宿金懸。台保兼徽,皇戚比彦。
肴乾酒澄,端服整弁。

　　襲,九條本、静嘉堂本:集。　懸,陳八郎本作"縣",音:如
字,協韻。　徽,九條本、静嘉堂本:輝。

六官眠命,九賓相儀。縷笏帀序,巾卷充街。都莊雲動,野馗風馳。
倫周伍漢,超哉邈猗。

　　　笏，九條本、静嘉堂本：骨。　　帀，九條本、静嘉堂本：子合
反。　　馗，陳八郎本：逵。九條本及静嘉堂本引《音决》：巨悲反。
狶，陳八郎本：於宜。

清暉在天，容光必照。物性其情，理宣其奥。妄先國胄，側聞邦教。
徒愧微冥，終謝智効。

侍宴樂游苑送張徐州應詔詩
丘希範

詰旦閶闔開，馳道聞鳳吹。輕莫承玉輦，細草藉龍騎。風遲山尚響，
雨息雲猶積。巢空初鳥飛，荇亂新魚戲。寔惟北門重，匪親孰爲寄。
參差別念舉，肅穆恩波被。小臣信多幸，投生豈酬義。

　　　詰，尤袤本：去質。陳八郎本：丘吉。九條本、静嘉堂本：吉。
○案：詰爲溪母，吉爲見母，據陳八郎本，九條本、静嘉堂本音
"吉"上蓋脱"丘"字。　　吹，陳八郎本：去聲。　　莫，陳八郎本：
啼。　　藉，九條本、静嘉堂本：才夜反。　　積，陳八郎本：恣。
荇，尤袤本、陳八郎本：杏。

應詔樂游苑餞呂僧珍詩
沈休文

丹浦非樂戰，負重切君臨。我皇秉至德，忘己用堯心。愍兹區宇内，
魚鳥失飛沈。推轂二崤岨，揚旆九河陰。超乘盡三屬，選士皆百金。
戎車出細柳，餞席樽上林。命師誅後服，授律緩前禽。函轅方解帶，
巇武稍披襟。伐罪芒山曲，吊民伊水潯。將陪告成禮，待此未抽簪。

樂，静嘉堂本：力各反。　推，陳八郎本：土雷。　崝，陳八
郎本：乂。　斾，九條本、静嘉堂本：步外反。　樽，九條本、静嘉
堂本：尊。　函，九條本、静嘉堂本：感。○案："感"當作"咸"。
《蜀都賦》"崝函有帝皇之宅"，函，集注本引《音决》、陳八郎本、九
條本并音"咸"。　輾，陳八郎本、九條本、静嘉堂本：還。　嶢，
陳八郎本：堯。　芒，陳八郎本：忙。　潯，陳八郎本、九條本、静
嘉堂本：尋。

祖　餞

送應氏詩二首
曹子建

步登北芒坂，遥望洛陽山。洛陽何寂寞，宮室盡燒焚。垣牆皆頓擗，
荆棘上參天。不見舊耆老，但睹新少年。側足無行徑，荒疇不復田。
游子久不歸，不識陌與阡。中野何蕭條，千里無人煙。念我平常居，
氣結不能言。

芒，陳八郎本：忙。　焚，陳八郎本：燒，叶韻。朝鮮正德本、
奎章閣本：煩，協韻。○案：陳八郎本"燒"爲"煩"字之訛。　擗，
陳八郎本：闢。九條本、静嘉堂本：婢亦反，又：仆北反。　參，九
條本、静嘉堂本：七男反。

清時難屢得，嘉會不可常。天地無終極，人命若朝霜。願得展嬿婉，
我友之朔方。親昵并集送，置酒此河陽。中饋豈獨薄，賓飲不盡觴。

愛至望苦深,豈不愧中腸。山川阻且遠,別促會日長。願爲比翼鳥,
施翩起高翔。

　　嬿,九條本、静嘉堂本:一典反。　　昵,陳八郎本作"暱",音:
女乙。　　饋,九條本及静嘉堂本引《音决》:女媿。

征西官屬送於陟陽候作詩
孫子荆

晨風飄岐路,零雨被秋草。傾城遠追送,餞我千里道。三命皆有極,
咄嗟安可保。莫大於殤子,彭聃猶爲夭。吉凶如糾纆,憂喜相紛繞。
天地爲我爐,萬物一何小。達人垂大觀,誠此苦不早。乖離即長衢,
惆悵盈懷抱。孰能察其心,鑒之以蒼昊。齊契在今朝,守之與偕老。

　　岐,九條本、静嘉堂本:奇。　　咄,尤袤本:丁忽。九條本、静
　　嘉堂本:丁忽反。　　【附】尤袤本李善注:《蒼頡篇》曰:咄,啐也。
　《説文》曰:啐,驚也。倉憒切。　　聃,陳八郎本作"耼",音:貪。
　九條本及静嘉堂本亦作"耼":他甘反。　　纆,陳八郎本:墨。九
　條本、静嘉堂本:亡北反。○案:尤袤本"纆"訛作"纏"。

金谷集作詩
潘安仁

王生和鼎實,石子鎮海沂。親友各言邁,中心悵有違。何以叙離思,
攜手游郊畿。朝發晋京陽,夕次金谷湄。迴谿縈曲阻,峻阪路威夷。
綠池泛淡淡,青柳何依依。濫泉龍鱗瀾,激波連珠揮。前庭樹沙棠,
後園植烏椑。靈囿繁若榴,茂林列芳梨。飲至臨華沼,遷坐登隆坻。

玄醴染朱顏,但惄杯行遲。揚枹撫靈鼓,簫管清且悲。春榮誰不慕,
歲寒良獨希。投分寄石友,白首同所歸。

　　沂,九條本、静嘉堂本:宜衣反。　　湄,陳八郎本、九條本、静
嘉堂本:眉。　　淡,九條本及静嘉堂本引《音決》:以冄反。　　棠,
九條本、静嘉堂本:唐。　　椑,陳八郎本、九條本、静嘉堂本:卑。

　　坻,陳八郎本:池。九條本、静嘉堂本:持。　　枹,九條本、静嘉
堂本:浮。

王撫軍庾西陽集別時爲豫章太守庾被徵還東

謝宣遠

祗召旋北京,守官反南服。方舟新舊知,對筵曠明牧。舉觴矜飲餞,
指途念出宿。來晨無定端,別晷有成速。頹陽照通津,夕陰曖平陸。
榜人理行艫,輶軒命歸僕。分手東城闉,發櫂西江隩。離會雖相親,
逝川豈往復。誰謂情可書,盡言非尺牘。

　　祗,九條本:之。　　新,九條本、静嘉堂本作"析":先狄反。
○案:九條本及静嘉堂本字形作"折",書體扌、木常混,據音注,
實則爲"析"。　　曖,九條本、静嘉堂本:愛。　　榜,陳八郎本:迸。

　　艫,陳八郎本:盧。　　輶,九條本、静嘉堂本:由。　　闉,尤衮
本、陳八郎本、九條本、静嘉堂本:因。　　櫂,陳八郎本:直教。

　　隩,陳八郎本作"澳",音:郁。九條本、静嘉堂本亦作"澳":於六
反。　　牘,九條本、静嘉堂本:讀。

鄰里相送方山詩
謝靈運

祗役出皇邑,相期憩甌越。解纜及流潮,懷舊不能發。析析就衰林,
皎皎明秋月。含情易爲盈,遇物難可歇。積痾謝生慮,寡欲罕所闕。
資此永幽栖,豈伊年歲別。各勉日新志,音塵慰寂蔑。

憩,九條本、静嘉堂本:去例反。　纜,尤袤本:力蹔。九條
本:力蹔反。静嘉堂本:力暫反。　析,陳八郎本:昔。九條本、
静嘉堂本:先狄反。　易,九條本、静嘉堂本:以智反。　痾,陳
八郎本、九條本、静嘉堂本:阿。　蔑,九條本、静嘉堂本作"蔥":
莫結反。

新亭渚別范零陵詩
謝玄暉

洞庭張樂地,瀟湘帝子游。雲去蒼梧野,水還江漢流。停驂我悵望,
輟棹子夷猶。廣平聽方籍,茂陵將見求。心事俱已矣,江上徒離憂。

樂,九條本、静嘉堂本:岳。　瀟,九條本、静嘉堂本:蕭。

別范安成詩
沈休文

生平少年日,分手易前期。及爾同衰暮,非復別離時。勿言一樽酒,
明日難重持。夢中不識路,何以慰相思。

易,九條本:以智反。

《文選》音注輯考卷二十一

詠史
  王仲宣《詠史詩》一首
  曹子建《三良詩》一首
  左太冲《詠史詩》八首
  張景陽《詠史詩》一首
  盧子諒《覽古詩》一首
  謝宣遠《張子房詩》一首
  顏延年《秋胡詩》一首
      《五君詠》五首
  鮑明遠《詠史詩》一首
  虞子陽《詠霍將軍北伐詩》一首
百一
  應休璉《百一詩》一首
游仙
  何敬祖《游仙詩》一首
  郭景純《游仙詩》七首

詠　史

詠史詩
王仲宣

自古無殉死，達人共所知。秦穆殺三良，惜哉空爾爲。結髮事明君，
受恩良不訾。臨歿要之死，焉得不相隨。妻子當門泣，兄弟哭路垂。
臨穴呼蒼天，涕下如綆縻。人生各有志，終不爲此移。同知埋身劇，
心亦有所施。生爲百夫雄，死爲壯士規。黃鳥作悲詩，至今聲不虧。

　　　穆，九條本簡端記引《音决》：穆作繆，匹又反，或爲穆音，非，
　　下篇同。○案：九條本“匹”爲“亡”字之訛。　訾，陳八郎本、九
　　條本：資。　要，陳八郎本、九條本：平聲。　焉，九條本：於虔
　　反。　綆，尤袤本、陳八郎本：古杏。九條本：古杏反。　縻，尤
　　袤本：美悲切。九條本：靡宜反，又：美悲反。　爲，九條本：于
　　偽反。

三良詩
曹子建

功名不可爲，忠義我所安。秦穆先下世，三臣皆自殘。生時等榮樂，
既没同憂患。誰言捐軀易，殺身誠獨難。攬涕登君墓，臨穴仰天嘆。
長夜何冥冥，一往不復還。黃鳥爲悲鳴，哀哉傷肺肝。

　　　樂，九條本：力各反。　患，陳八郎本：平聲。九條本：胡慣
　　反，又：協還，平声。　捐，九條本：以宣反。　嘆，陳八郎本：平

聲。九條本：協他丹，平声。

詠史詩

左太冲

弱冠弄柔翰，卓犖觀羣書。著論準《過秦》，作賦擬《子虛》。邊城苦鳴
鏑，羽檄飛京都。雖非甲胄士，疇昔覽穰苴。長嘯激清風，志若無東
吳。鈆刀貴一割，夢想騁良圖。左眄澄江湘，右盼定羌胡。功成不受
爵，長揖歸田廬。

　　　準，九條本作"准"：之尹反。　　苴，陳八郎本、九條本：子余。

　　眄，朝鮮正德本、奎章閣本作"盻"，音：莫見。　　盼，朝鮮正德
　　本、奎章閣本：普莧。

鬱鬱澗底松，離離山上苗。以彼徑寸莖，蔭此百尺條。世胄躡高位，
英俊沈下僚。地勢使之然，由來非一朝。金張藉舊業，七葉珥漢貂。
馮公豈不偉，白首不見招。

　　　徑，九條本：古定反。　　僚，九條本：力彫反。

吾希段干木，偃息藩魏君。吾慕魯仲連，談笑却秦軍。當世貴不羈，
遭難能解紛。功成不受賞，高節卓不羣。臨組不肯緤，對珪不肯分。
連璽燿前庭，比之猶浮雲。

　　　緤，陳八郎本、九條本：薛。　　璽，九條本：子。

濟濟京城內，赫赫王侯居。冠蓋蔭四術，朱輪竟長衢。朝集金張館，
暮宿許史廬。南鄰擊鐘磬，北里吹笙竽。寂寂楊子宅，門無卿相輿。

寥寥空宇中，所講在玄虛。言論準宣尼，辭賦擬相如。悠悠百世後，
英名擅八區。

皓天舒白日，靈景耀神州。列宅紫宮裏，飛宇若雲浮。峨峨高門內，
藹藹皆王侯。自非攀龍客，何爲欻來游。被褐出閶闔，高步追許由。
振衣千仞崗，濯足萬里流。

　　　欻，九條本、朝鮮正德本、奎章閣本：許勿。

荆軻飲燕市，酒酣氣益振。哀歌和漸離，謂若傍無人。雖無壯士節，
與世亦殊倫。高眄邈四海，豪右何足陳。貴者雖自貴，視之若埃塵。
賤者雖自賤，重之若千鈞。

　　　振，陳八郎本、朝鮮正德本、奎章閣本作“震”，陳八郎本：平
　　　聲。朝鮮正德本：平聲，協韻。奎章閣本：平聲，叶韻。

主父宦不達，骨肉還相薄。買臣困采樵，伉儷不安宅。陳平無産業，
歸來翳負郭。長卿還成都，壁立何寥廓。四賢豈不偉，遺烈光篇籍。
當其未遇時，憂在填溝壑。英雄有屯邅，由來自古昔。何世無奇才，
遺之在草澤。

　　　父，九條本：甫。　　屯，九條本作“迍”：知倫反。　　邅，九條
　　　本：丁連。

習習籠中鳥，舉翮觸四隅。落落窮巷士，抱影守空廬。出門無通路，
枳棘塞中塗。計策棄不收，塊若枯池魚。外望無寸禄，內顧無斗儲。
親戚還相蔑，朋友日夜疎。蘇秦北游説，李斯西上書。俛仰生榮華，
咄嗟復彫枯。飲河期滿腹，貴足不願餘。巢林栖一枝，可爲達士模。

策，九條本：爵。　塊，九條本：苦對反。　儲，九條本：除。

說，九條本：詩銳反，又：詩悦反。　呐，尤袤本李善注：丁忽切。九條本：丁忽反，又：當没反。　【附】尤袤本李善注：《蒼頡篇》曰：呐，啐也。《説文》曰：啐，驚也。啐，倉憤切。

詠史詩
張景陽

昔在西京時，朝野多歡娱。藹藹東都門，羣公祖二疎。朱軒曜金城，供帳臨長衢。達人知止足，遺榮忽如無。抽簪解朝衣，散髮歸海隅。行人爲隕涕，賢哉此丈夫。揮金樂當年，歲暮不留儲。顧謂四坐賓，多財爲累愚。清風激萬代，名與天壤俱。呐此蟬冕客，君紳宜見書。

供，九條本：俱共反。　累，陳八郎本、九條本：去聲。　呐，九條本：丁忽反。

覽古詩
盧子諒

趙氏有和璧，天下無不傳。秦人來求市，厥價徒空言。與之將見賣，不與恐致患。簡才備行李，圖令國命全。藺生在下位，繆子稱其賢。奉辭馳出境，伏軾逕入關。秦王御殿坐，趙使擁節前。揮袂睨金柱，身玉要俱捐。連城既僞往，荆玉亦真還。爰在澠池會，二主克交歡。昭襄欲負力，相如折其端。睂血下霑衿，怒髮上衝冠。

患，陳八郎本：平聲。九條本：協音還，平声。　繆，九條本：亡又反。　澠，九條本作“黽”，音：弥辇，蕭：亡忍反，同，又：面。

眥,陳八郎本:在計。

西缶終雙擊,東瑟不隻彈。捨生豈不易,處死誠獨難。稜威章臺顛,
彊禦亦不干。屈節邯鄲中,俛首忍迴軒。廉公何爲者,負荊謝厥讐。
智勇蓋當代,弛張使我嘆。

　　讐,陳八郎本、九條本:怨。　　弛,九條本作"弛",音:子。
○案:九條本音待考。　　嘆,陳八郎本:平聲。九條本:平声,協
他寒反。

張子房詩
謝宣遠

王風哀以思,周道蕩無章。卜洛易隆替,興亂罔不亡。力政吞九鼎,
苛慝暴三殤。息肩纏民思,靈鑒集朱光。伊人感代工,聿來扶興王。
婉婉幙中畫,輝輝天業昌。鴻門消薄蝕,垓下殞攙搶。爵仇建蕭宰,
定都護儲皇。肇允契幽叟,翻飛指帝鄉。惠心奮千祀,清埃播無疆。
神武睦三正,裁成被八荒。明兩燭河陰,慶霄薄汾陽。鑾旂歷頹寢,
飾像薦嘉嘗。聖心豈徒甄,惟德在無忘。逝者如可作,揆子慕周行。
濟濟屬車士,粲粲翰墨場。瞽夫違盛觀,竦踊企一方。四達雖平直,
蹇步愧無良。飡和忘微遠,延首詠太康。

　　易,陳八郎本、九條本:去聲。　　薄,陳八郎本、九條本:博。
　　攙,陳八郎本:楚咸切。九條本:楚咸。　　搶,陳八郎本:七將,
協韻。九條本:楚行,又:七將反,叶。　　旂,九條本:青。

秋胡詩

顏延年

椅梧傾高鳳,寒谷待鳴律。影響豈不懷,自遠每相匹。婉彼幽閑女,
作嬪君子室。峻節貫秋霜,明豔侔朝日。嘉運既我從,欣願自此畢。

> 椅,陳八郎本:於宜。九條本:一宜反。

燕居未及好,良人顧有違。脱巾千里外,結綬登王畿。戒徒在昧旦,
左右來相依。驅車出郊郭,行路正威遲。存爲久離別,没爲長不歸。

> 燕,九條本:一典反,又:一見反。　畿,九條本:祈。　遲,
> 九條本:夷。　【附】尤袤本李善注:《毛詩》曰:四牡騑騑,周道倭
> 遲。倭,於危切。

嗟余怨行役,三陟窮晨暮。嚴駕越風寒,解鞍犯霜露。原隰多悲涼,
迴飇卷高樹。離獸起荒蹊,驚鳥縱橫去。悲哉游宦子,勞此山川路。
超遥行人遠,宛轉年運徂。良時爲此別,日月方向除。孰知寒暑積,
僶俛見榮枯。歲暮臨空房,涼風起座隅。寢興日已寒,白露生庭蕪。

> 僶,九條本:敏。

勤役從歸願,反路遵山河。昔醉秋未素,今也歲載華。蠶月觀時暇,
桑野多經過。佳人從此務,窈窕援高柯。傾城誰不顧,弭節停中阿。
年往誠思勞,事遠闊音形。雖爲五載別,相與昧平生。捨車遵往路,
鳬藻馳目成。南金豈不重,聊自意所輕。義心多苦調,密比金玉聲。

> 車,九條本:居。

高節難久淹,揭來空復辭。遲遲前塗盡,依依造門基。上堂拜嘉慶,
入室問何之。日暮行采歸,物色桑榆時。美人望昏至,慇嘆前相持。

　　　揭,陳八郎本:綺列。九條本:去例反。

有懷誰能已,聊用申苦難。離居殊年載,一別阻河關。春來無時豫,
秋至恒早寒。明發動愁心,閨中起長嘆。慘悽歲方晏,日落游子顏。

　　　嘆,陳八郎本、九條本:平聲。

高張生絕弦,聲急由調起。自昔枉光塵,結言固終始。如何久爲別,百
行僭諸己。君子失明義,誰與偕没齒。愧彼《行露》詩,甘之長川汜。

　　　汜,九條本:史。

五君詠

顏延年

阮步兵

阮公雖淪迹,識密鑒亦洞。沈醉似埋照,寓辭類託諷。長嘯若懷人,
越禮自驚衆。物故不可論,途窮能無慟。

嵇中散

中散不偶世,本自餐霞人。形解驗默仙,吐論知凝神。立俗迕流議,
尋山洽隱淪。鸞翮有時鎩,龍性誰能馴。

　　　散,九條本:先但反。　迕,尤袤本李善注:五故切。九條
本:五故。　鎩,尤袤本李善注:所例切。陳八郎本:所拜。

劉參軍

劉靈善閉關，懷情滅聞見。鼓鍾不足歡，榮色豈能眩。韜精日沈飲，誰知非荒宴。頌酒雖短章，深衷自此見。

> 眩，尤衮本李善注：户遍切。九條本：户遍反。　衷，九條本：中。

阮始平

仲容青雲器，實稟生民秀。達音何用深，識微在金奏。郭弈已心醉，山公非虚覯。屢薦不入官，一麾乃出守。

向常侍

> 向，九條本：舒上反。〇案：九條本題上有“向秀”二字，此音注即在其旁。

向秀甘淡薄，深心託豪素。探道好淵玄，觀書鄙章句。交吕既鴻軒，攀嵇亦鳳舉。流連河裏游，惻愴《山陽賦》。

> 向，九條本：上。　淡，九條本：大暫反。

詠史詩
鮑明遠

五都矜財雄，三川養聲利。百金不市死，明經有高位。京城十二衢，飛甍各鱗次。仕子彯華纓，游客竦輕轡。明星晨未稀，軒蓋已雲至。賓御紛颯沓，鞍馬光照地。寒暑在一時，繁華及春媚。君平獨寂漠，身世兩相棄。

詠霍將軍北伐詩
虞子陽

擁旄爲漢將，汗馬出長城。長城地勢嶮，萬里與雲平。凉秋八九月，
虜騎入幽并。飛狐白日晚，瀚海愁陰生。羽書時斷絶，刁斗晝夜驚。
乘墉揮寶劍，蔽日引高旂。雲屯七萃士，魚麗六郡兵。胡笳関下思，
羌笛隴頭鳴。骨都先自讋，日逐次亡精。玉門罷斥候，甲第始修營。
位登萬庾積，功立百行成。天長地自久，人道有虧盈。未窮激楚樂，
已見高臺傾。當令麟閣上，千載有雄名。

　　　瀚，陳八郎本、九條本：汗。　　刁，尤袤本李善注、九條本：

彫。　【附】尤袤本李善注：《漢書》曰：不擊刁斗自衛。孟康曰：

以銅作鐎，受一斗。鐎音遙。　　旂，九條本：青。　　屯，九條本：

大昆反。　　麗，陳八郎本、九條本：离。　　讋，尤袤本李善注：之

涉切。朝鮮正德本、奎章閣本：之涉。

　百　一

百一詩
應璩

下流不可處，君子慎厥初。名高不宿著，易用受侵誣。前者隳官去，
有人適我閭。田家無所有，酌醴焚枯魚。問我何功德，三入承明廬。
所占於此土，是謂仁智居。文章不經國，筐篋無尺書。用等稱才學，
往往見嘆譽。避席跪自陳，賤子實空虛。宋人遇周客，慙愧靡所如。

　　　　驪,九條本:許規。陳八郎本作"墮",音:許規。　占,尤袤
本李善注:之鹽切。　箧,尤袤本李善注:口頰切。　譽,陳八郎
本:平聲。

游　仙

游仙詩
何敬宗

青青陵上松,亭亭高山柏。光色冬夏茂,根柢無凋落。吉士懷貞心,
悟物思遠託。揚志玄雲際,流目矚巖石。羨昔王子喬,友道發伊洛。
迢遞陵峻岳,連翩御飛鶴。抗迹遺萬里,豈戀生民樂。長懷慕仙類,
眩然心縣邈。

　　　　柢,九條本:帝。　石,九條本:市灼反,叶。

游仙詩
郭景純

京華游俠窟,山林隱遯栖。朱門何足榮,未若託蓬萊。臨源挹清波,
陵崗掇丹荑。靈谿可潛盤,安事登雲梯。漆園有傲吏,萊氏有逸妻。
進則保龍見,退爲觸藩羝。高蹈風塵外,長揖謝夷齊。

　　　　窟,九條本:古忽反。　遯,九條本:大頓反。　挹,陳八郎
本:一立。　掇,尤袤本李善注:都活切。　荑,陳八郎本:啼。
　梯,九條本:他兮反。　傲,九條本:五誥反。

青谿千餘仞，中有一道士。雲生梁棟間，風出窻户裏。借問此何誰，
云是鬼谷子。翹迹企潁陽，臨河思洗耳。閶闔西南來，潛波涣鱗起。
靈妃顧我笑，粲然啓玉齒。蹇脩時不存，要之將誰使。

翡翠戲蘭苕，容色更相鮮。緑蘿結高林，蒙籠蓋一山。中有冥寂士，
静嘯撫清絃。放情陵霄外，嚼蘂挹飛泉。赤松臨上游，駕鴻乘紫煙。
左挹浮丘袖，右拍洪崖肩。借問蜉蝣輩，寧知龜鶴年。

　　　　苕，九條本：大彫反。　　山，九條本：所連反，叶。　　拍，尤袤
　　本李善注：普白切。九條本：普白。

六龍安可頓，運流有代謝。時變感人思，已秋復願夏。淮海變微禽，
吾生獨不化。雖欲騰丹谿，雲螭非我駕。愧無魯陽德，迴日向三舍。
臨川哀年邁，撫心獨悲吒。

　　　　思，九條本：先自。　　復，九條本：扶又反。　　吒，陳八郎本：
　　陟訝。九條本：陟牙。○案：九條本“牙”疑當作“訝”。

逸翮思拂霄，迅足羨遠游。清源無增瀾，安得運吞舟。珪璋雖特達，
明月難闇投。潛穎怨青陽，陵苕哀素秋。悲來惻丹心，零淚緣纓流。

雜縣寓魯門，風煖將爲灾。吞舟涌海底，高浪駕蓬萊。神仙排雲出，
但見金銀臺。陵陽挹丹溜，容成揮玉杯。姮娥揚妙音，洪崖領其頤。
升降隨長煙，飄飄戲九垓。奇齡邁五龍，千歲方嬰孩。燕昭無靈氣，
漢武非仙才。

　　　　縣，陳八郎本：平聲。九條本：玄。　　溜，九條本：力又反。
　　領，尤袤本李善注：五感切。九條本：五感。　　垓，九條本：告

來反。

晦朔如循環，月盈已見魄。蓐收清西陸，朱羲將由白。寒露拂陵苕，女蘿辭松柏。蘂榮不終朝，蜉蝣豈見夕。圓丘有奇草，鍾山出靈液。王孫列八珍，安期鍊五石。長揖當塗人，去來山林客。

循，九條本：春。○案：《集韻》循音"船倫切"，與此音近。

《文選》音注輯考卷二十二

招隱

　　左太冲《招隱詩》二首

　　陸士衡《招隱詩》

　　王康琚《反招隱詩》

游覽

　　魏文帝《芙蓉池作》

　　殷仲文《南州桓公九井作》

　　謝叔源《游西池》

　　謝惠連《泛湖出樓中翫月》

　　謝靈運《從游京口北固應詔》

　　　　　　《晚出西射堂》

　　　　　　《登池上樓》

　　　　　　《游南亭》

　　　　　　《游赤石進帆海》

　　　　　　《石壁精舍還湖中》

　　　　　　《登石門最高頂》

　　　　　　《於南山往北山經湖中瞻眺》

　　　　　　《從斤竹澗越嶺溪行》

　　顏延年《應詔觀北湖田收》

　　　　　　《車駕幸京口侍游蒜山作》

《車駕幸京口三月三日侍游曲阿後湖詩》

　鮑明遠《行藥至城東橋》

　謝玄暉《游東田》

　江文通《從建平王登廬山香鑪峯詩》

　沈休文《鐘山詩應西陽王教》

　　《宿東園》

　　《游沈道士館》

　徐敬業《古意酬到長史溉登琅邪城》

招　隱

招隱詩二首
左太冲

杖策招隱士，荒塗橫古今。巖穴無結構，丘中有鳴琴。白雪停陰岡，
丹葩曜陽林。石泉漱瓊瑤，纖鱗亦浮沈。非必絲與竹，山水有清音。
何事待嘯歌，灌木自悲吟。秋菊兼餱糧，幽蘭間重襟。躊躇足力煩，
聊欲投吾簪。

　　　漱，九條本：蘇豆反。　餱，九條本：侯。　糧，九條本作
　　“粮”，音：良。　躊，九條本：直留反。　躇，九條本：直居反。
　　聊，九條本：勞。

經始東山廬，果下自成榛。前有寒泉井，聊可瑩心神。峭蒨青葱間，
竹柏得其真。弱葉栖霜雪，飛榮流餘津。爵服無常玩，好惡有屈伸。
結綬生纏牽，彈冠去埃塵。惠連非吾屈，首陽非吾仁。相與觀所尚，

逍遥撰良辰。

　　　榛,陳八郎本:仕臻。九條本:市巾反。　　峭,九條本:小。

　　蒨,九條本:士見反。○案:九條本"士"疑爲"七"字之訛。

　好,九條本:古報反。　　惡,九條本:烏故反。

招隱詩
陸士衡

明發心不夷,振衣聊躑躅。躑躅欲安之,幽人在浚谷。朝採南澗藻,
夕息西山足。輕條象雲構,密葉成翠幄。激楚佇蘭林,回芳薄秀木。
山溜何泠泠,飛泉漱鳴玉。哀音附靈波,頹響赴曾曲。至樂非有假,
安事澆醇樸。富貴苟難圖,稅駕從所欲。

　　　躑,九條本:直戟反。　　躅,九條本:直録反。　　溜,九條本:
　力又反。　泠,九條本作"冷":力丁反。　　樂,九條本:洛。
　樸,九條本:普谷反,叶。

反招隱詩
王康琚

　　　琚,九條本:居。

小隱隱陵藪,大隱隱朝市。伯夷竄首陽,老聃伏柱史。昔在太平時,
亦有巢居子。今雖盛明世,能無中林士。放神青雲外,絶迹窮山裏。
鵾鷄先晨鳴,哀風迎夜起。凝霜凋朱顔,寒泉傷玉趾。周才信衆人,
偏智任諸己。推分得天和,矯性失至理。歸來安所期,與物齊終始。

　　　竄,九條本:七乱反。　聃,九條本作"耼":吐甘反。　　趾,
　九條本:止。

游　覽

芙蓉池作
魏文帝

乘輦夜行游，逍遥步西園。雙渠相溉灌，嘉木繞通川。卑枝拂羽蓋，
脩條摩蒼天。驚風扶輪轂，飛鳥翔我前。丹霞夾明月，華星出雲間。
上天垂光采，五色一何鮮。壽命非松喬，誰能得神仙。遨游快心意，
保己終百年。

　　　　溉，九條本：吉代反。　　灌，九條本：古礤反。○案：九條本
　　此條音疑誤。蓋“古礤反”本爲上“溉”字又音，鈔者不審，誤認作
　　“灌”音。不然則“礤”疑爲“鍛”字形近之訛。　　間，九條本：居連
　　反，叶，又：協軒。○案：九條本“協軒”二字之間原有代字符
　　“｜”。

南州桓公九井作
殷仲文

四運雖鱗次，理化各有準。獨有清秋日，能使高興盡。景氣多明遠，
風物自凄緊。爽籟警幽律，哀壑叩虚牝。歲寒無早秀，浮榮甘夙殞。
何以標貞脆，薄言寄松菌。哲匠感蕭晨，肅此塵外軫。廣筵散泛愛，
逸爵紆勝引。伊余樂好仁，惑袪吝亦泯。猥首阿衡朝，將貽匈奴哂。

　　　　緊，九條本：近。　　牝，九條本：比忍反。　　殞，九條本：于敏
　　反。　　標，九條本：必遥反。　　脆，九條本：七歲反。　　菌，九條

本：其敏反。 樂，九條本：洛。 吝，九條本：力刃反。 朝，九條本：直遥反。 哂，九條本：詩忍反。

游西池
謝叔源

悟彼蟋蟀唱，信此勞者歌。有來豈不疾，良游常蹉跎。逍遥越城肆，願言屢經過。回阡被城闕，高臺眺飛霞。惠風蕩繁囿，白雲屯曾阿。景昃鳴禽集，水木湛清華。褰裳順蘭沚，徙倚引芳柯。美人愆歲月，遲暮獨如何。無爲牽所思，南榮誠其多。

蹉，九條本：七何反。 跎，九條本：大何反。

泛湖出樓中翫月
謝惠連

日落泛澄瀛，星羅游輕橈。憩榭面曲汜，臨流對迴潮。輟策共駢筵，并坐相招要。哀鴻鳴沙渚，悲猨響山椒。亭亭映江月，瀏瀏出谷飆。斐斐氣幕岫，泫泫露盈條。近矚祛幽蘊，遠視盪諠囂。悟言不知罷，從夕至清朝。

橈，陳八郎本：撓。九條本：而遥反，又：饒。朝鮮正德本、奎章閣本：饒。 憩，九條本：去例反。 汜，九條本：士。 駢，九條本：蒲眼反。○案：九條本"眼"爲"眠"字之訛，《集韻》即作"蒲眠切"。 瀏，陳八郎本作"飀"，音：留。九條本作"飄"，音：劉。 飆，陳八郎本：標。九條本作"飇"，音：摽。 斐，九條本：芳尾反。 蘊，九條本：紆粉反。 罷，九條本：皮。

從游京口北固應詔

謝靈運

玉璽戒誠信，黄屋示崇高。事爲名教用，道以神理超。昔聞汾水游，
今見塵外鑣。鳴笳發春渚，税鑾登山椒。張組眺倒景，列筵矚歸潮。
遠巖映蘭薄，白日麗江臯。原隰荑緑柳，墟囿散紅桃。皇心美陽澤，
萬象咸光昭。顧己枉維縶，撫志慙場苗。工拙各所宜，終以反林巢。
曾是縈舊想，覽物奏長謡。

　　　璽，九條本：子。　黄，陳八郎本、九條本：啼。　己，九條
本：紀。　縶，九條本：知立反。

晚出西射堂

謝靈運

步出西城門，遥望城西岑。連障疊巇崿，青翠杳深沈。曉霜楓葉丹，
夕曛嵐氣陰。節往戚不淺，感來念已深。羈雌戀舊侶，迷鳥懷故林。
含情尚勞愛，如何離賞心。撫鏡華緇鬢，攬帶緩促衿。安排徒空言，
幽獨賴鳴琴。

　　　巇，陳八郎本：魚偃。九條本：魚輦反。　崿，陳八郎本：五
各。九條本：魚各反。　嵐，尤袤本李善注：禄含切。

登池上樓

謝靈運

潛虬媚幽姿，飛鴻響遠音。薄霄愧雲浮，栖川怍淵沈。進德智所拙，

退耕力不任。徇禄反窮海,卧痾對空林。衾枕昧節候,褰開暫窺臨。
傾耳聆波瀾,舉目眺嶇嶔。初景革緒風,新陽改故陰。池塘生春草,
園柳變鳴禽。祁祁傷豳歌,萋萋感楚吟。索居易永久,離羣難處心。
持操豈獨古,無悶徵在今。

<blockquote>
怍,陳八郎本、九條本:前各。　　聆,九條本:力丁反。　　嶔,
陳八郎本:欽。九條本:魚音反。　　豳,九條本:布旻反。　　索,
九條本:先洛反。
</blockquote>

游南亭
謝靈運

時竟夕澄霽,雲歸日西馳。密林含餘清,遠峯隱半規。久痗昏墊苦,
旅館眺郊歧。澤蘭漸被逕,芙蓉始發池。未厭青春好,已睹朱明移。
慼慼感物嘆,星星白髮垂。藥餌情所止,衰疾忽在斯。逝將候秋水,
息景偃舊崖。我志誰與亮,賞心惟良知。

<blockquote>
痗,陳八郎本:悔。九條本:每。　　墊,陳八郎本:丁念。
餌,九條本:二。
</blockquote>

游赤石進帆海
謝靈運

首夏猶清和,芳草亦未歇。水宿淹晨暮,陰霞屢興没。周覽倦瀛壖,
況乃陵窮髮。川后時安流,天吳靜不發。揚帆采石華,挂席拾海月。
溟漲無端倪,虛舟有超越。仲連輕齊組,子牟眷魏闕。矜名道不足,
適己物可忽。請附任公言,終然謝夭伐。

墟,陳八郎本:而緣。九條本:前,又:而緣反。○案:九條本
"前"上疑脱"而"字。　　漲,九條本:丁亮反。　　倪,九條本:崖,
又:魚佳反,又:魚計反。

石壁精舍還湖中
謝靈運

昏旦變氣候,山水含清暉。清暉能娛人,游子憺忘歸。出谷日尚早,
入舟陽已微。林壑斂暝色,雲霞收夕霏。芰荷迭映蔚,蒲稗相因依。
披拂趨南逕,愉悦偃東扉。慮澹物自輕,意愜理無違。寄言攝生客,
試用此道推。

　　憺,九條本:直暫反。　　暝,九條本:覓定反。　　芰,九條本:
其議反。　　稗,尤袤本李善注:薄懈切。陳八郎本:皮卦。九條
本:普桂反。　　愉,九條本:以朱反。　　愜,九條本:口牒反。

登石門最高頂
謝靈運

晨策尋絶壁,夕息在山栖。疏峯抗高館,對嶺臨迴溪。長林羅户穴,
積石擁基階。連巖覺路塞,密竹使徑迷。來人忘新術,去子惑故蹊。
活活夕流駛,噭噭夜猨啼。沈冥豈别理,守道自不攜。心契九秋幹,
目翫三春荑。居常以待終,處順故安排。惜無同懷客,共登青雲梯。

　　抗,九條本:口浪反。　　塞,九條本:先得反。　　活,九條本:
胡活反。　　駛,陳八郎本、九條本:色吏。　　噭,陳八郎本:叫。
九條本:居吊反。　　冥,九條本:亡丁反。　　荑,九條本:題。

處，九條本：昌与反。

於南山往北山經湖中瞻眺
謝靈運

朝旦發陽崖，景落憩陰峯。舍舟眺迴渚，停策倚茂松。側逕既窈窕，
環洲亦玲瓏。俛視喬木杪，仰聆大壑灇。石橫水分流，林密蹊絕踪。
解作竟何感，升長皆丰容。初篁苞綠籜，新蒲含紫茸。海鷗戲春岸，
天雞弄和風。撫化心無厭，覽物眷彌重。不惜去人遠，但恨莫與同。
孤游非情嘆，賞廢理誰通。

　　　　崖，九條本：五佳反。　憩，九條本：去例反。　杪，九條本：
弥沼反。　灇，陳八郎本作“淙”，音：在冬。九條本：綜，又：在冬
反。　丰，尤袤本李善注：蜂。陳八郎本：峯。九條本：蓬。
籜，陳八郎本：土各。九條本：託。　茸，袁本及茶陵本李善注：
而容切。陳八郎本：而容。九條本：而容反。○案：袁本及茶陵
本李善音據胡克家《考異》。

從斤竹澗越嶺溪行
謝靈運

猨鳴誠知曙，谷幽光未顯。巖下雲方合，花上露猶泫。逶迤傍隈隩，
苕遞陟陘峴。過澗既厲急，登棧亦陵緬。川渚屢逕復，乘流翫迴轉。
蘋萍泛沈深，菰蒲冒清淺。企石挹飛泉，攀林摘葉卷。想見山阿人，
薜蘿若在眼。握蘭勤徒結，折麻心莫展。情用賞爲美，事昧竟誰辨。
觀此遺物慮，一悟得所遣。

　　法，陳八郎本：胡犬。九條本：胡犬反。　傍，九條本：步浪反。　隩，尤袤本李善注：於到切，又於六切。陳八郎本：烏到。九條本：烏曲反。○案：九條本此條音原標於"隈"字旁，今移正。

　　遞，九條本作"遰"：大計反。　陘，尤袤本李善注：胡庭切。陳八郎本、九條本：刑。　峴，尤袤本李善注：賢典切。陳八郎本：刑典。九條本作"現"：賢典反。○案：九條本"現"爲"峴"字之訛。　抳，九條本：一入反。　薜，九條本：步計反。　折，九條本：之舌反。

應詔觀北湖田收

顏延年

周御窮轍迹，夏載歷山川。蓄軫豈明懋，善游皆聖仙。帝暉膺順動，清蹕巡廣廛。樓觀眺豐穎，金駕映松山。飛奔互流綴，緹轂代迴環。神行埒浮景，爭光溢中天。開冬眷徂物，殘悴盈化先。陽陸團精氣，陰谷曳寒煙。攢素既森藹，積翠亦葱仟。息饗報嘉歲，通急戒無年。溫渥浹輿隸，和惠屬後筵。觀風久有作，陳詩愧未妍。疲弱謝凌遽，取累非纆牽。

　　【附】尤袤本李善注：《尚書》禹曰：予乘四載。孔安國曰：所載者四，謂山乘樏。樏，力追切。　懋，九條本：茂。　廛，九條本：直連反。　山，九條本：所連反，叶，又：仙。　緹，九條本：大兮反。　轂，九條本：古候反。　埒，九條本：劣。　悴，九條本：遂。　森，九條本：所今反。　渥，九條本：一角反。　遽，九條本：巨。　纆，陳八郎本：墨。

車駕幸京口侍游蒜山作

車,九條本:居。　蒜,九條本:笇。

顏延年

元天高北列,日觀臨東溟。入河起陽峽,踐華因削成。巖險去漢宇,
衿衛徙吳京。流池自化造,山關固神營。園縣極方望,邑社揔地靈。
宅道炳星緯,誕曜應神明。睿思纏故里,巡駕帀舊坰。陟峯騰輦路,
尋雲抗瑤甍。春江壯風濤,蘭野茂稊英。宣游弘下濟,窮遠凝聖情。
嶽濱有和會,祥習在卜征。周南悲昔老,留滯感遺萌。空食疲廊肆,
反稅事巖耕。

　　觀,陳八郎本、九條本:去聲。　華,九條本:胡化反。　削,
　九條本:四畧反。　睿,九條本:以歲反。　甍,陳八郎本:萌。
　　稊,陳八郎本作"荑",音:啼。

車駕幸京口三月三日侍游曲阿後湖作

車,九條本:居。

顏延年

虞風載帝狩,夏諺頌王游。春方動辰駕,望幸傾五州。山祇蹕嶠路,
水若警滄流。神御出瑤軫,天儀降藻舟。萬軸胤行衛,千翼泛飛浮。
彤雲麗旋蓋,祥飆被綵斿。江南進荊豔,河激獻趙謳。金練照海浦,
笳鼓震溟洲。貌盼觀青崖,衍漾觀綠疇。人靈騫都野,鱗翰聳淵丘。
德禮既普洽,川嶽遍懷柔。

　　斿,九條本作"旒",音:留。　蹕,陳八郎本:避。九條本:弥
　沼反。　盼,九條本作"盶",音:面。

行藥至城東橋

鮑明遠

雞鳴關吏起，伐鼓早通晨。嚴車臨迥陌，延眺歷城闉。蔓草緣高隅，
脩楊夾廣津。迅風首旦發，平路塞飛塵。擾擾游宦子，營營市井人。
懷金近從利，撫劒遠辭親。爭先萬里塗，各事百年身。開芳及稚節，
含采吝驚春。尊賢永昭灼，孤賤長隱淪。容華坐消歇，端爲誰苦辛。

　　闉，九條本：因。　擾，九條本：而沼反。

游東田

謝玄暉

慼慼苦無悰，攜手共行樂。尋雲陟累榭，隨山望菌閣。遠樹曖仟仟，
生煙紛漠漠。魚戲新荷動，鳥散餘花落。不對芳春酒，還望青山郭。

　　悰，陳八郎本：在冬。九條本：在宗反。　樂，九條本：洛。
　　菌，九條本：其敏反。　曖，九條本：愛。

從冠軍建平王登廬山香鑪峯

江文通

廣成愛神鼎，淮南好丹經。此山具鸞鶴，往來盡仙靈。瑤草正翕䎃，
玉樹信葱青。絳氣下縈薄，白雲上杳冥。中坐瞰蜿虹，俛伏視流星。
不尋遐怪極，則知耳目驚。日落長沙渚，曾陰萬里生。藉蘭素多意，
臨風默含情。方學松柏隱，羞逐市井名。幸承光誦末，伏思託後旍。

　　翕，陳八郎本：許及。九條本：及。　䎃，陳八郎本：許力。

九條本:虛力反。　藉,九條本:才夜反。　旍,九條本作"旌",
音:生。

鐘山詩應西陽王教
沈休文

靈山紀地德,地險資嶽靈。終南表秦觀,少室邇王城。翠鳳翔淮海,
衿帶繞神坰。北阜何其峻,林薄杳葱青。發地多奇嶺,干雲非一狀。
合沓共隱天,參差互相望。鬱律構丹巘,崚嶒起青嶂。勢隨九疑高,
氣與三山壯。

　　巘,陳八郎本:魚偃。　崚,陳八郎本:盧登。九條本:力登
反。　嶒,陳八郎本:在登。九條本:在登反。

即事既多美,臨眺殊復奇。南瞻儲胥觀,西望昆明池。山中咸可悅,
賞逐四時移。春光發壟首,秋風生桂枝。多值息心侶,結架山之足。
八解鳴澗流,四禪隱巖曲。窈冥終不見,蕭條無可欲。所願從之游,
寸心於此足。君王挺逸趣,羽斾臨崇基。白雲隨玉趾,青霞雜桂旗。
淹留訪五藥,顧步佇三芝。於焉仰鑣駕,歲暮以爲期。

　　鑣,陳八郎本:彼苗。朝鮮正德本、奎章閣本:皮苗。

宿東園
沈休文

陳王鬥雞道,安仁采樵路。東郊豈異昔,聊可閑余步。野徑既盤紆,
荒阡亦交互。槿籬疎復密,荊扉新且故。樹頂鳴風飇,草根積霜露。

驚麈去不息，征鳥時相顧。茅棟嘯愁鴟，平崗走寒兔。夕陰帶曾阜，
長煙引輕素。飛光忽我遒，寧止歲云暮。若蒙西山藥，頽齡儻能度。

　　亙，九條本作"乇"，音：故。　　麈，陳八郎本：居雲。

游沈道士館

沈休文

秦皇御宇宙，漢帝恢武功。懽娛人事盡，情性猶未充。銳意三山上，
託慕九霄中。既表祈年觀，復立望仙宮。寧爲心好道，直由意無窮。
曰余知止足，是願不湏豐。遇可淹留處，便欲息微躬。山嶂遠重疊，
竹樹近蒙籠。開衿濯寒水，解帶臨清風。所累非外物，爲念在玄空。
朋來握石髓，賓至駕輕鴻。都令人逕絕，唯使雲路通。一舉陵倒景，
無事適華嵩。寄言賞心客，歲暮爾來同。

　　曰，九條本：越。　　累，九條本：去声。

古意酬到長史溉登琅邪城

　　溉，陳八郎本：古艾。九條本：居代反。

徐敬業

甘泉警烽候，上谷拒樓蘭。此江稱豁險，茲山復鬱盤。表裏窮形勝，
襟帶盡巖巒。脩篁壯下屬，危樓峻上干。登陴起遐望，迴首見長安。
金溝朝灅涾，甬道入鴛鸞。鮮車鶯華轂，汗馬躍銀鞍。少年負壯氣，
耿介立衝冠。懷紀燕山石，思開函谷丸。豈如霸上戲，羞取路傍觀。
寄言封侯者，數奇良可嘆。

　　【附】尤袤本李善注：《漢書》曰：鄯善國本名樓蘭，王治扜泥
　　城。扜音烏。　　屬，陳八郎本：之欲。　　灅，陳八郎本：産。

甬，陳八郎本、朝鮮正德本：通。奎章閣本：涌。九條本：以重反。
〇案：陳八郎本、正德本“通”與“甬”聲、韻、調皆不合，據奎章閣本，當作“涌”。　數，尤袤本李善注：所具切。九條本：所具。奇，尤袤本李善注：居宜切。九條本：居宜。

《文選》音注輯考卷二十三

詠懷

　　阮嗣宗《詠懷詩》十七首

　　謝惠連《秋懷詩》

　　歐陽堅石《臨終詩》

哀傷

　　嵇叔夜《幽憤詩》

　　曹子建《七哀詩》

　　王仲宣《七哀詩》二首

　　張孟陽《七哀詩》二首

　　潘安仁《悼亡詩》三首

　　謝靈運《廬陵王墓下作》

　　顏延年《拜陵廟作》

　　謝玄暉《同謝諮議銅雀臺》

　　任彥升《出郡傳舍哭范僕射》

贈荅一

　　王仲宣《贈蔡子篤》

　　　　《贈士孫文始》

　　　　《贈文叔良》

　　劉公幹《贈五官中郎將》四首

　　　　《贈徐幹》

　　《贈從弟》三首

詠　懷

詠懷詩十七首
阮嗣宗

夜中不能寐，起坐彈鳴琴。薄帷鑑明月，清風吹我衿。孤鴻號外野，
朔鳥鳴北林。徘徊將何見，憂思獨傷心。

　　　　號，九條本：戶高反。　　思，九條本：先思反。〇案：據前卷
　　　　及下文音，九條本音"先思"疑爲"先自"之誤。

二妃游江濱，消遥順風翔。交甫懷環珮，婉孌有芬芳。猗靡情歡愛，
千載不相忘。傾城迷下蔡，容好結中腸。感激生憂思，誼草樹蘭房。
膏沐爲誰施，其雨怨朝陽。如何金石交，一旦更離傷。

　　　　孌，陳八郎本：力轉。九條本：力展反。　　猗，陳八郎本：於
　　　　綺。九條本：於綺反，又：於宜反。　　好，九條本：耗。　思，九條
　　　　本：先自反。　　誼，九條本作"萱"，音：喧。　　爲，九條本：于
　　　　偽反。

嘉樹下成蹊，東園桃與李。秋風吹飛藿，零落從此始。繁華有憔悴，
堂上生荆杞。驅馬舍之去，去上西山趾。一身不自保，何況戀妻子。
凝霜被野草，歲暮亦云已。

　　　　藿，九條本：火郭反。　　杞，九條本：起。　　舍，九條本：捨。
　　　　趾，九條本：止。　　戀，九條本：力轉反。　　已，九條本：似。

　　○案：九條本"似"疑爲"以"字之訛。

昔日繁華子，安陵與龍陽。夭夭桃李花，灼灼有輝光。悦懌若九春，
磬折似秋霜。流眄發姿媚，言笑吐芬芳。攜手等歡愛，宿昔同衣裳。
願爲雙飛鳥，比翼共翱翔。丹青著明誓，永世不相忘。

　　　　磬，九條本：吉定反。　　折，九條本：之舌反。　　著，九條本：
　　丁慮反。

天馬出西北，由來從東道。春秋非有託，富貴焉常保。清露被皋蘭，
凝霜霑野草。朝爲媚少年，夕暮成醜老。自非王子晋，誰能常美好。

　　　　焉，九條本：於乾反。

登高臨四野，北望青山阿。松柏翳岡岑，飛鳥鳴相過。感慨懷辛酸，
怨毒常苦多。李公悲東門，蘇子狹三河。求仁自得仁，豈復嘆咨嗟。

　　　　翳，九條本：一計。　　酸，九條本：山。　　狹，九條本：協。
　　嗟，九條本：子何反。

開秋兆凉氣，蟋蟀鳴牀帷。感物懷殷憂，悄悄令心悲。多言焉所告，
繁辭將訴誰。微風吹羅袂，明月耀清暉。晨鷄鳴高樹，命駕起旋歸。

　　　　悄，九條本：七小反。　　焉，九條本：於虔反。　　告，九條本：
　　古皓反。　　袂，九條本：彌例反。

平生少年時，輕薄好絃歌。西游咸陽中，趙李相經過。娱樂未終極，
白日忽蹉跎。驅馬復來歸，反顧望三河。黄金百溢盡，資用常苦多。
北臨太行道，失路將如何。

樂,九條本:洛。　蹉,九條本:七何。　跎,九條本:大何。
行,九條本:和郎反。

昔聞東陵瓜,近在青門外。連軫距阡陌,子母相拘帶。五色曜朝日,
嘉賓四面會。膏火自煎熬,多財爲患害。布衣可終身,寵禄豈足賴。
軫,九條本作"畛":之忍反。　熬,九條本:五高反。

步出上東門,北望首陽岑。下有采薇士,上有嘉樹林。良辰在何許,
凝霜霑衣襟。寒風振山岡,玄雲起重陰。鳴雁飛南征,鵾鷄發哀音。
素質游商聲,悽愴傷我心。
重,九條本:逐龍反。　鵾,陳八郎本、九條本:啼。　鷄,陳
八郎本、九條本:决。

昔年十四五,志尚好書詩。被褐懷珠玉,顔閔相與期。開軒臨四野,
登高望所思。丘墓蔽山岡,萬代同一時。千秋萬歲後,榮名安所之。
乃悟羨門子,噭噭今自蚩。
褐,九條本:何達反。　悟,九條本:五故反。　噭,陳八郎
本:叫。九條本:皎。　今,九條本作"令":力呈反。

徘徊蓬池上,還顧望大梁。緑水揚洪波,曠野莽茫茫。走獸交橫馳,
飛鳥相隨翔。是時鶉火中,日月正相望。朔風厲嚴寒,陰氣下微霜。
羈旅無疇匹,俛仰懷哀傷。小人計其功,君子道其常。豈惜終憔悴,
詠言著斯章。
望,九條本:亡,叶。　著,九條本:丁慮反。

炎暑惟茲夏，三旬將欲移。芳樹垂綠葉，清雲自逶迤。四時更代謝，日月遞差馳。徘徊空堂上，忉怛莫我知。願睹卒歡好，不見悲別離。

　　逶，九條本：一危。　　迤，九條本：移。　　更，九條本：吉行反。　　遞，九條本：大帝反。　　差，九條本：楚宜反。　　忉，九條本：刀。　　怛，九條本：七途反。　　好，九條本：耗。

灼灼西隤日，餘光照我衣。迴風吹四壁，寒鳥相因依。周周尚銜羽，蛩蛩亦念飢。如何當路子，磬折忘所歸。豈爲夸譽名，憔悴使心悲。寧與鷰雀翔，不隨黃鵠飛。黃鵠游四海，中路將安歸。

　　隤，九條本：大回反。　　周，九條本：彫。　　折，九條本：之舌反。　　夸，陳八郎本：苦瓜。九條本：苦花反。

獨坐空堂上，誰可與歡者。出門臨永路，不見行車馬。登高望九州，悠悠分曠野。孤鳥西北飛，離獸東南下。日暮思親友，晤言用自寫。

北里多奇舞，濮上有微音。輕薄閑游子，俯仰乍浮沉。捷徑從狹路，僶俛趣荒淫。焉見王子喬，乘雲翔鄧林。獨有延年術，可以慰我心。

　　濮，九條本：卜。　　狹，九條本：洽。　　焉，九條本：於虔反。

湛湛長江水，上有楓樹林。皐蘭被徑路，青驪逝駸駸。遠望令人悲，春氣感我心。三楚多秀士，朝雲進荒淫。朱華振芬芳，高蔡相追尋。一爲黃雀哀，涕下誰能禁。

　　驪，九條本：離。　　駸，尤袤本李善注：七林切。九條本引王：七林，又引曹：楚金反。　　爲，九條本：于偽反。　　禁，九條本：今。

秋懷詩
謝惠連

平生無志意,少小嬰憂患。如何乘苦心,矧復值秋晏。皎皎天月明,
弈弈河宿爛。蕭瑟含風蟬,寥唳度雲雁。寒商動清閨,孤燈曖幽幔。
耿介繁慮積,展轉長宵半。夷險難豫謀,倚伏昧前筭。雖好相如達,
不同長卿慢。頗悅鄭生偃,無取白衣宦。未知古人心,且從性所翫。
賓至可命觴,朋來當染翰。高臺驟登踐,清淺時陵亂。頹魄不再圓,
傾羲無兩旦。金石終消毀,丹青暫彫焕。各勉玄髮歡,無貽白首嘆。
因歌遂成賦,聊用布親串。

　　　　矧,九條本:尸忍反。　　宿,九條本:秀。　　爛,九條本作
"爤":力旦反。　　曖,九條本:愛。　　幔,九條本:亡半反。　　好,
九條本:耗。　　慢,九條本:亡患反。　　貽,九條本:夷。　　串,尤
袤本李善注:古患切。陳八郎本、九條本:古患反。

臨終詩
歐陽堅石

伯陽適西戎,子欲居九蠻。苟懷四方志,所在可游盤。況乃遭屯蹇,
顛沛遇灾患。古人達機兆,策馬游近關。咨余冲且暗,抱責守微官。
潛圖密已搆,成此禍福端。恢恢六合間,四海一何寬。天網布紘綱,
投足不獲安。松柏隆冬悴,然後知歲寒。不涉太行險,誰知斯路難。
真偽因事顯,人情難豫觀。窮達有定分,慷慨復何嘆。上負慈母恩,
痛酷摧心肝。下顧所憐女,惻惻中心酸。二子棄若遺,念皆遭凶殘。
不惜一身死,惟此如循環。執紙五情塞,揮筆涕汍瀾。

屯,九條本:知倫。　患,陳八郎本:平声。九條本:還,叶。

紘,九條本:宏。　悴,陳八郎本作"瘁",音:悴。九條本:遂。

顯,九條本:心難反。　分,九條本:扶問反。　嘆,陳八郎本、九條本:平聲。　酷,九條本:苦毒反。　遘,九條本:古候反。

塞,九條本:先得反。

哀　傷

幽憤詩
嵇叔夜

嗟余薄祜,少遭不造。哀煢靡識,越在繈緥。母兄鞠育,有慈無威。恃愛肆姐,不訓不師。爰及冠帶,馮寵自放。抗心希古,任其所尚。

祜,九條本:戶。　少,九條本:失照反。　煢,九條本:其瞢反。《晋書音義》:瓊。　繈,九條本:居兩反。《晋書音義》作"襁":居兩反。　緥,九條本:保。《晋書音義》作"褓",音:保。

姐,陳八郎本:子豫。九條本:子慮反。《晋書音義》:子據反。

馮,九條本:皮氷反。　任,九條本:去声。

託好老莊,賤物貴身。志在守樸,養素全真。曰余不敏,好善闇人。子玉之敗,屢增惟塵。大人含弘,藏垢懷恥。民之多僻,政不由己。惟此褊心,顯明臧否。感悟思愆,怛若創痏。

樸,九條本:普角反。　己,九條本:紀。　褊,陳八郎本:必緬。九條本:必善反。　否,陳八郎本:平鄙。九條本:鄙。○

案：九條本"鄙"上疑脱"平"字。　創，九條本：側良反。　痛，陳
八郎本：于軌。九條本：于□反。《晋書音義》：榮美反。○案：九
條本□處字模糊。

欲寡其過，謗議沸騰。性不傷物，頻致怨憎。昔慙柳下，今愧孫登。
内負宿心，外惡良朋。

　　過，九條本：古卧反。　謗，九條本：布浪反。　憎，九條本：
子登反。　宿，九條本：思六反。　惡，陳八郎本：女六。九條
本、《晋書音義》：女六反。

仰慕嚴鄭，樂道閑居。與世無營，神氣晏如。咨予不淑，嬰累多虞。
匪降自天，寔由頑疎。理弊患結，卒致囹圄。對荅鄙訊，繄此幽阻。
實耻訟免，時不我與。雖曰義直，神辱志沮。澡身滄浪，豈云能補。

　　樂，九條本：洛。　累，九條本：力瑞反。　理，九條本：女例
反。○案：理爲來母，女爲娘母，二聲易混，今南音猶然。閩南語
"女"字讀來母，與九條本此條音合。　囹，九條本、《晋書音義》：
零。　圄，九條本、《晋書音義》：語。　免，九條本作"冤"：一元
反。　曰，九條本：越。　沮，尤袤本李善注：才與切。九條本：
才与反。《晋書音義》：慈吕反。　澡，九條本：早。　滄，九條
本：蒼。　浪，陳八郎本：平聲。九條本：郎，又：平声。《晋書音
義》：郎。

嗈嗈鳴雁，奮翼北游。順時而動，得意忘憂。嗟我憤嘆，曾莫能儔。
事與願違，遭兹淹留。窮達有命，亦又何求。古人有言，善莫近名。
奉時恭默，咎悔不生。萬石周慎，安親保榮。世務紛紜，衹攬予情。

安樂必誠,乃終利貞。

　　　　嗯,九條本作"雖":於龍反。　　曾,九條本:在登反。　　默,
九條本:木。　　祇,《晋書音義》:支。　　攪,九條本:古巧反。

煌煌靈芝,一年三秀。予獨何爲,有志不就。懲難思復,心焉内疚。
庶勗將來,無馨無臭。采薇山阿,散髮巖岫。永嘯長吟,頤性養壽。

　　　　煌,《晋書音義》:皇。　　懲,九條本:直陵。　　難,九條本:那
旦也。　　疚,九條本:灸。　　臭,九條本:昌溜反。　　頤,九條本:
似而反。○案:九條本"似"疑爲"以"字之訛。

七哀詩
曹子建

明月照高樓,流光正徘徊。上有愁思婦,悲嘆有餘哀。借問嘆者誰,
言是客子妻。君行踰十年,孤妾常獨栖。君若清路塵,妾若濁水泥。
浮沉各異勢,會合何時諧。願爲西南風,長逝入君懷。君懷良不開,
賤妾當何依。

七哀詩二首
王仲宣

西京亂無象,犲虎方遘患。復棄中國去,遠身適荆蠻。親戚對我悲,
朋友相追攀。出門無所見,白骨蔽平原。路有飢婦人,抱子棄草間。
顧聞號泣聲,揮涕獨不還。未知身死處,何能兩相完。驅馬棄之去,
不忍聽此言。南登覇陵岸,迴首望長安。悟彼下泉人,喟然傷心肝。

　　　　患,陳八郎本:平聲,協韻。九條本:還,叶。朝鮮正德本、奎

章閣本：還，協韻。　號，九條本：户高反。　完，九條本：桓。

荆蠻非我鄉，何爲久滯淫。方舟溯大江，日暮愁我心。山崗有餘暎，
巖阿增重陰。狐狸馳赴穴，飛鳥翔故林。流波激清響，猴猿臨岸吟。
迅風拂裳袂，白露霑衣衿。獨夜不能寐，攝衣起撫琴。絲桐感人情，
爲我發悲音。羈旅無終極，憂思壯難任。

溯，九條本：素。　爲，九條本：于僞反。

七哀詩二首
張孟陽

北芒何壘壘，高陵有四五。借問誰家墳，皆云漢世主。恭文遥相望，
原陵鬱膴膴。季世喪亂起，賊盗如犲虎。毀壞過一抔，便房啓幽户。
珠柙離玉體，珍寶見剽虜。園寢化爲墟，周墉無遺堵。蒙籠荆棘生，
蹊逕登童豎。狐兔窟其中，蕪穢不復掃。頽隴并墾發，萌隸營農圃。
昔爲萬乘君，今爲丘山土。感彼雍門言，悽愴哀往古。

壘，陳八郎本：平聲。九條本：力追反。　膴，陳八郎本：舞。
九條本：武。　抔，陳八郎本：蒲侯。九條本作“坏”：步侯反，又
引蕭該：普来反，非。　便，陳八郎本：平聲。九條本：婢面反。
柙，九條本：匣。　剽，陳八郎本：匹妙。九條本：匹妙反。
堵，九條本：睹。　窟，九條本：苦骨反。　掃，尤袤本李善注：蘇
老切。陳八郎本、九條本：先古。　乘，九條本：時乘反。

秋風吐商氣，蕭瑟掃前林。陽鳥收和響，寒蟬無餘音。白露中夜結，
木落柯條森。朱光馳北陸，浮景忽西沉。顧望無所見，惟睹松柏陰。

肅肅高桐枝,翩翩栖孤禽。仰聽離鴻鳴,俯聞蜻蜩吟。哀人易感傷,
觸物增悲心。丘隴日已遠,纏綿彌思深。憂來令髮白,誰云愁可任。
徘徊向長風,淚下霑衣衿。

　　蜻,尤袤本李善注、陳八郎本、九條本:精。　　蜩,尤袤本李
　善注、陳八郎本、九條本:列。　　易,九條本:以既反。

悼亡詩三首
潘安仁

荏苒冬春謝,寒暑忽流易。之子歸窮泉,重壤永幽隔。私懷誰克從,
淹留亦何益。僶俛恭朝命,迴心反初役。望廬思其人,入室想所歷。
幃屏無髣髴,翰墨有餘迹。流芳未及歇,遺挂猶在壁。悵怳如或存,
周遑忡驚惕。如彼翰林鳥,雙栖一朝隻。如彼游川魚,比目中路析。
春風緣隙來,晨霤承簷滴。寢息何時忘,沉憂日盈積。庶幾有時衰,
莊缶猶可擊。

　　荏,九條本:而甚反。朝鮮正德本、奎章閣本:而枕。　　僶,
　九條本:忘忍反。　　俛,九條本:勉。　　幃,九條本:違。　　屏,九
　條本:步銘。　　挂,九條本:卦。　　怳,九條本:況往反。　　忡,陳
　八郎本:直中。　　析,陳八郎本:先歷。九條本:先歷反。　　霤,
　陳八郎本:力救。九條本:力宿反。　　簷,九條本:以廉反。
　缶,陳八郎本:方有。九條本:不,又:方有反。

皎皎窻中月,照我室南端。清商應秋至,溽暑隨節闌。凛凛涼風升,
始覺夏衾單。豈曰無重纊,誰與同歲寒。歲寒無與同,朗月何朧朧。
展轉眄枕席,長簟竟牀空。牀空委清塵,室虛來悲風。獨無李氏靈,

髣髴睹爾容。撫衿長嘆息，不覺涕霑胷。霑胷安能已，悲懷從中起。
寢興目存形，遺音猶在耳。上慙東門吳，下愧蒙莊子。賦詩欲言志，
此志難具紀。命也可奈何，長戚自令鄙。

  霑，九條本：辱。 胷，九條本：力丹反。 凜，九條本作
  "懍"：力任反。 單，九條本：多寒反。 纊，九條本：曠。 簞，
  九條本：大點反。 令，九條本：力呈反。

曜靈運天機，四節代遷逝。淒淒朝露凝，烈烈夕風厲。奈何悼淑儷，
儀容永潛翳。念此如昨日，誰知已卒歲。改服從朝政，哀心寄私制。
茵幬張故房，朔望臨爾祭。爾祭詎幾時，朔望忽復盡。衾裳一毀撤，
千載不復引。亹亹朞月周，戚戚彌相愍。悲懷感物來，泣涕應情殞。
駕言陟東阜，望墳思紆軫。徘徊墟墓間，欲去復不忍。徘徊不忍去，
徙倚步踟躕。落葉委埏側，枯荄帶墳隅。孤魂獨煢煢，安知靈與無。
投心遵朝命，揮涕強就車。誰謂帝宮遠，路極悲有餘。

  幬，陳八郎本：籌。九條本：直留反。 復，九條本：扶又反。
  撤，九條本：直列反，亦馳列反。 亹，九條本：尾。 殞，九條
 本：于敏反。 思，九條本：先自反。 軫，九條本：之忍反。
 埏，陳八郎本、九條本：延。 荄，九條本：古來反。朝鮮正德本、
 奎章閣本：古來。 揮，九條本：暉。 強，九條本：其兩反。

廬陵王墓下作

謝靈運

曉月發雲陽，落日次朱方。含悽泛廣川，灑淚眺連崗。眷言懷君子，
沉痛結中腸。道消結憤懣，運開申悲涼。神期恒若存，德音初不忘。

徂謝易永久，松柏森已行。延州協心許，楚老惜蘭芳。解劍竟何及，撫墳徒自傷。平生疑若人，通蔽互相妨。理感深情慟，定非識所將。脆促良可哀，夭枉特兼常。一隨往化滅，安用空名揚。舉聲泣已灑，長嘆不成章。

　　泛，九條本：芳劍反。　易，九條本：以既反。　森，九條本：所今反。　行，九條本：何郎反。　解，九條本：居解反。　脆，九條本：七歲也。○案：九條本音"反"或作"也"，此條是其例。

　　夭，九條本：於表反。

拜陵廟作
顏延年

周德恭明祀，漢道尊光靈。哀敬隆祖廟，崇樹加園塋。逮事休命始，投迹階王庭。陪廁迴天顧，朝讌流聖情。早服身義重，晚達生戒輕。否來王澤竭，泰往人悔形。勑躬愍積素，復與昌運并。恩合非漸漬，榮會在逢迎。夙御嚴清制，朝駕守禁城。束紳入西寢，伏軾出東垧。衣冠終溟漠，陵邑轉葱青。松風遵路急，山烟冒壟生。皇心憑容物，民思被歌聲。萬紀載絃吹，千載託旒旌。未殊帝世遠，已同淪化萌。幼牡困孤介，末暮謝幽貞。發軫喪夷易，歸軫慎崎傾。

　　陪，九條本：步回反。　否，九條本：步美反。　復，九條本：扶又反。　漬，九條本：丘既反。○案：九條本"丘"誤。　軾，九條本作"軾"，音：式。　垧，九條本作"坰"，音：古熒。　冒，九條本：莫報反。　被，九條本：皮義反。　吹，九條本：昌瑞反。　萌，九條本：莫耕反。　易，九條本：以既反。　軫，九條本：之忍反。　崎，九條本：去宜反。

同謝諮議銅雀臺

謝玄暉

緫幰飄井幹,罇酒若平生。鬱鬱西陵樹,詎聞歌吹聲。芳襟染淚迹,嬋媛空復情。玉座猶寂漠,況迺妾身輕。

　　緫,陳八郎本、九條本:歲。　　幰,九條本作"帷":于悲反。

　　幹,九條本:寒,又:居干反,叶。朝鮮正德本、奎章閣本:寒。

　　嬋,九條本:市然。　　媛,九條本:袁。

出郡傳舍哭范僕射

任彥升

平生禮數絕,式瞻在國楨。一朝萬化盡,猶我故人情。待時屬興運,王佐俟民英。結懽三十載,生死一交情。携手遁衰孽,接景事休明。運阻衡言革,時泰玉階平。濬冲得茂彥,夫子值狂生。伊人有涇渭,非余揚濁清。將乖不忍別,欲以遣離情。不忍一辰意,千齡萬恨生。

　　楨,九條本:貞。　　屬,九條本:之欲反。　　遁,九條本:徒頓反。　　孽,九條本:魚列反。　　濬,九條本:俊。　　冲,九條本:直仲反。

已矣平生事,詠歌盈篋笥。兼復相嘲謔,常與虛舟值。何時見范侯,還叙平生意。

　　笥,九條本:思自反。　　嘲,九條本:竹交反。　　謔,九條本:虛略反。

與子別幾辰，經塗不盈旬。弗睹朱顏改，徒想平生人。寧知安歌日，非君撤瑟晨。已矣余何嘆，輟舂哀國均。

撤，九條本：直列反。　輟，九條本：知列反。　舂，九條本：尺容反。

贈荅一

贈蔡子篤
王仲宣

翼翼飛鸞，載飛載東。我有云徂，言戾舊邦。舫舟翩翩，以泝大江。蔚矣荒塗，時行靡通。慨我懷慕，君子所同。

舫，九條本引《字林》：房。　泝，九條本：素。

悠悠世路，亂離多阻。濟岱江行，邈焉異處。風流雲散，一別如雨。人生實難，願其弗與。瞻望遐路，允企伊佇。

岱，九條本：大。　處，九條本：昌慮。

烈烈冬日，肅肅淒風。潛鱗在淵，歸雁載軒。苟非鴻鵰，孰能飛飜。雖則追慕，予思罔宣。瞻望東路，慘愴增嘆。

鵰，九條本：彫。　嘆，陳八郎本：平聲。九條本：平声，叶。

率彼江流，爰逝靡期。君子信誓，不遷于時。及子同寮，生死固之。何以贈行，言授斯詩。忠心孔悼，涕淚漣洏。嗟爾君子，如何勿思。

寮,九條本:力彫。　沘,九條本:而。

贈士孫文始
王仲宣

天降喪亂,靡國不夷。我曁我友,自彼京師。宗守盪失,越用遁違。
遷于荆楚,在漳之湄。

　　曁,陳八郎本:其器。九條本:志,又:其器。○案:曁爲羣
　　母,志爲章母。九條本"志"字疑誤。　守,九條本:狩。

在漳之湄,亦剋宴處。和通簛塡,比德車輔。既度禮義,卒獲笑語。
度兹永日,無愆厥緒。

　　處,九條本:昌汝反。　和,九條本:平卧反。　簛,陳八郎
　　本:直移。九條本:直知反。　塡,陳八郎本、九條本:喧。　度,
　　九條本:大洛反。　愆,陳八郎本、九條本:愆。

雖曰無愆,時不我已。同心離事,乃有逝止。横此大江,淹波南汜。
我思弗及,載坐載起。

　　汜,九條本:似。

惟彼南汜,君子居之。悠悠我心,薄言慕之。人亦有言,靡喆不思。
矧伊嬿婉,胡不悽而。晨風夕逝,託與之期。

　　汜,九條本:士。　喆,九條本:知列反。　嬿,九條本:一
　　典。　婉,九條本:一阮。

瞻仰王室,慨其永嘆。良人在外,誰佐天官。四國方阻,俾爾歸蕃。

　　嘆,陳八郎本:平聲。九條本:他難反。

爾之歸蕃,作式下國。無曰蠻裔,不虔汝德。慎爾所主,率由嘉則。
龍雖勿用,志亦靡忒。
悠悠澹澧,鬱彼唐林。雖則同域,邈其迥深。白駒遠志,古人所箴。
允矣君子,不遏厥心。既往既來,無密爾音。

　　澹,九條本:大暫反。　澧,陳八郎本:礼。九條本:力弟反。

贈文叔良
王仲宣

翩翩者鴻,率彼江濱。君子于征,爰聘西隣。臨此洪渚,伊思梁岷。
爾往孔邈,如何勿勤。

　　聘,九條本作"騁":匹政反,或聘,丑静反,非。○案:九條本
"騁""聘"疑互倒。　思,九條本:先自反。　岷,九條本:旻。

君子敬始,慎爾所主。謀言必賢,錯説申輔。延陵有作,喬肦是與。
先民遺迹,來世之矩。

　　錯,陳八郎本、九條本:七路。　説,陳八郎本:税。九條本:
七醉。

既慎爾主,亦迪知幾。探情以華,睹著知微。視明聽聰,靡事不惟。
董褐荷名,胡寧不師。

　　迪,九條本:狄。　著,九條本:丁慮反。　董,九條本:多孔

反。　褐,九條本:何曷反。

衆不可蓋,無尚我言。梧宮致辯,齊楚構患。成功有要,在衆思歡。
人之多忌,掩之實難。

　　　患,陳八郎本、九條本:平声。

瞻彼黑水,滔滔其流。江漢有卷,允來厥休。二邦若否,職汝之由。
緬彼行人,鮮克弗留。尚哉君子,于異他仇。人誰不勤,無厚我憂。
惟詩作贈,敢詠在舟。

　　　卷,九條本:居勉反。　邦,九條本作"邞",音:方。○案:九
條本"邞"即"邦"之異體。　緬,九條本:弥善反。

贈五官中郎將四首
劉公幹

昔我從元后,整駕至南鄉。過彼豐沛都,與君共翱翔。四節相推斥,
季冬風且凉。衆賓會廣坐,明鐙熺炎光。清歌製妙聲,萬舞在中堂。
金罍含甘醴,羽觴行無方。長夜忘歸來,聊且爲太康。四牡向路馳,
嘆悦誠未央。

　　　過,九條本:戈。　翱,九條本作"翶":五高反。　斥,九條
本:尺。　坐,九條本:在卧反。　鐙,九條本:登。　熺,尤袤本
李善注:火其切。陳八郎本作"熹",音:火其。九條本:火其反。
　炎,九條本:艶。　罍,九條本:雷。　醴,陳八郎本、九條本:
礼。　牡,九條本:母。

余嬰沉痼疾,竄身清漳濱。自夏涉玄冬,彌曠十餘旬。常恐游岱宗,
不復見故人。所親一何篤,步趾慰我身。清談同日夕,情盻叙憂勤。
便復爲別辭,游車歸西隣。素葉隨風起,廣路揚埃塵。逝者如流水,
哀此遂離分。追問何時會,要我以陽春。望慕結不解,貽爾新詩文。
勉哉脩令德,北面自寵珍。

　　　　痼,九條本:故。　　解,九條本:蟹。　　令,九條本:力正反。

秋日多悲懷,感慨以長嘆。終夜不遑寐,叙意於濡翰。明鐙曜閨中,
清風淒已寒。白露塗前庭,應門重其關。四節相推斥,歲月忽欲殫。
壯士遠出征,戎事將獨難。涕泣灑衣裳,能不懷所歡。

　　　　嘆,陳八郎本:平聲。九條本:他寒反,叶。　　濡,九條本:日
　　朱反。　　翰,九條本:寒,叶。　　斥,九條本:尺。

凉風吹沙礫,霜氣何皚皚。明月照緹幕,華燈散炎輝。賦詩連篇章,
極夜不知歸。君侯多壯思,文雅縱橫飛。小臣信頑魯,儱俀安能追。

　　　　礫,九條本:歷。　　霜氣,九條本作"氣霜",氣:芳云反。

　　皚,尤袤本李善注:午哀切。陳八郎本:五來。九條本:魚來反。

　　　　緹,九條本:帝。　炎,九條本:艶。　　思,九條本:先自反。

　　縱,九條本作"從":子容反。　　俀,九條本:亡忍反。

贈徐幹
劉公幹

誰謂相去遠,隔此西掖垣。拘限清切禁,中情無由宣。思子沉心曲,
長嘆不能言。起坐失次第,一日三四遷。步出北寺門,遥望西苑園。

細柳夾道生，方塘含清源。輕葉隨風轉，飛鳥何翻翻。乖人易感動，
涕下與衿連。仰視白日光，皦皦高且懸。兼燭八紘内，物類無頗偏。
我獨抱深感，不得与比焉。

　　拘，九條本：俱。　　夾，九條本：古洽反。　　源，九條本：原。

　　乖，九條本：灰。○案：牙喉通轉。　　頗，九條本：普和反。

贈從弟三首
劉公幹

泛泛東流水，磷磷水中石。蘋藻生其涯，華紛何擾弱。采之薦宗廟，
可以羞嘉客。豈無園中葵，懿此出深澤。

　　磷，陳八郎本：平聲。九條本：力人反。　　擾，九條本：而少
　　反。　　弱，九條本旁記作"溺"，音：若。

亭亭山上松，瑟瑟谷中風。風聲一何盛，松枝一何勁。冰霜正慘悽，
終歲常端正。豈不羅凝寒，松柏有本性。

　　勁，九條本：吉政反。

鳳凰集南嶽，徘徊孤竹根。於心有不厭，奮翅凌紫氛。豈不常勤苦，
羞與黃雀羣。何時當來儀，將須聖明君。

　　厭，九條本：於艷反。　　翅，九條本：舒吹反。　　紫，九條本：
　　舒以反。○案：九條本"舒"字疑涉上條音注而誤。

《文選》音注輯考卷二十四

贈答二

  曹子建《贈徐幹》

　　　　《贈丁儀》

　　　　《贈王粲》

　　　　《又贈丁儀王粲》

　　　　《贈白馬王彪》

　　　　《贈丁翼》

  嵇叔夜《贈秀才入軍》五首

  司馬紹統《贈山濤》

  張茂先《荅何劭》二首

  何敬祖《贈張華》

  陸士衡《贈馮文羆遷斥丘令》

　　　　《荅賈長淵》并序

　　　　《於承明作與士龍》

　　　　《贈尚書郎顧彦先》二首

　　　　《贈顧交阯公真》

　　　　《贈從兄車騎》

　　　　《荅張士然》

　　　　《爲顧彦先贈婦》二首

　　　　《贈馮文羆》

《贈弟士龍》

潘安仁《爲賈謐作贈陸機》

潘正叔《贈陸機出爲吳王郎中令》

《贈河陽》

《贈侍御史王元貺》

贈荅二

贈徐幹

曹子建

驚風飄白日，忽然歸西山。圓景光未滿，衆星粲以繁。志士營世業，小人亦不閑。聊且夜行游，游彼雙闕間。文昌鬱雲興，迎風高中天。春鳩鳴飛棟，流焱激櫺軒。顧念蓬室士，貧賤誠足憐。薇藿弗充虛，皮褐猶不全。忼慨有悲心，興文自成篇。寶棄怨何人，和氏有其愆。彈冠俟知己，知己誰不然。良田無晚歲，膏澤多豐年。亮懷璵璠美，積久德逾宣。親交義在敦，申章復何言。

焱，九條本：必遥反。　櫺，集注本引《音决》、九條本：力丁反。　藿，集注本引《音决》：□郭反。○案：集注本□處墨污，似作"乎"字。　褐，集注本引《音决》、九條本：何葛反。　忼，集注本作"忱"，引《音决》：慷，即作慷，同。九條本：慷。　己，九條本：紀。　璵，集注本引《音决》：余。九條本：餘。　璠，集注本引《音决》：煩，又：付表反。九條本：煩。○案：集注本"表"爲"袁"字之譌。

贈丁儀

曹子建

初秋涼氣發，庭樹微銷落。凝霜依玉除，清風飄飛閣。朝雲不歸山，霖雨成川澤。黍稷委疇隴，農夫安所獲。在貴多忘賤，爲恩誰能博。狐白足禦冬，焉念無衣客。思慕延陵子，寶劍非所惜。子其寧爾心，親交義不薄。

　　焉，九條本：於虔反。

贈王粲

曹子建

端坐苦愁思，攬衣起西游。樹木發春華，清池激長流。中有孤鴛鴦，哀鳴求匹儔。我願執此鳥，惜哉無輕舟。欲歸忘故道，顧望但懷愁。悲風鳴我側，羲和逝不留。重陰潤萬物，何懼澤不周。誰令君多念，自使懷百憂。

　　攬，九條本：力敢反。

又贈丁儀王粲

曹子建

從軍度函谷，驅馬過西京。山岑高無極，涇渭揚濁清。壯哉帝王居，佳麗殊百城。員闕出浮雲，承露概泰清。皇佐揚天惠，四海無交兵。權家雖愛勝，全國爲令名。君子在末位，不能歌德聲。丁生怨在朝，王子歡自營。歡怨非貞則，中和誠可經。

贈白馬王彪

彪，九條本：布尤反。

曹子建

謁帝承明廬，逝將歸舊疆。清晨發皇邑，日夕過首陽。伊洛廣且深，
欲濟川無梁。泛舟越洪濤，怨彼東路長。顧瞻戀城闕，引領情內傷。
太谷何寥廓，山樹鬱蒼蒼。霖雨泥我塗，流潦浩縱橫。中逵絕無軌，
改轍登高崗。脩坂造雲日，我馬玄以黃。

　　泥，九條本：乃帝反。　潦，九條本：老。　逵，九條本：巨
　悲反。

玄黃猶能進，我思鬱以紆。鬱紆將難進，親愛在離居。本圖相與偕，
中更不克俱。鴟梟鳴衡扼，豺狼當路衢。蒼蠅間白黑，讒巧令親疎。
欲還絕無蹊，攬轡止踟躕。

　　梟，九條本：居堯反。○案：牙喉通轉。　扼，九條本：於革
　反。　蠅，九條本：余陵反。

踟躕亦何留，相思無終極。秋風發微涼，寒蟬鳴我側。原野何蕭條，
白日忽西匿。歸鳥赴喬林，翩翩厲羽翼。孤獸走索羣，銜草不遑食。
感物傷我懷，撫心長太息。
太息將何爲，天命與我違。奈何念同生，一往形不歸。孤魂翔故城，
靈柩寄京師。存者忽復過，亡沒身自衰。人生處一世，去若朝露晞。
年在桑榆間，影響不能追。自顧非金石，咄唶令心悲。

　　柩，九條本：其又反，又：舊。　咄，尤袤本李善注：丁兀切。
　陳八郎本：丁兀。九條本：丁兀反。　唶，尤袤本李善注：子夜

切。陳八郎本：子夜。九條本：子耶反。○案：九條本讀作平聲，
疑誤。"耶"蓋"射"字之訛。　令，九條本：力呈反。

心悲動我神，棄置莫復陳。丈夫志四海，萬里猶比隣。恩愛苟不虧，
在遠分日親。何必同衾幬，然後展慇懃。憂思成疾疢，無乃兒女仁。
倉卒骨肉情，能不懷苦辛。

　　幬，陳八郎本：疇。　疢，陳八郎本作"疢"，音：趍。九條本：
邪深反。○案：疢爲徹母，邪爲邪母，聲紐不同。九條本"邪"字
疑誤。卷二十五劉越石《荅盧諶詩并書》"譬猶疾疢彌年"句，九
條本音"勑刀反"。"邪"蓋即"勑"字之訛。"深"字亦誤。　卒，
九條本：七忽反。

苦辛何慮思，天命信可疑。虛無求列仙，松子久吾欺。變故在斯湏，
百年誰能持。離別永無會，執手將何時。王其愛玉體，俱享黃髮期。
收淚即長路，援筆從此辭。

贈丁翼
曹子建

嘉賓填城闕，豐膳出中厨。吾與二三子，曲宴此城隅。秦箏發西氣，
齊瑟揚東謳。肴來不虛歸，醨至反無餘。我豈狎異人，朋友與我俱。
大國多良材，譬海出明珠。君子義休偫，小人德無儲。積善有餘慶，
榮枯立可須。滔蕩固大節，世俗多所拘。君子通大道，無願爲世儒。

　　滔，九條本：他刀反。

贈秀才入軍五首

嵇叔夜

良馬既閑,麗服有暉。左攬繁弱,右接忘歸。風馳電逝,躡景追飛。
凌厲中原,顧盼生姿。攜我好仇,載我輕車。南凌長阜,北厲清渠。
仰落驚鴻,俯引淵魚。盤于游田,其樂只且。

　　　　車,九條本:居。　　樂,九條本:洛。　　且,陳八郎本:子余。
　　九條本:子余反。

輕車迅邁,息彼長林。春木載榮,布葉垂陰。習習谷風,吹我素琴。
咬咬黃鳥,顧儔弄音。感悟馳情,思我所欽。心之憂矣,永嘯長吟。

　　　　車,九條本:居。

浩浩洪流,帶我邦畿。萋萋綠林,奮榮揚暉。魚龍瀺灂,山鳥羣飛。
駕言出游,日夕忘歸。思我良朋,如渴如飢。願言不獲,愴矣其悲。

　　　　瀺,陳八郎本:士咸。九條本:七感反。　　灂,陳八郎本:助
　　角。九條本:士角反。

息徒蘭圃,秣馬華山。流磻平皋,垂綸長川。目送歸鴻,手揮五絃。
俯仰自得,游心泰玄。嘉彼釣叟,得魚忘筌。郢人逝矣,誰與盡言。

　　　　華,九條本:胡化反。　　山,九條本:千,叶。　　磻,陳八郎
　　本:波。九條本:布和反。　　筌,九條本:七全反。　　郢,九條本:
　　以井反。

閑夜肅清,朗月照軒。微風動袿,組帳高褰。旨酒盈樽,莫與交歡。

鳴琴在御，誰與鼓彈。仰慕同趣，其馨若蘭。佳人不在，能不永嘆。

　　肅，九條本：之六反。○案：肅爲心母，之爲章母，精組章組混切。卷二十六謝靈運《富春渚》"宿心漸申寫"，九條本"寫"音"者"，卷二十九李少卿《與蘇武》其一"且復立斯須"，九條本"須"音"朱"，亦并屬心、章二紐混切。　　袿，陳八郎本：閨。九條本：閨，又：古携反。○案：陳八郎本正文誤作"洼"。　　嘆，陳八郎本、九條本：平声。

贈山濤

司馬紹統

苕苕椅桐樹，寄生於南岳。上凌青雲霓，下臨千仞谷。處身孤且危，於何託余足。昔也植朝陽，傾枝俟鸞鸑。今者絕世用，倥偬見迫束。班匠不我顧，牙曠不我録。焉得成琴瑟，何由揚妙曲。冉冉三光馳，逝者一何速。中夜不能寐，撫劍起躑躅。感彼孔聖嘆，哀此年命促。卞和潛幽冥，誰能證奇璞。冀願神龍來，揚光以見燭。

　　椅，九條本：於宜反。　　霓，九條本：魚兮反。　　鸑，九條本：七角反。　　倥，陳八郎本：口貢。　　偬，陳八郎本作"偬"，音：子貢。　　焉，九條本：於虔反。　　躑，九條本：直載反。　　躅，九條本：直録反。

荅何劭二首

張茂先

吏道何其迫，窘然坐自拘。纓綏爲徽纆，文憲焉可踰。恬曠苦不足，煩促每有餘。良朋貽新詩,示我以游娛。穆如灑清風,奐若春華敷。
自昔同寮寀,於今比園廬。衰夕近辱殆,庶幾并懸輿。散髮重陰下,
抱杖臨清渠。屬耳聽鸎鳴,流目覜鰷魚。從容養餘日,取樂於桑榆。

　　窨,九條本:其敏反。　　綏,陳八郎本:儒誰。九條本:儒誰
反。　　徽,九條本:暉。　　纆,九條本:墨。　　焉,九條本:於虔
反。　　奐,九條本作"焕":火貫反。　　鰷,陳八郎本:直由。
○案:鰷字《廣韻》"式竹切",聲韻調皆與"直由"異。《集韻》有
"陳留切"一音,與陳八郎本合。

洪鈞陶萬類,大塊稟羣生。明闇信異姿,静躁亦殊形。自予及有識,
志不在功名。虚恬竊所好,文學少所經。忝荷既過任,白日已西傾。
道長苦智短,責重困才輕。周任有遺規,其言明且清。負乘爲我戒,
夕惕坐自驚。是用感嘉貺,寫心出中誠。發篇雖温麗,無乃違其情。

　　塊,九條本:苦對反。　　貺,九條本:况。

贈張華
何敬祖

四時更代謝,懸象迭卷舒。暮春忽復來,和風與節俱。俯臨清泉涌,
仰觀嘉木敷。周旋我陋圃,西瞻廣武廬。既貴不忘儉,處有能存無。
鎮俗在簡約,樹塞焉足摹。在昔同班司,今者并園墟。私願偕黄髮,
逍遥綜琴書。舉爵茂陰下,攜手共躊躇。奚用遺形骸,忘筌在得魚。

　　迭,九條本:火結反。○案:九條本"火"爲"大"字之訛。
　　復,九條本:扶又反。　　焉,九條本:於虔反。　　筌,九條本:
七全。

贈馮文羆遷斥丘令

羆,九條本:碑。

斥,陳八郎本:昌夜。九條本:昌夜反。

陸士衡

於皇聖世,時文惟晉。受命自天,奄有黎獻。閶闔既闢,承華再建。
明明在上,有集惟彥。

於,陳八郎本、九條本:安乎。

弈弈馮生,哲問允迪。天保定子,靡德不鑠。邁心玄曠,矯志崇邈。
遵彼承華,其容灼灼。

迪,九條本:狄。　鑠,九條本:舒灼反。

嗟我人斯,戢翼江潭。有命集止,翩飛自南。出自幽谷,及爾同林。
雙情交映,遺物識心。

人亦有言,交道實難。有頍者弁,千載一彈。今我與子,曠世齊歡。
利斷金石,氣惠秋蘭。

頍,尤袤本李善注:丘藥切,與跬同音。陳八郎本:丘弭。九
條本:記,又:丘弭反。

羣黎未綏,帝用勤止。我求明德,肆于百里。僉曰爾諧,俾民是紀。
乃眷北徂,對揚帝祉。

綏,九條本:雖。　僉,九條本:七兼反。

疇昔之游,好合纏綿。借曰未洽,亦既三年。居陪華幄,出從朱輪。
方驂齊鑣,比迹同塵。

　　幄,九條本:於角反。

之子既命,四牡項領。遵塗遠蹈,騰軌高騁。慶雲扶質,清風承景。
嗟我懷人,其邁惟永。

　　牡,九條本:母。

否泰苟殊,窮達有違。及子春華,後爾秋暉。逝將去我,陟彼朔垂。
非子之念,心孰爲悲。

　　否,九條本:步美反。　　爲,九條本:于僞反。

荅賈長淵并序
陸士衡

余昔爲太子洗馬,賈長淵以散騎常侍東宫。積年,余出補吳王郎中
令。元康六年,入爲尚書郎。魯公贈詩一篇,作此詩荅之云爾。

　　洗,九條本:先典反。　　補,九條本:布古反。　　令,九條本:
　　力政反。　　尚,集注本引《音決》、九條本:常。

伊昔有皇,肇濟黎蒸。先天創物,景命是膺。降及羣后,迭毁迭興。
邈矣終古,崇替有徵。

　　蒸,集注本引《音決》:之仍反。九條本作"烝":之仍反。
　　先,集注本引《音決》:□見反。○案:集注本原作"《音決》□□見
　　反",據反切下字,可知注"先"字音。　　迭,集注本引《音決》、九

條本：大結反，下同。　替，集注本引《音決》：他帝反。

在漢之季，皇綱幅裂。大辰匿耀，金虎習質。雄臣馳騖，義夫赴節。
釋位揮戈，言謀王室。

　　　　幅，集注本引《音決》、九條本：方伏反。　匿，集注本引《音
　　　決》：女乙反。

王室之亂，靡邦不泯。如彼墜景，曾不可振。乃眷三哲，俾乂斯民。
啓土雖難，改物承天。

　　　　泯，集注本引《文選鈔》：泯音民，取韻耳。集注本引《音
　　　決》、陳八郎本：平聲。　墜，九條本：直類反。　曾，集注本引
　　　《音決》：在登反。　振，集注本引《音決》：協韻，音真。陳八郎
　　　本：平聲。九條本：真，叶，又：平声。　難，集注本引《音決》：那
　　　旦反。

爰兹有魏，即宮天邑。吳實龍飛，劉亦岳立。干戈載揚，俎豆載戢。
民勞師興，國玩凱入。

　　　　俎，集注本引《音決》：側語反。　戢，集注本引《音決》：所
　　　及反。

天厭霸德，黄祚告釁。獄訟違魏，謳歌適晋。陳留歸蕃，我皇登禪。
庸岷稽顙，三江改獻。

　　　　厭，集注本引《音決》：於艷反。　祚，集注本引《音決》、九條
　　　本：在故反。　告，集注本引《音決》、九條本：故毒反。　釁，集
　　　注本引《音決》、九條本：許靳反。陳八郎本：許覲。　蕃，集注本

引《音決》:方袁反。　　禪,陳八郎本:去聲。　　稽,集注本引《音決》:啓。

赫矣隆晉,奄宅率土。對揚天人,有秩斯祜。惟公太宰,光翼二祖。誕育洪胄,纂戎于魯。

秩,集注本作"袟",引《音決》:直栗反。　　祜,集注本引《音決》、九條本:戶。　　誕,集注本引《音決》、九條本:但。　　胄,集注本引《音決》、九條本:宙。　　纂,集注本引《音決》:祖管反。

東朝既建,淑問羪羪。我求明德,濟同以和。魯公戻止,袞服委虵。思媚皇儲,高步承華。

朝,集注本引《音決》:直遙反,下同。　　淑,九條本:殊六反。　　問,集注本引《音決》作"聞",音:問。　　袞,集注本引《音決》:古本反。　　委,集注本引《音決》、九條本:於危反。陳八郎本:平聲。　　虵,集注本引《音決》作"蛇":大何反。陳八郎本亦作"蛇",音:徒何。九條本:徒何反。

昔我逮茲,時惟下僚。及子栖遲,同林異條。年殊志比,服舛義稠。游跨三春,情固二秋。

栖,集注本引《音決》:西。　　比,集注本引《音決》:鼻。　　殊舛,集注本引《音決》:昌兗反。○案:據音注,可知《音決》作"舛",集注本"殊"字涉正文而衍。　　稠,集注本引《音決》:直田反。陳八郎本:直留。九條本:直留反。○案:集注本引《音決》"田"字訛,蓋爲"由"或"留",留俗作"甾",皆與"田"字形近。　　跨,集注本引《音決》:苦化反。

祗承皇命，出納無違。往踐蕃朝，來步紫微。升降祕閣，我服載暉。
孰云匪懼，仰蕭明威。

　　祗，集注本引《音決》：之。　　蕃，集注本引《音決》作"藩"：方
袁反。　　祕，集注本作"秘"，引《音決》：布媚反。

分索則易，携手實難。念昔良游，茲焉永嘆。公之云感，貽此音翰。
蔚彼高藻，如玉之闌。

　　索，集注本引《音決》：先各反。　　易，集注本引《音決》：以智
反。　　嘆，集注本引《音決》：協韻，他丹反。陳八郎本：平聲。九
條本：他丹反，叶。　　翰，集注本引《音決》：協韻，音寒。陳八郎
本：平聲。九條本：寒，叶。　　蔚，集注本引《音決》：於屈反。
闌，集注本李善注：力旦反。尤袤本李善注：力旦切，協韻，力丹
切。九條本作"爛"，引李善：力旦反，又力丹反，叶。

惟漢有木，曾不踰境。惟南有金，萬邦作詠。民之胥好，狂狷屬聖。
儀形在昔，予聞子命。

　　境，集注本引《音決》：協韻，音敬。九條本：敬，叶。　　好，集
注本引《音決》：耗。　　狷，集注本引《音決》、陳八郎本：絹。九條
本：涓。○案：九條本音注字左偏連筆，據筆勢，當作"涓"。

於承明作與士龍

陸士衡

牽世嬰時網，駕言遠祖征。飲餞豈異族，親戚弟與兄。婉孌居人思，
紆鬱游子情。明發遺安寐，寤言涕交纓。分塗長林側，揮袂萬始亭。

佇眄要遐景，傾耳玩餘聲。南歸憩永安，北邁頓承明。永安有昨軌，承明子棄予。俯仰悲林薄，慷慨含辛楚。懷往歡絕端，悼來憂成緒。感別慘舒翩，思歸樂遵渚。

　　婉，集注本引《音決》：於遠反。九條本：於遠。　　孌，集注本引《音決》、九條本：力轉反。陳八郎本：力轉。　　思，集注本引《音決》：先自反。　　憩，集注本引《音決》：去例反。　　予，集注本引《音決》：以汝反。陳八郎本：上，協韻。九條本：上声。朝鮮正德本、奎章閣本：與，協韻。　　樂，集注本引《音決》：洛。

贈尚書郎顧彦先二首

陸士衡

大火貞朱光，積陽熙自南。望舒離金虎，屏翳吐重陰。淒風迕時序，苦雨遂成霖。朝游忘輕羽，夕息憶重衾。感物百憂生，纏綿自相尋。與子隔蕭牆，蕭牆隔且深。形影曠不接，所託聲與音。音聲日夜闊，何用慰吾心。

　　南，集注本引《音決》：協韻，女林反，案：吳俗音也，下篇同。九條本：女林反，叶。　　屏，集注本引《音決》、九條本：步經反。　　重，集注本引《音決》：遂龍反，下同。○案：遂即逐，集注本例寫如此。　　迕，集注本引《音決》、九條本：五故反。　　衾，集注本引《音決》：欽。

朝游游層城，夕息旋直廬。迅雷中宵激，驚電光夜舒。玄雲拖朱閣，振風薄綺疏。豐注溢修霤，黃潦浸階除。停陰結不解，通衢化爲渠。沉稼湮梁潁，流民泝荆徐。眷言懷桑梓，無乃將爲魚。

　　拖,集注本引《音決》作"施":大可反。陳八郎本作"抛",音:
徒可。九條本:徒何反。　　注,九條本:樹。　　䨓,集注本引《音
決》:力又反。　　潦,九條本:老。　　浸,集注本引《音決》、九條
本:子鴆反。　　解,集注本引《音決》:蟹。　　湮,集注本引《音
決》:一人反。　　泝,集注本引《音決》、九條本:素。

贈顧交阯公真

陸士衡

顧侯體明德,清風肅已邁。發迹翼藩后,改授撫南裔。伐鼓五嶺表,
揚旌萬里外。遠績不辭小,立德不在大。高山安足凌,巨海猶縈帶。
惆悵瞻飛駕,引領望歸斾。

　　伐,集注本引《音決》:避聲音檗。○案:集注本引《音決》疑
有誤。　　斾,集注本引《音決》、九條本:步會反。

贈從兄車騎

陸士衡

孤獸思故藪,離鳥悲舊林。翩翩游宦子,辛苦誰爲心。髣髴谷水陽,
婉孌昆山陰。營魄懷茲土,精爽若飛沉。寤寐靡安豫,願言思所欽。
感彼歸塗艱,使我怨慕深。安得忘歸草,言樹背與衿。斯言豈虛作,
思鳥有悲音。

　　背,九條本:步貝反。

荅張士然

陸士衡

絜身躋祕閣,祕閣峻且玄。終朝理文案,薄暮不遑瞑。駕言巡明祀,
致敬在祈年。逍遥春王圃,躑躅千畝田。回渠繞曲陌,通波扶直阡。
嘉穀垂重穎,芳樹發華顚。余固水鄉士,惣轡臨清淵。戚戚多遠念,
行行遂成篇。

躋,九條本:子兮反。

爲顧彦先贈婦二首

陸士衡

辭家遠行游,悠悠三千里。京洛多風塵,素衣化爲緇。脩身悼憂苦,
感念同懷子。隆思辭心曲,沉歡滯不起。歡沉難剋興,心亂誰爲理。
願假歸鴻翼,翻飛浙江汜。

緇,陳八郎本:上聲。 假,集注本引《音決》、九條本:古雅
反。 浙,集注本引《音決》:之舌反。 汜,集注本引《音
決》:似。

東南有思婦,長嘆充幽闥。借問嘆何爲,佳人眇天末。游宦久不歸,
山川脩且闊。形影參商乖,音息曠不達。離合非有常,譬彼弦與括。
願保金石軀,慰妾長飢渴。

思,集注本引《音決》:先自反。 參,集注本引《音決》:所今
反。九條本:所今。 括,陳八郎本、九條本旁記作"筶",音:括。

贈馮文羆

陸士衡

昔與二三子，游息承華南。拊翼同枝條，翩飛各異尋。苟無凌風翮，徘徊守故林。慷慨誰爲感，願言懷所欽。發軫清洛汭，驅馬大河陰。佇立望朔塗，悠悠迥且深。分索古所悲，志士多苦心。悲情臨川結，苦言隨風吟。愧無雜珮贈，良訊代兼金。夫子茂遠猷，款誠寄惠音。

　　南，集注本引《音決》：女林反。　拊，集注本引《音決》：撫。

　爲，集注本引《音決》：于僞反。　軫，集注本引《音決》：之忍反。　汭，集注本引《音決》：而歲反。　索，集注本引《音決》：先各反。　訊，九條本：信。　款，集注本作"欵"，引《音決》：苦管反。

贈弟士龍

陸士衡

行矣怨路長，惄焉傷別促。指途悲有餘，臨觴歡不足。我若西流水，子爲東峙岳。慷慨逝言感，徘徊居情育。安得携手俱，契闊成騑服。

　　惄，集注本李善注：奴的反。尤袤本李善注：奴的切。集注本引《音決》：乃歷反。陳八郎本、九條本：溺。　峙，九條本作"峙"：大里反。〇案：峙爲澄母，大爲定母，舌音未分化。　契，集注本引《音決》、九條本：去結反。　騑，集注本引《音決》：妃。陳八郎本、九條本：非。

爲賈謐作贈陸機

潘安仁

肇自初創，二儀烟熅。粵有生民，伏羲始君。結繩闡化，八象成文。
芒芒九有，區域以分。

> 烟，集注本引《音決》作"煙"，音：因。九條本：因。　熅，集
> 注本引《音決》：壹云反。陳八郎本：於云。　闡，集注本引《音
> 決》：昌善反。　芒，集注本引《音決》：莫郎反。

神農更王，軒轅承紀。畫野離壇，爰封衆子。夏殷既襲，宗周繼祀。
綿綿瓜瓞，六國互峙。

> 更，集注本引《音決》：庚。　王，集注本引《音決》：于放反。
> 畫，集注本引《音決》：獲。　壇，集注本引《音決》：居良反，下
> 同。九條本作"疆"：居良反。　衆，集注本引《音決》：之仲反。
> 夏，集注本引《音決》：下。　襲，集注本引《音決》：集。　瓞，
> 集注本作"㼐"，引《音決》：大結反。九條本：大結反。陳八郎本：
> 徒結。　峙，集注本引《音決》、九條本：直理反。

强秦兼并，吞滅四隅。子嬰面櫬，漢祖膺圖。靈獻微弱，在涅則渝。
三雄鼎足，孫啓南吳。

> 强，集注本引《音決》：其良反。　櫬，集注本引《音決》：楚刃
> 反。　膺，集注本作"應"，引《音決》：於證反，下皆同。　涅，集
> 注本引《音決》：那結反。　渝，集注本引《音決》：以朱反。

南吳伊何，借號稱王。大晉統天，仁風遐揚。僞孫銜璧，奉土歸壃。

婉婉長離,凌江而翔。

　　　　婉,集注本引《音決》:於阮反。　長,集注本引陸善經:或音
　　丁丈反。

長離云誰,咨爾陸生。鶴鳴九皋,猶載厥聲。況乃海隅,播名上京。
爰應旌招,撫翼宰庭。

　　　　旌,九條本:生。

儲皇之選,實簡惟良。英英朱鷺,來自南岡。曜藻崇正,玄冕丹裳。
如彼蘭蕙,載採其芳。

　　　　選,集注本引《音決》:思戀反。

藩岳作鎮,輔我京室。旋反桑梓,帝弟作弼。或云國宦,清塗攸失。
吾子洗然,恬淡自逸。

　　　　藩,集注本引《音決》:付袁反。　梓,九條本:子。　弼,九
　　條本:筆。　洗,集注本引《音決》:四典反。　淡,集注本李善
　　注:徒敢反。尤袤本李善注:徒敢切。

廊廟惟清,俊乂是延。擢應嘉舉,自國而遷。齊轡羣龍,光讚納言。
優游省闥,珥筆華軒。

　　　　擢,集注本引《音決》:直角反。　省,集注本引《音決》、九條
　　本:所景反。　闥,集注本引《音決》:他達反。　珥,集注本引
　　《音決》:二。

昔余與子,繾綣東朝。雖禮以賓,情同友僚。嬉娛絲竹,撫轡舞韶。

脩日朗月,携手逍遥。

> 纞,集注本引《音决》:去行反。○案:集注本"行"疑當作
> "衍",纞、衍俱屬獮韻,若作"行"則韻乖矣。卷二十五傅長虞《贈
> 何劭王濟》"雖願其纞綣",纞,九條本音即作"丘衍反"。 綣,集
> 注本引《音决》:丘遠反。 朝,集注本引《音决》:直遥反。 嬉,
> 集注本引《音决》:許疑反。 鞸,集注本引《音决》:步迷反。陳
> 八郎本:步迷。九條本:步米反。○案:九條本"米"當作"迷"。
> 韶,集注本引《音决》:市遥反。

自我離羣,二周于今。雖簡其面,分著情深。子其超矣,實慰我心。
發言爲詩,俟望好音。

欲崇其高,必重其層。立德之柄,莫匪安恒。在南稱甘,度北則橙。
崇子鋒穎,不頹不崩。

> 層,尤衷本李善注:慈登切。九條本:慈反。○案:九條本
> "慈"下有脱文。 橙,陳八郎本:澄,恊韻。九條本:澄,叶。

贈陸機出爲吳王郎中令
潘正叔

東南之美,曩惟延州。顯允陸生,於今勘儔。振鱗南海,濯翼清流。
婆娑翰林,容與墳丘。

> 娑,集注本引《音决》:四何反。

玉以瑜潤,隨以光融。乃漸上京,乃儀儲宮。玩爾清藻,味爾芳風。

泳之彌廣,挹之彌冲。

　　瑜,集注本引《音决》:以朱反。　　挹,集注本引《音决》:一
入反。

昆山何有,有瑶有珉。及爾同僚,具惟近臣。予涉素秋,子登青春。
愧無老成,廁彼日新。

祈祈大邦,惟桑惟梓。穆穆伊人,南國之紀。帝曰爾諧,惟王卿士。
俯僂從命,爰恤奚喜。

　　祈,集注本作“祁”,引《音决》:巨伊反。　　僂,集注本引《音
决》:力主反。

我車既巾,我馬既秣。星陳夙駕,載脂載轄。婉孌二宮,徘徊殿闥。
醪澄莫饗,孰慰飢渴。

　　轄,集注本引《音决》:何轄反。○案:集注本引《音决》反切
下字疑有誤。《廣韻》“胡瞎切”,集注本“何轄”蓋“何瞎”之訛。
　　醪,集注本引《音决》:力刀反。

昔子忝私,貽我蕙蘭。今子徂東,何以贈旃。寸晷惟寶,豈無璵璠。
彼美陸生,可與晤言。

　　晷,集注本引《音决》:軌。九條本:鬼。　　璵,集注本引《音
决》、九條本:余。　　璠,集注本引《音决》:煩,又:付袁反。九條
本:煩。　　晤,九條本:悟。

贈河陽

潘正叔

密生化單父，子奇莅東阿。桐鄉建遺烈，武城播弦歌。逸驥騰夷路，
潛龍躍洪波。弱冠步鼎鉉，既立宰三河。流聲馥秋蘭，摛藻艷春華。
徒美天姿茂，豈謂人爵多。

　　　密，九條本作"宓"，音：伏。　單，集注本引《音決》、九條本：
善。　父，集注本引《音決》：府。　冠，集注本引《音決》：古翫
反。九條本：古冠反。○案：九條本音疑有誤。　鉉，集注本引
《音決》：胡大反。九條本：胡犬反。○案：據九條本，集注本"大"
當作"犬"。　馥，集注本引《音決》：步逼反，又：伏。

贈侍御史王元貺

潘正叔

昆山積瓊玉，廣廈構衆材。游鱗萃靈沼，撫翼希天階。膏蘭孰爲銷，
濟治由賢能。王侯厭崇禮，迴迹清憲臺。蠖屈固小往，龍翔迺大來。
愒心毗聖世，畢力讚康哉。

　　　廈，集注本引《音決》作"夏"，音：下。　衆，集注本引《音
決》：之仲反。　爲，集注本引《音決》：于偽反。　治，集注本引
《音決》：去聲。　能，集注本引《音決》：乃来反。陳八郎本：奴
來。九條本：奴來反，叶。　厭，集注本引《音決》：一艷反。
蠖，集注本引《音決》：烏郭反。尤袤本李善注：於縛切。陳八郎
本：烏縛。　毗，集注本引《音決》：避時反。　讚，九條本：贊。
　　哉，九條本：材。○案：哉爲精母，材爲從母，精從兩紐互轉。

《文選》音注輯考卷二十五

贈荅三

傅長虞《贈何劭王濟》

郭泰機《荅傅咸》

陸士龍《爲顧彦先贈婦》二首

《荅兄機》

《荅張士然》

劉越石《荅盧諶詩》

《重贈盧諶》

盧子諒《贈劉琨》

《贈崔温》

《荅魏子悌》

謝宣遠《荅靈運》

《於安城荅靈運》

謝惠連《西陵遇風獻康樂》

謝靈運《還舊園作見顏范二中書》

《登臨海嶠初發彊中作與從弟惠連見羊何共和之》

《酬從弟惠連》

贈答三

贈何劭王濟
傅長虞

　　長,九條本:丁丈反。

朗陵公何敬祖,咸之從內兄。國子祭酒王武子,咸從姑之外孫也。并以明德見重於世。咸親之重之,情猶同生,義則師友。何公既登侍中,武子俄而亦作。二賢相得甚歡,咸亦慶之。然自恨闇劣,雖願其繾綣,而從之未由。歷試無效,且有家艱。賦詩申懷,以貽之云爾。

　　　咸,九條本:胡讒反。　　從,九條本:才用反,下同。　　姑,九
　　條本:孤。　　繾,九條本:丘衍反。　　綣,九條本:丘遠反。　　替,
　　九條本:他計反。○案:九條本於“且有家艱”句下有“心存目替”
　　四字。

日月光太清,列宿曜紫微。赫赫大晉朝,明明闢皇闈。吾兄既鳳翔,王子亦龍飛。雙鷺游蘭渚,二離揚清暉。攜手升玉階,并坐侍丹帷。金璫綴惠文,煌煌發令姿。斯榮非攸庶,繾綣情所希。豈不企高踪,麟趾邈難追。臨川靡芳餌,何爲空守坻。橋葉待風飄,逝將與君違。違君能無戀,尸素當言歸。歸身蓬蓽廬,樂道以忘飢。進則無云補,退則恤其私。但願隆弘美,王度日清夷。

　　　朝,九條本:直遙反。　　令,九條本:力政反。　　坻,九條本
　　作“垎”,音:持。　　橋,九條本:考。　　樂,九條本:洛。

荅傅咸

郭泰機

皦皦白素絲，織爲寒女衣。寒女雖妙巧，不得秉杼機。天寒知運速，
況復雁南飛。衣工秉刀尺，弃我忽若遺。人不取諸身，世士焉所希。
況復已朝餐，曷由知我飢。

　　皦，九條本：皎。　　杼，九條本：直呂反。

爲顧彦先贈婦二首

陸士龍

悠悠君行邁，煢煢妾獨止。山河安可踰，永路隔萬里。京室多妖冶，
粲粲都人子。雅步擢纖腰，巧笑發皓齒。佳麗良可美，衰賤焉足紀。
遠蒙眷顧言，銜恩非望始。

　　煢，九條本：巨瞀反。

浮海難爲水，游林難爲觀。容色貴及時，朝華忌日晏。皎皎彼姝子，
灼灼懷春粲。西城善雅儛，揔章饒清彈。鳴簧發丹脣，朱絃繞素腕。
輕裾猶電揮，雙袂如霧散。華容溢藻幄，哀響入雲漢。知音世所希，
非君誰能讚。弃置北辰星，問此玄龍煥。時暮復何言，華落理必賤。

　　揔，九條本作“捴”：子孔反。　　彈，九條本：徒旦反，叶。

　　簧，九條本：黃。　　腕，九條本：烏亂反。

荅兄機

陸士龍

悠遠塗可極,別促怨會長。銜恩戀行邁,興言在臨觴。南津有絶濟,
北渚無河梁。神往同逝感,形留悲參商。衡軌若殊迹,牽牛非服箱。

　　　參,九條本:心。　　箱,九條本:《音决》箱作厢,音相,为箱,
非也。

荅張士然

陸士龍

行邁越長川,飄飄冒風塵。通波激枉渚,悲風薄丘榛。脩路無窮迹,
井邑自相循。百城各異俗,千室非良鄰。歡舊難假合,風土豈虛親。
感念桑梓城,髣髴眼中人。靡靡日夜遠,眷眷懷苦辛。

　　　榛,九條本:市巾反。

荅盧諶詩并書

　　諶,九條本:針,又:食林反。

劉越石

琨頓首:損書及詩,備辛酸之苦言,暢經通之遠旨。執玩反覆,不能釋
手。慨然以悲,歡然以喜。昔在少壯,未嘗檢括。遠慕老莊之齊物,
近嘉阮生之放曠。怪厚薄何從而生,哀樂何由而至。自頃輈張,困於
逆亂。國破家亡,親友彫殘。負杖行吟,則百憂俱至。塊然獨坐,則
哀憤兩集。時復相與舉觴對膝,破涕爲笑,排終身之積慘,求數刻之

暫歡。譬由疾疢彌年，而欲一丸銷之，其可得乎。

　　　　覆，九條本：芳伏反。　少，九條本：失照反。　檢，九條本：
居儉反。　樂，九條本：洛。　頃，九條本：丘潁反。　輈，尤袤
本李善注：張由切。陳八郎本：知由。　憤，九條本：扶粉反。
疢，九條本：勑刃反。

夫才生於世，世實須才。和氏之璧，焉得獨曜於郢握。夜光之珠，何
得專玩於隨掌。天下之寶，當與天下共之。但分析之日，不能不悢悢
耳。然後知聃、周之爲虛誕，嗣宗之爲妄作也。昔騄驥倚輈於吳坂，
長鳴於良樂，知與不知也。百里奚愚於虞而智於秦，遇與不遇也。今
君遇之矣，勗之而已。不復屬意於文，二十餘年矣。久廢則無次，想
必欲其一反，故稱指送一篇，適足以彰來詩之益美耳。琨頓首頓首。

　　　　焉，九條本：於虔反。　析，九條本：先狄反。　悢，九條本
作“悢”：力尚反。　樂，九條本：洛。　必，九條本作“以”，旁記：
摺本作必，音：并式。　稱，尤袤本李善注：赤證切。九條本：
赤澄。

厄運初遘，陽爻在六。乾象棟傾，坤儀舟覆。横屬糾紛，羣妖競逐。
火燎神州，洪流華域。彼黍離離，彼稷育育。哀我皇晉，痛心在目。

　　　　遘，九條本：古候反。

天地無心，萬物同塗。禍淫莫驗，福善則虛。逆有全邑，義無完都。
英蘂夏落，毒卉冬敷。如彼龜玉，韞櫝毀諸。芻狗之談，其最得乎。

　　　　芻，九條本作“蒭”：楚于反。

咨余軟弱，弗克負荷。愆釁仍彰，榮寵屢加。威之不建，禍延凶播。
忠隕于國，孝愆于家。斯罪之積，如彼山河。斯釁之深，終莫能磨。

　　　　軟，尤袤本李善注：奴亂切。陳八郎本：奴乱。九條本：奴乱
反。　　愆，九條本：起虔反。　　釁，九條本：許靳反。　　播，尤袤
本李善注：協韻，補何切。陳八郎本：波。朝鮮正德本、奎章閣
本：波，協韻。

郁穆舊姻，嬿婉新婚。不慮其敗，唯義是敦。裹粮攜弱，匍匐星奔。
未輟爾駕，已隳我門。二族偕覆，三孽并根。長慙舊孤，永負冤魂。

　　　　姻，九條本：因。　　嬿，陳八郎本：伊典。　　孽，九條本：魚列
反。　　冤，九條本：於元。

亭亭孤幹，獨生無伴。綠葉繁縟，柔條脩罕。朝採爾實，夕捋爾竿。
竿翠豐尋，逸珠盈椀。寔消我憂，憂急用緩。逝將去乎，庭虛情滿。

　　　　幹，九條本：古但反。　　捋，陳八郎本：零括。　　竿，尤袤本
李善注：協韻，公旦切。九條本：漢，又：公旱反，叶。　　椀，九條
本：烏管反。

虛滿伊何，蘭桂移植。茂彼春林，瘁此秋棘。有鳥翻飛，不遑休息。
匪桐不栖，匪竹不食。永戢東羽，翰撫西翼。我之敬之，廢歡輟職。

　　　　瘁，九條本：悴。

音以賞奏，味以殊珍。文以明言，言以暢神。之子之往，四美不臻。
澄醪覆觴，絲竹生塵。素卷莫啟，幄無談賓。既孤我德，又闕我鄰。

　　　　醪，九條本：力交反。

光光叚生,出幽遷喬。資忠履信,武烈文昭。旇弓騂騂,輿馬翹翹。
乃奮長廫,是彎是鑣。何以贈子,竭心公朝。何以叙懷,引領長謡。

　　　旇,九條本:生。　　騂,九條本:七瞥反。　　翹,九條本:巨
遥反。

重贈盧諶
劉越石

握中有懸璧,本自荊山璆。惟彼太公望,昔在渭濱叟。鄧生何感激,
千里來相求。白登幸曲逆,鴻門賴留侯。重耳任五賢,小白相射鉤。
苟能隆二伯,安問黨與讎。中夜撫枕嘆,想與數子游。吾衰久矣夫,
何其不夢周。誰云聖達節,知命故不憂。宣尼悲獲麟,西狩涕孔丘。
功業未及建,夕陽忽西流。時哉不我與,去乎若雲浮。朱實隕勁風,
繁英落素秋。狹路傾華蓋,駭駟摧雙輈。何意百鍊剛,化爲繞指柔。

　　　握,九條本:於角反。　　璆,九條本:巨幽反,又:力由反。
　　叟,陳八郎本:平。朝鮮正德本、奎章閣本:平,協韻。九條本:素
　　侯反。　　重,九條本:逐童反。　　任,九條本:而鴆反。　　射,九
　　條本:時亦反。　　鉤,九條本作"釣":古侯反。　　輈,九條本:丁
　　留反。

贈劉琨并書
盧子諒

故吏從事中郎盧諶死罪死罪。諶稟性短弱,當世罕任。因其自然,用
安靜退。在木闕不材之資,處雁乏善鳴之分。卷異蘧子,愚殊甯生。

匠者時旳，不免腆賓。嘗自思惟，因緣運會，得蒙接事。自奉清塵，于
今五稔。謨明之効不著，候人之譏以彰。大雅含弘，量苞山藪。加以
待接彌優，款眷逾昵，與運籌之謀，廁謀私之歡。綢繆之旨，有同骨
肉。其爲知己，古人罔喻。

　　　　任，九條本：而鴆反。　　薼，九條本：其魚反。　　腆，尤袤本
　　李善注：仕眷切。九條本：士卷反。　　稔，九條本：而甚反。
　　謨，九條本：莫胡反。　　款，九條本作“歀”，音：管。　　與，尤袤
　　本、陳八郎本：去聲。九條本作“与”：去声。

昔聶政殉嚴遂之顧，荆軻慕燕丹之義。意氣之間，靡軀不悔。雖微達
節，謂之可庶。然苟曰有情，孰能不懷。故委身之日，夷險已之。事
與願違，當忝外役。遂去左右，收迹府朝。蓋本同末異，楊朱興哀，始
素終玄，墨翟垂涕。分乖之際，咸可嘆慨。致感之途，或迫乎茲。亦
奚必臨路而後長號，睹絲而後歔欷哉。是以仰惟先情，俯覽今遇。感
存念亡，觸物眷戀。《易》曰：書不盡言，言不盡意。然則書非盡言之
器，言非盡意之具矣。況言有不得至於盡意，書有不得至於盡言邪。
不勝猥懣，謹貢詩一篇，抑不足以揄揚弘美，亦以攄其所抱而已。若
公肆大惠，遂其厚恩。錫以咳唾之音，慰其違離之意，則所謂《咸池》
酬於《北里》，夜光報於魚目。諶之願也，非所敢望也。諶死罪死罪。

　　　　聶，九條本：女協反。　　嚴，九條本：莊。　　乖，九條本：灰。
　　歔，九條本：虛。　　懣，陳八郎本：莫本。九條本：本，又：亡本
　　反。　　咳，九條本：去愛反。　　唾，九條本：吐卧反。

濬哲惟皇，紹熙有晋。振厥弛維，光闡遠韻。有來斯雍，至止伊順。
三台摛朗，四岳增峻。

　　　　滄,九條本:忍俊反。○案:九條本"忍"當作"思"。　闐,九
　　條本:淺。　雍,九條本:丁容反。○案:九條本"丁"字誤,雍爲
　　影母,丁爲端母,其聲紐不合。疑爲"于"字之訛。

伊陟佐商,山甫翼周。弘濟艱難,對揚王休。苟非異德,曠世同流。
加其忠貞,宣其徽猷。

伊諶陋宗,昔遘嘉惠。申以婚姻,著以累世。義等休戚,好同興廢。
孰云匪諧,如樂之契。

　　　　樂,九條本:洛。　契,九條本:吉計反。

王室喪師,私門播遷。望公歸之,視險忽艱。茲願不遂,中路阻顚。
仰悲先意,俯思身愆。

大鈞載運,良辰遂往。瞻彼日月,迅過俯仰。感今惟昔,口存心想。
借曰如昨,忽爲疇曩。

　　　　鈞,九條本:均。

疇曩伊何,逝者彌踈。溫溫恭人,慎終如初。覽彼遺音,恤此窮孤。
譬彼樛木,蔓葛以敷。

　　　　樛,陳八郎本:吉留。

妙哉蔓葛,得託樛木。葉不雲布,華不星燭。承倅卞和,質非荆璞。
眷同尤良,用乏驥騄。

　　　　璞,九條本:普各反,叶。

承亦既篤,眷亦既親。飾獎駕猥,方駕駿珍。弼諧靡成,良謀莫陳。
無覬狐趙,有與五臣。

　　　　猥,九條本:烏罪反。　　覬,尤袤本李善注:羈致切。陳八郎
　　本:冀。　與,九條本:預。

五臣奚與,契闊百罹。身經險阻,足蹈幽遐。義由恩深,分隨昵加。
綢繆委心,自同匪他。

　　　　分,九條本:扶問反。

昔在暇日,妙尋通理。尤彼意氣,使是節士。情以體生,感以情起。
趣舍罔要,窮達斯已。

　　　　使,九條本作“狹”,音:洽。　舍,九條本:捨。

由余片言,秦人是憚。日磾効忠,飛聲有漢。桓桓撫軍,古賢作冠。
來牧幽都,濟厥塗炭。

　　　　冠,九條本:古翫反。

塗炭既濟,寇挫民皁。謬其疲隸,授之朝右。上懼任大,下欣施厚。
實祇高明,敢忘所守。

　　　　挫,九條本:子臥反。

相彼反哺,尚在翔禽。孰是人斯,而忍斯心。每憑山海,庶覿高深。
遐眺存亡,緬成飛沉。

　　　　哺,九條本:蒲故反。

長徽已纓,逝將徙舉。收迹西踐,銜哀東顧。曷云塗遼,曾不咫步。
豈不夙夜,謂行多露。

　　　舉,陳八郎本:去聲。

緜緜女蘿,施于松標。稟澤洪幹,晞陽豐條。根淺難固,莖弱易彫。
操彼纖質,承此衝飈。

　　　標,尤袤本李善注:必遥切。九條本:必遥反。　　衝,九條
　本:昌容反。

纖質寔微,衝飈斯值。誰謂言精,致在賞意。不見得魚,亦忘厥餌。
遺其形骸,寄之深識。

　　　識,九條本:試,叶。

先民頤意,潛山隱机。仰熙丹崖,俯澡緑水。無求於和,自附衆美。
慷慨遐踪,有愧高旨。

爰造異論,肝膽楚越。惟同大觀,萬殊一轍。死生既齊,榮辱奚別。
處其玄根,廓焉靡結。

　　　論,九條本:力頓反。

福爲禍始,禍作福階。天地盈虛,寒暑周迴。夫差不祀,釁在勝齊。
勾踐作伯,祚自會稽。

　　　釁,九條本作"衅":許靚反。　　勾,九條本:古侯反。

邈矣達度,唯道是杖。形有未泰,神無不暢。如川之流,如淵之量。

上弦棟隆,下塞民望。

　　　　杖,九條本:直亮反。

贈崔溫
盧子諒

逍遥步城隅,暇日聊游豫。北眺沙漠垂,南望舊京路。平陸引長流,
崗巒挺茂樹。中原屬迅飇,山阿起雲霧。游子恒悲懷,舉目增永慕。
良儔不獲偕,舒情將焉訴。遠念賢士風,遂存往古務。朔鄙多俠氣,
豈惟地所固。李牧鎮邊城,荒夷懷南懼。趙奢正疆埸,秦人折北慮。
羇旅及寬政,委質與時遇。恨以駑蹇姿,徒煩飛子御。亦既弛負檐,
忝位宰黔庶。苟云免罪戾,何暇收民譽。倪寬以殿黜,終乃最衆賦。
何武不赫赫,遺愛常在去。古人非所希,短弱自有素。何以敷斯辭,
惟以二子故。

　　　　巒,九條本:力丸反。　　埸,陳八郎本、九條本:亦。　　檐,陳
八郎本:擔。九條本:多暫反。　　倪,九條本作“兒”:魚丁反。
○案:九條本“丁”疑爲“兮”字之訛。　　最,九條本:祖外反。

荅魏子悌
盧子諒

崇臺非一榦,珍裘非一腋。多士成大業,羣賢濟弘績。遇蒙時來會,
聊齊朝彦迹。顧此腹背羽,愧彼排虛翮。寄身蔭四嶽,託好憑三益。
傾蓋雖終朝,大分邁疇昔。在危每同險,處安不異易。俱涉晋昌艱,
共更飛狐厄。恩由契闊生,義隨周旋積。豈謂鄉曲譽,謬充本州役。

乖離令我感,悲欣使情惕。理以精神通,匪曰形骸隔。妙詩申篤好,
清義貫幽賾。恨無隨侯珠,以酬荆文璧。

　　　幹,九條本:漢。　　易,尤袤本李善注:協韻,以赤切。九條
本:以赤反,叶。　　賾,九條本:士革反。

荅靈運

謝宣遠

夕霽風氣凉,閑房有餘清。開軒滅華燭,月露皓已盈。獨夜無物役,
寢者亦云寧。勿獲愁霖唱,懷勞奏所成。嘆彼行旅艱,深茲眷言情。
伊余雖寡慰,殷憂暫爲輕。牽率誧嘉藻,長揖愧吾生。

　　　爲,九條本:于僞反。

於安城荅靈運

謝宣遠

條繁林彌蔚,波清源愈潛。華宗誕吾秀,之子紹前胤。綢繆結風徽,
烟煴吐芳訊。鴻漸隨事變,雲臺與年峻。

　　　烟,九條本:因。　　煴,九條本:云。　　訊,九條本:信。

華萼相光飾,嚶嚶悦同響。親親子敦予,賢賢吾爾賞。比景後鮮輝,
方年一日長。萎荄愛榮條,涸流好河廣。

　　　涸,九條本:何角反,又:角。

殉業謝成操,復禮愧貧樂。幸會果代耕,符守江南曲。履運傷荏苒,

遵塗嘆緬邈。布懷存所欽,我勞一何篤。

> 操,九條本:七到反。　復,九條本:伏。　樂,九條本:洛。

肇允雖同規,翻飛各異槼。迢遞封畿外,窈窕承明內。尋塗塗既睽,即理理已對。絲路有恒悲,剟迺在吾愛。

> 槼,九條本:古代反。　迢,九條本:徒彫反。　遞,九條本作"遰":徒帝反。

跬行安步武,鍛翩周數仞。豈不識高遠,違方往有咎。歲寒霜雪嚴,過半路愈峻。量己畏友朋,勇退不敢進。行矣勵令猷,寫誠訊來訊。

> 跬,尤袤本李善注:空藥切。陳八郎本:傾弭。九條本:起,又:丘□反。○案:九條本□處字殘,僅存下半"糸",疑原作"累"。　鍛,陳八郎本、九條本:殺。

西陵遇風獻康樂

> 樂,九條本:洛。

謝惠連

我行指孟春,春仲尚未發。趣途遠有期,念離情無歇。成裝候良辰,漾舟陶嘉月。瞻塗意少悰,還顧情多闕。

哲兄感仳別,相送越坰林。飲餞野亭館,分袂澄湖陰。悽悽留子言,眷眷浮客心。迴塘隱艫栧,遠望絕形音。

> 仳,尤袤本李善注:匹視切。陳八郎本:匹婢。九條本:疋止反。　艫,九條本:盧。　栧,陳八郎本:曳。

靡靡即長路,戚戚抱遥悲。悲遥但自弭,路長當語誰。行行道轉遠,
去去情彌遲。昨發浦陽汭,今宿浙江湄。

　　　戚,九條本作"慼":七的反。　　浙,尤袤本李善注:折。

屯雲蔽曾嶺,驚風涌飛流。零雨潤墳澤,落雪灑林丘。浮氛晦崖巘,
積素惑原疇。曲汜薄停旅,通川絶行舟。

臨津不得濟,佇楫阻風波。蕭條洲渚際,氣色少諧和。西瞻興游嘆,
東睇起悽歌。積憤成疚痗,無萱將如何。

　　　瞻,九條本作"矚":之欲反。　　痗,尤袤本李善注:悔。陳八
郎本:晦。九條本:晦,又:亡背反。

還舊園作見顏范二中書
謝靈運

辭滿豈多秩,謝病不待年。偶與張邴合,久欲還東山。聖靈昔迴眷,
微尚不及宣。何意衝飇激,烈火縱炎烟。焚玉發崑峯,餘燎遂見遷。
投沙理既迫,如卭願亦愆。長與懽愛別,永絶平生緣。浮舟千仞壑,
摠轡萬尋巔。流沫不足險,石林豈爲艱。閩中安可處,日夜念歸旋。
事躓兩如直,心愜三避賢。託身青雲上,栖巖挹飛泉。盛明盪氛昏,
貞休康屯邅。殊方咸成貸,微物豫采甄。感深操不固,質弱易版纏。
曾是反昔園,語往實款然。曩基即先築,故池不更穿。果木有舊行,
壤石無遠延。雖非休憩地,聊取永日閑。衛生自有經,息陰謝所牽。
夫子照情素,探懷授往篇。

　　　山,九條本:所連反,叶。　　燎,九條本:力召反。　　卭,九條

本:其童反。　闅,尤袤本李善注:旻。　躓,尤袤本李善注、九
條本:致。陳八郎本:陟利。　兩,九條本:良將反。　氛,九條
本:芳云反。　貸,九條本:大。　操,九條本:七到反。　版,陳
八郎本:百蠻。　行,九條本:何郎反。　憩,九條本:丘例反。

登臨海嶠初發彊中作與從弟惠連見羊何共和之

謝靈運

杪秋尋遠山,山遠行不近。與子別山阿,含酸赴脩軫。中流袂就判,
欲去情不忍。顧望脰未悁,汀曲舟已隱。隱汀絶望舟,鶩棹逐驚流。
欲抑一生歡,并奔千里游。日落當栖薄,繫纜臨江樓。豈惟夕情歛,
憶爾共淹留。淹留昔時歡,復增今日嘆。茲情已分慮,況迺協悲端。
秋泉鳴北澗,哀猿響南巒。戚戚新別心,悽悽久念攢。攢念攻別心,
旦發清溪陰。暝投剡中宿,明登天姥岑。高高入雲霓,還期那可尋。
儻遇浮丘公,長絶子徽音。

　　　杪,九條本:亡少反。　脰,陳八郎本、九條本:豆。　悁,陳
八郎本:於玄。九條本:一緣反。　暝,九條本:亡定反。　剡,
尤袤本李善注:植琰切。朝鮮正德本、奎章閣本:時冉。　姥,尤
袤本李善注:莫古切。陳八郎本:莫古。九條本:亡戶反,音母,
又:莫古反。　霓,九條本:五兮反。

酬從弟惠連

謝靈運

寢瘵謝人徒,滅迹入雲峯。巖壑寓耳目,歡愛隔音容。永絶賞心望,

長懷莫與同。末路值令弟，開顏披心胷。

　　瘵，九條本：側界反。

心胷既云披，意得咸在斯。凌澗尋我室，散帙問所知。夕慮曉月流，朝忌曛日馳。悟對無厭歇，聚散成分離。

　　悟，九條本：五故反。

分離別西川，迴景歸東山。別時悲已甚，別後情更延。傾想遲嘉音，果枉濟江篇。辛勤風波事，款曲洲渚言。

　　山，九條本：仙。　　遲，陳八郎本：去聲。九條本：值。

洲渚既淹時，風波子行遲。務協華京想，詎存空谷期。猶復惠來章，祇足攬余思。儻若果歸言，共陶暮春時。

暮春雖未交，仲春善游遨。山桃發紅萼，野蕨漸紫苞。鳴嚶已悅豫，幽居猶鬱陶。夢寐佇歸舟，釋我吝與勞。

《文選》音注輯考卷二十六

《吳王郎中時從梁陳作》

陶淵明《始作鎮軍參軍經曲阿作》

《辛丑歲七月赴假還江陵夜行塗口》

謝靈運《永初三年七月十六日之郡初發都》

《過始寧墅》

《富春渚》

《七里瀨》

《登江中孤嶼》

《初去郡》

《初發石首城》

《道路憶山中》

《入彭蠡湖口》

《入華子崗是麻源第三谷》

贈答四

贈王太常

顏延年

玉水記方流,琁源載圓折。蓄寶每希聲,雖祕猶彰徹。聆龍矑九泉,
聞鳳窺丹穴。歷聽豈多工,唯然覯世哲。舒文廣國華,敷言遠朝列。
德輝灼邦懋,芳風被鄉耋。側同幽人居,郊扉常晝閉。林閒時晏開,
亟迴長者轍。庭昏見野陰,山明望松雪。靜惟浹羣化,徂生入窮節。
豫往誠歡歇,悲來非樂闋。屬美謝繁翰,遙懷具短札。

　　琁,九條本:旋。　　折,九條本:之舌反。　　徹,九條本:直列

反。　嶚，陳八郎本作"嶛"，音：砌。九條本：砌，又：士祭反。
○案：據詩意，陳八郎本"嶚"字誤。　朝，九條本：直遥反。
懋，九條本：茂。　耋，九條本：大結反。　閟，陳八郎本：鼇。九
條本：弊。　巫，陳八郎本：器。　樂，九條本：洛。　札，尤袤本
李善注：阻黠切。九條本：節，又：側列反。

夏夜呈從兄散騎車長沙

顔延年

炎天方埃鬱，暑晏闃塵紛。獨静闚偶坐，臨堂對星分。側聽風薄木，
遥睇月開雲。夜蟬當夏急，陰蟲先秋聞。歲候初過半，荃蕙豈久芬。
屏居側物變，慕類抱情殷。九逝非空思，七襄無成文。

　　埃，九條本：哀。　薄，陳八郎本、九條本：博。　荃，九條
本：七全反。　屏，九條本：必静反。

直東宮荅鄭尚書

顔延年

皇居體寰極，設險祇天工。兩闈阻通軌，對禁限清風。跂予旅東館，
徒歌屬南墉。寢興鬱無已，起觀辰漢中。流雲藹青闕，皓月鑒丹宮。
踟躕清防密，徙倚恒漏窮。君子吐芳訊，感物惻余衷。惜無丘園秀，
景行彼高松。知言有誠貫，美價難克充。何以銘嘉貺，言樹絲與桐。

　　防，九條本：符放反。　訊，九條本：信。　衷，九條本：忠。
行，九條本：下孟反。　價，九條本：可。

和謝監靈運

顏延年

弱植慕端操，窘步懼先迷。寡立非擇方，刻意藉窮栖。伊昔遘多幸，
秉筆侍兩闈。雖慙丹臒施，未謂玄素睽。徒遭良時詖，王道奄昏霾。
人神幽明絶，朋好雲雨乖。弔屈汀洲浦，謁帝蒼山蹊。倚巖聽緒風，
攀林結留荑。跂予間衡嶠，曷月瞻秦稽。皇聖昭天德，豐澤振沉泥。
惜無爵雉化，何用充海淮。去國還故里，幽門樹蓬藜。采茨葺昔宇，
翦棘開舊畦。物謝時既晏，年往志不偕。親仁敷情眤，興賦究辭栖。
芬馥歇蘭若，清越奪琳珪。盡言非報章，聊用布所懷。

　　　植，九條本：置。　　窘，尤袤本李善注：求隕切。九條本：郡。

　　臒，九條本作“臛”：烏郭反。　　睽，尤袤本李善注：苦圭切。九
條本：奎，又：苦携反。　　詖，尤袤本李善注：彼寄切。陳八郎本：
彼義。九條本：彼義反。　　霾，陳八郎本、九條本：埋。　　汀，九
條本：他丁反。　　荑，陳八郎本、九條本：啼。　　跂，陳八郎本、九
條本：企。　　嶠，九條本：其召反。　　【附】尤袤本李善注：鄭玄
《禮記注》曰：充，足也。子喻切。　　藜，九條本：力啼反。　　畦，
九條本：户珪反。　　眤，九條本：女乙反。　　馥，九條本：伏。

荅顏延年

王僧達

長卿冠華陽，仲連擅海陰。珪璋既文府，精理亦道心。君子聳高駕，
塵軌實爲林。崇情符遠迹，清氣溢素襟。結游略年義，篤顧棄浮沉。
寒榮共偃曝，春醖時獻斟。聿來歲序暄，輕雲出東岑。麥壟多秀色，

楊園流好音。歡此乘日暇，忽忘逝景侵。幽衷何用慰，翰墨久謠吟。
栖鳳難爲條，淑貶非所臨。誦以永周旋，匭以代兼金。

　　　曝，九條本：步卜反。　　醞，九條本：於問反。　　衷，九條
本：中。

郡内高齋閑坐荅呂法曹
謝玄暉

結構何迢遞，曠望極高深。牕中列遠岫，庭際俯喬林。日出衆鳥散，
山暝孤猿吟。已有池上酌，復此風中琴。非君美無度，孰爲勞寸心。
惠而能好我，問以瑤華音。若遺金門步，見就玉山岑。

在郡臥病呈沈尚書
謝玄暉

淮陽股肱守，高臥猶在兹。況復南山曲，何異幽栖時。連陰盛農節，
簑笠聚東菑。高閣常晝掩，荒堦少諍辭。珍簟清夏室，輕扇動涼飈。
嘉魴聊可薦，淥蟻方獨持。夏李沉朱實，秋藕折輕絲。良辰竟何許，
夙昔夢佳期。坐嘯徒可積，爲邦歲已耆。絃歌終莫取，撫机令自嗤。

　　　守，九條本：獸。　　簑，尤袤本李善注、九條本：臺。朝鮮正
德本、奎章閣本作“薹”，音：苔。　　笠，九條本：立。　　菑，九條
本：側疑反。　　堦，九條本：階。　　諍，九條本：側迸反。　　簟，九
條本：大點反。○案：九條本“點”爲“點”字之訛。　　飈，陳八郎
本：楚緇。　　魴，九條本：房。　　折，九條本：之舌反。

暫使下都夜發新林至京邑贈西府同僚
謝玄暉

大江流日夜，客心悲未央。徒念關山近，終知反路長。秋河曙耿耿，
寒渚夜蒼蒼。引顧見京室，宮雉正相望。金波麗鳷鵲，玉繩低建章。
驅車鼎門外，思見昭丘陽。馳暉不可接，何況隔兩鄉。風雲有鳥路，
江漢限無梁。常恐鷹隼擊，時菊委嚴霜。寄言罻羅者，寥廓已高翔。

　　望，陳八郎本、九條本：平聲。　鵲，陳八郎本、九條本：支。
　　罻，陳八郎本、九條本：尉。

酬王晉安
謝玄暉

梢梢枝早勁，塗塗露晚稀。南中榮橘柚，寧知鴻雁飛。拂霧朝青閣，
日旰坐彤闈。悵望一塗阻，參差百慮依。春草秋更綠，公子未西歸。
誰能久京洛，緇塵染素衣。

　　梢，九條本：所交反。　旰，九條本：居旦反。　彤，九條本：
　　同。　緇，九條本：之。

奉荅內兄希叔
陸韓卿

嘉惠承帝子，躧履奉王孫。屬叨金馬署，又點銅龍門。出入平津邸，
一見孟嘗尊。歸來翳桑柘，朝夕異涼溫。

　　躧，陳八郎本：所綺。九條本：所蟹反。　叨，九條本：吐刀

反。　柘,九條本:諸夜反。

徂落固云是,寂寞終始斯。杜門清三逕,坐檻臨曲池。鳧鵠嘯儔侶,
荷芰始參差。雖無田田葉,及爾泛漣漪。

　　　芰,九條本:其寄反。　漪,九條本:於宜反。

春華與秋實,庶子及家臣。王門所以貴,自古多俊民。離宮收杞梓,
華屋富徐陳。平旦上林苑,日入伊水濱。
書記既翩翩,賦歌能妙絕。相如惡温麗,子雲憨筆札。駿足思長阪,
柴車畏危轍。愧兹山陽讌,空此河陽別。

　　　惡,九條本:女六反。

平原十日飲,中散千里游。渤海方滔滯,亘城誰獻酬。屏居南山下,
臨此歲方秋。惜哉時不與,日暮無輕舟。

贈張徐州稷

稷,陳八郎本作"謖",音:所六。

范彦龍

田家樵採去,薄暮方來歸。還聞稚子説,有客款柴扉。儐從皆珠玳,
裘馬悉輕肥。軒蓋照墟落,傳瑞生光輝。疑是徐方牧,既是復疑非。
思舊昔言有,此道今已微。物情棄疵賤,何獨顧衡闈。恨不具雞黍,
得與故人揮。懷情徒草草,淚下空霏霏。寄書雲間雁,爲我西北飛。

　　　薄,朝鮮正德本、奎章閣本:博。　儐,九條本:必忍反。
　　從,九條本:才用反。　玳,九條本:代。　傳,九條本:殿,又:丁
　　恋反。○案:傳爲澄母,殿爲定母,舌音未分化。　疵,九條本:

自移反。　　草,九條本旁記"懆",音:草。

古意贈王中書
范彦龍

攝官青瑣闥,遥望鳳皇池。誰云相去遠,脉脉阻光儀。岱山饒靈異,
沂水富英奇。逸翮凌北海,搏飛出南皮。遭逢聖明后,來栖桐樹枝。
竹花何莫莫,桐葉何離離。可栖復可食,此外亦何爲。豈如鷦鷯者,
一粒有餘貲。

　　　瑣,九條本作"瓅":素早反。　　沂,九條本:魚衣反。　　貲,
　　九條本:子移反。

贈郭桐廬出溪口見候余既未至郭仍進村維舟久之郭生方至
任彦昇

朝發富春渚,蓄意忍相思。涿令行春反,冠盖溢川坻。望久方來萃,
悲歡不自持。滄江路窮此,湍險方自玆。疊嶂易成響,重以夜猨悲。
客心幸自弭,中道遇心期。親好自斯絶,孤游從此辭。

　　　涿,九條本:竹角反。　　坻,陳八郎本:池。九條本作"阺",
　　音:持。　　湍,九條本:吐丸反。

行旅上

河陽縣作二首

潘安仁

微身輕蟬翼,弱冠忝嘉招。在疚妨賢路,再升上宰朝。猥荷公叔舉,
連陪廁王寮。長嘯歸東山,擁耒耨時苗。幽谷茂纖葛,峻巖敷榮條。
落英隕林趾,飛莖秀陵喬。卑高亦何常,升降在一朝。徒恨良時泰,
小人道遂消。譬如野田蓬,斡流隨風飄。昔倦都邑游,今掌河朔徭。
登城眷南顧,凱風揚微綃。洪流何浩蕩,脩芒鬱苕嶢。誰謂晉京遠,
室邇身實遼。誰謂邑宰輕,令名患不劭。人生天地間,百歲孰能要。
頴如槁石火,瞥若截道飆。齊都無遺聲,桐鄉有餘謠。福謙在純約,
害盈猶矜驕。雖無君人德,視民庶不恌。

> 朝,九條本:直遥反。 耒,九條本:力對反。 耨,陳八郎
> 本:奴豆。 趾,九條本:子。 斡,陳八郎本:烏活。九條本:烏
> 活反。 綃,尤袤本李善注:消。九條本:焦。○案:綃爲心母,
> 焦爲精母,精、心兩紐互轉。 【附】尤袤本李善注:浩蕩或爲濟
> 蕩,音西。 苕,九條本:條。 嶢,九條本:堯。 劭,陳八郎
> 本:平,協韻。九條本:平声,叶,又:招。 要,陳八郎本:平聲。
>
> 頴,九條本:古迥反。 瞥,尤袤本李善注:孚説切。陳八郎
> 本:匹滅。九條本:匹結反。 恌,陳八郎本、九條本、奎章閣本:
> 桃。朝鮮正德本:挑。

日夕陰雲起,登城望洪河。川氣冒山嶺,驚湍激巖阿。歸雁映蘭時,

游魚動圓波。鳴蟬厲寒音，時菊耀秋華。引領望京室，南路在伐柯。
大夏緬無覿，崇芒鬱嵯峨。摁摁都邑人，擾擾俗化訛。依水類浮萍，
寄松似懸蘿。朱博糾舒慢，楚風被琅邪。曲蓬何以直，託身依叢麻。
黔黎竟何常，政成在民和。位同單父邑，愧無子賤歌。豈敢陋微官，
但恐忝所荷。

　　湍，九條本：丹。　時，陳八郎本作“沚”，音：止。九條本亦
作“沚”，音：子。　【附】尤袤本李善注：《韓詩》曰：宛在水中沚。
薛君曰：大渚曰沚。之以切。　訛，尤袤本李善注：五戈切。九
條本：五戈反。○案：九條本“五”形近“丑”字，然察其筆勢，與他
處“丑”字不同。　萍，九條本：先銘反。○案：萍爲并母，先爲心
母，聲紐不同。九條本“先”疑爲“步”字之訛。　【附】《漢書》曰：
朱博，字子元，杜陵人也。遷琅耶太守。齊部舒緩，勅功曹官屬
多褒衣大祒，不中節度。祒音紹。　黔，九條本：巨尖反。

在懷縣作二首

潘安仁

南陸迎脩景，朱明送末垂。初伏啓新節，隆暑方赫羲。朝想慶雲興，
夕遲白日移。揮汗辭中宇，登城臨清池。涼飈自遠集，輕襟隨風吹。
靈圃耀華果，通衢列高椅。瓜瓞蔓長苞，薑芋紛廣畦。稻栽肅仟仟，
黍苗何離離。虛薄乏時用，位微名日卑。驅役宰兩邑，政績竟無施。
自我違京輦，四載迄于斯。器非廊廟姿，屢出固其宜。徒懷越鳥志，
眷戀想南枝。春秋代遷逝，四運紛可喜。寵辱易不驚，戀本難爲思。

　　遲，陳八郎本、九條本：去聲。　椅，九條本：於宜反。　瓞，
九條本：大結反。　芋，九條本：云具反。　畦，九條本：以隨反。

黍,九條本:所。　喜,陳八郎本、九條本:去聲。○案:據韻,陳八郎本、九條本"春秋代遷逝"以下屬第二首。　思,陳八郎本、九條本:去聲。

我來冰未泮,時暑忽隆熾。感此還期淹,嘆彼年往馳。登城望郊甸,游目歷朝寺。小國寡民務,終日寂無事。白水過庭激,綠槐夾門植。信美非吾土,秖攬懷歸志。卷然顧鞏洛,山川邈離異。願言旋舊鄉,畏此簡書忌。祇奉社稷守,恪居處職司。

　　熾,九條本:尺至反。　馳,陳八郎本:所吏。九條本:所忌反。　植,陳八郎本:值。九條本:直吏反。　秖,九條本作"祇",音:支。　攬,九條本:絞。　鞏,九條本:拱。　司,陳八郎本:去聲。九條本:四,叶。朝鮮正德本、奎章閣本:伺。

迎大駕

潘正叔

南山鬱岑崟,洛川迅且急。青松蔭脩嶺,綠蘩被廣隰。朝日順長塗,夕暮無所集。歸雲乘幰浮,淒風尋帷入。道逢深識士,舉手對吾揖。世故尚未夷,崤函方嶮澀。狐貍夾兩轅,豺狼當路立。翔鳳嬰籠檻,騏驥見維縶。俎豆昔嘗聞,軍旅素未習。且少停君駕,徐待干戈戢。

　　崟,九條本:魚今反。　幰,陳八郎本:詠偃。九條本:許偃反。朝鮮正德本、奎章閣本:許偃。○案:陳八郎本"詠"爲"許"字之訛。詠即診,與幰聲母不同。《集韻》亦作"許偃切",可證陳八郎本之誤。　澀,九條本:匹及反。○案:九條本"匹"爲滂母,與"澀"之生母不同,疑爲"四"字之訛。四爲心母,心屬精組,生屬莊組,兩紐相通。　嬰,九條本:一盈反。　縶,九條本:知立反。

赴洛二首
陸士衡

希世無高符,營道無烈心。靖端肅有命,假檝越江潭。親友贈予邁,揮淚廣川陰。撫膺解攜手,永嘆結遺音。無迹有所匿,寂漠聲必沈。肆目眇不及,緬然若雙潛。南望泣玄渚,北邁涉長林。谷風拂脩薄,油雲翳高岑。亹亹孤獸騁,嚶嚶思鳥吟。感物戀堂室,離思一何深。佇立慁我嘆,寤寐涕盈衿。惜無懷歸志,辛苦誰爲心。

　　檝,九條本:接。　潭,陳八郎本:尋,協韻。九條本:溜,叶。

　　匿,九條本:女力反。　亹,九條本:尾。　慁,九條本:害。

羈旅遠游宧,託身承華側。撫劍遵銅輦,振纓盡祇肅。歲月一何易,寒暑忽已革。載離多悲心,感物情悽惻。慷慨遺安愈,永嘆廢餐食。思樂樂難誘,曰歸歸未克。憂苦欲何爲,纏緜胃與臆。仰瞻陵霄鳥,羨爾歸飛翼。

　　祇,九條本:之。　樂,九條本:洛。

赴洛道中作二首
陸士衡

摠轡登長路,嗚咽辭密親。借問子何之,世網嬰我身。永嘆遵北渚,遺思結南津。行行遂已遠,野途曠無人。山澤紛紆餘,林薄杳阡眠。

虎嘯深谷底，雞鳴高樹巔。哀風中夜流，孤獸更我前。悲情觸物感，
沈思鬱纏緜。佇立望故鄉，顧影悽自憐。

　　　咽，九條本：一結反。

遠游越山川，山川脩且廣。振策陟崇丘，案轡遵平莽。夕息抱影寐，
朝徂銜思往。頓轡倚嵩巖，側聽悲風響。清露墜素輝，明月一何朗。
撫几不能寐，振衣獨長想。

吳王郎中時從梁陳作

陸士衡

在昔蒙嘉運，矯迹入崇賢。假翼鳴鳳條，濯足升龍淵。玄冕無醜士，
冶服使我妍。輕劍拂鞶厲，長纓麗且鮮。誰謂伏事淺，契闊踰三年。
薄言肅後命，改服就藩臣。夙駕尋清軌，遠游越梁陳。感物多遠念，
慷慨懷古人。

　　　冶，九條本：也。　　鞶，九條本：步丸反。　　契，九條本：結。

始作鎮軍參軍經曲阿作

陶淵明

弱齡寄事外，委懷在琴書。被褐欣自得，屢空常晏如。時來苟宜會，
宛轡憩通衢。投策命晨旅，暫與園田疎。眇眇孤舟游，緜緜歸思紆。
我行豈不遙，登降千里餘。目倦脩塗異，心念山澤居。望雲慚高鳥，
臨水愧游魚。真想初在衿，誰謂形迹拘。聊且憑化遷，終反班生廬。

　　　褐，九條本：何達反。　　憩，九條本：丘例反。

辛丑歲七月赴假還江陵夜行塗口

陶淵明

閑居三十載,遂與塵事冥。詩書敦宿好,林園無世情。如何舍此去,
遙遙至西荆。叩栧新秋月,臨流別友生。涼風起將夕,夜景湛虛明。
昭昭天宇闊,晶晶川上平。懷役不遑寐,中宵尚孤征。商歌非吾事,
依依在耦耕。投冠旋舊墟,不爲好爵縈。養真衡茅下,庶以善自名。

　　栧,陳八郎本:曳。九條本作"枻",音:曳。　　晶,陳八郎本:
胡了。九條本:何皎反。　　耦,九條本:五口反。

永初三年七月十六日之郡初發都

謝靈運

述職期闌暑,理棹變金素。秋岸澄夕陰,火旻團朝露。辛苦誰爲情,
游子值頹暮。愛似莊念昔,久敬曾存故。如何懷土心,持此謝遠度。
李牧愧長袖,郤克慙躧步。良時不見遺,醜狀不成惡。曰余亦支離,
依方早有慕。生幸休明世,親蒙英達顧。空班趙氏璧,徒乖魏王瓠。
從來漸二紀,始得傍歸路。將窮山海迹,永絶賞心悟。

　　闌,九條本:蘭。　　棹,九條本:直孝反。　　【附】尤袤本李善
注:《戰國策》曰:武安君李牧至,趙王使韓蒼數之曰:將軍戰勝,
王齕將軍,爲壽於前,捽上首,當死。捽,希買切。○案:"希"當
作"布",奎章閣本、明州本、建州本俱誤。　　躧,九條本:所倚反,
又:所蟹反。朝鮮正德本、奎章閣本:所綺。　　惡,陳八郎本:去
聲。九條本:烏故反,叶。　　【附】尤袤本李善注:《莊子》曰:支離
踈也,會撮指天,五管在上,兩髀爲脅。會音括。撮,租括切。

髀,步米切。　瓠,尤袤本李善注引徐仙民:户郭切。　【附】尤袤本李善注:《莊子》曰:惠子謂莊子曰:魏王貽我大瓠之種,非不枵然大也,吾爲其無用掊之。枵,許嬌切。掊,方部切。

過始寧墅

墅,九條本:敍。

謝靈運

束髮懷耿介,逐物遂推遷。違志似如昨,二紀及茲年。淄磷謝清曠,疲薾慚貞堅。拙疾相倚薄,還得静者便。剖竹守滄海,枉帆過舊山。山行窮登頓,水涉盡洄沿。巖峭嶺稠疊,洲縈渚連緜。白雲抱幽石,緑篠媚清漣。葺宇臨迴江,築觀基曾巓。揮手告鄉曲,三載期歸旋。且爲樹枌檟,無令孤願言。

　　淄,九條本:側疑反。　磷,九條本:力鎮反,又:力人反。

　薾,尤袤本李善注:奴結切。陳八郎本:奴結。九條本:乃結反。

　倚,九條本:於綺反。　剖,九條本:普口反。奎章閣本:普口。

　守,尤袤本李善注:尸又切。○案:尤袤本未明指"尸又切"爲何字之音,奎章閣本、明州本李善注無此條音。茲據切音姑系"守"字下。　山,九條本:所連反,叶。　洄,九條本:迴。　沿,九條本:延。　稠,九條本:直由反。　篠,九條本:小,又:素了反。　葺,九條本:子入反。　檟,九條本:居雅反。

富春渚

謝靈運

宵濟漁浦潭,旦及富春郭。定山緬雲霧,赤亭無淹薄。遡流觸驚急,
臨圻阻參錯。亮乏伯昏分,險過呂梁壑。洊至宜便習,兼山貴止託。
平生恊幽期,淪躓困微弱。久露干祿請,始果遠游諾。宿心漸申寫,
萬事俱零落。懷抱既昭曠,外物徒龍蠖。

　　圻,陳八郎本:畿。九條本:巨衣反。　　洊,九條本:在見反。

　　便,陳八郎本:平聲。九條本:婢延反。　　躓,九條本:致。

　　寫,九條本:者。○案:寫爲心母,者爲章母,精組章組混切。參
　　卷二十四嵇叔夜《贈秀才入軍》其五"閑夜肅清"句音注。

七里瀨

謝靈運

羈心積秋晨,晨積展游眺。孤客傷逝湍,徒旅苦奔峭。石淺水潺湲,
日落山照曜。荒林紛沃若,哀禽相叫嘯。遭物悼遷斥,存期得要妙。
既秉上皇心,豈屑末代誚。目睹嚴子瀨,想屬任公釣。誰謂古今殊,
異世可同調。

　　湍,九條本:丹。　　峭,九條本:七咲反。　　斥,九條本:尺。

　　屑,尤袤本李善注:先結切。九條本:先結反,又:四結反。

登江中孤嶼

謝靈運

江南倦歷覽,江北曠周旋。懷雜道轉迥,尋異景不延。亂流趨正絕,
孤嶼媚中川。雲日相輝映,空水共澄鮮。表靈物莫賞,蘊真誰爲傳。
想像昆山姿,緬邈區中緣。始信安期術,得盡養生年。

蘊,九條本:紆粉反。

初去郡

謝靈運

彭薛裁知恥,貢公未遺榮。或可優貪競,豈足稱達生。伊余秉微尚,
拙訥謝浮名。廬園當栖巖,卑位代躬耕。顧己雖自許,心迹猶未并。
無庸妨周任,有疾像長卿。畢娶類尚子,薄游似邴生。恭承古人意,
促裝反柴荆。牽絲及元興,解龜在景平。負心二十載,於今廢將迎。
理棹遄還期,遵渚騖脩坰。遡溪終水涉,登嶺始山行。野曠沙岸净,
天高秋月明。憩石挹飛泉,攀林搴落英。戰勝臞者肥,止監流歸停。
即是羲唐化,獲我擊壤聲。

訥,九條本:奴結反。　當,陳八郎本、九條本:去聲。　任,
九條本:而禁反。　坰,九條本作"埛":古螢反。　挹,九條本:
一入反。　搴,陳八郎本:居偃。○案:《集韻》"九件切",與此音
合。　臞,尤袤本李善注:巨俱切。陳八郎本:具。

初發石首城
謝靈運

白珪尚可磨，斯言易爲緇。雖抱中孚爻，猶勞貝錦詩。寸心若不亮，
微命察如絲。日月垂光景，成貸遂兼兹。出宿薄京畿，晨裝摶魯颷。
重經平生別，再與朋知辭。故山日已遠，風波豈還時。苕苕萬里帆，
茫茫終何之。游當羅浮行，息必廬霍期。越海凌三山，游湘歷九嶷。
欽聖若旦暮，懷賢亦悽其。皎皎明發心，不爲歲寒欺。

　　　　貸，九條本：他代反。　　摶，九條本、朝鮮正德本、奎章閣本：
　　團。　　颷，陳八郎本：楚持。　　苕，九條本：條。　　茫，九條本：莫
　　郎反。

道路憶山中
謝靈運

采菱調易急，江南歌不緩。楚人心昔絶，越客腸今斷。斷絶雖殊念，
俱爲歸慮欸。存鄉爾思積，憶山我憤懑。追尋栖息時，偃卧任縱誕。
得性非外求，自已爲誰纂。不怨秋夕長，常苦夏日短。濯流激浮湍，
息陰倚密竿。懷故叵新歡，含悲忘春暖。悽悽明月吹，惻惻廣陵散。
殷勤訴危柱，慷慨命促管。

　　　　竿，尤袤本李善注：古寒切，今協韻爲古旦切。陳八郎本：上
　　聲。九條本：歌旦反。　　叵，陳八郎本、九條本：普火。　　暖，九
　　條本：奴緩反。

入彭蠡湖口

謝靈運

客游倦水宿，風潮難具論。洲島驟迴合，圻岸屢崩奔。乘月聽哀狖，
浥露馥芳蓀。春晚綠野秀，巖高白雲屯。千念集日夜，萬感盈朝昏。
攀崖照石鏡，牽葉入松門。三江事多往，九派理空存。靈物吝珍怪，
異人祕精魂。金膏滅明光，水碧綴流溫。徒作千里曲，絃絕念彌敦。

　　　圻，陳八郎本：新。朝鮮正德本、奎章閣本：祈。九條本：巨
衣反。○案：陳八郎本"新"爲"祈"字之訛。　狖，陳八郎本：以
秀。九條本：以留反。○案：狖讀去聲，九條本"留"疑爲"宙"字
之訛。　浥，陳八郎本：於及。九條本：邑。　派，九條本：拜，
又：普賣反。○案：派當作派。

入華子崗是麻源第三谷

謝靈運

南州實炎德，桂樹凌寒山。銅陵映碧澗，石磴瀉紅泉。既枉隱淪客，
亦棲肥遯賢。險逕無測度，天路非術阡。遂登羣峯首，邈若升雲烟。
羽人絕髣髴，丹丘徒空筌。圖牒復摩滅，碑版誰聞傳。莫辯百世後，
安知千載前。且申獨往意，乘月弄潺湲。恒充俄頃用，豈爲古今然。

　　　山，九條本：仙。

《文選》音注輯考卷二十七

行旅下

　　顔延年《北使洛》一首

　　　　　《還至梁城作》一首

　　　　　《始安郡還都與張湘州登巴陵城樓作》一首

　　鮑明遠《還都道中作》一首

　　謝玄暉《之宣城出新林浦向版橋》一首

　　　　　《敬亭山詩》一首

　　　　　《休沐重還道中》一首

　　　　　《晚登三山還望京邑》一首

　　　　　《京路夜發》一首

　　江文通《望荆山》一首

　　丘希範《旦發魚浦潭》一首

　　沈休文《早發定山》一首

　　　　　《新安江水至清淺深見底貽京邑游好》一首

軍戎

　　王仲宣《從軍詩》五首

郊廟

　　顔延年《宋郊祀歌》二首

樂府上

　　《飲馬長城窟行》

行旅下

北使洛

使，九條本：所吏反。

顏延年

改服飭徒旅，首路跼險難。振檝發吳州，秣馬陵楚山。塗出梁宋郊，道由周鄭間。前登陽城路，日夕望三川。在昔輟期運，經始闊聖賢。伊穀絕津濟，臺館無尺椽。宮陛多巢穴，城闕生雲煙。王猷升八表，嗟行方暮年。陰風振凉野，飛雪瞀窮天。臨塗未及引，置酒慘無言。隱憫徒御悲，威遲良馬煩。游役去芳時，歸來屢徂諐。蓬心既已矣，飛薄殊亦然。

飭，陳八郎本：勑。九條本作“餝”：丑力反，又：勑。　首，九條本：獸。　跼，九條本：其欲反。　檝，九條本：接。　秣，九條本：未。○案：九條本“未”當即“末”，書寫相混。　輟，九條本：丁劣反。　椽，九條本：直緣反。　猷，九條本作“繇”，音：由。

瞀,陳八郎本:茂。九條本作"霿",音:茂。　愍,陳八郎本:眉隱。九條本作"閔",音:敏,又:眉隱反。

還至梁城作

顏延年

眇默軌路長,憔悴征戍勤。昔邁先徂師,今來後歸軍。振策睠東路,傾側不及羣。息徒顧將夕,極望梁陳分。故國多喬木,空城凝寒雲。丘壟填郛郭,銘志滅無文。木石扃幽闥,黍苗延高墳。惟彼雍門子,吁嗟孟嘗君。愚賤同堙滅,尊貴誰獨聞。曷爲久游客,憂念坐自殷。

默,九條本:木。　先,九條本:先見反。　睠,九條本:卷。

郛,九條本:芳于反。　扃,九條本:古瑩反。

始安郡還都與張湘州登巴陵城樓作

顏延年

江漢分楚望,衡巫奠南服。三湘淪洞庭,七澤藹荆牧。經塗延舊軌,登閫訪川陸。水國周地嶮,河山信重複。却倚雲夢林,前瞻京臺圃。清霧霽岳陽,曾暉薄瀾澳。悽矣自遠風,傷哉千里目。萬古陳往還,百代勞起伏。存沒竟何人,烱介在明淑。請從上世人,歸來藝桑竹。

奠,九條本:大見反。　牧,九條本:木。　閫,陳八郎本:伊人。九條本:於人反。　重,九條本:直龍反。　複,九條本:方伏反。　圃,尤袤本李善注:于有切。陳八郎本:子目。朝鮮正德本、奎章閣本:于目。九條本:于六反,叶。○案:陳八郎本"子"爲"于"字之訛。　霧,九條本:芳云反。　霽,九條本:在細

反,又:在礼反。　澳,陳八郎本:於六。九條本:郁。　焌,尤袤
本李善注:古迥切。九條本:古迥反。　介,九條本:古邁反。

還都道中作

鮑明遠

昨夜宿南陵,今旦入蘆洲。客行惜日月,崩波不可留。侵星赴早路,
畢景逐前儔。鱗鱗夕雲起,獵獵曉風遒。騰沙鬱黃霧,翻浪揚白鷗。
登艫眺淮甸,掩泣望荊流。絕目盡平原,時見遠煙浮。倏悲坐還合,
俄思甚兼秋。未嘗違戶庭,安能千里游。誰令乏古節,貽此越鄉憂。

　　儔,九條本:直留反。　道,陳八郎本:疾由。九條本:酉。
　倏,九條本作"儵",音:叔。　俄,九條本:五歌反。　思,九條
本:四。　貽,九條本:以而反。

之宣城出新林浦向版橋

謝玄暉

江路西南永,歸流東北鶩。天際識歸舟,雲中辨江樹。旅思倦搖搖,
孤游昔已屢。既懽懷祿情,復恊滄洲趣。囂塵自茲隔,賞心於此遇。
雖無玄豹姿,終隱南山霧。

　　囂,九條本:許驕反。

敬亭山詩

謝玄暉

茲山亘百里，合沓與雲齊。隱淪既已託，靈異俱然栖。上干蔽白日，
下屬帶迴谿。交藤荒旦蔓，樛枝聳復低。獨鶴方朝唳，飢鼯此夜啼。
渫雲已漫漫，多雨亦淒淒。我行雖紆組，兼得尋幽蹊。緣源殊未極，
歸徑窅如迷。要欲追奇趣，即此陵丹梯。皇恩竟已矣，茲理庶無睽。

> 沓，九條本：大合反。　屬，九條本：之欲反。　樛，九條本：
> 居尤反。　唳，九條本：力計反。　鼯，九條本：吾。　渫，九條
> 本：息列反。　蹊，九條本：兮。　窅，尤袤本李善注：於鳥切。
> 陳八郎本：烏皎。九條本：烏皎反。　要，九條本：一召反。
> 梯，九條本：吐兮反。　睽，九條本：苦珪反。

休沐重還道中

謝玄暉

薄游第從告，思閑願罷歸。還卬歌賦似，休汝車騎非。霸池不可別，
伊川難重違。汀葭稍靡靡，江菼復依依。田鶴遠相叫，沙鴇忽爭飛。
雲端楚山見，林表吳岫微。試與征徒望，鄉淚盡沾衣。賴此盈罇酌，
含景望芳菲。問我勞何事，沐仰清徽。志狹輕軒冕，恩甚戀重闈。
歲華春有酒，初服偃郊扉。

> 告，九條本：古皓反，簡端記：李斐音古酷反，孟康音譽，服虔
> 音戶高反。○案：九條本“譽”簡寫作上文下告。　卬，九條本：
> 其龍反。　汀，九條本：他丁反。　葭，九條本：加。　菼，陳八
> 郎本：他敢。九條本：他敢反。　鴇，陳八郎本：保。九條本作

"鴇",音:保。　狹,九條本:洽。　重,九條本作"閨",旁記李善本作"重":直龍反。九條本(乙本)旁記:一作重,逐龍反,或爲閨,古携反,通。○案:九條本《文選》卷十四鈔卷有兩本,一爲正慶二年(1333)鈔本,一無鈔録年月。爲相区別,今稱後者爲乙本。

晚登三山還望京邑
謝玄暉

灞涘望長安,河陽視京縣。白日麗飛甍,參差皆可見。餘霞散成綺,澄江静如練。喧鳥覆春洲,雜英滿芳甸。去矣方滯淫,懷哉罷歡宴。佳期悵何許,淚下如流霰。有情知望鄉,誰能鬒不變。

　　涘,九條本:士。　覆,九條本(乙本):芳富反。　霰,九條本(乙本):思見反。　鬒,陳八郎本作"鬢",音:軫。九條本旁記"鬢":之忍,又:勑人反。九條本(乙本):軫。

京路夜發
謝玄暉

擾擾整夜裝,肅肅戒徂兩。曉星正寥落,晨光復泱漭。猶霑餘露團,稍見朝霞上。故鄉邈已夐,山川脩且廣。文奏方盈前,懷人去心賞。勑躬每跼蹐,瞻恩唯震蕩。行矣倦路長,無由税歸鞅。

　　擾,九條本:而小反。九條本(乙本):如紹反。　泱,陳八郎本:烏朗。九條本:阿朗。九條本(乙本):烏朗。　漭,陳八郎本:莫蕩。九條本:亡朗。九條本(乙本)引《决》:莫朗反。　上,九條本:時兩反。九條本(乙本):協時兩反。 夐,九條本:許政反。 去,九條本:起吕反。 跼,陳八郎本:局。九條本:其欲。九條本(乙本):其欲反。 蹐,陳八郎本:脊。九條本:蹟,又:脊。九條本(乙本)引《决》:積。 税,九條本(乙本):詩芮反。

鞅,尤袤本李善注:於兩切。九條本:於兩反。 【附】尤袤本李善注:《説文》曰:鞅,頸靼也。靼,都達切。

望荆山
江文通

奉義至江漢,始知楚塞長。南關繞桐柏,西嶽出魯陽。寒郊無留影,秋日懸清光。悲風橈重林,雲霞肅川漲。歲晏君如何,零淚沾衣裳。玉柱空掩露,金樽坐含霜。一聞《苦寒》奏,更使《豔歌》傷。

義,九條本作"謁":於歇反。 塞,九條本:四代反。 橈,尤袤本李善注:奴教切。九條本:女孝反,又《字林》:乃了反。九條本(乙本):《音决》作嬈,女孝反。 漲,九條本:張。

旦發魚浦潭
丘希範

漁潭霧未開,赤亭風已颺。櫂歌發中流,鳴鞞響沓障。村童忽相聚,野老時一望。詭怪石異像,嶄絕峯殊狀。森森荒樹齊,析析寒沙漲。藤垂島易陟,崖傾嶼難傍。信是永幽栖,豈徒暫清曠。坐嘯昔有委,卧治今可尚。

颺,九條本:以上反。 櫂,九條本:直孝反。 鞞,九條本:

步迷反。　沓,九條本:徒合反。　障,九條本:之上。九條本
(乙本):《決》作嶂,音同。　詭,九條本:鬼。　巉,九條本:士咸
反。　森,九條本:所林反。　析,九條本:四的反。　漲,九條
本:丁亮反。　島,九條本:丁老反。　易,九條本:以智反。九
條本(乙本):以易反。　嶼,九條本作"屿",音:敘。　傍,陳八
郎本:去聲。九條本:步朗反,叶。九條本(乙本):協步浪反。
嘯,九條本(乙本):蘇吊反。　治,九條本:直吏反。

早發定山

沈休文

夙齡愛遠壑,晚莅見奇山。標峯綵虹外,置嶺白雲間。傾壁忽斜豎,
絕頂復孤員。歸海流漫漫,出浦水淺淺。野棠開未落,山櫻發欲然。
忘歸屬蘭杜,懷禄寄芳荃。眷言採三秀,徘徊望九仙。

　　壑,九條本:呼各反。　山,九條本:所連反,叶。九條本(乙
本):協所連反。　標,九條本:必遥反。九條本(乙本):必招反。
　間,九條本:還,叶。　淺,尤袤本李善注:俴。陳八郎本作
"濺",音:淺。九條本作"濺":子前反,楚俗言,又音箋。九條本
(乙本)旁記"濺":協則前反。朝鮮正德本、奎章閣本亦作"濺",
音:俴。　棠,九條本(乙本):堂。　櫻,九條本:於耕反。　屬,
九條本(乙本):之欲反。　荃,九條本:七全反。

新安江水至清淺深見底貽京邑游好

好,九條本:耗。

沈休文

眷言訪舟客,兹川信可珍。洞澈隨深淺,皎鏡無冬春。千仞寫喬樹,
百丈見游鱗。滄浪有時濁,清濟涸無津。豈若乘斯去,俯映石磷磷。
紛吾隔囂滓,寧假濯衣巾。願以漻溇水,沾君纓上塵。

澈,九條本:直列反。　滄,九條本:倉。　浪,陳八郎本:平
聲。九條本:郎,又,平声。　濟,九條本(乙本):子礼反。　涸,
尤衮本李善注:胡落切。九條本:何各。九條本(乙本):何各反。
磷,九條本:力人反。　囂,九條本:許驕反。　滓,九條本:側
擬反。九條本(乙本):側擬。　濯,九條本(乙本):直角反。
漻,九條本(乙本):士連反。　溇,九條本(乙本):袁。

軍　戎

從軍詩五首

王仲宣

從軍有苦樂,但聞所從誰。所從神且武,焉得久勞師。相公征關右,
赫怒震天威。一舉滅獯虜,再舉服羌夷。西收邊地賊,忽若俯拾遺。
陳賞越丘山,酒肉踰川坻。軍人多飫饒,人馬皆溢肥。徒行兼乘還,
空出有餘資。拓地三千里,往返速若飛。歌舞入鄴城,所願獲無違。
盡日處大朝,日暮薄言歸。外參時明政,内不廢家私。禽獸憚爲犧,

良苗實已揮。竊慕負鼎翁,願屬朽鈍姿。不能效沮溺,相隨把鋤犂。
孰覽夫子詩,信知所言非。

> 樂,九條本:洛。　相,九條本:息亮。九條本(乙本):息亮
反。　赫,九條本(乙本):客。　獷,九條本:許云反。九條本
(乙本)引《決》:火云反。　虜,九條本:力古反。　坻,九條本:
持。　肥,九條本(乙本)旁記:《決》作肌,音飢。　乘,九條本:
時證反。　拓,九條本作"祏":他洛反。　鄸,九條本(乙本):魚
却反。　處,九條本:昌与反。　朝,九條本(乙本):直遥反。
參,九條本:三。　鈍,九條本:大頓反。○案:李善本無"竊慕"
二句。　沮,九條本:七余反。　溺,九條本:女的反。九條本
(乙本)引《決》:女歷反。　鋤,九條本:七魚反。九條本(乙本):
士魚反。　犂,九條本:力兮反。

凉風屬秋節,司典告詳刑。我君順時發,桓桓東南征。泛舟蓋長川,
陳卒被隰埛。征夫懷親戚,誰能無戀情。拊襟倚舟檣,眷眷思鄴城。
哀彼東山人,喟然感鸛鳴。日月不安處,人誰獲常寧。昔人從公旦,
一徂輒三齡。今我神武師,暫往必速平。棄余親睦恩,輸力竭忠貞。
懼無一夫用,報我素餐誠。夙夜自怲性,思逝若抽縈。將秉先登羽,
豈敢聽金聲。

> 告,九條本(乙本):古□反。○案:九條本□處字殘。　卒,
九條本:走忽反。九條本(乙本):走勿反。　被,九條本(乙本):
皮義反。　隰,九條本:習。　埛,九條本:古普反。九條本(乙
本):古螢反。　倚,九條本(乙本):於綺反。　檣,九條本:墻。
鸛,九條本:貫。九條本(乙本):古瓬反。　【附】尤袤本李善
注:《毛詩》曰:鸛鳴於垤。垤,徒頡切。　處,九條本(乙本):昌

呂反。　睦，九條本：木。　輪，九條本：式朱反。　竮，尤袤本
李善注：普耕切。陳八郎本：普庚。九條本：普行反，又：普庚反。
九條本（乙本）：普庚反，又引《決》：普行反，又：普耕反。　縈，九
條本：一營反。

從軍征遐路，討彼東南夷。方舟順廣川，薄暮未安坻。白日半西山，
桑梓有餘暉。蟋蟀夾岸鳴，孤鳥翩翩飛。征夫心多懷，惻愴令吾悲。
下船登高防，草露沾我衣。迴身赴牀寢，此愁當告誰。身服干戈事，
豈得念所私。即戎有授命，茲理不可違。

坻，九條本：持。　防，九條本（乙本）：房。　告，九條本：古
酷反。

朝發鄴都橋，暮濟白馬津。逍遙河堤上，左右望我軍。連舫踰萬艘，
帶甲千萬人。率彼東南路，將定一舉勳。籌策運帷幄，一由我聖君。
恨我無時謀，譬諸具官臣。鞠躬中堅內，微畫無所陳。許歷爲完士，
一言獨敗秦。我有素餐責，誠愧《伐檀》人。雖無鈆刀用，庶幾奮
薄身。

堤，九條本：丁兮反。九條本（乙本）：多兮反。　舫，九條
本：放。　艘，九條本引《音決》：素刁反，又：蘇遭反。九條本（乙
本）：三到反，又：速侯，又引《決》：素□反。○案：九條本（乙本）
□處字殘，據前引本，當作“刁”。　籌，九條本：直留反。　畫，
九條本：獲。　完，九條本：桓。　鈆，九條本：緣。

悠悠涉荒路，靡靡我心愁。四望無煙火，但見林與丘。城郭生榛棘，
蹊徑無所由。菰蒲竟廣澤，葭葦夾長流。日夕涼風發，翩翩漂吾舟。

寒蟬在樹鳴，鸛鵠摩天游。客子多悲傷，淚下不可收。朝入譙郡界，
曠然消人憂。雞鳴達四境，黍稷盈原疇。館宅充廛里，女士滿莊馗。
自非聖賢國，誰能享斯休。詩人美樂土，雖客猶願留。

榛，九條本：士巾反。　棘，九條本：居力反。　蹊，九條本：
兮。　萑，陳八郎本：桓。九條本：桓，又：官丸。九條本（乙本）：
官丸反，又：官丸二音。　葦，九條本：于鬼反。　鸛，九條本：古
亂反。　譙，九條本（乙本）：在遥反。　廛，九條本作"厘"，音：
田。〇案：廛爲澄母，田爲定母，舌音未分化。　馗，陳八郎本、
奎章閣本作"馗"，音：仇，協韻。九條本：仇，叶，吴楚俗言。九條
本（乙本）：協音仇，吴楚俗言。朝鮮正德本：仇，協韻。　樂，九
條本：洛。

郊　廟

宋郊祀歌二首

顏延年

賮威寶命，嚴恭帝祖。炳海表岱，系唐胄楚。靈監叡文，民屬叡武。
奄受敷錫，宅中拓宇。亘地稱皇，罄天作主。月竁來賓，日際奉土。
開元首正，禮交樂舉。六典聯事，九官列序。有牷在滌，有絜在俎。
薦饗王衷，以荅神祜。

賮，九條本：以真反。　炳，九條本（乙本）：丙。　系，九條
本：何計反。　胄，九條本：直留反。　上叡，九條本（乙本）作
"睿"：羊芮反。　下叡，九條本（乙本）作"睿"：羊芮反。　拓，九

條本作"祐"：他洛反。　竈，尤袤本李善注：充芮切。陳八郎本：充芮。九條本：充芮反。　【附】尤袤本李善注：《甘泉賦》曰：西壓月牖，東震日域。服虔曰：音窟。　樂，九條本（乙本）：岳。

牷，陳八郎本、九條本：全。　滌，九條本：大歷反。　俎，九條本（乙本）：側呂反。　衷，九條本：中。　祜，九條本：户。

維聖饗帝，維孝饗親。皇乎備矣，有事上春。禮行宗祀，敬達郊禋。金枝中樹，廣樂四陳。陟配在京，降德在民。奔精昭夜，高燎煬晨。陰明浮爍，沈祭深淪。告成大報，受釐元神。月御案節，星驅扶輪。遙興遠駕，曜曜振振。

禋，九條本：因。　樂，九條本：岳。　陟，九條本：勑。燎，九條本：力召反。　煬，九條本：以上反。　爍，九條本：舒灼反。　祭，九條本、朝鮮正德本、奎章閣本：詠。陳八郎本作"榮"，詠。　告，九條本：古酷反。　釐，尤袤本李善注引如淳：僖。九條本：許疑。九條本（乙本）：許疑反。　振，九條本：真。

樂府上

飲馬長城窟行
古　詞

飲，九條本：於禁反。　窟，九條本：骨。九條本（乙本）：苦没反。

青青河邊草，緜緜思遠道。遠道不可思，夙昔夢見之。夢見在我傍，忽覺在佗鄉。佗鄉各異縣,展轉不可見。枯桑知天風,海水知天寒。
入門各自媚,誰肯相爲言。客從遠方來,遺我雙鯉魚。呼兒烹鯉魚,
中有尺素書。長跪讀素書,書上竟何如。上有加餐食,下有長相憶。

　　覺,九條本:教。　展,九條本作"輾":知輦反。　爲,九條
本:于僞反。　遺,九條本(乙本):以季反。　烹,九條本:普行
反。九條本(乙本)作"享":普行反。　跪,九條本:其委反。
餐,九條本作"湌":素干反。

傷歌行
古　詞

昭昭素月明,暉光燭我牀。憂人不能寐,耿耿夜何長。微風吹閨闥,
羅帷自飄颺。攬衣曳長帶,屣履下高堂。東西安所之,徘徊以彷徨。
春鳥飜南飛,翩翩獨翱翔。悲聲命儔疋,哀鳴傷我腸。感物懷所思,
泣涕忽沾裳。佇立吐高吟,舒憤訴穹蒼。

　　颺,九條本:揚。

長歌行
古　詞

青青園中葵,朝露行日晞。陽春布德澤,萬物生光暉。常恐秋節至,
焜黃華葉衰。百川東到海,何時復西歸。少壯不努力,老大乃傷悲。

　　焜,尤袤本李善注:胡本切。陳八郎本:胡本。九條本:胡本
反。　少,九條本:失照反。九條本(乙本):詩照反。

怨歌行

班婕妤

婕，九條本：接。　妤，九條本：予。

新裂齊紈素，皎絜如霜雪。裁爲合歡扇，團團似明月。出入君懷袖，動揺微風發。常恐秋節至，凉風奪炎熱。棄捐篋笥中，恩情中道絶。

皎，九條本作"鮮"，音：仙。　團，九條本：度丸反。　揺，九條本（乙本）：以召反。　捐，九條本：緣。　篋，九條本：苦牒反。　笥，九條本：息自反。九條本（乙本）：息自反，又引《決》：思自反。　中，九條本：丁仲反。

短歌行

魏武帝

對酒當歌，人生幾何。譬如朝露，去日苦多。慨當以慷，憂思難忘。何以解憂，唯有杜康。青青子衿，悠悠我心。但爲君故，沈吟至今。呦呦鹿鳴，食野之苹。我有嘉賓，鼓瑟吹笙。明明如月，何時可掇。憂從中來，不可斷絶。越陌度阡，枉用相存。契闊談讌，心念舊恩。月明星稀，烏鵲南飛。繞樹三匝，何枝可依。山不厭高，海不厭深。周公吐哺，天下歸心。

幾，九條本（乙本）：居扆反。　慨，九條本：可代反。　慷，九條本：可郎反。　思，九條本：四。　爲，九條本：于僞反。　呦，陳八郎本、九條本（乙本）：幽。　苹，陳八郎本、九條本：平。　掇，尤袤本李善注：豬劣切。陳八郎本：丁栝。九條本：丁劣反。九條本（乙本）：丁劣反，又：丁括反。〇案：掇爲端母，豬爲

知母,舌音未分化。　契,九條本:苦結反。　匜,九條本作
"帀":祖合反。　厭,九條本(乙本):於艷反,下同。

苦寒行
魏武帝

北上太行山,艱哉何巍巍。羊腸坂詰屈,車輪爲之摧。樹木何蕭瑟,
北風聲正悲。熊羆對我蹲,虎豹夾路啼。谿谷少人民,雪落何霏霏。
延頸長嘆息,遠行多所懷。我心何怫鬱,思欲一東歸。水深橋梁絶,
中路正徘徊。迷惑失故路,薄暮無宿栖。行行日已遠,人馬同時飢。
擔囊行取薪,斧冰持作糜。悲彼《東山》詩,悠悠使我哀。

行,九條本:下郎反。　詰,九條本:吉。九條本(乙本):古,
又引《決》:羌吉反。　摧,九條本(乙本):在回反。　蹲,九條
本:存。九條本(乙本)引《決》:在尊反。○案:蹲、存皆爲從母。
夾,九條本作"俠":古洽反。九條本(乙本):《決》作俠,古洽
反。　怫,陳八郎本:佛。九條本:扶勿反。　中,九條本(乙本)
引《決》:丁仲反。　擔,九條本作"擔":丁甘反。九條本(乙本):
多甘反。　斧,九條本(乙本):府。

燕歌行
魏文帝

秋風蕭瑟天氣涼,草木搖落露爲霜。羣燕辭歸雁南翔,念君客游思斷
腸。慊慊思歸戀故鄉,何爲淹留寄佗方。賤妾煢煢守空房,憂來思君
不敢忘,不覺淚下霑衣裳。援琴鳴絃發清商,短歌微吟不能長。明月

皎皎照我牀，星漢西流夜未央。牽牛織女遙相望，爾獨何辜限河梁。

　　思，九條本(乙本)：四。　　慊，陳八郎本：苦簟。九條本：苦
點反。九條本(乙本)：苦簟反。　　煢，九條本：刑。　　援，九條本
(乙本)：爰。　　望，九條本(乙本)：協音忘。

善哉行
魏文帝

上山采薇，薄暮苦飢。谿谷多風，霜露沾衣。野雉羣雊，猴猿相追。
還望故鄉，鬱何壘壘。高山有崖，林木有枝。憂來無方，人莫之知。
人生如寄，多憂何爲。今我不樂，歲月如馳。湯湯川流，中有行舟。
隨波迴轉，有似客游。策我良馬，被我輕裘。載馳載驅，聊以忘憂。

　　雊，陳八郎本：古豆。九條本：古猴。九條本(乙本)：古豆
反，又：古候反。○案：九條本“猴”疑爲“候”字之訛。候一作
“候”，與猴字形近。九條本(乙本)正作“候”。　　猿，九條本作
“援”，音：爰。　　壘，九條本：力追反，叶。　　崖，九條本：宜，叶。
九條本(乙本)：協音宜。　　樂，九條本：洛。　　湯，九條本：傷。
九條本(乙本)：七羊反，又引《決》：傷。

箜篌引
　　箜，九條本：空。　　篌，九條本：侯。　　引，九條本：以刃反。
曹子建

置酒高殿上，親友從我游。中廚辦豐膳，烹羊宰肥牛。秦箏何慷慨，
齊瑟和且柔。陽阿奏奇舞，京洛出名謳。樂飲過三爵，緩帶傾庶羞。

主稱千金壽,賓奉萬年酬。久要不可忘,薄終義所尤。謙謙君子德,
罄折欲何求。驚風飄白日,光景馳西流。盛時不可再,百年忽我遒。
生在華屋處,零落歸山丘。先民誰不死,知命亦何憂。

　　　　厨,九條本(乙本):直瑜反。　　辨,九條本作"辨":步見反。
九條本(乙本)亦作"辨":步幼反。○案:九條本(乙本)"幼"疑爲
"劍"字之訛。　　烹,九條本:普行反。　　筝,九條本:側莖反。
樂,九條本:洛。　　過,九條本:古卧反。　　羞,九條本(乙本):
秋。　　壽,九條本(乙本):市又反。　　要,九條本:一照。九條本
(乙本):一照反。　　折,九條本:之舌反。　　遒,九條本(乙本):
在由反。

美女篇
曹子建

美女妖且閑,采桑歧路間。柔條紛冉冉,葉落何翩翩。攘袖見素手,
皓腕約金環。頭上金爵釵,腰佩翠琅玕。明珠交玉體,珊瑚間木難。
羅衣何飄飄,輕裾隨風還。顧盼遺光采,長嘯氣若蘭。行徒用息駕,
休者以忘餐。借問女安居,乃在城南端。青樓臨大路,高門結重關。
容華耀朝日,誰不希令顏。媒氏何所營,玉帛不時安。佳人慕高義,
求賢良獨難。衆人何嗷嗷,安知彼所觀。盛年處房室,中夜起長嘆。

　　　　妖,九條本:一驕反。　　間,陳八郎本作"西",音:先,恊韻。
九條本亦作"西",音:先,叶。九條本(乙本)亦作"西":協音先,
秦俗言。　　攘,九條本:而良。九條本(乙本):而良反。　　腕,九
條本(乙本):烏翫反。　　珊,九條本:晋山反。九條本(乙本):
山,又引《决》:四干反。○案:九條本"晋"疑爲"音"字之訛。

“反”爲音注例字,亦見於直音之末。　瑚,九條本:胡。　令,九條本:力政反。　媒,九條本:梅。　嗷,九條本:五高反。　處,九條本:昌汝反。

白馬篇
曹子建

白馬飾金羈,連翩西北馳。借問誰家子,幽并游俠兒。少小去鄉邑,揚聲沙漠垂。宿昔秉良弓,楛矢何參差。控絃破左的,右發摧月支。仰手接飛猱,俯身散馬蹄。狡捷過猴猨,勇剽若豹螭。邊城多警急,胡虜數遷移。羽檄從北來,厲馬登高堤。長驅蹈匈奴,左顧凌鮮卑。棄身鋒刃端,性命安可懷。父母且不顧,何言子與妻。名編壯士籍,不得中顧私。捐軀赴國難,視死忽如歸。

俠,九條本(乙本):何牒反。　少,九條本:失照。九條本(乙本):失照反。　楛,陳八郎本、九條本:户。　支,九條本簡端記:《音決》作氏,音支。　猱,九條本:居宜、奴勞二反。○案:九條本“居宜”音疑有誤。　蹄,九條本:池,叶。九條本(乙本):師如字,又:協音池。○案:蹄爲定母齊韻,池爲澄母支韻。定、澄混切,是舌音未分化。齊、支通用,故曰叶韻。下文堤、妻亦屬齊韻,并協音。　狡,九條本:古巧反。　剽,陳八郎本:匹妙。九條本:返照反。九條本(乙本):匹妙反。　螭,陳八郎本:勑知。九條本:丑知反。　警,九條本:景。　數,九條本:朔。　檄,九條本:下的反。　堤,九條本(乙本):多兮反。　蹈,九條本:徒到反。　捐,九條本:緣。　難,九條本(乙本):那旦反。

名都篇

曹子建

名都多妖女，京洛出少年。寶劍直千金，被服光且鮮。鬭雞東郊道，
走馬長楸間。馳馳未能半，雙兔過我前。攬弓捷鳴鏑，長驅上南山。
左挽因右發，一縱兩禽連。餘巧未及展，仰手接飛鳶。觀者咸稱善，
衆工歸我妍。我歸宴平樂，美酒斗十千。膾鯉臇胎鰕，寒鼈炙熊蹯。
鳴儔嘯匹旅，列坐竟長筵。連翩擊鞠壤，巧捷惟萬端。白日西南馳，
光景不可攀。雲散還城邑，清晨復來還。

妖，九條本：一驕反。　被，九條本：皮義反。　攬，九條本
（乙本）旁記：《決》作𢬵，力敢反。　捷，九條本：楚甲。　【附】尤
袁本李善注：《儀禮》曰：司射搢三挾一。鄭玄曰：搢，插也。楚甲
切。　鏑，九條本：丁狄反。　山，九條本（乙本）：仙。　鳶，九
條本作"蔵"，音：緣。　樂，九條本：洛。　膾，九條本（乙本）：古
外反。　臇，陳八郎本：子兗。九條本（乙本）：子兗反。　胎，九
條本：他來反。九條本（乙本）：苔。　鰕，九條本：下牙反。九條
本（乙本）頁眉記：□家反。○案：九條本（乙本）□處字殘。
寒，九條本（乙本）頁眉記：《決》作炮，白交反。　蹯，陳八郎本、
九條本：煩。　旅，九條本：呂。　翩，九條本（乙本）：变。
鞠，尤袁本李善注：巨六切。九條本（乙本）：其六反。　捷，九
條本（乙本）旁記引摺本：接反。○案：九條本（乙本）反字依例
而加。

王明君詞并序

石季倫

王明君者，本是王昭君，以觸文帝諱改焉。匈奴盛，請婚於漢。元帝
以後宮良家子昭君配焉。昔公主嫁烏孫，令琵琶馬上作樂，以慰其道
路之思。其送明君，亦必爾也，其造新曲，多哀怨之聲。故叙之於紙
云爾。

　　　　諱，九條本：貴。　　琵，九條本（乙本）：毗。　　琶，九條本（乙
　本）：步巴反。　　樂，九條本（乙本）：岳，又音：洛。　　造，九條本：
　七到反。

我本漢家子，將適單于庭。辭訣未及終，前驅已抗旌。僕御涕流離，
轅馬悲且鳴。哀鬱傷五内，泣淚濕朱纓。行行日已遠，遂造匈奴城。
延我於穹廬，加我閼氏名。殊類非所安，雖貴非所榮。父子見陵辱，
對之慙且驚。殺身良不易，默默以苟生。苟生亦何聊，積思常憤盈。
願假飛鴻翼，乘之以遐征。飛鴻不我顧，佇立以屏營。昔爲匣中玉，
今爲糞上英。朝華不足歡，甘與秋草并。傳語後世人，遠嫁難爲情。

　　　　單，九條本（乙本）：市然反。　　訣，九條本：決。　　抗，九條
　本（乙本）：口浪反。　　旌，九條本：精。　　造，陳八郎本：七到。
　九條本：七到反。　　穹，九條本：丘弓。九條本（乙本）：丘弓反。
　　　閼，尤袤本李善注引蘇林：焉。陳八郎本：於延。九條本：煙。
　九條本（乙本）：於延反，又引《決》：一弦反。　　氏，尤袤本李善注
　引蘇林、陳八郎本、九條本：支。九條本（乙本）：之，又引《決》：
　支。　　易，九條本：以智反。　　默，九條本（乙本）：木。　　憤，九
　條本：扶粉反。　　屏，九條本：步營反。九條本（乙本）：步螢反。

糞,九條本:方问反。　　語,九條本:魚拯反。九條本(乙本):
魚慮反。〇案:九條本"拯"即"據"。

君子行

古　詞

君子防未然,不處嫌疑間。瓜田不納履,李下不正冠。嫂叔不親授,
長幼不比肩。勞謙得其柄,和光甚獨難。周公下白屋,吐哺不及餐。
一沐三握髮,後世稱聖賢。

柄,九條本:布詠反。

《文選》音注輯考卷二十八

樂府下

    陸士衡《樂府》十七首

    謝靈運《樂府》一首

    鮑明遠《樂府》八首

    謝玄暉《鼓吹曲》一首

挽歌

    繆熙伯《挽歌詩》一首

    陸士衡《挽歌詩》三首

    陶淵明《挽歌》一首

雜歌

    荊軻《歌》一首

    漢高帝《歌》一首

    劉越石《扶風歌》一首

    陸韓卿《中山王孺子妾歌》一首

樂府下

猛虎行
陸士衡

渴不飲盜泉水,熱不息惡木陰。惡木豈無枝,志士多苦心。整駕肅時
命,杖策將遠尋。飢食猛虎窟,寒栖野雀林。日歸功未建,時往歲載
陰。崇雲臨岸駭,鳴條隨風吟。靜言幽谷底,長嘯高山岑。急絃無懦
響,亮節難爲音。人生誠未易,曷云開此衿。眷我耿介懷,俯仰愧
古今。

> 杖,九條本(乙本):直亮反。　窟,九條本:骨。　日,尤袤
> 本李善注:而逸切。九條本:而一反。　懦,九條本:奴乱反。
> 易,九條本(乙本):以智反。

君子行
陸士衡

天道夷且簡,人道嶮而難。休咎相乘躡,翻覆若波瀾。去疾苦不遠,
疑似實生患。近火固宜熱,履冰豈惡寒。掇蜂滅天道,拾塵惑孔顏。
逐臣尚何有,棄友焉足嘆。福鍾恒有兆,禍集非無端。天損未易辭,
人益猶可懽。朗鑒豈遠假,取之在傾冠。近情苦自信,君子防未然。

> 躡,九條本(乙本):女輒反。　患,陳八郎本:平聲,協員。
> 九條本:平声,又:還,叶。九條本(乙本):協音還,又:平聲,協。
> ○案:陳八郎本“員”疑爲“韻”字之訛。　近,九條本(乙本):其

靳反。　惡,九條本(乙本):烏故反。　焉,九條本(乙本):於軋
反。　嘆,九條本(乙本):吐丹反。

從軍行

陸士衡

苦哉遠征人,飄飄窮四遐。南陟五嶺巓,北戍長城阿。深谷邈無底,
崇山鬱嵯峨。奮臂攀喬木,振迹涉流沙。隆暑固已慘,涼風嚴且苛。
夏條集鮮藻,寒冰結衝波。胡馬如雲屯,越旗亦星羅。飛鋒無絶影,
鳴鏑自相和。朝食不免胄,夕息常負戈。苦哉遠征人,拊心悲如何。

　　慘,九條本:七敢反。　苛,九條本(乙本)作"荷",旁記:
《決》作苛,音何。　鏑,九條本:的。

豫章行

陸士衡

泛舟清川渚,遥望高山陰。川陸殊途軌,懿親將遠尋。三荆歡同株,
四鳥悲異林。樂會良自古,悼別豈獨今。寄世將幾何,日昃無停陰。
前路既已多,後塗隨年侵。促促薄暮景,亹亹鮮克禁。曷爲復以兹,
曾是懷苦心。遠節嬰物淺,近情能不深。行矣保嘉福,景絶繼以音。

　　促,九條本:七玉反。　亹,九條本:尾。　鮮,九條本:思淺
反。　禁,九條本:今,叶。九條本(乙本):協,今。

苦寒行

陸士衡

北游幽朔城,凉野多嶮難。俯入穹谷底,仰陟高山盤。凝冰結重澗,
積雪被長巒。陰雲興巖側,悲風鳴樹端。不睹白日景,但聞寒鳥喧。
猛虎憑林嘯,玄猿臨岸嘆。夕宿喬木下,慘愴恒鮮歡。渴飲堅冰漿,
飢待零露餐。離思固已久,寤寐莫與言。劇哉行役人,慊慊恒苦寒。

　　　　重,九條本(乙本):逐龍反。　　澗,九條本作"磵",音:澗。
　　喧,陳八郎本作"嚾",音:歡。九條本及九條本(乙本)并引《音
　　決》亦作"嚾":火丸反。九條本(乙本)旁記"嚾",音:歡。　　嘆,
　　陳八郎本作"歎":平聲。九條本亦作"歎":平声,他丹反。　　慘,
　　九條木:七敢反。　　愴,九條本:七高反。九條本(乙本):七亮
　　反。○案:九條本"高"爲"亮"字之訛。　　鮮,陳八郎本:上聲。
　　九條本(乙本):思淺反。　　漿,九條本:章。　　餐,九條本作
　　"飡",音:山。　　思,九條本(乙本):四,又引《決》:先自反。
　　劇,九條本(乙本):去逆反。　　慊,陳八郎本:苦簟。九條本:苦
　　簟反。

飲馬長城窟行

　　　　窟,九條本:苦骨反。

陸士衡

驅馬陟陰山,山高馬不前。往問陰山候,勁虜在燕然。戎車無停軌,
旌旆屢徂遷。仰憑積雪巖,俯涉堅冰川。冬來秋未反,去家邈以綿。
獫狁亮未夷,征人豈徒旋。末德爭先鳴,凶器無兩全。師克薄賞行,

軍没微軀捐。將遵甘陳迹，收功單于旃。振旅勞歸士，受爵槀街傳。

　　　山，九條本：仙。　車，九條本：居。　旃，九條本作"旌"，音：清。九條本（乙本）亦作"旌"，音：生。　旆，九條本：步貝反，又：拜。　玁，九條本：儼。九條本（乙本）：許儉反。　狁，九條本：允。　勞，九條本（乙本）：力到反。　槀，九條本（乙本）：古老反。　街，九條本：皆。　傳，九條本：直緣反，叶。九條本（乙本）：田，又：協直緣反。

門有車馬客行

陸士衡

門有車馬客，駕言發故鄉。念君久不歸，濡迹涉江湘。投袂赴門塗，攬衣不及裳。拊膺攜客泣，掩淚叙温涼。借問邦族間，惻愴論存亡。親友多零落，舊齒皆彫喪。市朝互遷易，城闕或丘荒。墳壠日月多，松柏鬱芒芒。天道信崇替，人生安得長。慷慨惟平生，俛仰獨悲傷。

　　　濡，九條本：而瑜反。　喪，九條本（乙本）：倉。　朝，九條本（乙本）：直遥反。　易，九條本：亦。　芒，九條本：莫良反。九條本（乙本）：莫郎反。　替，九條本：他計反。　俛，九條本：勉。

君子有所思行

陸士衡

命駕登北山，延佇望城郭。廛里一何盛，街巷紛漠漠。甲第崇高闥，洞房結阿閣。曲池何湛湛，清川帶華薄。邃宇列綺牕，蘭室接羅幕。淑貌色斯升，哀音承顏作。人生誠行邁，容華隨年落。善哉膏粱士，營生奧且博。宴安消靈根,酖毒不可恪。無以肉食資,取笑葵與藿。

  街,九條本(乙本):皆。 湛,九條本:直感反。 邃,九條本:循遂反。九條本(乙本):脩遂反。 膏,九條本:高。 奧,九條本(乙本):焉報反,又引《決》:焉誥反。 酖,九條本:直禁反。九條本(乙本)引《音決》作"鴆":直禁反。 葵,九條本:求雖反。 藿,九條本(乙本):火郭反。

齊謳行

陸士衡

營丘負海曲,沃野爽且平。洪川控河濟,崇山入高冥。東被姑尤側,南界聊攝城。海物錯萬類,陸產尚千名。孟諸吞楚夢,百二侔秦京。惟師恢東表,桓后定周傾。天道有迭代,人道無久盈。鄙哉牛山嘆,未及至人情。爽鳩苟已徂,吾子安得停。行行將復去,長存非所營。

  濟,九條本:子礼反。 崇,九條本:《決》作嵩,思隆反。 被,九條本(乙本):皮義反。 侔,九條本(乙本):亡侯反。 恢,九條本:苦迴反。 迭,九條本:大結反。 鳩,九條本:居求反。 【附】尤袁本李善注:《左氏傳》:爽鳩氏始居此地,季蒯因之。蒯,助革切。○案:九條本(乙本)頁背作"助力反"。

長安有狹邪行

  狹,九條本(乙本):洽,又:侯夾反。

陸士衡

伊洛有歧路,歧路交朱輪。輕蓋承華景,騰步躡飛塵。鳴玉豈樸儒,憑軾皆俊民。烈心厲勁秋,麗服鮮芳春。余本倦游客,豪彦多舊親。
傾蓋承芳訊,欲鳴當及晨。守一不足矜,歧路良可遵。規行無曠迹,
矩步豈逮人。投足緒已爾,四時不必循。將遂殊塗軌,要子同歸津。

　　樸,九條本:苦遫反。九條本(乙本):普遫反。○案:樸爲并
　　母,苦爲溪母,聲紐不同。九條本"苦"爲"普"字之訛。　訊,九
　　條本:信。　要,九條本:一招反。

長歌行
陸士衡

逝矣經天日,悲哉帶地川。寸陰無停晷,尺波豈徒旋。年往迅勁矢,
時來亮急絃。遠期鮮克及,盈數固希全。容華夙夜零,體澤坐自捐。
兹物苟難停,吾壽安得延。俛仰逝將過,倏忽幾何間。慷慨亦焉訴,
天道良自然。但恨功名薄,竹帛無所宣。迨及歲未暮,長歌承我閑。

　　鮮,九條本(乙本):思葦反。　數,九條本(乙本):史住反。
　　倏,九條本:叔。　迨,九條本:大。

悲哉行
陸士衡

游客芳春林,春芳傷客心。和風飛清響,鮮雲垂薄陰。蕙草饒淑氣,
時鳥多好音。翩翩鳴鳩羽,喈喈倉庚吟。幽蘭盈通谷,長秀被高岑。
女蘿亦有託,蔓葛亦有尋。傷哉游客士,憂思一何深。目感隨氣草,
耳悲詠時禽。寤寐多遠念,緬然若飛沉。願託歸風響,寄言遺所欽。

　　喈,九條本(乙本):皆。　思,九條本(乙本):四。　緬,九

條本:亡善反。　　遺,九條本(乙本):餘季反。

吴趨行

趨,九條本作"趍",音:朱。

陸士衡

楚妃且勿嘆,齊娥且莫謳。四坐并清聽,聽我歌《吴趨》。《吴趨》自有始,請從昌門起。昌門何峨峨,飛閣跨通波。重欒承游極,回軒啓曲阿。藹藹慶雲被,泠泠祥風過。山澤多藏育,土風清且嘉。泰伯導仁風,仲雍揚其波。穆穆延陵子,灼灼光諸華。王迹隤陽九,帝功興四遐。大皇自富春,矯手頓世羅。邦彦應運興,粲若春林蕋。屬城咸有士,吴邑最爲多。八族未足侈,四姓實名家。文德熙淳懿,武功侔山河。禮讓何濟濟,流化自滂沱。淑美難窮紀,商摧爲此歌。

妃,九條本:以而反,又如字,又:夷。　　娥,九條本:五何反。

坐,九條本(乙本):作卧反。　　欒,九條本:力丸反。　　泠,九條本作"冷":力丁反。九條本(乙本)《決》作冷,力丁反。　　隤,九條本(乙本)作"穨":大回反。　　矯,九條本(乙本)作"嬌":居表反。〇案:九條本(乙本)"嬌"爲"矯"字之訛。　　應,九條本(乙本):於證反。　　淳,九條本:处。〇案:九條本音"处"疑爲"純"字之訛。　　滂,九條本(乙本):普忙反。　　沱,九條本作"沲":大河反。　　摧,陳八郎本:角。九條本作"㩴",音:角。九條本(乙本):角,又《決》作榷,音同。

短歌行
陸士衡

置酒高堂,悲歌臨觴。人壽幾何,逝如朝霜。時無重至,華不再陽。
蘋以春暉,蘭以秋芳。來日苦短,去日苦長。今我不樂,蟋蟀在房。
樂以會興,悲以別章。豈曰無感,憂爲子忘。我酒既旨,我肴既臧。
短歌有詠,長夜無荒。

　　　　重,九條本(乙本):逐龍反。　　樂,九條本:洛。　　曰,九條
本:越。

日出東南隅作或曰羅敷豔歌
陸士衡

扶桑升朝暉,照此高臺端。高臺多妖麗,濬房出清顏。淑貌耀皎日,
惠心清且閑。美目揚玉澤,蛾眉象翠翰。鮮膚一何潤,秀色若可餐。
窈窕多容儀,婉媚巧笑言。暮春春服成,粲粲綺與紈。金雀垂藻翹,
瓊珮結瑤璠。方駕揚清塵,濯足洛水瀾。藹藹風雲會,佳人一何繁。
南崖充羅幕,北渚盈軿軒。清川含藻景,高崖被華丹。馥馥芳袖揮,
泠泠纖指彈。悲歌吐清響,雅舞播《幽蘭》。丹脣含九秋,妍迹陵七
盤。赴曲迅驚鴻,蹈節如集鸞。綺態隨顏變,沈姿無乏源。俯仰紛阿
那,顧步咸可懽。遺芳結飛颷,浮景映清湍。冶容不足詠,春游良
可嘆。

　　　　濬,九條本:思俊反。　　翰,陳八郎本:平聲。九條本:寒,
　　叶,又:平声。　　膚,九條本(乙本):夫。　　璠,九條本:付煩反。
　　　　崖,九條本:宜。　　軿,陳八郎本:蒲田。九條本:步田反,又:

併零反。　被，九條本（乙本）：皮義反。　馥，九條本：伏。
姿，九條本（乙本）：之。○案：此條音待考。　阿，九條本：一可
反。　那，九條本：那可反。　湍，九條本：他丹反。　冶，九條
本：也。　嘆，九條本：他丹反。

前緩聲歌
陸士衡

游仙聚靈族，高會曾城阿。長風萬里舉，慶雲鬱嵯峨。宓妃興洛浦，
王韓起太華。北徵瑤臺女，南要湘川娥。肅肅宵駕動，翩翩翠蓋羅。
羽旗栖瓊鸞，玉衡吐鳴和。太容揮高絃，洪崖發清歌。獻酬既已周，
輕舉乘紫霞。揔轡扶桑枝，濯足湯谷波。清輝溢天門，垂慶惠皇家。

　　宓，九條本作“密”，音：伏。九條本（乙本）旁記“宓”，音：伏。
　濯，九條本（乙本）：直角反。

塘上行
陸士衡

江蘺生幽渚，微芳不足宣。被蒙風雲會，移居華池邊。發藻玉臺下，
垂影滄浪泉。沾潤既已渥，結根奧且堅。四節逝不處，華繁難久鮮。
淑氣與時殞，餘芳隨風捐。天道有遷易，人理無常全。男懽智傾愚，
女愛衰避妍。不惜微軀退，但懼蒼蠅前。願君廣末光，照妾薄暮年。

　　浪，陳八郎本：平聲。　奧，九條本（乙本）：烏報反。　處，
　九條本（乙本）：昌呂反。　殞，九條本（乙本）：于敏反。

樂府一首

會吟行

謝靈運

六引緩清唱，三調佇繁音。列筵皆静寂，咸共聆會吟。會吟自有初，請從文命敷。敷績壺冀始，刊木至江汜。列宿炳天文，負海横地理。連峯競千仞，背流各百里。澔池溉粳稻，輕雲曖松杞。兩京愧佳麗，三都豈能似。層臺指中天，高墉積崇雉。飛燕躍廣途，鵁首戲清沚。肆呈窈窕容，路曜便娟子。自來彌年代，賢達不可紀。句踐善廢興，越叟識行止。范蠡出江湖，梅福入城市。東方就旅逸，梁鴻去桑梓。牽綴書土風，辭殫意未已。

調，九條本：徒吊反。九條本（乙本）：徒吊反，又引《決》：大吊反。　聆，九條本：力丁反。　刊，九條本（乙本）：苦干反。汜，九條本：似。　宿，九條本（乙本）：秀。　仞，九條本（乙本）作“刃”，旁記“仞”，音：刃。　流，九條本（乙本）：留。　澔，陳八郎本：皮尤。九條本：步允反，又：皮尤反。九條本（乙本）：波尤反。○案：九條本“允”爲“尤”字之訛。　粳，九條本：古行反。稻，九條本：道。　曖，九條本（乙本）：愛。　杞，九條本：去理反，又引《音決》：起。　墉，九條本：容。　燕，九條本作“鷰”：一見反。九條本（乙本）旁記《決》作“燕”：一見反。　沚，九條本（乙本）：子。　便，九條本旁記“楩”：婢綿反。　娟，九條本：一緣反。　句，九條本（乙本）：古侯反。　綴，九條本：知歲反。

東武吟

鮑明遠

主人且勿諠,賤子歌一言。僕本寒鄉士,出身蒙漢恩。始隨張校尉,
占募到河源。後逐李輕車,追虜窮塞垣。密塗亘萬里,寧歲猶七奔。
肌力盡鞍甲,心思歷涼溫。將軍既下世,部曲亦罕存。時事一朝異,
孤績誰復論。少壯辭家去,窮老還入門。腰鎌刈葵藿,倚杖牧雞独。
昔如韝上鷹,今似檻中猨。徒結千載恨,空負百年怨。弃席思君幄,
疲馬戀君軒。願垂晋主惠,不愧田子魂。

　　諠,集注本引《音決》、九條本:香袁反。　校,集注本引《音
決》:胡孝反。　占,集注本引《音決》:之瞻反。九條本:之膽反。
○案:九條本“膽”爲“瞻”字之訛。　募,集注本引《音決》:亡故
反。九條本:莫故反。　塞,集注本李善注、九條本:四代反。
肌,集注本引《音決》、九條本:居疑反。　思,集注本引《音決》:
先自反。九條本(乙本):四。　績,九條本:石。○案:績、石聲
韻皆異,九條本音疑誤。　少,集注本引《音決》、九條本(乙本):
失照反。　腰,集注本引《音決》作“要”:一招反。　鎌,集注本
引《音決》、九條本、朝鮮正德本、奎章閣本:廉。陳八郎本:立廉。
【附】集注本及尤袁本李善注:《説文》曰:鎌,鍥也。鍥,古頡
反。　刈,集注本引《音決》:五制反。九條本:义。　藿,集注本
引《音決》、九條本:火郭反。　倚,集注本引《音決》:於綺反。
独,集注本引《音決》、九條本(乙本):大敦反。九條本:屯。
韝,集注本引《音決》、九條本并作“韛”,音:溝。陳八郎本亦作
“韛”:古侯。九條本(乙本):古侯反。　鷹,集注本引《音決》:一
陵反。　檻,集注本引《音決》、九條本(乙本):艦。　猨,集注本

引《音決》：爰。　怨，集注本引《音決》、九條本：於元反，或爲冤，
非。九條本（乙本）：協於元反，爲冤非。　喔，集注本引《音決》：
一角反。

出自薊北門行

薊，集注本引《音決》、九條本、陳八郎本：計。

鮑明遠

羽檄起邊亭，烽火入咸陽。徵騎屯廣武，分兵救朔方。嚴秋筋竿勁，
虜陣精且强。天子按劍怒，使者遥相望。雁行緣石逕，魚貫度飛梁。
簫鼓流漢思，旌甲被胡霜。疾風衝塞起，沙礫自飄揚。馬毛縮如蝟，
角弓不可張。時危見臣節，世亂識忠良。投軀報明主，身死爲國殤。

檄，集注本引《音決》、九條本（乙本）：何的反。　烽，集注本
引《音決》作“烽”：芳逢反。　【附】集注本李善注：《漢書》曰：匈
奴秋馬肥，大會蹛林。蹛音多賴反。　筋，集注本引《音決》作
“筋”：斤。九條本：斤。　竿，集注本引《音決》、九條本：古旱反。
尤袤本李善注：公旱切。　勁，集注本引《音決》：吉政反。　使，
集注本引《音決》、九條本（乙本）：所吏反。　行，集注本引《音
決》：下郎反。　思，集注本引《音決》：先自反。九條本：先四反。
被，集注本引《音決》、九條本：皮義反。　衝，集注本引《音
決》：昌容反。　塞，集注本引《音決》、九條本：四代反。　礫，集
注本引《音決》、九條本（乙本）：歷。　縮，集注本引《音決》、九條
本（乙本）：所六反。　蝟，集注本引《音決》、九條本：謂。　殤，
九條本：章。

結客少年場行

鮑明遠

驄馬金絡頭，錦帶佩吳鉤。失意杯酒間，白刃起相讎。追兵一旦至，
負劍遠行游。去鄉三十載，復得還舊丘。升高臨四關，表裏望皇州。
九塗平若水，雙闕似雲浮。扶宮羅將相，夾道列王侯。日中市朝滿，
車馬若川流。擊鍾陳鼎食，方駕自相求。今我獨何爲，埳壈懷百憂。

  驄，集注本引《音決》、九條本作"聰"，音：怱。九條本（乙
本）：宗。 絡，集注本引《音決》：絡。九條本：洛。○案：九條本
頁眉記謂"《決》作珞，善作珞，集作絡"。據此，集注本引《音決》
上"絡"字當作"珞"，尤袤本正文亦當作"珞"。 鉤，集注本引
《音決》、九條本作"鈎"：古侯反。 關，九條本：官。 將，集注
本引《音決》、九條本：子亮反。 相，集注本引《音決》、九條本：
思亮反。 夾，集注本引《音決》、九條本：古洽反。 朝，集注本
引《音決》：直遙反。 爲，集注本引《音決》：于僞反，又如字。
埳，集注本引《音決》、九條本作"埳"：苦感反。陳八郎本：苦感。
  壈，集注本引《音決》作"壈"：力感反。九條本作"懍"：力感反，
又：覽。九條本（乙本）：洛感反。朝鮮正德本、奎章閣本：洛感。

東門行

鮑明遠

傷禽惡弦驚，倦客惡離聲。離聲斷客情，賓御皆涕零。涕零心斷絕，
將去復還訣。一息不相知，何況異鄉別。遙遙征駕遠，杳杳落日晚。
居人掩閨臥，行子夜中飯。野風吹秋木，行子心腸斷。食梅常苦酸，

衣葛常苦寒。絲竹徒滿坐，憂人不解顏。長歌欲自慰，彌起長恨端。

　　惡，集注本引《音決》：烏故反，下同。九條本：烏故反。

　訣，集注本引《音決》、九條本：決。　腸，九條本：長。　梅，集注本引《音決》：莫杯反。　衣，集注本引《音決》：於既反。　坐，集注本引《音決》：在臥反。　解，集注本引《音決》、九條本（乙本）：居蟹反。

苦熱行

　　苦，集注本引《音決》、九條本：丘故反。

鮑明遠

赤阪橫西阻，火山赫南威。身熱頭且痛，鳥㗱魂來歸。湯泉發雲潭，焦煙起石圻。日月有恒昏，雨露未嘗晞。丹蛇踰百尺，玄蜂盈十圍。含沙射流影，吹蠱痛行暉。鄣氣晝熏體，菵露夜沾衣。飢猨莫下食，晨禽不敢飛。毒涇尚多死，渡瀘寧具腓。生軀蹈死地，昌志登禍機。戈船榮既薄，伏波賞亦微。財輕君尚惜，士重安可希。

　　阪，集注本引《音決》：反。　㗱，集注本引《音決》、九條本（乙本）作"墮"：大果反。　潭，集注本引《音決》、九條本（乙本）：大南反。　焦，集注本引《音決》：子遼反。　圻，集注本引《音決》、九條本：巨衣反。　射，集注本引《音決》、九條本：市亦反。

　蠱，集注本引《音決》、九條本：古。　鄣，集注本引《音決》作"障"：之上反。九條本：之上反。　熏，集注本引《音決》作"爐"：火云反。　菵，集注本作"茵"，引《音決》：亡兩反。尤袤本李善注：罔。九條本作"茵"，音：罔。九條本（乙本）亦作"茵"，音：綱。

　猨，集注本引《音決》：爰。　瀘，集注本引《音決》、尤袤本李善

注：盧。　腓，集注本引《音决》、尤袤本李善注、九條本（乙本）：肥。

白頭吟
鮑明遠

直如朱絲繩，清如玉壺冰。何慙宿昔意，猜恨坐相仍。人情賤恩舊，世議逐衰興。毫髮一爲瑕，丘山不可勝。食苗實碩鼠，玷白信蒼蠅。鳧鵠遠成美，薪芻前見陵。申黜褒女進，班去趙姬昇。周王日淪惑，漢帝益嗟稱。心賞猶難恃，貌恭豈易憑。古來共如此，非君獨撫膺。

猜，集注本引《音决》、九條本：七才反。尤袤本李善注：千才切。　瑕，集注本引《音决》、九條本：霞。　勝，集注本引《音决》：升。　蠅，九條本：余陵反。　芻，集注本作“蒭”，引《音决》：側于反。九條本亦作“蒭”：惻于反。　褒，集注本作“襃”，引《音决》：必毛反。九條本亦作“襃”：百毛反。　易，集注本引《音决》、九條本（乙本）：以智反。

放歌行
鮑明遠

蓼蟲避葵菫，習苦不言非。小人自齷齪，安知曠士懷。雞鳴洛城裏，禁門平旦開。冠蓋縱橫至，車騎四方來。素帶曳長飇，華纓結遠埃。日中安能止，鍾鳴猶未歸。夷世不可逢，賢君信愛才。明慮自天斷，不受外嫌猜。一言分珪爵，片善辭草萊。豈伊白璧賜，將起黃金臺。今君有何疾，臨路獨遲迴。

蓼,集注本引《音决》:了。九條本:了,又:來鳥。九條本(乙本):來鳥反。　董,集注本引《音决》、九條本:謹。　齷,集注本作"握",引《音决》:一佰反。九條本亦作"握":一角反。○案:握爲覺韻,佰爲陌韻,韻母不同,集注本"佰"疑爲"角"字形近之訛。

齪,集注本引《音决》、九條本:初角反。陳八郎本:初角。縱,集注本作"從",引《音决》:子容反。　車,九條本:居。　飆,集注本引《音决》:必遙反。　斷,集注本引《音决》、九條本:多歡反。　嫌,集注本引《音决》、九條本:户兼反。　猜,集注本引《音决》:七才反。　萊,集注本引《音决》:來。　賜,集注本作"睨",引《音决》:况。

升天行

鮑明遠

家世宅關輔,勝帶宦王城。備聞十帝事,委曲兩都情。倦見物興衰,驟睹俗屯平。翩翩類迴掌,恍惚似朝榮。窮塗悔短計,晚志重長生。從師入遠岳,結友事仙靈。五圖發金記,九籥隱丹經。風餐委松宿,雲卧恣天行。冠霞登綵閣,解玉飲椒庭。蹔游越萬里,近别數千齡。鳳臺無還駕,簫管有遺聲。何時與爾曹,啄腐共吞腥。

勝,集注本引《音决》:升。　驟,集注本引《音决》:助又反。屯,集注本引《音决》:知論反。九條本:知倫反。九條本(乙本)旁記:《决》作"迍":知倫反。　恍,集注本作"怳",引《音决》:虚往反。九條本亦作"怳":居强反。九條本(乙本)亦作"怳":居往反。　惚,集注本引《音决》、九條本:忽。　記,集注本及九條本旁記作"櫃",引《音决》:其媿反,或爲記,通。　籥,集注本引

《音決》、九條本：藥。　　餐，集注本作"湌"，引《音決》：七干反。

　宿，集注本引《音決》、九條本：思六反，或爲柏，非。　　悆，集注本引《音決》：即次反。　　冠，集注本引《音決》、九條本：古翫反。

　解，集注本引《音決》、九條本：居買反。　　齡，集注本引《音決》：力丁反。　　啄，集注本引《音決》：丁角反。九條本（乙本）：一角反。○案：九條本（乙本）"一"爲"丁"之殘字。　　腐，集注本引《音決》：父。　　吞，集注本引《音決》：吐根反。　　腥，集注本引《音決》：星。

鼓吹曲

吹，九條本（乙本）：昌瑞反。

謝玄暉

江南佳麗地，金陵帝王州。逶迤帶渌水，迢遞起朱樓。飛甍夾馳道，垂楊蔭御溝。凝笳翼高蓋，疊鼓送華輈。獻納雲臺表，功名良可收。

　王，集注本引《音決》、九條本（乙本）：于放反。　　迢，集注本引《音決》作"岧"，音：條。　　遞，集注本引《音決》作"嵽"：徒帝反。

　夾，集注本引《音決》、九條本（乙本）：古洽反。　　溝，集注本引《音決》：古侯反。　　笳，集注本引《音決》、九條本（乙本）：加。

輈，集注本引《音決》：丁留反。九條本：丁流反，又：長流反。

挽　歌

挽，集注本引《音決》：晚，又：万。九條本（乙本）：晚。

挽歌詩
繆熙伯

繆，集注本引《音決》、九條本（乙本）：亡又反。陳八郎本：亡又。

熙，集注本引《音決》、九條本（乙本）：許疑反。

生時游國都，死没弃中野。朝發高堂上，暮宿黄泉下。白日入虞淵，懸車息駟馬。造化雖神明，安能復存我。形容稍歇滅，齒髮行當墮。自古皆有然，誰能離此者。

懸，集注本引《音決》作"縣"：玄。　駟，集注本引《音決》：四。　造，集注本引《音決》、九條本：才藻反。　稍，集注本引《音決》作"銷"：消。　歇，集注本引《音決》：許謁反。　墮，集注本引《音決》、九條本作"墮"：大果反。　離，集注本引《音決》、九條本（乙本）：力智反。

挽歌詩三首
陸士衡

卜擇考休貞，嘉命咸在兹。夙駕驚徒御，結轡頓重基。龍輀被廣柳，前驅矯輕旆。殯宮何嘈嘈，哀響沸中闈。中闈且勿讙，聽我薤露詩。死生各異倫，祖載當有時。舍爵兩楹位，啓殯進靈輀。飲餞觴莫舉，出宿歸無期。帷衽曠遺影，棟宇與子辭。

擇，九條本：宅。　休，集注本引《音决》：香留反。　驚，集注本引《音决》：景。　重，集注本引《音决》：逐龍反，下同。慌，集注本引《音决》、陳八郎本、九條本：荒。　被，集注本引《音决》、九條本（乙本）：皮義反。　矯，集注本引《音决》：居表反。　殯，集注本引《音决》、九條本：必刃反。　嘈，集注本引《音决》、九條本：曹。　闈，集注本、九條本（乙本）并引《音决》作"闈"，音：圭。　譁，集注本引《音决》、九條本（乙本）：火丸反。

薤，集注本引《音决》：何介反。九條本：何界反。　舍，集注本引《音决》、九條本：捨。　楹，集注本引《音决》：盈。　輀，集注本引《音决》：而，後同。陳八郎本、九條本：而。　袵，集注本引《音决》作"衽"：而甚反。　棟，集注本引《音决》：多貢反。

周親咸奔湊，友朋自遠來。翼翼飛輕軒，駸駸策素騏。按轡遵長薄，送子長夜臺。呼子子不聞，泣子子不知。嘆息重櫬側，念我疇昔時。三秋猶足收，萬世安可思。殉没身易亡，救子非所能。含言言哽咽，揮涕涕流離。

湊，集注本引《音决》、九條本（乙本）：七豆反。　來，集注本引《音决》：協韻，力而反，吴俗言也。九條本：叶，力而，吴俗言也。　駸，集注本引《音决》、九條本：楚吟反。陳八郎本：楚林。九條本（乙本）：楚吟反，又：楚林反。　騏，集注本引《音决》：其。

臺，集注本引《音决》：協韻，狄夷反，吴俗言。九條本：狄夷反，叶。九條本（乙本）：池，又：協狄夷反，吴俗言，五家亦協韻。櫬，集注本引《音决》、九條本：初刃反。朝鮮正德本、奎章閣本：楚覲。　殉，集注本引《音决》作"殞"：于敏反。　易，集注本引《音决》、九條本（乙本）：以智反。　能，集注本引《音决》：協韻，女夷反，吳俗言。陳八郎本：女夷。九條本：女夷反，叶，吳俗言。

　　哽，集注本引《音決》、九條本：居杏反。　　咽，集注本引《音決》、九條本：一結反。

重阜何崔嵬，玄廬竄其間。旁薄立四極，穹隆放蒼天。側聽陰溝涌，臥觀天井懸。廣霄何寥廓，大暮安可晨。人往有反歲，我行無歸年。

　　重，集注本引《音決》：逐龍反。　　崔，集注本引《音決》、九條本：在回反。　　嵬，集注本引《音決》、九條本：五回反。　　廬，集注本引《音決》：力於反。　　間，集注本引《音決》：恊韻，居連反。九條本：居連反，叶。　　旁，集注本引《音決》、九條本：步郎反。　　穹，集注本引《音決》：去弓反。　　放，集注本引《音決》、九條本：方往反。　　溝，集注本引《音決》：古侯反。　　涌，集注本引《音決》：以隴反。　　懸，集注本引《音決》、九條本旁記作“縣”，音：玄。　　寥，集注本引《音決》：力彫反。

昔居四民宅，今託萬鬼鄰。昔爲七尺軀，今成灰與塵。金玉素所佩，鴻毛今不振。豐肌饗螻蟻，妍姿永夷泯。壽堂延螭魅，虛無自相賓。螻蟻爾何怨，螭魅我何親。拊心痛荼毒，永嘆莫爲陳。

　　灰，集注本引《音決》：火回反。　　振，集注本引《音決》：恊韻音真。陳八郎本：平聲。九條本：真，叶。　　肌，集注本引《音決》：飢。　　螻，集注本引《音決》：樓。　　蟻，集注本引《音決》：魚綺反。　　妍，九條本：言。　　泯，集注本引《音決》：避諱，亡巾反，又民之去聲也，他皆放此。陳八郎本：平聲。九條本：亡巾反，又去聲，他皆放此，《決》云平聲也。九條本（乙本）：亡巾反，又泯之去，他皆放此。○案：九條本與集注本所引《音決》互異。　　壽，集注本引《音决》:時又反。　螭,集注本引《音决》:勑知反。九條本旁記:《决》作魑,丑知反。○案:九條本與集注本所引《音决》互異。　魅,集注本引《音决》:媚。　怨,集注本引《音决》、九條本:於元反。　柎,集注本引《音决》:撫。九條本(乙本):芳父反。　荼,集注本引《音决》、九條本(乙本):大奴反。　爲,集注本引《音决》、九條本(乙本):于僞反。

流離親友思,惆悵神不泰。素驂佇轜軒,玄駟鷖飛蓋。哀鳴興殯宮,迴遲悲野外。魂輿寂無響,但見冠與帶。備物象平生,長旐誰爲旆。悲風徽行軌,傾雲結流藹。振策指靈丘,駕言從此逝。

　　思,集注本引《音决》:先自反。九條本(乙本):四。　惆,集注本、九條本(乙本)并引《音决》:勑留反。九條本:丑留反。悵,集注本引《音决》:勑亮反。　驂,集注本引《音决》、九條本:七男反。　佇,集注本引《音决》、九條本:直吕反。　轜,九條本(乙本):如之反。　駟,集注本引《音决》:四。　鷖,集注本引《音决》:殹。　爲,集注本引《音决》:于僞反。　旆,集注本引《音决》:步外反。　策,集注本引《音决》作"筞",音:策。九條本(乙本)旁記:作筞,音策。○案:九條本(乙本)旁記蓋即《音决》文。

挽歌詩
陶淵明

荒草何茫茫,白楊亦蕭蕭。嚴霜九月中,送我出遠郊。四面無人居,高墳正嶕嶢。馬爲仰天鳴,風爲自蕭條。幽室一已閉,千年不復朝。

千年不復朝，賢達無奈何。向來相送人，各已歸其家。親戚或餘悲，
佗人亦已歌。死去何所道，託體同山阿。

> 茫，集注本引《音决》、九條本：莫郎反。　墳，集注本引《音
> 决》：扶云反。　噍，集注本引《音决》：在焦反。陳八郎本：慈遥。
> 九條本：慈遥反。九條本（乙本）：在焦反，又：慈遥反。　嶢，集
> 注本引《音决》、陳八郎本、九條本：堯。　爲，集注本引《音决》、
> 九條本（乙本）：于僞反，下同。　戚，集注本引《音决》：七亦反。

雜　歌

歌并序

荆　軻

> 軻，集注本引《音决》、九條本：口何反。

燕太子丹使荆軻刺秦王，丹祖送於易水上，高漸離擊筑，荆軻歌，宋如
意和之，曰：

> 易，集注本引《音决》、九條本：亦。　漸，集注本引《音决》：
> 疾。　筑，集注本引《音决》、尤袤本李善注引鄧展、九條本：竹。
> 和，集注本引《音决》、九條本：胡卧反。

風蕭蕭兮易水寒，壯士一去兮不復還。

> 蕭，集注本引《音决》：四條反。　易，九條本：亦。　復，集
> 注本引《音决》：方富反。

歌并序

漢高祖

高祖還，過沛，留。置酒沛宮。悉召故人父老子弟佐酒，發沛中兒得百二十人，教之歌。酒酣，上擊筑自歌，曰：大風起兮雲飛揚，威加海内兮歸故鄉，安得猛士兮守四方。

　　　　過，集注本引《音决》：戈。　　沛，集注本引《音决》：貝，下同。九條本：貝。　　酣，集注本引《音决》、九條本（乙本）：何甘反。筑，集注本引《音决》：竹。

扶風歌

劉越石

朝發廣莫門，莫宿丹水山。左手彎繁弱，右手揮龍淵。顧瞻望宮闕，俯仰御飛軒。據鞍長嘆息，淚下如流泉。繫馬長松下，發鞍高岳頭。烈烈悲風起，泠泠澗水流。揮手長相謝，哽咽不能言。浮雲爲我結，歸鳥爲我旋。

　　【附】尤袤本李善注：《漢書》曰：高都縣莞谷，丹水所出也。莞音管。　　山，集注本引《音决》：恊韻，所連反。九條本：所連反。　　彎，集注本引《音决》、九條本：烏還反。　　繁，集注本引《音决》：扶袁反。　　繫，集注本引《音决》：計。　　鞍，集注本作“鞌”，引《音决》：安。　　泠，集注本引《音决》：力丁反。　　哽，集注本引《音决》、九條本：古杏反。　　咽，集注本引《音决》：一結反。　　爲，集注本引《音决》：于偽反，下同。九條本：于偽反。

去家日已遠,安知存與亡。慷慨窮林中,抱膝獨摧藏。麋鹿游我前,
猨猴戲我側。資糧既乏盡,薇蕨安可食。攬轡命徒侶,吟嘯絶巖中。
君子道微矣,夫子故有窮。惟昔李騫期,寄在匈奴庭。忠信反獲罪,
漢武不見明。我欲競此曲,此曲悲且長。弃置勿重陳,重陳令心傷。

　　慷,集注本引《音决》:可朗反。　慨,集注本引《音决》:可代
反。　摧,集注本引《音决》:在回反。九條本:才。　麋,集注本
引《音决》:眉。　猨,集注本引《音决》作"猿",音:爰。　猴,集
注本引《音决》:侯。　糧,集注本作"粮",引《音决》:良。九條本
亦作"粮",音:良。　薇,集注本引《音决》:微。　蕨,集注本引
《音决》、九條本:居月反。　攬,集注本引《音决》:力敢反。
重,集注本引《音决》:直用反。

中山王孺子妾歌

　　孺,集注本作"㜳",引《音决》:而喻反。九條本(乙本):而論反。

陸韓卿

如姬寢卧内,班婕坐同車。洪波陪飲帳,林光宴秦餘。歲暮寒飇及,
秋水落芙蕖。子瑕矯後駕,安陵泣前魚。賤妾終已矣,君子定焉如。

　　婕,集注本引《音决》:接。　陪,集注本引《音决》、九條本
(乙本):步回反。　宴,集注本引《音决》:一見反。　飇,集注本
引《音决》:必遥反。　蕖,集注本引《音决》:渠。　瑕,集注本引
《音决》、九條本(乙本):遐。　焉,集注本引《音决》:於乹反。

《文選》音注輯考卷二十九

雜詩上

雜詩上

古詩一十九首

行行重行行，與君生別離。相去萬餘里，各在天一涯。道路阻且長，
會面安可知。胡馬依北風，越鳥巢南枝。相去日已遠，衣帶日已緩。
浮雲蔽白日，游子不顧反。思君令人老，歲月忽已晚。棄捐勿復道，
努力加餐飯。

　　　涯，陳八郎本：宜。九條本作“崖”，音：宜，叶，陳留俗言也。

　　　捐，九條本：緣。　餐，九條本作“飧”：七干反。

青青河畔草，鬱鬱園中柳。盈盈樓上女，皎皎當牕牖。娥娥紅粉粧，
纖纖出素手。昔爲倡家女，今爲蕩子婦。蕩子行不歸，空牀難獨守。

　　　鬱，九條本：於勿反。　牖，九條本：酉。　娥，九條本：五何
反。　纖，九條本：息廉反。

青青陵上柏，磊磊磵中石。人生天地間，忽如遠行客。斗酒相娛樂，
聊厚不爲薄。驅車策駑馬，游戲宛與洛。洛中何鬱鬱，冠帶自相索。
長衢羅夾巷，王侯多第宅。兩宮遥相望，雙闕百餘尺。極宴娛心意，
戚戚何所迫。

　　　　磊,九條本:力罪反。　　樂,九條本:洛。　　車,九條本:居。
　　駑,九條本:奴。　　宛,陳八郎本:平聲。九條本:於元反,平
　　声。　　索,陳八郎本:所格。九條本:所格反。　　夾,九條本:古
　　洽反。　　迫,九條本:伯。

今日良宴會,歡樂難具陳。彈箏奮逸響,新聲妙入神。令德唱高言,
識曲聽其真。齊心同所願,含意俱未申。人生寄一世,奄忽若飇塵。
何不策高足,先據要路津。無爲守窮賤,轗軻長苦辛。

　　　　樂,九條本:洛。　　令,九條本:力政反。　　轗,尤袤本李善
　　注:苦闇切。九條本:苦咸反。○案:九條本"咸"疑爲"感"之省
　　文。　　軻,尤袤本李善注:苦賀切。陳八郎本:苦賀。九條本:苦
　　簡反。

西北有高樓,上與浮雲齊。交疏結綺牕,阿閣三重階。上有絃歌聲,
音響一何悲。誰能爲此曲,無乃杞梁妻。清商隨風發,中曲正徘徊。
一彈再三嘆,慷慨有餘哀。不惜歌者苦,但傷知音稀。願爲雙鳴鶴,
奮翅起高飛。

　　　　杞,九條本:起。　　鶴,九條本旁記:《決》作鵠,胡毒反。
　　翅,九條本:舒智反。

涉江采芙蓉,蘭澤多芳草。采之欲遺誰,所思在遠道。還顧望舊鄉,
長路漫浩浩。同心而離居,憂傷以終老。

　　　　漫,九條本:亡半反。　　浩,九條本:胡孝反。

明月皎夜光,促織鳴東壁。玉衡指孟冬,衆星何歷歷。白露沾野草,

時節忽復易。秋蟬鳴樹間,玄鳥逝安適。昔我同門友,高舉振六翮。
不念攜手好,棄我如遺迹。南箕北有斗,牽牛不負軛。良無盤石固,
虛名復何益。

　　　　促,九條本:七録反。　　易,九條本:亦。　　好,九條本:耗。

　　軛,陳八郎本:烏格。九條本:厄,又:烏格反。

冉冉孤生竹,結根泰山阿。與君爲新婚,兔絲附女蘿。兔絲生有時,
夫婦會有宜。千里遠結婚,悠悠隔山陂。思君令人老,軒車來何遲。
傷彼蕙蘭花,含英揚光輝。過時而不采,將隨秋草萎。君亮執高節,
賤妾亦何爲。

　　　　冉,九條本:而琰反。　　陂,九條本:布皮反。　　蕙,九條本:
　　惠。　　萎,九條本:一隨反。

庭中有奇樹,緑葉發華滋。攀條折其榮,將以遺所思。馨香盈懷袖,
路遠莫致之。此物何足貢,但感別經時。

　　　　折,九條本:之舌反。　　遺,九條本:以季反。

迢迢牽牛星,皎皎河漢女。纖纖擢素手,札札弄機杼。終日不成章,
泣涕零如雨。河漢清且淺,相去復幾許。盈盈一水間,脉脉不得語。

　　　　迢,九條本:徒彫反。　　纖,九條本:息廉反。　　擢,九條本:
　　直角反。　　杼,九條本:直吕反。　　間,九條本:居莧反。　　脉,
　　九條本:亡革反。陳八郎本作“脈”,音:莫白。

迴車駕言邁,悠悠涉長道。四顧何茫茫,東風搖百草。所遇無故物,
焉得不速老。盛衰各有時,立身苦不早。人生非金石,豈能長壽考。

奄忽隨物化，榮名以爲寶。

> 茫，九條本：莫郎反。　遇，九條本旁記"過"：古臥反。
> 焉，九條本：於虔反。

東城高且長，逶迤自相屬。迴風動地起，秋草萋已綠。四時更變化，歲暮一何速。《晨風》懷苦心，《蟋蟀》傷局促。蕩滌放情志，何爲自結束。燕趙多佳人，美者顏如玉。被服羅裳衣，當户理清曲。音響一何悲，絃急知柱促。馳情整中帶，沈吟聊躑躅。思爲雙飛鷰，銜泥巢君屋。

> 逶，九條本：於危反。　迤，九條本：以支反。　屬，九條本：之欲反。　更，九條本：古行反。　蟋，九條本：悉。　蟀，九條本：卒。　局，九條本：曲。　蕩，九條本：大朗反。　滌，九條本：大的反。　被，九條本：皮義。　躑，九條本：直亦反。　躅，九條本作"躅"：直欲反。

驅車上東門，遙望郭北墓。白楊何蕭蕭，松柏夾廣路。下有陳死人，杳杳即長暮。潛寐黃泉下，千載永不寤。浩浩陰陽移，年命如朝露。人生忽如寄，壽無金石固。萬歲更相送，聖賢莫能度。服食求神仙，多爲藥所誤。不如飲美酒，被服紈與素。

> 誤，九條本：五故反。

去者日以疎，生者日以親。出郭門直視，但見丘與墳。古墓犂爲田，松柏摧爲薪。白楊多悲風，蕭蕭愁殺人。思還故里閭，欲歸道無因。

> 墳，九條本：扶云反。　犂，九條本：力兮反。

生年不滿百，常懷千歲憂。晝短苦夜長，何不秉燭游。爲樂當及時，何能待來茲。愚者愛惜費，但爲後世嗤。仙人王子喬，難可與等期。

　　費，九條本：芳味反。　嗤，九條本：尺之反。

凛凛歲云暮，螻蛄夕鳴悲。涼風率已厲，游子寒無衣。錦衾遺洛浦，同袍與我違。獨宿累長夜，夢想見容輝。良人惟古懽，枉駕惠前綏。願得常巧笑，攜手同車歸。既來不須臾，又不處重闈。亮無晨風翼，焉能凌風飛。眄睞以適意，引領遙相睎。徙倚懷感傷，垂涕沾雙扉。

　　凛，九條本：力甚反。　螻，尤袤本李善注：力侯切。陳八郎本：婁。九條本：樓。　蛄，尤袤本李善注：鼓胡切。陳八郎本：孤。九條本：姑。　衾，九條本：丘今反。　袍，九條本：步毛反。

　　焉，九條本：於虔反。　眄，九條本作“盽”：亡見反。　睞，九條本：力代反。

孟冬寒氣至，北風何慘慄。愁多知夜長，仰觀衆星列。三五明月滿，四五詹兔缺。客從遠方來，遺我一書札。上言長相思，下言久離別。置書懷袖中，三歲字不滅。一心抱區區，懼君不識察。

　　慘，九條本：七敢反。　慄，陳八郎本：力失。九條本：栗。

　　詹，九條本旁記“蟾”：之廉反，或爲占，非。　遺，九條本：以季反。　札，九條本：側列反，叶，又：節，叶。

客從遠方來，遺我一端綺。相去萬餘里，故人心尚爾。文綵雙鴛鴦，裁爲合懽被。著以長相思，緣以結不解。以膠投漆中，誰能別離此。

　　鴛，九條本：於元反。　鴦，九條本：於良反。　著，九條本：丁处反。　緣，尤袤本李善注、九條本：以絹反。　解，九條本：

何綺反,叶。

明月何皎皎,照我羅床幃。憂愁不能寐,攬衣起徘徊。客行雖云樂,
不如早旋歸。出戶獨彷徨,愁思當告誰。引領還入房,淚下沾裳衣。

　　　攬,九條本:力敢反。　　樂,九條本:洛。

與蘇武三首

李少卿

良時不再至,離別在須臾。屏營衢路側,執手野踟躕。仰視浮雲馳,
奄忽互相踰。風波一失所,各在天一隅。長當從此別,且復立斯須。
欲因晨風發,送子以賤軀。

　　　屏,九條本:步銘反。　　踟,九條本:直知反。　　躕,九條本:
　　直誅反。　　踰,九條本:以朱反。　　須,九條本:朱。○案:須爲
　　心母,朱爲章母,精章兩組混切。

嘉會難再遇,三載爲千秋。臨河濯長纓,念子悵悠悠。遠望悲風至,
對酒不能酬。行人懷往路,何以慰我愁。獨有盈觴酒,與子結綢繆。

　　　濯,九條本:直角反。　　悵,九條本:勑亮反。　　綢,九條本:
　　直留反。　　繆,九條本:亡尤反。

攜手上河梁,游子暮何之。徘徊蹊路側,恨恨不得辭。行人難久留,
各言長相思。安知非日月,弦望自有時。努力崇明德,皓首以爲期。

　　　上,九條本:時掌反。　　蹊,九條本:兮。　　恨,九條本:力上
　　反。　　努,九條本:乃古反。　　皓,九條本:胡孝反。

詩四首

蘇子卿

骨肉緣枝葉，結交亦相因。四海皆兄弟，誰爲行路人。况我連枝樹，
與子同一身。昔爲鴛與鴦，今爲參與辰。昔者常相近，邈若胡與秦。
惟念當離別，恩情日以新。鹿鳴思野草，可以喻嘉賓。我有一罇酒，
欲以贈遠人。願子留斟酌，叙此平生親。

　　　　參，九條本：所今反。　　近，九條本：其靳反。　　恩，九條本
作“思”：先自反。　　斟，九條本：之林反。

黃鵠一遠別，千里顧徘徊。胡馬失其羣，思心常依依。何况雙飛龍，
羽翼臨當乖。幸有絃歌曲，可以喻中懷。請爲游子吟，泠泠一何悲。
絲竹厲清聲，慷慨有餘哀。長歌正激烈，中心愴以摧。欲展清商曲，
念子不能歸。俛仰內傷心，淚下不可揮。願爲雙黃鵠，送子俱遠飛。

　　　　泠，九條本作“冷”：力丁反。　　慷，九條本：丁朗反。○案：
　　九條本“丁”字當作“可”。見本卷曹子建《情詩》“慷慨對嘉賓”
　　句。　　慨，九條本：丁代反。○案：九條本“丁”字當作“可”，參
　　上條。

結髮爲夫妻，恩愛兩不疑。歡娛在今夕，嬿婉及良時。征夫懷往路，
起視夜何其。參辰皆已沒，去去從此辭。行役在戰場，相見未有期。
握手一長嘆，淚爲生別滋。努力愛春華，莫忘歡樂時。生當復來歸，
死當長相思。

　　　　嬿，九條本：於典反。　　婉，九條本：於玩反。　　參，九條
　　本：心。

燭燭晨明月,馥馥我蘭芳。芬馨良夜發,隨風聞我堂。征夫懷遠路,
游子戀故鄉。寒冬十二月,晨起踐嚴霜。俯觀江漢流,仰視浮雲翔。
良友遠離別,各在天一方。山海隔中州,相去悠且長。嘉會難兩遇,
懽樂殊未央。願君崇令德,隨時愛景光。

> 馥,九條本:伏。　　馨,九條本:虛盈反。　　樂,九條本:洛。

四愁詩四首并序
張平子

張衡不樂久處機密,陽嘉中,出爲河間相。時國王驕奢,不遵法度。
又多豪右并兼之家。衡下車,治威嚴,能內察屬縣,姦滑行巧劫,皆密
知名。下吏收捕,盡服擒。諸豪俠游客,悉惶懼逃出境。郡中大治,
爭訟息,獄無繫囚。時天下漸獘,鬱鬱不得志,爲《四愁詩》。屈原以
美人爲君子,以珍寶爲仁義,以水深雪雾爲小人。思以道術相報,貽
於時君。而懼讒邪不得以通。其辭曰:

> 樂,九條本:洛。　　相,九條本:思亮反。　　劫,九條本:居業
> 反。　　捕,九條本:步。

一思曰:我所思兮在太山,欲往從之梁父艱,側身東望涕霑翰。美人
贈我金錯刀,何以報之英瓊瑤。路遠莫致倚逍遥,何爲懷憂心煩勞。

> 父,陳八郎本:甫。九條本:方武反,或協爲逋,通。　　翰,陳
> 八郎本:平聲。　　錯,九條本:七故反,又:倉客反。　　瓊,九條
> 本:巨營反。　　瑤,九條本:遥。

二思曰:我所思兮在桂林,欲往從之湘水深,側身南望涕沾襟。美人

贈我金琅玕，何以報之雙玉盤。路遠莫致倚惆悵，何爲懷憂心煩傷。

　　　湘，九條本：相。　　琅，九條本：良。　　惆，九條本：勑留反。

　　悵，陳八郎本：平聲。九條本：勑亮反。　　傷，九條本：舒上
反，叶。

三思曰：我所思兮在漢陽，欲往從之隴阪長，側身西望涕沾裳。美人
贈我貂襜褕，何以報之明月珠。路遠莫致倚踟躕，何爲懷憂心煩紆。

　　　阪，九條本作“坂”，音：反。　　貂，九條本：彫。　　襜，九條
本：昌占反。朝鮮正德本、奎章閣本：昌詹。　　褕，九條本：以朱
反。朝鮮正德本、奎章閣本：逾。　　踟，九條本：直知反。　　躕，
九條本：直株反。　　紆，九條本：一于反。

四思曰：我所思兮在雁門，欲往從之雪紛紛，側身北望涕沾巾。美人
贈我錦繡段，何以報之青玉案。路遠莫致倚增嘆，何爲懷憂心煩惋。

　　　紛，九條本：芳云反。　　繡，九條本：息溜反。　　惋，九條本：
烏貫反。

雜　詩

王仲宣

日暮游西園，冀寫憂思情。曲池揚素波，列樹敷丹榮。上有特栖鳥，
懷春向我鳴。褰袵欲從之，路嶮不得征。徘徊不能去，佇立望爾形。
風飈揚塵起，白日忽已冥。迴身入空房，託夢通精誠。人欲天不違，
何懼不合并。

　　　思，九條本：先自反。　　【附】尤袤本李善注：《說文》曰：袵，

衣衿也。衿音今。　颾，九條本：匹遥反。　冥，九條本引《音決》：莫瞢反。

雜　詩
劉公幹

職事相填委，文墨紛消散。馳翰未暇食，日昃不知晏。沈迷簿領書，回回自昏亂。釋此出西城，登高且游觀。方塘含白水，中有鳧與雁。安得肅肅羽，從爾浮波瀾。

　　填，九條本：田。　翰，九條本：汗。　晏，九條本：何旦反。○案："何"字疑誤。　簿，九條本作"薄"：步古反。○案：九條本"薄"爲"簿"字之訛。　觀，九條本：古翫反。　瀾，陳八郎本：去聲，協韻。九條本：去声，叶。

雜詩二首
魏文帝

漫漫秋夜長，烈烈北風凉。展轉不能寐，披衣起彷徨。彷徨忽已久，白露沾我裳。俯視清水波，仰看明月光。天漢迴西流，三五正從橫。草蟲鳴何悲，孤雁獨南翔。鬱鬱多悲思，縣縣思故鄉。願飛安得翼，欲濟河無梁。向風長嘆息，斷絕我中腸。

　　漫，九條本：莫旦反。　彷，九條本作"仿"，音：傍。　徨，九條本作"偟"，音：皇。

西北有浮雲，亭亭如車蓋。惜哉時不遇，適與飄風會。吹我東南行，南行至吳會。吳會非我鄉,安能久留滯。棄置勿復陳,客子常畏人。

　　飆,九條本:匹遥反。　　會,九條本:古外反。

朔風詩
曹子建

仰彼朔風,用懷魏都。願騁代馬,倏忽北徂。凱風永至,思彼蠻方。
願隨越鳥,翻飛南翔。四氣代謝,懸景運周。別如俯仰,脱若三秋。
昔我初遷,朱華未希。今我旋止,素雪雲飛。俯降千仞,仰登天阻。
風飄蓬飛,載離寒暑。千仞易陟,天阻可越。昔我同袍,今永乖別。
子好芳草,豈忘爾貽。繁華將茂,秋霜悴之。君不垂眷,豈云其誠。
秋蘭可喻,桂樹冬榮。絃歌蕩思,誰與消憂。臨川暮思,何爲泛舟。
豈無和樂,游非我鄰。誰忘泛舟,愧無榜人。

　　　凱,九條本作“飆”,音:愷。　　脱,九條本:吐活反。　　仞,九
　　條本:刃。　　易,九條本:以智反。　　袍,九條本:步毛反。　　好,
　　九條本:耗。　　悴,九條本:遂。　　思,九條本:先自反,下如字。
　　　思,九條本:如思。○案:九條本“如思”之“思”原作代字符
　　“丨”。　　樂,九條本:洛。　　榜,陳八郎本:班孟。九條本:布
　　孟反。

雜詩六首
曹子建

高臺多悲風,朝日照北林。之子在萬里,江湖迥且深。方舟安可極,
離思故難任。孤雁飛南游,過庭長哀吟。翹思慕遠人,願欲託遺音。

形影忽不見，翩翩傷我心。

> 思，九條本：先自反，下思。○案：九條本“下思”之“思”原作代字符“｜”，意謂下句“翹思”之“思”讀如字。　　翹，九條本：巨堯反。

轉蓬離本根，飄颻隨長風。何意迴飈舉，吹我入雲中。高高上無極，天路安可窮。類此游客子，捐軀遠從戎。毛褐不掩形，薇藿常不充。去去莫復道，沉憂令人老。

> 飈，九條本：必遥反。　　捐，九條本：緣。　　褐，九條本：何葛反。　　薇，九條本：微。　　藿，九條本：火郭反。

西北有織婦，綺縞何繽紛。明晨秉機杼，日昃不成文。太息終長夜，悲嘯入青雲。妾身守空閨，良人行從軍。自期三年歸，今已歷九春。飛鳥繞樹翔，噭噭鳴索羣。願爲南流景，馳光見我君。

> 縞，尤袤本李善注：古老切。九條本：古考反。　　繽，九條本：疋人反。　　杼，九條本：直吕反。　　噭，九條本：叫。　　索，九條本：所格反。

南國有佳人，容華若桃李。朝游江北岸，日夕宿湘沚。時俗薄朱顏，誰爲發皓齒。俛仰歲將暮，榮耀難久恃。

> 湘，九條本：相。　　沚，九條本：止。　　爲，九條本：于僞反。

僕夫早嚴駕，吾將遠行游。遠游欲何之，吳國爲我仇。將騁萬里塗，東路安足由。江介多悲風，淮泗馳急流。願欲一輕濟，惜哉無方舟。閑居非吾志，甘心赴國憂。

介,九條本:界。　濟,九條本:子細反。

飛觀百餘尺,臨牖御欞軒。遠望周千里,朝夕見平原。烈士多悲心,
小人媮自閑。國讎亮不塞,甘心思喪元。拊劍西南望,思欲赴太山。
絃急悲聲發,聆我慷慨言。

牖,九條本:酉。　欞,九條本:力丁反。　媮,九條本:以朱
反。　塞,九條本:四得反。　喪,九條本:息浪反。　聆,九條
本:力丁反。

情 詩
曹子建

微陰翳陽景,清風飄我衣。游魚潛淥水,翔鳥薄天飛。眇眇客行士,
遙役不得歸。始出嚴霜結,今來白露晞。游子嘆《黍離》,處者歌《式
微》。慷慨對嘉賓,悽愴內傷悲。

翳,九條本:一計反。　眇,九條本:亡小反。　慷,九條本:
可朗反。　慨,九條本:可代反。

雜 詩
嵇叔夜

微風清扇,雲氣四除。皎皎亮月,麗于高隅。興命公子,攜手同車。
龍驥翼翼,揚鑣踟躕。肅肅宵征,造我友廬。光燈吐輝,華幔長舒。
鸞觴酌醴,神鼎烹魚。絃超子野,嘆過綿駒。流詠太素,俯讚玄虛。
孰克英賢,與爾剖符。

驥,九條本:冀。　鑣,九條本:步苗反。　造,九條本:七至反。○案:九條本"至"當作"到"。　慢,九條本:莫旦反。　烹,九條本:普橫反。　過,九條本:古卧反。　剖,九條本:普後反。

雜　詩

傅休弈

弈,九條本:亦。

志士惜日短,愁人知夜長。攝衣步前庭,仰觀南雁翔。玄景隨形運,流響歸空房。清風何飄飆,微月出西方。繁星依青天,列宿自成行。蟬鳴高樹間,野鳥號東箱。纖雲時髣髴,湿露沾我裳。良時無停景,北斗忽低昂。常恐寒節至,凝氣結爲霜。落葉隨風摧,一絕如流光。

飆,九條本旁記:《決》作飆,力彤反。○案:九條本"力"疑爲"必"字之訛。　依,陳八郎本作"衣":去聲。九條本旁記謂五臣作"衣":去声。○案:尤袤《李善與五臣同異》:五臣依作衣,去聲。　宿,九條本:秀。　行,九條本:何良反。　箱,九條本作"厢",音:相。　髣,九條本:芳像反。　髴,九條本:芳味反。

雜　詩

張茂先

晷度隨天運,四時互相承。東壁正昏中,固陰寒節升。繁霜降當夕,悲風中夜興。朱火青無光,蘭膏坐自凝。重衾無暖氣,挾纊如懷冰。伏枕終遙昔,寤言莫予應。永思慮崇替,慨然獨撫膺。

晷,九條本:軌。　固,九條本作"涸",音:故。　重,九條本:逐龍反。　　挾,九條本:何牒反。

情詩二首
張茂先

清風動帷簾,晨月照幽房。佳人處遐遠,蘭室無容光。襟懷擁靈景,
輕衾覆空牀。居歡惕夜促,在慼怨宵長。拊枕獨嘯嘆,感慨心內傷。

　　覆,九條本:芳富反。　　惕,尤袤本李善注:苦蓋切。九條本
作“惜”,旁記“惕”,音:苦蓋。　　拊,九條本:撫。

游目四野外,逍遥獨延佇。蘭蕙緣清渠,繁華蔭綠渚。佳人不在茲,
取此欲誰與。巢居知風寒,穴處識陰雨。不曾遠別離,安知慕儔侶。

　　曾,九條本:在登反。　　儔,九條本:直留反。　　侶,九條
本:吕。

園葵詩
陸士衡

種葵北園中,葵生鬱萋萋。朝榮東北傾,夕穎西南晞。零露垂鮮澤,
朗月耀其輝。時逝柔風戢,歲暮商飆飛。曾雲無温液,嚴霜有凝威。
幸蒙高墉德,玄景蔭素蕤。豐條并春盛,落葉後秋衰。慶彼晚彫福,
忘此孤生悲。

　　穎,九條本:古迥反。　　戢,九條本:側立反。　　液,九條本:
亦。　　墉,九條本:容。　　蕤,九條本:而遺反。

思友人詩

曹顏遠

密雲翳陽景，霖潦淹庭除。嚴霜彫翠草，寒風振纖枯。凜凜天氣清，落落卉木踈。感時歌《蟋蟀》，思賢詠《白駒》。情隨玄陰滯，心與迴飈俱。思心何所懷，懷我歐陽子。精義測神奧，清機發妙理。自我別旬朔，微言絕于耳。褰裳不足難，清陽未可俟。延首出階簷，佇立增想似。

> 翳，九條本：一計反。　潦，九條本：老。　凜，九條本：力甚反。　滯，九條本：直例反。　飈，九條本作"飄"：婢遥反。歐，九條本：一侯反。　奥，九條本：烏報反。　簷，九條本：以廉。　佇，九條本：直吕。

感舊詩

曹顏遠

富貴他人合，貧賤親戚離。廉藺門易軌，田竇相奪移。晨風集茂林，栖鳥去枯枝。今我唯困蒙，郡士所背馳。鄉人敦懿義，濟濟蔭光儀。對賓頌《有客》，舉觴詠《露斯》。臨樂何所嘆，素絲與路歧。

> 竇，九條本：豆。　背，九條本：步耐反。　濟，九條本：子礼反。　樂，九條本：岳。

雜 詩

何敬祖

秋風乘夕起，明月照高樹。閑房來清氣，廣庭發暉素。静寂愴然嘆，惆悵出游顧。仰視垣上草,俯察階下露。心虛體自輕,飄飄若仙步。瞻彼陵上柏,想與神人遇。道深難可期,精微非所慕。勤思終遙夕,永言寫情慮。

　　寂,九條本:慈歷反。　愴,九條本:側亮反。　思,九條本:先自反。

雜　詩
王正長

朔風動秋草,邊馬有歸心。胡寧久分析,靡靡忽至今。王事離我志,殊隔過商參。昔往鶬鶊鳴,今來蟋蟀吟。人情懷舊鄉,客鳥思故林。師涓久不奏,誰能宣我心。

　　析,九條本:四狄反。　涓,九條本:古玄反。

雜　詩
棗道彥

吳寇未殄滅,亂象侵邊疆。天子命上宰,作蕃于漢陽。開國建元士,玉帛聘賢良。予非荊山璞,謬登和氏場。羊質復虎文,燕翼假鳳翔。既懼非所任,怨彼南路長。千里既悠邈,路次限關梁。僕夫罷遠涉,車馬困山岡。深谷下無底,高巖暨穹蒼。豐草停滋潤,霧露沾衣裳。玄林結陰氣,不風自寒涼。顧瞻情感切,惻愴心哀傷。士生則懸弧,有事在四方。安得恒逍遥,端坐守閨房。引義割外情,内感實難忘。

　　寇,九條本:古候反。○案:寇爲溪母,古爲見母,二紐聲近混切。　殄,九條本:大典反。○案:九條本"殄"字作"弥",蓋書體之變,非即"彌"也。　疆,九條本作"壃",音:姜。　蕃,九條本:付煩反。　璞,九條本:普角反。　謬,九條本:亡又反。任,九條本:而鳩反。　罷,九條本:皮。　底,九條本:丁礼反。　穹,九條本:丘弓反。　惻,九條本:初力反。　愴,九條本:初亮反。

雜　詩
左太冲

秋風何洌洌,白露爲朝霜。柔條旦夕勁,綠葉日夜黃。明月出雲崖,皦皦流素光。披軒臨前庭,嗷嗷晨雁翔。高志局四海,塊然守空堂。壯齒不恒居,歲暮常慨慷。

勁,九條本:吉政反。　皦,九條本:皎。　局,九條本:其錄反。　塊,九條本:苦對反。　慨,九條本:可代反。　慷,九條本:康,叶。

雜　詩
張季鷹

鷹,九條本:應。

暮春和氣應,白日照園林。青條若揔翠,黃華如散金。嘉卉亮有觀,顧此難久躭。延頸無良塗,頓足託幽深。榮與壯俱去,賤與老相尋。歡樂不照顏,慘愴發謳吟。謳吟何嗟及,古人可慰心。

應,九條本:於證反。　躭,九條本:都南反。　樂,九條本:洛。　謳,九條本:烏侯反。

雜詩十首

張景陽

秋夜涼風起，清氣蕩暄濁。蜻蛚吟階下，飛蛾拂明燭。君子從遠役，
佳人守縈獨。離居幾何時，鑽燧忽改木。房櫳無行迹，庭草萋以綠。
青苔依空牆，蜘蛛網四屋。感物多所懷，沈憂結心曲。

　　　暄，九條本：火袁反。　　蜻，陳八郎本：精。九條本：青。

　蛚，陳八郎本、九條本：列。　蛾，九條本：五何反。　縈，九條

本：去營反。　櫳，九條本：力東反。　牆，九條本作"墙"：疾羊

反。　蜘，九條本：知。　蛛，九條本：丁朱反。

大火流坤維，白日馳西陸。浮陽映翠林，迴飆扇綠竹。飛雨灑朝蘭，
輕露栖叢菊。龍蟄暄氣凝，天高萬物肅。弱條不重結，芳蕤豈再馥。
人生瀛海內，忽如鳥過目。川上之嘆逝，前脩以自勗。

　　　蟄，陳八郎本：直立。九條本：直立反。　重，九條本：直用

反。　馥，九條本：伏。　瀛，九條本：盈。　勗，九條本：許

玉反。

金風扇素節，丹霞啓陰期。騰雲似涌煙，密雨如散絲。寒花發黃采，
秋草含綠滋。閑居玩萬物，離羣戀所思。案無蕭氏牘，庭無貢公綦。
高尚遺王侯，道積自成基。至人不嬰物，餘風足染時。

　　　滋，九條本：之。　牘，九條本：讀。　綦，陳八郎本、九條本

引《音決》：其。

朝霞迎白日，丹氣臨湯谷。翳翳結繁雲，森森散雨足。輕風摧勁草，

凝霜竦高木。密葉日夜疎,叢林森如束。疇昔嘆時遲,晚節悲年促。歲暮懷百憂,將從季主卜。

　　　　黳,九條本:一計反。　森,九條本:所林反。　摧,九條本:在迴反。　勁,九條本:去政反。○案:勁爲見母,去爲溪母,九條本"去"疑爲"吉"字形近之訛。參本卷左太冲《雜詩》"柔條旦夕勁"句音注。

昔我資章甫,聊以適諸越。行行入幽荒,歐駱從祝髮。窮年非所用,此貨將安設。瓵甀夸璵璠,魚目笑明月。不見郢中歌,能否居然別。《陽春》無和者,《巴人》皆下節。流俗多昏迷,此理誰能察。

　　　　歐,九條本作"甌":烏侯反。　駱,九條本:力各反。　祝,九條本:之六反。　瓵,陳八郎本:零。九條本:力丁反。　甀,陳八郎本、九條本:的。　夸,九條本:苦化反。　璵,九條本作"玙",音:余。朝鮮正德本、奎章閣本:余。　璠,朝鮮正德本、奎章閣本:煩。　郢,九條本:以整反。

朝登魯陽關,狹路峭且深。流澗萬餘丈,圍木數千尋。咆虎響窮山,鳴鶴聒空林。淒風爲我嘯,百籟坐自吟。感物多思情,在險易常心。竭來戒不虞,挺彎越飛岑。王陽驅九折,周文走岑崟。經阻貴勿遲,此理著來今。

　　　　狹,九條本:洽。　峭,九條本:七咲反。　聒,九條本:古活反。　爲,九條本:于僞反。　竭,九條本:去例反。　挺,九條本:大冷反。　崟,九條本、陳八郎本:吟。　著,九條本:丁慮反。

此鄉非吾地,此郭非吾城。羈旅無定心,翩翩如懸旌。出睹軍馬陣,
入聞鞞鼓聲。常懼羽檄飛,神武一朝征。長鋏鳴鞘中,烽火列邊亭。
舍我衡門依,更被縵胡纓。疇昔懷微志,帷幕竊所經。何必操干戈,
堂上有奇兵。折衝樽俎間,制勝在兩楹。巧遲不足稱,拙速乃垂名。

　　懸,九條本:玄。　　旌,九條本作“旂”,音:精。　　鞞,九條
本:步迷反。　　檄,九條本:下的。　　鋏,九條本:古牒反。　　鞘,
九條本:哨。　　烽,九條本:逢。　　舍,九條本作“捨”,音:舍。
更,九條本:居孟反。　　被,九條本:皮義反。　　操,九條本:七刀
反。　　折,九條本:之舌反。　　衝,九條本:昌容反。○案:九條
本正文“衝”誤作“衡”。　　俎,九條本:側語反。　　拙,九條本:之
悅反。

述職投邊城,羈束戎旅間。下車如昨日,望舒四五圓。借問此何時,
胡蝶飛南園。流波戀舊浦,行雲思故山。閩越衣文虵,胡馬願度燕。
土風安所習,由來有固然。

　　閩,九條本:旻。　　衣,九條本:於既反。

結宇窮岡曲,耦耕幽藪陰。荒庭寂以閑,幽岫峭且深。淒風起東谷,
有渰興南岑。雖無箕畢期,膚寸自成霖。澤雉登壟雊,寒猿擁條吟。
溪壑無人迹,荒楚鬱蕭森。投耒循岸垂,時聞樵采音。重基可擬志,
迴淵可比心。養真尚無爲,道勝貴陸沉。游思竹素園,寄辭翰墨林。

　　渰,九條本、朝鮮正德本、奎章閣本:奄。　　岑,九條本:士今
反。　　雊,九條本:古候反。　　壑,九條本:胡各反。　　森,九條
本:色林反。　　耒,九條本:盧會反。朝鮮正德本、奎章閣本:盧
會。　　翰,九條本:汗。　　墨,九條本:莫北反。

黑蜮躍重淵,商羊舞野庭。飛廉應南箕,豐隆迎號屏。雲根臨八極,
雨足灑四溟。霖瀝過二旬,散漫亞九齡。階下伏泉涌,堂上水衣生。
洪潦浩方割,人懷昏墊情。沈液漱陳根,綠葉腐秋莖。里無曲突煙,
路無行輪聲。環堵自頽毀,垣閈不隱形。尺爝重尋桂,紅粒貴瑤瓊。
君子守固窮,在約不爽貞。雖榮田方贈,愸爲溝壑名。取志於陵子,
比足黔婁生。

蜮,陳八郎本:麗。九條本作“沴”,音:例,又旁記“蜮”,音:
戾。　躍,九條本:藥。　屏,九條本:步螢反。　溟,九條本:莫
營反。　霖,九條本:林。　瀝,九條本:歷反。○案:九條本
“反”字衍。　過,九條本:古臥反。　齡,九條本:力丁反。
潦,九條本:老。　墊,九條本引《音决》:多念反。　液,九條本:
亦。　漱,九條本:所又反。　腐,九條本:芳雨反,又:父。朝鮮
正德本、奎章閣本:父。　突,九條本:徒忽反。　環,九條本:
還。　堵,九條本:睹。　爝,九條本:才刃反。　粒,九條本:
立。　瑤,九條本:遥。　瓊,九條本:巨螢反。　於,陳八郎本、
九條本:烏。　黔,九條本:巨炎反。　婁,九條本:樓。